William Styron wurde 1925 in Newport News, Virginia, geboren. Während des Zweiten Weltkrieges war er fast drei Jahre lang aktiver Soldat im Marine-Infanteriekorps der Vereinigten Staaten. Nach dem Krieg schloß er sein Studium an der Duke-Universität in Durham, North Carolina, ab. Er schrieb für zahlreiche amerikanische Magazine Essays und Kritiken und verfaßte mehrere gesellschaftskritische Romane. Für »Die Bekenntnisse des Nat Turner« erhielt er 1967 den Pulitzer-Preis.

Von William Styron sind außerdem
als Knaur-Taschenbücher erschienen:

»Die Bekenntnisse des Nat Turner« (Band 587)
»Sophies Wahl« (Band 810)

Vollständige Taschenbuchausgabe
Droemersche Verlagsanstalt Th. Knaur Nachf.
München/Zürich

Titel der Originalausgabe »Set this House on Fire«
Aus dem Amerikanischen von G. Danehl
Umschlaggestaltung Klaus Dempel, Stuttgart
Satz IBV Lichtsatz KG, Berlin
Druck und Bindung Hanseatische Druckanstalt GmbH, Hamburg
Printed in Germany · 1 · 12 · 982
ISBN 3-426-00832-7

1. Auflage

William Styron: Und legte Feuer an dies Haus

Roman

Knaur

L'ambizione del mio compito non mi impedì di fare molti sbagli.

Dieses Buch ist in Liebe und Dankbarkeit
meiner Frau Rosa, meinem Vater
und William Blackburn zugeeignet.

Daß von der Vorsorge GOTTES, die da jeglichem Leben gilt, dem des Krautes und des Wurmes, dem der Ameise, der Spinne, der Kröte und der Schlange, niemals mehr ein Strahl auf mich fallen soll,
daß dieser GOTT, der mich anblickte, als ich ein Nichts war, und mich, da ich noch nicht war, aus dem Schoß und der Tiefe der Finsternis rief, als wäre ich schon, mich nimmer mehr ansehen will, da ich doch, obschon elend und verworfen, gleichwohl immer noch SEIN Geschöpf bin und, auch in meiner Verdammnis noch, zu SEINER Verherrlichung beitrage,
daß dieser GOTT, der mich so oft in meinem abscheulichsten Schmutz geschaut hat, und der, mochte ich mich auch vor dem Auge des Tages, der Sonne, und vor dem Auge der Nacht, dem flackernden Wachslicht, und vor den Augen der ganzen Welt hinter Türen, Fenstern und Vorhängen verschließen, mich dennoch immer gesehen hat und mich, indem ER mich wissen ließ: ER siehet mich, immer gnädig angeschaut hat und mich so manches Mal auf der Stelle zur Reue erweckte und mich (auf ein Weilchen) dazu brachte, von einer Sünde abzulassen, – daß ER nun so sehr sich von mir weg und zu SEINEN herrlichen Engeln und Heiligen wendet, daß kein Heiliger und kein Engel, ja nicht einmal Jesus Christus selbst IHN jemals bitten wird, auf mich zu blicken, IHN nie mahnen wird: Siehe, jene Seele dort;
daß der gleiche GOTT, der so oft zu meiner Seele gesprochen hat: »Quare morieris? – warum willst du sterben?« und der so oft meine Seele beschworen hat: »Vivit Dominus – der HERR lebt, und ER will nicht, daß du vergehest, sondern daß du lebest«, daß ER mich nun weder leben noch sterben läßt, sondern daß ich ein unendlich langes Leben sterben soll und einen nie endenden Tod leben;
daß der gleiche GOTT, der, wenn er, von außen auf SEINE Art mit Worten und Gnadenerweisen anklopfend, keinen Einlaß bei mir fand, dann über mich Gericht hielt und das Haus, diesen meinen Leib, mit reißenden Schmerzen und Starre der Glieder heimsuchte und Feuer an dies Haus legte und es in Siedehitze und Fieberschauern brennen ließ und den Herrn des Hauses, meine Seele, mit Entsetzen und banger Furcht hochschreckte, damit ER sich Eingang in mich verschaffe, daß ER nun also all SEIN Wollen und Vorhaben mit mir selbst zunichte macht, mich von SICH weist und mich ausspeit, als bedeute ich IHM nichts,
daß dieser GOTT meine Seele zergehen läßt wie einen Rauch, einen Nebel, eine Seifenblase, so daß meine Seele nun auch kein Rauch, kein Nebel, keine Seifenblase mehr sein kann, sondern muß im Dunkel liegen, solange der HERR des Lichtes das Licht selbst ist, und niemals ein Funke dieses Lichtes meine Seele erreicht: welcher Kerker ist da kein Paradies, welcher Kiesel kein Diamant, welches Zähneknirschen ist da nicht Seligkeit,

welches Nagen des Wurmes ist da keine Lust, welche Marter nicht ein Hochzeitsbett – gegenüber dieser Verdammnis, auf ewig, ewig, ewig vom Antlitz GOTTES verstoßen zu sein!

JOHN DONNE, *Dekan der St. Pauls Cathedral*
›Predigt vor dem Grafen von Carlile
und seinem Gefolge in Siou‹

Erster Teil

1

In Nagels ›Italien‹ wird die Strecke von Salerno nach Sambuco folgendermaßen beschrieben: »Fast in ihrer ganzen Länge ist die Straße aus den Felsen herausgehauen. Ein stets wechselndes Panorama entfaltet sich vor unseren Augen; wir genießen Ausblicke auf das azurblaue Meer, auf großartige Felsformationen und tiefe Schlünde. Wir verlassen Salerno auf der Via Independenza. Die Straße wendet sich zunächst dem Meer zu und gibt den Blick hinunter auf Marina di Vietri frei. Wieder landeinwärts verlaufend, bietet sie uns den großartigen Anblick Salernos und Marina di Vietris, den der beiden Felsen (Due Fratelli) und Raitos. Nach einer weiteren Kurve sehen wir uns plötzlich der in reichen Farben leuchtenden Ortschaft Cetara gegenüber. Wieder führt uns die Straße dem Meer zu, umgeht dann die düstere Schlucht von Erchie, und bei Cap Tomolo befinden wir uns von neuem am Meer. Nachdem wir zwischen hohen Felswänden einen Engpaß durchfahren haben, liegen vor uns Minori und Atrani und hoch darüber Sambuco. Hinter Atrani gabelt sich die Straße und führt hinab ins Dragonetal.«

Über Sambuco äußert Nagel sich in der für ihn bezeichnenden lyrischen Weise: »(377 m ü. d. M.) Eine kleine, merkwürdig aussehende Stadt inmitten einer außerordentlich schönen Landschaft; der Gegensatz zwischen der Einsamkeit ihrer Lage und ihrer verführerischen Szenerie, zwischen den Ruinen ihrer altertümlichen Paläste und ihren liebreizenden Gärten ist sehr eindrucksvoll. Sambuco wurde im neunten Jahrhundert unter der Herrschaft von Amalfi erbaut und erfreute sich im dreizehnten Jahrhundert großen Wohlstandes.«

Tatsächlich gibt es in Sambuco längst keinen Wohlstand mehr, wenn es auch dank seiner geographischen Lage ohne Zweifel besser daran ist als die meisten italienischen Orte. Entlegen und abweisend, imponierend unzugänglich auf der Höhe seiner Klippen, scheint es unverletzlich, und wirklich gehört es zu den wenigen Städten in Italien, die von den Beschießungen und Invasionen der jüngsten Zeit unberührt geblieben sind. Hätte Sambuco an einer strategisch bedeutenden Durchgangsstraße gelegen, dann wäre von ihm vielleicht, ebenso wie von Monte Cassino, nur noch ein Schutthaufen übriggeblieben. Doch hat der Krieg den Ort unversehrt, ja unbeachtet gelassen, und seine Häuser, Kirchen und Höfe, wie sehr auch die nagende Armut ihnen zugesetzt haben mag, wirken verglichen mit anderen Städten dieser Gegend in einer geradezu herausfordernden und ungerechtfertigten Weise unbeschädigt – ungefähr wie ein gesunder kräftiger Mann inmitten einer Gruppe von Kriegsinvaliden. Vielleicht war es eben diese Abgelegenheit, dieses Unberührtsein von Krieg und den grausigen Gewalttaten, die er unvermeidlich nach sich zieht, was die Ereignisse jenes vergangenen Sommers so erschreckend und bestürzend erscheinen ließ.

Um dem Vorwurf zu begegnen, ich erginge mich in düsteren Andeutungen, will ich gleich sagen, daß diese Ereignisse ein Mord und eine Vergewaltigung mit Todesfolge waren: dazu noch weitere Geschehnisse, die zwar nicht ganz so grauenhaft, aber immer noch furchtbar und schmerzlich genug waren. Sie fanden im Palazzo d'Affitto statt (»...eine bemerkenswerte Gruppe arabisch-normannischer Baulichkeiten, die durch die sie einrahmende üppige Vegetation besonders pittoresk und eindrucksvoll wirken. Von der Gartenterrasse hat man einen herrlichen Ausblick.«), zumindest hatten sie dort ihren Ursprung, und außer mehreren Einwohnern waren daran wenigstens drei Amerikaner beteiligt. Einer dieser Amerikaner, Mason Flagg, ist jetzt tot. Ein anderer, Cass Kinsolving, ist am Leben und wohlauf, und wenn diese Geschichte einen Helden hat, dann ist er es wohl, dem diese Rolle zukommt. Ich jedenfalls bin es nicht.

Ich heiße Peter Leverett, bin angelsächsischer Abstammung, protestantischer Religion, in Virginia geboren und einige dreißig Jahre alt. Ich bin gesund, ordnungsliebend, ungewöhnlich neugierig, sehe passabel aus und habe einen stark ausgeprägten Sexualtrieb – damit brüsten sich allerdings alle normalen jungen Männer. Während der vergangenen Jahre habe ich in New York gewohnt und gearbeitet. Wenn ich gestehe, daß ich ein wenig vom Spießer an mir habe, so geschieht das weder mit Stolz noch mit Bedauern. Ich bin Jurist. Ich habe genug Ehrgeiz, um mir in meinem Beruf Erfolg zu wünschen, bin aber kein rücksichtsloser Karrieremacher, und da mein Charakter mich daran hindert, hier mit Klauen und Zähnen zuzupacken und dort wieder fünf gerade sein zu lassen, fürchte ich, daß auch ich mich, wie alle meine Vorfahren, mit einem bescheidenen, redlich verdienten Einkommen werde zufrieden geben müssen. Daß ich dies sage, zeugt weder von Zynismus noch von Selbsterniedrigung. Ich bin ein Realist und kann aus meiner genauen Kenntnis der Sache heraus glaubhaft versichern, daß die Juristerei selbst in meinem langweiligen Bereich, wo es sich um Schadensersatzansprüche, Testamente und Verträge dreht, ebensoviel schlichte Durchtriebenheit verlangt wie jeder andere Beruf, und daß man auch dabei seine guten Freunde am besten mit den Ellbogen traktiert. Nein, dafür bin ich nicht gemacht. Das ist nun einmal mein Schicksal, und ich versuche, mich damit abzufinden. Vielleicht ist diese

Rolle nicht so befriedigend wie die des Komponisten, die zu spielen ich vor langer Zeit erwogen hatte, doch ist sie sehr viel lukrativer; außerdem hört in Amerika niemand einem Komponisten zu, während sich das Recht in einer Weise, die zugleich subtil, erhaben und faszinierend ist, bei den Leuten Gehör verschafft. Jedenfalls möchte ich das gerne glauben.
Als ich vor einigen Jahren nach meiner Rückkehr aus Italien bei einer New Yorker Firma eintrat (ich muß zugeben, daß die Firma ziemlich drittklassig und nicht in Wallstreet gelegen ist, immerhin aber ganz in der Nähe, was die Witzbolde in unserem Büro dazu veranlaßte, sich den Werbespruch auszudenken: »Nicht im Zentrum – darum billig.«), ging es mir wirklich schlecht. Der Tod eines Freundes – besonders unter solchen Umständen, wie sie den Tod von Mason Flagg begleiteten, und ganz besonders, wenn man selbst dabeigewesen ist und das Blut, den Wirrwarr und die Zerstörung mitangesehen hat – ist nicht so einfach abzuschütteln, und daran ändert auch die Tatsache nichts, daß ich damals glaubte, Mason Flagg und alles, was er verkörperte, sei mir gänzlich fremd und gleichgültig geworden. Ich werde gleich auf Masons Ende zu sprechen kommen und es, wie ich hoffe, mit der gebotenen Wahrhaftigkeit schildern. Im Augenblick möchte ich nichts weiter sagen, als daß es in mir eine betäubende Verzweiflung hinterließ.
Damals nun träumte mir immer wieder von Verrat und Treubruch – Träume, die den ganzen Tag über in mir nachklangen. Besonders an einen erinnere ich mich; wie die meisten schweren Angstträume kehrte er immer wieder. Dieses war mein Traum: Ich war irgendwo in einem Haus und wäre gern eingeschlafen. Es war tief in der Nacht, winterlich kalt und stürmisch. Plötzlich hörte ich ein Geräusch am Fenster, ein unheimliches Geräusch, das weder vom Wind noch vom Regen herrührte. Ich sah hinaus und erblickte einen Schatten, eine Gestalt, die sich bewegte, deren düsterer Umriß mir drohend näherrückte. In panischer Angst langte ich nach dem Telephon, um einen in der Nähe wohnenden Freund anzurufen (meinen besten, meinen letzten, meinen liebsten Freund; in Alpträumen gibt es ja nur Superlative). Er allein, das wußte ich irgendwie, stand mir so nahe, daß er mir gewiß zu Hilfe kommen würde. Aber meine verzweifelten Anrufe blieben ohne Antwort. Als ich dann den Hörer aus der Hand legte, vernahm ich am Fenster ein Tapp, Tapp, wandte mich hin und erblickte hinter der regenüberströmten Scheibe das unheilvoll drohende, mordlüsterne Gesicht dieses meines Freundes.
Wer hatte mich verraten? Wen hatte ich verraten? Ich wußte es nicht, war aber davon überzeugt, daß dies alles irgendwie mit Sambuco zusammenhänge. Und obwohl ich Masons Tod kaum bedauerte – das möchte ich gleich zu Anfang aussprechen –, fühlte ich mich immer noch entsetz-

lich niedergedrückt von den Vorgängen in jener italienischen Stadt. Wenn ich nun zurückblicke, so möchte mir scheinen, daß der Grund dafür ein höchst unseliger Verdacht war, nämlich der, daß ich, der ich zwar an Masons Tod gewiß nicht die geringste Schuld hatte, doch vielleicht in der Lage gewesen wäre, diesen zu verhindern.

Selbstverständlich hat die Natur Mittel, uns auch über die tiefste Verzweiflung hinwegzubringen. Nach und nach, so unauffällig, daß ich kaum merkte, wie es geschah, verblaßte meine Erinnerung, und es dauerte gar nicht so lange, da fühlte ich mich beinahe wieder normal. Nach einigen Monaten verlobte ich mich sogar. Sie hieß Annette; sie war schön und überdies reich.

Obwohl nun meine Bedrückung schwand, war meine Neugierde durchaus nicht gestillt. Ich wußte, daß Masons sterbliche Überreste schon vor Monaten aus dem von ihm so verabscheuten Italien herübergebracht worden waren und daß er nun irgendwo in amerikanischer Erde ruhte – aber konnte man sich Mason, und wäre er auch tot, überhaupt ruhend vorstellen? Das Grab war, glaube ich, in Rye, im Staate New York, das spielt aber keine Rolle. Ich wußte auch, daß die junge Italienerin, die vergewaltigt und schwer verletzt zu haben man ihn beschuldigte, ebenfalls gestorben war (ich hatte sie in jener Nacht einige Augenblicke lang gesehen, und da war sie auf eine vollendete und atemberaubende Art schön gewesen, so daß ich glaube, mein späterer Kummer rührte zum großen Teil daher). Und ich wußte auch, daß der Fall – die »tragedia«, wie die Zeitungen von Neapel ihn genannt hatten – abgeschlossen war, da für die Schnüffler, die Klatschweiber und die einfach nur Neugierigen kaum etwas übrig blieb, nachdem die beiden Hauptbeteiligten so endgültig und unwiderruflich tot waren. Ich entdeckte, daß selbst die New Yorker Zeitungen der Angelegenheit nur geringe Aufmerksamkeit geschenkt hatten, obwohl der Name Flagg doch immerhin in der Gesellschaft bekannt war – vielleicht weil Sambuco denn doch ein recht abgelegener Ort ist, eher aber wohl, weil niemand da war, der Flaggs Schuld und Schande der Gier der Öffentlichkeit preisgab. Von der außergewöhnlichen Tatsache abgesehen, daß ich zu jener Zeit in Sambuco war, wußte ich in vieler Hinsicht über diese scheußliche Angelegenheit auch nicht mehr als jeder beliebige Zeitgenosse.

Nur wußte ich eben doch etwas, und das hörte nicht auf, mich zu beunruhigen, und zwar auch dann noch, als jene Depression, die ich gerade beschrieben habe, längst vorüber war. Ich wußte etwas, und wenn dieses Etwas auch nicht viel, wenn es eigentlich nur ein starker Verdacht war, so hielt eben dieser Verdacht meine Spannung und meine Wißbegier doch ein ganzes Jahr und noch länger am Leben. Aber auch diese Wißbegier

hätte sich schließlich gelegt, wenn ich nicht eines Sonntags in der ›New York Times‹ auf eine Karikatur gestoßen wäre...
Wer jemals allein in New York gewohnt hat, kennt die Besonderheiten des Sonntags: das langsame, späte Erwachen inmitten einer Stadt, die plötzlich unnatürlich still ist; die Kaffeetassen und die tonnenschweren Berge von Zeitungen; die Schlaffheit und Langeweile, die im Sonnenschein liegenden Hinterhöfe, wo schlitzäugige Katzen sich um Zäune winden und Tauben ihr Rad schlagen; die Kirchenglocke, die ihr Geläut hoffnungslos und traurig in die Stille fallen läßt. Das ist eine Zeit wahren Stumpfsinns und doch zugleich auch die Zeit eines ebenso unbestimmten wie unstillbaren Verlangens, eine Zeit der Ruhelosigkeit – weshalb eigentlich, habe ich mir niemals erklären können, es sei denn, weil man in dieser öffentlichsten aller Städte plötzlich von seinem Privatleben eingeholt wird und die alten Fragen »Was tue ich? – Wohin gehe ich?« sich mit einer Eindringlichkeit stellen, die sie an einem Montag niemals haben können. Jener besondere Sonntag, von dem ich hier spreche, war ein Sonntag gegen Ende des Frühjahrs, eine schlechte Zeit zur Selbstbetrachtung. Meine Freundin war bei ihren Eltern in Pound Ridge zu Besuch, meine Bekannten entweder verreist oder sonstwie in Anspruch genommen, und ich hatte schon meinen Mantelkragen aufgeschlagen, um einen einsamen Spaziergang auf dem Washington Square zu machen, als ich ganz ohne bestimmte Absicht die ›New York Times‹ zur Hand nahm. Vielleicht hatte ich an jenem Frühnachmittag auch wieder an Sambuco gedacht, vergangenen Kummer von neuem aufgerührt und mir einige sinnlose Vorwürfe gemacht. Ich weiß es zwar nicht mehr genau, aber ich erinnere mich, daß mein Herz, als ich die Karikatur und darunter die unverwechselbare Unterschrift sah – C. Kinsolving –, rascher schlug und ich rückwärts durch die Zeit nach Sambuco gewirbelt wurde – schwerelos wie ein Blatt auf dem Strom meiner Erinnerung. Alles stürzte wieder auf mich ein, diesmal aber ohne das Entsetzen, ohne den Angstschweiß. An jenem Nachmittag ging ich nicht aus dem Haus. Ich betrachtete die Zeichnung – sie war ursprünglich in einem Blatt in Charleston, South Carolina, erschienen –, ich betrachtete die Karikatur und die Unterschrift und ging auf und ab, wobei ich eine Zigarette nach der anderen rauchte und in die stillen sonntäglichen Gärten schaute (es wird dort bald keine Gärten mehr geben), auf die Tauben, die Biertrinker in ihren Sporthemden und auf die streunenden Katzen. Als schließlich die Dämmerung einzufallen begann und man das Klirren des Abendbrotgeschirrs hörte, setzte ich mich und schrieb einen Brief an Cass. Um Mitternacht war ich damit fertig. Ich hatte nicht gegessen und war vollständig erschöpft. Kurz nach eins ging ich in ein Schnellrestaurant an der Greenwich Avenue und aß dort eine

Kleinigkeit. Auf dem Rückweg steckte ich den Brief ein, der weniger ein Brief als ein Dokument war, und den ich an Cass unter der Adresse der Zeitung in Charleston richtete. Es dauerte lange, bis die Antwort kam. Es verging ein Monat, dann noch einige Wochen, und ich war gerade im Begriff, all meinen Mut zusammenzunehmen, um einen zweiten Brief zu schreiben, als seine Antwort, irgendwann im Juli, eintraf:

Lieber Peter, natürlich erinnere ich mich an Dich & war erfreut, von Dir zu hören. Du hast recht, ich glaube, es gibt nur wenige C. Kinsolvings. Freut mich, daß Dir meine Karikatur gefallen hat & ich finde es sehr schön, daß Du sie in der Times gesehen hast, wenn auch bloß, weil Du Dich darauf mit mir in Verbindung gesetzt & so einen netten Brief geschrieben hast. Ich bin sehr stolz auf die Zeichnung, mit der ich den Herren in Washington, glaube ich, ganz schön eins ausgewischt habe. Eigentlich kümmere ich mich sonst ja nicht um Politik. Was Deine Frage betrifft, so sind diese Zeichnungen nur Butter aufs Brot, nicht das, was ich wirklich mache, denn ich arbeite halbtags hier in Charleston in einer Zigarrenfabrik und gebe auch Malunterricht. Allerdings ist gegen Ende des Sommers nicht viel los. Übrigens rümpfe ich nicht etwa die Nase über die Karikaturisten, vielleicht ist die Karikatur ja die Kunstform Amerikas (ganz im Ernst), jedenfalls rechne ich mich zu den direkten Abkömmlingen von Daumier & Rowlandson & kriege nebenbei 35 Dollars und manchmal mehr, & Kleinvieh macht auch Mist, wie man so sagt. Außerdem ist Poppy so eine Art Buchhalterin auf der Werft & wir haben eine sehr ordentliche Negerin, die auf die Kinder aufpaßt, wenn sie nicht in der Schule sind. Wir essen also vielleicht nicht so fein wie B. Baruch, die andere Berühmtheit von South Carolina, aber es geht uns gut. In meiner Freizeit male ich übrigens. Von dem ganzen verkrampften Seelenschmus, den Du wohl mit angesehen hast, ist nichts mehr da.
Ich wollte Dir immer schon mal für alles danken, was Du in Sambuco für Poppy getan hast & überhaupt. Sie hat mir alles erzählt, & nun müßte ich mich eigentlich entschuldigen & sagen, daß ich nicht gewußt habe, wie ich Dich in New York erreichen konnte. Das wäre aber gelogen & deshalb will ich mich nur noch mal bedanken & hoffe, daß Du alles verstehst.
Ich kann auch Dein Interesse an M. & Deinen Wunsch sehr gut begreifen, mehr über die Situation dort in Sambuco zu erfahren. Mir fällt es immer schwer, über M. & was damals passiert ist zu reden oder auch nur daran zu denken, vom Schreiben ganz zu schweigen. Aber weißt Du, es ist doch komisch: Du schreibst, daß Du Dir über Sambuco immer noch im unklaren bist, & ich muß auch von Zeit zu Zeit immer mal wieder darüber

nachdenken, wer M. wohl eigentlich war, ich meine, was für ein Mensch er wirklich war & was mit ihm los war & warum er auf solche Weise zu Tode gekommen ist. Ich glaube, das kriegt niemand raus & das ist so wohl auch am besten. Damit, daß Du ›annimmst‹, ich hätte da unten eine ziemlich üble Zeit erlebt, hast Du recht. Ich glaube, ich war ziemlich nahe an dem, was man so den Abgrund nennt, bin jetzt aber wohl in Ordnung. Nebenbei gesagt, habe ich jetzt bald zwei Jahre keinen Schluck Bier getrunken. Da läßt sich Sophokles viel leichter lesen & ich bin jetzt dabei, mich durch den ganzen Shakespeare zu arbeiten & gleiche auf diese Weise in meinem vorgeschrittenen Alter die Mängel des amerikanischen Schulwesens wieder aus. Melde Dich doch, wenn Du mal vorbeikommst. Wir wohnen in der Nähe der Battery in einem 200 Jahre alten Haus, das nicht viel Miete kostet, & es ist genug Platz für einen Gast. Poppy läßt Dich herzlich grüßen, ebenso die Kinder. Molti auguri Cass

In dieses »Melde Dich doch, wenn Du mal vorbeikommst« habe ich niemals großes Vertrauen gesetzt, da ich mich selbst gelegentlich dieser Phrase bedient habe, wenn ich in der Klemme saß, und dann war die wirkliche Bedeutung dieser Worte nur allzu offenkundig. Sie sind eine höfliche, freundliche Aufforderung, aber sie bitten nicht und drängen nicht. Sie sind nicht das gleiche wie »ich würde Dich gerne einmal wiedersehen«, und sie sind so entfernt von »bitte komm zu mir, Du fehlst mir« wie einfache Höflichkeit von Liebe. Immerhin schien mir Cass' Brief doch darauf hinzudeuten, daß er meinen Besuch nicht ungern sähe, daß er, soweit es sich um Mason handelte, sogar ebenso darauf drängte, mich zu sehen, wie mir daran lag, ihn zu sehen. Im September hatte ich drei Wochen Urlaub. Die erste dieser drei Wochen wollte ich mit meiner Freundin Annette (das Wort Verlobte hat so etwas Vorgefaßtes, Endgültiges) in den White Mountains verbringen. Die beiden anderen Wochen waren meinen Eltern in Virginia vorbehalten: beide waren alt und kränklich, und wenn wir uns auch nie so nahe gestanden hatten, wie das in manchen Familien üblich ist, so empfand ich doch Sehnsucht nach ihnen, denn ihre Briefe klangen bekümmert und müde. Ich plante also – und schrieb in diesem Sinne auch gleich an Cass –, ihn an einem Wochenende in Charleston zu besuchen: Während des Aufenthaltes bei meinen Eltern würde ich von Norfolk aus hinüberfliegen können. Ich hätte trotz der angedeuteten Einladung nicht die Absicht, bei ihm zu übernachten. Ob er mit dem und dem Wochenende einverstanden sei und mir ein Hotelzimmer bestellen wolle? Eigentlich hätte ich nicht überrascht sein dürfen, ich war es aber trotzdem: Cass antwortete überhaupt nicht.

Die Zeit, die ich mit meiner atemberaubenden Annette in New Hamp-

shire verbrachte, war eine einzige, umwerfende Katastrophe. Ich will mich damit begnügen zu sagen, daß es regnete, daß wir es dort zwei Tage aushielten und daß wir nicht mehr verlobt waren, als wir unsere Berghütte in strömendem Regen verließen. In sexueller Hinsicht hatten wir keine Schwierigkeiten miteinander, wir stellten nur fest, daß wir einfach nicht füreinander bestimmt waren. Wir versuchten beide, uns nichts anmerken zu lassen, aber eine Liebesaffäre ist, ebenso wie ein Wunderwerk der plastischen Chirurgie, die Verbindung von Fleisch mit lebendem Fleisch, und eine Trennung bedeutet, große Stücke von sich selbst loszureißen. Ich fuhr in düsterer, trauriger Stimmung nach Virginia und hatte das Gefühl eines unbeschreiblichen Verlustes.
Über meinen Aufenthalt in Virginia gibt es immerhin etwas mehr zu berichten. In Amerika bleibt nichts lange unverändert, aber meine alte Heimatstadt, Port Warwick, hatte sich so ausgedehnt, war so modern geworden und sah so aberwitzig aus, wie ich es von einer anständigen Stadt in den Südstaaten niemals erwartet hätte. Gewiß, Port Warwick war immer eine Stadt der Werften und ein Seehafen gewesen (stellen Sie sich Tampa, Pensacola oder den rostigen Hafen von Galveston vor; wenn Sie die nicht kennen, dann reicht auch Perth Amboy), und in den offiziellen Beschreibungen wurde sie niemals unter den Zierden des Staates aufgeführt, aber als Kind hatte ich den sanften Reiz ihrer Uferlandschaft gekannt, hatte den Meereswind eingesogen, mich unter riesigen Magnolien ausgestreckt und zugesehen, wie die schmutzig-braunen Frachter ausliefen – kurz, den der Stadt eigenen romantischen Reiz auf mich wirken lassen. Aber nun hatte man die Magnolien abgeschlagen, um Platz zu schaffen für eine breite Uferstraße; überall gab es laute, von Wolken blauer Auspuffgase vernebelte Ramschplätze, die an allen Seiten von großen Selbstbedienungsläden umstanden waren. Fernsehantennen nisteten auf allen Dächern und, was beinah das schlimmste war, die Fährboote nach Norfolk, jene niedrigen, rauchrülpsenden Kähne, die ihren eigenen, ganz unvergleichlichen plumpen Charme gehabt hatten, waren nicht mehr da, und an ihrer Stelle gab es nun einen von den Yankees gebauten Autotunnel, der seinen zwei Meilen langen, übelriechenden weißen Rüssel unter dem Morast von Hampton Road hindurchbohrte. Die Stadt, hektisch und geschäftig, vor Wohlstand aus den Nähten platzend, voll von Nomaden, den Wurzellosen und Entwurzelten (»Emporkömmlinge«, sagte mein Vater. »Du siehst hier den Niedergang des Westens, mein Junge.«), erschien mir gleichzeitig ebenso fremd und doch genau bekannt wie ein Ort in der Art von Bridgeport oder Yonkers. Und steuerlos, unruhig und von einem Gefühl besessen, am falschen Ort zu sein, wie ich es zuvor oder seither so stark niemals empfunden habe, wußte ich, daß ich nicht lange dort würde

verweilen können; tatsächlich wäre ich beinahe am Tag meiner Ankunft auch wieder abgefahren, denn an jenem Abend, als ich in mir das Verlangen spürte, endlich einen mir noch bekannten Ort zu finden, wanderte ich in der milden Septemberdämmerung zum Fluß hinunter und fand statt der weiten, mir so vertrauten Grasfläche (das »Kasino« nannte man sie, und hier rauschten in der schattigen Dämmerung die Ahornbäume, hier stand ein Musikpavillon, und hier hatte man einen weiten Ausblick auf den breiten guten alten Jamesriver, in dem sich die Sterne spiegelten; hier spielten wir im schwindenden Licht Baseball, und hier hielten hemdsärmelige Neger Erdnüsse und Krabben feil, bis endlich das Dudeln der Klarinetten leiser wurde und erstarb, die Lichter erloschen und Liebespaare unter den Bäumen dahinschlenderten; Ahornfrüchte zerplatzten mit leisem Knall in der Stille, und in der Ferne ertönte die Dampfpfeife eines Frachters, der durch die Dunkelheit meerwärts zog) – fand einen keuchenden Autobusbahnhof, neben dem ein merkwürdiges, grüngekacheltes, rhombusförmiges Gebäude hockte, zu dessen Bewohnern ein ›Fußpfleger‹, ein Amateurpsychologe und – ausgerechnet hier im Süden – ein Büro von Public-Relations-Beratern zählten.

Aber all dies ist so bekannt, daß es sich nicht lohnt, ausführlich davon zu sprechen. Marksteine und Grenzen verändern sich hier in Amerika schneller, als wir es sagen können: Eben noch fühlen wir uns verwurzelt, und der Teppich, gewebt aus dem Muster unserer Erfahrung, ist vertrauter Grund, auf dem wir sicher stehen. Dann plötzlich, wie durch ein Zauberkunststück, wird er uns unter den Füßen weggerissen, und wo stehen wir, wenn wir wieder auf die Beine kommen? Selbstverständlich auf der gleichen alten Straße. Aber wo es früher vertrauenerweckend ›Bankhead Magruder Avenue‹ hieß – ein Klang, der allen ans Herz gewachsen war, die sich jenes Soldaten erinnerten, der McClellan Einhalt gebot –, heißt es jetzt ›Buena Vista Terrace‹. (»Das ist der kalifornische Einfluß«, klagte mein Vater, »zu guter Letzt werden wir ihm alle noch erliegen.«) Ein quer über die Straße hängendes, alles erschlagendes Reklameschild (niemand kümmert sich mehr um die städtischen Bauvorschriften. Hier schaukelten wir uns in den farnigen Morgenstunden an starken Weinranken) fordert uns auf. »Hören Sie Jack Avery, den beliebtesten Schallplattenjockey!« Und obwohl wir von diesen Anzeichen des Wachstums, des Fortschrittes sonderbar bewegt sind, fühlen wir uns leer und niedergeschlagen. Unsere Wehmut ist auch nicht unangebracht. Nur die Narren beklagen die Veränderung als solche, aber in dieser »geplünderten Stadt«, wie mein Vater sich ausdrückte, gab es manch einen Narren, der noch auf dem Totenbett seine Unschuld an dieser Verwüstung beteuern würde. »›Gebt uns das Grün wieder, gebt uns die Bäume zurück!‹ werden sie dann schreien«,

sagte mein Vater. »Bäume werden sie um sich haben wollen, wenn sie merken, daß es zu Ende geht, aber statt dessen wird ihnen dieser Schallplattenfritze die Ohren vollgrölen.«
Es muß am Nachmittag meines vierten oder fünften Tages in Port Warwick gewesen sein, als mein Vater, der nun nicht mehr auf der Werft arbeitete, in seinem Wagen eine ausgedehnte Fahrt durch die Stadt mit mir unternahm. Wir fuhren die alten Avenuen entlang, von denen viele mich jetzt fremd anmuteten. (Die größten und ehrwürdigsten Bäume scheinen die ersten Opfer einer städtischen Verjüngung zu sein: nicht nur die Magnolien, sondern auch die Eichen und Ulmen waren einem Bebauungsprozeß zum Opfer gefallen, der unter anderem Platz schuf für die erste vom ›Bauhaus‹ inspirierte Kirche in Dixie. Sie gehörte einer Sekte.) Hinter Fenstern voller Fliegendreck aßen wir dann Eisbein und tranken Bier in Jake Eisenmans Grill, der als einziger inmitten von Schnellwäschereien, Selbstbedienungsläden und Kettenrestaurants jedem Wechsel widerstand, der kein Neonlicht, keinen Kunststoff, kein Chrom, keine Hygiene und keine neuen Kunden wollte (die alten jungen Burschen, blaß jetzt und zwischen Billardstöcken und von Grünspan überzogenen Spucknäpfen langsam kahl werdend, brabbelten immer noch über schwarzes und weißes Weiberfleisch, jetzt allerdings auch über jenes ›Interposition‹ genannte, halsbrecherische juristische Manöver, das der Stolz des Südens war und nun bestimmt und endgültig den Negern klarmachen würde, wohin sie gehörten), und im Anschluß daran machten wir, vom Bier beschwingt durch die grelle Septemberhitze dahinschwebend, eine kurze Rundfahrt durch den Hafen und glitten dann geruhsam an der blauen, herrlich anzuschauenden Bucht entlang. Es war ein klarer Tag; weiter draußen, wo gigantische Kreuzer und Tanker an ihren Ankertrossen zerrten, stand schwacher Dunst, aber hier roch es nach Salz, war alles durchsichtig und verzaubert, weiß von schimmernden Möwen. Wir fuhren am Badestrand entlang, wo Jungen, die Beine im Schlick, nach Krabben buddelten und Kinder im Sand spielten, nicht zu weit von den rundlichen, spärlich bedeckten Mamas entfernt, die unter ihrem Anstrich von Sonnenöl glänzten wie die Seehunde. Weit draußen auf dem Wasser zerschnitt ein Motorboot lautlos die auflaufende Flut zu silbrig gischtenden Zwillingsparabeln. Einen Augenblick lang fühlte ich mich wohltuend verloren, eingeschlossen in einen Traum von längst vergangenen Jahren – killende Segel, Geruch von Teer, Muscheln kühl und sandig auf der Innenfläche der geschlossenen Hand –, und die unwandelbare Uferlandschaft meiner Kindheit schien sich selbst hier, selbst jetzt dem plündernden Klammergriff des Fortschrittes zu entwinden, ihm zu widerstehen. Eine Verkehrsampel gab meinem Vater Gelegenheit, eine seiner er-

schreckenden Fertigkeiten vorzuführen: im allerletzten Augenblick und ohne den geringsten Spielraum zu lassen, trat er die Bremse. Und als wir so vor der Ampel warteten, sagte er: »Besonders lustig scheinst du diesmal nicht zu sein, mein Junge. Was ist denn los – Ärger mit einer Frau?« Was konnte ich darauf schon antworten? Ja und nein. Gewiß hatte ich Ärger mit einer Frau, aber darunter saß noch ein anderer Kummer, der an der Wurzel nagte und mich viel stärker beunruhigte. Da ich jedoch noch zu niemandem über Sambuco gesprochen hatte, brachte ich es nun auch ihm gegenüber nicht fertig. Ich murmelte statt dessen etwas von feuchter Hitze.

Darauf sagt er (hellsichtiger Wetterfrosch): »Ich weiß, ich weiß schon, Peter, wir leben in einer üblen Zeit.« Die Ampel zeigte grün, und wir machten einen Satz nach vorn. »Elende Zeit, leere Zeit. Mittelmäßige Zeit. Es riecht geradezu bereits nach Verwesung. Es wird übrigens noch schlimmer werden, wie du wohl weißt. Lies Carlyle, lies Gibbon. Zeiten wie diese, in denen die Menschen falsche Götter anbeten, in denen man Viert- und Fünftklassiges für das Beste hält und nur das Neue, das glänzend Glatte und Aufregende will – wohin führen solche Zeiten letzten Endes? Zu geistiger und moralischer Anarchie, dazu. Dann zu politischer Anarchie. Und dann? Zur Diktatur! *Eine* haben wir in unserem Staat ja schon«, fügte er hinzu und spuckte den Namen jenes Prokonsuls aus, dessen Taten ihn seit dreißig Jahren in einem Zustand der Wut hielten.

Ein seltener und erstaunlicher Mann, mein Vater. Wäre er im Norden geboren, dann hätte er sich wohl zu einem Radikalen alten Stils entwickelt. Wie die Dinge nun einmal lagen, war aus ihm ein braves Mitglied der episkopalischen Kirche geworden, noch dazu in einer Gemeinde, die nächst der von Canterbury wohl als die hochnäsigste gelten kann. Es war ihm gelungen, zwischen seiner aufrichtigen Frömmigkeit und seiner großen menschlichen Erfahrung einen unsicheren Kompromiß zu schließen, und die daraus entstehende Spannung hatte dazu beigetragen, aus ihm den einzigen wirklichen Liberalen zu machen, der mir je begegnet ist. In New York zu dieser Sorte Mensch zu gehören, ist kinderleicht. Im Süden hingegen verlangt das viel mehr als das übliche Maß an Charakter. Mein Vater hatte sich nach Erkenntnis und Weisheit ebenso gesehnt wie andere Leute nach Geld oder Prestige, und ich glaube, von beidem hat er zuletzt doch eine ganze Menge besessen. Er gehörte zu den wenigen Menschen in Port Warwick, die jemals ein Buch gelesen hatten. Das Alter, nicht aber das Leben, hatte ihn ein wenig gebeugt, ihn um ein geringes schrumpfen lassen; in meinen Augen war er immer nur größer geworden. Niemals ist mir ein anständigerer Mensch begegnet als er, und wenn er im Laufe der Jahre gelegentlich nörgelte, rechthaberisch war oder zuviel redete, dann konnte ich das sehr wohl verstehen, denn ich wußte, daß die Gemeinheit und die Heuchelei, gegen die er immer von neuem zu Felde zog, selbst für einen Mann seines Formats zu groß geworden waren. »Das Leben ist die Suche nach Gerechtigkeit, mein Junge«, sagte er mir einmal, ohne beim Aussprechen eines so unendlich schwerwiegenden Wortes auch nur die geringste Verlegenheit zu zeigen. Ich weiß nun, daß er sie niemals gefunden hat, aber vielleicht zählt es mehr, daß er auf seiner einsamen Suche Liebe erfuhr, die verflucht war, und Freuden, die ihn schmerzten.

»Ich glaube, ich bin hier in der Stadt schon zum Paria geworden, Peter«, sagte er weiter (wir fuhren nun schon gut hundert Meter im zweiten Gang, und ich mußte ihn anstoßen, damit er endlich schaltete), »ich rede wohl zuviel, aber ich versuche nun schon bald vierzig Jahre lang, den Leuten die Wahrheit einzutrichtern. Und was ist der Erfolg? Paß auf: Sie wählen einen hergelaufenen General mit dem Lächeln eines Säuglings, jemanden, der von nichts was versteht, der sich Religion ›zulegt‹ und Cowboygeschichten liest. Und das, obwohl es kein General war, der ihnen zunächst mal ihre hübschen Häuschen und ihre Autos verschafft hat, sondern Franklin Roosevelt; *der* war es nämlich, und *dessen* Grundsätze und Gedanken für ein besseres Leben verleugnen sie, sobald fünf Sterne und ein großes Grinsen daherkommen und ihnen versprechen, daß alles gut sein wird, daß sich niemand von seinem technischen Spielzeug zu trennen braucht, an dem sie ja allesamt hängen wie an einer Nabelschnur, und daß sie bis in alle Ewigkeit fette Kater bleiben dürfen, die mit jedem Jahr schlapper, affiger und verblödeter werden. Das reicht ihnen aber noch nicht, denn sie, sie wollen ja alles auf einmal. Und deshalb wählen sie jedesmal wieder diesen millionenschweren Apfelzüchter zum Gouverneur, der ihnen schlechte Schulen und gute Straßen garantiert und in jedem Fall dafür sorgen wird, daß die Neger sich nicht über zu milde Behandlung beschweren können! Ahh«, stöhnte er, preßte grimmig die Lippen aufeinander und schüttelte den Kopf. »Manchmal glaube ich, daß die Stoiker doch recht hatten. Sich die Kehle durchschneiden ist sicher ein guter Abgang, wenn es mal soweit kommen sollte.«

Ich sah nicht länger auf die Bucht hinaus, sondern achtete auf den alten Mann. Ihn so seinem Zorn Ausdruck geben zu hören, hatte vor dem Hintergrund der allgemeinen Übersättigung und Stummheit etwas Sauberes.

»Nein, ich werde nicht mehr mit ihnen sprechen«, sagte er abschließend. »Nein. Diese Burschen haben Alfred Leveretts letztes Wort gehört, und meinethalben sollen sie geradenwegs im Cadillac zur Hölle fahren. Für mich sind sie allesamt erledigt!« Er lief rot an wie ein Hummer, rülpste donnernd, und ich machte mir seines Herzens wegen Sorgen.

Eine Weile fuhren wir schweigend dahin. Weiße Sturmwolken türmten sich am Horizont hoch über dem östlichen Ufer, und unter ihnen trieb grauer Regen, der in rauchigen Fetzen auf das Wasser stürzte. Weit draußen neigte sich ein weißes Segel fast bis aufs Wasser; dann war die Bö vorüber, die eben ihr Wellblechmuster in das Blau getrieben hatte, und das Segel richtete sich graziös wieder auf. Und nun hatte der Wagen, ein 1948er Hudson Hornet, der dem Greisenalter entgegenwankte, angefangen, tief in seinen Eingeweiden ein bedrohliches Zirpen hören zu lassen (ich hatte es schon am Tag zuvor schwach vernommen), aber mein Vater, der immer noch wie ein unwiderruflich mit Schwermut und Kraftlosigkeit geschlagener Jeremias vor sich hin brütete, blinzelte in die untergehende Sonne und achtete nicht auf den Lärm. Er war einer der Kirchenältesten. Seine Schultern waren gebeugt. Er trug eine Brille, und seine Nase war mager und wie ein Schnabel geformt. Ich sah, wie sein Mund arbeitete und die Lippen lautlos zwei Silben formten. Dann wurde daraus ein eben flügges, tastendes Flüstern: »Abschaum.«

»Manchmal glaube ich, wir sind eine Nation von Kindern«, sagte er, »mit den Hirnen von Kindern. Das oberste Bundesgericht hatte doch zum Beispiel ebensowenig das Recht, so zu entscheiden, wie ich das Recht habe, einem A-araber oder Chinesen vorzuschreiben, wie er sein Leben einrichten soll. Wirklich, das war jämmerlich, wenigstens die Art, wie sie es gemacht haben. Und alle werden wir darunter leiden müssen. Aber die Leute hier...! Die begreifen eben nicht, daß den Negern ihr gerechter Lohn werden *muß* für alle die Jahre der Knechtschaft. Sieh mal da rüber, mein Junge!« Er wies auf das spiegelnde Wasser. »Da sind sie angekommen, im Jahre 1619. Genau da. Das war wohl einer der traurigsten Tage in der menschlichen Geschichte, und ich meine für beide, für die Schwarzen wie für die Weißen. Wir zahlen immer noch für diesen Tag und werden auch noch länger dafür zahlen. Es wird auch Tränen geben und Blutvergießen.« Er wischte sich die Stirn. Ich blickte nach Osten. Eine Wolke schob sich vor die Sonne, dann war alles wieder klar, und einen Augenblick lang glaubte ich, jene holländischen Galleonen zu sehen, die mit ihrer gebundenen schwarzen Fracht auf den trüben Jamesriver zuhielten.

»Paß auf!« rief ich. Beinahe hätte er uns in den Graben gesteuert. Schwaden heißer Luft trieben durch den Wagen, und das Gekreisch der Vögel unter der Motorhaube klang plötzlich noch wirrer und erregter.

»Was uns fehlt, mein Junge«, fuhr er fort und bekam dabei das Steuer wieder in die Gewalt, »was unserem großen Land hier fehlt, ist, daß mal was passiert, etwas Tragisches, Wildes, so in der Art, wie es Jericho oder den Städten der Ebene widerfuhr – etwas so Schreckliches, mein Junge, daß die Leute, wenn sie durch das Höllenfeuer und den Schmelzofen gegangen sind und genügend Schmerzen und Leid erfahren haben, wirklich wieder Menschen, menschliche Wesen sind und nicht gesättigte Schweine, die im Trog scharren, Nullen ohne Herz und Seele! Seifenhändler! Nein, wirklich mein Junge, es sind jämmerliche Zeiten, und ich habe nun genug davon. Wir haben unser Erstgeburtsrecht verschachert, und Thomas Jefferson dreht sich im Grabe um. Wir haben uns bis zum letzten Hosenknopf verkauft, und weißt du auch wofür? Für einen Haufen verchromtes Blech aus Detroit, das mit Kaugummi und Spucke zusammengepappt ist!« Rot und schwitzend klopfte er mit einem Fuß auf den Boden. »Hör dir doch an, wie der Blechhaufen fiept und kreischt! So ein absolut schamloser Blechhaufen!« Wieder stampfte er mit dem Fuß auf. »Was mag da bloß kaputt sein?« fragte er dann quengelnd.

»Hört sich so an, als ob du neue Kolbenringe brauchtest«, sagte ich und gab mir Mühe, sachverständig zu erscheinen.

»Nein, mein Lieber«, sagte er, »wir müssen ganz von vorne anfangen, ganz unten. Noch in ihrem tiefsten Verfall hätten die Römer sich geschämt, so zu sein wie wir. Die Gründerväter hatten sehr hübsche Träume, mein Junge, und eine Zeitlang sah es wohl auch so aus, als sollte was draus werden. Der einfache Mann, ausgenommen vielleicht der Neger, besaß so viel Freiheit, wie er sich niemals erträumt hatte – Freiheit, einen vollen Bauch und das Recht, auf seine Weise glücklich zu werden. Ich glaube, das war der größte und schönste Traum, den der Mensch jemals geträumt hat. Aber irgendwo unterwegs ist etwas schiefgegangen. Allmächtiger!« rief er und beugte sich mit gespitzten Ohren vor. »Irgendwas ist schiefgegangen. Der gemeine Mann bekam seinen Bauch voll, aber was war er? Er war nicht mehr Gottes edles Geschöpf, sondern einfach nur noch gemein. Er hatte weder an Würde noch an Weisheit zugenommen. Zugenommen hatten nur sein Bauch und seine Brieftasche. Er schwor seinem Schöpfer ab, indem er nur sonntags dem wahren Gott erbärmlichen Lippendienst leistete, während er in seinem Herzen nichts anderes als den allmächtigen Dollar anbetete. Er beraubte einen ganzen Erdteil seiner Schätze, zerstörte das Leben der Kreatur und alle Schönheit. An ihm waren die Weisheit aller Zeiten, die kostbaren Lehren seiner Vorfahren verloren. Er spuckte auf seinen schwarzen Bruder, glotzte so lange auf den Fernsehschirm, bis er sich die Augen verdorben hatte, und trieb in feinen Klubhäusern Unzucht mit der Frau seines besten Freundes. Er verfügte über Wunderdrogen, um damit sein Leben zu verlängern, und was kam dabei heraus? Im Alter von siebzig Jahren war er eine taube Nuß; niedergedrückt von einem Haufen unrecht erworbenen Gutes und einem Berg von Schuld, fürchtete er den Tod und legte sich am Strand von Miami in den Sand, um sich selbst zu bemitleiden. Eine taube Nuß, mein

Junge! Taube Nuß. Ich weiß, wovon ich rede! Und weißt du was? Am Tage des Jüngsten Gerichtes wird der Herr nur einen einzigen Blick auf diese taube Nuß werfen und dann sagen: ›Und was hast du für dein Seelenheil getan, mein Freund?‹ Und dann wird er ihn zur Hintertür hinauswerfen und hinter ihm herrufen: ›Das hast du dafür, Freund, daß du dich dem Mammon verkauft hast! Das hast du dafür, daß du deine Seele für einen Dollar verschachert und meiner Liebe abgeschworen hast!‹ « Seine traurig herabhängenden Wangen zitterten vor Zorn, und Tränen der Entrüstung standen in seinen Augen. Ich streichelte ihm tröstend den Arm und bat ihn, die Dinge nicht so schwer zu nehmen. Dann veranlaßte ich ihn, neben einem Neubau in eine Tankstelle einzubiegen, und wir kamen rasselnd, unter dem schrillen Gekreisch zahlloser Vögel zum Stehen.

Es waren nicht die Kolbenringe, sondern das Öl – der alte Mann hatte den Motor trockenlaufen lassen. »Ohne Öl geht es nun mal nicht, Mr. Leverett«, sagte der Tankwart und blinzelte mir zu, als mein Vater ausstieg. Ich lehnte mich im Sitz zurück; die Erinnerung an diese Umgebung tat mir weh. Die Worte meines Vaters hatten mich erschöpft und deprimiert. Ich fühlte mich unerklärlich müde und ausgelaugt – vor meiner Zeit gealtert –, und ich empfand plötzlich ein sehr starkes Gefühl des Fremdseins, so als sei ich meiner Identität verlustig gegangen und wisse nun nicht mehr, wer ich sei, wo ich bislang gewesen war und wohin ich nun gehen sollte. Diese Stimmung verlor sich nicht, sie erfüllte mich mit Mattigkeit, Überdruß und Mißvergnügen. Es war später, als ich geglaubt hatte, die Dämmerung senkte sich, und die bleiche Kruste des neuen Mondes schwamm hoch über der Bucht, über Norfolk, den blinkenden Leuchtzeichen über den großen Schiffen, die im ablaufenden Wasser vor Anker lagen. Ich hörte die Sirenen der Schlepper und, hinter mir jetzt, die dumpfrollende Geschäftigkeit der aufgequollenen Stadt, die früher auch zu dieser Stunde der Heimkehr still und gelassen gewesen war. Und als ich dort saß und zuhörte, wie sich mein Vater mit dem Tankwart unterhielt (»Vettern?« sagte er mit jener alten, freundlich teilnahmsvollen Stimme. »Sie sind auch aus Nansemond? Ja, dann wären wir ja wirklich Vettern!«), brach plötzlich die Erinnerung in mir auf, und mir wurde klar, wo wir uns eigentlich befanden. Hier, gerade hier, etliche Faden unterhalb der Fundamente dieser Tankstelle hatte ich vor Zeiten bis zu den Knien im kühlen Salzwasser gestanden und Krebse gefangen, und gerade hier wäre ich im Alter von zwölf Jahren beinahe ertrunken. Damals war die große, salzige Marsch noch ungezähmt, waren die gipsweißen, baumlosen Boulevards noch nicht bis hierher vorgedrungen und auch die Vorstadthäuser nicht und nicht die von Kindern überquellenden Rasenflächen.

Hier, genau an dieser Stelle war ich, in panischer Angst ganze Büschel

von Seegras mit mir reißend, in einer Sintflut von Luftblasen versunken, war weit draußen im Priel nach Luft schnappend und Wasser speiend wie ein Walfisch aufgetaucht, und eine plötzliche, überwältigende Liebe zu meinem entfliehenden Leben hatte mich beinahe erstickt. Dann hatte mich ein farbiger Krabbenfischer, der wie ein schwarzer, schwitzender, gnädiger Christus über der Tiefe zu schweben schien, an den Haaren in sein Boot gezerrt.
Ich bekam Prügel, und noch tagelang lief mir Wasser aus den Ohren. Mein Vater schenkte dem Fischer einen Landschinken und fünf Silberdollars – und das war selbst als Belohnung für einen Lebensretter in jenen Jahren der Wirtschaftskrise mehr, als er sich leisten konnte; aber obwohl man mir verboten hatte, jene Stelle wieder aufzusuchen, schlich ich mich während des ganzen Sommers immer wieder hin. Denn nun schien alles dort beseelt von Geheimnis und Vergänglichkeit – der Bach und die stelzenden Krebse, der salzige Sumpf, das Licht und die glitzernden Möwen, die Bohlenbrücke über dem Ried und das Geklingel des Straßenbahnzuges, wenn er sich auf seiner schwankenden Fahrt durch die Marsch näherte, über die Brücke schepperte und in einem Funkenregen verschwand, wenn sein monotoner elektrischer Singsang sich in der Unendlichkeit, in der Zeit zu verlieren schien und alles in hohen Mittag getaucht hinter sich ließ –, Uferlandschaft und eine einschläfernde, gelbe, insektendurchsummte Einsamkeit. Diese Szenerie barg nur für mich mehr Lichtes und Dunkles, als ich mir je hatte vorstellen können, sie gewann übermenschliche Dimensionen, und ich näherte mich ihr verstohlen, bebend und verzaubert; es war wie der Augenblick, in dem ein hundertmal gehörter Fetzen Musik wie mit neuen Ohren vernommen wird und nun nicht länger als eine simple, aufdringliche Melodie, sondern als ein reines, wortloses Überfließen des Herzens. Hier war es, wo ich die kindliche Vorstellung verlor, ich werde für immer leben; hier hatte ich das Zerbrechliche nicht so sehr meiner selbst, als vielmehr allen Seins erkannt, und deshalb besaß dieser Ort für mich eine neue, eindringliche Schönheit, wenn mir auch gleichzeitig davor graute. Darum ging ich, nachdem ich mir heimlich etwas zu essen verschafft hatte, Tag für Tag wieder dort hin. Da lag ich denn der Länge nach auf dem Bauch im Schilf, stieß die Krebse mit einem Stöckchen an und sah zu, wie sie wegliefen, da träumte ich und grübelte in der heißen Sonne vor mich hin. Gelegentlich näherte sich die Straßenbahn scheppernd und rasselnd und wich dann in die Stille des Mittags zurück. Möwen leuchteten vor dem Himmel. Die schwarzen Fischer, weit draußen in ihren Booten, riefen hymnisch den Wind herbei, und dann war es wieder für eine Weile still, und in dieser Stille, die neue, gelbe Welt vor meinen Augen ausgebreitet, den Magen bis zum Rand mit Mayon-

naise und Limonade gefüllt, erbebte ich unter der Erkenntnis der Sterblichkeit.
Hier also, Jahre später an der gleichen Stelle, weigerte ich mich zu glauben, daß irgend etwas so vollständig ausgelöscht werden könne. Und doch würden auch durch die eifrigsten Ausgrabungen – von meinen Enkeln vorgenommen – jene sonnenüberstrahlte Marsch, der Bach, die Krebse und die singende Straßenbahn nicht freizulegen sein. Es war alles verschwunden. Nicht einfach nur verändert, verwandelt, nicht also mehr ein Ort, dessen Konturen sich verschoben haben, dessen Silhouette verwischt ist (hier etwas nachgewachsen, dort alles kahl, eine eingeebnete Sandkuhle, eine junge aufschießende Weide), aber doch immer noch erkennbar, verläßlich, sicher – meine Marsch war verschwunden, hatte sich einfach in Luft aufgelöst, und nichts war von ihr übriggeblieben. Schwer zu sagen, wieviel Tonnen Erde, Sand, Gestein, Geröll, Schutt und Müll aus Port Warwick zu diesem verblüffenden Vernichtungswerk verwandt worden waren – man hatte es jedenfalls gründlich besorgt. Darunter, für alle Zeiten begraben, eine Uferlandschaft. Überall um uns herum hockte im Dämmerlicht auf exzentrisch geführten Terrassen eine Horde von Kleinhäusern in ihren Vorgärten, die sich (warum?) ›Glendora Manor‹ nannten. Heckflossige Autos, größer als die Häuser, kreuzten schwerfällig, kleine Hunde aufscheuchend, in den winzigen Straßen und kamen längs der Vorgärten zum Stehen, in denen Rasensprenger herumwirbelten, mechanische Grasmäher ihre Herren durch das grünlich schäumende Halbdunkel schleppten und gläserne Kugeln auf Säulen wie versilberte Korbbälle glitzerten. Noch waren die Bäume klein, doch schienen sie sich Mühe zu geben. Und hier, berechnete ich, von dieser Tankstelle aus, würde ein Lot genau den Punkt treffen, wo ich damals im schäumenden Salzwasser versunken war.
Soviel über meine Kindheit. Man sagt wohl, daß der Mensch dazu neige, in Zeiten der Bedrängnis und der Bedrohung, in Zeiten des Schreckens und der Bestürzung, des Verstummens und Sichaneinanderdrängens die Vergangenheit zu beschwören, ja, sie nachzuahmen, indem er alte Moden wieder belebt, alte Lieder summt, historische Schauplätze aufsucht und die Kriege seiner Ahnen von neuem durchlebt – das alles in dem Bemühen, sowohl die matte Gegenwart als auch die Zukunft zu vergessen, die zu gespenstig und gräßlich ist, als daß man sie sich ausmalen könnte. Vielleicht sind wir Amerikaner deshalb so außerordentlich nervös und gehetzt, weil unsere Vergangenheit beinahe schon ausgelöscht wird, noch ehe sie uns ins Bewußtsein gelangt ist. Auf unserer Suche nach alten Offenbarungen, in deren Anblick wir uns vertiefen möchten, stoßen wir nur auf Geister, Geflüster und Schatten: zu sehen und zu fühlen gibt es für

uns beinahe nichts mehr und nichts, was unsere Sehnsucht aufnähme. An jenem Abend war mein Herz angerührt: durch die unveränderte Güte, die Ehrbarkeit und den Zorn meines Vaters, aber auch durch das, was in mir war – im Leben selbst, so stark schien es –, von dem ich wußte, daß es unwiederbringlich verloren war. Mir selbst und meiner Zeit entfremdet, weder in der zerstörten Vergangenheit noch in der phantastischen und unverständlichen Gegenwart daheim, erkannte ich, daß ich die Antwort mindestens auf einige Fragen würde finden müssen, ehe ich mich wieder fangen und imstande sein könnte, vernünftig weiter zu leben.
»Meinen Sie Miss Minnie Morehouse aus Whaleyville?« fragte mein Vater soeben in jenem verwaschenen Dialekt, der früher auch der meine gewesen war, und den ich nun verloren hatte. »Selbstverständlich war ich da. Und selbstverständlich habe ich Blumen auf ihr Grab gelegt!«
Ich muß für kurze Zeit die Augen geschlossen und sie dann wieder geöffnet haben, wohl in dem Glauben, daß ich durch ein solches Ritual wunderbarerweise doch noch einmal inmitten des Schilfes erwachen und von neuem jenen Ort sehen könnte, wo das Leben mich stumm gemacht, mir Einfalt und Illusionen genommen hatte. Aber hier, in der sich wandelnden Gegenwart war alles Schatten: Ich sah nichts, hörte nichts; was ich sah, war wieder nur in mir: Möwen, die wie Blitze über den Himmel flammten, und jene Straßenbahn, die wie ein Gespenst und wie durch den Widerschein von Jahrhunderten klingelnd heranschwankte...
An jenem Abend kündigte ich Cass Kinsolving telegraphisch meine Ankunft in Charleston für den nächsten Tag an. Ich hatte selten so übereilt gehandelt, und es war mir klar, daß ich es ganz auf seinen guten Willen ankommen lassen mußte. Wenn ich aber ergründen wollte, was in Sambuco geschehen war, wie es sich mit Mason verhalten und welche Rolle ich in der ganzen Sache eigentlich gespielt hatte, dann mußte ich zunächst alles über Cass erfahren.

Zwei Jahre zuvor kannte ich Cass noch nicht einmal. Unser erstes Zusammentreffen kann man wohl nicht gerade als vielversprechend bezeichnen – obwohl er mir sogar bei jener Gelegenheit als ein ungewöhnlicher Mensch erschienen war –, und er hätte vielleicht geradenwegs wieder aus meinem Leben verschwinden können, wäre ich nicht am selben Tag noch, nur wenige Stunden später, an die Peripherie jener Ereignisse geraten, in deren Mittelpunkt er stand. Dieses Zusammentreffen und die Umstände, die ihm vorangingen, möchte ich beschreiben und wäre es nur, damit man versteht, warum ich überhaupt nach Sambuco fuhr und in die ganze erbärmliche Affäre verwickelt wurde.
Als Mason Flagg mir nach Rom schrieb und mich einlud, ihn in Sambuco

zu besuchen, hatte ich das Gefühl, nichts könne besser in meine Pläne passen. Ich war seit vier Jahren in Europa – drei davon in Rom – und an den Punkt gelangt, wo ich fühlte, daß meine Wurzeln, wenn man so will, entweder zurück in heimatliche Erde verpflanzt werden oder gänzlich absterben müßten. Masons Einladung traf also sehr gut zusammen mit meiner Absicht, mich noch ein letztes Mal umzusehen, ehe ich nach Amerika zurückkehrte.

Wie ich nach Europa kam, und was ich dort tat, ist schnell und einfach erklärt. Am Krieg (dem Krieg vor Korea) hatte ich nicht teilgenommen, denn zwei Tage nach der Bombardierung Hiroshimas verließ ich im Leutnantsrang ein unter dem Patronat der Kriegsmarine stehendes College in Illinois, wo ich eine wirklich abscheuliche Ausbildung erhalten hatte. Ich machte dann meine juristischen Examina und arbeitete kurze Zeit in New York. Es stellte sich dann bei mir das Gefühl ein, ich sei um jede Aufregung und die Möglichkeit, die Welt zu sehen, betrogen worden, und ich beschloß deshalb, nach Europa zu gehen – das ist schließlich für ruhelose junge Leute mit nebelhaften Vorstellungen das übliche. Ich fand eine Anstellung in der Rechtsabteilung einer ausgedehnten amtlichen Hilfsorganisation und war eine Zeitlang in Paris stationiert. Hier hoffte ich, den vom Krieg Zermürbten und Erniedrigten die demokratische Bruderhand hinstrecken zu können, hörte aber schließlich nichts anderes mehr als die Klagen gleichgültiger Bürokraten, Kollegen aus Louisville und Des Moines. Von meinem Büro aus hatte ich einen märchenhaften Blick auf die Place de la Concorde. Ich arbeitete Reisepläne aus und stellte Ladelisten auf, die pure Kunstwerke waren.

Nach Ablauf eines Jahres wurde ich nach Rom und in ein noch feineres Büro versetzt, das dem grünen Ruinenfeld des Circo Massimo gegenüberlag. Hier wurde zu fast allen Jahreszeiten ein Karneval abgehalten, der meine Tage mit quäkenden Trompetentönen und der irren Musik von Dampforgeln belebte. Rom gefiel mir, wenn meine Tätigkeit – ich widmete mich den Nöten der Angestellten unserer Organisation – auch unverändert schien: etwas im italienischen Klima macht den durchschnittlichen amerikanischen Angestellten, der ja hier vom Mechanismus des Fortschritts so weit entfernt ist, noch verdrießlicher. Auch waren die Milkshakes in der Kantine – der Qualität der Milch wegen – längst nicht so gut wie in Paris, obwohl ich gegen Ende meines Aufenthaltes erfuhr, daß damit begonnen wurde, Milch aus holländischen Molkereien heranzufliegen. Ich wurde aber gut bezahlt (geradezu beschämend gut, verglichen mit meinen italienischen Kollegen, die für die Hälfte des Gehaltes doppelt soviel zu arbeiten schienen), und ich kaufte mir einen flotten kleinen Austin-Sportwagen, der mich die lange Steigung zu meiner Wohnung auf dem Gianicolo hinauftrug. Dort hatte ich eine Wohnung in einem verkommenen Haus, und eine alte rheumatische Frau namens Enrica, die mein Nachtessen zubereitete und meine Abende mit ihren unermüdlichen Klagen füllte. Ich besaß auch ein Grammophon, einen kratzenden Apparat, den der frühere amerikanische Mieter zusammen mit einem Haufen Platten hinterlassen hatte, der anscheinend alle Werke von Wagner, Liszt und Tschaikowskij enthielt, die jemals aufgenommen worden waren. Der Ausblick von meiner Terrasse war, besonders in der Sommerdämmerung, grandios; ich pflegte dann dort oben zu sitzen, mir ein Lisztkonzert vorzuspielen, unseren steuerfreien Whisky zu trinken und auf die Stadt zu schauen, die in ihrer ganzen Ausdehnung wie ein leuchtender Fries, rostfarben und golden vor mir hingebreitet lag. Während jener Zeit hatte ich zwei oder drei Freundinnen – ein Mädchen namens Ginevra, dann eins, das Anna Maria hieß, und schließlich gegen Ende meines Aufenthalts und, vielleicht als Vorzeichen, das mir das Ende meines Exils ankündigte, eine junge Studentin aus dem Smith College mit herrlichen schwarzen Augen – und für gewöhnlich saßen wir zu zweien dort und hörten vollkommen zufrieden der schändlichen Musik zu, während ein letzter bedrohlicher Strahl der sinkenden Sonne die Wälle des Forums traf und der Schatten meines Hügels, ostwärts vordringend, Dunkelheit über die Stadt rollte.

Im ganzen gesehen waren es drei schöne Jahre. Ich fuhr überall hin, sah alles, was es zu sehen gab, und fühlte mich, vielleicht weil ich mir so glücklich bereichert vorkam, meinen Bekannten in der Organisation um einiges überlegen, deren Abenteuer in Italien (abgesehen von einem sommerlichen Ausflug nach Capri) genau begrenzt waren durch ihre Wohnungen in den Vorstädten und die Bar im Hotel Flora, wo die Martinis eiskalt und trocken und mit dem besten englischen Gin gemacht wurden. Es stimmt, daß ich Italien wenig genug gegeben hatte, aber Italien hatte mich, einfach durch sein warmes und verschwenderisches Dasein, belohnt, und da Geben seliger ist denn Nehmen, hatte ich das Gefühl, vielleicht auf diese Weise die Italiener glücklich gemacht zu haben, da ich es denn durch meine grotesken Versuche der ›Hilfeleistung‹ und ›Unterstützung‹ nicht vermocht hatte. Wie dem auch sei, gegen Ende meines dritten Jahres beschloß ich, nach Amerika zurückzukehren. Rom ist zwar eine großartige Stadt, doch kann man dort eben nicht Richter am Obersten Bundesgericht der Vereinigten Staaten werden. Ich hatte mir etwas Geld erspart und auf eine Anzahl sorgfältig abgefaßter Briefe verschiedene Stellenangebote aus New York erhalten. Ich hätte Italien so munter wie ein Sperling und ohne Bedauern verlassen können – wäre nicht Sambuco und die Einladung gewesen, die ich von Mason Flagg erhalten hatte.

Der Brief kam Anfang Juli, etwa eine Woche nachdem ich meine Stellung aufgegeben hatte. Ich wußte, daß Mason schon seit dem Frühjahr in Sambuco war. Im Mai hatte ich einen geschwätzigen Brief von ihm erhalten – den ersten seit Jahren –, und darin schrieb er, daß er meine Adresse von einem gemeinsamen Bekannten in New York erhalten habe und daß er nun in Italien sei, »um sich gründlich ans Schreiben zu machen«, und er wünsche, ich möge ihn besuchen. Aus Gründen, die später sicher verständlich erscheinen werden, zog ich es damals vor, diesen Brief nicht zu beachten. Seine neuerliche Einladung machte mich indessen schwankend. Ich fühlte mich frei wie ein Vogel und zu Abenteuern aufgelegt, hatte keinerlei Bindungen und verspürte Lust, neue Ausblicke zu gewinnen. Die Einladung war flüchtig abgefaßt, aber doch eindeutig – »bleib so lange Du magst« – und ganz typisch für Mason, der niemals der Mann gewesen war, das Ausmaß seiner Unternehmungen zu untertreiben: »So einen Palast, wie wir ihn hier bewohnen, hast Du in Deinem Leben noch nicht gesehen.« Ich war noch nie in Sambuco gewesen, aber Mason stellte es als ein Paradies für Müßiggänger dar. (Er beschrieb die Sonne und das Meer, und so etwas wie ein Bataillon von Dienstboten; »für den ganzen Haufen zusammen 50 Dollars im Monat, und sie stehen alle herum und sind noch viel untertäniger als irgendeiner von den Schwarzen, die mein Alter in Virginia hatte.«) So beschloß ich denn, nicht länger in Rom zu verweilen, sondern am nächsten Tag hinunterzufahren, und telegraphierte Mason, daß ich käme. Mit dem Wagen fährt man in sechs Stunden von Rom nach Sambuco, und von Neapel eine Stunde. Ich hatte schon meine Rückfahrt nach Amerika von Neapel aus gebucht, und es war verhältnismäßig einfach, meinen Abfahrtstermin um eine Woche hinauszuschieben. Mit der Zulassung meines Autos (sie war abgelaufen) und mit dem Auto selbst, das ich durch den Italienischen Automobilklub verkaufen lassen wollte, gab es aber Schwierigkeiten. Wenn ich nämlich jemals in der kühlen blauen See weit unterhalb der Klippen von Sambuco schwimmen wollte, dann, das wußte ich, durfte ich den Wagen nicht hergeben. Meinen letzten Nachmittag in Rom – den ich eigentlich in milder Wehmut auf einer blumenumrankten Caféterrasse zu verträumen gedacht hatte, verbrachte ich statt dessen mit einer Angestellten des Automobilklubs, einer dämonischen, mondgesichtigen Frau, unter deren Achseln der Schweiß große blaue Ringe hinterlassen hatte und die sich verschwor, daß jeder Gedanke daran, zu dieser späten Stunde den Ablauf der Ereignisse noch zu verändern, eine Art verbrecherischen Traumes sei. »Questa non è l'America, Signore«, schnaufte sie düster, »qui siamo in Italia.« Die Zulassung sei abgelaufen und damit basta. Das gleiche gelte für den Wagen – es sei unwiderruflich darüber verfügt. Dokumente wurden vorgezeigt, um diesen Sachverhalt zu bekräftigen, desgleichen ein riesiges Gesetzbuch und eine Anzahl von Karteivermerken; ich hatte in Italien aber erfahren, daß die Aussichten auf eigenen Erfolg um so besser sind, je nachdrücklicher ein Beamter »nein« sagt. Und so stand ich denn gegen Abend in Schweiß gebadet auf der Straße mit der verlängerten Zulassung und dem elenden Kraftfahrzeugbrief in der Hand – in dem einzigen Land der Welt, wo ein derartiger Sieg einem das Gefühl einer hoffnungslosen Niederlage geben kann.

Ich fuhr in der Dämmerung nach Hause, glücklich, den Wagen wieder zu haben und im Bewußtsein, ihn nun schließlich doch noch vor meiner Abfahrt aus Neapel verkaufen zu können. Doch fühlte ich mich heiß und erschöpft; die Frau hatte mich eingeschüchtert, und ich verfiel in eine Art zaghafter Träumerei und schlich im Fußgängertempo heimwärts an schweigenden, von der Hitze ausgelaugten Römern vorbei, durch breite, von welkenden, niedergebeugten Bäumen bestandene Straßen. Auf dem Petersplatz war keine Menschenseele zu sehen, ausgenommen zwei verschwitzte, eilende Nonnen, und über der großen Kuppel schien sogar die Luft von der gräßlichen Weißglut des Tages zu schäumen und zu wogen. »O Gott – was für eine Hitze!« hörte ich jemanden rufen, als ich den Hügel hinaufkroch, aber für diesmal jedenfalls schien die Stadt merkwürdig stumm – sogar die Motorroller hatten aufgehört zu lärmen – ganz, als erwarte alles atemlos in ersticktem Schweigen ein apokalyptisches Unwetter.

Später, mit einfallender Dunkelheit, wurde es etwas kühler, und ich war fähig, fertig zu packen. Das Haus war in heillosem Durcheinander – das machte aber nichts –, Bilder waren abgenommen, Stühle umgeworfen, Kisten und Kästen standen überall; es war nichts Anheimelndes mehr da, ich hatte auch keine Lust, nach derartigem zu suchen. Meine Freundin vom Smith College war schon vor einigen Tagen abgereist; ihre Mutter, ein eckig zugeschnittenes Exemplar Detroiter Gotik, die sehr vernünftige Pläne für ihre Tochter in Grosse Pointe hegte, hatte sie in dem erstbesten, nach Westen abgehenden Flugzeug entführt. Dies hielt ich für ganz in der Ordnung; der Kern unserer Romanze – Liebe in der Ewigen Stadt – schien längst durch Zeit und Gewohnheit verbraucht, und sie hatte damit begonnen, sich Dosen voll Erdnußbutter von ihren Bekannten bei der Gesandtschaft zu erbetteln und lange heimwehgesättigte Stunden hindurch amerikanische Filme anzusehen. Und nur zu spät erkannte ich, daß ich solchen Praktiken stumpfsinnig zugestimmt hatte. Aber an jenem Abend war ich weit davon entfernt, glücklich zu sein, ich war nicht einmal zufrieden und wußte nicht, woran das lag. Möglicherweise war es aber wirklich nur die Wohnung, die nun entblößt und von jener fast mystisch beseelten Häßlichkeit war, die Mussolini den Werken seiner Ära eingegeben hat: ein Zimmer aus Sperrholz, Chrom und Kunstleder, dazu Wasserflecken, eine einzelne Sechzig-Watt-Birne, die alles in ihr zaghaftes Licht tauchte, und vom Grammophon her die Pathétique – eine leise, verschwommene Zukkung. Es deprimierte mich zu erkennen, daß ich so lange in einer so beleidigend häßlichen Umgebung hatte leben können, und doch war ich betrübt darüber, daß das Haus mich mit derselben Gleichgültigkeit ziehen zu lassen schien, mit der es mich vor drei Jahren empfangen hatte.

Es war also schon spät – beinahe neun Uhr –, als ich alles gepackt hatte und die alte Enrica mir die letzte Mahlzeit auf den Tisch stellte. Sie bot ein Bild des Jammers, während sie mir die Mahlzeit servierte, schniefte über den Schüsseln, stieß unverständliche sizilianische Klagen aus und betrachtete mich von der Küche her verstohlen mit kummervollen Blikken. Kein Dienstherr, heulte sie und fingerte derweilen an ihrem spärlichen Schnurrbart, sei so gut, so »gentile« gewesen, und nun werde sie also nach Messina zurückkehren müssen, denn in Zukunft für jemand anderen in Rom zu arbeiten, sei einfach undenkbar. Sie rasselte dumpf mit Töpfen und Pfannen und fuhr fort, über den Herd hin zu murmeln. Das trug ebenfalls dazu bei, diese Mahlzeit zu einem düsteren Ereignis zu machen; die Ravioli, die seit acht Uhr auf dem Tisch standen, schmeckten wie Gips, der Wein war lauwarm, gallig und syrupartig. Aber unterhalb der Terrasse breitete sich die Stadt mit Millionen zwinkernder Lichtaugen aus. Ich konnte das Kolosseum sehen, in den phosphoreszierenden Schein seiner Flutlichter getaucht, und ein wüstes Bündel strahlend weißer Lichtschäfte dort, wo das Forum lag. Weit dahinter erkletterten schwankende rote und grüne Punkte, ein Flugzeug, die über den Albaner Bergen aufragende Dunkelheit. Im Süden und Osten, dort, wohin ich fahren wollte, glitzerten wie Sternhaufen die Lichter Roms, und wo die Vororte der Stadt über die Hügel ins unsichtbare Düster wucherten, wand sich ein Feuerschweif aus Neon und ließ Rom plötzlich unermeßlich viel größer erscheinen als jede andere Stadt der Welt. Und einen Augenblick lang glaubte ich – vielleicht lag es auch nur am Wein –, daß Rom mir, zu spät, endlich verständlich werde, mir zum Abschied keinen Vorwurf mache, sondern nur verstehend, Lebewohl wünschend, vieläugig blinzelte, in seiner unsterblichen Geduld mit den Barbaren der Erde, von denen ich nur einer der in allerjüngster Zeit gekommenen war. Doch ging der Augenblick vorüber. In einem leichtsinnigen Versuch, meine Stimmung zu heben, trank ich zuviel Wein, und nach ungefähr einer Stunde kam Enrica, um sich von mir zu verabschieden. »Addio«, schluchzte sie, »buon viaggio. Enrica wird Sie vermissen, Signore.« Und sie hinkte hinaus in die Nacht, wobei sie Tränen vergoß – Tränen, nicht nur des Kummers, sondern wohl auch der Reue, denn ich entdeckte später, daß sie neben anderen Sachen (Füllfederhalter, goldener Schlipsnadel et cetera) meinen elektrischen Rasierapparat mitgenommen hatte, und den wenigstens konnte sie gebrauchen.

Nach diesem Auftritt und als es auf elf Uhr ging – ich stolperte in dem verwüsteten Lagerhaus umher, zu dem meine Wohnung nun geworden war –, fühlte ich mich so verängstigt, daß ich es kaum erwarten konnte, in Sambuco anzukommen. Wie im Fieber beschloß ich, noch in derselben Nacht abzufahren. Ich verstaute mein Gepäck im Wagen, eine Flasche Whisky im Handschuhfach, und fuhr den Hügel hinunter, wobei mir dauernd der graue Verdacht im Nacken saß, ich hätte etwas vergessen. Doch hatte ich meine Tennisbälle, meine Gitarre, meinen Paß und die pornographischen, sorgfältig als ein Band Petrarca getarnten Zeichnungen bei mir, die ich auf Masons Wunsch in der Via Sistina für ihn besorgt hatte. Alles war an seinem Platz, ich zerbrach mir vergeblich den Kopf, und erst, als der Tiber in Sicht kam, wurde mir klar, daß das, was wirklich hinter mir zu lassen ich im Begriff stand – und zwar sowohl mit Bedauern als auch mit einer ganz besonderen Art von Bosheit –, nicht mehr und nicht weniger als Rom war. Da wollte es mir scheinen, daß ein so flüchtiger Abschied nach jahrelanger Anwesenheit zu abrupt, zu unhöflich sei. Ich fuhr also zum letzten Mal auf die Piazza Santa Maria in Trastevere und trank dort ein Glas Bier.

Im Umkreis meines Cafés war es still und dunkel. Die amerikanischen Besucher hatten die Restaurants geräumt und den Platz einer Horde von Kindern überlassen; ein Bettler kratzte auf seiner Fiedel, und junge Priester, zu dieser späten Stunde wohl im Besitze einer besonderen Erlaubnis, kehrten von einem Konzert nach Hause zurück, die Programme noch in der Hand. Auch Ava Gardener war anwesend und blickte aus ihrem zerfetzten Plakat ausdruckslos, aber aufmerksam zu dem Brunnen hin, den ganze Fluten von Schlamm mit einer bewundernswert widerstandsfähigen Schleimkruste überzogen hatten. Es war ein schöner Brunnen, und ich betrachtete ihn lange. Hinter mir, in den bläulichen Schatten des Kirchenschiffs, gurrten und raschelten verschlafene Tauben, sonst war alles still. Während ich dort so saß, versuchte ich mir einzureden, daß der Abend von besonderer Bedeutung für mich sei, doch fiel mir so recht nichts ein; meine Gedanken waren träge und seicht. Undeutlich spürte ich, daß ich nun, da der bewegteste Teil meiner Jugend hinter mir lag, an einem entscheidenden Punkt meines Lebens angelangt sei. Ich war gefährlich nahe daran, mich selbst zu bemitleiden und kam mir vor wie jemand, der ein prächtiges Abschiedsfest arrangiert hat und nun allein inmitten der ganzen Pracht dasitzt, weil niemand gekommen ist.

Das Bier schmeckte gut. Ein Luftzug strich über mich hin, roch erst nach Kaffee, dann nach Blumen, und ich verspürte einen unwillkommenen Anfall animalischer Lüsternheit. Dann zeigte ein einziger Glockenschlag, der wie gehämmertes Silber vom Campanile hoch über mir herabfiel, die halbe Stunde an. Eine Bande von Jungen rannte vorbei und belebte den Platz für einen Augenblick mit dem Klatschen nackter Sohlen, einem Wirbel bloßer Füße. Mit dumpf rollenden Jalousien schloß eines der Restaurants für diese Nacht, und weiter weg rief jemand »Tommasino!« – eine sommerliche Stimme, von Hitze, Müdigkeit und Schlaf belegt, die in den Gassen erstarb.
Danach lag der Platz für eine Weile verlassen da. Einmal strich eine Katze durch mein Blickfeld, blinzelte unternehmungslustig und grinste verbindlich. Sie glitt über die Stufen des Brunnens, ein gelber Tupfen, und stürzte sich unerschrocken ins Dunkel, irgendeiner ruchlosen Unternehmung entgegen. Dann war alles wieder friedlich und wohlanständig, der Himmel klar und voller Sterne; die Luft duftete nach Blüten, und aus dem Brunnen tropfte das Wasser. Ich blieb sitzen, bis die Uhr wieder schlug und der Kellner mir durch sein Gähnen anzeigte, daß es spät geworden war. Ich zahlte und saß noch ein Weilchen den Blumenduft einatmend da, dann stand ich auf und warf einen letzten Blick auf Rom: auf Brunnen, Tauben, Katzen und Priester, von denen, gerade als ich aufstand, eine Gruppe vorüberkam; zwei von ihnen schleckten Eiswaffeln, zwei schwätzten irisch miteinander – »Me old mother gave me this« –, zwei umklammerten ihre Meßbücher und flüsterten Gebete vor sich hin; ihre Gewänder wehten wie Trauerfahnen und verschwanden, schwarz gegen das schwärzere Schwarz, die mondlose Steigung zum Gianicolo hinauf, ihrem festen Kloster entgegen…
Als ich dann nach Süden durch die dunkle Campagna fuhr, fühlte ich mich unglaublich befreit, hatte aber die Nachwirkungen des Ärgers vom Vortage nicht bedacht. Sie machten sich später bemerkbar. Die erste Stunde nach meiner Abfahrt aus Rom ging in einer lärmenden Euphorie dahin; ich empfand eine plötzliche Liebe zu dieser italienischen Nacht, zu den ungeheuren Sternen über mir, zu den Städten, deren Silhouetten auf den Hügeln standen, zu dem Wind, der nach Land roch, nach Erde, nach Dung und Pflanzenwuchs, der mich abkühlte und in die hinter mir aufgehäuften Kleider fuhr, die nun knatterten wie Wimpel. Ich hatte das Verdeck heruntergeklappt; ich fuhr schnell, denn die Straße verlief schnurgerade und war leer, und ich sang aus vollem Hals gegen den Wind an. Meine Scheinwerfer ließen lange Alleen von Pappeln aufflammen, deren Blätter an ihrer Unterseite glänzten wie ein ganzer Silberschatz, und schlafende Dörfer mit Namen wie aus lateinischen Lehrbüchern – Aprilia und Prontinia

– schimmerten weiß und still wie Grüfte; nur die Hunde waren unterwegs. Über mir rollten helle Sterne über den Himmel, aber im Süden, zum offenen Land hin, war alles schwarz wie der Tod, und Dunkelheit ohne Häuser und ohne vertraute Umrisse erstreckte sich endlos nach allen Seiten. Hier etwa begann meine überschäumende Stimmung sich zu verlieren. Viertelstundenlang konnte ich rechts und links von mir nichts sehen – keine Häuser, keine Menschen, nichts Wachsendes –, gar nichts, außer der alles einhüllenden Nacht. Ich fing an, mich verlassen zu fühlen, und wenn nicht das Geräusch des Wagens gewesen wäre, hätte ich glauben können, ruder- und richtungslos auf schwarzem Ozean in einem Boot unter den Sternen dahinzutreiben. Dann war ich plötzlich ohne Übergang in felsiger Landschaft, erklomm die Flanken elender, kränklicher Berge, auf denen nichts wuchs und niemand wohnte, eine Wildnis voll vertrockneter Flußbetten und ausgedörrter Hohlwege, Schlupfwinkel von Dieben. Ich drehte das Radio an, doch bot auch das keinen Trost: die Stimme einer Frau versprach »Un po' di allegria negli Spikes Jones«; von Monte Carlo drang schwach ein flüchtiger Fetzen Beethoven herüber, der bald leiser wurde und schließlich ganz verschwand. Die Rundfunkstation der amerikanischen Armee in Deutschland beendete lärmend ihr Programm mit einer Sendung, die sich das ›Hillbilly-Gasthaus‹ nannte. Diese Verbindung zweier Sprachen und das Klimpern der Gitarren, Banjos und Fiedeln zwischen diesen verlassenen Hügeln hatte etwas Beängstigendes. Aber dann erschien vor mir ein schwacher gelblicher Schimmer, ich fuhr steil zur Küste hinunter und gelangte bald darauf in die Stadt Formia, wo die See warm von Sardinien hereinrollt.

Ganz überraschend streckte mich hier Erschöpfung wie ein Faustschlag nieder. Ich hielt an.

Aus irgendeinem Grunde datieren für mich die Ereignisse in Sambuco – wenigstens meine Beteiligung daran – von diesem Augenblick. Hätte ich in jener Nacht richtig geschlafen, dann wäre mir vielleicht das Mißgeschick erspart geblieben, das mich am nächsten Tag ereilte, und ohne dieses Mißgeschick wäre ich gewiß frisch wie eine Butterblume in Sambuco angelangt und nicht matt, wirr und zerschlagen, kaum noch imstande, mich zu beherrschen, und von einer zermürbenden Erschöpfung der Nerven befallen, von der ich mich überhaupt nicht ganz erholte. Solche hinterher angestellten Überlegungen sind aber völlig nutzlos. Als ich in Formia ankam, war ich jedenfalls am Ende meiner Kräfte, mein Gesicht fühlte sich taub an, die Augäpfel waren entzündet, und alle meine Gelenke schmerzten. Die Hotels waren entweder schon geschlossen oder hatten kein Zimmer mehr frei.

Ich fuhr also auf eine Mole, von der aus man den Hafen überblicken konnte, klappte das Verdeck hoch und rollte mich zum Schlafen zusammen. Doch ließen mich die Mücken nicht in Ruhe. Es waren dicke Julimücken, die sich in den Badeorten gemästet hatten und sich, von der Landbrise getragen, vor Erregung sirrend, auf mich stürzten und unermüdlich meinen Kopf umkreisten. Nachdem ich eine Stunde gegen sie gekämpft hatte, gab ich es auf und schloß die Fenster. Der Wagen verwandelte sich alsbald in einen erstickenden, luftlosen Ofen, in dem ich die entnervenden Alpträume des Halbschlafes erlitt. Mehrere Male erwachte ich und sah eine Herde von Sternen über den Horizont gleiten, dann fiel ich wieder in meinen klebrigen Schlaf, wo merkwürdige Gerüche, Atem der Vergangenheit, in meine Träume einbrachen – Ebbe zu Hause in Virginia, Schlick und Tang, Netze, die in der Sonne trockneten. Als ich schließlich erwachte, traf der volle Glast des Morgenlichtes meine schmerzenden Augen. Rufe drangen zu mir herüber, Badende planschten in den Wellen. Dann gewahrte ich zwei ausgezehrte, bärtige Gesichter, die mich durch die Windschutzscheibe anstarrten.

»E morto?« hörte ich einen den anderen fragen.

»Un inglese. Soffocato.«

Als ich mich bewegte, zogen sich die beiden alten Männer langsam über den Sand zurück und sahen sehr verwundert aus. Es war schon neun Uhr vorüber; ich war in Schweiß gebadet, hatte heftige Kopfschmerzen und jenes zittrige Gefühl im ganzen Körper, das man sonst bei einem Kater hat. Um diese Zeit hatte ich schon unterwegs sein wollen, und ich kam schließlich auch los, nachdem ich in einer Bude am Strand eine Tasse Kaffee und ein zähes, altbackenes Brötchen zu mir genommen hatte, zwischen kreischenden Römern in Badeanzügen, die samt und sonders Coca-Cola schlürften.

Gewisse Verhängnisse wirken so stark auf den menschlichen Geist, daß man sich, ist der erste Schock einmal vorüber, mit großer Deutlichkeit all jener Ereignisse entsinnt, die dem eigentlichen Schlag voraufgingen. Alles an jenen Ereignissen nimmt nämlich die graue Farbe des Unheils und die erschreckende Qualität des Vorbestimmtseins an, und so bewahrt sie das Gedächtnis auch auf. In dieser Weise erinnerte ich mich der Straße, die von Formia nach Neapel und weiter führt. In einiger Entfernung von der Küste wird sie wieder breit und gerade. Aber es war Sonnabend, Markttag, und die Straße wimmelte von Fahrzeugen – Wagen und Karren, bis zum Rand mit Gemüse und Futter beladen und von Eseln gezogen, bewegten sich so gemächlich, daß sie wie unheimliche, stehende Hindernisse auf meiner Fahrbahn erschienen. Die Sonne klomm höher und höher über der staubigen Landschaft. Ihr Feuer senkte sich auf die Hügel; nahe der Straße stand verbranntes Getreide auf den Feldern, und

Bäume kauerten zusammengeschrumpft in windlosen Hainen. Von der Straße stieg die Hitze in fettigen Wellen auf, und durch diese Wellen kam brüllend, bösartig glitzernd und oft direkt auf mich zu ein wahrer Teufelszug von Fahrzeugen – Motorroller, Autobusse, vollgestopft mit Touristen, und ganze Karawanen sausender Automobile. Dann wieder überholten mich riesige Tankwagen im Hundertkilometertempo und ließen einen beißenden Schleier blauer Benzindünste hinter sich. Kurz vor Neapel, in der Nähe von Capua, war die Straße von Schafen überschwemmt, in die ich beinahe hineinrutschte, und ich mußte mir behutsam einen Pfad zwischen ihren traurigen, ausdrucksvoll wackelnden Hinterteilen bahnen. Obwohl die Sonne brannte, klappte ich das Verdeck wieder herunter, um wenigstens den Fahrtwind zu spüren. Es fiel mir auch wieder ein, das Radio anzustellen, dieses Mal, um mich abzulenken. Als ich die Vorstädte Neapels erreichte, war das Steuerrad schlüpfrig vom Schweiß meiner Hände, und zu meinem Ekel entdeckte ich, daß ich vor Anspannung und Müdigkeit weinte und mir laut Mut zuredete.
Aber es war der Alfa Romeo auf der Autostrada nach Pompeji, der mir endgültig den Rest gab. Ich hatte Neapel bereits hinter mir und war bei dem Gedanken ein wenig ruhiger geworden, daß ich, mit nur noch einer Stunde Weges vor mir, Sambuco so gut wie schon erreicht hatte. Der Verkehr hatte abgenommen; es war beinah Mittag, Essenszeit, die Stunde, in der die meisten Italiener die Straße den zielstrebigen Angelsachsen überlassen. Es schien auch kühler geworden zu sein – allerdings täuschte ich mich darin zweifellos –, und zum ersten Mal fühlte ich mich etwas entspannter, abgelenkt durch den Anblick der äußeren Vorstädte, wo schwarzer Rauch tausend Fabrikschornsteinen entquoll. Das Geräusch, das ich hinter mir hörte, setzte abrupt und donnernd ein, ein betäubender Lärm, teils Raketensalve, teils startendes Flugzeug, und darüber und alles durchdringend ein dünnes, unheildrohendes Sirren wie von einem anfliegenden Wespenschwarm; ich blickte in den Rückspiegel und sah die Schnauze eines großen, schwarzen Wagens auf mich zukommen. Als ich den Wagen hinter mir größer und größer werden und unerbittlich auf mich zujagen sah, durchlief mich ein krampfhaftes, halb verzweifeltes, halb wollüstiges Gefühl, und mit einem Vorgeschmack von Untergang und schwindender Schönheit des Lebens bereitete ich mich auf den Zusammenstoß vor. Fünf Meter vor meinem Heck schwenkte der Wagen zur Seite, fuhr langsamer und war dann neben mir: ich erblickte einen fetten jungen Neapolitaner, eine Hand lässig und schlaff am Lenkrad; seine Freundin saß ihm fast auf dem Schoß, und beide grinsten wie die Haifische. Gefährlich schleudernd fuhren wir einen Augenblick Seite an Seite, dann war er mit dem Lärm einer ganzen Salve von Knallfröschen

auf und davon und entrichtete mir mit dem aufgereckten Mittelfinger seiner Hand einen üppigen phallischen Gruß. Eine Weile raste ich hinter ihm her, gab die Jagd dann auf und versank in ein schmerzhaftes, bedrükkendes Grübeln. Ich fühlte Mord im Herzen. Im Neunzigkilometertempo dahinfahrend, brütete ich Rache, und kurz hinter Pompeji krachte ich einem Motorroller in die Seite...

Luciano di Lieto: ein saftiger, üppiger Name, passend für einen Trapezkünstler, einen Dichter von Sonetten oder einen Entdeckungsreisenden, ein Name, der von seinem Träger gewiß mehr Talente erwarten durfte, als jener Mensch sie besaß, der ihn führte. Abwechselnd Mörtelträger, Straßenarbeiter, Hausierer mit erotischen Andenken in den örtlichen Ruinen, ein so unfähiger Taschendieb, daß er sich bei der Polizei den Spitznamen ›Fessacchiotto‹ (Tölpel) verdient hatte – war der Mann di Lieto ein Triumph verkümmerter Begabung. Im Alter von zwölf Jahren hatte er seine neugierige Hand in einen Automotor hineingesteckt und dabei zwei Finger verloren, die ihm der Ventilator glatt herunterschnitt. Ein paar Jahre später geriet er, in einem pubertären Traum befangen, in Neapel unter eine Straßenbahn, wobei ihm beide Beine gebrochen wurden; einer seiner Ellenbogen blieb für alle Zeit steif. Bereits zwei Monate später, kaum seiner Gipsverbände ledig, experimentierte er bei einem Strandfest mit Feuerwerkskörpern, hielt sein dunkles, irres Gesicht tief über eine Leuchtrakete und verlor dabei sein rechtes Auge. Als ich ihn über den Haufen fuhr, war er dreiundzwanzig Jahre alt und im Fieber erster Mannbarkeit. All diese Umstände wurden mir eröffnet, noch ehe die Ambulanz eintraf, kaum eine Stunde, nachdem di Lieto auf seiner knatternden Lambretta aus einer Seitenstraße heraus und in meine Fahrbahn gerast war: Knie angewinkelt, krampfhaft vornüber gebeugt wie ein Jokkey, das Haar wild und zügellos sein Blickfeld überwuchernd; Mund und Kiefer arbeiteten schwer an den Lustschreien, die er immer noch ausstieß, als ich ihn verzweifelt bremsend mit jaulenden Reifen wie ein Schneepflug vor mir herschob. Es schien, als seien jene Freudenschreie unlösbarer Bestandteil des Zusammenstoßes selbst, denn sie ertönten eine schreckliche Sekunde bevor ich ihn überhaupt sah und auch noch nach dem Augenblick des knirschenden Zusammenpralls, als ich den Motorroller schon zehn Meter weit über die Straße geschleudert hatte und hilflos weiterrutschte, während ein grauleinener Arbeitsanzug und struppiges schwarzes Haar auf meine Motorhaube zuwirbelten.

Ins Leere greifend, schien er einen Augenblick lang in der Luft festgehalten zu werden, ehe er mit bleichen Armen und Beinen strampelnd über die Motorhaube des Wagens auf mich zu glitt und die Windschutzscheibe in einer eisigen gläsernen Explosion zertrümmerte. Dann schwebte er wie eine zerbrochene Marionette an mir vorüber und war verschwunden. Schließlich gelang es mir, den Wagen in einem Regen von Tennisbällen auf der anderen Straßenseite zum Stehen zu bringen. Durch den Zusammenstoß war das Radio beschädigt worden; es pfiff und knatterte ohrenbetäubend.

Als ich zu mir kam, schüttelte ich die Splitter von meinem Schoß und kroch verstört aus dem Wagen. Ich fand mich allein mit di Lieto, der mit dem Gesicht nach oben auf der Straße lag; Blut tropfte langsam aus seiner Nase und seinen Ohren, und auf seinen Zügen stand ein schiefer, verträumter Ausdruck, teils Lächeln, teils Agonie, als werde er in dieser tiefen Bewußtlosigkeit endlich, durch weit geöffnete Tore, seiner wahren Bestimmung zugeführt. Von Schock und Schrecken benommen, betrachtete ich ihn. Er atmete noch, aber nur schwach. Eine Augenhöhle glühte rötlich und eingesunken (ich dachte, dies sei mein Werk), und mit einem Gefühl des Grauens sah ich mich nach dem fehlenden Auge um. Lange Zeit, so schien es jedenfalls, ließ sich niemand sehen: wir waren auf einer abgelegenen Kreuzung in der Mittagsstunde eines drückend heißen Sommertages; Insekten summten, Unkraut roch betäubend, und Habichte, die wie Bussarde aussahen, kreisten hoch über den glühenden Feldern. Noch schwindelig von dem erlittenen Schock und von Schauern der Angst gequält, ging ich immer wieder um den bewegungslos daliegenden di Lieto herum.

Was gleich darauf geschah, schien nur eine groteske Kette von Ereignissen, die der Ordnung und der Folgerichtigkeit entbehrten; ich kann mich nur an einzelne Eindrücke erinnern wie an Szenen aus einem Film, den man eigentlich schon vergessen hat. Ich weiß noch, daß endlich ein verstaubtes, gemächlich schwankendes altes Automobil am Horizont erschien, dem ich winkte und in dem zwei pompejanische Matronen saßen – beide leicht betrunken, eingehüllt in Rüschen und Spitzen von glänzend schwarzer Seide –, die schließlich unsicher der alten Karre entstiegen und verständnislos in das grelle Licht blinzelten. »Was ist denn hier los?« murmelten sie und beugten sich über di Lieto, dann sahen sie das Blut, schlugen die Hände über dem Busen zusammen und begannen, betrunkene Anrufungen an die Madonna von Pompeji zu richten. »Santa Maria del Rosario! Povero ragazzo!« Was ihm denn geschehen sei, verlangten sie zu wissen. Eine fragte mich mit einer Verständnislosigkeit, die brutal diesen höllischen Augenblick noch höllischer machte, ob er von einem Baum heruntergefallen sei? Sie wollten sofort Wasser über ihn gießen, ihn umdrehen, ihn bewegen. Ich versuchte ihnen vorzustellen, daß er nicht berührt werden dürfe, doch erst als ich meine Stimme bis zu einem heiseren brüchigen Brüllen anschwellen ließ, hörten sie mit ihrem Geze-

ter auf und zeigten sich bereit, in die Stadt zurückzukehren und Hilfe zu holen.
Dann saß ich auf der Stoßstange meines Wagens, spürte den massigen Vesuv drohend hinter mir aufragen, betrachtete di Lieto, der stoßweise atmete, ein wenig zuckte, und erwartete unsere Rettung: Sie kam schließlich als eine wahre Sturzflut. Automobile, Lastwagen und Eselkarren begannen zu halten; als habe eine gierige Eingebung sie herbeigerufen, tauchten ganze Dorfbevölkerungen auf, marschierten aus allen vier Himmelsrichtungen auf die Kreuzung los, galoppierten in Staubwolken gehüllt über die Felder heran. Es war, als sei diese trostlose Szene innerhalb eines Augenblickes in einen von Leben überquellenden Schauplatz verwandelt worden, als sammelten sich alle im Umkreis von vielen Meilen lebenden Menschen mit dem Instinkt wetterkundiger Zugvögel an dieser Stelle. Ich erinnere mich nur daran, daß ich, den Kopf in die Hände gestützt, auf der Stoßstange saß, während sie sich umeinander drängten, sich über di Lieto beugten, ihre Ohren auf seine Brust neigten, um den Herzschlag zu hören, und feierliche Aussprüche taten. »Es ist nur eine Gehirnerschütterung«, sagte einer. »Nein«, meinte ein anderer, ein alter, halbnackter Bauer, dessen Haut so gebräunt war wie die einer Mumie, »seine Wirbelsäule ist gebrochen. Deshalb dürfen wir ihn nicht anrühren. Seht doch nur, wie er mit den Beinen zuckt. Daran erkennt man immer eine gebrochene Wirbelsäule.« Die Menge drängte sich und schwatzte, die Stimmung war ernst und doch auch irgendwie festlich. Viele hatten die Reste ihrer Mittagsmahlzeit mitgebracht, in der sie unterbrochen worden waren; da standen sie nun und genossen befriedigt den Anblick, der sich ihnen bot, kauten Brot und Käse und ließen Weinflaschen herumgehen. Ein Mann fragte mich teilnehmend, wie es mir gehe und ob ich verletzt sei; ein anderer gab mir einen Schluck Schnaps, der mir sogleich heftige Übelkeit verursachte. »Fessacchiotto«, hörte ich eine düstere Stimme, während ich würgte, »nun hat es den Tölpel doch noch erwischt.« Dann sah ich zwei Polizisten, die in ihren Sturzhelmen aussahen wie Raumfahrer und ihre Maschinen an der Kreuzung abstellten. Sie scheuchten die Menge wie einen Schwarm Fliegen in den Straßengraben, maßen mit großartigen Gesten meine Bremsspuren aus, stolzierten um das Auto herum und wollten alles mögliche wissen.
»Bitte, ist das Ihre Maschine?« fragte einer von den Polizisten sehr höflich.
»Ich spreche Italienisch«, sagte ich.
»Allora, va bene.« Wann der Zusammenstoß erfolgt sei? Ob die Lambretta von links oder von rechts in die Hauptstraße eingebogen sei? Der mich fragte, sah in seinem verschrumpelten Popelinhemd überaus höflich

und gewissenhaft drein und begann, in einem Notizbuch zu schreiben, das so groß war wie ein Hauptbuch.
»Er kam von links«, sagte ich, »was Sie wohl aus der Lage der Lambretta leicht genug ersehen können. Ich konnte einen Zusammenstoß gar nicht vermeiden. Jedenfalls ist es nicht meine Schuld. Unterdessen liegt der Mann aber doch dort und stirbt. Vielleicht können Sie so freundlich sein und mir sagen, wo die Ambulanz bleibt?«
»Nome?« fuhr er freundlich fort, ohne meine Frage zu beachten.
»Peter Charles Leverett«, sagte ich und buchstabierte ihm das.
»Nato dove e quando?«
»In Port Warwick, Virginia, 14. April 1925.«
»Dove Port Warwick, Virginia? Inghilterra?«
»Nein, in USA«, sagte ich.
»Ah, bene. Allora, vostro padre. Nome?«
»Alfred Leverett.«
»Nato dove e quando?«
»In Suffolk, Virginia, USA. Wann, weiß ich nicht genau, schreiben Sie 1886.«
»Vostra madre?«
»Um Himmels willen!« rief ich.
»Che?«
»Flora Margaret McKee. San Francisco, Kalifornien, USA. Schreiben Sie 1900. Hören Sie, können Sie mir nicht vielleicht doch sagen, ob und wann der Krankenwagen kommt, und ob man nicht, wenn keiner kommt, den Mann in ein Auto oder einen Lastwagen legen und nach Neapel fahren kann? Ich glaube, er ist in ziemlich übler Verfassung.«
Um mich diesem Mann verständlich zu machen, hätte ich ihm ebensogut eine Flaschenpost über den Atlantik schicken können. In seiner freundlichen, glatten Art fuhr er fort, Eintragungen in sein Hauptbuch zu machen, meinen Paß und meine Papiere zu prüfen, während die glühende Sonne auf uns herunterbrannte und die Menge um die Kreuzung herumstand wie murmelnde Zuschauer bei einem heidnischen Ritual. Den Mittelpunkt dieses Rituals bildete di Lieto. Er lag flach auf dem Rücken in der Haltung eines Opfers, mit halb geschlossenen Augen träumend, auf dem Gesicht den süßen Ausdruck des Befreitseins und der unter Martern erlangten Ekstase, und zog die Fliegen an.
Apropos Kalifornien, fuhr der Polizist erfreut fort, der Onkel seiner Frau wohne dort, jedenfalls glaube er das, und zwar an einem Ort Namens Vilks Bari, wo er als Bergmann sehr gut verdiene. Ob ich diesen Ort vielleicht kenne? Und ob er in der Nähe von Hollywood liege? Was nun diesen Mann auf der Straße angehe, fuhr er in einem Versuch, meine Ver-

zweiflung zu mildern, fort, so hätte ich, was mir wohl auch ohne Zweifel bewußt sei, das Gesetz in seiner ganzen Strenge zu fürchten, wäre die Lambretta von rechts gekommen und nicht von links, was, wie die vorliegenden Anhaltspunkte eindeutig ergäben – die Bremsspuren, die Lage des Opfers und der Lambretta selbst –, allerdings der Fall sei. Angesichts dieses Sachverhaltes könne ich mich also nach Belieben entfernen, vorausgesetzt, daß es mir gelänge, mein Auto wieder in Gang zu bringen, und daß ich imstande sei, ihm meine nächste Adresse in Italien anzugeben (eine bloße Formalität, da ich ganz gewiß nicht vor Gericht zu erscheinen haben würde, denn die Schuldfrage sei ganz eindeutig zu meinen Gunsten geklärt); was den Mann selbst betreffe, di Lieto – ›Fessacchiotto‹ –, so sei er auf ein solches Malheur schon seit zehn Jahren losgesteuert (habe mir denn noch niemand über diesen diebischen Einfaltspinsel berichtet – über seine Finger, seinen Straßenbahnunfall, sein Auge?), und falls er auf der Stelle sterben sollte, so trage einzig er selbst die Schuld daran, wenn es auch wahr bleibe, daß es bitter sei zu sterben, in verità, selbst für Schwachköpfe.

»Basta, Sergente!« rief ich, beinahe weinend. »L'ambulanza!«

Gerade in jenem Augenblick sahen wir, daß an der Kreuzung eine Bewegung entstanden war. Ein klappriger Lastwagen hielt unter einem Baum, und herunter kletterten Männer und Knaben, an ihrer Spitze ein grausig verwittertes altes Weib, das sich wie ein verletzter Vogel über die Straße schleppte, neben di Lieto niederfiel und dort auf den Knien laut und mitleiderregend zu heulen begann.

»Luciano! Luciano!« greinte sie. »Lucianooooo! Che t'hanno fatto? Povero figlio mio! Lucianooo! Komm zurück, mein Süßer. Komm zurück, mein Engel, komm zurück, komm zurück! Haben die Unholde doch wieder versucht, dich hinzumachen! Sieh mich an, Luciano. Nur einmal, Luciano! Laß dich nicht von den Unholden umbringen, mein Engel. Laß Mamma noch mal deine lieben süßen Augen sehen!«

»E mezza matta«, flüsterte der Sergeant, »sie ist immer schon ein bißchen verrückt gewesen. Eigentlich ist sie seine Großmutter, aber sie hat ihn wie einen Sohn aufgezogen.« Er schien von dem Auftritt beeindruckt und ein wenig beklommen. »Alle diese anderen dort sind seine Brüder.«

Von dieser schaurigen Klage betroffen, verstummte die Menge und stand bewegungslos am Straßenrand. Einen Augenblick lang kniete die Frau wortlos und betastete ihr Kinn. Überraschend erhob sich ein Wind, der uns augenblicklich abkühlte; Staub und Blätter stiegen in Wirbeln auf und wehten an uns vorüber; die Wirbel wuchsen, blühten förmlich auf und trieben einen Spatzenschwarm hoch, der gleich einer Explosion und heiser schreiend aus dem Unkraut aufstob und uns über Staub und Blättern umkreiste. Das Haar der alten Frau zerflatterte zu weißen Zotteln, der schwarze Schal wurde von ihren Schultern geweht, und ein Stück Zeitungspapier torkelte über Eck durch die Arena, wo die Alte und ihr Enkel, allein jetzt, aussahen wie Schauspieler, die von einem wunderlichen Miniatursturm umheult werden; dann erstarb der Wind, die alte Frau nahm ihren Schal wieder auf, und die Vögel flüchteten schilpend ins Feld. »Luciano, angelo mio!« stöhnte sie leise, »perchè non dici niente, perchè non mi guardi? So sprich doch, Kind, sieh Mamma an. Luciano, ich sehe doch, wie deine Beine zucken. Erhebe dich auf ihnen und wandle, mein Engel; lieg doch nicht so da auf der Straße ...«

Plötzlich schien sie zu stocken; immer noch kniend hob sie den Blick von di Lieto, ließ ihn langsam über die Menge gehen und forschte dabei in jedem Gesicht mit einem gehetzten, tigerhaften, mörderischen Blick, der mir vor Angst den Magen umdrehte, noch ehe er auf mich gefallen war. Irgendwie fühlte ich den ersten Anhauch ihrer Wut, bevor er mich wirklich traf: dann, als sie mich erblickte – in meinem Sommeranzug, den Espadrillos des Touristen, mit Sonnenbrille, kurz geschnittenen Haaren und jenem Anstrich nördlichen Barbarentums, der wie eine eigenhändige Unterschrift mein Gesicht zeichnete, versuchte ich vergeblich, mich hinter dem Sergeanten zu verstecken –, raffte sie sich mit unglaublicher Behendigkeit auf und rannte, einen wahren Schauer schwarzer Unheilsdrohungen und Verwünschungen vor sich her schickend, mit den Armen wie mit Flügeln schlagend, über die Straße auf mich los.

»Svedese! Farabutto!« kreischte sie. »Ihr habt meinem Jungen das angetan! Ihr habt ihn mit Eurer Maschine umgefahren, Ungeheuer! In der Hölle sollt Ihr brennen!« Sie ächzte schuldbewußt – »Dio mi perdoni!« Aber dann ging sie wieder unerbittlich auf mich los, holte tief Luft, suchte nach neuen Verwünschungen, stürzte an dem verwirrten Sergeanten vorbei und stieß mir einen gichtigen, strafenden Finger unter die Nase, der wie ein gekrümmter Ast aussah. »Schwede!« schrie sie. »Böser Mensch! Euch und Eure Sorte kenne ich. Versucht nur nicht, Euer Gesicht vor mir zu verbergen. Seht ihn doch an!« forderte Sie die Umstehenden auf. »Seht ihn euch an! Seht, wie er vor Angst zittert und bebt. Ha! Jetzt merkt er, daß er seine Verbrechen nicht mehr verbergen kann. Einfach durch unsere Stadt zu rasen und unschuldige Menschen mit seiner Maschine zu überfahren!« Sie wandte sich mir wieder zu, ihr Gesicht – eingesunkene Augen, Leberflecke, zerknitterte Wangen, wüstes, weißes Haar – bebte und funkelte in schrecklichem Zorn. »Euch kenne ich! Es war auch einer von Euch, der vergangene Ostern vor vier Jahren die Frau des armen Luigi Lucatuorto in Portici überfahren hat. Gerade in ihren besten Jahren, ein kräftiges hübsches Mädchen, mit einem kranken Vater und vier hungrigen Kindern. Ein schönes, großes, gesundes Mädchen, brav und ordentlich, einfach von einem Ungeheuer überfahren wie ein Hund. Ihr wißt wohl davon? Sagt schon! Und nicht eine Lire hat sie bekommen, obwohl ihr Schlüsselbein gebrochen war und ihr das Kreuz für immer schwach bleibt.« Sie verstummte, ging zu di Lieto zurück und fing wieder an zu weinen. »Nun seht doch. Was wollt Ihr denn nun machen! Was werdet Ihr mit Luciano anfangen? Da liegt er, blutet und stirbt. Ein unschuldiger Junge, der in seinem ganzen Leben niemandem etwas zuleide getan hat.« Dann stürzte sie sich in einem neuen Ausbruch schwärzester Wut wieder auf mich. »Ein unschuldiger Junge, hört Ihr? Sein ganzes Leben lang hat er unter Euch Unholden zu leiden gehabt! Nun steht doch nicht da und seht aus wie ein Narr! Was wollt Ihr denn nun machen? Wie wollt Ihr Luciano helfen?«

»Ich weiß nicht, Signora«, versuchte ich zu entgegnen, »es tut mir schrecklich leid...«

»Halt dein Maul, du schwedisches Ungeheuer!«

Der Sergeant legte begütigend eine Hand auf die Schulter der alten Frau. »Senta, nonna. Non è svedese, è americano.«

»Auch du, Bruno Ferragamo, halt dein Maul!« heulte sie. »Ich kenne dich! Das sind lauter Schweden! Sie waren ja auch im Krieg hier, als Luciano noch ein Kind war; und hast du die Bomben vergessen? Hast du so ein kurzes Gedächtnis? Hast du vergessen, wie sie hier bombardiert, zerstört und die Frauen geschändet haben? Das weißt du noch ebenso gut wie ich, Sergeant Ferragamo«, kreischte sie giftig, »oder du solltest es doch wissen, du verdammter Kommunist! Wie Luciano da nach dem Bombenangriff auf der Straße gelegen hat, seine Beine ganz verdreht und blutig, und wie er sich die Augen ausgeweint hat, sein armer verletzter Arm war ganz unter ihm und ist danach nie mehr gesund geworden. Oh, was für ein entsetzlicher Tag!« Ihre Stimme schwankte unter der Last ihrer Erinnerungen. Während wir sie anstarrten und dabei von einem Fuß auf den anderen traten, drang von weit her ein Quäken zu uns, wie von einer Trompete. »Was für ein entsetzlicher Tag. Bomben und Rauch und fallende Steine überall. Oh, was für ein schrecklicher Tag. Ich weiß noch, daß ich gerade in der Küche stand, als die ersten Bomben fielen. Ich wollte nicht hinausgehen, ich wollte nicht, obwohl sie mich alle drängten. Ich wollte nicht. Ich blieb einfach da und kochte. Und dann fielen die Bomben. Und überall Steine und Rauch und Anna Teresa schreiend mitten drin. Oh, was für ein Tag! Dann lief ich auf die Straße, und da lag Luciano, das arme Kind, ganz blutig und verrenkt. Seine Beine gebrochen! Sein Arm unter ihm! Stöhnend und weinend! ›Nonna, nonna, es tut so weh! Meine Beine tun so weh!‹«

»Hören Sie doch, Signora«, warf der Sergeant leise ein, »es war eine Straßenbahn«, und zu mir: »Ich bin kein Kommunist.«
Die alte Frau fuhr aus ihrer Erinnerung hoch wie jemand, den man aus dem Schlaf schreckt. »Straßenbahn? Halt's Maul, Bruno Ferragamo! Halt doch dein heidnisches kommunistisches Maul! Ich dulde nicht, daß ihr von der Polizei Lügen über Luciano verbreitet und den guten armen Jungen ins Gefängnis steckt, während ihr diesen Ungeheuern erlaubt, unschuldige Leute auf der Straße zu überfahren. So wie diesem hier! Hast du die Bomben so schnell vergessen? Weißt du nicht mehr, wie sie von Salerno raufgekommen sind, als wir noch in Torre del Greco wohnten, und alles kaputt geschossen und verbrannt und die Frauen geschändet haben! Weißt du das schon nicht mehr? Lausige Kohlfresser! Biertrinker! Denkst du nicht mehr an den Engländer, der die Frau des armen Lucatuorto in die Ruinen geschleift und sie da geschändet und liegengelassen hat, bis sie verblutet ist, wo sie doch vier hungrige Kinder zu ernähren hatte und einen kranken Vater und alles! Was ist denn los mit deinem Gedächtnis, Sergeant Ferragamo? Luciano hat niemals einer Seele was zuleide getan, er war der zarteste, freundlichste Junge und hat sogar mal einen Spatzen, dem der Flügel gebrochen war – einen Spatzen! – mitgenommen und gesundgepflegt, und jetzt möchtest du Luciano solchen Ungeheuern ausliefern wie diesem da!« Sie stellte sich auf die Zehen, und knisternd vor Wut hielt sie ihre bebenden Hände dicht vor mein Gesicht. »Du da! Hast du die Bomben auch vergessen? Weißt du auch nicht mehr, daß ich an dem Tag, als ich den armen Luciano auf der Straße auflas, geschworen habe: Die Heilige Jungfrau im Himmel sei mein Zeuge: sie sollen leiden und für ihre Sünden vor Gottes Antlitz gestraft werden! Unser Haus in Torre del Greco bombardieren und verbrennen! Stehlen und schänden! Die Frau vom armen Lucatuorto in den Trümmern vergewaltigen, wo sie doch einen kranken Vater und vier hungrige Kinder zu ernähren hatte! Invasato! Mascalzone! Bösartiges Ungeheuer! Schwede! Sollst du doch in der Hölle brennen! Gott verzeih mir.«
Nun brüllte auch ich los; ich war nahe daran, in Tränen auszubrechen, hatte mein Italienisch vergessen und kreischte in meiner Muttersprache: »Es tut mir ja leid, aber ich habe Ihr Haus wirklich nicht bombardiert! Ich habe Ihr Haus nicht bombardiert!«
Auf der Straße näherte sich der Trompetenton, wurde lauter und lauter und klang wie Gabriels Horn, auf dem schrill und triumphierend geblasen wird: die Ambulanz tauchte in einer Wolke von Staub und Kies auf und trompetete sinnlos weiter, trompetete noch, als sie schon an der Kreuzung hielt; und meine Stimme kämpfte heiser und vergeblich gegen den irrsinnigen Lärm an. ›Ich habe Ihr Haus nicht bombardiert!‹ versuchte ich zu

sagen, doch gegen die Schwingungen, mit denen das wahnsinnige Horn mich überschüttete, brachte ich keinen Ton heraus.
Dann war alles vorüber. Die Szene löste sich vor mir auf, als wäre sie plötzlich – welche Wohltat – im Wasser versunken: Die alte Frau verschwand, von ihren Enkeln fortgezerrt; Zuschauer, Polizisten, Lastwagen, Autos, alle verschwanden in wilder Jagd hinter der Ambulanz und dem verwüsteten di Lieto her, der zerbrochen, tot oder sterbend, ich wußte nicht was, letzten Endes aber doch prunkvoll davongeführt wurde, begleitet von Hörnern, deren Klang erhaben und tragisch über die sonnige Landschaft dahinrollte, leiserwerdend nun, und gesättigt von Triumph und Trauer.

Zwischen Salerno und Amalfi, kurz bevor die steil ansteigende Straße nach Sambuco abzweigt, sieht man auf der Felswand eine Inschrift. In großen schwarzen Buchstaben auf weißem Grund steht dort in englischer Sprache:

SIEH ÜBER DIR DEN PALAST
VON EMILIO NARDUZZO
AUS WEST ENGLEWOOD, N.J., U.S.A.

Und das Auge, durch dieses Gebot zu spontanem Gehorsam gezwungen, versucht in aller Eile, ein majestätisches Gebäude zu entdecken; der Blick geht aufwärts über steile Weinterrassen, Orangenbäume und blendend rote Mohnblüten bis zu einer Klippe, die sich wie ein Sensenblatt vor den Himmel schiebt: dort, in den Felsen verankert, befindet sich ein Gebäude von der Größe und dem Aussehen einer Tankstelle, das statt Fenstern Bullaugen aufweist, in explosiv blauer Farbe angestrichen ist und auf seinem stolzen, mit Türmchen versehenen Dach ein halbes Dutzend amerikanischer Flaggen zeigt. Narduzzos Villa wird in Nagels ›Italien‹ nicht aufgeführt, ist aber in ihrer Art eines der Wunder jener Küste. Nach der erstaunlichen Straße, den unberührten grünen Schroffen und Spitzen, den Klippen, die aus schwindelnder Höhe in die glatte kobaltfarbene See abfallen, könnte die Wirkung von Narduzzos Villa nicht überwältigender oder schriller sein, wenn man plötzlich hinter einer Kurve in West Englewood selbst ankäme.
Ich erwähne dies, da ich jetzt, bei dem Versuch, mir den Rest jenes Nachmittags wieder vorzustellen, mich bis zu jenem Augenblick praktisch an nichts erinnern kann, als ich durch den Anblick von Narduzzos Haus ins Bewußtsein zurückgeschreckt wurde. Was die Abfahrt von der Kreuzung angeht, so erinnere ich mich dunkel, den Wagen aus dem Graben herausgefahren, und einen der Kotflügel, der sich um sein Vorderrad gewickelt

hatte, mit dem Pfahl eines Wegweisers hochgebogen zu haben. Ich weiß auch noch, wie das Vorderteil des Wagens aussah: zerschrammter Chrom, geborstenes Metall, verdrehte Scheinwerfer und mitten in diesem Trümmerhaufen als undeutliche Silhouette das Gespenst des armen di Lieto: sein Hinterteil unverwechselbar in der halbgeduckten Stellung des Jockeys in die Kühlerhaube eingedrückt; irgendwo unten drunter troff es von Wasser, Fett und Öl. Trotzdem schien der Wagen noch zu laufen, und ich machte mich im Zwanzigkilometertempo wieder auf die Reise. Der Rest dieser Fahrt ist mir, obzwar nur undeutlich, als eine nicht zu überbietende Misere im Gedächtnis geblieben. Inschrift und Villa brachten mich schließlich wieder zu mir, und ich hielt mit einem Ruck, von Dampf umwölkt an, und all mein Elend fiel von mir ab, als ich den Blick von der scheußlichen mit Sternenbannern besteckten Villa abwandte und die Schönheit sah, die vor mir ausgebreitet lag.
Es war um die Mitte des Nachmittags, aber der große Felsen, auf dem hoch über mir Sambuco lag, verdeckte schon die Sonne und warf seinen riesigen blauen Schatten auf das Meer hinaus. Wo jener Schatten aufhörte, war das Wasser grün wie Klee, aber hier, nahe der Küste, war es von durchsichtigem Blau wie ein See, und ein halbes Dutzend kleiner Boote schien darauf nicht so sehr zu schwimmen als vielmehr an unsichtbaren Schnüren über dem deutlich sichtbaren, sandigen Meeresgrund zu hängen. Hinter mir, in einem Zitronenhain, hörte ich ein Mädchen leise singen. Das Platschen von Rudern klang über das Wasser her, und von weiter unten, aus einem Fischerdorf, einem Schattendorf, das nichts von Dämmerung oder Abend wußte, sondern immer schon um drei Uhr nachmittags von düsterem Halbdunkel eingehüllt wurde, drang Radiomusik herauf. So saß ich vielleicht eine Viertelstunde und lauschte der Stimme aus den Zitronenbäumen, hörte auf das Platschen der Ruder und auf die Musik, und blickte gen Süden die zerklüftete, glitzernde Küste entlang nach Sizilien, das nicht zu sehen war, von dem ich aber wußte, daß es dort, zweihundert Meilen weiter, hinter dem rauchigen Horizont lag. Ich fühlte mich maßlos erschöpft, und immer wenn ich an di Lieto dachte, überfiel mich Trostlosigkeit. Dieser Ausblick aber besänftigte mich. Das Bild des Meeres ohne Brandung und Aufruhr, ohne das Donnern der Brecher und das Blitzen vorüberschwebender Möwen wirkte auf meine strapazierten Nerven und meinen ermatteten Körper wie ein Beruhigungsmittel.
Ich ließ den Motor wieder an und war im Begriff, in die Straße nach Sambuco hinauf einzubiegen, als ich dort eine junge Frau stehen sah, die mir zuwinkte. Offensichtlich wollte sie mitgenommen werden.
Ihre Kinder waren bei ihr, es sah jedenfalls so aus, als seien es ihre Kinder.

Sie hatten Blumen gepflückt. Als ich vor ihnen anhielt, ertönte ein dreistimmiges Triumphgeheul, meinem Kühler entstiegen Wolken, und Kornblumen, Mohn und Heckenrosen sproßten um mich herum aus dem Dampf.
»He, Sie da!« rief die junge Frau. »Sie sind doch bestimmt Amerikaner. Ich heiße Poppy Kinsolving.«
»Ich habe einen Unfall gehabt«, sagte ich, »mein Name ist Leverett.«
»Ihr Wagen sieht ja lustig aus.«
»Ich habe einen Unfall gehabt«, wiederholte ich.
»Ach du lieber Gott! Ist Ihnen was passiert?«
Die Dampfwolke verzog sich und Poppys Gesicht erschien vor meinem Seitenfenster. Sie war kaum größer als ihre Kinder und sah allen dreien so ähnlich, daß man sie für die große Schwester hätte halten können. Nun legte sie ihre verschmutzten Hände auf die Tür und sah sich staunend in dem kleinen Wagen um.
»Hier ist ja ein schönes Durcheinander«, meinte sie.
»Das kommt eben von dem Unfall«, setzte ich meine Erklärungen fort. »Ich bin nämlich auf der Hauptstraße hinter Pompeji in diesen Burschen auf seinem Motorroller reingeknallt, und da ist das ganze Gepäck...«
»Hören Sie mal, man sollte wirklich nicht so unvorsichtig fahren.«
»Eben!« sagte ich entrüstet. »Der Kerl war noch dazu auf einem Auge blind, er hatte früher schon mal beide Beine gebrochen, sein einer Ellbogen war steif, es fehlten ihm zwei Finger...«
»Oh, der arme Mensch. Der arme Mensch!« jammerte sie und riß die Augen erschreckt auf. »Das meine ich ja eben! Sie sollten vorsichtiger mit Ihrem Wagen fahren, Mr. Levenson. Jedes Mal, wenn ich eine Zeitung in die Hand nehme, sehe ich, daß ein Amerikaner einen Italiener überfahren hat. Ich finde es unerhört, wie diese Leute in ihren blödsinnigen amerikanischen Autos herumfahren. Lebt er denn noch? Sie sollten doch wenigstens...«
»Leverett ist mein Name«, unterbrach ich sie. »Und der Wagen ist ein Austin, also ein englischer Wagen und im übrigen... Sie haben mich mißverstanden. Dem Burschen fehlte schon ein Auge, als ich ihn überfuhr. Er ist von links in die Hauptstraße eingebogen, und als ich...«
»Oh, der arme Mensch, der arme Mensch! Was wird denn jetzt aus ihm? Hat ihn jemand ins Hospital geschafft? War ein Priester dort? Er hat doch wohl hoffentlich die letzte Ölung bekommen?«
»Schließlich hätte ja auch ich tot sein können«, wandte ich schwach ein.
»Ich hoffe wirklich, daß man ihm die letzte Ölung gegeben hat. Aber er wird ja wohl nicht sterben, oder? Laß das, Nicky!« Dabei klapste sie ihr jüngstes Kind, einen weißblonden kleinen Jungen von etwa zwei Jahren,

der angefangen hatte zu maulen und sie am Rock zu zerren. Sie kniete nieder und redete ihm leise und begütigend zu, während die beiden anderen Kinder die Blumen auf die Straße legten und sich meines Wagens bemächtigten; ununterbrochen schwatzend kletterten sie über Motorhaube und Kofferraum, inspizierten den Schaden und musterten mein Gepäck. Ich fuhr unterdessen fort, Poppy anzusehen, vergaß dabei meinen Kummer und auch ihre Worte, und fühlte mich vom Anblick ihres lieblichen Gesichtes, ihrer großen blauen Augen, ihres wirren, schweißfeuchten Haares hoffnungslos gefangen. Sie trug etwas, das aussah wie ein Mehlsack, wenn mir auch klar war, daß es sich tatsächlich um ein Kleid handelte. Zwischen den Zitronenblättern hindurch fielen Sonnenkringel auf sie herab, und in diesem fleckigen Licht, winzige Schweißperlen auf der Stirn, sah sie entzückend aus, irgendwie entschlossen kindlich und doch auch fraulich, und sie erschien mir – Lausejunge, Nymphe oder was auch immer – ganz unglaublich und geradezu verbitternd reizvoll.

»Sieh mal, Nicky«, sagte sie ernsthaft, »Erwachsene haben wichtige Dinge zu besprechen, und Mutter kann sich nicht unterhalten, wenn du sie immer an ihrem hübschen, frischgewaschenen Rock zerrst. Also, mein Schatz, sei nun still und gib Mr. Levenson die Hand. Felicia! Timothy! Macht den Koffer wieder zu!«

»Ich weiß nicht, ob er noch am Leben ist«, sagte ich. »Ich muß mich in Neapel danach erkundigen. Gibt es in Sambuco Telephon?«

»Im Café gibt es wohl eins, und im Hotel, glaube ich, auch. Im Bella Vista. Oh, wissen Sie übrigens, wer da jetzt wohnt? Lauter Filmstars! Da oben und auch unten in Amalfi wird nämlich ein Film gedreht. Carleton Burns und Alice Adair und Alonzo Cripps wohnen in Sambuco – den kennen Sie sicher, das ist doch der bekannte Regisseur – und dann auch noch Gloria Mangiamele. Burns ist ja ziemlich langweilig und Alice Adair auch, aber für Mr. Cripps schwärme ich geradezu – und außerdem sind sie ja immer mal auf ein Gläschen in Masons Wohnung, und da können wir ihnen natürlich nicht aus dem Wege gehen, wo wir doch einen Stock tiefer wohnen und dauernd mit Mason zusammen sind. Sind Sie auch ein Freund von Mason?« Sie verstummte und betrachtete mich prüfend und mit einigem Mißtrauen, wie mir schien.

»Ja, also –«

»Sie sehen nicht aus wie einer von Masons Freunden.«

»Was wollen Sie denn damit sagen?«

»Oh, nichts. Das heißt, ich will sagen, also – Sie sehen so gewöhnlich aus, verstehen Sie?«

»Vielen Dank.«

»Ach, so meine ich es doch nicht!« sagte sie errötend. »Ich finde, Sie sehen

wirklich nett aus. Nur sind seine Bekannten eben so ... so überwältigend. Alle sind sie beim Film, und Sie –« Sie verstummte. Man sah ihrem Gesicht an, daß ihr etwas eingefallen war, das sie nun beunruhigte. »Oh, ich finde, dieser Mason Flagg ist ein schrecklicher Mensch!« brach es dann aus ihr heraus. »Er ist einfach böse. Ein böser und gemeiner Kerl, falsch und eklig!«
»Wieso denn das?« fragte ich. Aber solche Ausbrüche waren mir durchaus nichts Neues. Ich hatte Mason zwar vier Jahre lang nicht mehr gesehen, doch begriff ich ohne weiteres, daß es der Höhepunkt der Beschränktheit gewesen war zu hoffen, daß Mason sich schließlich doch noch geändert haben könne. »Was hat er denn jetzt wieder angerichtet?«
»Nun, das möchte ich Ihnen nicht sagen, wo Sie doch so gut mit ihm befreundet sind ...« Ihre Nase krauste sich vor Abscheu. »Aber wenn Sie nur mal sehen könnten, wie er mit Cass umspringt und seinen Zustand ausnützt und so ... manchmal weiß ich wirklich nicht mehr, was ich tun soll –«
»Was meinen Sie denn?« fragte ich verwundert. »Wer ist denn Cass?« Aber ihr Kummer, der nicht schwerer zu wiegen schien als eine Feder, war nun wie weggeblasen, und sie schwatzte schon wieder von den Filmstars. »Ich glaube, Cass mag keinen von ihnen leiden, höchstens vielleicht Mr. Alonzo Cripps. Aber auch den findet er komisch. Daß er Carleton Burns nicht ausstehen kann, das verstehe ich. Das ist aber auch einer! Und Mr. Alonzo Cripps ist so reizend und putzig. Gestern hat er Nicky eine Schachtel Dolci geschenkt. Er ist wirklich lieb, und so ein begabter Regisseur. Dagegen diese Alice Adair! Die ist wirklich furchtbar geziert und eingebildet. Vielleicht merkt sie es gar nicht, aber sie ist es trotzdem ...« Während sie so weiter plapperte, schloß ich die Augen und fühlte mich so elend wie nach einem Malariaanfall. Erst jetzt drang der Duft der Zitronensträucher, das entfernte Klatschen von Rudern über das Geschwätz hinweg in mein Bewußtsein. »Und Gloria Mangiamele, das ist wirklich eine! Da müßten Sie mal die Männer sehen, wenn sie über die Piazza geht. Mr. Cripps behauptet, daß sie von allen Filmstars das meiste Geld verdient, und zwar wegen der italienischen Steuern oder so was. Übrigens sind Sie doch bestimmt der Mann, den Mason schon erwartet! Da werden Sie ja alle kennenlernen. Mr. Levenson, was ist denn los mit Ihnen? Wachen Sie doch auf! Timothy, laß Mr. Levenson in Ruhe!« Ich öffnete die Augen und sah zwei Augäpfel, rund und weiß wie Tischtennisbälle, und ein schokoladenverschmiertes Grinsen unmittelbar vor meiner Nase. »Wie heißt du?« fragte Timothy.
»Hol's doch der Teufel«, sagte ich und ließ den Motor an, »schert euch jetzt endlich raus hier!«

»Oh, da ist ja Cass«, hörte ich Poppy sagen. »Kinder, da sind Papa und Peggy, sie haben uns eingeholt.«
Ich drehte mich um. Ein Kind an der Hand, kam Cass Kinsolving die Straße herauf und sang:

Wer will herrliche Menschen sehn?
Ei, der muß ins Kino gehn!
Der Säufer Burns erscheint hier nüchtern,
Alice, die kesse, wirkt gar schüchtern.

Eine giftige, schwarze Zigarre ragte ihm auch beim Singen aus dem Mund; mit der freien Hand umklammerte er eine halbgeleerte, unverkorkte und jederzeit gebrauchsfertige Weinflasche. Wasser troff aus einem Beutel, der ihm über der Schulter hing. Offenbar hatte er nasses Badezeug darin. In Khakihosen und einem ausgebleichten Sporthemd, eine fleckige Baskenmütze schief in die Stirn gezogen, näherte er sich uns mit weitausgreifenden, munteren Seemannsschritten und sang immer noch...

Mangiamele mit dem Honigbauch...,

und als er uns nun erreicht hatte und den beschädigten Wagen erblickte, hörte er auf zu singen, blieb stocksteif stehen und murmelte: »Heiliger Bimbam!«
»Mr. Levenson hat einen Mann auf einem Motorroller überfahren«, verkündete Poppy.
»Au wei!« sagte Cass, »das sieht man.«
»Und hat ihm ein Auge rausgefahren und ihm die Beine gebrochen und ihm zwei Finger abgerissen, und man weiß nicht, ob er am Leben bleibt oder stirbt.«
»Nun hören Sie aber auf«, sagte ich ärgerlich, »und im übrigen heiße ich Leverett.«
»Ach, Sie armer Hund«, bedauerte Cass mich, und gerade solch ein Wort der Teilnahme war es, worauf ich gewartet hatte. Ich wandte mich ihm dankbar zu und stellte mich als ein Freund Masons vor. Er nahm einen Schluck aus der Weinflasche, stemmte die Hände in die Hüften und musterte den Wagen bekümmert. Die weißen, ringförmigen Lichtflecke seiner Brillengläser gaben ihm das Aussehen einer Eule, was sonst durchaus nicht zu ihm paßte: er wirkte kräftig, ja muskulös, und wie jemand, der den ganzen Tag an der frischen Luft ist. Er war nicht groß, aber seine Muskeln waren überall gleichmäßig ausgebildet, und als er sich nun mit

einem aufmerksamen, teilnehmenden Ausdruck vorbeugte, machte er den Eindruck eines Lastträgers, der sich in einen Gelehrten verwandelt hat, vielleicht war es aber auch umgekehrt. Er mochte dreißig oder auch ein paar Jahre älter sein, doch war sein Gesicht von Linien zerfurcht, die wie die Spuren großer Anstrengungen aussahen. »Den müssen Sie aber wirklich umgehauen haben«, sagte er. »Das arme Schwein hat mit seinem Hintern einen richtigen Abdruck auf ihrer Motorhaube hinterlassen. Und zwar ein ganz erstaunliches Muster. Ein Wunder, daß Sie Ihre Karre noch den Berg heraufgebracht haben. Was ist ihm denn passiert?«
Während ich einen kurzen Bericht der Ereignisse gab, nickte er feierlich, lutschte an seiner Zigarre und ließ zu meiner Befriedigung gelegentlich ein teilnahmsvolles Grunzen hören. Das kleinste der Kinder, Nicky, spielte in der Nähe am Straßenrand, während Poppy und die anderen Kinder ein Stück weit den Hang hinaufgeklettert und zwischen den Zitronenbäumchen verschwunden waren. »Hier ist eine!, hier ist noch eine!« hörte ich sie entzückte Rufe des Entdeckens ausstoßen.
»Sie armer, bedauernswerter Pechvogel«, murmelte er schließlich, nachdem ich meinen Bericht beendet hatte. Seine Stimme drückte so viel Mitgefühl und Teilnahme aus, daß ich ihn am liebsten auf der Stelle umarmt hätte.
»Es ist einfach unglaublich«, fuhr ich erbittert fort. »Diese Narren brauchen eben keinen Führerschein. Jeder halbblinde Schwachkopf kann auf einen Roller steigen und losfahren. Keiner von den Burschen ist versichert, und wenn sie einen Unfall verschulden, muß man auch noch dafür bezahlen, daß sie einem den Wagen kaputtfahren. Weiß Gott, es tut mir leid, daß ich ihn so zugerichtet habe, ich wünsche ebensowenig wie seine verrückte alte Großmutter, daß ihm was passiert, aber schließlich bin ich kein Millionär, und jedes Mal, wenn ich daran denke, wie mir dieser Bauer den Wagen zugerichtet hat, kriege ich die Wut! Ich bin nämlich gegen solchen Schaden nicht versichert, und der Himmel weiß, was das kosten wird.«
Was er nun sagte, klang zwar nicht eigentlich heuchlerisch, aber es lag darin so viel Verständnis für die Schuldigen, daß es schlecht zu meiner Verbitterung paßte. Ich fühlte mich geradezu verraten.
Er fuhr sich mit der Hand in den Nacken und seufzte. »Ja, ich weiß«, sagte er, »es ist schon schlimm.« Dann, nach einer Pause: »Trotzdem... die Menschen da unten in der Ebene sind so unglaublich arm, von denen könnte bestimmt keiner einen Führerschein bezahlen, selbst wenn es so etwas gäbe. Alle diese Lieder von Bella Napoli und Bella Campagna stellen die Sache zwar anders dar, aber ich glaube, daß nur die wenigsten von diesen Menschen wirklich Spaß an ihrem Leben haben. Wahrscheinlich ist

eben für manche eine Fahrt auf einem geliehenen Motorroller schon eine ganz große Sache. Dabei drehen sie dann durch, und da muß wohl gelegentlich so was passieren.« Dann, als werde ihm plötzlich bewußt, welche Gedanken mir durch den Kopf gingen (du scheinheiliger Tropf), sagte er: »Ja, ja, ich weiß schon, daß das jetzt für Sie kein Trost ist. Aber hier, nehmen Sie mal einen Schluck Sambuco Rosso, der wird Ihnen guttun.«
Ich wies jedoch die Weinflasche zurück, die er mir hinhielt. »Ich muß jetzt endlich weiter«, sagte ich kurz. »Es tut mir leid, daß ich nicht genug Platz habe, um Sie alle mitzunehmen.«
Poppy, die ziemlich weit entfernt auf dem Ast eines Zitronenbaumes saß, rief zu uns herüber, »Mr. Levenson! Mr. Levenson!«
»Ja?«
»Leverett, Poppy!« brüllte Cass.
»Was?«
»Leverett! Leverett! L-e-v-e-r-e-t-t!«
»Also, Mr. Leverett!« schrie sie, »wenn Sie Rosemarie de Laframboise treffen!... Verstehen Sie mich, Mr. Leverett? Wenn Sie Rosemarie treffen, Sie wissen doch, Masons Freundin! Wenn Sie nach Sambuco kommen und Rosemarie treffen, dann richten Sie ihr doch etwas von mir aus!«
Ihre schrille kleine Stimme wurde leiser, und wir konnten sie kaum noch hören.
»Verstehen Sie mich, Mr. Leverett?«
»Nein, zum Kuckuck, Poppy!« schrie Cass, »wir können dich nicht verstehen, komm runter!«
»Schnaupardau...«, und dann noch etwas anderes, das so ähnlich klang wie »Helfeschnelfe«.
»Wovon redet sie eigentlich?« fragte ich ihn. »Wer ist denn diese Rosemarie de Laframboise?«
In sein Gesicht trat ein merkwürdiges, breites Lächeln, nicht geradezu unzüchtig, aber so ähnlich. »Das ist Masons Pimperlieschen«, sagte er. »Die werden Sie schon kennenlernen.«
»Rosemarie de Laframboise?«
»Rose–marie de La–fram–boise«, wiederholte Cass und schlürfte genüßlich jede Silbe, »absolut Spitzenklasse.«
Am tiefsten Punkt der Erschöpfung – jedenfalls meiner eigenen Erschöpfung – versucht der Geist noch ein letztes Mal, zu Bewußtsein und Vernunft durchzudringen, ehe er zu wirren Splittern zerfällt oder vom Schlaf ausgelöscht wird. An diesem Punkt sind die von der Erschöpfung aufs äußerste gequälten Sinne ungewöhnlich empfindlich und so empfänglich für den geringsten Reiz, wie neue Haut über einer kürzlich verheilten

Wunde. Ich nehme an, daß sich auf diese Weise der Wirrwarr von Eindrücken erklärt, der mich überfiel, während Cass noch redete – eine Empfindung von wilder, strahlender Schönheit und gleichzeitig doch auch von etwas Drohendem, noch Fernem, als dränge an meine summenden Trommelfelle bereits der Lärm der Katastrophe, der für normale Ohren noch nicht zu vernehmen war. In jenem Augenblick war die Sonne hinter die Hügel gesunken, so daß alles, was uns hier umgab – Reben, Steinterrassen und Bäume –, schattenhaft und blau geworden war, angerührt von dieser frühen, eigenartigen Dämmerung. Nicky spielte neben uns am Straßenrand; er schlug mit einem Zweig nach den Steinen und stieß hingebungsvoll kleine Kreischlaute aus. Weiter oben tschilpte Poppy immer noch in höchsten Tönen süß vor sich hin, jetzt nicht nur halb ungehört, sondern auch in der Dämmerung halb ungesehen und geisterhaft im Gezweig ihres Zitronenbaumes schwebend. Von unten drang Musik herauf, vom Wasser das Klatschen der Ruder, und alles war durchtränkt vom überschäumenden sommerlichen Duft der Erde, der Zitronen und der Blumen, und mit diesem Duft drang das Heimweh in mich hinein wie eine Messerklinge, liebliche Phantome umgaukelten mich, und ich war erfüllt von einer drängenden Sehnsucht nach etwas, das ich nicht benennen konnte. Erst jetzt begriff ich, daß Cass völlig betrunken war, wenn es auch nicht so aussah; daß er eigentlich nicht zu mir sprach, sondern in die mählich einfallende Dämmerung, und sie mit den Ausbrüchen seiner gespenstigen Redseligkeit füllte, während er seine Weinflasche durch die Luft schwenkte. »Die Gesichter«, sagte er. »Die Gesichter dieser Filmfritzen! Sind sie Ihnen denn gar nicht aufgefallen? Sie sehen aus, als hätte Goya sie in seiner galligsten, giftigsten, bösartigsten Stimmung gemalt. Der eine, der älteste, ist absolut vorsintflutlich. Er sieht aus, wie von Ewigkeit her verdammt! Und der andere, der Suffkopf, wie heißt er noch – Burns. Der ist wirklich ein Prachtexemplar. Wenn er ein Medici wäre, dann hätte ich Säcke voll Gold. Er hat so einen schlitzäugigen toskanischen Ausdruck im Gesicht, wie einer von Lorenzos schwarzschafigen verlotterten Vettern, den man in die Stadt geschafft hat, damit er sich mal so recht im Bordell suhlen kann. Ich schwöre, daß er der einzige lebende Mensch mit vollständig grünen Augäpfeln ist. Sehen Sie nach, Leverett«, kicherte er und wandte sich mir zu, »und überzeugen Sie sich davon, daß ich recht habe. Und sehen Sie sich auch die Schnucke an. Sie ist wirklich überwältigend, aber ein Gespenst. Gestern habe ich sie im vollen Mittagslicht gesehen, und so wahr ich hier stehe, unter ihrer Haut konnte man schon den Totenschädel sehen, als wäre er in Marmor gehauen. Dann sah ich ihre Augen; und ob Sie's nun glauben oder nicht, sie wurden, noch während ich hinsah, zu Gallert, wie aufgelöst vom hellen Mittagslicht.«

Ganz nahe über uns hörte ich Poppy nun verstimmt und ärgerlich sagen: »Also, Cass Kinsolving, kannst du denn gar nichts anderes tun, als diese Filmleute schlechtzumachen! Mr. Leverett ist müde und überanstrengt und möchte endlich nach Sambuco. Außerdem habe ich dir doch gesagt, daß du bei dieser Hitze nicht so viel Wein trinken sollst.«

»Langweile ich Sie, Leverett«, fuhr Cass fort, »haben Sie Lust, Gesichter zu sehen, wirkliche Gesichter? Bleiben Sie eine Weile hier? Dann kommen Sie mal mit mir nach Tramonti. Da gibt es Gesichter, die gehören geradezu ins zwölfte Jahrhundert. Ich werde Ihnen da ein Gesicht zeigen, das ist so stolz und tragisch und so überwältigend menschlich, daß Sie denken werden, Sie haben Jesaja selbst vor sich. Und das ist noch nicht alles. Dahinten...«

»Still!« hörte ich Poppy sagen, und sie stampfte mit dem Fuß auf. »Ich weiß nicht, was seit kurzem in dich gefahren ist, Cass Kinsolving. Warum führst du dich nur so auf...«

»Wissen Sie«, fuhr er fort, »da hinten wohnt eine alte Hexe, die verdient sich am Tag neunzig Lire, indem sie Stecken für die Weinreben auf dem Rücken schleppt. Neunzig Lire! Das sind fünfzehn Cents! Und auf dem Rücken! Deren Gesicht müssen Sie sich ansehen. Das könnte von Grünewald sein: ständig wie in Agonie verzerrt, mit bösen grauen Lippen, sieht es aus wie eine wandelnde Weheklage...«

»Hör jetzt auf!« kreischte Poppy. »Du bist so unausstehlich, wenn du zuviel Wein getrunken hast, Cass! Außerdem reizt du dein Magengeschwür. Hören Sie nur nicht auf ihn, Mr. Leverett. Ich wollte Sie übrigens bitten, Rosemarie de Laframboise zu fragen, ob sie uns heute abend Francesca ausleihen kann. Felicia ist nämlich erkältet. Ich will sie gleich ins Bett bringen, und ich möchte gern, daß Francesca mir hilft.«

»Ja...«, murmelte ich, aber das schlaffe, wohlige Gefühl war nun verschwunden, und statt dessen verspürte ich eine Übelkeit erregende Angst. Lieber Gott, dachte ich, nur nicht noch einmal, nicht noch einmal! Denn jenes rasende, bedrohliche Brummen, das ich die ganze Zeit über vernommen hatte, war keine Täuschung, sondern wirklich und unheilverkündend und hatte uns beinahe schon erreicht. Ohrenbetäubende Explosionen erschütterten die Dämmerung. »Achtung!« brüllte ich. »Weg von der Straße!« Es war aber zu spät. Ein graugrüner Schatten, auf dem zwei gekrümmte Gestalten hockten – ein schwarzhaariger Mann, den ein Mädchen in flatternd roten Hosen von hinten umklammerte –, fegte bereits jaulend auf uns los; Cass und Poppy sprangen entsetzt zur Seite, und die Kinder flogen wie Fetzen Papier nach allen Richtungen. »Ihr Affen!« schrie Cass, aber wieder zu spät. Der Motorroller sauste an uns vorüber, die auf vollen Touren laufende Maschine knallte uns ihre benzingeschwängerten Winde um die Ohren, und die glänzend roten Hüften des Mädchens hüpften wie die einer Reiterin rhythmisch auf der wild bokkenden Maschine, während sie um die Ecke verschwand. Als wir uns dann verstört umsahen, drehte Nicky sich noch immer wie ein Kreisel, als sei er zur Seite geschleudert oder gestoßen worden, und fiel dann vornüber aufs Gesicht in den Straßengraben. Poppy stürzte zu ihm hin. »Nicky! Nicky!« schrie sie, »sieh mich an!«

Ich wußte: dies hatte ich schon einmal gesehen, und ganz plötzlich – und bestimmt zum ersten Mal in meinem Leben – glaubte ich an die Existenz einer Hölle.

»So sag doch was!« heulte sie.

»Was ist denn nur los, Mami?« fragte der Kleine munter. »Ich bin bloß hingefallen, mir fehlt nichts.«

Dann, während Poppy noch heisere kleine Schluchzer der Erleichterung ausstieß, hörte ich mich zu Cass sagen: »Verstehen Sie jetzt, was ich vorhin meinte, als ich von den Italienern sagte, sie seien krank? Krank sind sie... krank...« Cass gebot mir mit gebieterisch erhobener Weinflasche Einhalt. »Regen Sie sich nicht auf, Freund«, sagte er ruhig. »Das war kein Italiener. Das war einer von den Filmfritzen. Ich glaube, er kommt aus Iowa.«

2

»Das war wirklich ein elender Tag«, meinte Cass. »Ein ganz und gar ekelhafter Tag.«

Ich gab ihm recht. Zum ersten Mal hatte ich ihm in allen Einzelheiten von meinem Zusammenstoß mit di Lieto und den weiteren Ereignissen des Tages berichtet. Gelegentlich wischte er sich über die Stirn, denn hier in Carolina war der Herbst noch sehr warm. Dann war ihm wieder eingefallen, wie ich damals ausgesehen hatte, und er schlug sich auf die Schenkel und lachte und lachte und konnte gar nicht aufhören, so daß ich schließlich auch anfing zu lachen und zum ersten Mal das Komische an diesem Auftritt sah; und als wir schließlich genug gelacht hatten und nachdenklich verstummt waren, sagte er: »Ich weiß schon, daß es damals gar nicht komisch war, durchaus nicht. Aber du hättest dich sehen müssen, du hast ausgesehen wie ein großer erschreckter Vogel.«

»Aber hast du denn...«, begann ich, unterbrach mich dann und wußte nicht mehr, was ich sagen wollte. Hier saßen wir nun in einem Ruderboot mitten auf dem Ashley River und angelten seit zwei Tagen hin und wieder Flußbarsche. Und obwohl er, der die meisten Antworten wußte, mir kaum etwas sagte, hatte ich ihm eine Menge erzählt – ich, der doch nichts zu erzählen hatte. Es war heiß, und Fliegen umschwirrten unsere Köpfe; statt einer Baskenmütze, der typischen Kopfbedeckung des expatriierten Amerikaners in der Karikatur, trug er zum Schutz gegen die brennende Mittagssonne einen zerknautschten Strohhut. Ein alter, zur Farbe getrockneten Grases verblichener Arbeitsanzug vervollständigte sein Angelkostüm. Die Gläser seiner Brille waren von der feuchten Hitze beschlagen, und er war barfuß. Er kaute auf einer dunkelbraunen, erloschenen Zigarre.

»Seefrösche«, schnaufte er und zog einen glotzäugigen, um sich schlagenden, rülpsenden Fisch ins Boot. »Miserablere Kreaturen gibt es überhaupt nicht. Die verschlucken einem in zwei Sekunden einen ganzen Meter Angelschnur, und wenn man nicht aufpaßt, auch noch die Hand.« Er warf den Fisch lebend ins Wasser zurück. »Komm hier bloß nicht noch mal längs gekrochen!« rief er hinter ihm her. »Dann schon lieber eine Wasserschlange«, fuhr er fort, »alles ist besser als dieses Zeug. Sieh mal da drüben, wo die Flut sich bricht, da ist alles voll von diesen Salzwasserfischen, die hinter dem Kopf so einen schwarzen Fleck haben. Die gibt es bei euch doch auch. Da kann man stundenlang einen Fisch nach dem anderen herausholen und braucht nicht mal einen Köder. Es macht aber keinen Spaß. Im vergangenen Juli bin ich mit Poppy mal da rausgefahren, und wir hätten in einer halben Stunde einen ganzen Waschkorb voll mit nach Hause nehmen können; es sind aber fast nur Gräten dran und kaum Fleisch.« Er befestigte einen neuen Köder am Haken und warf die Angelschnur wieder aus, wobei er gegen das Licht blinzelte. Die Ufer des Flusses waren schattige Unermeßlichkeiten – Eichen, Zypressen und Zedern; die lautlose Hitze wirkte wie ein Betäubungsmittel. »Der September ist ein guter Monat zum Angeln«, sagte er nach längerer Pause, »sieh dir mal die Bäume da drüben an, und diesen Himmel. Hast du jemals etwas so Schönes und Reines gesehen?« Ich hatte das Wort ›rein‹ niemals mit solcher Leidenschaft aussprechen hören; es klang wie ein Gebet. Auch er schien das zu empfinden und, wie um den Eindruck zu verwischen, sagte er: »Ja, also wirklich komisch war es wohl doch nicht. Dieser Bursche, di Lieto hieß er doch wohl, ist also immer noch... besinnungslos?«

»Absolut«, antwortete ich. »Im Koma. Jedenfalls war er das noch vor sechs Monaten. Gelegentlich bekomme ich einen Brief von einer Nonne aus dem Krankenhaus in Neapel.«

»Ah, allmächtiger Gott«, flüsterte er, »das wäre also... seit wann? Zwei Jahre liegt der arme Hund da so. Glaubst du, daß er jemals wieder auf die Beine kommt?«

»Ich weiß nicht. Es hat schon Leute gegeben, die fünf und zehn Jahre und auch noch länger bewußtlos waren. Ich habe darüber mit Ärzten gesprochen, Bekannten von mir, und sie sagen, es ist durchaus möglich, man kann nur eben nicht fest damit rechnen. Ich schicke gelegentlich etwas Geld hin.«

»Deine Schuld ist es ja nicht.« Wieder verstummte er, und jener tief bekümmerte Ausdruck, den ich noch so oft an ihm bemerken sollte, glitt über sein Gesicht: es war nur ein Flackern, nicht mehr, in dem sich Verlust, Bedauern, aber auch eine Unendlichkeit erinnerten Schmerzes spiegelte. Das dauerte nur einen Moment, dann sah er wieder mit nachsichtig gerunzelter Stirn ruhig und geduldig vor sich hin. »Es ist also nicht deine Schuld«, wiederholte er. »Und trotzdem leidest du darunter, und das ist auch nicht anders möglich. Solcher Dinge wegen leidet man, und glaub mir, du kannst wie ein Verrückter das ganze Universum mit den Fäusten bedrohen und eine Antwort verlangen und doch wirst du nichts weiter hören, als daß sich jemand ins Fäustchen lacht. Das ist dann Gott, oder wie man das schon nennt, der dich auffordert, die Ohren steif zu halten. Dio buono! Gibt es aber nicht... he, Junge, paß auf, da beißt einer an!«

Der Fisch hatte sich aber bereits wieder vom Haken gelöst. »Wahrscheinlich ein Aal oder so was«, sagte Cass. Er sah nach dem Himmel. »Es muß gegen halb eins sein«, murmelte er. »Poppy wird wohl gerade das Mittagessen machen.«

»Was ich aber nie begriffen habe«, nahm ich wieder unser Thema auf, »und was mir auch immer ganz unwahrscheinlich vorgekommen ist, war gar nicht einmal die Vergewaltigung. Die war Mason durchaus zuzutrauen.« Ich machte eine Pause. »Das heißt... diese Art der Vergewaltigung auch wieder nicht. Daß er so weit gehen würde, hätte ich nicht gedacht: Sadismus und so... jemanden umbringen! Die Vergewaltigung als solche war schon glaubhaft. Was ich mir aber nicht erklären kann, ist diese – ja, es muß wohl Reue gewesen sein. Die Reue und dann schließlich der Mut, sich selbst sozusagen in einem letzten Akt der Sühne umzubringen. Weißt du, dazu braucht man doch –«

»Zum Selbstmord?« unterbrach Cass mich. Er nahm die Zigarre aus den Zähnen, warf einen Blick darauf und lächelte dünn. »Dazu braucht es gar nichts, mein Lieber. Verzweiflung vielleicht, aber Mut auf keinen Fall.« Er betrachtete mich schlau, nicht ohne Humor und zog vorsichtig an der Angelleine. »Dazu brauchst du weder Mut noch Charakter noch sonst was. Und ich weiß, wovon ich rede. Verfluchte Fliegen«, schimpfte er und schlug um sich.

Schon am Tage vorher hatte er etwas Ähnliches geäußert, und da war es mir genauso unverständlich gewesen; aber wie gestern ließ er mir auch jetzt keine Zeit, darüber nachzudenken: ganz als fühle er, daß ihm etwas

herausgerutscht war, das er nicht hätte erwähnen sollen, stellte er eine neue Frage, die nichts mit Mason zu tun hatte: »Was ist eigentlich aus deinem Auto geworden? Das war ja wohl völlig im Eimer. Hast du es je reparieren lassen?«
»Nein, dazu hatte ich keine Zeit. Weißt du denn nicht mehr ... der ganze Affenzirkus ging doch gleich los. Es war ja einfach irrsinnig. Ich kam völlig zerschlagen an, und am nächsten Tag war Mason schon tot. Da habe ich mich natürlich um das Auto nicht mehr gekümmert, sondern es für den Schrottwert an Windgasser verkauft, kurz ehe ich nach New York zurückflog. Ich glaube, er hat mir hundert Dollar dafür bezahlt.«
»Du meinst unseren lieben alten padron di casa Fausto?« lachte er. »Sieh mal an. Der Kerl wird am Tag des Jüngsten Gerichtes noch mit Eintrittskarten für die besten Plätze schwarzhandeln. Ich möchte wetten, daß er den Karren wieder in Ordnung gebracht und sechshundert Prozent daran verdient hat!« Wieder lachte er und verstummte dann. Nach einer Weile fragte er: »Übrigens, wie blau war ich eigentlich damals da unten auf der Landstraße? Ich meine, als wir uns zum ersten Mal trafen?« Er sah mich so eindringlich an, daß ich unruhig wurde.
Ich wollte etwas sagen, doch kam er mir zuvor: »Ich frage nämlich, weil mir von irgendeinem Augenblick an jede Erinnerung an die Ereignisse dieses Tages fehlt. Von da an ist alles schwarz, und ich weiß erst wieder, daß ich ganz früh am Morgen unter der Dusche stand und daß du versuchtest, mich nüchtern zu machen. Dazwischen ist alles völlig dunkel. Ich möchte gerne wissen, von welchem Augenblick an.«
Ich gab mir große Mühe, mich zu erinnern. »So blau warst du gar nicht. Du hast dich allerdings furchtbar aufgeregt und mir eine große Rede gehalten über diese Filmleute, aber selbst da ...«
»Mamma mi'!« kicherte er plötzlich. »Diese affigen, greulich abscheulichen Schwellköpfe aus Hollywood! Die hätte ich fast vergessen. Was machten die denn da überhaupt? Ach ja – jetzt fällt es mir wieder ein! Dieser verwässerte Humphrey-Bogart-Typ – wie hieß er doch? Burns! Und die Traumpuppe, Alice Adair, mit dem winzigen Hirn. Und Cripps – ja, an den erinnere ich mich.« Er grinste mich an, und sein faltiges Gesicht war lustig gerötet. »Weißt du, je mehr ich darüber nachdenke, desto mehr freue ich mich, daß du hergekommen bist. Ich war damals so entsetzlich blau. Und nun bist du hier und führst mich wie ein Blindenhund durch die Nacht.«
»Dieser Regisseur, dieser Cripps«, sagte ich, »der war die ganze Zeit auf deiner Seite.«
»Ich weiß«, versetzte er nachdenklich und kratzte sich am Kinn. »Wenn nur –« Aber da überfiel ihn wieder jener Kummer und verdüsterte sein

Gesicht; er verstummte. »Makrelen«, sagte er nach einer Weile sinnend. »Wir sollten versuchen, Makrelen zu fangen. In North Carolina gibt es Makrelen, die sind so dick wie dein Oberschenkel. Es gibt da einen Ort, der heißt Oregon Inlet, und da hocken sie so dicht aufeinander wie Schmeißfliegen. Und es macht auch Spaß, sie zu fangen. Als ich noch klein war, bin ich mit meinem Onkel mal da raufgefahren, und wir haben uns ein Boot genommen und Makrelen gefangen, bis meine Hände von den Schnüren ganz aufgerissen waren...«

»Ich erinnere mich am deutlichsten«, sagte ich nun mit einiger Beharrlichkeit, »an etwas, das Poppy damals über dich sagte. Ungefähr so...« Ich stockte. »Vielleicht täusche ich mich aber auch, sie war ja wirklich aufgeregt – sie sagte ungefähr: ›... und wie Mason mit ihm umspringt!...‹«

Wie üblich (und das hätte ich vorhersehen sollen) war es, als sei ich ein Radioapparat, den er sanft und höflich, aber sehr entschieden abstellte: über Mason wollte er einfach nicht reden. »Oh, ich weiß nicht«, wich er aus, »ich weiß wirklich nicht. Man kann wohl sagen, daß es nicht so schlimm war, wie es aussah.« Er blickte zum Himmel auf. »Es wird übrigens spät.« Und damit zogen wir die Angelschnüre ein; Cass ließ den Außenbordmotor an, und wir knatterten ans Ufer zurück, zum Mittagessen.

Ich hatte mich ursprünglich auf höchstens ein Wochenende eingerichtet und blieb schließlich länger als vierzehn Tage, wobei ich riskierte, meinen Arbeitsplatz wegen Urlaubsüberschreitung zu verlieren. (Ich telegraphierte später nach New York und schützte eine plötzliche Krankheit vor.) Gewiß war es seine angeborene Großzügigkeit, die gastfreie Art des Mannes aus dem Süden, die es Cass erlaubte, meinen plötzlichen Besuch so hinzunehmen – und vielleicht auch die Tatsache, daß ich ihm in Sambuco bei der einen oder anderen Gelegenheit gefällig gewesen war. Aber von einem Gegendienst konnte man ganz gewiß nicht sprechen. Großzügigkeit und Gastfreundlichkeit gehörten zu seinem Wesen, und ich brauche bestimmt auch nicht ausdrücklich zu erwähnen, daß wir uns sympathisch waren; doch diese Sympathie, die sich zwischen uns entwickelte, floß aus einer ganz besonderen Quelle: Aus Gründen, die ich nicht kannte, mühte er sich um die Lösung innerer, für ihn rätselhafter Vorgänge, und ebenso wie ich glaubte, daß er das mich bedrückende Geheimnis lüften könne, erwartete er von mir die Lösung seines eigenen Rätsels.

Ich hatte ihm angeboten, im Hotel zu wohnen. Cass wollte nichts davon hören. »Wir mästen uns zwar nicht gerade von den Zinsen unseres Vermögens«, sagte er, »ein Bett können wir dir aber immer noch anbieten.« Er erlaubte mir jedoch, für meinen Anteil am Essen zu bezahlen. Ich übernachtete also in einer muffig riechenden Bodenkammer gleich unter dem Dach des geräumigen, sehr heruntergekommenen, ächzenden alten Hauses nahe der Battery, und jeden Morgen erwachte ich davon, daß die Kinder unten wie die Teufel umherrannten und Poppy hinter ihnen her kreischte, während sie sie für die Schule fertig machte; für einen Junggesellen waren das merkwürdig anheimelnde und familiäre Geräusche, und so pflegte ich dazuliegen und eine Weile zuzuhören, bis der Lärm schließlich verebbte und sich mit dem weichen Singsang der Neger vermischte, die auf den gepflasterten Gassen ihre Blumen anpriesen. Unter mir hörte ich Cass in dem Zimmer umherstapfen, in dem er jeden Morgen malte. Um mein Fenster schwebte der Duft von Jasmin, Drosseln sangen im Garten, und dann blickte ich, nun ganz wach und auf meinen Ellbogen gestützt, hinunter in die von Bäumen bestandenen, sonnengesprenkelten, säuberlichen Straßen einer der lieblichsten Städte der westlichen Hemisphäre.

»Das ist sie nämlich wirklich«, sagte Cass. »Es ist doch merkwürdig: Wenn es mir in Europa gelegentlich so schlecht ging, daß es gar nicht schlimmer werden konnte, und ich Amerika so haßte, daß ich meinen Haß nicht mehr zurückhalten konnte – sogar dann dachte ich manchmal an Charleston, und daß ich gerne dahin zurückkehren und dort leben würde. An North Carolina oder die Fichtenwälder da oben in Columbus County, wo ich aufgewachsen bin, habe ich fast nie gedacht. Dahin wollte ich nicht zurück, und nach New York schon ganz und gar nicht. Nein, woran ich mich erinnerte, das war Charleston, und zwar so, wie ich es als Kind gesehen hatte. Und hier bin ich nun.« Er deutete über den breiten Hafen, dessen Wasser graugrün und gläsern schimmerte, dann beschrieb sein Finger einen Bogen um die untere Stadt, wo die alten Wohnhäuser im Schatten ihrer Stockrosen und rankenden Trompetenblumen, umsummt von Hummeln, durch keine modische Veränderung, keinen willkürlichen Wechsel verdorben worden waren. »Nach solcher Reinheit wirst du lange suchen müssen«, sagte er. »Sieh dir mal diese Mauern an. Hier ist jedes einzelne Haus so viel wert wie alle modernen Hundehütten samt Veranda und Blumenfenster im Staat New Jersey zusammen.«

Wir angelten und schwammen. Schwimmen war Cass' Leidenschaft; er glich einem Delphin, und Luftblasen stiegen hinter ihm auf, wenn er für endlose Augenblicke verschwand. Oft nahmen wir seine blonden, blankäugigen Kinder mit im Ruderboot hinaus. Die Umstände waren uns günstig. Seine Malklasse – »Man lebt zwar nicht wie ein Aktionär«, erläuterte er, »aber du glaubst kaum, wie gut man dabei verdient, wenn man sich Mühe gibt.« – hatte sich für den Sommer aufgelöst, seine Halbtagsarbeit in der Zigarrenfabrik war ebenfalls zu Ende, wir hatten also Zeit, es uns wohl sein zu lassen. »Ich habe da bloß gearbeitet, damit ich meine Zigarren umsonst kriege«, erklärte er mir, »denn jetzt, wo ich nicht mehr trinke, brauche ich einfach welche. Aber weißt du, das Ganze ist einfach ekelhaft. Diese Zigarren sind nämlich homogenisiert. Das wird so gemacht: Man nimmt guten Rauchtabak und zermatscht ihn so, als ob man Bonbonmasse daraus machen wollte. Dann steckt man dieses Zeug in eine große Maschine, und da kommt es wieder raus und ist so schmackhaft wie ein Stück ausgelutschter Kaugummi. Große dicke Würste, wie Hundescheiße. Und sag bloß nicht, daß diese Maschinen eine Wohltat für die Menschheit sind. Ich habe nämlich eine bedient. Das war so stinklangweilig, daß ich beinah für mein Leben die Schnauze voll bekommen hätte von Zigarren, und das wäre eine Tragödie gewesen. Die meisten Künstler müssen irgendwas zum Lutschen haben, hat mir mal ein Psychiater erklärt.«

Wir hörten beide gern Musik, und auch das erwies sich als förderlich. Er hatte sich aus einzelnen Teilen einen Plattenspieler zusammengebastelt und befand sich gerade in einer »Buxtehude-Phase«, wie er es nannte, und während ich dort war, müssen wir uns ›Alles, was ihr tut‹ bestimmt fünfzigmal angehört haben.

Beinahe jeden Tag machten wir einen Ausflug zu der halb zerfallenen, undichten Fischerhütte am Fluß – manchmal nur wir beide allein, manchmal mit Poppy; sonnabends und sonntags fuhren wir en famille in dem alten Jeep hinaus, den Cass für hundert Dollar gekauft hatte und in dem wir alle sieben (acht, mit dem farbigen Dienstmädchen Dora) in einem wilden Durcheinander von zertrampelten Zehen, Geheul und klebrigen Fingern über die Feldwege holperten. Die Hütte stand unter Eichbäumen, die von spanischem Moos überwuchert waren. Und hier am Ufer oder auf dem Fluß dahingleitend, halb eingeschläfert von der lautlosen Hitze der glitzernden Nachmittage, versuchten wir, Licht in die Ereignisse der Vergangenheit zu bringen.

»Wer war eigentlich Rosemarie?« fragte ich ihn eines Tages, »diese üppige Blondine, die Mason bei sich hatte. Was weißt du von der?« Ich wußte sehr wohl, daß ich mich mit einer solchen Frage auf verbotenes Gebiet vorwagte, aber mit so einem altbewährten, etwas schlüpfrigen Eröffnungsangebot hoffte ich, ihn am ehesten dazu zu bringen, über Mason zu sprechen. »Ich bin nicht naiv genug anzunehmen«, fuhr ich fort, »daß die Anwesenheit einer solchen Frau ihn davon abgehalten hätte, sich bei erster Gelegenheit mit einer anderen einzulassen. Man sollte aber doch denken, daß so eine wie sie für ihn, ja sogar für ihn ausgereicht hätte. Jedenfalls so weit, daß er nicht einfach überschnappen mußte, bloß weil dieses Mädchen Francesca ihm einen Korb gab, was sie ja offenbar getan hat.« Ich machte eine Pause. »Etwas stimmt da nicht«, fuhr ich fort. »Ich kannte

doch Mason, und daß er das getan haben soll, ist einfach nicht zu glauben. Man kann ja hinter den Weibern her sein, aber deshalb vergewaltigt man doch nicht ohne weiteres jemanden. Ich will damit sagen, daß Mason schließlich kein gewalttätiger...«
»Diese Rosemarie«, sagte er schläfrig, »war eine ganz schöne Pimperliese, eine richtige untengesteuerte, zentralgeschmierte Saftpresse. Allmächtiger Gott, was man mit der alles hätte anstellen können!« Er schwieg eine Weile. »Ich weiß überhaupt nichts über Rosemarie«, sagte er dann ausweichend. »Gar nichts.« Er stemmte den Ellbogen auf sein Knie und sah mich eindringlich an. »Das war nämlich eigentlich der ganze Ärger. Solange ich in Europa war, wußte ich überhaupt nichts. Ich war nur ein halber Mensch und saß da wie in eine Kiste gesperrt, zusammen mit meiner Angst und meinem Suff. Ich war ein wandelndes biologisches Monstrum, ein Sack voll Verderbtheit, zusammengehalten nur von einem einzigen vergiftenden Gedanken, nämlich dem, mich selbst auf möglichst schmerzhafte Art zu zerstören.« Er hatte bislang an einem Baum gelehnt und begann nun wie umgetrieben hin und her zu gehen, von Humor und Wärme war nichts mehr an ihm zu bemerken. Ich machte mich bereit. Gelegentlich war er so. Der liebenswürdige Faden schien dann in ihm abzureißen, und er war plötzlich verkrampft, düster und voller Selbstvorwürfe. Dann änderte sich sogar seine Art zu sprechen. Auf merkwürdige Weise erinnerte er mich an einen rotnackigen Baptistenprediger, der geschwätzig und aufdringlich ist und voll von humorigen Sprüchen steckt, wenn man ihm auf der Straße begegnet, der sich aber, einmal auf der Kanzel, in einen leidenschaftlichen, funkensprühenden Turm verwandelt. Und das Erstaunliche war, daß dies bei Cass durchaus nicht unglaubwürdig wirkte. In der Badehose, Moosflechten an den nassen kräftigen Beinen, blieb er stehen und schüttelte mit schmerzverzerrtem Gesicht das Wasser aus den Ohren. »Kein Mensch kann ohne einen Mittelpunkt leben«, sagte er. »Nicht ohne ein gewisses Vertrauen, wenn du so willst. Ich hatte ebensowenig Vertrauen wie ein Kater. Nichts. Nichts! Was soll ich dir über Mason oder Rosemarie oder irgend jemanden sonst erzählen? Zwei Drittel der Zeit war ich so blau, daß ich nichts wahrnahm; in diese Verfassung habe ich mich ja immer wieder selbst gebracht in dem wahnwitzigen, sinnlosen Versuch, mein Leben los zu werden und in irgendeine wohlige, tröstende Dunkelheit zu flüchten, in der ich mich niederlassen konnte, ohne an meine Kinder oder an mich selbst oder an sonst jemanden denken zu müssen. Sieh dir meine Hände an, meine Finger! Siehst du, wie ruhig ich sie halten kann? Kein Zittern, kein Zucken. Wenn ich es darauf anlege, könnte ich mit den kleinen Fingern Schleifen binden. Aber es hat eine Zeit gegeben, da konnte ich kein Weinglas in der Hand halten,

das mehr als halbvoll war; der Wein wäre übergeschwappt. Damals sah ich meine Hände an und konnte gar nicht glauben, daß es meine waren, sie sahen aus, als gehörten sie zu jemand anderem, sie zitterten wie die Hände eines gichtigen alten Mannes, und dann hätte ich losheulen können vor lauter Elend.« Er unterbrach sich und neigte den Kopf. »Ich möchte dich nicht mit dem alten Zeug langweilen«, sagte er. »Schließlich sind wir hier ja nicht bei einem Begräbnis.«

»Rede ruhig weiter, ich höre schon zu.«

Er setzte sich neben mich. »Nein, daran lag es gar nicht, am Schnaps, meine ich. Es ging viel tiefer. Ich war hier innen drin krank wie ein Hund und konnte ums Verrecken nicht herausbekommen, was eigentlich los war. Ich habe dir doch gestern erzählt, wie ich in Columbus County aufgewachsen bin, als bettelarmes Waisenkind und so. Das habe ich ziemlich lange für den eigentlichen Grund der Misere gehalten. ›Waisenkind, armes zitterndes Waisenkind!‹ Oder daß ich nur sechs Jahre in die Schule gehen konnte. ›Unwissenheit, öde erbärmliche Unwissenheit!‹ Ich erinnere mich, daß mir, während ich in Paris und in Rom zu malen versuchte, der Refrain dieses alten Liedes immer wieder einfiel.« Er unterbrach sich. »Ich erzähle dir vielleicht mal von Paris, da ist mir die tollste Sache meines Lebens passiert. Jedenfalls«, fuhr er fort, »dieses Lied nannte sich ›Der sterbende Zeitungsjunge‹, und der Refrain lautete: ›Hab' weder Vater noch Mutter und immer nur Unglück gehabt.‹ Weder Vater noch Mutter«, wiederholte er mit kurzem Auflachen. »Herr im Himmel, das habe ich nun immerzu vor mich hingesungen. Ich quoll so über von Selbstmitleid, daß ich ein ganzes Wasserwerk damit hätte versorgen können... Oder der Krieg«, fuhr er fort, »das wäre auch eine schöne Ausrede gewesen. ›Die Schrecken der Kämpfe im rauhen Pazifik.‹ Haha! Oder die Tatsache, daß ich eine Katholikin geheiratet habe, die noch dazu aus den Nordstaaten stammt, die mich reingelegt und mir einen Haufen von lärmenden Bälgern an den Hals gehängt hat, deren bloßes Vorhandensein jeden Bankangestellten, Schuhverkäufer oder Kunstkritiker lähmen würde, von so einem empfindlichen Nervenbündel wie mir gar nicht zu reden. Oder ...« Er verstummte wieder, doch blieb der Schatten eines Lächelns auf seinen Lippen.

»Na gut«, sagte ich. »Und da...«

»Und da reiste ich also quer durch Europa, voll bis oben hin, und der Fusel lief mir aus den Augen, ich behandelte meine Familie schlecht und mich auch – ich schwankte, könnte man sagen, auf jener Kante zwischen Leben und Tod, die nicht viel breiter ist als ein Haar, bis ich nach Sambuco kam. Ich hatte gedacht, daß ich mich hier etwas aufrappeln könnte, täuschte mich aber darin. Als wir uns zum ersten Mal sahen, war ich so voll wie niemals vorher oder nachher. Deshalb kann ich dir eben auch gar nichts erzählen. Ich war betäubt, einfach weg, sternhagelvoll – ich könnte dir nichts von dem erzählen, was vorging, und wenn mein Leben davon abhinge. Aber…«

Poppy rief von der Hütte herüber: »Cass! Peter! Eure Bohnen werden kalt!«

»Aber was?« sagte ich.

»Immer mit der Ruhe!« brüllte er. »Aber du kannst mir etwas erklären, vielleicht jedenfalls.«

»Was denn erklären?«

»Erzähl mir alles, woran du dich noch erinnerst. Einige Dinge sind schon…«

»Cass!«

»Okay, wir kommen ja schon!«

Und daher mußte zuerst ich ihm meine eigene Geschichte erzählen…

Als ich Cass und Poppy an der Straße zurückgelassen hatte, kam ich kaum noch den Berg hinauf. Es war eine mörderische Steigung für meinen verstümmelten Austin. Nach einer halben Stunde etwa und nachdem ich ein Dutzend Mal gehalten hatte, um den Motor abkühlen zu lassen, kam Sambucos archaisches Tor in Sicht. Hier empörte sich der Wagen endgültig fauchend und bebend und rollte noch ein kurzes Stück weiter, während sich das Meer dreihundert Meter unter mir meinem überwältigten Blick darbot und alle Einzelheiten des wilden Tales, durch das ich eben hinaufgefahren war – Spalten und Klippen und von Eidechsen wimmelnde Felswände –, hinter mir verschwanden. Ich konnte kaum glauben, daß ich es geschafft hatte.

Durch den Torbogen sah ich die Piazza der Stadt in einer Schlinge von Licht liegen. Der Ausblick auf das Meer von hier oben war so atemberaubend theatralisch und romantisch, daß es eine Weile dauerte, bis ich bemerkte, daß sowohl die Stadt als auch der Platz befremdlich still und verlassen schienen. Kurze Zeit stand ich wie hypnotisiert da und empfand von neuem eine wohltuende Entspannung. Auf dem steil ansteigenden Hang jenseits des Tales grasten einige kümmerlich aussehende Schafe; sie machten den Eindruck von Tieren, wie Kinder sie aus Papier schneiden – hilflos dem geringsten Anhauch des Windes preisgegeben. Dann drangen zwei satte Hornstöße beinahe schön und musikalisch aus dem Tal herauf: ein Autobus. Dieses Horn und der aus fern wuchernder Wildnis herüberschallende Schlag einer Kirchenglocke brachten mir wieder zum Bewußtsein, wie unnatürlich still es hier am Eingang zur Stadt war. Von neuem bedrückt und meinen Sorgen ausgeliefert, schleppte ich mich auf der Suche nach einem Telephon durch den düsteren, modrigen Torbogen und bemerkte viel zu spät erst, daß ein im Schatten stehender Carabiniere mich am Ärmel faßte und wild auf mich einflüsterte: »Signore, aspett'! C'è il film!«

Ich kann den Polizisten nur halb gehört haben. Immerhin ist es mir jetzt noch peinlich zu beschreiben, was geschah, als ich, ohne auf ihn zu achten und seine tastende Hand abschüttelnd, aus dem modrigen Torbogen in das grelle Sonnenlicht trat, das Sambucos Piazza einhüllte. Ich muß wohl von meinen Sorgen so überwältigt gewesen sein, daß ich überhaupt nicht die geschäftige Bewegung um den Kaffeehaustisch bemerkte, an den ich nun herantrat und an dem ein Mann und eine Frau eifrig miteinander plauderten.

Hier tippte ich in plötzlicher Verwirrung einem wütend aussehenden Kellner, der sich da herumdrückte, auf die Schulter, und meine Lippen bildeten gerade die ersten Worte einer Frage: »Cameriere, per favore, c'è un telefo...«

Da hörte ich hinter mir jemanden brüllen: »Schnitt! Schnitt!« Ich drehte mich um und sah mich einer Batterie von Kameras, Scheinwerfern und Lampen und dem augenrollenden Zorn eines fetten kleinen Mannes in kurzen Hosen gegenüber, der sich, einen Zigarrenstummel zwischen den Zähnen, auf mich stürzte.

»He! Paesan'!« brüllte er. »Hau ab! Scher dich zum Teufel! Umberto, sagen Sie dem Kerl, er soll machen, daß er weg kommt! Er hat uns gerade dreißig Meter Film gekostet. Hau ab hier, paesan'!«

Ich fühlte zahllose Augenpaare auf mich gerichtet – die Stadtbevölkerung staute sich hinter Absperrseilen, und die Filmleute standen unter den Lampen zusammengedrängt –, am spürbarsten aber waren die Blicke der beiden Leute, an deren Tisch ich getreten war. Einer von ihnen war Carleton Burns, der mich mit seinem weltberühmten, stereotypen Ausdruck von Ekel und Langeweile musterte. Niemand lachte. Es war wie in einem besonders unangenehmen Traum. Einen Augenblick lang fühlte ich mich wieder so geängstigt wie durch den Blick von di Lietos alter Großmutter, und in mir regte sich das peinigende Gefühl, das man als kleiner Junge hat, wenn man bei einer Übeltat erwischt wird. Mir wurde kalt, Schwäche übermannte mich, und ich fühlte schon die Röte der Erniedrigung an den Schläfen brennen, aber da gab irgend etwas in mir nach – vielleicht lag es an der Hitze, vielleicht war mit diesem letzten Zwischenfall der Gipfel des Peinlichen erreicht, oder es lag einfach daran, daß ich nun, nachdem mir den ganzen Tag über Italiener eine Niederlage nach der anderen beigebracht hatten, von einem Landsmann beschimpft wurde, von einem daherwatschelnden kleinen Fettmops, aber eben doch von einem Lands-

mann – jedenfalls gab irgend etwas in mir nach, und ich begann überzukochen.
»Umberto!« brüllte er in meine Richtung, »sagen Sie dem Carbinary, er soll uns die Leute vom Hals halten! Und sagen Sie diesem Kerl hier, er soll verschwinden. Sche...«
»Scheren Sie sich selbst weg, Sie armseliger Tropf!« heulte ich. »Schreien Sie mich gefälligst nicht so an! Sehe ich aus wie ein Italiener? Ich habe ebensoviel Anrecht auf diesen Platz wie Sie! Was bilden Sie sich eigentlich ein! Mich hier herumzukommandieren...« In der erschlaffenden Hitze zerplatzten winzige, orangefarbene Kugeln der Hysterie vor meinen Augen, und ich hörte, wie meine eigene Stimme gurgelnd höher und höher stieg, wie sie gefährlich nahe am Umkippen war, sah aber auch ihre durchschlagende Wirkung, denn als ich fortfuhr den kleinen Mann anzubrüllen, blieb er wie angenagelt stehen; sein Zigarrenstummel wackelte ungewiß hin und her wie ein Eisenbahnsignal, und seine Augen quollen unschlüssig und, wie mir schien, ungläubig und kropfig heraus. Von den beiden letzten Aussprüchen, die ich tat, klang der erste – »Sie können die Italiener nicht einfach so herumstoßen!« – wenig überzeugend; als ich aber kreischte: »Ich bin ein erschöpfter, müder Mann!« empfand ich zum ersten Mal an diesem Tag ein schales Triumphgefühl, und nach diesem Ausbruch machte ich auf dem Absatz kehrt und stolzierte bebend davon, wie ein bedrängter, launenhafter Schauspieler von der Bühne, denn, fiel mir ein, eine Bühne war der Platz ja wirklich.
Meine Erbitterung war so tief und bohrend, daß ich am liebsten vom Platz fort, den Berg hinunter und nach Rom zurück marschiert wäre, doch stieß ich in diesem Augenblick mit Mason Flagg zusammen. Er stand im Torbogen, hatte alles mit angesehen und schien sich vor Vergnügen gar nicht fassen zu können. In einem barocken, mit silbernen Blumen bestickten Sporthemd, eine weiße Skimütze schräg auf dem Schädel, heulte er vor Lachen; als ich auf ihn zutrat, ging sein Gelächter in ein stummes, krampfhaftes Kichern über, und jenes nervöse Zucken, das ich vergessen hatte, an dem ich ihn aber aus jeder Entfernung und jedem Blickwinkel hätte erkennen können, sei es nun in Sambuco, in Paris oder in Peru, ließ eine seiner Schultern hochschnellen.
»Petie«, kicherte er und schüttelte überschwenglich meine Hand, »jetzt wollen wir aber mal tüchtig einen draufmachen.«
Das war eine vertrauliche Erinnerung an unsere Schultage. Ich erinnerte mich, daß es immer seine Art gewesen war – wenn wir uns nach langer Zeit zum ersten Mal wiedersahen –, mich auf solche Weise zu begrüßen, und ich antwortete dann im allgemeinen in ebenso schuljungenhafter Manier, wenn auch nie ohne mir dabei wie ein Esel vorzukommen.

»Na denn mal los«, antwortete ich forsch. »Wer war denn der Kerl, der mich da drüben angebrüllt hat? Der hat mich wirklich wild gemacht...«
»Irgendein Regieassistent. Rappaport heißt er, glaube ich. Kümmere dich gar nicht um den, der macht alle Leute wild. Ich finde übrigens, daß Alonzo dir eine Rolle geben sollte, denn du warst geradezu fabelhaft.«
»Es tut mir ja leid«, begann ich, »daß ich die Aufnahme gestört habe. Aber ich habe einen scheußlichen Tag hinter mir. Ich bin auf der Hauptstraße hinter Pompeji in einen Motorroller hineingefahren...«
»Du siehst wirklich prächtig aus, Petie!« unterbrach er mich. »Es freut mich ungeheuer, daß du gekommen bist. Wie lange haben wir uns nicht gesehen? Drei Jahre? Oder vier? Ich finde, du hast dich überhaupt nicht verändert. Höchstens im Gesicht siehst du etwas dicker aus und nicht mehr so gehetzt; ich möchte beinahe sagen, du wirkst etwas selbstzufriedener um die Drüsen herum. Wie haben dir denn die italienischen Mädchen gefallen, mit denen du dich in den letzten Jahren rumgetrieben hast? Angeblich soll man ja noch nicht mal angefangen haben, Geschmack am Leben zu kriegen, bevor einem so ein Mädchen ›Mamma mia‹ im Bett vorgestöhnt hat. Petie, du siehst einfach erstklassig aus!«
»Na, das freut mich, Mason«, sagte ich ohne Begeisterung. Ich mußte den Filmleuten wohl ihre Arbeit für den Tag verdorben haben, denn bei den Kameras begann man abzubauen, und die einheimische Bevölkerung, die sich hinter den Seilen gedrängt hatte, bemächtigte sich wieder ihres malerischen Platzes.
»Mach dir nichts draus«, beruhigte mich Mason, während wir über die Piazza auf ein Café zugingen. »Dieser Verein ist der reinste Zirkus. Die Szene, in die du da eben reingeraten bist, war vor drei Stunden noch nicht einmal geschrieben! Das ist wohl die dämlichste Produktion, die man je gesehen hat. Die Drehbuchautoren fallen dabei um wie die Fliegen.«
»Wie lange bleiben die denn noch hier?« fragte ich erwartungsvoll. Mason war durch seine Familie mit der Filmwelt ständig in Berührung gewesen, aber obwohl ich ihn seit unseren Schultagen kannte, war ich mit den gefeierten Persönlichkeiten jener Welt doch nie so vertraut geworden, wie ich es mir gewünscht hatte. Ich hatte vor diesen Leuten eine geradezu pubertäre Ehrfurcht, und die Hoffnung, ihnen nun vielleicht nahezukommen – und sei es auch noch so flüchtig –, belebte meine Phantasie plötzlich mit glitzernder verführerischer Kraft. »Bleiben sie lange hier?«
»Da ist ja dieser kleine Tropf, dieser Rappaport«, sagte er, als habe er mich gar nicht gehört. »Zerbrich dir seinetwegen nicht den Kopf! Weißt du übrigens, wie er mit Vornamen heißt? Rate mal.«
»Wie soll ich das wohl raten können.«
»Van Rensselaer. Er wird Rense genannt. Schön, was?«

Er zuckte wieder mit der Schulter, als versuche er, sie auszurenken. Wir bahnten uns nun einen Weg über den Platz durch die schwatzende Menge der Statisten, aus der sich zwei hübsche italienische Mädchen in knappen schwarzen Strandanzügen lösten und unter beträchtlichem Schwenken der Hüften unseren Weg kreuzten. Mason nahm meinen Arm. »Nun sieh dir mal das an, Petie«, sagte er. »Hier auf diesem Berg gibt es mehr solche Bürzel, als ein weiser Mann verkraften kann. Sieh sie dir bloß mal an. Ehe ich mich mit so was die ganze Nacht herumwälze, muß ich eine besondere Klausel in meine Lebensversicherung aufnehmen lassen. Allmächtiger Gott«, seufzte er und schlenderte mit langen Schritten neben mir dahin, »es ist wirklich schön, daß du wieder mal da bist, Petie. Wie sind denn diese Italienerinnen wirklich? Du bist ja nun schon ein alter Kämpfer.«

»Tja...«, fing ich an, aber da rief er: »Also auf später, Seymour!« und winkte einem jungen Mann, der am äußersten Ende der Piazza über das Steuer eines Jaguars gekrümmt hockte und sich auf den Flug in den Weltraum vorzubereiten schien. »Da haut der letzte Autor ab«, sagte Mason. »Netter Bursche, früher hat er Romane geschrieben.«

»Gott allein weiß, wie lange sie noch hierbleiben«, fuhr er fort, »vielleicht noch zwei Tage oder eine Woche – so, wie sie diesen Film drehen, läßt sich gar nichts voraussagen. Sie sind erst vor ein paar Tagen angekommen, kurz nachdem ich dir geschrieben hatte. Wer das nun eigentlich finanziert, weiß ich nicht genau, ich glaube allerdings, daß die Filmgesellschaft so ungefähr eine Million Dollar in blockierter italienischer Währung zur Verfügung hat, und da haben sie sich denn diesen scheußlichen alten Roman über Beatrice Cenci gegriffen und eine halb amerikanische, halb italienische Truppe zusammengestellt. Dann sind sie dahintergekommen, daß die ganze Geschichte mit Kostümen und Ausstattung zu teuer wird, und haben sich dafür entschieden, eine zeitgenössische Komödie draus zu machen, oder so was Ähnliches. Jedenfalls sind sie mit dem Drehbuch in ganz Italien herumgereist, haben Drehbuchautoren engagiert und wieder rausgeschmissen, wenn die nicht von allein weggelaufen sind, weil die ganze Angelegenheit schon völlig groteske Formen angenommen hatte. Schließlich ist daraus ein so irrsinniges Durcheinander geworden, daß Kirschorn – das ist der Produzent, der sitzt im Hotel Hassler in Rom auf seinem fetten Arsch – Alonzo angebrüllt hat, er solle mit dem ganzen Saftladen verschwinden und den verdammten Film endlich abdrehen. Übrigens hast du Alonzo vielleicht mal gesehen, als wir noch klein waren, er war nämlich sehr mit meinem Alten befreundet. Na, wie auch immer, Alonzo war früher schon mal in Sambuco gewesen und fand, daß das ein hübscher Ort sei, um sich einen anzupicheln und den schönen

Ausblick zu genießen, während gleichzeitig hier die Abtreibung vorgenommen wird. Ich habe Alonzo gleich morgens getroffen, als sie alle ankamen. Da ist ja auch Rosemarie! He, Baby!« rief er, packte mich am Arm und zeigte auf mich. »Sieh mal her, Peter ist da!«
Aus einem Durchgang in der Nähe des Cafés, auf das wir zusteuerten, trat das stattlichste Mädchen, das ich je gesehen habe, tänzelte in safranfarbenen langen Hosen daher, blieb stehen, schlank wie ein Aussichtsturm, und legte die Hand zum Schutz gegen das Sonnenlicht über die Augen. Dann schritt sie, mit einem Ausdruck der Langeweile um den Mund, geziert dahin, eine giraffenähnliche, promenierende, blonde, turmhohe Schönheit, und an ihrem Arm baumelte eine riesige Handtasche. Ich blieb wie angewurzelt stehen, von der Pracht ihrer Erscheinung und ihrer Größe gleicherweise betroffen.
»Gehört die dir?« fragte ich.
»Jawohl, das tut sie«, antwortete er beinahe würdevoll. »Warum?«
»Sie ist ja hinreißend, aber sie muß doch wenigstens zwei Meter...«
»Beruhige dich, Petie«, sagte er nachsichtig lachend, »sie ist kaum über einen Meter achtzig, sie ist nicht mal so groß wie ich.« Während wir auf sie zugingen, schwiegen wir für einen Augenblick; dann setzte er hinzu: »Als ich sie das erste Mal im Bett hatte, kam ich mir vor, als sollte ich den Kangchendzönga besteigen –« Ich zuckte ein wenig zurück, murmelte aber etwas Anerkennendes.
»Mit Nachnamen heißt sie de Laframboise«, erklärte er kichernd, »und da gibt es nichts zu lachen, sie heißt wirklich so. Sie entstammt einer sehr guten, steinreichen Familie aus Long Island und ist erst zweiundzwanzig Jahre alt. Hugenottenfamilie. Sie hat die denkbar beste Erziehung gehabt, alles, was man sich wünschen kann.« Seinem sachlichen Ton konnte ich nicht entnehmen, ob er sich über Rosemarie lustig machte. »Als ich sie kennenlernte, war sie Mannequin und verdiente genug, um auf ihre Familie zu pfeifen und sich mit Papa aus dem Staub zu machen. Immerhin«, fügte er hinzu, und das klang, als wolle er sich entschuldigen, »sie ist wirklich ein gutes Mädchen, hat nicht die geringsten Hemmungen und ein Herz von Gold.«
Rosemarie, unter einem Sonnenschirm an einem Tischchen sitzend, blühte wie eine riesige Osterglocke, ihr goldenes Haupt war über eine Nummer des ›New Yorker‹ geneigt. Als wir herantraten, sah sie auf und betrachtete mich mit einer so perfekten Gleichgültigkeit, daß man hätte denken können, diese sei gleichzeitig mit dem kosmetischen Anstrich aufgetragen worden, der das großflächige, vornehme Gesicht bedeckte.
»Guten Tag, Peter Leverett«, sagte sie mit kehliger Stimme, »ich habe ja schon so viel von Ihnen durch Muffin gehört.«

»Muffin?«
Sie lachte einmal hell auf. »Ach, das wissen Sie ja nicht. So nenne ich Mason. Mason, Liebster, war dir das peinlich? Es ist doch das erste Mal, daß ich dich verraten habe.« Dann wandte sie sich zu mir: »Aber Sie sind doch ein ganz alter Freund, nicht wahr, Peter Leverett? Ich habe das Gefühl, ich kenne Sie schon seit Jahren.« Ihr Gesicht war noch immer nichts weiter als eine schöne Maske, aber ihre Stimme klang – trotz der eigentümlich näselnden Sprechweise – warm und freundlich, und ich ließ mich neben ihr in einem Stuhl nieder, kam mir recht klein vor und bestellte ein Bier.
»Alonzo meint, daß sie noch eine Einstellung oben auf dem Berg abdrehen müssen«, sagte sie zu Mason. »Burnsey und Alice wollen übrigens heute abend zu uns kommen.«
»Und Gloria?«
»Die hat Durchfall, will aber auch kommen. Weißt du übrigens, was sie zu mir gesagt hat? Sie sagt: ›Schatz, dieses italienische Essen hat mein Gedärm verwirrt‹ – ist das nicht die Höhe?«
Mason brach in brüllendes Gelächter aus. »Das ist wirklich großartig, das ist ja beinahe schon Poesie. Das hat sie wohl aus Shakespeare? Kleopatra? Das Mädchen ist wirklich fabelhaft. Warte nur, bis du sie kennenlernst, Peter. Man muß ihr Englisch selbst hören, sonst glaubt man es nicht. Ober, das Bier ist für den Herrn hier, ich habe einen doppelten Whisky mit Soda bestellt.«
»Come, Signore?« Der Kellner, ein vergrämter, schiefschultriger kleiner Mann stand völlig verwirrt vor uns.
»Einen doppelten Bourbon und Soda.«
»Non capisco.«
»Ach, zum Teufel, Peter, sag du ihm doch...«
»C'è del bourbon whiskey?« fragte ich.
»Whiskey?« fragte der Kellner. »Si, ma solo Il Vat Sessantanove. Skosh. E molto caro.«
»Himmeldonnerwetter«, schimpfte Mason, »diese Leute sind so stupide! Warum hat er denn meine Bestellung überhaupt angenommen, wenn er nicht die geringste, auch nicht die allermindeste Ahnung davon hat, was...«
»Ist dir VAT 69 recht, Mason? Er meint, der ist sehr teuer. Va bene«, sagte ich zu dem Kellner, »un doppio whiskey.«
»Manche von diesen Leuten sind entsetzlich dickfellig«, sagte Mason, nachdem der Mann davongeschlurft war. »Nun sieh mich bloß nicht so strafend an. Ich weiß schon, ich wirke wie ein ekelhafter amerikanischer Geschäftsmann, der alle möglichen überholten Plattheiten aus dem

neunzehnten Jahrhundert von sich gibt, aber wirklich, manche von den Leuten hier sind unglaublich beschränkt, und ich will nicht...«

Rosemarie, die ihr Gesicht im ›New Yorker‹ verborgen hielt, brach plötzlich in ein Gelächter aus, das dank des geräumigen Resonanzbodens ihres Busens geradezu ohrenbetäubend war. »Wirklich«, rief sie, »manchmal glaube ich, Walcott Gibbs ist der komischste...«

»Oh, hör auf, Rosemarie«, unterbrach er sie scharf, »kannst du denn das Ding niemals aus der Hand legen? Peter ist nun genau drei Minuten hier, und du schlabberst über deinem ›New Yorker‹ wie ein Dackel...«

Ich sah, wie sich auf ihren Lippen lautlos ein ›Entschuldige‹ formte; die Zeitschrift flatterte zur Erde. Als Mason fortfuhr zu sprechen, schien sie nur aus großen blauen Augen zu bestehen und war ganz Aufmerksamkeit. Sie hielt die Ellbogen aufgestützt, und ihr Kinn ruhte auf den gefalteten Händen in einem Bukett scharlachroter Fingernägel.

»...und ich meine auch nicht bloß die sogenannte Sprachschranke«, fuhr er fort. »Ich bin wirklich nicht so einfältig oder arrogant, oder wie man das nennen will, zu erwarten, daß alle Leute unsere Sprache sprechen. Ich rede auch nicht von dem Kellner, der aussieht wie ein netter Bursche und so, als ob ihm nichts fehle, was man mit einigen Litern Penicillin nicht kurieren könnte. Ich rede nur von der Stupidität, ich meine, der wirklichen ökonomischen Stupidität eines Mannes, der in einem Kurort, wo wenigstens die Hälfte der Gäste englisch spricht, ein Café unterhält und keinen Kellner anstellen kann oder will, der Englisch versteht. Denn schließlich sollte man sich doch darüber klar sein, daß heutzutage Englisch die auf der Welt vorherrschende Sprache ist, oder nicht?«

»Durchaus, Mason«, sagte ich. »Durchaus.« Drei Schlucke Bier, die wie Dynamit auf mich gewirkt hatten, verliehen meiner Erschöpfung neue, irrsinnige Dimensionen: ich starrte ihn aus schmerzenden, staubbedeckten Augen an und versuchte festzustellen, ob er es war, der mich nun in solch eine stumpfe, bodenlose Niedergeschlagenheit versetzte, oder ob es doch die Beschwerlichkeiten des Tages waren. In seinem Äußeren hatte er sich kaum verändert. Er war nicht mehr so mager, das Fett, das er seit unserem letzten Beisammensein angesetzt hatte, stand ihm gut, denn Hals und Gesicht waren nicht aufgeschwemmt, aber seine schlanke, flotte, knabenhafte Erscheinung, von der ich wußte, daß er sie insgeheim immer verabscheut hatte, wirkte nun voller und gereifter. Er war nach wie vor außerordentlich elegant: sein Sporthemd aus Seidenbrokat schien für einen Prinzen gemacht; es mußte ihn so viel gekostet haben wie ein ganzer Anzug, und ich kannte außer Mason niemanden, der es so selbstverständlich hätte tragen können, noch dazu über der Hose wie ein Strandhemd, niemanden, der dabei nicht ausgesehen hätte wie ein Clown.

Mason war ein höchst attraktiver junger Mann, und die Jahre, in denen er mir nicht zu Gesicht gekommen war, hatten seiner Schönheit einen gewinnenden Glanz hinzugefügt.
Und trotz allem fühlte ich mich von schwärzestem Trübsinn niedergedrückt. Masons Stimme drang mir nun wieder ins Bewußtsein.
»Mir fällt auf, Petie, daß du gut Italienisch sprichst.« Seine Stimme klang plötzlich so schelmisch, daß es schwer war festzustellen, ob er mich bewunderte oder sich darüber beschwerte.
»Ich glaube fast, Italien hat dich etwas verwirrt, Mason«, sagte ich matt. »Ich mußte die Sprache ja lernen, schließlich bin ich seit drei Jahren hier.«
»Also, Peter Leverett –« fing Rosemarie an.
»Nenn ihn Peter oder Petie oder Gugu oder meinetwegen auch Schätzchen, aber nicht Peter Leverett. Seit wann hast du dir denn angewöhnt, andere Leute mit Vor- und Nachnamen anzureden? Das ist jetzt wohl das Neueste?«
»Entschuldige, Liebling. Also, Peter – das erlauben Sie doch? –, ich glaube, ich verstehe, was Mason sagen will. Darf ich, Liebling?« Sie sah ihn flüchtig an, doch konnte ich nicht feststellen, ob sie den vorwurfsvollen Blick mißachtete, den er ihr zuwarf, oder ob sie ihn einfach nicht bemerkte. »Ich glaube, Mason möchte dieses ... ja, dieses Trauma verständlich machen, das einen überfällt, wenn man ins Ausland kommt. Auch wenn man schon früher im Ausland gewesen ist. Also zum Beispiel, wenn man in Neapel an Land geht, in der schrecklichen Hitze, und dann alle diese merkwürdigen, dunklen kleinen Menschen sieht – und dazu dieser entsetzliche Lärm und das Durcheinander. Außerdem hat Mason ja, als wir im Mai hier ankamen, eine grauenhafte psychosomatische Erkältung bekommen ...«
»Also, meine Teuerste«, unterbrach Mason sie mit schiefem Gesicht, »nun laß bitte endlich diesen psychosomatischen Quatsch. Ich war erkältet, Punkt.«
»Na ja, Liebling, du kannst ja nichts dafür, auch wenn es psychosomatisch war. Es paßt eben nur zu dem, was ich gerade gesagt habe, daß nämlich die Ankunft in einem Land wie Italien die Körper-Seele-Beziehung so durcheinanderbringen kann, daß man leicht eine Erkältung oder so etwas bekommt. Weiter sage ich ja nichts. Ich erinnere mich noch, daß du auf dem Weg von Neapel hierher die Antihistamintabletten eingenommen und dabei gesagt hast: ›Mir ist schwindelig, und das muß daran liegen, daß ich kein Wort von dem verstehe, was diese verfluchten Spaghettifresser da schwätzen ...‹ «
»Meine Liebe«, sagte er gereizt, »ich nehme an, daß ich nun in deinen

und Peters Augen für alle Ewigkeit als der groteskesten Sorte Rotarier zugehörig erscheine, und zwar einfach wegen meiner gemeinen xenophobischen Bemerkung über den Kerl, dem dieses Café gehört, aber ich möchte dir, mein Schatz, denn doch versichern, daß ich bislang noch niemals das Wort ›Spaghettifresser‹ in den Mund genommen habe und daß du schlichtweg lügst...«

»Ach, entschuldige, Liebling«, unterbrach sie ihn und legte in einer hastigen Geste der Beschwichtigung ihre Hand auf die seine. »Es tut mir wirklich leid, ich wollte nicht sagen...«

»Du hast es aber gerade gesagt«, bemerkte er säuerlich.

»Ja, aber ich wollte damit gar nicht wiedergeben, was du wirklich gesagt hast. Ich habe nur versucht, Peter klarzumachen, daß man sich vom ersten Augenblick an schon einfach deswegen in einem fremden Land nicht wohl fühlt, weil die Sprache und die Zollbeamten...«

»Es waren übrigens auch keine Antihistamintabletten, es war Aspirin. Ich mag ja ein Trottel sein, ich bin aber kein Hypochonder.«

»Na schön, also Aspirin. Jedenfalls glaube ich, daß du Peter klarmachen wolltest...«

Ich kann mich nicht erinnern, außer an diesem einen Tag jemals in meinem Leben aufrecht sitzend so unvermittelt und ohne es zu bemerken in den Zustand des Abwesendseins hinübergeglitten zu sein, aber ich muß wohl wieder so vor mich hingedöst haben, denn während Rosemarie sprach, verlor ihre Stimme für mich jeden Klang und jede Bedeutung; das ungeheure Panorama von Meer und Himmel jenseits des schläfrigen Platzes erschien wie in gelb getönte Staubfahnen gehüllt und ohne jede Tiefe, und während ich nickend und träumend – was nur? – dasaß, fühlte ich mich in ein anderes Land versetzt, wieder ein Kind und wieder in der Niederung an einer Flußmündung oder an einem Ufer, wo die Marsch vom unstillbaren Fieber unzähliger Insekten sirrte und Segel wie schimmernde Drachen Muster in den ozeanischen Himmel schnitten, die so beschwingt und kapriziös waren wie der Flug von Möwen. Aber dieser Augenblick zersprang in Stücke wie Glas, und mein Erwachen muß ebenso gehetzt gewesen sein wie mein Schlaf, denn ich fühlte etwas feucht und wärmend über meine Hand gleiten, riß die Augen auf, und da explodierte die Bierflasche auch bereits in einem Meer von Schaum zu meinen Füßen.

»Peter!« rief Rosemarie. »Sie armer Junge! Sie sehen ja völlig erledigt aus! Warum legen Sie sich denn nicht hin?«

»Na ja, ich würde mich schon gerne ein bißchen bei euch hinlegen und mich ausschlafen«, sagte ich benommen. »Ich bin eben völlig am Ende. Wenn ihr mir nur vielleicht sagt, wie ich hinkomme...«

In diesem Augenblick erinnerte Rosemaries Gesichtsausdruck an nichts so sehr wie an jene elegante, herzergreifende Leere auf den Totenmasken alter ägyptischer Königinnen. Was sie nun sagte, schien mich jedoch durch ein instiktives, liebevolles, beinahe hellsichtiges Verständnis trösten zu wollen. Erst später in jener Nacht, als ich im Spiegel mein verwüstetes Bild erblickte, meine rotumrandeten Augen, die ölverschmierten Wangen und die Bartstoppeln, wurde mir klar, daß sie nur versucht hatte, nett zu mir zu sein, vielleicht um ihre frühere Unfreundlichkeit wiedergutzumachen.

»Mir scheint, Sie sind völlig erschöpft«, sagte sie. »Hatten Sie auf dem Weg hierher irgendwelchen Ärger?«

»Lieber Himmel, es war grauenhaft«, sagte ich und holte tief Luft, »in der Nähe von Pompeji kam so ein Bursche auf seiner Lambretta aus einer Nebenstraße rausgeknattert –«

»Petie, mein Junge, ich muß dir noch etwas sagen«, unterbrach Mason.

»Und ich bin in voller Fahrt auf ihn draufgeknallt.«

»O Gott!« sagte Rosemarie.

»Entschuldige, daß ich dich unterbreche. Petie...«

»Wumm!« demonstrierte ich heiser für Rosemarie, »einfach so drauf.«

»O je!«

»Jetzt ist er im Krankenhaus in Neapel, und ich muß mal anrufen, hören, wie es ihm geht.«

»Oh, Peter...«

»Peter«, nörgelte Mason geduldig.

»Meine Schuld war es nicht«, erklärte ich Rosemarie. »Der Bursche hatte schon vorher...«

»Peter, ich habe Neuigkeiten für dich.«

»...ein Auge verloren. Was, Mason?«

»Ja also, Petie, ich mag es eigentlich gar nicht sagen, aber wir haben einige kleine Veränderungen vorgenommen. Du weißt ja, daß ich dir schrieb, du könntest bei uns in der Villa wohnen, ich habe dir nun aber ein phantastisches Zimmer im Bella Vista gemietet...«

»Um Himmels willen, Mason«, platzte ich heraus. Ich fühlte mich nun schon fast krank vor Enttäuschung und hörte meine eigene Stimme schrill und klagend und abstoßend aus der Kehle dringen. »Was soll denn das heißen?«

»Reg dich nur nicht auf, Petie«, sagte er leutselig, »ich werde dir das erklären, Dollbaby.«

»Dollbaby am Arsch, Mason«, sagte ich in einem Ton, der an die Auseinandersetzungen zwischen Schuljungen erinnerte. »Ich fahre hierher, um dich zu besuchen, werde auf dem Weg praktisch totgefahren, komme

nicht mal zu Wort, weil ihr hier dauernd von Antihistamintabletten quasselt, und dann verlangst du, daß ich in irgendeiner Wanzenbude pennen soll, nachdem du mich vorher eingeladen...«
»Petie, Petie, Petie«, murmelte er, nachsichtig den Kopf schüttelnd, »wenn du mich doch nur erklären lassen würdest.«
»Na schön«, sagte ich erbittert, »dann erkläre mal.«
»Also erstens ist es keine Wanzenbude, sondern ein Luxushotel. Der Manager ist gleichzeitig auch unser Hauseigentümer und ein ganz großartiger Bursche. Ich habe das beste Zimmer im Haus für dich reservieren lassen, und zwar auf meine Rechnung. Ich zahle dafür. Du weißt ganz gut, daß ich es nicht nur für richtig halte, sondern daß es mir auch Vergnügen macht, dafür zu zahlen. Und ich habe es getan – nun mach bloß kein so trübsinniges Gesicht, Petie... ich habe es getan, weil Alonzo zwar für die Leute, die er mitgebracht hat, überall Betten in Hotels und Pensionen aufgetrieben hat, aber – und das sieht Alonzo, dem alten Bären, ganz ähnlich –, er hat völlig vergessen, für sich selbst ein Zimmer zu suchen. Ich habe ihm also dein Zimmer im Palazzo gegeben...«
»Warum hat er denn nicht dieses angeblich so phantastische Zimmer genommen, das du für mich im Hotel reserviert hast? Verdammt noch mal, Mason, schließlich hast du mich ja eingeladen...«
»Petie, Dollbaby«, sagte er in seiner gelassenen, geduldigen Art, »hör doch mal zu, Petie, das Zimmer ist erst gestern frei geworden, als Alonzo schon hier war.«
»Ich nehme an, daß ich wohl im Auto schlafen müßte, oder jedenfalls in dem, was noch vom Auto übrig ist, wenn das Zimmer nicht zufällig frei geworden wäre.«
»Nun mach dich nicht lächerlich, Peter, du weißt, daß ich dir ein Zimmer besorgt hätte. Soweit kennst du doch wohl deinen alten Papa, oder nicht?«
Seine Stimme, nun so versöhnlich, so glatt und einschläfernd, traf in mir auf die echte, alte Zuneigung, und mein Ärger schmolz dahin, entwich in einem langen Seufzer. »Na schön, Mason, wahrscheinlich hast du recht, also entschuldige.«
»Es ist wirklich ein sehr schönes Zimmer«, ließ Rosemarie sich nun vernehmen, »ich habe Fausto – das ist der Eigentümer – heute nachmittag das Zimmer extra für Sie herrichten lassen. Es hat eine wunderbare Aussicht. Als die Kinsolvings – das sind die Leute, die unter uns im Palazzo wohnen –, also als die hier ankamen, haben sie dort auch ein paar Nächte geschlafen, und sie sagen, daß es ihnen großartig gefallen hat.«
Mason kicherte: »Alle siebenundfünfzig.«
Ich stand auf, zwar nicht mehr wütend, aber doch unlustig, unwirsch und

enttäuscht. »Ich habe sie schon unten auf der Straße getroffen«, sagte ich. »Die Frau, wie heißt sie doch – Poppy –, hat mir aufgetragen, Rosemarie zu bitten, ihr diese... na diese... also das Dienstmädchen heute abend auszuleihen. Offenbar ist eins der Kinder erkältet.«

»Wo willst du denn hin?« fragte Mason.

»Mason«, sagte ich feierlich, »vielleicht habe ich heute nur ein Huhn überfahren, ich muß aber mal telephonieren, um das festzustellen. Und dann«, fügte ich hinzu und machte auf dem Absatz kehrt, »dann werde ich mich in jenes phantastische Zimmer und ins Bett begeben.«

»Petie!« hörte ich ihn hinter mir protestieren, während ich das Café betrat, »nun sei doch nicht so, Petie! Du mußt heute abend unbedingt bei uns essen.«

Aber, vollständig betrunken von einer halben Flasche Bier, die Knochen vor Erschöpfung zu Brei zerschmolzen, in den Ohren ein bedrohlich tikkendes Geräusch und schwankend wie ein Diabetiker in seinem Anfall, hörte ich ihn kaum; tatsächlich war mein Befinden nun so miserabel, daß ich mich an viele Einzelheiten jenes Nachmittags nur wie an phantastische Fetzen und Ausschnitte erinnere, so, als wären sie durch Blitzlichter erleuchtet, die in unregelmäßigen Abständen in tiefster Dunkelheit aufflammten. An das Telephongespräch erinnere ich mich genau: ein fruchtloses Geplapper mit irrsinnig gewordenen Frauen in einer erstickend heißen Telephonzelle, die ich mit einem Schwarm ekelhafter Fliegen zu teilen hatte. »Macché, signore! Chi desidera all' ospedale?« Die Leitungen verwirrten sich, eine schrille, präzis französisch sprechende Stimme ließ sich vernehmen. »Ici Marseille, Naples!« – und dann eine zornige Erwiderung im neapolitanischen Dialekt; nach zehn Minuten gab ich es auf und überließ die beiden Telephonistinnen ihrer grauenhaften, zweisprachigen Unterhaltung. Dann versuchte ich mit verzweifelter Entschlossenheit, mir keine Sorgen mehr um di Lieto zu machen. Ich stellte ihn mir kalt und tot vor, verließ schwankend die Telephonzelle und wandte mich von neuem der Terrasse und der Piazza zu. Ein Autobus kam mitten auf dem Platz zum Stehen, und ihm entquoll eine Horde mittelalterlicher Albinos, die sich verbissen in deutscher Sprache zankten. Während ich noch dort stand, formierten sie sich in Lederhosen und schlampigen, geblümten Röcken zu Reihen, gackerten über ihren Baedekern und stapften dann, Tauben aufwirbelnd, auf die gegenüberliegende Kirche zu. Als ich meinen Blick von ihnen losriß, sah ich, wie Mason vom Tisch aufstand und mich anrief.

»Pierre, du bist doch nicht etwa böse, oder?« fragte er ernsthaft. »Wenn es dir nämlich wirklich so unangenehm ist, dann werde ich Alonzo bitten, das Zimmer mit dir zu tauschen.«

Und ich glaube, ich war wirklich nicht böse auf ihn, wirklich nicht, sondern nur müde. Das sagte ich ihm auch.

»Na also, Petie. Du gehst nun direkt ins Hotel, schläfst ein bißchen, und dann kommst du um halb acht zum Essen in den Palazzo hinüber, ja?«

»Okay, Mason. Ciao. Ciao, Rosemarie.«

Was dann geschah, ist mir nicht mehr so recht erinnerlich. Mir fielen die Koffer in meinem Wagen ein: wie ich aber dorthin gelangte, weiß ich nicht mehr. Irgend jemand hatte sich jedenfalls hinter das Steuer geflegelt – ein großer, plattgesichtiger, bleicher Bursche etwa in meinem Alter, der mich breit angrinste, mir seine Raffzähne und seinen geschwärzten Gaumen entgegenbleckte wie einen verpesteten Sonnenaufgang.

»Sagen Sie mal«, fragte ich, »was machen Sie denn da drin?«

»Sto attento alla machina«, sagte er, immer noch strahlend, »ich passe auf Ihr Auto auf.«

»Nun aber raus«, befahl ich, »Sie haben da drin nichts zu suchen.«

»Sissignore! Subito!« rief er und kletterte heraus. »Wenn ich nicht gewesen wäre, dann hätten die Bengels den Wagen noch mehr kaputt gemacht. Sie können ja selbst sehen, daß sie schon die Windschutzscheibe eingeschmissen haben und vorne ein Loch gemacht...«

»Wovon reden Sie überhaupt?« unterbrach ich ihn.

»Von diesen Bengels aus Scala, diesen Stinkböcken. Sie kamen hier mit einem großen Knüppel angerückt und haben angefangen, Ihr Auto kaputt zu schlagen.« Als er dies sagte, packte mich eine kaum erträgliche schneidende Pein. Es war, als habe di Lietos Geist mich auf diesen Berg hinauf verfolgt; denn während der Mann vor mir noch sprach, erkannte ich an seinem zergrübelten, gewölbten Schädel und seinen blicklosen Augen, an dem Mund, der wie di Lietos Mund in seinem einsamen Schlummer schlaff und für immer verständnislos und gutmütig zuckte, daß auch dieser hirnlos war wie ein Huhn, und es überkam mich ein erschreckendes Gefühl, das weder Angst noch Mitleid, sondern eine Mischung aus beidem war und das mir in meiner Erschöpfung den uralten Gedanken eingab, daß das, was ich hier sah, zwar grausam entstellt, aber eben doch der Wille des Himmels sei. »Io mi occupavo dell' automobile«, lächelte er weiter. »Ich habe diese Burschen weggejagt. Haben Sie eine amerikanische Zigarette?«

»Alle Taschen voll. Wie heißen Sie?« fragte ich. Wir setzten uns auf die zerbeulte Stoßstange und zündeten uns jeder eine Zigarette an, während die Dämmerung sich dunstig und verfrüht im Tal unter uns ausbreitete. Stark nach Ziegen riechend, mit Lumpen im Wert von fünf Cents bekleidet, stieß er blaue Rauchwolken in das Zwielicht und dachte über meine Frage nach.

»Ich heiße Saverio«, sagte er schließlich. »Ich spreche gut Englisch. Mein Onkel hat vor vielen Jahren in la città di Brooklyn gewohnt. Er hat es mir beigebracht. Hören Sie mal zu: Corney Island. Oly Smokes, Skeedo. Wanna pizza tail?«
»Bene«, sagte ich.
»Skeedo, das bedeutet ›Versteck den roten Hummer‹.«
»Was?«
»Versteck den roten Hummer«, wiederholte er. »Gehören Sie zu den Filmleuten? Haben Sie jemals den roten Hummer mit La Mangiamele versteckt? Das würde ich wirklich gerne machen. Haben Sie schon mal? Sie hat so wunderschöne große Brüste.«
»Nein«, sagte ich. »Sie?«
»Nein«, gurgelte er betrübt. »Ich habe das nur ein einziges Mal in meinem Leben mit einer Schäferin in Tramonti gemacht. Das war vor vielen Jahren. Sie hieß Angelina und ist an bösen Dämpfen gestorben. Sind Sie ein Millionär?«
Ich stand auf; ich glaubte, die leisen Töne einer Flöte, das bedrängte Wirbeln nackter Füße gehört zu haben, vor so langer Zeit verfolgt und längst schon stumm gemacht. »Vieni, Saverio«, sagte ich, »verdienen Sie sich mal ein paar Reichtümer. Diese Koffer da und die Schachteln, Andiamo! Zum Hotel!«
Unter einem Berg von Koffern, Decken, Bettzeug, Kofferradio, Büchern, Tennisschlägern und Gitarre, mit dem er beladen war wie ein Maultier, und ebenso stämmig, klaglos und sicheren Fußes wie ein Maultier, ging er vor mir her durch die Stadt, ununterbrochen singend oder schwätzend. »Aus dem Weg!« brüllte er einen neugierigen Hund an. »Via, via, du Hurensohn! Mach Platz für den Amerikaner!« In wildem Singsang Worte plärrend, die ich nicht verstehen konnte, schickte er seine irre Stimme, die brüchig war wie Kieselsteine, durch die Torbögen und zu den Dächern empor, er krähte und heulte und verspritzte jubelnd Speicheltröpfchen durch die Luft. Dann hieß ich ihn anhalten und still sein, denn am Ende einer düsteren Gasse standen Rosemarie und Mason im Schatten, und mir drang ein mechanischer Lärm (basso profundo) ins Bewußtsein (später fiel mir ein, daß es einer jener fahrbaren Generatoren gewesen sein muß, die von den Filmleuten ohne Unterlaß quer durch die italienische Landschaft geschleift werden). Die beiden Stimmen, eine heiser, männlich und wütend und die andere hell, besänftigend und angstvoll, wurden lauter und lauter in dem aberwitzigen Bemühen, den Lärm zu übertönen.
»Das habe ich nicht, Muffin!« beteuerte sie.
»Doch, das hast du!« kreischte er. »Du hast es angedeutet, du verdammtes Aas!«

»Ich hab' es aber nicht so gemeint, Liebling! Ich wollte bloß...«
»Du hast aber!«
»Muffin, Liebster, hör doch nur mal zu...«, flehte sie.
»Hör du lieber zu!« unterbrach er sie. »Mein Sexualleben geht dich überhaupt nichts an! Entweder paßt es dir, oder du läßt die Finger davon, verstehst du?« Ein Dutzend seiner Worte ging in dem brummenden Lärm unter. »... Wenn ich eine haben will, merk dir das, wenn ich eine haben...«, tschucketi – klack, tschucketi – klack, »... lege ich sie um, ganz gleich, wie sie heißt, und egal, wo...«
»Liebster!«
Mehr hörte ich sie nicht sagen. Sein blumenbestickter Ärmel hob sich zum Schlag, gerade als der Generator verstummte, dann schlug er zu, und in der Stille, die dem letzten Bullern des Motors folgte, schien der eine flache Streich seiner Hand gegen ihr Gesicht in der Gasse wider und wider zu schallen, dann war es still.
Ich trat zurück, wartete auf einen Schrei oder ein Winseln, hörte aber nichts. So eilte ich denn von dannen (der zerlumpte Saverio, mein verhexter, lüsterner, anstelliger Papageno, galoppierte hinter mir her) wie ein Voyeur, beschämt, aber unentdeckt.

Als ich später im Hotel Bella Vista ungewaschen und unausgekleidet auf dem Bett lag, wurde ich durch ein Gemälde, das einen Teil der Wand einnahm, eine Zeitlang in höchst verdrießlicher Weise am Einschlafen gehindert. Windgasser, der aus der italienischen Schweiz stammende Eigentümer des Hotels, hatte mich auf das Bild aufmerksam gemacht. Er war ein noch junger Mann mit weichen Händen und Rosenwangen, einer strotzenden Wamme samt Honigzunge, aufgebläht wie sein Name und in jenem Augenblick jedenfalls ganz und gar unerträglich. Er empfing mich an der Tür mit einem englischen Willkommensruf, den er dahersäuselte wie ein Lied, und jagte dann mit drohendem Blick und einem Fluch, der anzeigte, daß er in beiden Sprachen lispelte, Saverio von dannen und geleitete mich die Treppe hinauf, wobei er ›good evenings‹, ›bon soirs‹ und mehrere ›Guten Abend‹ an seine Gäste austeilte und mir geheimnisvoll und unterwürfig vollste Genugtuung in Aussicht stellte.
»Hätte ich das doch nur gewußt!« klagte er, »wenn ich das doch nur gewußt hätte! Das Zimmer wird Ihnen aber sehr zusagen. Sehen Sie? Nicht wahr? Dieses Hotel hat meinem Vater gehört und davor meinem Großvater. Aber ich bin untröstlich. Ein Freund von Mr. Flagg ist selbstverständlich Fausto Windgassers geehrtester Gast. Das dort«, damit zeigte er auf das Gemälde und klappte die Fensterläden auf, »jenes Gemälde stammt von Ugo Angelucci, der – ich weiß nicht, ob Ihnen das bekannt ist – vor

zwanzig Jahren hier in diesem Hotel verstarb. Es ist ein Meisterwerk.«
»Vielen Dank für die Erklärung«, sagte ich. »Wollen Sie jetzt bitte die Fensterläden wieder schließen.«
Als er sich entfernt hatte und ich endlich, nervös und geistig dermaßen erschöpft, daß ich nicht einschlafen konnte, auf dem Bett lag, stellte ich fest, daß jene von Angelucci gemalte, leergesichtige schöne Frau mich mit halb geschlossenen Augen beobachtete. Sie war eine welke Blondine mit schweren Augenlidern, vermutlich lag sie im Bett, doch wirkte sie kaum aufreizend, denn ihre unteren Regionen waren von etwas bedeckt, das aussah wie ein undurchdringlicher Teppich, und ein Meter prüder Spitze quoll aus dem Nichts hervor, um ihre Brüste zu bedecken. Als sich jedoch meine Augen an die Dunkelheit gewöhnt hatten, wurde mir klar, daß dieses Gemälde, ob Windgasser das nun wußte oder nicht, unartig gemeint war; der darunter in weit ausholender italienischer Schrift angebrachte Titel – ›Unruhiger Schlaf‹ – verriet es, und mit einem schläfrigen, wunderlichen Entdeckergefühl sah ich, daß Angelucci, der alte Sünder, in kunstvollem, subtilem Hell-Dunkel ein gieriges männliches Profil vor die Schulter der Frau hingehaucht hatte, während um ihren nackten Bauch geschlungen und dort so verborgen wie in einem Bilderrätsel für Kinder, wo man immer die versteckte Ente, den Pferdewagen oder ein Horn suchen muß, die geisterhaft angedeuteten Umrisse zweier eifrig suchender Hände zu sehen waren. Mir ihren knospengleichen Lippen, dem steifen Hals und der arktischen Aura von Keuschheit erregte die Frau den Betrachter ebensowenig wie jene alten, trüben Skizzen der Madame Dubarry – ein Betrug, eine Täuschung und eine Enttäuschung –, und ich erinnere mich noch, daß ich mit dem Gedanken an Angelucci in die Kissen zurückfiel und, als ich in nervösen Halbschlaf versank, den unsichtbaren Glocken und den Booten weit unten am Fuße des Steilhanges auf dem friedlichen Meer lauschte. Wer war Angelucci? Einschlummernd dachte ich darüber nach. Was für ein Mann mochte er gewesen sein? Und ohne jeden Grund, in Gedanken noch in den düsteren, damastenen Zimmern aus der Periode Edwards verweilend, durch die Windgasser mich unten geführt hatte – der Salon mit seinen elefantenhaften Sofas und vergilbten, hochgetürmten Ausgaben der ›Illustrated London News‹, den Bücherregalen, in denen Bulwer-Lytton, Fenimore Cooper und die Memoiren der Habsburger verstaubten, den eingerahmten, fleckigen und mit der Zeit feucht gewordenen Photographien der königlichen Besucher des Hotels (Umberto I., der alt und kränklich aussah, der Herzog von Aosta mit seiner hübschen Familie in einem viereckigen alten Daimler, Königin Margherita im Glockenhut, Ellen Terry, Erich von Stroheim, Filmgrößen der zwanziger Jahre, die nun tot oder aus dem Gedächtnis geschwunden sind)

– verwandelte sich mein Bewußtsein in eine dämmernde, nach Kampfer riechende Collage von Schondeckchen und Dogcarts voller Kinder in Hängekleidchen, von Croissants und Bonnen und eleganten Ausflügen an das blaue, unvergleichliche Meer, wo spitzbärtige Männer sich sonnten und die Luft von einem extravaganten Sprachengewirr schwirrte. Oh, jenes duftige, vergangene, unmögliche Leben! Und über die Schwelle von Sehnsucht und Verlangen, die den Schlaf vom Wachen trennt, tänzelte wieder die schelmenhafte Figur von Angelucci – ein unzüchtiger Neapolitaner vielleicht, mit klebrigen Fingern und Van-Dyke-Bart, ein malender Zwerg in diesem Land von Riesen, der jeden Sommer ins Bella Vista kam, um seiner Leber Erleichterung zu schaffen, ein wenig zu malen und sich in dem transzendenten Licht der Häuser Habsburg, Aosta und Savoyen zu baden. »Vostra Maestà!« hörte ich ihn durch die Jahrzehnte hinweg beteuern. »Majestät! Wenn ich nur malen dürfte...« Demütigend abgewiesen machte er sich nun an das liebliche englische Mädchen mit den Rosenwangen heran (wie reich sie sein muß!): »Verzeihen Sie, Signorina, aber die Farbe Ihres Haares...« Ist er etwa in diesem Zimmer gestorben? Vielleicht in eben diesem Bett? Verschwommen, von weit her schepperten die Kirchenglocken vom Golf herauf in meinen Halbtraum. Meine Augen schienen noch einmal in jene törichten Augen zu blicken, jene geisterhaften, ausschweifenden Hände zu sehen und dann, betroffen von der plötzlichen Erkenntnis, daß jene Frau jemandem ähnelte... jemandem... versank ich im Nichts...

Aber ich schlief da nicht ganz ein – nicht ganz. Ich lag im Halbschlaf, und vor mir entrollte sich eine flache Uferlandschaft aus meinen Kindertagen: ein ruhiger blauer Fluß, Boote, Meere, Möwen. Und Wendy, die lieblich und ausdruckslos neben mir gegen ein Korkkissen gelehnt im Boot saß, flüsterte träge über das schaumbedeckte Wasser: »Was für eine Sonne, was für ein göttlicher Tag.« Und Masons Stimme, munter vom Ruder herüber: »Klar zum Wenden!« Dann wieder die gezierte weibliche Stimme – »Mason, ich bekomme immer Spritzer ab!« –, während das Boot sich schwerfällig in den Wind drehte, einen Augenblick mit flatternden Segeln bebend verharrte, dann die Brise auffing und wendete, Möwen, Bäume, Himmel und entfernte Ufer herumnehmend, die langsam kreisend und in gemächlichem Panorama außer Sicht glitten. Und, »Mason, mein Schatz«, wieder die Stimme, kokett schmeichelnd, »ich werde immer naß dabei. Laß doch Peter segeln, Chéri!«

»Aber sei doch nicht komisch, Wendy, Peter kann ja nicht mal eine Wende von einer Halse unterscheiden.«

»Aber Darling, wie unhöflich du bist zu deinen Gästen.«

»Rede nicht. Ich liebe dich, mein Engel.«

»Mein Süßer. Mein süßer, angebeteter Siebzehnjähriger. Alles Gute zum Geburtstag, und auch für dich, Peter.«

Es war durchaus nicht mein Geburtstag, aber ein halbes Dutzend Martinis hatte sie etwas benebelt; als wir anlegten, fiel sie beinahe aus dem Boot, aber, gewandt und beweglich in ihren Segelhosen, fand sie ihr Gleichgewicht wieder und stand aufgerichtet, strahlend und voller Freude am Bug, breitete die Arme aus und flüsterte »Jugend, Jugend« in den aprikosenfarbenen Sonnenuntergang. Das war der Tag, an dem Mason aus St. Andrews hinausgeflogen war, der Tag, der sich tief in mein Gedächtnis eingegraben hatte, denn die Verwüstung, die dann über Wendy hereinbrach, und zwar von dem Augenblick an, als sie diese Neuigkeit zu ahnen begann (er versuchte, den geeignetsten Moment abzupassen: als sie, schon stark angetrunken, ihn zwitschernd immer noch mit den ausgesuchtesten Schmeichelworten überhäufte und am ehesten in der Lage schien, diesen Schock zu ertragen), prägte meinem Bewußtsein ein so grausames Bild menschlicher Zerrüttung ein, daß ich mich oft fragte, wie ich das in jenem Alter überhaupt hatte ertragen können.

St. Andrews taugte als Schule sicherlich nicht viel. Es war für die Söhne mittelloser Angehöriger der Episkopalkirche Virginias gegründet worden; schäbig und in allen Fugen ächzend, im Dezember eisig kalt, sah sich die Anstalt ständig vom Bankrott bedroht. Es gab dort mehr als die übliche Anzahl von Mißratenen und Unfähigen, die anderswo keine Aufnahme finden konnten; gleichzeitig war die Schule ein wohnlicher Hafen für sturmgezauste Lehrer, die auf der akademischen See Schiffbruch erlitten hatten. Ein Jahr lang wurden wir, wie ich mich erinnere, von einem jungen Fußballstar einer landwirtschaftlichen Hochschule in Englisch unterrichtet, der uns ausschließlich Verse von Grantland Rice vorlas; in einem anderen Jahr wurde ein alter, heruntergekommener Französischlehrer mit einer Flasche Schnaps neben sich im Bett tot aufgefunden. Was aber an Gelehrsamkeit und Fleiß mangelte, wurde durch etwas wettgemacht, das man den »Geist von St. Andrews« nannte; die Fußballmannschaft, in alte, mottenzerfressene Dreß gekleidet, wurde regelmäßig von jeder anderen Schule im Staat niedergetrampelt, doch spendete man ihr lärmenden Beifall; und die Umgebung der Schule – ihre ländliche Lage in den verlorenen Marschen Virginias, am blauen, verhaltenen Schwung von Flußmündung, Ufer und Bucht, nickende Zedern vor den Fenstern der Schlafräume, Fichtenwälder, Weiden nahe am Wasser, aus denen das Geläut der Glocke, die uns morgens weckte, jauchzende Vögel aufscheuchte – machte daraus einen Ort, an dem es für Jungen angenehm war zu leben und aufzuwachsen. Überdies war es eine kleine Schule – nur selten zählten wir mehr als vierzig –, und daher glaube ich, daß wir uns, wenn auch unbewußt, mehr wie eine Familie denn als Schule fühlten, und daß Dr. Thomas Jefferson Marston, der fromme alte Prediger, der uns regierte (und der so ›virginisch‹ war, daß es einem fast das Herz brach, wenn man ihn »General Lee« sagen hörte), mehr ein Vater als ein Direktor für uns war. Seine Stimme klang wie die eines Engels – ein Posthorn, ein Cello, eine Harfe, auf der er jeden Abend mit ungewollter Pracht den hinreißenden Gesang der Liturgie spielte. Wenn ich mich jetzt an jene muffigen Dämmerungen in der Kapelle erinnere und daran, wie des alten Mannes liebliche Stimme über unsere gebeugten, struppigen Köpfe schwebte – »Erleuchte unsere Dunkelheit, Herr« –, und meine Erinnerung dann zu einer anderen Szene zurückwandern lasse, zum Fluß – blau, ganz reines Blau –, wo wir in unseren undichten Booten segelten, zu den von Fröschen und zirpenden Grillen bewohnten Wäldern, in denen bei Nacht unsere heimlichen, unerlaubten Lampen aufleuchteten, zu den keusch und grasig zur Bucht abfallenden Hügeln, wo wir Muscheln ausgruben und wo die Nachtmöwen sich laut schrillend ostwärts gegen die See davontragen ließen – wenn ich in Sünde und Sehnsucht, in überstürztem Griff nach verlorener Geborgenheit und Unschuld an diese Szenen zurückdenke, dann steigt in meiner Erinnerung über ihnen jene anbetende Stimme empor, die in der Dämmerung wie eine himmlische Posaune ruft: »O Herr, meine Stärke und mein Erlöser!«

In diese pflichtschuldigste christliche Atmosphäre brach Mason ein wie liederliches Grölen in eine Andacht, er verwirrte und faszinierte uns alle. Er kam aus dem Norden (allen von uns eine geheimnisvolle Region: bis zum Alter von zwölf Jahren hatte er in Rye, New York, gelebt), er betonte sein ›r‹ ganz anders als wir, trug eine Kaschmirjacke und schleppte unerhörte Mengen von Bonbons, Golfschlägern und Präservativen mit sich herum. Er sei bereits, so erzählte er uns stolz, aus zwei Schulen herausgeworfen worden. Er war verführerisch, glattzüngig, gewandt und sah gut aus, und zunächst behexte er uns alle.

Er erzählte uns einmal, daß er bereits mit dreizehn Jahren seine Unschuld verloren habe, und zwar während eines sommerlichen Wochenendes auf dem kürzlich von seinem Vater erworbenen Landsitz am Yorkriver, an eine zwar nicht mehr junge, aber immer noch schöne und gefeierte Filmschauspielerin. Diese Erzählung klang befremdlich, aber doch irgendwie glaubhaft. Wir wußten alle, daß Masons Familie zur Filmwelt Beziehungen hatte. Und in Anbetracht weiterer Berichte über jene Dame (einer davon hatte mit einem skandalösen Akt zu tun, der unter dem Tisch in einem Nachtlokal vollführt worden war, und reichte aus, die Phantasie einer ganzen Generation von Schuljungen zu verwüsten) glaubten wir ihm zunächst wohl auch. Mason war damals erst sechzehn und spann die

Erzählung mit der verträumt detaillierten Lüsternheit eines widerlichen alten Libertins aus. Doch war es schon damals typisch für Mason, daß er seine eigene Glaubwürdigkeit untergrub und auch eine so hübsche Erzählung ruinierte: In späteren Fassungen wurde diese frühe Verführung nur zu einem von vielen Gefechten, und die unersättliche Filmkönigin war drei Sommer hintereinander seine Geliebte. Er erzählte von dampfenden Zusammentreffen in Richmond oder Washington, von Liebeskämpfen auf den rückwärtigen Sitzen von Autos, in Badeteichen, in Booten, einmal sogar stehend, in einer Hängematte – alle diese Dinge erkannten selbst wir trotz unserer Leichtgläubigkeit als Wunschträume, die jeder Wahrscheinlichkeit entbehrten, und der ganz wundervolle erotische Bau brach schließlich unter Masons lächerlichen Verzierungen zusammen. Ich glaube, daß unsere Zweifel ihn wirklich verletzten; ich erfuhr später von seiner Mutter, daß jene Schauspielerin die Flaggs tatsächlich besucht hatte, und zwar in Rye, als Mason noch ganz klein war, daß sie ihm einen Teddybär geschenkt und ihn auf den Knien gewiegt hatte.
Sein Reichtum, seine glänzenden Beziehungen, sein vorzeitiges Vertrautsein mit den Dingen des Fleisches – alles das wirkte auf mich tief faszinierend. Warum er sich von mir angezogen fühlte, habe ich nie mit Gewißheit erfahren. Mein Elternhaus zum Beispiel ist von beinahe triumphaler Mittelmäßigkeit. Ich habe das Gefühl, daß Mason hauptsächlich deshalb an mir Interesse nahm, weil ich – wenigstens damals – unfehlbar über seine Witze lachte, zu seinen Lügen freundlich nickte und durch mein liebedienerisches Verhalten seine heftigen Wünsche zu billigen schien. Tatsächlich glaubte ich, er schätze mich – und zwar wohl wegen meiner sentimentalen Toleranz, die mir erlaubte, seine Ausschweifungen hinzunehmen. Es hat Jahre gedauert, bis ich imstande war, Leuten ins Gesicht hinein Vorwürfe zu machen.
Jedenfalls war Mason mit sechzehn erfahrener als viele Männer, die mit dreißig verbraucht und bleich aussehen – wenigstens machte er diesen Eindruck. Er trug weiche, enge Anzüge, die für ihn in New York geschneidert wurden, rauchte englische Zigaretten, und obwohl er niemals Amerika verlassen hatte, klang in seiner Stimme das erschöpfte, quäkende Vibrato des Mannes, der sich an zahllosen fremden Küsten herumgetrieben hat. Er war über die Pubertät schon hinaus, schlank und hübsch, verfügte über die Andeutung eines ihm sehr gut stehenden Backenbartes und hatte einen abscheulichen Charakterzug, der ihn dazu verleitete, mir eines Morgens bei der Andacht zuzuflüstern: »Ich versuche zu beten, kann aber immer nur ans Vögeln denken.« Das schockierte mich, denn mein Glaube an Gott war zwar im Schwinden begriffen, aber doch immer noch lebendig und nur wenigen fleischlichen Anfechtungen ausgesetzt.

Meine Standhaftigkeit ließ jedoch nach. Immer noch war ich von Mason gefesselt, während die anderen Jungen langsam das Interesse an ihm verloren. Sein Reichtum beeindruckte sie nicht so, seine endlosen Erzählungen ermüdeten sie, und schließlich packte sie der Zorn, als Mason, der gute Anlagen zum Sportler hatte, so tat, als habe er sich etwas gezerrt und während des ganzen Sommers keinen Fußball anrührte. Von allen Jungen war ich wohl der einzige, der in diesem Verhalten etwas anderes sah als Feigheit. Schließlich war ich der letzte Freund, den er noch hatte – und zurückblickend vermag ich daran sehr wohl das Maß meiner Verderbtheit zu erkennen.

Außer den Flaggs habe ich niemals Millionäre gekannt. Masons Vater stammte aus New York und war ein Finanzier, der sich im Filmverleih ein phantastisches Vermögen erworben hatte. »Er ist so ziemlich der einzige in der Branche«, pflegte Mason mit einigem Stolz zu sagen, »der weder Jude noch Grieche ist.« Er war dann in den vornehmen Teil von Gloucester County gezogen, um sich als virginischer Landedelmann zu etablieren, was ihm auch gelang, indem er einen riesigen Grundbesitz kaufte, der Merryoakes hieß und zu dem ein Herrenhaus im Kolonialstil gehörte, das in jeder Hinsicht authentisch war – jedenfalls bis ein Schwimmbassin, Tennisplätze und ein Bootshaus aus rostfreiem Stahl hinzukamen. In jenem Jahr fuhr ich ziemlich häufig zu Mason nach Hause – von der Schule aus waren wir in einer Stunde dort. Im Frühherbst wurden oft Gesellschaften gegeben, zu denen sich Berühmtheiten aus New York in teuren Automobilen einfanden, und in der Dämmerung wuchs jedesmal ein Wald von Papierlaternen aus dem Rasen. Einmal landete ein schwedischer Kugellagerkönig namens Aarvold sein Flugzeug auf der Wiese, die den Flaggs als Küchengarten diente. In jenen Vorkriegstagen war das eine aufsehenerregende, schneidige Tat, und ich brauchte ziemlich lange, um mich darüber zu beruhigen. Es geschah übrigens an eben dem Sonntag, an welchem Mr. Flagg, wie ich mich erinnere, einen Negerchor aus Richmond mietete, um seine Gäste durch den Vortrag von Spirituals zu erfreuen, und ich weiß auch noch, daß Mason dazu bemerkte, alle diese Vorgänge seien »unaussprechlich vulgär«. »Der alte Colonel Flagg«, sagte er verächtlich und in dem immer gegenwärtigen, schmerzlichen Bewußtsein, daß er nicht wirklich ein Südstaatler war, sondern daß er und seine Familie eben nichts anderes darstellten als neureiche, zugereiste Bewohner des Staates Virginia. Ich erinnere mich auch, daß wir alle an jenem Wochenende auf Greta Garbo warteten, die aber aus irgendeinem Grunde nicht erschien. Immerhin waren Lionel Barrymore da und Carole Lombard sowie ein ›Sternchen‹ von etwa siebzehn Jahren – beim Film ist nicht viel aus ihr geworden –, in die ich entsetzlich verschossen war und die mich so unerbittlich mit meinem heimatlichen Dialekt neckte, daß ich ihn auf der Stelle ablegte. Bis zum heutigen Tag ist meine Aussprache dieses Mädchens wegen so neutral und ordentlich wie die eines Rundfunkansagers. Auch glaubte ich, daß sie mich jener Pikkel wegen verabscheute, die rosig auf meiner Nase blühten. Ich war aber schon im Himmel, wenn ich dort gehen durfte, wohin ihr Schatten fiel, und nachdem ich verbissen, schwitzend und stumm wie ein Stein die ganze Nacht hindurch mit ihr getanzt hatte, bis der letzte Musiker sein Instrument einpackte und das renovierte Schloß verschlafen und parvenuhaft protzend zwischen den Girlanden seiner erloschenen Laternen aus dem Frühnebel tauchte, wäre ich willig gestorben.

Mit dem alten Flagg habe ich niemals ein Wort gewechselt. Von Mason schien er sich fernzuhalten. Ich war mir stets einer unausgesprochenen Abneigung zwischen den beiden bewußt, der Mason für sein Teil dadurch Ausdruck verlieh, daß er seinem Vater Schnaps stahl. Der Alte war ein glatzköpfiger, schnurrbärtiger, sommersprossiger kleiner Mann, der auftrat wie ein Hahn im Offiziersrang und so, daß ich ihn mir immer in Reithosen samt Stiefeln und Sporen vorstellte, nicht aber in den weichen, weibischen Flanellstoffen und Sandalen, die er für gewöhnlich trug. Wenn ich auch noch jung war und er mir von Gestalt klein erschien – daß eine starke Wirkung von ihm ausging, ein Hauch von Macht und unerhörtem Reichtum, das blieb mir nicht verborgen. Es war leicht zu merken, daß er sich gerne mit Berühmtheiten umgab, die ihn ihrerseits umschwirrten wie verhungerte, durch nichts abzuhaltende Motten die Flamme. Er starb während des Krieges in Südamerika, wo er eine endlose Kette von Filmtheatern finanzierte. Wie hervorragend seine Stellung – mag sie auch noch so spezialisiert gewesen sein – tatsächlich war, sah ich erst aus seinen Todesanzeigen; offenbar galt er als eine Art grauer Eminenz, die persönliche Publizität immer verabscheut hatte. Für Mason mag er Abneigung, ja sogar Haß empfunden haben, immerhin hat er ihm zwei Millionen Dollar hinterlassen.

Die ›liebe Wendy‹ kannte ich dagegen sehr viel besser, denn sie vergötterte Mason, und mit der blinden Beständigkeit einer frommen Kommunikantin schien sie immer dem Gegenstand ihrer Anbetung nahe zu sein. Mason war bereits aus zwei Schulen in Neuengland herausgeworfen worden, und es ist fraglich, ob er in einer Schule, die nicht so sehr auf Geld angewiesen war wie St. Andrews, überhaupt aufgenommen worden wäre; immerhin war leicht zu erkennen, daß sie ihn vornehmlich deshalb dorthin geschickt hatte, um ihn in ihrer Nähe zu haben, und daß jener Schatten der Angst, der gelegentlich auf ihrem lieblichen Gesicht zu sehen war, von der düsteren Ahnung herrührte, man werde ihn wiederum

hinauswerfen. Für mich stellte sie ein Wunder dar. Ihr reiches flachsblondes Haar war aufreizend parfümiert, und ihre Wangen waren hochrot gefärbt, ihre scharlachroten Fingernägel mehrere Zentimeter lang, und an ihren Handgelenken und von ihren Ohren klingelte und klimperte es von Messing – das waren Attribute, die ich niemals mit Müttern in Verbindung gebracht hatte (in Port Warwick waren sie meist rundlich und unscheinbar), und mir kam sie phantastisch, unwiderstehlich und fast beängstigend schön vor. Allerdings rauchte sie stark und trank auch; tatsächlich war sie die erste Trinkerin, die ich in meinem Leben sah. Drei große Gläser Whisky nach dem Abendbrot (wenn der alte Flagg fort war, was im Frühling jenes Jahres immer öfter vorkam) machten ihre Rede fast ebenso unverständlich wie die Laute, die ein Taubstummer ausstößt; sie fing an, vor Mason zu weinen und ihn anzuflehen, daß er doch ihretwegen, seiner Zukunft wegen, seiner akademischen Laufbahn wegen in der Schule ein braver Junge sein möge, wobei sie heiser schluchzend oder märtyrerhaft die Schulter hebend oder auch mit zerquältem Gesichtsausdruck zu verstehen gab, daß Mason das einzige sei, was ihr auf der Welt noch übrig bleibe, da sein Vater das Lager einer anderen Frau teile. Ich hatte damals noch sehr erhabene Vorstellungen von Damen, und derartige Auftritte wirkten verblüffend und deprimierend auf mich.
Doch wie entzückend plauderte diese Mutter, wenn sie nüchtern war! Ein solch bezauberndes, indiskretes, weltkluges Geschwätz hatte ich noch niemals gehört.
»Chéri, du hast noch so viel zu lernen. Du bist noch so jung, Liebling. Das Sexuelle – ich meine die körperliche Vereinigung von Mann und Frau – ist etwas Wundervolles und nichts, worüber man schmutzige Reden führt. Das wirst du schon noch begreifen. Es wundert mich nicht, daß Dr. Morrison dir Strafpredigten hält. Er hat also gehört, wie du diesen wirklich schauderhaften Witz erzählt hast?«
Immer noch unwissend, noch gänzlich im dunkeln darüber, daß Mason erst am vergangenen Abend aus der Schule geworfen worden war, fuhr sie uns in ihrem Kabriolett an jenem bedeutungsschweren Geburtstagswochenende nach Merryoakes hinunter, und ihr herrliches Haar zog wie ein Strom goldener Wellen hinter ihr her. Ich saß hinter Mason wie sein stummer, pickeliger Stallmeister. (Man hatte ihn nicht wegen eines simplen Witzes zur Rechenschaft gezogen, sondern einer fleischlichen Umarmung wegen, in welcher der alte Prediger, im Dunkeln unter der Kapelle umhertastend und mit gichtigen Fingern Streichhölzer entzündend, Mason splitternackt mit der schwachsinnigen Tochter eines ortsansässigen Fischers ertappt hatte; beide hielten Flaschen geweihten Weines umklammert. Es war keine Strafpredigt gewesen – »er hat mich ganz un-

geheuerlich verprügelt«, erzählte Mason später –, sondern eine öffentliche Proklamation in der Form eines so düsteren Bannfluches, daß ich dessen letzten Teil auch heute noch im Gedächtnis habe: »... Gestank und Verwesung in den Nüstern des Allmächtigen Gottes, und ich sage nur mit Bedauern, daß mich nicht ein letzter Rest christlicher Nachsicht, sondern nur das Gesetz des Staates Virginia davon zurückhält, eine strengere Strafe zu verhängen als den stillschweigenden und sofortigen Schulausschluß«.) Mason, ungerührt und elegant in einer Kamelhaarjacke neben seiner Mutter, wandte ihr von Zeit zu Zeit sein anmutiges Profil zu und küßte sie leicht auf die Wange; sie gaben sich ganz ihrer zärtlichen Nekkerei hin und blickten sich lange in die Augen, während der Wagen praktisch steuerlos von einer Seite auf die andere schleudernd wie eine durchgehende Rakete die staubigen Landstraßen entlangschoß.

»Ja, liebe Wendy, es war der Witz von der Gräfin und dem Pudel.«

»Nun, dann ist es kein Wunder, der Witz ist ekelhaft.«

»Wie soll denn aber ein unverheirateter Mann sonst sein Vergnügen finden? In Frankreich...«

»Oh, es tut mir leid, daß ich dir jemals etwas von Frankreich erzählt habe. Du bist noch kein Mann. Ich sage dir das zwar nicht gern, mein Liebling, aber wenn du nach Princeton kommst, dann werden sie dich dort noch als kleinen Jungen betrachten.«

»Wendy, manchmal bist du wirklich unerträglich! Außerdem möchte ich dich an dein Versprechen erinnern.«

»Was denn für ein Versprechen, mein Engel?«

»Daß du mich in ein – wie nennst du es doch? – in ein Bordell führst, wenn ich achtzehn bin.«

»Aber Liebling! Peter, hör nicht auf ihn! Du bist wirklich abscheulich!«

Ich war an jenem Tag um Masons willen unglücklich; ich fürchtete die Szene, die da kommen mußte, aber Mason und seine Mutter waren lustig und bester Laune. Am Vormittag segelten wir alle drei in Flaggs hübschem kleinen Boot, legten auf der anderen Seite des Flusses in Yorktown an und breiteten auf den überwucherten Festungswerken, die Lord Cornwallis so glücklos verteidigt hatte, unser mitgebrachtes Essen aus. Wendy war mir niemals so überwältigend schön erschienen wie an jenem Tag, nichts als strahlend goldener Glanz. Mit einem schelmischen Seitenblick auf mich fuhr sie Mason spielerisch durchs Haar, hauchte uns beiden sanfte, schmeichelnde, hingebungsvolle Sätze zu und schien kaum eine Mutter, sondern vielmehr eine erwachsene Dulcinea zu sein, die gleichzeitig fraulichen Reiz und grenzenlose Weisheit besaß. Es war ein heißer Frühlingstag, und wir tranken etwas – Mason und ich Bier, Wendy Martinis, die sie mit reizender Unbefangenheit aus einer Thermosflasche goß.

»Du nicht«, sagte sie mit strahlendem Lächeln zu Mason, »junge Lippen, die Martinis berührt haben, sollen niemals meine Lippen berühren. Sei ein braver Junge und trink dein Bier. Wenn du ein Jahr älter bist, kannst du trinken, was du willst.« Später, auf der Rückfahrt über den Fluß, gerieten wir in eine Flaute, und die Segel hingen lustlos herunter. »Was macht das schon?« rief Wendy und umarmte uns beide. »Es ist ja Geburtstag! O Gott, könnte ich doch noch einmal siebzehn Jahre alt sein! Lassen wir uns doch einfach bis aufs Meer hinaustreiben.« Trotz meiner Beklommenheit fand ich ihre Laune ansteckend; wir begannen zu singen, lagen ausgestreckt, wohlig und zufrieden an Deck, während das Boot steuerlos und quer in der Strömung liegend dahintrieb und der Fluß immer breiter wurde, je mehr wir uns dem Ozean näherten.

»Abends beim Mondenschein
sangen die Schwarzen...«,

summten wir. Am jenseitigen Ufer sahen wir die Mündungen kleiner Flüsse; die ansteigenden Wiesen dahinter lagen im Sonnenlicht; im Wasser standen Netzpfähle, und ein alter Neger, der Austern fischte, sah uns verwundert und mit weiß glänzenden Augäpfeln nach, als wir vorüberglitten. Eine Stunde, zwei Stunden vergingen. »Sieh ihn dir an, Peter«, murmelte sie schläfrig. »Ist er nicht wirklich zum Anbeten? Er hat ja kaum Hüften.« Darauf erwiderte Mason, der an diese Redensarten gewöhnt war, sich aber davon in meiner Gegenwart doch geschmeichelt fühlte: »Liebe Wendy, manchmal bist du unerträglich.« Da erhob sich plötzlich der Wind, und sonnenverbrannt und halb benommen, Seetang im Kielwasser, segelten wir heimwärts.

Ich war gerade sechzehn Jahre alt und bis zu jenem Nachmittag niemals betrunken gewesen. An alles, selbst an meine Vorahnung kommenden Unheils erinnere ich mich wie durch einen flimmernden Nebel hindurch, hinter dem meine Visionen schön und mit hellem, unbeschreiblichem Glanz glühten. Weit oben am Hang über dem Fluß erhob sich das Herrenhaus von Merryoakes in seiner ganzen majestätischen Pracht, seine säulengeschmückte Fassade im Schatten über dem smaragdgrünen, weit ausschwingenden Rasen, auf den die Reflexe vom Wasser im Schwimmbassin längliche, tanzende Muster zeichneten. Ein Neger in weißer Jacke erschien auf der Treppe und verschwand gleich wieder. Hinter den Fichten zog sich die Dämmerung zusammen und warf stelzenhafte Silhouetten über Terrassen und Plattenwege. Als wir hart am Wind, den Waschbord unter Wasser, in einer letzten scharfen Bö auf den Steg losbrausten, sah ich mit geblendeten Augen und vor Dankbarkeit beinahe weinend zum

Haus empor, und Wendy ergriff meine Hand und drückte sie sanft, als wolle sie sagen: ›Dies gehört auch dir, weil du Masons Freund bist.‹ Als wir dann anlegten und mir bewußt wurde, daß er immer noch nicht gebeichtet hatte, verlor sich meine Hochstimmung. Richard, der schmallippige Elsässer mit dem ausdruckslosen Gesicht, den die Flaggs als ihren Butler, Chauffeur und Diener aus Rye mitgebracht hatten, empfing uns an der Mole. Er war ein stämmiger Bursche und erinnerte mich an einen Filmbösewicht; wenn er lächelte, was so gut wie niemals vorkam, dann war sein scharfes, oberflächliches Grinsen wie der Messerschnitt eines Chirurgen. Er wirkte auf mich immer einschüchternd und beängstigend – das mag aber auch daran gelegen haben, daß er der erste weiße Dienstbote war, der mir zu Gesicht kam. Die beiden dänischen Doggen, deren Leinen er ums Handgelenk geschlungen hielt, waren groß wie Panther und strebten winselnd zu Wendy hin, als sie an Land schwankte, sie umarmte und ihnen kindliche Worte ins Ohr flüsterte; schließlich sprangen sie hechelnd auf die Hintersitze des Cadillacs, wo sie sich zwischen uns dreien aufrichteten, die Lefzen leckten und vor Kraft bebten.
Auf der Fahrt durch den Fichtenwald zum Haus hinauf schlief Wendy an Masons Schulter ein. Mason selbst erschien mir zum ersten Mal, seit ich ihn kannte, niedergedrückt und verzweifelt. Schweißtropfen standen auf seiner Stirn, und während er Wendy zärtlich an sich drückte, zog er krampfhaft seine Mundwinkel herunter und warf mir einen elenden, angstvollen Blick zu. Es ist möglich, daß er erst in jenem Augenblick, als die schwindelnde Fahrt stromabwärts hinter ihm lag, die Folgen der törichten Handlung erkannte, die er begangen hatte. Jedenfalls weckten dieser bleiche Blick und die geflüsterten Worte – »Wie soll ich es ihr um Gottes willen nur sagen?« – von neuem mein Mitleid für Mason, mehr aber noch für Wendy – die ich für die strahlendste Mutter von der Welt hielt – und ihre zerstörten Hoffnungen.
Sie war betrunken, aber doch nicht so betrunken, wie ich sie früher schon gesehen hatte; sie war, wie sie sich ausdrückte, als wir aus dem Auto stiegen, »von der Sonne erledigt« und brauchte ein Schläfchen. So sahen wir ihr denn nach, wie sie zwischen den Säulen hindurchsteuerte, ihr goldenes Haar noch wohlgeordnet, die Segelhosen noch adrett und stramm über den Schenkeln, aber doch schwankend, so daß Richard mit einem gemurmelten »Modome« ihr nacheilte, um ihr zusammen mit seiner Frau behilflich zu sein, einer ausgedörrten, beschürzten kleinen Person, die Wendy unter den Arm griff wie einem Invaliden und sie in den Schatten des Hauses und die geschwungene Treppe hinauf führte, in langsamer, würdevoller Prozession fast wie bei einer Beerdigung; und die Hunde sprangen hinter ihnen her. »Wenn sie sich betrinkt... wenn sie richtig

blau ist«, sagte Mason feierlich, »dann kann sie es vielleicht ertragen.« In seiner Stimme war keine Spur von Humor, und ich glaubte, ihn zittern zu sehen: Es sah aus, als friere er vor Angst. Im schwindenden Dämmerlicht versuchten wir, einen Satz Tennis zu spielen, doch Mason, der sonst so gewandt und aggressiv spielte, fehlte die Lust, und obwohl ich noch vom Bier benommen war, besiegte ich ihn zum ersten Mal, was ihn nur noch niedergeschlagener machte. Dann brach die Nacht – beinahe donnernd, so schien es – über uns herein, schickte eine heiße Brise durch den Eichenhain, dessen lebhaft zitternde Blätter der ganzen Plantage den Namen gegeben hatten, und zerstreute einen Schwarm Krähen nach Westen, die auf ihrem bleiernen Flug in den letzten rötlich schimmernden Streifen der Dämmerung traurig krächzten. In der Dunkelheit fiel sein Tennisschläger zur Erde. »Aus! Erledigt!« rief er, das einzige Mal, daß ich ihn in Selbstvorwürfe ausbrechen hörte. »Ich glaube, ich habe mein Leben wegen dieser elenden Sau ruiniert!«

Es war wohl der Optimismus meiner Jugend, der mich verleitete, eine Weile zu glauben, daß Wendy von der Neuigkeit, die Mason ihr mitzuteilen hatte, vielleicht nicht erschüttert werden würde. Sie war doch so vergnügt, so sorglos, so verständnisvoll, sie würde doch gewiß auch diesen scheußlichen Fehltritt Masons begreifen, würde darüber die Achseln zukken und lustig lachen und Nachsicht mit ihm üben wie stets. Mason jedoch wußte sehr wohl Bescheid. Im Laufe des Abends wurde er immer niedergeschlagener, und zur Cocktailstunde, als Wendy in Organdy und rauchfarbenen Tüll gehüllt zu uns in die Bibliothek kam, drängte er ihr einen ganzen Krug Martinis auf mit dem hoffnungsvollen Armesünderblick dessen, der einer Göttin das Versöhnungsopfer darreicht. Aber irgend etwas mußte mit ihr vorgegangen sein: Obwohl sie immer noch leicht schwankte, schien sie zurückhaltender, ja schwermütig, als habe sie während ihres Schlummers oder irgendwo im oberen Teil des Hauses ein Zeichen oder Signal erhalten, eine Andeutung, daß man ihr etwas Schreckliches verberge, und sie ließ sich mit den Worten aufs Sofa fallen: »O Gott, wie öde ist es hier!«

»Liebe Wendy«, begann Mason, »ich muß dir etwas . . .«

»Scht, Kleiner, laß Wendy jetzt reden. Setz dich dahin. Wer ist denn das im Radio? Ach, dieser schreckliche Kay Kyser. Such mal was Hübsches, mein Engel.« Sie sah jetzt grau aus, verdrossen; an manchen Stellen war ihre Haut schlaff, und jene beiden Muskeln am Hals, mit denen man den Kopf dreht, standen deutlich hervor. In meinen Augen hatte sie plötzlich viel von ihrer Schönheit verloren – vielleicht war auch nur die Beleuchtung daran schuld –, und mir wurde klar, daß sie alt sein müsse, sehr alt, vielleicht schon fünfunddreißig. »Es tut mir ja leid, daß ich dir deinen Ge-

burtstag verderbe, Chéri, aber ich könnte vor lauter Langeweile anfangen zu heulen. Wenn doch bloß jemand verstünde, wie einsam es hier für mich ist, wo ich doch niemanden habe, mit dem ich sprechen kann, außer Denise und diesem grauenhaften Richard. Und die Dienstboten, diese Neger – die verstehe ich überhaupt nicht. In was für einer Sprache reden die eigentlich – brasilianisch? Lieber Himmel«, gähnte sie. »Oh, wer ist denn das? Sammy Kaye? Laß mal an, mein Schatz.«
Die Bibliothek mit ihren glitzernden Kronleuchtern, ihrer reichen Wallnußtäfelung und dem schimmernden Parkettboden glich einem Relikt aus dem achtzehnten Jahrhundert – ein Gefäß antiker Eleganz, wie durch ein Wunder ins Zeitalter des Chroms versetzt, wies sie uns mitsamt unseren Bierdosen, unseren quäkenden Hörnern und Posaunen zurück und verlangte fast hörbar nach brennenden Kerzen, Dreispitzen und den perlenden Klängen des Cembalos. Ich fühlte mich geradezu erdrückt von dieser Pracht und brannte in traurigem, sehnsüchtigem Fieber. Ich sah fasziniert zu, wie Wendy sich mehr und mehr betrank. »Dein Vater«, sagte sie einmal zu Mason, strich ihm durchs Haar und blickte verträumt durch die offenen Türen hinaus, »dein Vater ist Wendy entflohen. Dein Vater erlebt einen Roman mit – nein! Keinen Namen. Aber wo? Sag mir doch, mein Süßer, wo ist Vater? Fern, an der Küste? Du wirst doch nicht vor Wendy fliehen, nicht wahr, Chéri?«
»An welcher Küste?« fragte ich unschuldig.
»An welcher Küste! Herr im Himmel, hör doch bloß!« sagte Mason und lachte zum ersten Mal seit Stunden.
»Laß uns doch Peter fragen«, fuhr sie fort und leerte ihr Glas. »Nein, Engel, Wendy will nicht mehr trinken. Na schön, ein kleines bißchen. So. Fragen wir doch Peter, denn er liebt uns und wir lieben ihn. Peter, mein Süßer, was hältst du von Vätern, die sich mit anderen Frauen herumtreiben?«
»Nichts; wir sind ja schließlich nicht in der Türkei«, sagte ich und versuchte, Masons Gelassenheit nachzuahmen, wurde aber rot vor Verwirrung.
»Siehst du? Peter weiß. Peter weiß, was recht ist.« Sie verstummte, und ich glaubte, tief in ihrer Kehle ein Schluchzen zu hören. Dann begann sie wie im Traum ein mürrisches Selbstgespräch, wobei ihre Finger sich unablässig schlangenhaft durch Masons Haar wanden, und sie sprach über Dinge, die mir zum großen Teil unverständlich waren und mit einer Stimme, die immer belegter und verworrener klang. »Ja, meine Lieben, Cold Spring Harbor habt ihr nicht gekannt. Du bist einmal dagewesen, Mason, aber da warst du noch ganz klein. Ich will damit sagen, daß du nicht weißt, wie herrlich es dort war, ehe ich deinen Vater kennenlernte.

Papa Bob – das war Masons Großvater, Peter –, Papa Bob und ich lebten dort nach Mamas Tod ganz allein zusammen. Wir hatten Pferde, einen ganzen Stall voll. Warum hält dein Vater nur keine Pferde?« fragte sie und sah Mason klagend an. »Warum will er keine Pferde anschaffen? Wenn wir Pferde hätten, könnte ich es hier aushalten. Und reiten, so wie damals, als Papa Bob noch lebte. Da war es so schön und grün – grün und frei und einfach herrlich, nicht wie jetzt mit all den scheußlichen Landstraßen und Autos. Ich meine, es gab noch die vielen alten Grundstücke; und alles war ein einziger, großer Reitweg, und wir ritten oft nach Huntington und manchmal den ganzen Weg bis nach Syosset. Aber nein, dein Vater mag ja keine Pferde. Ich will damit sagen«, und ihre Stimme wurde flach und scharf, »er wollte einfach kein Pferd für mich anschaffen. ›Nein‹, sagte er, ›ich kann die verdammten Dinger nicht leiden! Nein!‹ sagte er. Glaub mir, er hat wirklich gesagt: ›Gwendolyn, lieber sollst du auf einem Rhinozeros sitzen als auf einem dieser verfluchten, stupiden Biester.‹ Er sagte: ›Ich habe nicht genug Geld, um mir einen Stall zu halten, Gwendolyn. Oder denkst du vielleicht, ich sei der Aga Khan!‹ Als ob ich einen Stall gewollt hätte – ich wollte nur ein einziges Pferd, einen einzigen elenden Gaul. Bloß um hier herumzureiten, wie damals mit Papa Bob, bloß um die Langeweile zu vertreiben, sonst nichts.« Sie verstummte und trank ihren Martini aus. »Wirklich, weiter nichts. Er hat ja schließlich sein verfluchtes Bootshaus, nicht wahr? Ich finde es einfach abscheulich, hier Tag für Tag dazusitzen, den ekelhaften Richard anzuglotzen und zu fühlen, wie das Leben an einem vorbeizieht. Es ging ja lange genug gut, ich meine, es war nicht so schlimm, solange wir noch Besuch hatten und alle möglichen Leute kamen. Seit dem letzten Winter hat das aber aufgehört, und ich bin allein! Ich habe überhaupt nichts zu tun. Noel zum Beispiel oder Norma – glaubst du, die machen sich was aus deinem Vater? Glaubst du etwa, sie würden nach Baltimore oder Washington fliegen, dann ein Auto mieten und sechzig oder siebzig Meilen hier in diese elende Gegend fahren, bloß um sich in der machtvollen Aura von Justin Flagg zu sonnen? Ist dir überhaupt klar, mein Engel, daß ich sowohl Noel als auch Norma kannte, als dein Vater noch ein junger Niemand aus Princeton war, der Botengänge in der Wallstreet erledigte? Hab' ich dir das schon mal erzählt? *Mich* kamen sie besuchen, sie sind wirklich reizende Freunde, und er hat sie alle verscheucht! Oh, mein Liebling, manchmal fühle ich mich so elend!« Dem Ersticken nahe, Tränen in den Augen, stürzte sie sich auf Mason, warf einen Arm um seinen Hals und zog ihn an sich. »Sei du nur immer gut, mein Angebeteter«, flüsterte sie, »sei nur immer klug und männlich, stolz und beherrscht. Außer dir hat Wendy nichts. Du bist der helle Stern an meinem Himmel. Nein, Liebling, nein,

nichts mehr, ich kann unmöglich noch was trinken! Nein!« – in seltsam verkrampftem Ton zwischen Kichern und Schluchzen: »Nein, Wendy wird noch daran sterben. Na schön, aber nur ein halbes Glas.«
Und so nahm diese unselige Affäre ihren Fortgang; die abgrundtiefe Verzweiflung, die sich ihrer bemächtigte, schien auch jeden Gedanken an Masons Geburtstag in ihr ausgelöscht zu haben, und es war schon zehn Uhr vorbei, als sie uns, immer noch redend und sich auf uns beide stützend, zum Essen hineinführte. »Also wirklich«, sagte sie bitter, während Mason ihr einen Stuhl unterschob, »Richard, der Wein! Ihr seid zwar jung, könnt aber doch wohl schon verstehen, daß es sich hier einfach um eine Frage des menschlichen Anstandes handelt! Es ist wirklich nicht so, als wäre ich eine Nutte aus Hollywood, die er irgendwo aufgelesen hat. Schließlich gehörten Papa Bob und Mama und ich ja zur Gesellschaft, und die Van Camps saßen schon zweihundert Jahre auf Long Island, ehe die Flaggs überhaupt hier auftauchten. McKeesport, P. A. Pfui!« Sie lachte verächtlich, machte eine zweideutige Geste mit der Hand – ich nahm zuerst an, sie zeige Richard, der in diesem Augenblick geräuschlos eintrat, eine lange Nase – und warf dabei ein Glas um, das zu Masons Füßen zersplitterte.
»Haben Sie gerufen, Madame?« murmelte Richard.
»Natürlich habe ich gerufen«, sagte sie. »Lassen Sie das Glas nur liegen. Bringen Sie den Wein, den Rosé. Haben Sie gerufen?« sprach sie geziert hinter ihm her. »Und ob ich gerufen habe!«
Sie hatte, wie mir schien, nach den letzten Gläsern einen gefährlichen Zustand der Erregung erreicht; sie trommelte nervös mit den Fingern auf dem Tisch, und ihre Stimme, sonst so seidig und sanft, hatte einen rauhen, heiseren, ordinären Ton. Mein Unbehagen war nun schon fast unerträglich. Ich sah mich hilfesuchend nach Mason um, fand aber keinen Trost bei ihm: Er hielt Wendys Hand in der seinen und starrte sie aufmerksam an, während sie wieder zu schwatzen begann. Er sorgte dafür, daß sie immer etwas zu trinken hatte, zerlegte unter sanftem Tadel ihr Huhn, als sie, von Messer und Gabel verwirrt, Miene machte, es im Ganzen zu verschlingen, und blieb während des restlichen traurigen Monologs von entschlossener Aufmerksamkeit und so ernst wie ein Bischof.
»Nur ein einziges Pferd, nichts weiter. Als ob ich ihn um einen Stall gebeten hätte. Du hörst ja gar nicht zu, Liebling!«
»Wendy, mein Herz lauscht deiner süßen Stimme – oder wie das schon heißt.« Er beobachtete sie gespannt und zuckte krampfhaft mit der Schulter. »Nur immer weiter.«
»O ja, wo war ich doch? Richtig, schließlich war ich es ja, die ihm seinen Aufstieg ermöglicht hat, oder wer war es sonst? Antworte mir! Na, schon

gut, laß nur! Kein anderer als Robert Sargent van Camp! Denkst du vielleicht, Papa Bob hätte auch nur einen Augenblick gezögert, als dein Vater zu ihm kam und um Geld bat, damit er sich eine Existenz gründen konnte? Glaubst du, er zögerte? Nein, er zögerte nicht. Nicht Papa Bob, Papa Bob – das ist Masons Großvater, Peter, also mein lieber Vater , Papa Bob hatte ein Herz so groß wie die ganze Welt.« Wieder begann sie zu schnüffeln, die Stirn nachdenklich in die Hand gestützt, eine Gabel voll Huhn mitten in der Luft; Sauce troff von ihrem Kinn. Ich war entsetzt.

»Alle Leute kamen uns besuchen, wirklich alle. Da lebte Mama noch. Gesellschaften, Tanz, Segelpartien im Mondschein. Das war ein Leben! Und nachdem ich aus dem Pensionat zurück war, hat Papa eine herrliche Gesellschaft für mich gegeben, mit unendlich vielen Leuten und zwei Kapellen und allem, was dazu gehört. Und dann war da auch ein Junge, der ganz verrückt nach mir war. Amory Phelps hieß er. Der arme Kerl ist in Pearl Harbor ertrunken. Dieser wunderbare Junge! Er war so klug und hatte eine so herrliche sanfte Stimme. Warum rede ich nur so?« brach es plötzlich aus ihr heraus. »Ich verderbe euch alles, entschuldige bitte, auch du Peter, entschuldige bitte. Es ist einfach – ach, ich weiß nicht –, ich bin so stolz auf meinen hübschen erwachsenen Jungen und weiß doch, daß du nun weit weggehen wirst – ich meine auf deinem herrlichen Weg aufwärts bis zu den Sternen, zu all den großen Dingen, die du unternehmen wirst. Es ist eben nur schwer, sich vorzustellen, daß du dann so weit weg sein wirst und doch – und doch – ach, alles ist so traurig. Ich hab' ja so wenig verlangt vom Leben, so wenig.« Ihr Kopf sank auf die Arme, die sie auf den Tisch gelegt hatte. Sie begann krampfhaft zu schluchzen, ihre Schultern bebten. In diesem Augenblick öffneten sich die Flügeltüren, und auf heißen Küchendünsten schwebte der alptraumhafte Richard herein, das Gesicht flammend rot vom Widerschein der siebzehn auf die Torte gesteckten brennenden Kerzen. Ich wußte nicht, was tun, da mir aber bekannt war, daß man bei solchen Gelegenheiten singt, stimmte ich mit piepsiger Stimme ›Happy Birthday‹ an, nur um zu fühlen, wie diese Worte mir in der Kehle steckenblieben. Schweigend starrte ich Wendy an. Ich konnte kaum verstehen, was sie da so untröstlich und von ihrem Kummer gepeinigt vor sich hin murmelte. »...mich mit, Chéri«, flüsterte sie, »nimm mich mit... weg, Chéri.« Dann »berühmt« und »Mann« und »gut«.

»Liebe Wendy«, sagte Mason. »Ich muß dir was sagen.«

»Nein, sei jetzt still.«

»Es ist mal wieder soweit.«

»Nein, sag jetzt nichts.«

»Ich kann nun nicht aufs College gehen.«

»Wo mir doch jetzt das Herz gerade bricht.«
»Hör zu, Wendy, ich kann nicht aufs College gehen.«
»So einsam.«
Er packte sie rauh bei der Schulter und schüttelte sie. »Wendy, man hat mich aus der Schule geworfen! Hör doch zu, ich bin rausgeflogen. Kannst du das denn nicht verstehen?«
»Ach, mein Engel, immer machst du Witze mit Wendy.«
Ich glaube, in jenem Moment wäre ich geflüchtet, hätte ich mich nicht hilflos an meinen Stuhl gefesselt gefühlt. In der minutenlang anhaltenden Stille fingen überall im Hause die Uhren an zu schlagen, riefen Mitternacht, Mitternacht in einem aufeinanderprallenden, fremdartigen Kontrapunkt gequälter Schlagwerke und scheppernder Glocken. ›Entschuldigen Sie bitte‹, wollte ich sagen, aber nur mein Bewußtsein verschwand von der Szene, schwebte über Gewässer, die vom Mond erleuchtet waren, über Fichten und schlafende Felder dem sicheren Ort zu, heimwärts – suchte für einen gesegneten Augenblick sich vor diesem unverständlichen Jammer und Elend zu verbergen, dem entsetzlichen Moment zu entgehen, da Wendy wie ein Schwimmer, der sich aus erstickender Tiefe emporarbeitet, ihr Gesicht langsam vom Tisch hob und nun in vollem Verständnis des Angehörten einen ohrenbetäubenden Schrei ausstieß.
»O nein! O nein!« rief sie und starrte ihn an. »O nein!«
»Wendy, nimm es dir doch nicht so zu Herzen –« begann Mason mutlos.
»Nein, nein, nein!«
Er packte ihre zitternde Hand. »Aber sieh doch mal, liebe Wendy, davon geht schließlich die Welt nicht unter!«
Sie schlug die Hände vors Gesicht und begann, sich wie eine vom Schmerz gepeinigte Trauernde hin und her zu wiegen. »Du hast doch aber versprochen«, stöhnte sie. »Du hast versprochen, dich anständig zu benehmen. Du hast gesagt, daß du mich nicht wieder enttäuschen willst. O nein, nein. Ich kann es nicht glauben. Ich halte es auch nicht mehr aus! Was hast du denn nur gemacht, was hast du denn nur wieder gemacht?«
Ich erwartete, daß auch Mason angesichts dieser Verzweiflung seiner Mutter in Tränen ausbrechen werde. Er hatte sich aber bereits wieder gefangen und sagte nun beinahe munter: »Nichts, weswegen man sich schämen müßte. Diesmal jedenfalls sind es nicht meine schlechten Zensuren. Man hat mich mit einem Mädchen erwischt.«
»Mädchen!« kreischte sie. »Geschlechtsverkehr? O Engel! Warum konntest du nicht warten! Nein, nein, nein!«
»Aber Wendy«, klagte er, »es tut mir ja wirklich leid, wirklich...«
»Aber was wirst du denn jetzt machen? Was wirst du machen? Wie konntest du mich nur so enttäuschen? Was soll nun aus dir werden? Nach

Princeton kannst du nun nicht, sie werden dich überhaupt nirgends nehmen. Wie konntest du mich nur so enttäuschen!« Bäche von Tränen strömten über ihr zerstörtes Gesicht, sie erbebte wie unter einem heftigen Frostschauer, und ich glaubte, sie werde zusammenbrechen. »Wie konntest du nur, wo ich doch außer dir nichts habe? Wo ich alle meine Hoffnungen auf dich gesetzt habe? Wo ich doch so oft gesagt habe: Sei immer brav, mein Angebeteter, sei klug und männlich, stolz und beherrscht, du bist der helle Stern an Wendys Himmel!« Sie verstummte, von heiserem Schluchzen geschüttelt. Ein Messer fiel zu Boden. In der Dunkelheit des Zimmers glühten und flackerten die Geburtstagskerzen, warfen zuckendes Licht auf ihre zitternden Lippen, ihr tränenüberströmtes Gesicht und ihr kummervoll verwirrtes Haar. Dann sah ich etwas Merkwürdiges. Mit einer Anmut, die aus einer Übereinstimmung mit seiner Mutter erwuchs, die so eng war, daß jeder Impuls, jede unbestimmte Geste voller Bedeutung war wie Poesie, nahm Mason zwei Zigaretten, zündete sie an und steckte ihr eine davon nachlässig, aber doch zärtlich zwischen die Lippen. Sogleich schien ihr Kummer zu verfliegen; sie war beruhigt, zufrieden. Ob allein diese Geste das bewirkt hatte oder ob sie in ihrer Trunkenheit jedes Bewußtsein von dem, was sich ereignete, verloren hatte, könnte ich nicht sagen; was es nun auch immer war, der Erfolg war der gleiche, wie wenn man einem Kind einen Schnuller zwischen die Zähne schiebt: Ihre Tränen versiegten, sie rülpste leise und wandte Mason einen verträumt besorgten Blick zu. »Aber Engel«, fragte sie, »was wird denn aus deinen Sachen?«

»Der alte Knacker wollte mich nicht noch einmal in den Schlafsaal gehen lassen, ich mußte in der Turnhalle auf einem Feldbett schlafen. Er meinte, ich würde die übrigen sonst auch noch anstecken. Oh, Wendy, die ganze verdammte Geschichte ist so kindisch! Ich habe bloß mal den Überdruck abgelassen, weiter nichts. Herr im Himmel, schließlich war es keine Todsünde. Ich war eben bloß zu blöde und nicht vorsichtig genug... sonst war ja weiter nichts.«

»Aber was ist denn nun wirklich mit deinen Sachen? Der Burberry...«

»Oh, er meinte, einer von den Niggern würde das Zeug schon zusammenpacken und...«

»Wer hat das gesagt?« fragte sie scharf.

»Doktor Marston.«

»Willst du damit sagen, daß man dir nicht mal erlaubt hat, dein Eigentum mitzunehmen?«

»Oh, Wendy«, sagte er matt, »bring dich nur nicht um. Es ist alles so langweilig. Die Schule war wirklich der letzte Dreck, da konnte man nicht mal ›Katze‹ buchstabieren lernen.«

»Die werden aber noch von mir hören! Das werden sie!« rief sie ärgerlich. »Willst du etwa sagen, daß dieser alte Mann... ich meine diesen dreckigen, alten, scheinheiligen Pfaffen, diesen Morrison...«
»Marston«, verbesserte er.
»Daß er einfach einen Jungen so rauswerfen kann? Ohne mir auch nur den geringsten Grund anzugeben, mir, der Mutter!«
»Oh, bleib doch nur sitzen, Wendy.«
»Ich werde aber nicht sitzen bleiben. Glaubt er denn, er kann dich so ohne jede Untersuchung rauswerfen? Ohne einen Grund anzugeben? Wenigstens den Eltern? Und dann noch von ›Anstecken‹ zu sprechen! Und dir nicht mal deine Sachen mitzugeben! Dieser scheinheilige alte Mann! O nein!« Sie stolperte vom Tisch weg, eine verschlampte Vogelscheuche nun, Rache murmelnd und nach ihrem Auto kreischend – »Richard! Wo ist der Holzkopf!«
»Wendy«, rief Mason. »Setz dich doch um Himmels willen wieder hin!« Sie taumelte durchs Zimmer. »O nein! Heute abend nicht! Wo ist der Wagen? Wenn dieser alte Knacker glaubt, daß er einfach so...«
»Wendy«, brüllte er und stand auf. »Du kannst jetzt nicht hinfahren!« Vielleicht hätte sie es aber doch getan, hätte es wenigstens versucht, wenn nicht in diesem Augenblick in der Halle ein Lärm entstanden wäre und darauf ein fünf Minuten dauerndes Chaos eingesetzt hätte. Während Mason hinter ihr her durchs Zimmer lief, hörte ich draußen einen wilden Tumult, Klopfen, das Schreien einer Männerstimme und Hundegebell – alles dieses zunächst wie durch Watte gedämpft, bis Wendy auf ihrem Weg nach draußen die Tür öffnete und den schrecklichen Lärm hereinließ. Ich hörte die Doggen an der Tür heulen, dann wieder das Gebrüll männlicher Stimmen, nicht nur von einer Stimme, sondern von zweien oder dreien, darauf das Geräusch scharrender Füße und das plumpe Klatschen von Holz auf Fleisch – alles dieses vor dem Hintergrund der milden Nacht wie die Geräusche zu einer tumultuarischen Filmszene. Ich folgte Mason aus dem Speisezimmer in die hohe Halle. An der Haustür erblickte ich Richard, der in voller Livree die Klinke umklammert hielt, auf französisch und englisch vor sich hin zeterte und aus Leibeskräften an den Doggen zerrte, die, angeleint und Schaum vor den Mäulern, mit den Krallen über die Platten schurrend, wilde Sprünge vollführten und jemanden anbellten, der weiter unten vor dem Eingang stand.
»Gehen Sie weg! Los!« rief Richard. »Allez donc! Schnell!«
»Richard!« kreischte Wendy.
»Je vais appeler la police, Madame!«
»Was wollen die Leute denn!« jammerte sie.
»Ich glaube, Sie wissen schon, was wir wollen«, sagte eine Stimme von

unten. Es war eine ländliche Stimme, guttural und ein wenig negroid – fast elisabethanisch –, Träger des zeitlosen, altertümlichen Tonfalls des südlichen Chesapeake, aber jetzt mit stark drohendem Akzent; ich fühlte, wie meine Haare zu Berge standen, als ich erst nur mit einem Verdacht, dann mit Gewißheit zur Tür trat und sah, wer da sprach: ein grobknochiger Austernfischer im Arbeitszeug, das Profil scharf wie eine Klinge, die Augen tief unter den Brauen wie glänzende Schrotkugeln, und in diesen Augen spiegelten sich eine wilde Wut und unsagbarer Kummer. Neben ihm stand ein jüngerer, kleinerer Austernfischer mit eckigem, sehr rotem, unzufriedenem Gesicht und einem schweren Knüppel in der Hand.
»Sie wissen es schon ganz gut«, sagte der erste Mann. »Wir wollen bloß ihren Sohn abholen und ihm mal eine Lektion verpassen.« Er warf dem kleineren Mann einen warnenden Blick zu.
»Geh nicht zu nah an die Hunde ran, Buddy.«
»Wovon reden die Leute eigentlich?« zeterte sie. »Richard, schaff Fritzi und Bingo ins Haus! Ich kann ja nichts verstehen!«
»Ich werde Ihnen schon sagen, wovon die Rede ist«, versetzte der Mann. »Sobald ich Ihren Sohn dort in die Finger kriege, werden Sie schon verstehen, wovon ich rede! Es scheint ja, daß sie den Bengels in der Schule nichts beibringen und zu Hause auch nichts. Bleib stehen, Buddy, sonst beißen die Viecher dir die Beine ab. Missus, wir sind heute nacht den ganzen Weg von Tappahannock heraufgekommen und werden nicht zurückfahren, bis wir dem Burschen dort sein dreckiges Fell versohlt haben.«
Wendy klammerte sich an den Türpfosten und starrte die Männer vor Angst benommen an, ihr Mund stand offen, ihre Haare ringelten sich unordentlich um ihr Gesicht. Mason zog sich zusammen mit Richard und den Hunden, die immer noch zerrten und knurrten, hastig in den Schatten der Halle zurück. »Wendy«, hörte ich ihn mit furchtbebender Stimme sagen, »mach doch die verdammte Tür zu!«
»Aber ich verstehe kein Wort...«
»Missus, Sie tun mir ja wirklich leid«, sagte der Mann. »Wenn ich so einen Sohn hätte, würde ich mich wohl aufhängen. Also wenn Sie denn wissen wollen, was er getan hat, dann will ich's Ihnen sagen: Er hat meine Tochter Doris hergenommen – sie ist erst dreizehn und nicht ganz richtig im Kopf, er hat sie also hergenommen, Missus, und dann, und das sage ich Ihnen wirklich nicht gerne, dann hat er sie betrunken gemacht und sich an ihr vergangen. Noch dazu in der Schulkirche von St. Andrews. Er hat meine arme kleine Tochter hergenommen, das kleine dreizehnjährige Kind, und hat sie erkannt. Er hat sie fleischlich erkannt!«
Wendy fing wieder an zu schluchzen, ob aber wegen dieses Berichtes, könnte ich nicht sagen.

Gottesfurcht und der Entschluß zu vergelten funkelten in den Augen des Austernfischers. »Missus, ich bin nicht der Mann, der das Gesetz in die eigene Hand nimmt. Ich habe dazu auch nie Grund gehabt. Sie können am Fluß zwischen Essex County und Deltaville fragen, wen Sie wollen, und da wird Ihnen jeder bestätigen, daß Groover Floyd ein rechtschaffener Mann ist. Aber ich will Ihnen mal was sagen, Missus.« Hier hielt er eine Sekunde inne, ballte wild seine klobigen Fäuste und spuckte einen Tabakstrahl in den Buchsbaum. »Eins will ich Ihnen sagen, Missus. Es gibt kein Gesetz, das mich davon zurückhalten wird, Ihrem Sohn heimzuzahlen, was er verbrochen hat. In ganz Sodom gab es keine schlimmere Missetat als das, was er, noch dazu vor Gottes Angesicht und in seinem heiligen Tempel, einem armen kleinen Ding angetan hat, das erst halb aus den Kinderschuhen raus ist. Missus«, sagte er und trat einen Schritt vor, Buddy mit drohend erhobenem Knüppel unmittelbar hinter ihm, »ich will Ihnen ja nichts zuleide tun, aber gehen Sie nun aus dem Wege, denn jetzt werden wir uns den Burschen greifen!«
Während auch ich mich ängstlich zurückzog, bot sich mir folgendes Bild: Zuerst sah ich Wendy, die nun gegen die Tür zurückgewichen war, wie fortgewirbelt vom vollen Ansturm seines Zornes, die Arme vor dem Portal ausgebreitet und gewissermaßen gekreuzigt; mit festgeschlossenen Augen, unverständliche Schreckenslaute zum Himmel murmelnd, glich sie einer bewußtlosen Märtyrerin, die auf dem Scheiterhaufen letzte Todesqual und Verbrennung erwartet; die beiden Männer in ihren Overalls, die wild blickend in steinerner Entschlossenheit und mit klobig muskulösen Händen über die Treppe auf uns eindrangen, wobei der ältere Mann nun aus einer hinteren Hosentasche ein Eisenrohr zog, das er vor sich herschwenkte, als er die Türschwelle erreichte; Mason, der blaß hinter Richard und den heulenden Hunden Deckung suchte, sich mit abrupten Bewegungen wie ein Krebs durch die Halle zurückzog, ausrutschend, wieder aufstehend und mit schriller Kinderstimme um Hilfe schrie, als er nun auf die Treppe zurannte; Richard, zu verängstigt, um sich zu rühren oder die Hunde loszulassen, gelähmt und hirnlos kreischend: »Modome, Modome!« Alles das nahm ich im kürzesten Bruchteil eines Augenblicks auf. Ich war wie gelähmt, während ich dastand und nach einer Zigarette tastete, bis ich schließlich mit einem heißen Angstgefühl im Magen begriff, daß die beiden Männer, die mich nun anstarrten, glaubten, ich sei Mason. Ich versuchte zu schreien, mich zu bewegen, doch stand ich wie angewurzelt. Und sie hätten mich wohl auch gepackt, wenn nicht in jenem Augenblick aus dem Haus hinter mir wütend »Halt!« gerufen worden wäre.
Wieder ertönte diese Stimme: »Halt!« Es war Mr. Flagg. Barfuß und im

Schlafanzug tauchte er aus einem Seitengang auf – es schien, als sei er noch meilenweit von der Halle entfernt – und näherte sich lautlos. War es allein seine Exerzierplatzstimme, die so gebieterisch wirkte, oder tatsächlich seine bloße Gegenwart – eine überwältigende Macht und Autorität gingen von ihm aus und teilten sich augenblicklich allen Anwesenden mit, so daß sie in ihren Posen der Angst, der Wut und der Flucht erstarrten. Was es nun auch gewesen sein mag – als er sprach und über jene scheinbar unendliche Entfernung hinweg zu uns trat, war es, als seien wir in Statuen verwandelt worden: Wendy gegen die Tür gekreuzigt, ihre Augen erstaunt vorquellend; »Justin, wieso...«, hörte ich sie murmeln; die beiden Austernfischer verhielten stocksteif auf der Schwelle, die Waffen in unbeweglicher, kraftloser Geste gegen die Nacht erhoben; sogar die Hunde verstummten von einer Stille überwältigt, die fast noch betäubender war als ihr Geheul; schließlich erblickte ich auch Mason: Von der Treppe her, ein Bein immer noch in angstgetriebenem Lauf gehoben, starrte er verstört zu uns herunter. Unterdessen rückte Flagg heran. »Halt!« schrie er. Glatzköpfig und klein, die Brille auf der Nase und darunter ein lächerlich sprießendes Schnurrbärtchen, ging er auf uns los wie ein aufgezogener Zinnsoldat, mit offenem Hosenschlitz, sah weder nach rechts noch nach links und marschierte mit korrekten Wendungen um Ecken und Säulen. Bei jeder Wendung, die er machte, bildete ich mir ein, das Knacken und Schnurren der Spielzeugmaschinerie zu hören, aber als er mit grimmig auf die Tür gerichtetem Blick an mir vorüberfegte, roch ich den Duft seines Haarwassers, und dann herrschte er die Männer an: »Verlassen Sie mein Haus!«

Es war eine Zurschaustellung purer vernichtender Willenskraft; es war beinahe königlich; die beiden Männer schienen sich vor seinem Zorn zu beugen und zu krümmen wie Weiden im Sturm. Verwirrt, schuldbewußt und verängstigt begann der Ältere wieder seine Klage zu stammeln. »Aber hören Sie mal, Mister«, begann er, »es ist doch bloß, weil Ihr Sohn meine kleine Tochter...«

»Schmeißen Sie das Rohr weg!« schnappte Flagg. »Ich habe schon alles gehört. Ich werde Sie reichlich entschädigen. Und nun verlassen Sie mein Haus. Verlassen Sie mein Haus, ehe ich Sie beide erschieße!« Er hatte keine Waffe bei sich, aber es würde mich nicht gewundert haben, wenn er eine aus der Luft herbeigezaubert hätte.

Das Rohr polterte zur Erde. »Sie war erst dreizehn Jahre alt«, keuchte der Mann. »Ich schwöre bei Gott, sie kam zu mir, Mister, und hatte eine Puppe im Arm. Eine Puppe hatte sie im Arm, das arme kleine Ding...«

»Ich bedaure, was Ihnen geschehen ist«, unterbrach ihn Flagg. »Das ist aber kein Grund, mitten in der Nacht bewaffnet ein fremdes Haus zu betreten, wie Sie es getan haben. Nun scheren Sie sich raus, verstanden! Geben Sie Ihren Namen meinem Diener an, ich werde mich morgen mit Ihnen in Verbindung setzen. Und nun machen Sie alle beide, daß Sie rauskommen.«

Barfuß an der Tür stehend sah er zu, wie die beiden kehrtmachten und stumm die Treppen hinunterschlurften.

»Justin...«, hörte ich Wendy sagen. Sie ging einen Schritt auf ihn zu. »Justin, ich wußte gar nicht, daß du hier bist. Wo warst du...«

»Halt den Mund!« versetzte er und drehte sich scharf zu ihr um. »Richard, holen Sie Denise, damit sie Madame zu Bett bringt.«

»Justin«, rief sie, »o Justin, Liebling, wo warst du denn?«

»Halt den Mund«, wiederholte er. »Das geht dich nichts mehr an, Gwendolyn. Wohin ich gehe und was ich tue, geht nur noch mich an, und das bleibt auch so, verstanden? Das bleibt so. Das bleibt so! Und das wird so lange so bleiben, wie ich eine ganz gewöhnliche Säuferin zur Frau habe, eine gewöhnliche Säuferin, die obendrein schwachköpfig ist, denn du bist ein Schwachkopf! – Und ein widerwärtiges Schwein zum Sohn!«

Dann eilte er über den glänzenden Parkettboden davon – ein kleiner Mann, steif aufgereckt – und hinterließ in der Verwüstung des Raumes und auf dem hektischen Abend den befremdlich mädchenhaften Duft von Gardenien.

Viel später, immer noch erregt und unfähig zu schlafen, saß ich in der Bibliothek, hörte leise Radiomusik und blätterte halb blind in einer Ausgabe von ›Town & Country‹. Durch das Fenster drang der schwache Duft von Blüten, Farn und Blumen, das Quaken der Frösche und das Zirpen der Heuschrecken von der Wiese; in den Wäldern schlug eine Nachtigall und kündigte süß und durchdringend den bevorstehenden Sommer an. Nach einer Weile kam Mason herein, er trug einen reich verzierten Morgenrock und grinste höhnisch.

»Na, das war ein ganz schönes Theater, was, Pierre?« bemerkte er.

Ich hätte ihm gerne geantwortet, aber die Worte, welche es nun auch gewesen sein mögen, weigerten sich, über meine Lippen zu kommen. Ich sah weiter auf die Zeitschrift. Es war die erste Zeitschrift dieser Art, die ich jemals in Händen gehabt hatte, und sie schien voll von blassen, mageren Leuten, die auf Jagdstühlen saßen oder Pferde betrachteten. Ich war den Tränen nahe.

»Mason«, sagte ich schließlich mit gezwungener Munterkeit, »warum schafft Wendy nicht mal was Richtiges zum Lesen an?«

Dann sah ich aber, daß er mit dem Gesicht nach unten auf dem Sofa lag und verzweifelt in die Kissen schluchzte; da ich nichts weiter zu sagen wußte, ließ ich ihn weinen.

Nach einer Weile schlief ich ein. Dann war ein Geräusch in meinen Ohren wie von zehntausend Alphörnern – einschläfernd, gedämpft, und von weit her –, während aus einem entfernten luftigen Raum des Herrenhauses, wo Menschen, deren Namen ich nicht kannte, hin und her gehend miteinander tuschelten, ein unaufhörliches Schlurfen und Rascheln herüberdrang, als bereite jemand seine sofortige Flucht vor. »Du mußt immer deine Mutter liebhaben«, glaubte ich Wendy murmeln zu hören, aber dann rief eine Stimme hoch über mir: »Oh, Peter Leverett, Peter Leverett! Wachen Sie auf. Es ist längst Zeit!« Da öffnete ich mühsam ein wenig die Augen und glaubte immer noch, Wendys Gesicht sei über mir, bis ich, die letzten Reste von Schlaf endgültig abschüttelnd, blinzelnd wahrnahm, daß es die Hände Rosemarie de Laframboises waren, die mich mitten in der Nacht in Sambuco wachrüttelten.

»Machen Sie sich nicht so viel draus, Peter«, sagte Rosemarie, »vielleicht erholt sich der arme Mann ja wieder. Ich habe schon von Leuten gelesen, die Jahre und Jahre bewußtlos gelegen haben...« – sie stockte, als sei ihr plötzlich klar geworden, daß dies für mich jetzt nicht der geringste Trost sein konnte – »und immer noch leben.« Wir standen am Vordereingang des Bella Vista, wo sie auf mich gewartet hatte, während ich eilig badete, mich rasierte und meinen besten Anzug aus dem Koffer holte. Sie war auch nicht ungeduldig geworden, während ich das Krankenhaus in Neapel anrief und von jemandem, den ich für eine Krankenschwester hielt, einer unfreundlichen, wortkargen Frau, erfuhr, daß di Lieto immer noch in tiefster Bewußtlosigkeit liege, den gebrochenen Schädel in einer Eispakkung, und sich in jenem Zustand befinde, den einzig der himmlische Vater selbst genau zu erkennen oder zu beeinflussen vermöge. Zum Abschied empfahl sie mir dringend zu beten, und es war wohl mein flehender, untröstlicher Gesichtsausdruck, der Rosemarie dazu veranlaßt hatte, in der allerbesten Absicht eine Vision di Lietos in mir heraufzubeschwören, wie er mit langsam ergrauendem Haar auf dem Rücken lag, nichts zur Kenntnis nahm und durch einen scheußlichen Schlauch bis zum Tag des Jüngsten Gerichtes ernährt wurde. »Ich meine«, setzte sie hastig hinzu, »das bedeutet nicht, daß er unbedingt sterben wird.«
»Ich weiß«, sagte ich verloren.
»Versuchen Sie einfach, nicht daran zu denken«, fuhr sie fort. »Ich verstehe schon, daß es für Sie ein entsetzlicher Schock gewesen sein muß, aber wenn Sie... wenn Sie es nun mal für einen Augenblick nicht so auf sich beziehen, sondern nur als etwas... ach, ich weiß nicht, als eine Winzigkeit im großen Weltablauf betrachten würden... haben Sie jemals ›Der Prophet‹ von Kahlil Gibran gelesen?« Ihre Stimme klang sehr betrübt.

»Himmel, nein!« sagte ich. Wir blieben am Fuße der Treppe stehen, die in den Vorgarten des Bella Vista führte, um uns eine Zigarette anzustekken. Hier blühten Rosen. Die Nacht war voll Duft, warm und sternenlos. Wolken zogen über den Mond und ließen eine zögernde Andeutung unwahrscheinlichen Regens am Himmel zurück. Morgen würde es wieder heiß und sonnig sein. Ich fühlte mich immer noch taumelig und ausgehöhlt, so als hätte ich in meinem zagen, verwirrten Schlummer gar nicht geschlafen, sondern endlose Strecken zurückgelegt, schwere Lasten gehoben oder Riesen bekämpft. Als aber Rosemaries großflächiges, schönes Gesicht sich der Flamme in meiner schützenden Hand näherte und den Rosenduft mit seinem eigenen süßen Parfüm zudeckte, glaubte ich, ungewöhnlich wach und munter zu sein, und wie ein Stich durchfuhr mich die Erinnerung: natürlich war es Wendys Gesicht (was mich nicht dazu verlockte, Freudsche Parallelen zu ziehen); mehr noch war dieses Gesicht aber eine getreue, zusammenfassende Wiedergabe der Mädchengesichter, die teilnahmslos und sanft aus tausend Gesellschaftsberichten der Zeitungen auf den Leser blicken, Gesichter, deren Züge nicht voneinander zu unterscheiden sind, da sie alle den weichen standardisierten Ausdruck von konventioneller Moral und besitzender Sicherheit in den Augen haben, der so ganz amerikanisch ist. ›Der Prophet.‹ Genau das war es, was man in feinen Mädcheninternaten für Poesie hielt; ich hätte laut herauslachen mögen und tat es nur deshalb nicht, weil mir, als Rosemarie sich wieder aufrichtete, klar wurde, warum sie einen so traurigen Eindruck machte. Sie war Masons ›Geliebte‹ (sie wäre wohl die erste gewesen, dieses Wort in Anführungsstriche zu setzen), und etwas Zerstreutes, Unsicheres und Hilfloses an ihr ließ mich trotz ihrer glatten großflächigen Schönheit vermuten, daß sie sich dieser Rolle nun schämte, sie vielleicht auch fürchtete und sich nach jenem unwiderruflich verlorenen Abbild ihrer selbst sehnte, das sie keusch aus den Verlobungsanzeigen der ›New York Times‹ anblickte. Ließ ich mich zu voreiligem Urteil hinreißen? Ich glaube nicht. Überdies, als sie meinen Arm nahm und wir auf das Kopfsteinpflaster der Gasse hinaustraten, fiel der Lichtschein einer Straßenlaterne voll auf sie, und zum ersten Mal konnte ich den leuchtend blauen Bluterguß unter ihrem Auge sehen, wo Mason sie geschlagen hatte.

»Es tut mir leid, daß ich Sie nicht früher geweckt habe«, sagte sie. »Sie sahen aber so aus, als hätten Sie den Schlaf sehr nötig. Mason fand das auch. Ich hoffe, es macht Ihnen nichts aus.«

»Gar nichts«, sagte ich. »Es ist nett, daß Sie mich abgeholt haben.«

»Sie möchten doch sicher gerne was trinken.«

»Ich würde lieber etwas essen«, meinte ich. Ich war schier verhungert, den ganzen Tag über hatte ich außer dem Brötchen in Formia nichts zu mir genommen, und das schien Jahre her zu sein. »Haben Sie irgend etwas zu essen da, oder soll ich lieber in ein…«

»Ah, was für ein Unsinn, Peter!« unterbrach sie mich. »Selbstverständlich haben wir unglaubliche Mengen zu essen. Sie müssen ja halb verhungert sein! Und Mason ist gerade heute in der PX in Neapel gewesen und hat die Lebensmittel buchstäblich tonnenweise herangeschleppt. Steaks und Gehacktes und haufenweise tiefgekühltes Fleisch und Milch, Peter, richtige Milch in Flaschen! Mason sagt, daß sie per Flugzeug aus Deutschland kommt. Ich habe heute abend einen halben Liter Milch statt Cocktails getrunken.«

»Aus der PX?« fragte ich. »Aber wie…«

»Ach, Sie wissen doch, während des Krieges war er Flugzeugführer. Kaum daß wir hier waren, hat er sich die Genehmigung verschafft, in der PX einzukaufen.«

»Flugzeugführer? Aber was…« Wieder verstummte ich verblüfft, dann aber legte sich meine Verblüffung ebenso schnell, wie die Erinnerungen an Mason mir wieder ins Bewußtsein stiegen. Ich glaube, ich muß ein Stöhnen unterdrückt haben. »Ich wollte nur sagen, ich wußte nicht, daß man als ehemaliger Pilot das Recht hat, in der PX einzukaufen, es sei denn, man ist noch aktiv. Er hat da wohl so seine Verbindungen, was?«

»Ach, davon verstehe ich gar nichts, Peter«, sagte sie mit ferner Stimme, »solche Dinge sind mir ganz fremd, jedenfalls« (wieder munterer) »haben wir alles zu essen, was wir wollen. Jede Menge. Hätten Sie Lust auf ein anständiges Lendenbeefsteak?«

Ich war gerade im Begriff, begeistert zuzustimmen, als aus einer schwach erhellten Gasse eine zusammengekrümmte, zerlumpte Gestalt heraushopste und sich uns mit dumpf schnüffelnden Geräuschen näherte – eine Reihe wollüstiger schweinischer Grunzlaute, die Rosemarie erstarren, in plötzlicher Angst die Luft zwischen den Zähnen einsaugen und meinen Arm umklammern ließen. Ich aber begriff, daß dieses tierische Schmatzen von meinem nachmittäglichen Fremdenführer Saverio erzeugt wurde, während er um Worte rang: Sein plattes, rotes Gesicht hob sich uns entgegen, die fette Zunge wedelte zwischen seinen verkrümmten Zähnen, und es gelang ihm schließlich, in unverständlichem Dialekt einen Satz herauszuschreien, worauf er übers ganze Gesicht strahlte und einem betrunkenen Kürbis glich, den man ausgehöhlt, mit einem Gesicht versehen und mit einer Kerze von innen erleuchtet hat.

»Oh, da ist ja dieser Idiot!« ächzte Rosemarie. »Sagen Sie ihm, er soll weggehen.«

»Er ist harmlos«, sagte ich, »außerdem verstehe ich ihn nicht. Sprich langsam, Saverio!«

»Buonasera, signora!« heulte er Rosemarie an. »Buonasera, padrone! Sehen Sie, Signora, ich habe Ihren Cadillac poliert!«
Rosemarie schauderte, während wir weitergingen. »Oh, er erinnert mich an eine der Karikaturen von Charles Addams. Wovon redet er eigentlich?«
Neben uns, gegen eine Mauer geparkt, welche die düstere, enge Straße begrenzte, stand ein Cadillac-Cabriolet so rot und ordinär und überdimensional, daß ich, obwohl ich seinem Prototyp in Rom gewiß ein- oder zweimal begegnet war, meinen Augen nicht traute. Wie alles um uns herum war auch das Auto in die feuchte, uralte Ausdünstung des Dorfes gehüllt, doch verbreitete es seinen unverwechselbar eigenen Geruch – nach frischer Farbe, nach Plastik und Gummi, nach unbeständiger Neuheit, nach der ganzen Hexenkunst von Michigan –, und Saverio hatte daran gearbeitet, bis es wie ein gigantischer Rubin in der Nacht glitzerte.
»Er sagt, er hat Ihr Auto poliert«, erklärte ich Rosemarie, »gehört es wirklich Ihnen?«
»Nein, eigentlich gehört es Mason«, antwortete sie, ein wenig schuldbewußt, wie mir schien. »Die Farbe... die Farbe ist geradezu angsterregend, nicht wahr? Und es ist wirklich zu groß«, fügte sie nachdenklich hinzu. Als wir an dem Wagen vorübergingen, streichelte sie sanft einen der Kotflügel; die Maschine war so riesig, daß sie fähig schien, auf dem Wege einer gespenstischen mechanischen Niederkunft das italienische Zwergauto geboren zu haben, das neben ihr stand. »Mason hat übrigens recht: Wenn wir hier durch die Dörfer fahren, staunen die Bauern, als kämen wir mit der ›Queen Elizabeth‹ über die Dorfstraße daher.« Sie kicherte verlegen.
Auf mein Drängen hin gab Rosemarie dem Saverio etliche Lire. »Ich hab' ihm ja nicht aufgetragen, das Auto zu putzen«, sagte sie zunächst, schien das aber ehrlich zu bedauern, als ich ihr auseinandersetzte, daß Amerikaner solche kleinen Nötigungen hierzulande mit guter Miene hinnehmen müßten, und dann noch einen feierlichen Kommentar über die Armut dieses südlichen Landes anfügte. Das Geschöpf watschelte indessen davon und verschwand in der Düsternis. Nach einigen weiteren Schritten standen wir vor der Tür zu Masons Palast, eben, als die Kirchturmuhr in der Stadt mit tiefem Dröhnen die letzte halbe Stunde vor Mitternacht schlug. Als ich die schwere Tür aufstieß, bot sich meinem Blick ein geräumiger, umschlossener Innenhof: die gewölbte, von schlanken kannelierten Säulen gestützte Decke verschwand in den Schatten hoch über uns, wo eine gefangene Schwalbe flatternd dahinschoß und das wie die bourbonische Lilie geformte Oberlichtfenster einen haarfeinen Mondstrahl einließ. »Die Platten«, sagte ich zu Boden sehend, »sind wundervoll.« Das waren

sie auch: Der ganze Fußboden war mit einem Muster von ineinandergreifenden blauen und roten Kreisen geschmückt, die den Eindruck einer fliehenden Perspektive vermittelten, gleichzeitig bunt, ein wenig verwirrend und prächtig. Als sich meine Augen an den Ort gewöhnten, merkte ich, daß irgend etwas hier nicht in Ordnung war, sah dann aber, daß es nur das Gestrüpp von Kameras, Bogenlampen und Schwenkarmen war, die aus den Schatten hervorragten. »Hier sind heute Aufnahmen gemacht worden«, erklärte Rosemarie, als wir den Hof durchquerten. »Das sieht man«, erwiderte ich. Häßliche Furchen durchzogen die Platten, wo die Räder der Kameragestelle vor- und zurückgerollt waren und sich in den Ton gegraben hatten. »Sie wissen ja, daß Fausto auch dieser Palast gehört. Er wurde wild, als er sah, was mit den Platten hier passiert ist«, bemerkte Rosemarie, als habe sie meine Bestürzung bei diesem Anblick gespürt, »aber als Herb Wingate ihm versicherte, daß alles bezahlt würde, war er so glücklich wie ein kleiner Hund.«
Als wir uns der Balustrade näherten, die, wie Rosemarie erklärte, zu Masons Schlafzimmer hoch über uns führte, verwandelte sich der Hof in einen Resonanzboden: Ein unerhörter Lärm brach los. Aus den oberen Regionen drang, durch die Alabastermauern gedämpft, aber doch deutlich das Geklimper eines Klaviers, das Aufstampfen von Füßen und darüber hinschwebend ein hoher Falsett und dann, Welle auf Welle, hysterisches Gelächter. Ganz in der Nähe, aus einer Türöffnung, die sich mit uns in gleicher Höhe befand, und so laut, daß jeder dröhnende Baßton wie ein Elefantentritt wirkte, warf ein Grammophon die ersten Takte der Don-Giovanni-Ouvertüre. Gleichzeitig gehört, war dieser Lärm von verschiedenen Seiten sinnlos; ich war schier betäubt und hatte den kindischen Wunsch, mir die Ohren zuzuhalten. Aber Rosemarie packte mich bei der Hand, und als wir die Treppe erstiegen und uns von dieser akustischen Falle entfernten, wurde die Musik erträglich und leiser, ganz, als sei jemand herzugesprungen, um die Lautstärke zu vermindern.
»Da wohnen die Kinsolvings«, sagte sie und deutete an dem Wald von Filmgeräten vorbei auf die Tür, an der wir gerade vorübergegangen waren. »Als wir im Frühjahr ankamen, waren sie schon da. Cass – Sie haben ihn doch schon gesehen? – ist der erste Amerikaner, den wir hier getroffen haben. Er ist ...« Sie zögerte. »Ja ... er ist wirklich sehr merkwürdig.«
»Sie meinen doch diesen Burschen – diesen Betrunkenen, den ich heute nachmittag auf der Straße getroffen habe, diesen Kerl, der sein Maul nicht halten kann?«
»O Peter, er ist völlig hinüber. Er ist ...« Sie unterbrach sich und lachte gezwungen. »Ach, denken wir nicht daran.«
Ich hätte auch nicht weiter daran gedacht, wenn nicht die ehrliche Anteil-

nahme in ihrer Stimme mich veranlaßt hätte zu fragen: »Was ist denn los mit ihm? Abgesehen natürlich vom Suff?«

»Ach nichts«, sagte sie. Dann packte sie mich nervös am Handgelenk. »Er ist wirklich ein entsetzlicher Trunkenbold; er hat so was von einem Südstaatler an sich und ist so komisch und ordinär, verstehen Sie? Ein richtiger – ein richtiger Psychopath, glaube ich, und dann ist da noch dieses Mädchen, diese Italienerin, auf die er und Mason ...« Plötzlich stieg ihr das Blut in die Wangen, ihr Gesicht war brennend rot, und sie biß sich auf die Lippen. »Ach Unsinn«, sagte sie heiser und schüttelte den Kopf. »Nichts. Denken Sie nicht mehr daran.«

»Wenn Sie wollen, können Sie ...«, fing ich an.

»Nein, reden wir nicht mehr davon«, unterbrach sie mich schnell.

Einen Augenblick lang war sie so erregt, daß diese Erregung auch auf mich überging. Sie war aber offensichtlich entschlossen, nicht mehr davon zu sprechen und versuchte es auch.

Sie konnte jedoch nicht aufhören zu grübeln. »Es war nämlich sehr komisch: Als wir ihn kennenlernten, versuchte er, sich für einen berühmten Maler auszugeben. Stellen Sie sich das vor!« Sie erwähnte einen berüchtigten jungen expatriierten amerikanischen Künstler, von dem ich gehört hatte. »Stellen Sie sich das vor! Wo er doch nichts weiter ist, als ein ...« Ihre Stimme erstarb, und sie erschauerte.

»Achten Sie auf den Draht dort«, sagte ich.

Dann erreichten wir den Balkon. Über dem verschmierten marmornen Portikus flehte ein Fries von Dryaden stumm nach einem reinigenden Bad. Sie blieb einen Augenblick stehen. »Ich ... ich an Ihrer Stelle würde zu Mason nicht über Cass sprechen. Es ist nichts Besonderes, nur gerade heute ... ach, ich weiß nicht.«

»Ich kenne den Kerl ja kaum«, entgegnete ich.

Als in diesem Augenblick das Klavierspiel wieder an unsere Ohren drang, strahlte sie. »Ich wette, Sie haben keine Ahnung«, sagte sie. »Raten Sie mal, wer aus Rom hergekommen ist und dort auf diesem wirklich märchenhaften Flügel spielt? Billy Raymond!« Fast wie auf diese Beschwörung hin öffneten sich die Türen, und wir betraten Masons Wohnung.

Ich war überwältigt. Obwohl ich mich jetzt wieder gut an Masons Prunksucht erinnerte, sah ich doch, daß er sich hier selbst übertroffen hatte. Es war ein Raum, in dem ein Großherzog sich mühelos hätte zu Hause fühlen können – ein Salon von solchem Ausmaß, daß ich es nicht für übertrieben gehalten hätte, wenn die Gäste durch Fanfarenstöße angekündigt und von Pagen hereingeführt worden wären. Auf der lichten, kassettierten Decke hatte ein Künstler, eine flammende Begabung des neunzehnten Jahrhunderts, seinen Pinsel erprobt und Wolken, üppige Vegetation und eine von klarem Seegrün bis zu wollüstigem Purpur reichende Farbenskala in die Luft gezaubert; die dargestellten mythologischen Szenen waren ziemlich unverständlich, aber ich erkannte immerhin Demeter und Persephone in der Mode der Damen des viktorianischen Zeitalters; ihre Gewänder umflatterten sie, während sie, verträumt an einer Pomeranze knabbernd, entschwebten. Entlang den Wänden und das Gesims stützend waren in Abständen hübsche ornamentale Pfeiler angebracht, die direkt aus der Renaissance zu stammen schienen und poliert worden waren, bis sie wie pures Gold blitzten; vielleicht waren sie wirklich aus Gold, und ich machte mir darüber gerade noch Gedanken, als Rosemarie, die zurückgeblieben war, um mit einem höchst korrekt gekleideten alten Mann, den ich für den Butler hielt, in Zeichensprache ein paar Worte zu wechseln, mich am Arm nahm und durch den Raum führte. »Ich habe gehört, wie Alonzo zu Mason gesagt hat, er hätte noch niemals einen so prätentiösen Raum gesehen«, flüsterte sie mir zu, als habe sie meine Gedanken erraten. »Und er weiß Bescheid. Aber Sie haben ja keine Vorstellung davon, wie billig das alles ist, Peter. Ehe Fausto es übernommen hat, gehörte es einem Baron oder so.«

Ich ging neben meiner turmhohen Schloßherrin auf die Gäste zu, die in Sofas oder Sesseln saßen oder um einen schwarzen Flügel herumstanden. Hinter ihnen gaben französische Fenster, jedes halb so hoch wie ein ganzes Haus, den Blick auf das düstere, mondlose Meer frei; eine leichte Brise fuhr in die dunkelroten Vorhänge, die sich nun träge im Schatten bauschten. Hitzige, alkoholisierte Stimmen schwirrten durcheinander. Ein diffuses bernsteinfarbenes Licht hüllte diese Szene ein; vielleicht waren meine Augen auch zu müde, um noch alles richtig aufzunehmen. Jedenfalls erwies sich das, was ich zunächst für eine schwarze, mit Henkeln versehene Vase auf dem Flügel gehalten hatte, beim Näherkommen als der Kopf eines jungen Negers, dessen Mund und Augen ruckartig und in einer Art Krampf weißlich glänzend aufklappten, als er von neuem seinen Gesang hervorstieß.

»Das ist Billy Raymond«, flüsterte Rosemarie. »Er ist einfach märchenhaft.« Schweigend traten wir zu der Gruppe, die um den Flügel herumstand. Er sang ein unanständiges Liedchen, das von Bananen und anderen länglichen Gegenständen handelte, und als er zotenhaft die Namen berühmter Schauspieler zergliederte, wobei er das Bananenmotiv zugrunde legte, krähte seine Stimme schlüpfrig, und er blinzelte die Umstehenden an, verzog das Gesicht oder ließ seine Augen gänzlich verschwinden, indem er die Lider fest zusammenkniff, während er sich nach vorn neigte und den Tasten liederliche kleine Arpeggios entlockte. Seine Anspielungen, so eindeutig sie auch gemeint waren, blieben mir zum größten Teil unverständlich; befangen betrachtete ich Masons Gäste, die, in sportlichen Kleidern schwitzend, ihre Aufmerksamkeit ausschließlich dem heiseren Neger widmeten und – von einem auffallend schlanken Mann mit grauem Haar abgesehen, der abweisend und verdrossen in einer Ecke lehnte – in den verschiedensten Stadien des Gelächters zusammengebrochen waren. Die meisten von ihnen machten aufgrund ihrer Stellung in meiner eigenen Rangordnung der Schauspielerwelt nur geringen Eindruck auf mich – was ist schließlich schon ein Regieassistent oder ein Werbeleiter?

Abgesehen von den Stars fielen mir noch drei andere Personen auf, und es waren diese drei, die, Seite an Seite eng auf einem Sofa zusammengedrängt sitzend, meine sich von Billy Raymond entfernende Aufmerksamkeit fesselten. Da war zunächst eine junge Frau namens Dawn O'Donnell, ein graziöses, karottenhaariges Mädchen, das ein Crème de menthe schlürfte und dessen Hautfarbe so kalkweiß war, daß ich zunächst meinen Augen nicht traute, bis ich sah, daß man diese Farbe – aus irgendeinem obskuren Drang, den Betrachter zu schockieren – mit großer Kunstfertigkeit aufgetragen hatte. Hübsch war sie nicht, doch auch nicht schlecht gewachsen; sie hätte sogar sehr anziehend wirken können, aber durch den außerordentlichen Kontrast zwischen ihrem orangefarbenen Haar und der geisterhaft bleichen Haut hatte sie ihren Wunsch befriedigt – und ihr Wunsch muß es gewesen sein, denn es fehlte nur eine falsche Nase, um das Bild zu vervollständigen –, wie ein Clown auszusehen. Es fiel mir ein, daß ich von ihr gehört und sie in Rom von ferne gesehen hatte. Sie hieß in Wirklichkeit nicht Dawn O'Donnell – das hatte ich irgendwo gelesen –, aber an der ganzen Person war ohnehin nur wenig Echtes. Es hatte eine Zeit gegeben, da war sie als Schauspielerin in kleinen Rollen aufgetreten, hatte eigene Bilder in einer Ausstellung gezeigt und einen kleinen Band Gedichte veröffentlicht. Bei keiner einzigen ihrer Unternehmungen, einschließlich mehrerer Ehen, hatte sie auch nur die geringste Begabung gezeigt; da sie aber die Erbin eines großen Vermögens war, erlaubte ihr das, ihre kümmerlichen Anstrengungen fortzusetzen, wobei sie wohl stets annahm, daß man, wie Thomas Mann das einmal ausgedrückt hat, ein einziges Blatt vom Lorbeerbaume der Kunst pflücken dürfe, ohne mit seinem Leben dafür zu bezahlen. Im Augenblick schien es, als interessiere sie sich für die Filmkunst, und so wanderte sie durch ganz Europa hinter den Filmleuten her, die sie, wegen ihres unerhörten Reichtums einerseits und ihrer ausgefallenen kindischen Manieriertheit andererseits, mit einer merkwürdigen Mischung von Respekt und Nachsicht behandelten, sie »kleiner Karottenkopf« nannten und ihre unermüdlich gestellte Frage »Finden Sie, daß ich schön bin?« leidenschaftlich

bejahten. Das alles erfuhr ich in jener Nacht. Rosemarie teilte mir auch mit, daß Dawn gelegentlich mit Carleton Burns schlafe.
Neben Dawn O'Donnell saß ein schläfrig aussehender, lächelnder Mann namens Morton Baer, ein bekannter Klatschreporter, von dem ich jedes Wort, das in den amerikanischen Zeitungen in Rom erschien, mit dem gleichen gierigen Entzücken gelesen, das ich einmal Keats entgegengebracht hatte. Ich erkannte ihn nach seinen Photographien. Außer mir war lediglich Baer nicht so angezogen, als wolle er einen Ausflug an den Strand unternehmen; er trug einen feinen Flanellanzug, dazu eine karierte gelbe Weste und sah gutmütig und schuldbewußt, ja, traurig aus, während er versuchte, pflichtschuldigst über Billy Raymonds Liedchen zu lächeln, das er Dutzende von Malen gehört haben mußte. Ich konnte nicht anders, als mit seiner Langeweile zu sympathisieren. Abgesehen davon hegte ich eine heimliche und geradezu blöde Bewunderung für diesen Mann – eine gefeierte Persönlichkeit –, der vertraulich, ja, beinahe wie ein Blutsverwandter mit den Filmstars von fünf Kontinenten verkehrte, der J. Edgar Hoover und Herbert Bayard Swope kannte und sogar mehrere Male im Weißen Haus diniert hatte.
Das dritte Mitglied des Trios schließlich war mir von seinen Photographien so bekannt, daß ich mich versucht fühlte, auf ihn zuzugehen und ihm wie einem verloren geglaubten alten Freund auf die Schulter zu klopfen. Als ich aber schließlich verblüfft dahinterkam, wer er war, und nicht entscheiden konnte, ob mich das Unpassende, ihn hier als Teil einer so weltlichen Versammlung zu sehen, so erstaunte oder nicht eher eine subtile, unerfreuliche Logik und Konsequenz in diesem Umstand, vermochte ich ihn nur wie ein Tier in einem Zoo anzustarren. Es war dies nämlich der Reverend Dr. Irvin Franklin Bell, der vorbildliche, einfallsreiche und optimistische protestantische Prediger, seit dem Hinscheiden von Henry Ward Beecher zweifellos der bekannteste und beliebteste Geistliche Amerikas. Selbstverständlich war ich an jenem Abend auf alles mögliche gefaßt, nicht aber auf diese ekklesiastische Pracht, der man so selten außerhalb ihrer eigenen Welt begegnet, und aus Rosemaries Andeutungen rekonstruierte ich später für mich, wie es dazu gekommen sein mußte: Bell, der Vertraute von Wirtschaftsmagnaten, hatte während einer nichtberuflichen Erholungsreise durch Europa im Hotel Hassler in Rom seinen alten Freund, den Produzenten Sol Kirschorn getroffen. Kirschorn war ein Bewunderer Bells, wie auch viele andere vermögende, hochstehende Amerikaner, die des Predigers einfache moralische Gleichung von Reichtum und Tugend, Tugend und Reichtum ebenso einfach zu begreifen wie zu befolgen fanden. Als er erfuhr, daß Sambuco in Bells Reiseplänen figurierte, setzte sich Kirschorn freundlicherweise mit seiner Frau Alice

Adaire in Verbindung und bat sie, dem berühmten Kanzelredner im Namen der Truppe, deren Produzent er und deren Star sie war, jegliche Gastfreundschaft zu erweisen (auch er wohnte im Bella Vista). Ich erblickte in diesem Augenblick das Resultat: beleibt, liebenswürdig, mächtig schwitzend, bei jedem lasziven Ächzen, das Billy Raymond von sich gab, sichtbar zusammenzuckend, bemühte er sich trotzdem, seine berühmte verbindliche und joviale Haltung zu bewahren und blies seine Backen zu einem kränklichen, falschen Lächeln auf wie ein Bankier, den man mit der Hand in der Kasse erwischt hat. Ich bedauerte ihn in gewisser Weise. In seinen bequemen langen Hosen und dem jadegrünen Seidenhemd sah er aus wie ein Bild der chinesischen Königinmutter, das ich einmal gesehen hatte; seine feuchte Unterlippe vorgeschoben, als wolle er ein Bonbon verschlingen oder noch eine weitere Platitüde von sich geben, befand er sich geradezu in einer Ekstase des Unbehagens, und ich bedauerte, daß ein einziges schmutziges Liedchen ihn derart um den Genuß dieser glänzenden, prunkvollen Umgebung bringen konnte, dem er sich doch so gerne hingegeben hätte. Billy Raymond beendete seine Nummer.
Ich sah mich nach Mason um, doch entdeckte ich ihn nirgends. Als die Begleitung mit einem letzten perlenden Akkord schloß, machte jeder der drei auf dem Sofa eine flüchtige Handbewegung – Baer unterdrückte ein Gähnen, Bell richtete seine Brille, und Dawn O'Donnell fuhr mit nervösen Fingern an ihre Ohrringe; so ähnelten sie für Sekunden jenen drei kleinen orientalischen Affen, die dem Bösen gegenüber stumm, taub und blind sind. Als ich mich abwandte, glaubte ich zu sehen, wie Mason, mit dem Taschentuch über sein Gesicht wischend, im Hintergrund durch eine Tür ein anderes Zimmer betrat, und ich hob meinen Arm, um ihn heranzuwinken, doch er war schon verschwunden. Die Umstehenden applaudierten heftig. Als ich mich wieder zum Flügel wandte, reichte mir Rosemarie eine Schale voller Erdnüsse.
»Ich habe Giorgio gebeten, Ihnen etwas Gehaltvolleres zurechtzumachen«, flüsterte sie, »er muß gleich kommen. Ist Billy nicht märchenhaft? Er ist bestimmt noch besser als Noel Coward. Er ist – pst ...« Stille senkte sich über den Raum, als Billy Raymond wieder zu singen begann, diesmal die traurigen, leuchtend klaren Worte von ›As Time Goes By‹. In solchen Dingen habe ich ein ziemlich gutes Urteil, und es wollte mir scheinen, als sei seine Wiedergabe schlechter als manche andere, die ich gehört hatte, einschließlich der von Amateuren. Trotzdem verfielen die Zuhörer in eine Art Trance, während sie lauschend dastanden; einige stützten das Kinn in die Hände, die Ellenbogen auf den Flügel gestemmt; die hübschen Mädchen in ihren ausgeschnittenen Kleidern hielten die Augen geschlos-

sen, hatten die Arme gekreuzt und streichelten ihre eigenen Schultern. Schließlich war ich als einziger noch bei vollem Bewußtsein – und dabei so ausgehungert, daß ich es kaum ertragen konnte. So nahm ich mir diejenigen aus der Gruppe aufs Korn, die zu sehen ich schließlich gekommen war: die bezaubernde Alice Adaire, schlank und blond und mit einer so opalisierend durchsichtigen Haut, daß in der sanften Mulde ihrer Schläfe, ebenso wie in der Froschzunge, die ich als Junge unter dem Mikroskop betrachtet hatte, jede Ader und Verästelung sich dem Auge belebt, sterblich und pochend darbot; Carleton Burns mit seinen übersättigten, häßlichen und verlebten Gesichtszügen, von dem selbst seine Arbeitgeber nicht wußten, wieviel Millionen von Frauen er ein gemeiner dämonischer Trauminkubus war; dann schließlich Gloria Mangiamele, schwarzäugig, gelassen und von einer erlesenen Üppigkeit, die alle ihre Bilder nur andeuten konnten. Ihre herrlichen Brüste schienen nach Liebkosungen zu verlangen, doch als sie nun zurücktrat und sich dabei leicht im Takt der Musik wiegte, sah ich, daß ihre Figur insofern derjenigen vieler italienischer Mädchen glich, als die Taille zu hoch ansetzte und die Beine zu kurz geraten waren. Überdies hatte ein nicht unwichtiger Teil ihrer Anatomie eine Form, die ich nicht anders denn als entenbürzlig beschreiben kann. Ich war nun aber halb verhungert, und gerade, als ich mich wieder nach Rosemarie umsah, mußte ich niesen – in meiner Erschöpfung war ich vermutlich die leichte Beute einer Erkältung geworden. Ich nieste wieder und wieder – ein feuchtes Trommelfeuer, dessen ich beim besten Willen nicht Herr werden konnte.

»Muß denn das sein!« hörte ich einen Mann sagen, als das Klavierspiel stockend aussetzte. Billy Raymonds Lippen waren rosig und stumm geöffnet, die Zunge tanzte in seinem Mund wie der Klöppel einer Glocke. Wieder hörte ich die gleiche anonyme Stimme; sie schien sich nicht so sehr an mich zu richten, als vielmehr an eine Welt, in der es von Narren und Schwachköpfen nur so wimmelte, für die ich ein hervorragendes Beispiel abgab. »Ist denn das unbedingt nötig!«

»Entschuldigen Sie«, murmelte ich.

»Wirklich, ich muß schon sagen!« Jemand kicherte, ein anderer hustete; ein Akkord vom Flügel her brach die Stille, und der heisere, klagende Gesang erfüllte wieder den Raum.

Abgewiesen zog ich mich von der Gruppe zurück und ging an einen kühlen dunklen Platz in der Nähe der Fenster; hier saß ich, eine Zigarette in den zuckenden Fingern, vergrämt und träumte von einem Steak.

Wenn ich nun versuche, mir die Ereignisse jenes Abends in der richtigen Reihenfolge zu vergegenwärtigen, fällt mir auf, daß sich etwa um diese

Zeit der erste von mehreren mysteriösen Vorfällen ereignete, die immer seltsamer, immer peinlicher und häßlicher wurden, als der Abend in die Nacht und die Nacht in den Morgen überging. Damals erschien er mir merkwürdig, aber doch nicht besonders wichtig, und deshalb ist es nicht so leicht, mir die Einzelheiten wieder ins Gedächtnis zu rufen. Es geschah, soweit ich mich erinnere, folgendes: Als ich so dasaß, erblickte ich den würdevollen alten Butler – Rosemarie hatte ihn Giorgio genannt –, wie er mit einem Tablett in der Hand auf Zehenspitzen an den versunkenen Zuhörern vorüber sich Rosemarie näherte, die ihr Ohr tief herunterneigte, um zu verstehen, was er ihr zuflüsterte. Ihre Stirn krauste sich nachdenklich; sie sah sich unentschlossen im Zimmer um, bis sie mich erblickte, und trat dann, von Giorgio gefolgt, zu mir. Hinter ihr erstarb die Klaviermusik in einer Art farblosen resignierten Flatterns; die Gäste, aus ihrem starrkrampfähnlichen Traum erwacht, brachen in wilden Beifall aus und riefen, offenbar vergeblich: »Mehr, Billy, mehr!« – dann zerstreuten sie sich langsam, und ihre Gespräche summten durch den riesigen Raum.

»Hier, Peter«, sagte Rosemarie, »ich hoffe, das reicht. Das haben wir heute auch alle zum Abendbrot gegessen und ...« Sie deutete unbestimmt auf Giorgio, der das Tablett auf einem Tischchen neben mir abstellte. »Es ist richtiges amerikanisches Essen und... na, es ist eben was Ordentliches.« Ihre Stimme klang unruhig und besorgt. »Peter, ich verstehe nicht, was Giorgio mir außerdem noch sagen will. Vielleicht...« Sie zögerte. »Ich glaube, er will sagen, daß Mason sich geschnitten hat oder verletzt ist oder irgend so was.«

Zunächst drangen ihre Worte kaum in mein Bewußtsein. Giorgio hatte mir das Tablett gereicht. In der Mitte war das von Rosemarie versprochene Steak – ein dickes saftiges Lendensteak; daneben ein Krug, in dem die erste wirkliche Milch schäumte, die ich seit Jahren gesehen hatte. Wie ein Halbwahnsinniger stürzte ich mich auf Besteck und Serviette, und nur der drängende Ton in Rosemaries Stimme hielt mich zurück. »Peter, versuchen Sie doch bitte herauszubekommen, was er sagen will.«

»Che è successo?« fragte ich den Butler. Er war ein gebeugter, aristokratisch aussehender alter Mann mit weißem Haar und freudlosem, verhärmtem Gesicht. Ich fragte mich, wo Mason ihn wohl entdeckt haben könnte, denn ganz offenbar stammte er nicht von der Küste. »Was ist Signor Flagg denn zugestoßen?«

»Sein Gesicht ist ganz verkratzt, Signor. Es ist nichts Ernstes, doch bat er mich, die Signora zu fragen, wo Jod und Heftpflaster zu finden seien. Es ist nichts Ernstes, aber...«

»Ja, aber was ist ihm denn passiert?« fragte ich kauend.

»Ich weiß es nicht genau, Signor«, entschuldigte er sich gemessen. »Zwischen mir und Signor Flagg ist die... die Verständigung nicht ganz einfach. Soweit ich aber verstanden habe, sagte Signor Flagg, daß er in einen Rosenstrauch gefallen sei.«
»Einen Rosenstrauch?«
»Si, signore.«
Dies übersetzte ich alles für Rosemarie und erwähnte auch den Rosenstrauch und Masons Verlangen nach Wundbehandlung; aber während ich noch dabei war, und gerade, als Rosemarie mit erschreckten runden Augen und einem überraschten »Oh!« davoneilen wollte, zwangen mich Giorgios nachdrücklich gemurmelte Worte, sie ebenso hastig zurückzuhalten. Denn, Giorgio zufolge, hatte Signor Flagg gesagt (und dessen war er ganz sicher), daß die Signora sich unter gar keinen Umständen persönlich zur Hilfeleistung einfinden dürfe. Es sei nichts Ernsthaftes (und hier wandte er seine traurigen Augen zu Rosemarie und sagte gütig lächelnd: »Non è grave, signora.«), durchaus nichts Ernsthaftes. Auf seinem langen, knochigen Gesicht malte sich so viel Schuldbewußtsein und peinliche Verlegenheit, und sein Lächeln war so verzweifelt unaufrichtig, daß ich nicht umhin konnte zu spüren, daß er uns etwas verbarg.
»Er sagt, es sei durchaus nicht schlimm«, teilte ich Rosemarie mit. »Ich nehme an, Mason möchte keine Unruhe heraufbeschwören. Wo ist denn das Heftpflaster?«
»Im Wandschränkchen«, sagte sie teilnahmslos. »Im Wandschränkchen im oberen Badezimmer. Sagen Sie ihm das.«
»Woher haben Sie eigentlich diesen Giorgio?« fragte ich, nachdem der alte Mann gegangen war und ich mich von neuem über das Steak hergemacht hatte. »Wie verständigen Sie und Mason sich denn mit dem Alten?«
Eine ganze Weile lang antwortete sie nicht. Ich sah sie an. Sie starrte abwesend mit einem tief verzagten Ausdruck in den Augen auf die Wand. Seitdem wir in den Palazzo gekommen waren, hatte sie Gelegenheit gefunden, den Bluterguß unter dem Auge mit einem fleischfarbenen Kosmetikum zu verdecken, aber die Schramme muß ihr immer noch weh getan haben, denn sie strich zerstreut mit der Hand darüber hin. »Was?« fragte sie schließlich. »Ach so, Giorgio? Fausto hat ihn uns in Neapel besorgt. Er war früher beim Bürgermeister in Stellung oder so etwas. Wir haben ein Dienstmädchen, das Englisch spricht, und die betätigt sich als Dolmetscherin.« Dann setzte sie klagend hinzu: »Ich hoffe doch, daß nichts Schlimmes passiert ist, ich hoffe doch sehr, daß mit Muffin alles in Ordnung ist. Wie kann er denn nur in einen Rosenstrauch fallen, Peter?«

»Vielleicht hat er einen über den Durst getrunken«, versetzte ich in dem Versuch, sie aufzuheitern. »Warum, zum Kuckuck, kommt er denn nicht zu seinen Gästen?« Es war aber, als habe sie mich gar nicht gehört; ohne ein Wort zu sagen und noch immer mit dem gleichen blinden Blick im bekümmerten Gesicht, entfernte sie sich zögernd mit langsamen, schleichenden Schritten von mir und trat zu den anderen Gästen.
Das Essen hatte mich wunderbar belebt; das blutrote Fleisch und die gute heimatlich anmutende Milch im Magen, empfand ich eine solche Ruhe des Gemütes – zum erstenmal an diesem Tag –, fühlte ich mich so friedlich und erleichtert wie im Zustand der Glückseligkeit. Giorgio, immer aufmerksam und nun von seiner Heftpflastermission zurückgekehrt, goß mir sirupweichen Kognak in ein großes Glas. Vom Kognak ermutigt und nicht mehr ganz so eingeschüchtert von den Filmstars (tatsächlich hatte ich begonnen, mich auf eine unverschämte und gänzlich ungerechtfertigte Weise mit ihnen intim zu fühlen), erhob ich mich von meinem Stuhl und näherte mich einem der Fenster, an dem Rosemarie, alle anderen überragend, im Gespräch mit Alice Adaire stand. Ein untersetzter, rotgesichtiger Mann mit kurzgeschnittenen Haaren und sehr hübschem Gesicht und die kalkweiße Dawn O'Donnell standen daneben.
»Ach, kennen Sie schon Peter Leverett«, stellte Rosemarie mich vor. Ihre Munterkeit schien zum Teil zurückgekehrt. Sie machte mich mit Alice Adaire bekannt, deren Finger ich mit angehaltenem Atem in die Hand nahm, und dann mit Dawn und dem kurzhaarigen jungen Athleten, dessen Namen ich nicht verstand, dessen Funktion mir unerklärlich war und der aus irgendeinem Grund wie ein Ungar die Linke statt der Rechten reichte, meine Hand drückte und ohne mich anzusehen sagte: »Angenehm ...« Ihm, das wurde mir plötzlich klar, gehörte die Stimme, die mich vorhin aufgefordert hatte, ruhig zu sein.
»Aber Schatz«, sagte Rosemarie zu Alice Adaire, »es ist doch egal, was Jack sagt, ich finde das Lavendelfarbene unerhört schick.«
»Das findet Sol ja auch«, meinte Alice Adaire. Ihre Stimme war unglaublich süß, wunderbar moduliert und weich wie der Ton im mittleren Register eines Cellos, und in diesem Augenblick konnte ich beinahe verstehen, warum die Leute im strömenden Regen stundenlang warteten, um diese Stimme zu hören. »Ich habe heute abend mit Sol telephoniert, und er findet auch, daß das Lavendelfarbene großartig ist. Jack fürchtet eben nur, daß es in Cinemascope schwimmt oder ausläuft.«
»Jedenfalls steht es Ihnen ganz phantastisch«, sagte Rosemarie.
»Sie sehen hinreißend darin aus, Alice«, sagte der junge Mann. »Hinreißend.«
»Ich finde auch, daß es hübsch ist«, antwortete sie, »aber Sol hat aus-

drücklich gesagt, daß Jack entscheiden soll. Sol sagt, Jack kennt sich wirklich ganz erstklassig mit Farben aus.«
»Schade«, sagte der junge Mann, »es ist eben doch ein hinreißendes Kleid, Alice, ein hinreißendes Kleid.«
»Sol hat solches Vertrauen zu Jack«, sagte Alice Adaire.
»Sind Sie einer der Leveretts aus Boston?« fragte Dawn O'Donnell mich nun überraschend.
»Nein, ich bin in Port Warwick geboren, in Vir...«
»Meine Familie stammt aus Boston, und dort bin ich auch zur Schule gegangen«, sprudelte sie hervor. »Ich finde Boston herrlich, Sie nicht auch? Wir haben in der Chestnut Street gewohnt in einem Haus mit violett getönten Fensterscheiben. Meine Familie war sehr reich. Mögen Sie Katzen?«
»Nun, es kommt drauf an«, begann ich zu improvisieren, »ja und...«
»Ich liebe Katzen. Ich habe in Rom eine Persianerkatze, deren Pelz dieselbe Farbe hat wie meine Augen. Blaugrau wie das Meer. Finden Sie, daß ich schön bin?«
»Hör doch auf mit dem Quatsch, Baby, um Himmels willen!« unterbrach der junge Mann und kniff sie spielerisch in den Arm. »Natürlich bist du schön.« Er wandte sich wieder an Alice Adaire: »Das Rosa sieht auch hinreißend an Ihnen aus, Alice. Ganz hinreißend.«
»Das findet Sol auch«, sagte Alice Adaire. »Das werde ich nun wohl auch tragen müssen.«
»Gleich werde ich weinen«, verkündete Dawn O'Donnell. »Es kann höchstens noch eine Minute dauern. Wo ist Burnsey?«
»Ich habe ja auch in ›Going steady‹ Rosa getragen«, sagte Alice Adaire. »Sol fand das damals schön.«
»Es war ganz einfach hinreißend«, sagte der junge Mann.
»Ich fand auch, daß Sie phantastisch aussahen«, murmelte Rosemarie.
»Hat jemand etwas dagegen, wenn ich weine?« fragte Dawn O'Donnell ganz allgemein ins Zimmer hinein.
Wie ein Schwimmer, der Wasser tritt, versuchte ich, meine Nase über der Oberfläche zu halten, versank aber bald in ein träumerisches, kognakdurchdünstetes Grübeln. Gleich darauf ging Alice Adaire weiter, eingehüllt in eine Art goldenen Nimbus von Schönheit, und Rosemarie – als habe sie meine Angst, mit Dawn O'Donnell und dem kurzhaarigen jungen Mann allein zu bleiben, begriffen – führte mich fort und bis ans andere Ende des Zimmers. »Es freut mich so, daß es Ihnen besser geht«, sagte sie. »Heute nachmittag sahen Sie geradezu wie eine Leiche aus.«
»Wo ist denn nur Mason?« fragte ich, aber noch ehe sie antworten konnte, stießen wir auf Dr. Bell, der eine strohgeflochtene Strandmütze

auf den Kopf stülpte und so, als stehe er vor seiner Gemeinde, über beide Ohren grinsend mit einem Ausdruck liederlicher Heiligkeit seinen Abschied nahm.
»Oh, Dr. Bell, gehen Sie schon?« rief Rosemarie.
»Ich habe Sie doch gebeten, mich Irvin zu nennen, meine Liebe«, sagte er lächelnd, ergriff ihre Hand und streichelte sie. »Ja, ich muß morgen zeitig aus den Federn, um nach Paestum aufzubrechen. Bitte, sagen Sie doch dem jungen Mason, wie sehr ich seine Gastfreundschaft genossen habe. Ich bin Sol Kirschorn für viele Dinge zu Dank verpflichtet, aber vergnügungsmäßig für nichts so sehr, wie daß er mich mit« – und hier glaubte ich, ihn hinter seinen Brillengläsern blinzeln zu sehen – »mit solcher Schönheit in Verbindung gebracht hat. Leben Sie wohl, meine Liebe, und ich hoffe, der Herr wird es einrichten, daß unsere Pfade sich wieder einmal kreuzen.«
»Wiedersehen«, sagte Rosemarie.
»Gute Nacht alle miteinander, Gott behüte Sie.« Und dann war er fort und hinterließ einen Duft von Haarwasser und Schweiß.
»Er hat mir sein Buch mit einer Widmung geschenkt«, bemerkte Rosemarie. »Er schreibt solch... solchen Schund. Aber er ist... er ist eben berühmt«, fügte sie nach einer nachdenklichen Pause hinzu. Und dann erklärte sie mir, wie er hierher gekommen war. »Das Abendessen war wirklich etwas gespenstisch«, sagte sie. »Alle benahmen sich um Sols willen so gut sie nur konnten. Ich glaubte schon, Burnsey würde einen Schlaganfall bekommen, weil er sich so zurückhielt. Er ist nämlich das größte Dreckmaul auf dieser Welt. Und er betrinkt sich immer.«
Als wir durch den Raum schritten, bemerkte ich, daß der Mann, den ich zuvor abweisend in einer Ecke hatte stehen sehen, sich mit einem Schulterzucken sowohl von der Wand als auch von dem zudringlichen Rappaport gelöst hatte (derselbe Regieassistent, der mich am Nachmittag angebrüllt hatte) und mit dem hingeworfenen Satz »Rechnen Sie sich das doch selbst aus, Rense« zu uns herüberschlenderte. Dieser Mann hatte etwas unbeschreiblich Anziehendes, etwas Wohlerzogenes, Höfliches an sich, und ich kann diese Eigenschaften nicht beschreiben, ohne mich als abgestanden und prosaisch zu empfinden. Etwa fünfundvierzig Jahre alt und mit fast weißem Haar, hatte er ein Gesicht, das gerade noch vermied, zu hübsch zu sein. Was ihn vor der Makellosigkeit des Publikumsidols bewahrte, waren wohl seine Augen, die, von frostigem Blau, eindringlich nach außen, statt verträumt nach innen, wie die Augen der meisten schönen Männer, blickten und die Welt mit zurückhaltender Neugierde und Pessimismus betrachteten. Er war ziemlich groß und gelöst in seinen Bewegungen. Als er auf uns zukam, glich er einem Amateurtennismeister

– seine nachlässige Gangart wurde durch die angeborene athletische Grazie wieder wettgemacht. Seine Schuhe knirschten; eine Zigarettenspitze hing ihm leer zwischen den skeptischen Lippen. Er hatte eine stark sinnliche Ausstrahlung (ich fühlte, wie sich Rosemarie bei seiner Annäherung elektrisch belebte, wie eine Stute etwa, möchte ich sagen), aber diese Ausstrahlung war doch maßvoll und gebändigt, so, als habe er, nachdem er alles gesehen, getan und erprobt hatte, was es zu erproben gab, sich aus dem Tumult zurückgezogen, jedenfalls halbwegs, wie es einem klugen Mann von fünfundvierzig wohl ansteht. Er sah nicht verlebt aus, sondern leidenschaftlich und bitter erfahren. Ich war von seiner Stimme sehr überrascht; sie war leise und höher, als man seinem Aussehen nach erwartet hätte, und er sagte nicht: »Wie geht's?«, sondern murmelte ein zurückhaltendes »Es freut mich, Sie kennenzulernen«, als er mit einer ganz leisen Andeutung eines Lächelns meine Hand schüttelte.

»Oh, Alonzo«, rief Rosemarie. »Sie wollen doch nicht schon so früh schlafengehen?«

»Jedenfalls will ich es versuchen, meine Liebe«, erwiderte er.

»Aber, mein lieber Alonzo, das ist doch nicht nötig. Sie haben doch selbst gesagt, daß vor morgen nachmittag keine Aufnahmen sind.«

»Und auch daraus wird nichts werden, wenn das Wetter so bleibt.« Er atmete tief ein, als wolle er die Wetterlage erschnuppern.

»Wir wollen aber alle noch schwimmen gehen. Bleiben Sie bitte noch, Alonzo. Sie wissen doch, daß mir das Leben ohne Sie gar keinen Spaß macht. Kommen Sie mit Peter und mir und lassen Sie uns ein Glas zusammen trinken.«

»Meine Liebe«, sagte er mit seiner leisen angenehmen Stimme, »seit zwanzig Jahren kämpfe ich nun gegen Schlaflosigkeit. Ich habe es mit Alkohol probiert, bis ich Gefahr lief, zum Säufer zu werden. Dann habe ich es mit Schlaftabletten versucht, bis die Kur noch schwerer zu ertragen war als die Krankheit. Jetzt bleibt mir nichts, als mich ins Bett zu legen und bis zum Morgengrauen die Decke anzustarren, doch besteht immer die unwahrscheinliche Aussicht, daß ich dabei einschlafe. Diese Aussicht wollen Sie mir doch nicht dadurch nehmen, daß Sie mich zu nächtlichem unsolidem Lebenswandel verführen?«

»Ja...«, fing sie an, »ja, dann natürlich nicht, Alonzo.« Aber sie sah so enttäuscht aus, daß er nachgebend seufzte: »Okay, ich bin eben ein Schwächling, meine Liebe.« Er nahm ihren Arm. »Verschaffen Sie mir ein Glas einfaches Sodawasser mit Eis. Mit einem Spritzer Zitronensaft. Aber ich warne Sie, Rosemarie«, und dabei lächelte er mir zu, »wenn ich durch dieses Nachtleben wieder in eine depressive Phase verfalle, dann werde ich ausdrücklich Sie dafür verantwortlich machen.«

Während wir auf die Bar zugingen, hinter der ein Kellner vom Bella Vista in weißer Jacke amtierte, erkundigte sich Cripps, ob ich jener Freund von Mason sei, der den Autounfall gehabt habe. Als ich das bejahte, schüttelte er teilnehmend den Kopf. »Rosemarie erzählte mir davon. Es ist wirklich schlimm, wenn einem so was passiert. Bis jetzt habe ich in Europa Glück gehabt, aber während des Krieges saß ich in einem Jeep, der in Algerien ein Kind überfuhr. Der kleine Junge war zwar nicht tot, aber schrecklich verletzt. Ich kann mir gut vorstellen, wie Ihnen zumute ist, es macht einen in tiefster Seele elend. Sind Sie übrigens versichert?«

»Ja«, sagte ich.

»Dann haben Sie Glück. Man kann die Leute natürlich nicht tadeln, wenn sie einen verklagen, der traurige Tatbestand ist aber – wie Sie vielleicht wissen –, daß die italienischen Gerichte einen Amerikaner als Lamm betrachten, das geschoren werden darf, auch wenn es im Recht ist. Ich hoffe, daß Ihr Opfer sich wieder erholt, der arme Hund.« Er seufzte, als er das Glas nahm, das Rosemarie ihm hinhielt. »Ich liebe Italien und die Italiener – die meisten jedenfalls. Meine Lieblingsfrau war übrigens Italienerin. In Wahrheit sind sie aber ganz anders, als man gemeinhin glaubt – das kränkste Volk der Erde. Ausgenommen vielleicht die Amerikaner. Jeder von ihnen trägt einen Todeswunsch mit sich herum. Deshalb sind sie auch so großartige Rennfahrer und Drahtseilartisten und Trapezkünstler und finden dann ein Ende wie Ihrer. Na Prost!«

»Zum Wohl«, gab ich zurück, nippte an meinem Glas und grübelte von neuem über di Lieto nach. »Aber warum sind sie dann so schlechte Soldaten?«

»Das ist wieder etwas anderes«, sagte er und strich sich mit der Hand durchs Haar. »Es ist auch ein gewisser Stolz dabei. Ich will sagen ... lassen Sie mich das mal so ausdrücken. Kein Italiener will sich töten, es sei denn auf seine eigene Weise.«

Ich sah jetzt, daß sich ganz in unserer Nähe eine merkwürdige, gespannte und stumme Szene abspielte. Ein halbes Dutzend Leute hatte sich hier versammelt und stand etwa im Halbkreis um einen kleinen niedrigen Schachtisch und zwei Stühle. Auf einem dieser Stühle saß ein schwitzender schwarzhaariger junger Italiener; auf dem anderen Stuhl saß Carleton Burns. Beide Männer hatten die Ellenbogen auf dem Tisch zwischen sich aufgestützt und trugen schwitzend, schwer atmend und mit rotunterlaufenen Gesichtern eine Partie Fingerhakeln aus. Als Cripps und ich herantraten, um zuzusehen, konnte ich zum erstenmal ungestört und aus der Nähe das Gesicht von Carleton Burns betrachten. Und was für ein Gesicht war das! Von der Anstrengung und vom Alkohol gerötet (er versuchte mit allen Kräften, den Arm des Italieners auf die Tischplatte niederzu-

drücken), zeigte es die Farbe einer reifen Tomate; er schnaufte vor Anstrengung, und von seinen schlaff herabhängenden Lippen troff Speichel. Während ich sein zuckendes bewegliches Mienenspiel und seine geröteten, überraschend unschönen Züge beobachtete – seine Augenbrauen stiegen steil und wild an, wie die eines Satyrs, während sein Kinn, wie ich es auf den Bildern gewisser krimineller Psychopathen gesehen hatte, in den Hals überzugehen schien –, wirkte dieser Mann auf mich zunächst diabolisch, dann verworfen und schließlich nur noch gemein. Und als ich dem Kampf zusah und Burns betrachtete, der trotz aller Spuren von Verlebtheit eine drahtige Kraft zu besitzen schien, und sah, wie er nach und nach und mit bebenden Muskeln den Arm seines Gegners auf die Platte niederzwang, fragte ich mich verwundert, wie ein so häßlicher Mann die Rolle des Helden und Liebhabers spielen konnte, bis mir wieder der kürzliche Wandel der Kinomode bewußt wurde, die nun den Schuft, den Stumpfbock und den scheelen Blick des Übeltäters verherrlichte. Triumphierend und mit einem plötzlichen Bums zwang Burns die Hand des Italieners herunter und ächzte: »Hab' ich dich, du Spaghettifresser.«
Die Umstehenden murmelten erheitert und anerkennend; als der unterlegene, schwitzende Italiener ihm eine Handvoll Lirescheine hinschob, blickte Burns sich mit seinen grünlichen, blutunterlaufenen Augen munter grinsend um. »Will noch jemand Fingerhakeln?« fragte er rülpsend. »Will es noch mal jemand mit Papa versuchen?«
»Du kannst das so gut, Burnsey«, sagte der ausgepumpte, etwas verlegen dreinblickende Italiener und steckte seine Brieftasche wieder ein. »Du solltest das zu deinem Beruf machen, Burnsey.«
»Holst du mir noch ein Glas, Freddy?« murmelte Burns jemandem links neben ihm zu, einem hageren jungen Mann mit Koteletten, der ihn glasig und unterwürfig anglotzte. Dann wandte er sich wieder an den Italiener und sagte: »Nein, Lombardi, du hast nicht aufgepaßt. Du mußt das Gelenk steif halten, wie ich dir gesagt habe. Ein starkes Handgelenk ist alles. Mit diesem Quatsch da von der Schulter her schaffst du gar nichts. Na, wie wär's? Will es noch jemand für fünfzigtausend Lire mit Papa versuchen?«
Ein mageres hübsches Mädchen mit Brille und sehr kurzen Höschen sah von einem Stapel von Papieren auf, in denen es bislang geblättert hatte. »Verrate uns doch mal das Geheimnis deines märchenhaften Erfolges, Burnsey«, sprach sie geziert. Sie betrachtete ihn aufmerksam und ziemlich bekümmert.
»Der Erfolg ist ein Drittel Muskel, ein Drittel Hirn und ein Drittel Vererbung«, antwortete er undeutlich. Seine Lippen bewegten sich kaum. »Ich habe Chippewablut in mir, und das ist kein Spaß, da kannst du fragen,

wen du willst. Richtiges altes Chippewablut, voll von verrückten roten Blutkörperchen. So was braucht ihr dürren Hühner, Maggie. Richtiges, altes, heißes... Chippewablut...« Sein Kinn sank ihm auf die Brust. »Dann würde sich auch mal jemand an deiner Steckdose aufladen.«
»Oh, sei still«, sagte das Mädchen und lief rot an. Sie erhob sich halb von dem niedrigen Sessel, in dem sie saß, überlegte es sich dann aber, setzte sich wieder, aber mit dem Rücken zu ihm. »Du dreckiger...«
»Du brauchst mal jemanden, Maggie«, rülpste er, »der es dir aus Gnade und Barmherzigkeit macht.«
»Halt dein Maul«, sagte sie und schluckte. Ihr Kummer war so durchsichtig wie Glas: sie war in diesen abscheulichen Menschen verliebt.
Burns richtete sich so weit auf, daß er in einem einzigen Zug das Glas leeren konnte, das Freddy ihm gereicht hatte. Dann lehnte er sich in seinem Sessel zurück, sah Cripps an und grinste. Seine Augen waren verschleiert, und sein Gesicht war noch mehr gerötet als zuvor, und es war mir unerfindlich, wie er in seinem alkoholisierten Zustand es fertiggebracht hatte, jenen anstrengenden Kampf zu gewinnen, Chippewa oder nicht.
»Heda, Alonzo, na? Wie hängt der Klöppel heute? Ich dachte, du wärst schon im Bett?«
»Ich bin aufgeblieben, um dir zuzusehen«, versetzte Cripps kühl und ohne jeden Humor. »Ich sehe dich immer gerne, wenn du dich so recht gewinnend beträgst.«
»Willst du um fünfzigtausend Lire mit mir fingerhakeln?«
»Nein, danke.«
»Was ist denn los mit euch Spießern? Wo, zum Teufel, ist denn Mason? Ich will doch in seinem Teich plätschern.«
»Warum gehst du nicht schlafen?« fragte Cripps. »Du hast den ganzen Tag getrunken. Ich will nicht noch mal so etwas mit dir erleben wie in Venedig. Ich glaube, es wäre überhaupt besser, wenn du zu Bett gingest. Du bist sonst morgen völlig erledigt.«
»Wirst du mich vielleicht mal in Ruhe lassen, Mama? Wo steckt denn bloß Mason, Baby?« fragte er Rosemarie. »Papa wünscht ein kühles Bad zu nehmen.« Seine Stimme wurde immer schwerer, und er war nach und nach immer tiefer im Sessel versunken, so daß er jetzt beinahe eine horizontale Lage eingenommen hatte, die haarigen Beine von sich gestreckt, Nacken und Schultern fast auf dem Sitzpolster. »Wohin ist Mason denn bloß verschwunden?«
Alle sahen Rosemarie an. Sie errötete und straffte sich. Ihre Augen weiteten sich unter der Wirkung einer verborgenen Niedergeschlagenheit, und während ihr Mund sich stumm und verzweifelt öffnete, wurde mir zum erstenmal klar, daß sie nicht nur wußte, wo Mason sich befand, sondern

auch ihre eigenen dunklen Gründe hatte, darüber zu schweigen. »Oh, ich – ich weiß es nicht«, stammelte sie. »Oder doch – ich glaube, er ist ins Bella Vista gegangen.«

»Also, dann sag ihm, er soll machen, daß er herkommt, um mit Papa zusammen ein kühles Bad zu nehmen. Er ist ungefähr der einzige, der hier in Hosen rumläuft und nicht schwul ist. Mason und ich, wir sind die einzigen hier, die nicht schwul sind. Und Freddy. Stimmt das nicht, Freddy?« sagte er und verdrehte seinen Hals, um Freddy anzusehen.

»Ja, also, ich weiß nicht, Burnsey«, sagte Freddy unschlüssig und sah schuldbewußt Cripps an.

»Was den lieben alten Lonzo betrifft«, fuhr Burns fort und lächelte Cripps mit schlaffen Lippen zu, »so fange ich an zu glauben, daß er der Schlimmste von allen ist. Jawohl. Sag uns doch mal ein paar von deinen Gedichten auf, Lonzo«, lispelte er im Falsett. »Spiel mir was auf deiner Flöte vor. Freddy, lauf mal ins Hotel rüber und hol mir meine Bongotrommeln. Ich und Lonzo werden uns mal was Schönes aufspielen.«

Ich beobachtete Cripps, während Burns fortfuhr, ihn zu necken; er sah nun leicht amüsiert aus, ein wenig ungeduldig, als habe er dies alles schon viele Male erlebt, und blickte aus zusammengekniffenen Augen durch einen blauen Schleier von Zigarettenrauch mit kühler Gelassenheit auf Burns. Alles in allem bot er ein eindrucksvolles Bild des Gleichmuts.

»Na los doch, Lonzo«, sagte Burns. »Gib doch zu, daß du ein warmer Bruder bist!«

Wortlos marschierte Cripps dorthin, wo Burns saß oder vielmehr hingestreckt lag, packte ihn am Hemd und stellte ihn auf die Füße. Er pflückte ihn ab, müßte man sagen, so gleichgültig war die Bewegung und so ohne jede Anstrengung schien er sie auszuführen. Ich hatte keinen Augenblick den Eindruck, daß er seine gelassene und beinahe gefrorene Haltung verlor, und als er zu Burns sprach, seine Augen dicht vor denen des Schauspielers, eisblau und in gleicher Höhe, hätte ich schwören können, daß er lächelte – ein dünnes Lächeln gewiß, aber doch ein Lächeln. »Hör mal zu, Burnsey«, sagte er leise. »Ich will dir mal was sagen. Ich habe dich gern, du bist mein Freund. Begreifst du? Mache ich mich verständlich?«

Benommen und bestürzt über diese Wendung der Dinge, versuchte Burns zu antworten, doch brachte er nichts heraus.

»Hörst du mich, Burnsey?« wiederholte Cripps.

»Ich höre, Lonzo«, sagte Burns schließlich, eine schlaffe Hand unsicher erhoben wie zu einer Ehrenbezeigung. »Ich höre, Ende.« Hin und her schwankend versuchte er dann, noch etwas zu sagen, es erstarb aber in einem unverständlichen Gurgeln. Ich glaubte einen Moment, daß er flach aufs Gesicht fallen werde. »Verständigung ist gut«, ächzte er.

»Das ist schön. Nun hör zu, was ich dir sage, Papa. Ich hab' dich gerne. Ich fühle mich dir eng verbunden. Ich würde mein Leben für dich hingeben, und das ist wohl mehr, als ich im umgekehrten Fall von dir erwarten kann. Ich mache mir wirklich Sorge um dich, verstehst du? Aber obwohl ich mich dir sehr verbunden fühle, ekelst du mich gelegentlich an. Gelegentlich bist du wirklich so unüberbietbar abscheulich, daß ich mich gewaltig beherrschen muß, dir nicht die Zähne einzuschlagen. Das ist jetzt so eine Gelegenheit. Du gehst nun zu Bett, verstanden?«
»Ich gehe zu Bett, verstanden«, echote Burns wie hypnotisiert mit schwacher Stimme.
»Richtig. Du gehst zu Bett.« Er tippte Burns leicht auf die Brust, und der benebelte Schauspieler fiel rückwärts stolpernd in die ausgestreckten Arme von Freddy.
»Bringen Sie ihn zu Bett, Freddy«, sagte Cripps kurz. »Ziehen Sie ihm die Schuhe aus und legen Sie ihn schlafen.«
Burns, im Bruchteil eines Augenblicks, wie es schien, von einem ruppigen, prahlerischen Lumpen mit bösartigem Grinsen zu einem schwankenden, harmlosen Betrunkenen reduziert, richtete sich auf, so gut er konnte, ordnete sein Sporthemd mit unsicheren Fingern und leckte sich wieder mürrisch die Lippen. Es sah aus, als habe er Tränen in den Augen, doch mochte es sich dabei nur um seinen gewöhnlichen Schnupfen handeln. »Alter Lonzo«, sagte er. »Alter Hund, alte Mama, ich liebe dich, liebe dich.«
»Geh zu Bett«, sagte Cripps milder. »Geh schlafen, Junge.«
»Tut mir leid«, murmelte Burns, »ich wollte nicht...« Aber dann verstummte er, völlig verloren. Freddy drehte ihn langsam herum. Reumütig, besiegt, unverständliches Zeug murmelnd und an Freddys stützendem Arm torkelnd, stolperte er durchs Zimmer. Irgendwo in der Entfernung sah ich, wie Dawn O'Donnell sich von der Wand abstieß und ihm entgegenging. »Burnsey, Liebling!« hörte ich sie ausrufen, als sie seinen Arm ergriff. Dann verschwanden die drei Figuren aus dem Blickfeld, wie Schlittschuhläufer über den gläsernen Fußboden dahinschwankend.
Dieser bedrohliche kleine Auftritt hatte mich ziemlich enttäuscht. Ich weiß nicht, was ich erwartet hatte, aber ich fand es bemerkenswert, daß Burns, der in seinen Rollen so findig, so gewitzt war, vor meinen Augen in einen solchen Trümmerhaufen verwandelt worden war. Mir blieb aber kaum Zeit, darüber nachzudenken, denn die Anwesenden waren murmelnd übereingekommen, daß man nun schwimmen gehen wolle. Ans Fenster tretend sah ich das Schwimmbassin, das wie ein riesiger glitzernder Amethyst in den Garten unter mir eingelassen war, prächtig von einer

Anzahl von Flutlichtlampen erleuchtet wurde und ganz so aussah, als ziere es einen Rasen in Kalifornien. Die Gäste schlenderten zu zweien oder dreien, immer noch die Gläser in der Hand, aus dem Zimmer – die blonde Alice Adaire von dem kurzhaarigen jungen Mann begleitet, Baer zusammen mit Rosemarie, dann der Rest und zuletzt Gloria Mangiamele, kichernd und herrlich wellenförmig, den Arm um die Hüfte des von Burns vernichteten Italieners geschlungen. Ich war einerseits sehr darauf gespannt, Gloria im Badeanzug zu sehen, andererseits aber immer noch sehr müde und überdies ein entschlossener Nichtschwimmer; außerdem fühlte ich mich diesen Leuten denn doch nicht vertraut genug, um ein ungeschicktes Gespräch anzuknüpfen, von einer intimen Planscherei im Schwimmbassin gar nicht zu reden. So begnügte ich mich denn mit einem weiteren Glas, das ich mir an der leeren Bar eingoß, und fühlte mich einsam und verlassen, während ich dem munteren Lärm lauschte, der vom Badehaus unter mir heraufdrang. Nach kurzem Zögern ging ich durch eine der großen Glastüren auf den Balkon hinaus, von wo aus ich die Szene beobachten wollte, und es war hier, wo ich unter einer trüben, orangefarbenen Lampe von neuem mit Alonzo Cripps zusammentraf. Er stand allein am Geländer.

»Ein bemerkenswerter Ausblick, nicht wahr?« sagte er und deutete nach dem Meer hin. Weit unten im Golf lag eine Flotte von Fischerbooten auf der schwarzen Fläche der Nacht hingebreitet; selber unsichtbar, trug jedes Boot ein blendendes Licht, um die Fische anzulocken, und diese Lichter hingen nun zwischen dem dunklen Wasser und dem mondlosen, noch dunkleren Himmel und blinkten dort so lustig wie ein Häuflein feister, lebensfroher Sterne. Von diesen lieblich schwebenden Lichtern ging eine unbeschreibliche Stille aus und ein hypnotischer Reiz. Ohne seinen Blick abzuwenden, bot Cripps mir eine Zigarette an. »Diese Lichter hören nie auf, mich zu bezaubern«, sagte er, »wenn man Glück hat und die Nacht so schwarz ist wie heute, sehen die Boote wirklich aus wie Sterne. Wunderbar! Ich erinnere mich, daß ich sie sah, als ich während des Krieges zum erstenmal hier herkam. Die Armee hatte nämlich eine Zeitlang hier oben ein Ruhequartier. Ich weiß noch, daß ich mir damals sagte: Hier kommst du wieder her, und sei es nur, um diese Lichter noch einmal zu sehen. Sie haben etwas Schwebend-Unirdisches, nicht wahr?«

»Sie sind ganz herrlich«, stimmte ich bei.

»Das da vorhin war wirklich ein ziemlich ermüdender Auftritt«, fuhr er fort, ohne den Tonfall zu verändern, und seine Stimme klang nachdenklich, ein wenig matt und fast schon schwermütig. »Ich hoffe, es hat Sie nicht zu sehr angeödet. Entschuldigen Sie übrigens, ich habe Ihren Namen nicht verstanden.«

Als ich ihm noch einmal meinen Namen genannt hatte, fuhr er fort: »Heute nachmittag, auf dem Platz, boten Sie wirklich einen erstaunlichen Anblick. Bleich wie ein Geist und wie ein Leichenbestatter gekleidet zwischen all diesen bunt angezogenen Leuten. Ich glaubte zunächst, Sie seien ein Jünger dieses alten Schwindlers Bell, bis mir einfiel, daß Sie ja der von Mason erwartete Freund sein müßten. Und das wunderte mich dann auch wieder. Kennen Sie Mason schon lange?«
»Fast mein ganzes Leben lang. Das heißt«, berichtigte ich mich, »eigentlich stimmt das nicht. Wir gingen beide in Virginia ins Internat. Nach dem Krieg war ich eine Weile mit ihm in New York zusammen. Mason hat aber etwas an sich, das einem das Gefühl gibt, man habe ihn schon seit je gekannt, auch wenn man ihn gar nicht oft sieht.«
»Ich verstehe sehr gut, was Sie meinen. Wirklich, ich verstehe es nur zu gut. Aber wo...« Doch da brach er ab und schüttelte den Kopf. In seiner Stimme hatte mehr als nur eine Spur Sarkasmus gelegen. Ich war etwas verwundert und konnte mir nicht erklären, warum er so überraschend verstummt war und mich vor diesem kleinen Geheimnis stehen ließ, es sei denn, daß es ihm plötzlich unhöflich erschienen war, schlecht von Mason zu sprechen, der ja immerhin sein Gastgeber war. Allerdings konnte er sich nicht enthalten, wenigstens anzudeuten, daß er, aus welchen Gründen auch immer, Masons wegen beunruhigt war. »Wissen Sie... nun, er ist ein unheimlicher Mensch. Er hat gar keine Ähnlichkeit mehr mit dem Jungen, als den ich ihn in Virginia kannte.«
»Wie meinen Sie das?« fragte ich ihn.
Er schien die Frage nicht gehört zu haben, oder er ignorierte sie einfach. »Sind Sie jemals in dem Haus gewesen, das die Flaggs dort am Fluß bewohnten? Es war wunderschön da unten. Vor dem Kriege, ehe Justin starb, bin ich gelegentlich dort gewesen. Er war ein ausgekochter Bursche, aber im Grunde ein guter Mensch, und ich glaube, ich sollte ihm ewig dankbar sein. Abgesehen von seinen schneidigen Soldatenallüren war er nämlich ein sehr anständiger Kerl. Kannten Sie ihn?«
»Nun, gelegentlich habe ich ihn gesehen.«
»Er litt, wissen Sie. Ich will damit sagen, daß er wirklich litt, nicht nur irgendwelche Sorgen vorschützte, wie es bei Leuten seines Berufes üblich ist. Einerseits war er ganz und gar skrupellos, und in manchen Dingen ließ er sich dann wieder von den ehrenhaftesten Grundsätzen leiten. Wenn man es genau betrachtet, war er darin beinahe puritanisch. Ich glaube, daß er sich deshalb auch nicht scheiden ließ. Auch darunter hat er gelitten. Hat Ihnen Mason jemals erzählt, was aus Wendy geworden ist, aus seiner Mutter?«
»Seitdem ich hier bin, habe ich überhaupt noch nicht mit ihm sprechen

können. Zuletzt hörte ich, daß sie immer noch da unten sitzt und sich betrinkt.«
»Ein erschütternder Fall«, seufzte er. »Was der Alkohol doch für ein Elend anrichten kann! Ich muß es schließlich wissen. Allerdings ist er in Wirklichkeit das Symptom und nicht die Krankheit. Das Symptom ist nun schon beinahe überall zu beobachten; besonders bei uns in Amerika nehmen so viele Leute ein böses Ende, aber was ist nun eigentlich die Krankheit? Vielleicht wissen Sie es. Ein chronischer Qualitätsverlust, ein allgemeiner Verschleiß der menschlichen Substanz? Sehen Sie sich Burns an – im Grunde ist er ein anständiger, empfindsamer Mensch und beinah ein wirklich großer Schauspieler. Und was macht er? Mitte Dreißig, gerade wenn ein Künstler seine beste Zeit und eine gewisse Reife erreicht haben sollte, versackt er in diesem idiotischen Infantilismus. Es wird ein krimineller Halbwüchsiger, ein schmutziger kleiner Junge aus ihm.« Nach einer Weile sagte er: »Nun ja, ich weiß auch nicht, wie wir mit diesem – ich hätte beinahe gesagt Film – fertig werden sollen.« Dann verstummte er.
Unterhalb von uns hatten sich die Gäste nun um das Bassin versammelt. Einige trugen Bikinis, andere konventionellere Kostüme, und zu diesen gehörte auch der verwöhnte Schnüffler Morton Baer, der überhaupt keine Badekleidung trug, sondern in seinem Flanellanzug auf dem Rande des Bassins umherwandelte und an einer Zigarre paffte. Es wurde gelacht, unaufhörlich drang Geschwätz in englischer und italienischer Sprache herauf. Niemand ging ins Wasser. Unter einem hingetupften Büschel von Sonnenschirmen hatten sie sich an Tischen niedergelassen und ließen sich von dem gehetzten Kellner bedienen. Durch das befremdliche blaue Licht verstört, flatterten Insekten von der Größe junger Fledermäuse umher und warfen überallhin ihre Schatten. Ich hielt meinen Blick auf Mangiamele gerichtet, die praktisch nackt war und sich ihre Fußnägel lackierte.
In diesem Augenblick zerriß eine starke Explosion die Luft hinter uns im Salon. Es war nicht wirklich eine Explosion, klang aber doch so: als Cripps und ich zusammenfuhren und uns blitzschnell umwandten – ich glaube, wir beide erwarteten fallenden Stuck und eine Rauchwolke –, sahen wir nur, daß die riesigen Vordertüren heftig geöffnet und gegen die Wände geworfen worden waren. Die beiden Türflügel bebten noch. Davor stand Cass Kinsolving. Er war betrunken. Betrunken ist allerdings kaum das richtige Wort. Er war ungefähr so betrunken, wie man sein und dabei noch aufrecht stehen kann – neben ihm hätte sich Burns wie ein Abstinenzler ausgenommen –, und als er auf uns zukam, als seine Hände im Vorüberschwanken die Stuhllehnen umklammerten, wirkte er so, als habe er schon seit langem die Gewohnheit des Denkens aufgegeben, als

habe er das Denken überhaupt abgeschafft, und der Ausdruck seines Gesichts war eigentlich die vollkommene Ausdruckslosigkeit. Ich hätte schwören mögen, daß er nur ganz verschwommene Vorstellungen davon hatte, wo er war, was er tat und wohin er wollte. Ein zerrissenes schmutziges Unterhemd – verblichenes Militärgrün – gab seine mächtigen Schultern frei, doch sein matter, greisenhafter Gang ließ ihn so krank, so erledigt aussehen, daß man glauben mußte, er habe seine letzten Kräfte unten im Hof verbraucht. Einmal glaubte ich, er werde über ein Sofa fallen, und ich war überrascht, als er endlich torkelnd den Balkon erreicht hatte, auf dem wir standen. Mit belegter Stimme, aber deutlicher artikulierend, als ich es bei einem so betrunkenen Mann je für möglich gehalten hätte, fragte er: »Na, Leverett, wie geht's denn dem Burschen, den Sie heute überfahren haben?«

»Wie geht's Ihnen denn?« fragte ich. Ich muß wohl hinsichtlich der Gefühle, die ich zu jenem Zeitpunkt Cass gegenüber empfand, Farbe bekennen: Ich hielt ihn für einen greulichen Trunkenbold und alles in allem für einen unangenehmen Störenfried.

Er wandte sich an Cripps, noch ehe ich die Gelegenheit hatte zu antworten. »Guten Abend, Signor Regista, come va? Wie geht's denn im Filmgeschäft? Werden Sie reicher und immer reicher?«

»Va bene, Cass«, sagte Cripps. »Come state? Un po' troppo vino stassera?« Er betrachtete Cass lächelnd, doch war das Lächeln traurig und auch etwas besorgt.

Cass fiel gegen das Geländer des Balkons und versetzte es in Schwingungen. Er starrte uns aus überschwemmten heißen Augen an, grinste feucht, ächzte und holte schwer Luft, während ein nervöser Tick seine Augenbraue bewegte. »Sagen Sie mir doch, Signor Regista«, sagte er immer noch grinsend. »Wie sprach doch der Chor, als der alte Ödipus auf Kolonnos war« – er schien beängstigend nahe daran, sich rückwärts über das Geländer zu stürzen – »und Theseus seine armen alten Knochen wegzerrte...«

»Passen Sie doch auf, Cass«, rief Cripps und packte ihn.

> »Vieles nämlich häufet sich
> In langen Tagen und näher ist's
> Dem Leid.«*

rief er, ergriff mein Glas und trank es auf einen Zug aus. »Zurück da, Buster Brown, altes Dollbaby!« Mit einer Hand fuhr er wie mit einem un-

* Diese und die folgenden mit einem Stern bezeichneten Verse sind der Sophokles-Übersetzung von Emil Staiger (Atlantis Verlag, Zürich) entnommen.

sichtbaren Säbel drohend durch die Luft und veranlaßte Cripps, stehenzubleiben. »Zurück da, alter ergrauter Kinozauberer, Platz für mich, während ich mein Lied singe:

›Vieles nämlich häufet sich
In langen Tagen, und näher ist's
Dem Leid. Indes, wo wohnet das
Ergötzliche, siehst du kaum, sobald
Einer gerät ins Übermaß.‹ «*

Sein Arm glitt vom Geländer. Dann richtete er sich hoch auf, steckte die Hand in den Ausschnitt seines Unterhemdes und stand leicht schwankend in der heißäugig deklamierenden Pose des alten Schmierenkomödianten. »Zurück dort, sage ich!

›Aber ein Helfer, allen gleich,
Wenn Hades ohne bräutlich Lied,
Ohne Leier und Tand erscheint,
Kommet am Ende uns, der Tod.‹ «*

Er machte eine Pause und holte tief Luft. »Und jetzt – die herzzerreißend schöne Gegenstrophe:

›Nicht geboren zu sein, übertrifft
Jeden Begriff. Doch wann's erschien,
Ist das zweite weithin dies,
Eilends zu gehen, von wannen es kam.‹ «*

»Das reicht, Cass«, sagte Cripps und ging auf ihn zu. »Das reicht, mein Lieber. Sie werden noch in den Garten fallen.«

»›Läßt er Jugendliches entfliehn ...‹« Er hielt inne. Den Kopf nun ganz zurückgeneigt, versuchte er, den letzten Tropfen aus dem Glas zu trinken; es war ein breites Glas, und die Eisstücke schwammen bizarr auf seinen Brillengläsern, Wasser lief ihm um die Ohren. »Io mi sazio presto di vino«, sagte er schließlich ächzend. »Masons Scotch ist wirklich gut, er treibt einem geradezu das Wasser in die Augen.«

Er machte einen Schritt rückwärts in den Salon hinein und trug das Glas in beiden Händen wie einen Kelch vor sich her. »Ich glaube, ich hole mir noch ...«

»Nicht doch, Cass«, sagte Cripps. »Glauben Sie nicht, daß Sie genug haben?« Während er dies sagte, entschlüpfte wohl gegen seinen Willen ein

trockenes Lachen seinen Lippen, und ich hörte ihn die Worte »Kindermädchen für Betrunkene« flüstern. »Warum...«
»Übrigens«, sagte Cass, indem er sich plötzlich umwandte, »haben Sie übrigens meine fehlerlose Aussprache, die Betonung, die Intonation, kurz: die messerscharfe, makellose Genauigkeit des Ganzen bemerkt? Jede Silbe wie ein glänzendes, kleines, rundes Goldstück von den göttlichen Lippen Garricks selbst! Engagieren Sie mich doch! Geben Sie mir doch eine Rolle. Bei Gott! Mit meiner Begabung und meinem Profil und Ihrer Grütze müssen wir doch Millionäre werden! Im ganzen Land werden sich die Mädchen vor den Kinokassen drängen, und kein Höschen bleibt trocken. Na, wie wäre das, alter Regista?« Er legte einen seiner muskulösen Arme auf Cripps' Schulter. »Folgen Sie meinem Rat, schmeißen Sie diese zweitklassigen Kerle raus, diese abgehalfterten Zirkusartisten, diese ausgedienten Jongleure und mottenzerfressenen Stoffhunde. Engagieren Sie sich einen Mann, einen Mann wie mich, der einen gußeisernen Indianer zum Weinen bringen könnte...«
»Cass«, sagte Cripps, »ich will Sie...«
»Moment! Ich werde Ihnen sagen, was wir machen. Zusammen, Sie und ich, werden wir ihnen Prometheus vorsetzen. Wir werden in das Land des Pepsi-Cola und der Erdnußkerne die Tragödie zurückbringen, das werden wir tun, bei Gott! Und die unwissenden kleinen Habenichtse sollen es auch schön finden. Kein Puffmais mehr und keine Kinoträume, Tragödie statt Donald Duck. Jawohl! Etwas, um das Rückgrat zu stärken und ihre Gelenke und die winzig kleinen Seelchen zu reinigen. Was soll es sein? Ajax? Alkeste? Elektra? Iphigenie? Au wei.« Wieder fuhr seine Hand in den Ausschnitt des Unterhemdes.

»Ich, Muttermörder, sollte dich noch töten?
Ihr Blut genügt! Nein! Lebend oder tot
Sei mir mit dir das gleiche Los beschert.
Ich bringe dich, wenn ich nicht selbst hier falle,
Zur Heimat oder bleibe tot bei dir.«*

»Cass«, sagte Cripps, »Sie brauchen unbedingt einen guten Schlaf. Wenn ich Sie wäre...«
»Halt ein!« rief Cass von neuem, doch verstummte er plötzlich und fuhr sich über die Stirn. »Ich habe ja ganz vergessen, weshalb ich hergekommen bin.« Einen Augenblick sah er verwirrt aus, dann lächelte er plötzlich

* Aus: Euripides, ›Iphigenie im Taurerlande‹, übersetzt von Hans von Arnim.

strahlend und schlug sich mit der Hand auf den Schenkel. »Jetzt werden wir mal einen hübschen kleinen Diebstahl unternehmen! Ssst!« flüsterte er und neigte sich vor. »Sie werden doch niemandem etwas sagen? Zu keinem davon reden?«

»Ich verstehe Sie nicht«, sagte Cripps melancholisch lachelnd.

»Ist der erhabene Hausherr fort? Ist der alte Mason weg?« Er kicherte, verstummte, und sein Gesicht wurde geheimnisvoll und ernst. »Wenn die Ratte aus dem Hause ist, Regista«, sagte er in heiserem Flüsterton, »dann tanzt der alte Kater. Nun auf, die verfluchte Arznei zu holen.« Damit riß er sich von Cripps los, wandte sich um und stolperte vom Balkon weg. Cripps und ich versuchten unwillkürlich, ihn festzuhalten, aber zu spät; wie ein geblendeter, kampfunfähiger Stier stolperte er geradenwegs über die Bank vor dem Flügel, fiel mit angezogenen Knien und den flehend vorgestreckten Armen eines Menschen, den man in den Rücken geschossen hat, vornüber auf die Klaviatur, in einem tosenden Aufruhr von schwarzen und weißen Tasten. Augenblicke hindurch lag er dort hingestreckt wie ein zerzauster, endgültig übergeschnappter Virtuose, dann glitt er ächzend zu Boden, wobei einer seiner Arme den Tasten ein flottes Glissando entlockte.

»Lieber Himmel!« stieß Cripps hervor, als wir ihm zu Hilfe eilten. Aber noch ehe wir ihn erreichten, war er schon auf den Beinen und tastete seinen Körper lustlos nach Knochenbrüchen ab. »Nichts passiert, Regista«, sagte er. Er starrte benommen auf den Flügel. »Den hätte ich auch kaputt machen können...«

»Los jetzt, Cass«, sagte Cripps. »Runter mit Ihnen.« Gemeinsam, Cripps auf einer, ich auf der anderen Seite, steuerten wir ihn zurück durch die geöffnete Tür. Sein Atem ging in kurzen Stößen, und er roch nach Wein und Schweiß.

»Hören Sie auf mich«, ermahnte ihn Cripps, »und legen Sie sich hin.« Cass, der immer noch an sich herumfummelte, blieb am Rand der Treppe stehen. »Ja, ja«, versetzte er abwesend. »Ja, schon recht.«

Dann packte er das Marmorgeländer und stieg äußerst behutsam die Treppe hinunter. Cripps und ich blieben allein.

»Der Bursche bringt sich langsam um«, sagte Cripps kopfschüttelnd. »Ich habe noch niemals in meinem ganzen Leben jemanden so viel trinken sehen, einschließlich meines alten Freundes Burnsey.«

»Was hat er denn nur?«

Wir gingen zurück auf den Balkon. »Ich hab' ihn ja erst kennengelernt, als wir vorgestern hier heraufgekommen sind. Ich weiß überhaupt nichts über ihn, aber er ist jedenfalls ein bemerkenswerter Kerl. Mason hat ihn irgendwie in der Hand.« Sein Gesicht wurde bitter und düster. »Ich hab'

da was gesehen, das war so widerlich und gemein«, brach es aus ihm heraus, »wirklich so abscheulich, daß Sie es gar nicht glauben würden, wenn ich...« Er verstummte.
»Was meinen Sie denn?« fragte ich. Geheimnisvolle Dinge schienen an diesem gespenstischen Ort vorzugehen, und ich wollte wissen, worum es sich handelte.
»Oh, nichts weiter«, sagte er. Dann sah er auf seine Uhr, und ohne jeden Anlaß oder als ob seine Uhr ihm zu einer plötzlichen Einsicht verholfen habe, sagte er: »Es ist das Zeitalter des Sumpfes. Wenn wir nicht aufpassen, dann versacken wir alle.« Nachdem er dies von sich gegeben hatte, schwieg er. Hinter uns im Dorf schlug die Uhr. Als Cripps stumm grübelnd die in der Ferne schwebenden Lichter betrachtete, schien mir, als hätte ich noch niemals einen Mann gesehen, der so düster, so verbittert war. Der Klang des einzelnen Glockenschlages wurde leiser, verstummte: es war ein Uhr, es war Morgen. Aus einem Fenster unmittelbar unter uns drang nun von neuem, leidenschaftlich, verlockend, prahlerisch und auch sehr laut der ›Don Giovanni‹, so als habe ihn jemand in höchster Wut auf größte Lautstärke gestellt. *Rinfrescatevi!* hörte ich Leporello die Flöten und Streichinstrumente überbrüllen. *Bei giovinotti!* Und das drang durch die sternenlose Nacht, wurde von den in fleckigem Mondschein jenseits des Tales liegenden Hügeln zurückgeworfen und schallte über das Wasser und die Boote und blinkenden Lichter – *Ehi caffé! Ciocolatte!* und so, weiter und weiter, bis nach Kalabrien und Sizilien. Und bei diesem Anschwellen der Töne fuhr das goldene Völkchen am Schwimmbassin zusammen, wandte erschreckt, mit fragenden, verwirrten Gesichtern die Köpfe wie eine Herde von Tieren am Wasserloch.
»Sehen Sie sich das nur an«, sagte Cripps langsam. »Der Bursche scheint mir doch gar nicht so unrecht zu haben. Betrachten Sie sie nur. Die größte Kunstform, die der Mensch je erdacht hat, und was haben wir nun? Ein Nichts... cosa da nulla... gar nichts... wir sind nicht mal Barbaren. Wir sind betrügerische Quacksalber.« Er gähnte. »Na, ich werde jedenfalls ins Bett gehen. Haben Sie je unter Schlaflosigkeit gelitten?«
»Nicht oft«, sagte ich.
»Dann lassen Sie mich Ihnen einen Rat geben. Legen Sie sich regelmäßige Gewohnheiten zu, strengen Sie sich nicht zu sehr an, machen Sie sich nichts aus... na, anständiger Arbeit, oder es wird Ihnen so gehen, wie es mir ergangen ist. Ich liege da und döse und schlafe nicht richtig und träume doch. In diesen Träumen bin ich immer ein Opfer. Ein berufsmäßiger Golfspieler, ein Schlagersänger und ein Revuegirl kämpfen um meine Seele. Jede Nacht. Manchmal gewinnt der Schlagersänger, manchmal der Golfspieler. Meistens aber das Girl. Sie steht bloß da und wackelt

mit dem Hintern, und dann trampelt sie mich tot.« Er verstummte. »Hören Sie doch…«
Das war nicht mehr Don Giovanni. Wild und klagend war ein Hillbillysong von skandalöser, Schauer über den Rücken jagender Schönheit über die Nacht hereingebrochen, in dem messianische Männer- und Frauenstimmen schrillten und stählerne Gitarren jaulten. Vielleicht war es nur die Lautstärke oder ein Rest von Sehnsucht nach dieser heimatlichen Musik in mir, aber ich glaubte, noch nie etwas so Liebliches und gleichzeitig so Schreckliches vernommen zu haben, und Stimmen und Bilder aus dem Süden Amerikas standen vor mir auf:

> Immer fragen sie uns:
> was ist los mit der Welt…

Ländliche Bierkneipen, Fichtenwälder, staubige Feldwege, rote Erde, Sumpfwasser und süßduftende Sommerabende: mein Bewußtsein war überschwemmt, überwältigt von Erinnerungen. »Lieber Gott«, sagte ich zu Cripps, »was ist das denn…«
»Sch«, sagte er. »Hören Sie doch…«

> Und das Gerücht von dem Krieg, den wir fürchten,
> Die Offenbarung wird Wirklichkeit.

»Wunderbar«, flüsterte Cripps.

> Deine Seele hat auf Sand gebaut
> und dein Ende ist nah;
> das ist los mit der Welt…

Bleiche Gesichter wandten sich dem Ursprung dieser Verfluchung zu, die Leute unter uns lauschten dem grausigen Getön: ein Italiener im Sporthemd murmelte lautlos eine Verwünschung, ein anderer tat es ihm nach mit rotem Gesicht. La Mangiamele hielt sich die Ohren zu

> In der Bibel steht geschrieben,
> daß die Sünde verderben muß;
> was ist nur los mit dieser Welt…

Über ganz Italien schien diese schmerzerfüllte, gequälte Musik zu verströmen, klimpernde Gitarren und wilde apokalyptische Stimmen zu einem pulsierenden Lamento vereinigt – der Wechsel vom Erhabenen zum

Gewöhnlichen und wieder zurück in einer Art verkrüppelter Majestät. Ich hörte zu, bis ich Tränen in den Augen fühlte. Dann, abrupt und mit dem schrillen Kreischen der Nadel, das wie eine schartige Messerklinge durch die Nacht schnitt, wurde die Musik erstickt; sie erstarb, und wir hörten im Zimmer unter uns trunkene, gedämpfte Schreie.
»Abschaum!« das war die Stimme von Cass. »Schweine! Abschaum der Menschheit!«
Dann, nach einer Pause und nun leiser, drang ›Don Giovanni‹ von neuem in die Nacht, die Leute am Schwimmbassin schlenderten wieder umher, nahmen ihre murmelnden Gespräche unter den schattig niederstürzenden, riesig großen Motten wieder auf.
»Der Bursche bringt sich noch um«, sagte Cripps. »Was kann man da machen? Er könnte Mason und seine ganze Bande aufhalten, aber sehen Sie sich ihn nur an, er bringt sich noch um.« Dann wünschte er mir gute Nacht, und dann war er verschwunden.

Gar nicht lange, nachdem Cripps gegangen war, ereignete sich ein wirklich unglückseliger Vorfall. Folgendes geschah: Nachdem ich Cripps nachgeschaut hatte, verweilte ich noch auf dem Balkon und grübelte über die Leute, die dort um das Bassin saßen. Ich hörte auf die Musik – oder besser, ich wurde von der Musik gequält: wieder war sie lärmend und laut, und die Stimmen Elviras, Masettos und Ottavios, die wie Krater kreischten, während der abscheuliche Grande seine Verführung vornahm, dröhnten herauf und um mich herum und übertönten die Stimmen am Bassin. Ich sah zu, wie die Lichter aufs Meer hinaus glitten, von ihrer Schönheit überwältigt, doch gleichzeitig in tiefe Trübsal versunken – hauptsächlich weil Cripps, auf merkwürdige und versteckte Weise, meine Vorfreude auf Amerika so zunichte gemacht hatte, daß ich mir, wenn ich mich recht erinnere, alle möglichen Auswege überlegte: eine andere Anstellung in Rom, Heirat mit einer Prinzessin, unverzügliche Flucht nach Griechenland. Ich war recht verzweifelt. Aber nach kurzer Zeit schon ging dieser Anfall vorüber. Zum Teufel mit Cripps, dachte ich und beschloß nun doch noch, den Filmleuten Gesellschaft zu leisten. Einige Augenblicke später, als ich den langen Raum durchschritten hatte, flog wenige Meter von mir entfernt eine Tür auf, die den Blick auf eine nach oben führende Treppe freigab, ein Mädchen von achtzehn oder zwanzig Jahren segelte, als sei der Fußboden aus Glas, ins Zimmer herein, fiel wie eine Stoffpuppe auf dem Fußboden in sich zusammen, sprang wieder empor und rieb sich den Ellenbogen; sie schluchzte herzzerbrechend. Sie war von nahezu makelloser Lieblichkeit, und der flüchtige Blick, den ich auf sie werfen konnte, als sie dort unentschlossen stand, die braunen Augen rund vor Schmerz und Schrecken, genügte, um mein Herz mit Verlangen zu erfüllen. Ich streckte den Arm aus, um sie zu stützen, denn sie schien im Begriff, wieder umzufallen, doch wich sie sogleich vor mir zurück und blickte gehetzt und verzweifelt nach der Treppe hin. Ihr Kleid war schwarz und von schlechter Qualität, wie es Dienstmädchen tragen; ein Riß im Oberteil entblößte eine ihrer vollen, schweren und anmutigen Brüste fast gänzlich, und während der wenigen Augenblicke, die sie dort gelähmt von Angst und Unentschlossenheit, wie es schien, verharrte, stand auch ich angewurzelt und sprachlos, hin- und hergerissen zwischen dem Wunsch zu helfen und einer Lüsternheit, die meine Augen auf jenen köstlichen, unruhig atmenden Busen zog. Dann bedeckte sie sich plötzlich und schlug sich, immer noch wild schluchzend, ins Gesicht. »Dio mio!« schrie sie in höchster Erregung. »Questa è la fine! Non c'è rimedio!«

»Kann ich Ihnen helfen...«, begann ich.

»Ah, mein Gott, bitte nicht«, wehrte sie ab. »Nein, bitte nein...«

Dann gab sie sich einen Ruck, lief atemlos und mit einem leisen, verschreckten Stöhnen an mir vorüber. Ihr braunes Haar wehte lieblich um ihr Gesicht, als sie eilig verschwand; ihre bloßen Füße patschten in immer leiser werdender erschreckter Flucht den Korridor hinunter. Noch ehe ich recht zur Besinnung gekommen war, hörte ich ein donnerndes Geräusch auf der Treppe, als werfe jemand Koffer und Kisten herab. Es war ein unbeschreiblicher Lärm, geradezu der Ausbruch eines Vulkans. Dann stürzte Mason herein, ebenfalls auf dem glasglatten Fußboden schlitternd, die Arme wild schwenkend und sich aufrichtend, als er vor mir zum Stehen kam. Drei Heftpflaster bedeckten sein Gesicht, sein Haar stand nach allen Richtungen vom Kopf ab. Er trug einen Morgenrock, der ihm zu klein war und den er offenbar in größter Eile umgeworfen hatte, denn seine Brust war bloß und zeigte ein Büschel rötlichen verschwitzten Haares, und unten sahen seine knochigen Knie hervor. Er trug – ziemlich unpassend – hölzerne Badepantoffeln an den Füßen, und die waren es, die den Lärm verursacht hatten.

»Wo ist sie?« fauchte er mich an, das Gesicht rot und häßlich.

»Wer?« fragte ich. Ich hatte mich nervös auf eine Bank zurückgezogen.

So hatte ich ihn noch niemals gesehen: sein Gesicht zeigte einen brutalen, wilden Ausdruck, seine Augen waren rotumrandet, und einen Arm hielt er drohend erhoben, als wolle er mich schlagen.

»Wo ist sie hin!« schrie er. »Sag schon, du Lump! Ich bringe sie um!«

»Mason, so wahr ich hier sitze, ich weiß es nicht.«

»Du lügst!« Und dann schlich er mit befremdlichen, schmerzlich gekrümmten Bewegungen, unendlich steif und langsam, zu dem Gang hin, den hinunter das Mädchen verschwunden war. »Warte hier, Petie, mein

Junge, denn wenn ich zurückkomme, dann möchte ich gerne einen großen Haufen von deiner gelben verräterischen Scheiße aus dir heraustrampeln.« Auf dem Gesicht meines Gastgebers sah ich eine Art Lächeln, aber in seiner Stimme war nichts als schieres Gift, Bösartigkeit und Haß... Vielleicht erinnern Sie sich des Traumes von Verrat und Treubruch, den ich zu Anfang meiner Erzählung beschrieben habe – des Traumes von dem mörderischen Freund, der an mein Fenster klopfte. Wenn ich jetzt wieder an diesen Traum denke und mir Mason in jenem Augenblick vorstelle, dann werde ich mir einer anderen Vision bewußt, halb Traum, halb Einbildung – die mich verfolgt, seitdem ich Sambuco verlassen hatte: Ich habe mit einer Polaroid-Kamera einen Freund photographiert. Während ich die vorgeschriebene Minute abwarte, bis das Bild entwickelt ist, bin ich in ein anderes Zimmer gewandert, und da nehme ich das Bild frisch und feucht glänzend aus dem Apparat. »Ha!« oder »Sieh da!« oder »Schau mal!« rufe ich erwartungsvoll in das andere Zimmer. Doch als ich mich vorbeuge, um das Bild zu prüfen, finde ich darauf nicht meinen Freund, sondern das Gesicht eines schrecklichen unirdischen Ungeheuers. Und im anderen Zimmer herrscht tiefe Stille.

3

»Ja, lieber Himmel«, staunte Cass, als ich ihm jenen Abend in Erinnerung rief, »war ich wirklich so hinüber?«

»Ich möchte nicht gerade sagen hinüber«, antwortete ich. »Gar nicht hinüber. Wenn ich mich recht erinnere, warst du sogar mit der Klappe noch ziemlich munter, wenn auch etwas durchfeuchtet. Aber – nun ja, du warst eben blau.«

Er dachte schweigend eine ganze Weile über das nach, was ich ihm mitgeteilt hatte. »Der Flügel«, meinte er schließlich, »daran, daß ich in den Flügel hineingefallen bin, kann ich mich überhaupt nicht erinnern, nicht im geringsten, wirklich nicht.«

»Wenn du nüchtern gewesen wärest, hättest du für mindestens eine Woche ins Krankenhaus gemußt.«

»Und diese Gitarrenmusik – die liegt auch noch irgendwo unter den Platten von Buxtehude vergraben. ›Was ist los mit der Welt?‹, Wilma Lee und Stoney Cooper. Die Platte hab' ich mal in Virginia, in Petersburg, gekauft, als ich da gleich nach dem Kriege meinen Vetter besuchte. Ich habe sie auch in Europa ständig mit mir herumgeschleppt, sie dort aber ganz gewiß niemals gespielt... und gerade in jener Nacht...«

»O ja, mein Lieber, du hast sie gespielt, und wie!«

»Lieber Himmel!« Wieder verstummte er. Nach einer Weile fragte er mich: »Wie spät mag es da wohl gewesen sein?«
»Mitten in der Nacht, ich würde sagen so gegen ein Uhr.«
Er runzelte die Stirn und sah mich aufmerksam an. »So – das hieße also, daß du Mason zum letzten Mal lebend gesehen hast, als er hinter Francesca her war. Stimmt das?«
»Das war also Francesca?« stellte ich meine Gegenfrage. »Das war das Mädchen, das er umgebracht hat?«
Für einen Moment erschien ein unbeschreiblich düsterer, leidender Ausdruck auf seinem Gesicht. Es war die erste derartige Reaktion, die ich seit meiner Ankunft hier in Charleston an ihm wahrnahm. Vermutlich hatte er begonnen, mit meiner Hilfe alles von neuem zu durchleben, und in diesem Augenblick konnte ich nur ungefähr spüren, was ihm dieses Mädchen bedeutet haben mußte. »Das war sie wohl«, sagte er niedergeschlagen, »es kann sonst niemand anderes gewesen sein. Hast du sie dann noch einmal gesehen?«
»Ja, und es muß wohl kurz darauf gewesen sein. Mit dir zusammen.«
»Aber wo denn, um Himmels willen?«
»Unten im Hof. Du –« Ich hielt inne. Es war mir etwas peinlich, davon zu reden, und ich wußte auch nicht, ob er es gerne hören würde. »Du küßtest sie. Oder sie küßte dich. Übrigens habe ich dir nicht etwa nachgeschnüffelt«, setzte ich hinzu, »zufällig war ich gerade...«
»Natürlich nicht. Aber –« Sehr verwundert fuhr er sich mit den Fingern durchs Haar. Dann sagte er: »Jetzt kommt mir langsam alles wieder ins Gedächtnis, so stückchenweise.« Wieder verstummte er, dann leuchteten seine Augen auf, er erhob sich von seinem Stuhl und begann, in der Fischerhütte hin und her zu gehen. Es regnete, das Dach war leck, und Wasser tropfte meinen Nacken hinunter. »Siehst du, das, was du eben erwähnt hast, war mir auch entfallen, und zwar ganz und gar. Natürlich habe ich sie noch gesehen! Und...«, nun murmelte er nur noch und verstummte dann.
»Und was?«
Er kratzte sich am Kinn. »Und sie – hör mal, das ist jetzt sehr wichtig. Versuch mal, dich genau zu erinnern. Wie lange warst du schon auf der Gesellschaft, ehe Mason dich sah und anbrüllte?«
Ich zermarterte mir das Hirn in dem Bemühen, mich genau zu erinnern. »Es muß gegen halb zwölf gewesen sein, als ich mit Rosemarie ins Haus kam.« Ich überlegte. »Und... tja, kurz nach eins, als Mason hinter Francesca die Treppe herunterkam. Also knapp zwei Stunden ungefähr. Aber warum...«
»Moment, Moment«, unterbrach er und gebot mir mit einer Handbewe-

gung Stille. Nach einer Weile wandte er sich mir zu und fragte mit einem blassen, traurigen Lächeln: »Nun sag mir bitte genau, wann hast du Mason zuletzt gesehen?«
Wieder war es mir peinlich, ihm zu antworten. »Nun, das jedenfalls ist leicht gesagt. Ich sah Mason zum letzten Mal, als er dich allen Anwesenden vorführte wie einen dressierten Seehund. Also als er...« Hier verstummte ich angewidert.
»O ja, richtig«, unterbrach er mich rasch, »Poppy hat mal angefangen, mir davon zu erzählen, aber es war so scheußlich, daß ich ihr verboten habe, weiterzureden.« Er brach ab und strich sich nervös über die bloßen Arme. »Dann hast du mich wohl – wohl gerettet, sozusagen. Ich erinnere mich zwar nicht mehr daran, weiß aber noch, daß du hinterher versucht hast, mich wieder nüchtern zu machen. Und nachdem ich meine Vorstellung gegeben hatte, hast du also Mason nicht mehr gesehen?«
»Erst wieder, als er tot war.«
Nachdenklich und melancholisch starrte er lange Zeit durch das Fenster, an dem der Regen herunterlief. »Irgendwann an jenem Abend«, sagte er dann langsam, »irgendwann hat sie mir irgend etwas gesagt.« Er klapste seinen Kopf, wie um die Erinnerung wachzurütteln. »Irgend etwas hat sie mir gesagt...«
Alles dies war mir gänzlich unverständlich, und an meinem Schweigen muß er das auch erkannt haben, denn nun wandte er sich mir zu und sagte in seinem gewöhnlichen Tonfall: »Du mußt schon entschuldigen, ich will dich nicht etwa an der Nase herumführen.« Er ließ Wasser in einen Topf laufen und begann, einen größeren Fisch zu entgräten. »Ich werde dir reinen Wein einschenken«, fuhr er fort, »und zwar über etwas, worüber ich nicht gerne nachdenke und schon gar nicht rede. Aber vielleicht ist es so ganz gut, da werde ich es mal los. Mit dieser Zirkusnummer, wie du das nennst, war es ganz einfach so: Mason konnte da unten mit mir machen, was er wollte. Zu Anfang ging alles ganz ordentlich, wir waren in gewisser Weise sogar befreundet. Aber dann ging irgend etwas schief, und in meiner ständigen Besoffenheit und überhaupt dem ganzen jämmerlichen Zustand, in dem ich war – kurz, er trampelte einfach auf mir rum, trampelte buchstäblich auf mir rum, und ich ließ ihn auch gewähren und war wie ein richtiger Sklave, wenn du die Wahrheit wissen willst.« Dann: »Niemals in meinem Leben habe ich jemanden so gehaßt wie ihn.« Er verstummte und mühte sich an dem Fisch.
»Und weiter?« fragte ich.
»Davon erzähle ich dir gelegentlich mal. Jetzt jedenfalls... also es handelt sich um folgendes: Neulich hast du gesagt, daß dich das, was Mason damals getan hat, doch sehr überrascht hätte: daß du ihn zwar für fähig

hieltest, eine ganz simple Vergewaltigung nach guter alter Sitte vorzunehmen, nicht aber auf so monströse Weise. Gut, als du das sagtest, da klingelte was in meinem Hirn. Denn genau das gleiche Empfinden hatte ich auch, damals in Sambuco, als alles vorbei war. Ich haßte ihn wie die Pest, und einem widerlicheren Stinktier als ihm bin ich nie begegnet, aber eigentlich konnte ich das von ihm eben auch nicht glauben. Zu so einer Tat gehört etwas, das Mason einfach fehlte. Seine Grausamkeit und Gemeinheit waren von ganz anderer Art. Nur...« wieder verstummte er. Die Muskeln an seinem Unterarm traten hervor, während er mit dem Messer hantierte. »Der beschissene Fisch ist die Mühe gar nicht wert«, knurrte er schließlich in einem Tonfall, als wolle er diesen Gesprächsgegenstand ein für allemal aufgeben. »Die Haut von diesen Biestern ist so zäh...«

Ich mag mich geirrt haben, doch glaubte ich einen Augenblick lang, er werde anfangen zu weinen.

»Nur was?« fragte ich beharrlich. »Also, Cass, nun hör endlich auf, um den heißen Brei herumzugehen. Ich will ja gar nicht, daß du über Dinge redest, die du nicht...«

»Nur... Ja...«, er wandte sich mir nun ganz ruhig zu, »jetzt glaube ich eben, daß ich mich da wohl geirrt habe. Vielleicht war er doch dazu imstande. Alles, was du so erzählt hast – und wovon ich ja nichts wußte –, läßt erkennen, daß er von Anfang an schon mit dem Gedanken an eine Vergewaltigung gespielt hat. Sie wollte nicht, also mußte er sie zwingen. Dazu paßt ja auch, was er an jenem Nachmittag zu Rosemarie sagte, ehe er ihr eine knallte. Und auch, daß er hinter Francesca die Treppe heruntergerannt kam und sagte: ›Ich bringe sie um.‹ Nicht wahr, das sagte er doch? Und weiter...«

»Was weiter?«

»Nichts weiter«, sagte er nachdenklich. Dann: »Nimm mal an, ich sei einfach gemein, unchristlich, und versuche, mir mit allen Mitteln einzureden, daß er wirklich ein Unhold war.«

»Unhold?« wiederholte ich. Cass schien nun endlich seine Zurückhaltung hinsichtlich Masons aufgegeben zu haben, und es lag mir sehr daran, diesen kleinen Vorteil auszunutzen. »Sag mal, er muß dir doch das Leben da unten unerträglich gemacht haben?«

Er schien über diese Frage ziemlich gründlich und lange nachzudenken. »Ja, das hat er wohl. Was davon aber meiner eigenen Verderbtheit zuzuschreiben war, meiner eigenen alten Verderbtheit – wieweit ich also selbst für das ganze Elend verantwortlich war –, das möchte ich gerne wissen. Vielleicht erzähle ich dir mal davon, wenn ich mich richtig daran erinnern und vernünftig darüber sprechen kann.« Er hielt inne, wischte die feuchten Schuppen vom Messer und trocknete seine Hände ab. Dann fuhr er in düsterer Monotonie fort: »Merkwürdige Sache, das Böse – was ist es eigentlich, wo ist es, ist es Wirklichkeit oder nur Einbildung! Ist es eine Krankheit wie zum Beispiel Krebs, also etwas, das man herausschneiden und zerstören kann, wobei denn also ein Psychiater als Chirurg fungieren müßte, oder ist es etwas Unheilbares, etwas, das man zertrampeln muß, wie zum Beispiel den Floh, der die Beulenpest überträgt, wobei man die Krankheit nur mit dem Träger zugleich loswerden kann? Es ist ja noch gar nicht lange her – du als Rechtsanwalt weißt es ja –, da wurden Zehnjährige gehenkt, wenn sie für einen Groschen Süßigkeiten gestohlen hatten. Und zwar im lieben alten England; auch in Frankreich. Das geschah wohl nach der Pesttheorie: Das Böse vernichten, zertrampeln. Und jetzt kommt so ein junger Mensch daher – nicht etwa zehn Jahre alt, sondern eher schon zwanzig, und ein gewisses Maß von Einsicht hat er weiß Gott auch – und begeht irgendein ganz sinnloses und niederträchtiges Verbrechen, einen Mord vielleicht, und da sagt man denn, er sei krank, und ruft den Psychiater, und zwar nach der Theorie, daß das Böse sich nur vorübergehend im Hirn festgesetzt hat, und beide Theorien sind ebenso schlecht wie das Böse, das sie beseitigen und heilen sollen. Jedenfalls ist das nun meine Überzeugung. Trotzdem könnte ich mir um alles in der Welt keinen hübschen Mittelweg zwischen diesen Alternativen ausdenken...«

»Was hat denn das alles mit Mason zu tun?«

»Ja, zunächst einmal... ich muß dir wohl erst einiges erklären. Ich will hier nicht Propaganda machen für mich, auch nicht dein Mitleid erregen, aber – also, was ich erreicht habe, und viel ist es ja nicht, zugegeben, das habe ich mir ziemlich mühsam erarbeitet, wie du wohl weißt. In dieser jämmerlichen kleinen höheren Schule in North Carolina habe ich es nur bis zur zweiten Klasse geschafft, und auch jetzt fällt es mir noch verflucht schwer, Kommas zu setzen und keine Fehler beim Schreiben zu machen. Aber jedenfalls habe ich lesen gelernt, und ich habe einen Haufen Zeug für mich allein gelesen, und wahrscheinlich zehnmal so viel wie der Durchschnittsamerikaner, was allerdings auch nicht mehr als ein einziges Buch zu sein braucht. Na, einer der großen Wendepunkte in meinem Leben war jedenfalls meine Entlassung gleich nach Kriegsende aus der Marine-Klapsmühle in Kalifornien. Ich habe dir ja davon erzählt. Da hatten sie einen Keksspezialisten, einen tollen Burschen. Er war Oberstabsarzt und hieß Slotkin. Ich erzählte ihm, daß ich als Kind gerne gemalt hätte, und er schickte mich in die Beschäftigungstherapie, wo man auch malen konnte, und von da an war ich eben ein Maler. So kam es wohl auch, daß ich nach dem Krieg in New York gelandet bin und nicht in Carolina. Kurz

und gut – wir konnten uns nicht einigen über meine Melancholie, oder was das nun schon war, mitsamt ihrem manisch depressiven Einschlag, aber ich habe mich lange und ausführlich mit ihm unterhalten, und der Bursche hatte eine so freundliche, geduldige Art, daß er mir meine Depressionen beinahe vertrieben hätte, und kurz ehe ich – ungeheilt – entlassen wurde, schenkte er mir eine zweibändige Ausgabe griechischer Dramen. Das war natürlich im höchsten Grade unkorrekt – Stabsarzt macht Matrosen Geschenke –, aber er hatte wohl ein bißchen einen Narren an mir gefressen, wenn ich ihm auch seinen Freud nicht abkaufen wollte. Ich weiß noch, wie er sagte: ›Lesen Sie das mal, wenn es Ihnen schlecht geht.‹ Und dann so was wie: ›Tatsächlich sind wir nämlich keinen Zentimeter weitergekommen als die Griechen.‹ Du mußt zugeben, daß das eine ziemlich abgebrühte Ausdrucksweise für einen Keksspezialisten ist. Slotkin war aber eben in Ordnung. Jedenfalls fiel mir das alles wieder ein, als du sagtest, ich hätte in jener Nacht ausgiebig Sophokles zitiert, alles fiel mir ein – die Angst und die Mühe und dieser entsetzliche Blick in den Abgrund. Schon längst ehe ich nach Sambuco kam, hatte ich aus beiden Bänden große Teile auswendig gelernt. Und als du mich damals sahst, war ich übel dran – genauso besoffen von Ödipus wie vom Alkohol.« Er verstummte und befühlte nachdenklich die Schneide des Messers. »Aber die Sache war so… vielleicht kann ich es erklären.« Wieder verstummte er und schloß die Augen, beinahe wie im Gebet, als versuche er, die widerstrebenden Erinnerungen aus dem Gestrüpp der Vergessenheit heraufzuziehen: »Ich war so entsetzlich betrunken… aber du sagtest damals etwas… etwas, das mit dem Bösen zu tun hat, von dem ich gerade sprach.« Er schlug die Augen auf und wandte sich mir zu. »Ja, ich glaube, jetzt fällt mir einiges davon ein. Langsam kommt mir alles wieder. Ganz undeutlich erinnere ich mich daran, nach oben gegangen zu sein. Nicht an den Flügel. Aber an Ödipus und Cripps und dich – ja, ein wenig.« Er schüttelte den Kopf –. »Nein, da besteht ein Zusammenhang, den ich noch nicht erkennen kann. Herr im Himmel, es sieht ja beinahe so aus, als veranstalteten wir hier eine spiritistische Sitzung! Damals, in der Nacht, war ich auf der Suche nach etwas… Nun ist alles wieder weg. Glaubst du vielleicht, ich könnte heraufgekommen sein, bloß um Mason mit Ödipus ins Gewissen zu reden? Das halte ich für unwahrscheinlich.« Wieder schüttelte er heftig den Kopf. »Ich weiß bloß, daß ich in meinem Suff in diesem Stück irgendeine Wahrheit entdeckt hatte und daß die irgendwie mit dem Bösen zusammenhing und daß Mason…«
Er brach ab und setzte ganz gelassen eine Zigarre in Brand. »Vielleicht irre ich mich auch. Was hast du wirklich von Mason gehalten?«
»Oh, ich weiß nicht recht«, sagte ich. »Ich weiß nicht, was wirklich mit

ihm los war; habe es nie gewußt. Er war ein rechter Affe, ein verwöhntes Schoßkind mit zu viel Geld und außerordentlich anmaßend. Er war ein übler Lügner, konnte Frauen nicht ausstehen und war überhaupt ein Schmutzfink ersten Ranges. Und trotzdem –«

»Ja, trotzdem?«

»Trotzdem war ich manchmal sehr gerne mit ihm zusammen. Er war ganz ungewöhnlich unterhaltsam, aber er war nicht etwa *nur* unterhaltsam. Wenn man ihm alles andere abgewöhnt hätte, dann wäre er vielleicht ein toller Kerl geworden.«

»Wie lange hast du ihn eigentlich gekannt?«

»Tja, das ist merkwürdig – wir waren etwa zwei Jahre während unserer Schulzeit zusammen und dann noch einmal gleich nach dem Krieg für eine Woche in New York. Genau weiß ich das nicht mehr, vielleicht waren es auch zehn Tage, vielleicht zwei Wochen. Sagen wir eine Woche. Und dann den Tag in Sambuco. Das war alles. Aber... trotz alledem, er hatte was Besonderes... Wenn man vierundzwanzig Stunden mit ihm zusammen war, dann konnte er so viel von sich enthüllen, wie andere Leute in ihrem ganzen Leben nicht. Er war ein...« Ich verstummte.

Ich wußte ja gar nicht, was er nun eigentlich gewesen war.

»Erzähl mir von ihm«, forderte Cass.

»Nun, viel ist es nicht, was ich zu erzählen habe, und ich weiß auch nicht...«

»Na, los, erzähl schon.«

So versuchte ich denn zu erzählen, versuchte, ihm alles zu berichten, woran ich mich noch erinnerte. Ich sagte zunächst, daß ich Mason nach jenem gräßlichen Wochenende in Virginia aus den Augen verloren hatte, daß wir uns zwar gelegentlich schrieben (er war in Palm Beach, Havanna, Beverly Hills und New York, gewöhnlich zusammen mit Wendy, und seine Briefe waren gespickt mit komischen Zweideutigkeiten), daß die Korrespondenz dann aber einschlief. Ich erzählte ihm ferner, daß auf den Monat genau zehn Jahre vergangen waren, als ich ihn nach dem Krieg ganz zufällig in einer Bar in New York traf...

Man macht es sich gewiß zu einfach, wenn man sagt, die Dinge hätten einen anderen Verlauf genommen, wenn ich Mason nicht von neuem begegnet wäre, daß wir in diesem Fall unsere alte Beziehung nicht wieder aufgenommen hätten, die ihn ja letzten Endes veranlaßte, mich nach Sambuco einzuladen. Aber der größte Teil unseres Lebens besteht ja aus solchen Unwägbarkeiten; wichtig ist hier eben nur, daß wir uns wieder trafen. Es war gegen Ende des Frühjahrs, etwa eine Woche, bevor ich meinen Posten bei der Hilfsorganisation bekam und nach Europa fuhr. Damals besaß ich sehr wenig Geld, hatte aber immerhin Arbeit bei einer Beratungsstelle für entlassene Soldaten und verdiente genug, um mein Essen und die Miete für eine winzig kleine Wohnung bezahlen zu können. Es war die feuchtwarme Jahreszeit; Gewitterwolken thronten hoch über dem schmutzigen Dämmerlicht, in der Ferne grollte Donner, der niemals näherkam; in den Straßen schwammen welke Gesichter, und aus den gegen die Hitze geöffneten Fenstern plärrte Musik, pries man überschwenglich Krieg an, kalten Krieg, heißen Krieg.

An den Abenden versuchte ich, erbauliche Bücher zu lesen; doch war meine Seele für die Prüfungen der Einsamkeit nicht wohl gerüstet. Mein Zimmer lag in unterirdischem Dunkel, bot die Aussicht auf einen Luftschacht und das anschließende Hotel, wo ständig alte Männer durch die Flure schlurften, sich kratzten und rauschende Wasserspülungen betätigten. Es lag aber nur zum Teil an der Umgebung, daß diese Zeit meines Lebens nicht befriedigend verlief. Es gibt gewisse Abschnitte in der eigenen Jugend, an die man um nichts in der Welt erinnert sein mag, weil man sich so schlecht betragen hat. Niemals besonders gepflegt, ließ ich mich nun völlig verwahrlosen und war säuerlich und unfreundlich gegen die Mädchen, die ich in den Kneipen aufzulesen versuchte. Und nun, sozusagen um allem die Krone aufzusetzen, trat auch Mason wieder in mein Dasein – ich traf ihn in einer überfüllten Bar auf dem Sheridan Square bei meinem abendlichen Rundgang, nach dem ich mich noch heruntergekommener und vereinsamter als gewöhnlich und förmlich gespickt mit niedrigen Lüsten zu fühlen pflegte.

Abgesehen davon, daß er etwas dicker geworden war, hatte er sich nicht verändert. Er trug einen eleganten hochgeschlossenen Jersey und Bluejeans, so daß er von Kopf bis Fuß wie ein Künstler wirkte – wenn auch wie ein wohlhabender Künstler –, und schien sich großartig zu amüsieren. Ich erblickte sein breit lächelndes Gesicht durch den Schleier von Zigarettenrauch, der im Raum hing; mit weit ausholendem Arm schwenkte er seinen Bierkrug. Auch jetzt entsinne ich mich noch des Augenblicks, in dem unsere Blicke sich trafen, entsinne mich meines momentanen Entzückens, das sogleich von der zaghaften Hoffnung getrübt wurde, er möge mich nicht erkannt haben. Beide Empfindungen stellten sich gleichzeitig ein und verwirrten mich derart, daß ich mich nicht entschließen konnte, entweder mit einem Gruß auf ihn anzugehen oder mich unauffällig wegzustehlen; da kam er schon auf mich zu, klopfte mir auf die Schulter und rief: »Heda, Petie! Jetzt wollen wir aber mal einen draufmachen!« und umarmte mich mit geräuschvoller Wiedersehensfreude.

»Was für ein unerhört fabelhafter Zufall«, sagte er, nachdem er sich beruhigt hatte. »Gestern abend war ich eingeladen und unterhielt mich da ganz nett mit einem Burschen – einem sehr ordentlichen Maler –, und wir sprachen über Bekanntschaften aus unserer Schulzeit. Ich erklärte ihm, daß ich über Princeton nichts zu berichten wüßte, weil man mich schon in meinem ersten Studienjahr dort sanft herausgedrängt hat. Weißt du übrigens, daß man mich dort aus einem ganz und gar läppischen Grunde nicht haben wollte? Es hat keinen Zweck, sich da etwas vorzumachen, Petie, Dollbaby: ich bin zwar ein brillanter Bursche, aber was die Bildung angeht, eben doch nichts weiter als eine Schmeißfliege auf dem Arsche des Fortschritts.«

Ich hätte ein sehr viel gefestigterer Mensch sein müssen, als ich bin, um von seiner Energie, seinem breiten Lächeln und der ehrlichen Zuneigung, die in seiner Stimme mitschwang, als er mich so begrüßte, nicht erwärmt zu werden. Ich habe wohl gelächelt, als ich fragte: »Aber wie bist du denn überhaupt hineingekommen, Mason?«

»Du meinst, nachdem ich aus St. Andrews hinausgeflogen war? Ach, Wendy hatte da Verbindungen über einen ihrer Verwandten und brachte mich in einer feinen Schule in Rhode Island unter. Man mußte da zwar eine Art vormilitärischer Ausbildung und ähnlichen Unfug absolvieren, aber ich gab mir große Mühe – Wendy zuliebe, weißt du – und bekam gute Zensuren. Das ist aber gerade das Merkwürdige, Petie: Man jagte mich nicht vom College, weil ich gesoffen oder herumgehurt oder sonst was Abscheuliches angestellt hätte, sondern eben meiner Zensuren wegen. Meiner Zensuren wegen! Kannst du dir so was Irrsinniges vorstellen? Und bei der Aufnahmeprüfung habe ich ganz hervorragend abgeschnitten. Aber die unersättliche Witwe, bei der ich meine Wochenenden verbrachte, hat mich einfach von den Büchern abgehalten. Die arme Wendy! Mein Alter hatte der Bibliothek ziemlich viel Geld gestiftet, und als Wendy dann nach Princeton kam, dachte ich schon, sie würde vor Wut alles kurz und klein schlagen...«

»Paß auf, Mason, du schüttest Bier über deine Hosen. Wie geht es Wendy denn überhaupt?«

»Oh, der geht es gut. Nachdem der Alte gestorben ist, hat sie versucht, sich vom Suff zu kurieren. Du hast wohl gehört, daß er tot ist. Ab und zu fängt sie wieder an, aber ich habe sie schon ziemlich lange nicht mehr in die ›kalte Kunst‹ schicken müssen. Sie wird dort mit Chlorhydrat und Grießbrei gefüttert. Du weißt doch noch, wie schrecklich ungern sie in Merryoaks wohnte? Aber nachdem der Alte dahingegangen war, wie man so sagt, war sie von dort nicht mehr wegzukriegen; sie hatte sich ganz einfach in das Haus verliebt. Da sitzt sie nun und nuckelt ganz allein den einheimischen Schnaps und reitet auf einem großen Gaul herum. Vergangenes Wochenende war ich mit meiner Frau zu Besuch dort – du wirst meine Frau noch kennenlernen. Wendy hat da ein wirklich ungeheuer großes Pferd, und auf dem trottet sie am Flußufer entlang, zusammen mit dem neuen Freund, den sie sich zugelegt hat. Das ist ein siebzigjähriger Belgier, der sie für etwas interessiert hat, das, glaube ich, Zen genannt wird. Soviel ich weiß, schießen sie mit Pfeil und Bogen aufeinander. Wirklich, Petie«, kicherte er und wischte sich den Schaum von den Lippen, »ich weiß gar nicht, wer da unten mit wem schläft. Mir scheint aber, daß es dem Pferd dabei am besten geht.« Er schüttelte sich vor lautlosem, innerem Gelächter. »Ah«, seufzte er, »es ist wirklich schön, Petie, dich wieder mal zu sehen. Wendy fragt übrigens immer noch nach dir. Sie hatte dich wirklich gern. Das lag wohl daran, daß du deinen Mund halten konntest. Sie hatte bis oben hin genug von meinem Alten. Er hat ihr nämlich dauernd in den Ohren gelegen und versucht, sie zu ändern, und da ist es kein Wunder, daß sie an den Suff kam. Arme Wendy«, sagte er und sah plötzlich ganz nachdenklich drein, »ich muß sie wohl herbringen, damit sie mit mir zusammen sein kann. Mit diesem gespenstischen Belgier und dem Pferd und all dem Schnaps wird sie eines Tages ganz sicher in der Klapsmühle enden.«

»Das sind aber alles Nebensachen«, fuhr er fort. Er war nicht betrunken (obwohl er gerne trank, war er auch früher nie eigentlich süchtig nach Alkohol gewesen, was ich immer als bemerkenswert tröstlich empfand), aber er schien sehr aufgeräumt, und seine Augen zwinkerten vergnügt und angeregt. »Ich erzählte diesem Burschen also gestern abend, daß ich unter den Dutzenden von Schulkameraden nur einen einzigen hätte, den ich gerne wiedersehen wollte. Dann erwähnte ich deinen Namen und überlegte, was wohl aus dir geworden ist. Das ist phantastisch! Das ist die pure Hellseherei. Also, was machst du eigentlich? Erzähl doch mal.«

Ehe ich aber meinen Mund noch zu einer Antwort öffnen konnte, zog er mich am Ärmel. »Da sitzt die Liebe meines Lebens«, sagte er. »Komm mit hinüber, damit du sie kennenlernst.«

Ich weiß noch, daß ich bei der Vorstellung, Mason sei verheiratet, überrascht war und das Mädchen aufmerksam betrachtete – eine träge Blondine namens Carole, die mich mit einem aufgewärmten Lächeln begrüßte und unausgesetzt ihren hübschen Busen mit einer Art von resigniertem Schulterzucken zur Schau stellte. Neben ihr am Tisch saßen zwei rothaarige, bleichgesichtige, verschwiemelt aussehende Figuren in Bluejeans – ich glaube, sie wurden die Pennypackers genannt –, die mich aus dem Halbdunkel wie ein paar gefangene Füchse anstarrten und ihre wild glitzernden Äuglein nicht von mir lassen wollten. Sie gönnten mir kein Begrüßungswort, sondern widmeten sich hingegeben dem Gespräch mit Mason, einer Unterhaltung, die voller Zischlaute und Andeutungen war – über ein Wochenende in Princeton, über jemanden namens Gus und je-

manden namens Wally –, und als sie schließlich aufstanden, um zu gehen, lieh Mason ihnen einen Zehndollarschein, den er aus einem ganzen Bündel von Banknoten herausfischte. (Ich nahm an, daß dies ein Versehen sei, denn schon als Junge war er niemals so unfein gewesen, vor anderen Leuten mit seinem Bargeld zu protzen.) Da kniffen sie beide ihre kleinen wäßrigen, wimpernlosen Äuglein in einem heißen Zwinkern verschwörerischer Gier zusammen, ehe sie in die Nacht hinausglitten. Ich weiß noch, daß ich mich verwundert fragte, wie diese beiden, offenbar völlig heruntergekommenen und wenig erhebend aussehenden Leute es zu einer Freundschaft mit Mason gebracht haben könnten, aber ehe ich noch beginnen konnte, ihn vorsichtig darüber auszuhorchen, sagte er schon: »Er ist im Theatergeschäft, hat keinen Pfennig und ist ein furchtbarer Esel, aber er liest Manuskripte für die Dramatische Gesellschaft. Er sitzt jetzt gerade an dem ersten Akt eines Stückes, das ich schreibe. Wenn die Gesellschaft es nicht aufführt, kann ich es wahrscheinlich nächstes Jahr bei Whitehead herausbringen, nur muß es erst mal fertig sein. Der zweite Akt macht mir den größten Kummer. Hast du dir die beiden angesehen? Das Komische ist, daß sie sich ganz gleich sehen, ist dir das aufgefallen? Ich glaube wirklich, sie sind Geschwister. Sie, die Schwester, ist übrigens die gespenstischere von beiden. Junge, die möchte ich mal in Aktion sehen, das ist bestimmt genauso, als wenn man einen Windbeutel in ein Sparschwein zu stecken versuchte!«
Carole ließ sich keinen von Masons Scherzen entgehen und belohnte ihn großzügig durch kleine amüsierte Kehllaute und belustigtes Kichern, wann immer er den Mund auftat. Sie war eine stramme, gut aussehende Person mit einer Haut wie Milch und einer üppigen, tiefen Tanzbodenstimme, und in ihren mandelförmigen grünen Augen spiegelte sich nichts außer einer unerschütterlichen, zuversichtlichen Leidenschaftlichkeit. Sie sah aufgeschlossen und fruchtbar aus, eine weiche, nachgebende Frau, nebelhaft verliebt. Ihre rauhe Stimme verriet ihr Herkommen, und ich bedauerte Masons Wahl, wenn der Anblick dieser Frau mich im übrigen auch in einen Zustand neiderfüllter Lüsternheit versetzte, wie sie den Junggesellen zu überkommen pflegt.
»Schatz, gleich werde ich vor Lachen bersten«, kicherte sie. »Wie wär's mit noch einem Gläschen?«
Mason beachtete sie gar nicht. »Diese Kneipen hier in der Village sind im übrigen nicht nach meinem Geschmack«, sagte er, »aber gelegentlich hat man doch seinen Spaß daran zu sehen, was dies pseudo-intellektuelle Gesindel so treibt.«
Er preßte meinen Arm. »Wir vertrödeln hier unsere Zeit. In meiner Wohnung läuft schon seit gestern abend eine Party auf vollen Touren.

Los, gehen wir.« Draußen auf der Straße stützte er Carole. Es war eine schwüle Nacht, die Sterne ertranken in dem durchsichtigen Halbschatten der Neonlichter, der Geruch von Asphalt und Kanalisation und der Duft von Gardenien, die ein zerlumpter alter Händler feilbot, flossen aus der Dunkelheit auf uns zu. »Willst du Max Schling was abkaufen, Baby? Die Kleine ist verrückt nach Blumen«, murmelte er mir zu, als sie sich mit unsicheren Händen eine Gardenie ansteckte, »und, um ehrlich zu sein, das ist auch die einzige ästhetische Ausschweifung, die sie sich erlaubt. Nun, wie schon gesagt, gelegentlich hat man seinen Spaß daran, Peter. Diese Leute hier sind solche Flaneurs, während ich zwar wohl noch nicht gerade ein Cocteau oder Brecht bin, die Dinge aber immerhin ernst nehme.« Er pfiff einer Taxe. »Na, dann wollen wir mal zurück ins Studio fahren.«

»Masons Wohnung – oder vielmehr ›Atelier‹ – im vierten Stock und in einer der verkommenen Gegenden von Greenwich Village gelegen, ist die einzige mir bekannte Wohnung in New York, die wirklichen Luxus mit der Kunstbesessenheit ärmlichen Bohemientums verband. Das Atelier war ein stattlicher, höhlenartiger Raum, der einem früher bekannten, nun vergessenen Porträtmaler gehört hatte. Mason hatte beinahe alles so gelassen, wie er es vorfand – die scheußliche Mahagonitäfelung, das übertünchte Oberlichtfenster, von dem die Farbe abblätterte –, nur war der ganze Fußboden nun mit weichen Teppichen bedeckt, in die man tief einsank; versteckte Lampen verbreiteten ihr Licht im Raum und beleuchteten gleich drei Modiglianis, ein Mobile von Calder und meterweise bibliophile Ausgaben an den Wänden. Er hatte sich stilvoll mit großem Glanz umgeben, und die Wirkung war denn auch die eines unerwartet reichen, glitzernden Paradieses, besonders nachdem man zuvor endlose, nach Kohl stinkende Treppen hinaufgekeucht war. Eine solche Wohnung hätte man in Beekman Hill anzutreffen erwartet, nicht aber hier; es war, als habe sich ein Maharadscha irgendwo in einem ärmlichen Stadtteil eine Wohnung eingerichtet. Mit seinem unübertrefflichen Flair für die unmögliche Geste hatte Mason Beverly Hills und die Boheme vereinigt: jenes weiche, unaufdringliche Licht gab einem das Gefühl, daß man am Leben der unermeßlich Begünstigten teilnehme; gleichzeitig aber verlor man nie den bösartigen Lärm der Straße unten aus dem Ohr, von der Nacht für Nacht die quäkenden Stimmen der Musikautomaten und alle möglichen lasterhaft trüben Geräusche heraufdrangen.

An jenem Abend war das Atelier zum Bersten voll von Leuten, aber kurz nach unserer Ankunft machte sich Mason von Carole los, die nun hoffnungslos betrunken war, schob mich in ein abgelegenes Schlafzimmer, verschloß die Tür, wandte sich mir zu und sagte warm lächelnd: »Nun wollen wir uns mal gründlich unterhalten, Petie.« Vielleicht lag es daran, daß er so entschieden die Tür abschloß, ich erinnere mich jedenfalls, daß damals ein düsterer Verdacht in mir aufstieg, der allerdings auch gleich wieder verflog. Da ich stark zur Selbstbeobachtung neige und mir der psychiatrischen Akzente unseres Zeitalters wohl bewußt bin, habe ich mich oft gefragt, ob in unserer Beziehung, in meinem Hingezogensein zu Mason nicht etwas Homosexuelles gewesen sei. Dies hat mich hauptsächlich deshalb beunruhigt, weil ich Amerikaner bin, und Amerikaner fühlen sich von der Vorstellung unangenehm berührt, daß jene etwas hektische Animiertheit, die Wärme, die sie in der Gegenwart eines Freundes empfinden, ein Vorzeichen unaussprechlicher Wünsche sind. Deshalb mögen zwar Franzosen einander ohne Scham umarmen und küssen und lange getrennt gewesene Italiener sich heulend in die Arme sinken: der Amerikaner sieht sich auf eine Begrüßung beschränkt, die kaum etwas anderes ist als ein verächtliches Grinsen und ein sadistischer Boxhieb zwischen die Schulterblätter. Was nun die Anziehung betrifft, die von Mason für mich ausging, so habe ich sie immer wieder von allen Seiten geprüft und auch recht dubiose Eigenschaften an ihr entdeckt, nicht aber diese. Ich glaube, daß ich ganz einfach in seiner Gesellschaft das Empfinden hatte, er sei intelligenter und phantasievoller als ich und gleichzeitig auch verderbter (das heißt: verderbter, als ich mir gestatten konnte zu sein, wie sehr ich es auch versuchte), so daß er mich zwar unerhört amüsierte, mir aber doch gleichzeitig Gelegenheit gab, mich in all meiner seichten, langweiligen Respektabilität glücklicher zu fühlen als er – langweiliger, aber glücklicher und manchmal sogar ihm überlegen.

An jenem Abend war er in allerbester Form. Wir erzählten uns andeutungsweise, was wir in den vergangenen Jahren erlebt hatten. Meine eigene farblose Laufbahn war mit wenigen Sätzen geschildert. Mason hingegen hatte gelebt – und, wie ich vermutete, mit jener Beschwingtheit, die nur sehr wenigen jungen Männern während des Krieges vergönnt war. Für jemanden, der so wie ich nur die Prärien von Illinois kannte, war Masons Geschichte faszinierend, denn er hatte dem OSS angehört. »Offen gestanden hätte ich mich lieber einsperren als einziehen lassen, und ich dachte ja gar nicht daran, neben irgendeinem Kretin aus Alabama Heeresverpflegung herunterzuschlingen. Es ist doch so, Peter – runzle nicht die Stirn –, man muß doch wenigstens ein bißchen aristokratische Haltung bewahren.« Angesichts seines Debakels im College hatte es schwer gehalten, ihn im Nachrichtendienst unterzubringen, aber Wendy, die einen Produzenten kannte, der seinerseits wiederum mit einem General im Pentagon bekannt war, hatte es schließlich fertiggebracht. »Die liebe Wendy«, sagte er sinnend, »natürlich wollte sie mich überhaupt nicht gehen lassen, aber wenn es denn schon nicht zu vermeiden war, so bestand sie wenigstens darauf, daß ich zu einer Einheit kam, wo die Leute sich die Zähne putzten – wenn sie auch gehört hatte, daß da ziemlich viele warme Brüder waren.« Und dann gab er einen haarsträubenden Bericht über seine Erlebnisse: über die Schule, in der Nähe von Baltimore (irgendwo hatte ich davon gehört) mit ihrem unglaublichen Lehrplan, der von Neulingen wie ihm zwecks Prüfung ihrer Schlauheit und Gerissenheit verlangte, daß sie in tiefer Nacht in scharf bewachte militärische Anlagen eindrangen, streng geheime Konstruktionspläne aus einem Stahlwerk entwendeten oder am hellichten Tag mit falschem Bart und Brille und gefälschten Ausweisen in irgendeine Flugzeugfabrik marschierten und, einmal hineingelangt, unter Anwendung der ihnen beigebrachten Kenntnisse Zeitbomben (natürlich keine richtigen) in den Eingeweiden irgendwelcher höchst geheimer Flugzeuge ablegten, ehe sie, zum Zeichen ihres Erfolges, mit entscheidend wichtigen Maschinenteilen oder, wie im Falle Masons, mit dem Namensschild von der Tür des Prokuristen versehen sich bei ihrem Vorgesetzten zurückmeldeten. »Offen gesagt«, lächelte er, »machte es einen höllischen Spaß, Spion zu spielen. Wenn du willst, kannst du es ja als romantisches Theater bezeichnen, aber es gab dabei wirklich wunderbar aufregende Momente. Natürlich war bei dieser Arbeit vom ›Institut‹ aus – so hieß die Schule offiziell, allerdings nicht für die Öffentlichkeit, für die existierte sie nämlich gar nicht – keinerlei Risiko. In jedem Werk, das wir heimsuchten, hatten wir einen sogenannten Gegenagenten, das heißt, es gab da immer jemanden, gewöhnlich einen Beamten vom FBI, in irgendeiner Sicherheitsfunktion, der immer genau wußte, was geplant war und vorging. Mindestens wußte er, daß das Institut an einem bestimmten Tag dort eine Unternehmung startete, so daß er immer eingreifen und uns verschwinden lassen konnte, wenn wir erwischt wurden.« Er sah nachdenklich vor sich hin und schüttelte sich in lautlosem, vorwegnehmendem Lachen. »Aber, lieber Himmel, manche von unseren Burschen hat es böse erwischt! Wir hatten da einen Kerl, Heinz Mayer hieß er, ein komischer kleiner deutscher Flüchtling, der in Buffalo gelebt hatte. Er konnte fast gar kein Englisch, war aber ein wilder Patriot und hätte wohl alles getan, um den Deutschen eins auszuwischen. Na, jedenfalls schickten sie den auf eine Unternehmung in eine Flakstellung – nein, jetzt fällt es mir ein, es war eine Marinewerft in Dahlgren am Potomac. Wie auch immer: sein Gegenagent, dieser bedauernswerte FBI-Mann, war plötzlich krank geworden – ich weiß nicht mehr, was ihm fehlte, Herzanfall, Blinddarmentzündung oder so was –, jedenfalls war er nicht da, als sie den armen kleinen Heinz beim Herumschnüffeln in einem Gebäude erwischten, wo Zeitzünder für Granaten zusammengesetzt wurden. Bei Gott«, kicherte er, »ich höre ihn noch jetzt, wie er uns davon erzählte mit seinem dicken deutschen Akzent. ›Die wollten mir doch einfach nicht glauben, daß ich Amerikaner bin. Heinz Mayer, aus Buffalo! Und ich warte und warte auf meinen Gegenagenten, daß er mich herausholt. Aber er kommt nicht!‹ Wir wären vor Lachen bald gestorben. Ich glaube, die Matrosen wollten ihn schon verprügeln, aber irgendwie ist er dann doch rausgekommen...«

Er ahmte anschaulich den kleinen Deutschen nach, einschließlich seiner verblüfften, flehenden Gesten. Ich lachte laut heraus. »Na, und dann, Mason?« fragte ich schließlich.

Es schien, als wolle er nicht gerne weiter erzählen, sein Gesichtsausdruck wurde ernst und nüchtern, und er lenkte die Unterhaltung auf das Theaterstück, an dem er gerade schrieb, und auf das Schreiben von Stücken im allgemeinen. Doch ich beharrte auf meinem Wunsch: das Geheimnisvolle und Waghalsige an der Spionage hat mich seit je fasziniert, und ich wollte mehr davon hören. »Nun ja, Peter, es ist dann doch anders, als man es sich vorstellt«, sagte er. »Ebenso wie in der Armee besteht das Leben dort hauptsächlich aus abscheulicher, endloser Langeweile. Weiß Gott, ich möchte einen Groschen für jede Stunde haben, die ich einfach so dagesessen und gewartet habe, ohne was zu tun. In Kairo zum Beispiel wurde es so schlimm, daß ich in der Bar von Shepheards Hotel jeden Riß in der Wand und jedes Astloch und jede Kerbe auf der Tischplatte auswendig kannte. Nichts wie herumsitzen und warten, bis Franklin und Winston sich mal wieder was recht Hübsches ausgedacht hatten – und du weißt ja, daß das alles mit Strategie nichts zu tun hatte, sondern nur auf irgendwelchen ekelhaften politischen Erwägungen beruhte –, was recht Hübsches, um irgendwo irgendeinen halberwürgten Partisanen zu retten.«

Und da also die Arbeit des Nachrichtendienstes zum großen Teil eben dieser Untätigkeit wegen gelähmt war, hatte er nur an einer einzigen Aktion teilnehmen können: er war zusammen mit einem Gefreiten serbischer Abstammung hinter den deutschen Linien in Jugoslawien abgesprungen, um an Ort und Stelle zu erkunden, wie weit der Partisanenführer Michailowitsch mit den Achsenmächten kollaborierte. »Es ist wirklich erstaunlich«, schweifte er plötzlich ab, »alle Leute, sogar englische Abwehroffiziere, die selbst haufenweise solche Unternehmungen mitgemacht haben, glauben, daß das OSS aus lauter Muskelprotzen besteht, die sieben Sprachen sprechen, perfekt in Judo sind und ununterbrochen in den gefährlichsten Gegenden mit dem Dolch zwischen den Zähnen umherschleichen. Das ist wirklich eine ganz falsche Vorstellung, Peter. Ich will nicht sagen, daß die Angelegenheit nicht riskant war. Allein schon mit dem Fallschirm in die stockdunkle Nacht hineinzuspringen, ist kein Vergnü-

gen. Das war mein einziger Absprung, und ich hätte weiß Gott gerne darauf verzichtet. Aber im übrigen – das aufregende Katz-und-Maus-Spiel mit dem giftigen Dolch im Ärmel – das gehört direkt ins Kino.«
Er beschrieb dann, wie er sich nach der Landung in der Nähe von Dubrovnik an der dalmatinischen Küste im Haus eines Serben namens Plaja verborgen gehalten hatte, der im Sold der Alliierten stand – »ein toller Bursche mit einem Brustkasten wie ein Faß«, schilderte Mason ihn, »der in Cambridge studiert und durch den Export von Slibowitz ein unglaubliches Vermögen verdient hatte« –, beschrieb, wie er während zweier Monate das Leben eines Müßiggängers geführt hatte, da unglücklicherweise gerade zu jenem Zeitpunkt Michailowitsch sein Hauptquartier in die östlichen Berge verlegt hatte, wo er, der dazwischen liegenden deutschen Truppen wegen, nicht zu erreichen war. »Wir versuchten, Verbindung mit den Pro-Tito-Agenten aufzunehmen, die sich, wie wir wußten, bei Michailowitsch aufhielten, aber es gelang einfach nicht. Stancik – so hieß mein serbischer Gefreiter, ein prächtiger kleiner Bursche, drahtig und unermüdlich, ehemaliger Zirkusakrobat –, Stancik und ich also versuchten ein paarmal, durch die Linien zu gelangen, aber die Deutschen waren scharf wie die Kettenhunde, und man konnte keinen Schritt tun.« Anstatt also Verbindung mit Titos Leuten aufzunehmen, wälzte Mason sich in üppigem Luxus in Plajas Haus, ließ sich von der dalmatinischen Sonne rösten, schwamm bei Nacht hinaus auf die zypressenbestandenen Inseln, die der Küste vorgelagert sind, und schlürfte Slibowitz, von dem Plaja, der Hauptunternehmer in dieser Branche, nur die süffigsten Sorten kredenzte. »Das«, sagte Mason nun plötzlich sehr lebhaft, »dieser Teil des Ganzen war wirklich wie aus dem Film. Einfach unglaublich. Überall stolzierten die Nazis herum, und da war ich nun also, buchstäblich nur ein paar Meter vom Tode entfernt, und genoß die schönste Zeit meines Lebens. Und um dem Ganzen die Krone aufzusetzen, erschien fünf oder sechs Tage nach meiner Einquartierung dort Plajas Tochter, ein süßes, schwarzhaariges kleines Ding – sie war gerade vierzehn Jahre alt – mit kecken Brombeeraugen, schwellenden, frechen Lippen und einer phantastisch reinen, olivfarbenen Haut, wie sie die Jugoslawinnen dort haben. Und ihre entzückenden kleinen Brüste waren wie junge Melonen, und dazu hatte sie einen süßen kleinen Dups, weich und elastisch. Bei ihrem bloßen Anblick wurde ich beinahe verrückt, denn ich hatte mich ja lange genug mit den schwammigen alten Kairoer Huren begnügen müssen. Sie sprach kein Wort Englisch, und wir verständigten uns in einer Art primitivem Französisch – also, um die Sache abzukürzen, wir machten einander eine Weile schöne Augen, und der alte Plaja schien nichts dabei zu finden. Ich glaube, er war ganz zufrieden mit mir, außerdem verbrachte

er die meiste Zeit auf der Falkenjagd – das scheint die bevorzugte Zerstreuung der wohlhabenden Jugoslawen zu sein –, und dann eines Abends, nach längerer Vorbereitung mit schönen Augen hin und her, mit gurrenden Worten und sanftem Streicheln schwammen wir raus zu einer der kleinen Inseln. Der Geruch der Zypressen und Pflaumenblüten war so aufreizend, daß man sich vor lauter Aufregung am liebsten übergeben hätte. Wir hatten beide kein Badezeug, und als wir aus dem Wasser kamen, waren wir nackt wie ein Paar Goldfische. Für sie war es das erste Mal, aber das hättest du nicht geglaubt, Petie. Sie winselte nur einmal kurz und schmolz dann einfach weg, es war die leichteste Sache von der Welt.« Und dieses Idyll dauerte, wie er sagte, wochenlang. Ich war ganz hingerissen von seiner Beschreibung, und zwar so sehr, daß mich seine kindische Schilderung all jener »Spezialitäten«, die er sie gelehrt hatte – man kann sie in jedem Ehebuch nachlesen –, kaum irritierte und ich auch nicht ungehalten wurde, als er verstockt fortfuhr, von »diesen kleinen, herzzerbrechenden Lustschreien« zu sprechen, von der über ihm schwebenden Drohung, den Pflaumenblüten, den aufsteigenden Falken und der zypressenduftenden See.

»Herr im Himmel«, stöhnte ich. »Das ist ja unglaublich, Mason.«

»Du glaubst mir nicht?«

»Doch, selbstverständlich!« (Und glaubte ich ihm etwa nicht? Man muß sich daran erinnern, daß ich vier Jahre vor Sambuco noch sehr leichtgläubig war.) »Es ist bloß so... so unwahrscheinlich romantisch, ich meine, daß das ausgerechnet dir passiert ist, dem jungen Flagg aus Virginia.«

»Ich weiß«, sagte er nachdenklich. »Es war wirklich wie aus einem Buch. Manchmal glaubte ich, in einem Traum zu leben.« Der Traum war allerdings bald ausgeträumt, denn Mason wurde durch den kalten Wind der rauhen Wirklichkeit aus seiner wohltuenden Zurückgezogenheit aufgeschreckt. Einer der Dienstboten des Hauses verriet ihn und den Gefreiten eines Nachts an die Deutschen. Es ging um Minuten, wollten die beiden entkommen: eine kurze, wilde Umarmung, ein Kuß, ein Lebewohl – und Mason war davon, rannte stolpernd mit Stancik zusammen über die Felder und durch Olivenhaine. In einem Alptraum von Verwirrung und Verirrung stolperten sie dem rettenden britischen Motorboot entgegen, das sie an der Küste erwartete, während die Deutschen wie die personifizierte, wutschnaubende, unabwendbare Rache hinter ihnen herhetzten und die Nacht mit ihren erbarmungslosen Leuchtkugeln illuminierten. »Das war grauenhaft«, sagte Mason. »Man hörte zuerst den scharfen Knall der Leuchtpistole, und das war das Zeichen dafür, sich hinzuschmeißen, und zwar platt auf den Bauch, und regungslos liegen zu bleiben. Nach fünf oder zehn Sekunden etwa machte es oben am Himmel

plop!, und dann konnte man förmlich fühlen, wie eine schreckliche, glasharte Helligkeit vom Himmel heruntertropfte und uns einhüllte. Fühlen, denn sehen tat man ja nichts, auf dem Bauch im nassen Feld liegend, die Augen fest zusammengekniffen. Aber man fühlte, wie das Licht einem geradezu Glieder und Gebein durchtränkte, und ich wartete darauf, daß sie nun losknallen würden. Das war aber immer noch nicht das Schlimmste. Das Schlimmste waren ihre verdammten Hunde. Sie hatten nämlich dalmatinische Doggen, die sie den Serben weggenommen und zu Bluthunden abgerichtet hatten. Ich hatte sie schon früher beobachtet, wenn sie mit den deutschen Streifen auf der Straße vorbeigekommen waren – große hungrige Biester mit blutunterlaufenen Augen und Leberflecken auf dem Fell. In jener Nacht jedenfalls hetzten sie sie auf uns, und wir hörten sie zwischen den Hecken knurren und winseln, als sie versuchten, unsere Spur aufzunehmen. Und einmal sah ich auch eine im Schein einer Leuchtkugel, wie sie neben einem riesigen Soldaten am Waldrand stand, ziemlich weit weg, aber immer noch zu nahe. Wirklich, Peter, bei dem bloßen Anblick dieses Köters wurde mir angst und bange: eine riesige Bestie, deren gebleckte Zähne im weißen Licht glänzten und deren große runde Augen wie zwei Talerstücke leuchteten. Das Biest war ja auf den Mann dressiert und hätte meine Wirbelsäule durchgebissen wie ein Paket Schichtkäse.«
Doch mit Hilfe des Himmels oder einer unerhörten Portion Glück gelang es ihnen zu entkommen. Wenigstens Mason entkam, denn sein Gefährte Stancik – sie befanden sich jetzt am Strand, verbargen sich hinter Klippen, glitten und rutschten nackte Felsen hinab in einem Ausbruch letzter, erschöpfter Verzweiflung, krochen auf das Motorboot zu, dessen Lichter vom Wasser her lockten und, wie von der Hoffnungslosigkeit des Unternehmens überzeugt, schon schwächer zu glimmen schienen – Stancik stürzte, da er mit dem Fuß in eine Felsspalte geraten war, stieß einen wilden Schmerzensschrei aus und verriet so ihre Position. Mason sagte, er habe genau gehört, wie Stanciks Bein brach, dann habe er sich umgewandt, um ihm zu helfen, sich aber – mit einem Gefühl der Verzweiflung, wie er es weder vorher noch nachher je erlebt habe – plötzlich im vollen Lichtkegel eines Suchscheinwerfers befunden. Stancik, in der Spalte festgeklemmt und fast besinnungslos vor Schmerzen, habe versucht, sich zu bewegen, doch seine Lage war aussichtslos. Als Mason in dem peinigenden Lichtstrahl auf ihn zukroch, um ihm zu helfen, jaulte der Feuerstoß eines Maschinengewehrs über ihn hin, wirbelte Steinstaub auf, und eine Kugel drang dem Gefreiten in den Bauch. Mason behauptete, daß er einen Springquell schwarzen Blutes, wie Teer, aus dieser Wunde habe aufsteigen sehen und daß er gehört habe, wie der Gefreite noch ein letztes, im-

mer leiser werdendes Stöhnen von sich gab. Dann fiel er selbst, seine Wade schmerzhaft durchbohrt, wie von einer feurigen Klinge. »Nun, ich habe mich jedenfalls noch bis zum Boot geschleppt«, schloß er. »Wie mir das gelang, weiß ich nicht, aber irgendwie ging es. Der arme Hund allerdings, der Stancik, hatte keine Aussichten mehr. Er flüsterte bloß noch: ›Hauen Sie ab, Leutnant, und erzählen Sie niemandem, daß ich ausgerutscht bin.‹ Dann starb er.« Mason zog ein Hosenbein hoch und zeigte eine häßliche, bläulich schimmernde runde Narbe von der Größe eines Markstückes über seinem Knöchel. »Das ist also mein Kriegsandenken. Ehrlich gesagt, ich bin wohl sehr gut davongekommen. Und dieser Denkzettel ist auch gar nicht so unangenehm, denn immer wenn die Narbe juckt, und das tut sie an feuchtkalten Tagen hier, dann denke ich an Plajas Tochter, an den Sonnenschein und das blaue Meer.«
»Donnerwetter, Mason«, staunte ich, ehrlich beeindruckt. »Das ist wirklich eine tolle Geschichte.«
»Ja«, sagte er leichthin, »ja, sie enthält wohl alle dramatischen Elemente...« Er verstummte und sah auf die Uhr. »Na, mir scheint, es ist Zeit, daß du dich wieder unters Volk mischst, Dollbaby. Ich möchte noch einen Augenblick hier für mich allein sein. Ich habe nämlich allmählich genug von diesen Schmarotzern. Wenn du was von mir willst, dann komm wieder her.«
Da Mason also so eine Art Boheme-Phase durchmachte, war er zu meiner großen Enttäuschung nicht von Filmschauspielern umgeben. Statt dessen hatte er eine merkwürdige und sehr gemischte Mannschaft um sich versammelt. Vereinsamt wie gewöhnlich, bezog ich in einem stickigen Alkoven Posten, von wo aus ich mit geübtem Eremitenauge das Gewoge der Gäste beobachten konnte. Es gab da Herumtreiber der verschiedensten Geschlechter aus den Bars in der Village, wozu auch die Pennypackers gehorten, die später, kichernd und nach Marihuana duftend, aufkreuzten; ferner mehrere nicht ganz unbekannte abstrakt-expressionistische Maler. Ein Redakteur vom ›Hudson Review‹; ein bekannter Bühnenschriftsteller; ein Produzent, dessen Frau, wie Mason mir im Laufe des Abends zugeflüstert hatte, eine unheilbare Nymphomanin war; drei ziemlich stark behaarte junge Literaturkritiker von der New Yorker Universität, die am Büfett standen und sich zielstrebig mit kaltem Braten vollstopften; ein Kunstkritiker; ein Jazzkritiker; ein Theaterkritiker; ein halbes Dutzend verschlafen aussehender Jazzmusiker und ein Schwarm von jungen, hübschen Mannequins, die mit rauschenden Röcken daherschwangen oder in Ecken posierten, das Kognakglas starr unter der Nase haltend wie ein Riechsalzfläschchen. Greller, rasender Jazz entströmte einer verborgenen Quelle und hielt die Stimmung hoch: wann immer die Musik mit leisem

Kratzen verstummte, schienen die jungen Mannequins merklich zu schmollen und in ihren schicken Frühjahrskleidern zusammenzufallen wie verwelkende Blumensträuße.

»Dieser Mason«, sagte eine heitere Stimme in meiner Nähe, »das ist schon ein Bursche!« Die Stimme entpuppte sich als einem Mr. Garfinkel gehörig, einem glatzköpfigen, beleibten kleinen Mann, der ebenso wie ich vernachlässigt wurde oder sich nicht heimisch fühlte und nun neben mir in meinem Alkoven vor Anker gegangen war. Er sagte, er gehöre zur »Phönix«, woraus ich schloß, daß er in der Stahlbranche tätig war, bis er mir mit verhaltenem Kichern erläuterte, daß er mit dem Film zu tun habe.

»Dieser Mason«, wiederholte er dann, »dieser Mason ist schon ein toller Bursche. Sie müssen ihn sich mal genau ansehen: die Augen, die Nase, der Gesichtsausdruck – kurz, das Ganze. Es ist geradezu unheimlich, sage ich Ihnen. Ganz der Vater.« Er verstummte. »Vielleicht etwas größer.«

»Kannten Sie denn Mr. Flagg?«

»Ob ich Justin Flagg kannte? Mein lieber Junge, ich habe ihn praktisch mit der Flasche aufgezogen! Ich war sozusagen seine Mutter! Ha!« Er grinste und entblößte dabei fleckige Zähne. »Das ist der Jude in mir«, erklärte er und stieß mich mit dem Ellbogen an. »In jedem Juden lebt eine verhinderte Mutter.«

Ich begann unruhig zu werden und mich umzublicken, und gerade in diesem Augenblick ging eine der schönsten Frauen an uns vorüber, die ich jemals gesehen habe. Die feingesponnenen Locken ihres kupferfarbenen Haares lagen wie ein Heiligenschein um ihren Kopf, und als sie vorüberging, schienen Wärme und Güte von ihr auszustrahlen. »Nun, Marty, amüsieren Sie sich?« fragte sie Garfinkel und drückte kurz seine Hand; ihre Stimme war ganz gewiß nicht die einer Schauspielerin, es fehlte ihr alles Gekünstelte, und sie kam auch nicht aus der Nase, sondern aus der Kehle und hatte einen warmen und fraulichen Ton. Es freute mich besonders, daß sie jede modische Redewendung vermied.

»Celia«, sagte Garfinkel hinter ihr her, als sie sich wieder unter die Gäste mischte, »wo haben Sie denn so lange gesteckt, Celia?«

»Wer war das denn...?« wollte ich von Garfinkel wissen, aber er sprach schon wieder von Mason. »Sie kennen also Mason schon lange?« fragte ich.

»Seit Jahren. Der Junge ist ein Genie. Genau wie sein Vater. Nur daß er eben als Autor ein Genie ist.«

Garfinkel, mit seinem Ausdruck stoischer Einsamkeit, war wirklich ein netter kleiner Mann. Aus irgendeinem Grunde mußte ich mir vorstellen, wie er auf endlosen Vergnügungsreisen in die Südsee zu den Klängen des

Schiffsorchesters Mambo tanzte, und zwar unfehlbar mit Frauen, die größer waren als er.

»Haben Sie sein Stück gelesen?« fragte ich.

»Nein, aber er hat mir davon erzählt. Das kann gar nicht schiefgehen. Der Junge ist ein Genie.«

»Aha.«

»Denken Sie doch nur mal an alle die Vorzüge, die er einfach dadurch besitzt, daß er als Sohn von Justin Flagg auf die Welt gekommen ist.« In seine Augen trat ein verträumter Ausdruck. »Flagg... das ist ein Name, der Wunder wirkt...«, und er sah mich bedeutungsvoll an, »jedenfalls in bestimmten Kreisen.«

Es gibt Frauen, deren besonderer Schönheit es gelingt, die Zurückhaltung auch der schüchternsten Männer zu brechen. Celia war eine von ihnen. Sie faszinierte mich, und als sie nun im Mittelpunkt der lärmenden Gesellschaft stand, war ich entschlossen, sie näher kennenzulernen. Ich hüstelte und versuchte, mich von Garfinkel loszumachen. »Levitt... gehören Sie vielleicht zu der Familie Levitt, die an der Baugesellschaft in Long Island beteiligt ist?« Irgend etwas an meinem Namen muß wohl gründlich verkehrt sein; ich bejahte freundlich, um ihn zufriedenzustellen, und ging dann auf Celia zu. Aber als ich mich durch die Menge arbeitete, geriet ich in eine Seitenströmung und wurde zum Büfett geschwemmt, wo ich ein oberflächliches Geschwätz mit dem Kerl vom ›Hudson Review‹ begann, der zwar nicht gerade schmerzlich zusammenzuckte, als er den Namen des Colleges erfuhr, das ich besucht hatte, aber doch seinen Blick eulenhaft veränderte und nun den Eindruck machte, als sei er plötzlich imstande, durch meinen Kopf hindurch zu schauen. Ich glaube, daß ich mich in jenem Moment zum Gehen entschloß. Celia war mir nun unerreichbar geworden, sie wurde in einer Ecke des Raumes wie eine schöne Blüte von einigen jungen Männern gefangengehalten, die sie wie die Bienen umsummten. Sie war bezaubernd, aber sie würde niemals die meine werden, und außerdem hatte der Mann vom ›Hudson Review‹ mich mittlerweile ebenso satt wie ich ihn. Fast gleichzeitig gähnend boten wir einander erleichtert eine gute Nacht, und ich machte mich auf, um mich von Mason zu verabschieden.

War es nun irgendein exhibitionistischer Zug an Mason (Teil jener hysterischen Beschäftigung mit allem Sexuellen, des unaufhörlichen Geschwafels über die fleischliche Seite der Liebe, das einem wie heißer Atem den Nacken herunterblies, wenn man ihm zuhörte, und das einem jungen Menschen von fünfzehn wohl ansteht, von dem man aber erwartet, daß es bei einem erwachsenen Mann gedämpfter wird – nicht weniger hysterisch, aber gedämpfter), der ihn daran gehindert hatte, die Schlafzimmer-

tür zu verschließen? Er wußte, daß mir bekannt war, wo er sich aufhielt, er hatte ja ausdrücklich gesagt, er werde mich dort erwarten. Da er die Tür verriegelt hatte, als er sich mit mir zu einem Schwatz zurückzog, hätte man denken sollen, daß er sie doppelt verriegeln werde, ehe er sich daranmachte, das zu vollziehen, wobei ich ihn nun unglücklicherweise überraschte. Aber es handelte sich eben um Mason, ich konnte ganz einfach nicht immer ahnen, was er vorhatte. Jedenfalls erhielt ich den Schock meines Lebens, als ich nach unbeantwortetem Klopfen die Tür öffnete und Mason und Carole erblickte, die sich bei strahlender Beleuchtung in enger Umarmung, nackt wie die Küken, auf dem Bett wanden. Ich wollte, ich könnte sagen, daß der Anblick wenigstens den Voyeur in mir befriedigt habe, aber tatsächlich wirkte er wie eine Novokain-Injektion. Das Ganze sah irgendwie so beabsichtigt aus, daß ich einen Augenblick stehen blieb und mit der Gespanntheit desjenigen zusah, der zum ersten Mal einer Autopsie beiwohnt. Dann kam ich wieder zu Sinnen und knallte mit einem törichten »Gute Nacht, Mason« die Tür hinter mir zu wie ein erschrecktes Zimmermädchen und stampfte hochroten Hauptes den Korridor hinunter. Ich konnte wirklich nicht begreifen, daß eheliche Liebe einen Mann so bedrängen kann, daß er seine eigene Frau während einer Gesellschaft in angetrunkenem Zustand aufs Bett zerren muß. Die Erklärung lag natürlich darin, daß Carole gar nicht seine Frau war. (Kann man mich dafür tadeln, daß ich, so kurz erst der Provinz entsprungen, glaubte, daß ein Mann von seiner Frau spreche, wenn er jemanden als »die Liebe meines Lebens« bezeichnete? Vielleicht doch.) Dann, als ich das Haus verlassen wollte, sah ich Garfinkel an der Tür und in seiner Nähe jenes herrliche Götterbild, die strahlend schöne Celia. »Levitt«, sagte Garfinkel, »Sie wollen doch nicht schon gehen? Ich will Sie doch wenigstens noch Masons Frau vorstellen. Dies ist Peter Levitt, Celia.« – »Oh, Sie müssen Peter Leverett sein«, sagte sie lächelnd und herzlich. »Mason hat mir so viel von Ihnen erzählt, von den herrlichen Jahren in Virginia und der verrückten Schule, in die Sie gegangen sind! Aber ich wußte ja gar nicht, daß Sie hier sind!«
»Also Leverett. Tut mir leid, mein Lieber«, sagte Garfinkel. »Wie auch immer, Sie sollen jedenfalls wissen, daß in dieser süßen Person hier ein großer Teil von Masons Genius zu sehen ist.«
Masons Frau? Zu viele Empfindungen schlugen über mir zusammen. (Carole, »die Liebe meines Lebens«, was war ich doch für ein Idiot!) Ich sah Celia an und stellte fest, daß ich sprachlos war. Sie war wie ein Flötenton, eine Glocke, ein Rohr; Carole war dagegen eine Kuh. Und gerade in diesem Augenblick machten Carole und Mason... Selten habe ich mich so unbehaglich gefühlt, war ich so enttäuscht von allem und jedem.

»Die Kunst ist tot, Peter«, sagte Mason zu mir irgendwann in der darauffolgenden Woche. »Vielleicht noch nicht ganz tot, aber man kann es etwa so ausdrücken: Die liebe alte Muse stirbt langsam, und in einigen Jahrzehnten werden wir ihren Todesseufzer vernehmen können. Die neue Muse ist die Wissenschaft – das ist so eindeutig wie die Nase in deinem Gesicht. Wenn Wissenschaft und der Niedergang des Geschmacks in allen Lebensbereichen sich verbinden, dann ist der Untergang unvermeidlich. Man braucht deshalb aber nicht zu weinen, über den Determinismus der Geschichte kann man nicht weinen. Tatsachen sind Tatsachen. Am Ende unseres Jahrhunderts wird die Kunst – die Malerei, die Musik, die Dichtung und das Drama – so tot sein wie das Labyrinthodont.«

»Was ist denn das?«

»Ein frühgeschichtliches Amphibium aus dem späten Perm.«

»Also, dann sag mir doch mal, Mason, warum du überhaupt noch an deinem Theaterstück schreibst?«

»Oh, ich weiß nicht, das ist wohl so eine Art Trotz. Ein Matrose, der noch einen Rest von Mumm hat, wird das Schiff nicht verlassen, wenn auch die Wellen darüber zusammenschlagen. Außerdem besteht immer die geringe Möglichkeit – wirklich nur eine geringe, aber immerhin eine Möglichkeit –, daß die Geschichte einen Sprung macht, wie sie das manchmal tut, und daß wir statt einer Beerdigung eine Renaissance erleben. Es gibt ein paar Anhaltspunkte dafür, daß es so gehen könnte.«

»Was zum Beispiel?«

»Ja, in der Malerei zum Beispiel den abstrakten Expressionismus. Und in der Musik den Jazz. In beiden ist eine unerhörte Vitalität und Freiheit; auf geradezu phantastische Weise wird hier Schluß gemacht mit all dem Zwang und dem entsetzlich verstopfenden Formalismus und all dem Traditionsquatsch, der die Kunst so gelähmt hat. Wenn also – und ich gebe zu, daß das nur eine sehr schwache Hoffnung ist – diese beiden Tendenzen sich richtig entwickeln, dann können wir eine Renaissance erleben, und, wie die Geschichte ja beweist, werden die übrigen Künste dann auch aufblühen. Verstehst du, was ich sagen will?«

»Von Malerei verstehe ich ja nichts, Mason«, erwiderte ich. »Was aber die Musik angeht, so finde ich einiges vom frühen Dixieland sehr gut und auch Bessie Smith, aber schließlich...«

»Was schließlich?«

Da ich mich gerne genau ausdrücke, suche ich nach Worten, verliere Zeit und Boden und bin am Ende in den meisten Diskussionen der Unterlegene.

»Schließlich also«, kam er mir zuvor, »gibt es immer noch J. S. Bach. Das wolltest du doch sagen, oder?«

»Mehr oder weniger schon, Mason«, antwortete ich. »Wenn auch etwas ausführlicher.«

»De gustibus, Peter«, sagte er lächelnd. »Ich will dir gerne deinen Leichnam lassen, wenn du mir mein Dollbaby läßt, sexy, lebendig und munter.«

»De gustibus, Mason«, versetzte ich.

»Einmal ein Spießer, immer ein Spießer. Aber jeder muß sein Gegenstück haben. Ich habe dich wohl deswegen so gern, weil du ein solcher Spießer bist.«

Und solche Dinge pflegte er mit einem so reizenden Lächeln und so ehrlicher und treuherziger Anhänglichkeit zu sagen, daß sich alles, was ich an ihm Sekunden zuvor als beleidigend, prätentiös und banal empfunden hatte, wie in Luft auflöste.

In jener Woche führten wir mehrere profunde Gespräche über Kunst und was damit zusammenhängt. Obwohl das College ihn zurückgewiesen hatte – oder er es –, so schien er doch aus eigenem Antrieb alles gelesen und das meiste davon auch verstanden zu haben. Er trug seine einigermaßen verblüffende Belesenheit prahlerisch und lärmend zur Schau, ganz als habe er sich mit ihr für einen Faschingsball kostümiert. Mason war imstande, ausführlich und lebendig Auskunft zu geben, mochte es sich nun um die Ursprünge des Rosenkreuzertums oder die Kuria-Muria-Inseln oder Guano-Atolle vor der Küste von Aden handeln, um den Unterschied zwischen absoluten und scheinbaren Größenordnungen bei der Messung von Sternen, um den Ursprung der Sitte der Beschneidung weiblicher Kinder bei den Stämmen der Kalahari, um den Einfluß von Ranulf de Glanvill auf das Recht (»Willst du etwa sagen, Peter, daß du Jura studiert und niemals etwas von Glanvill gehört hast?«), über die große Toleranz gegenüber sexuellen Perversionen unter den Huronen, den Unterschied zwischen Fibromyomen und Condromen bei der Klassifizierung von gutartigen Tumoren, über den Grund, warum die deutsche Wissenschaft dem Thomas Kyd einen übermäßig großen Einfluß auf Shakespeare zuschrieb, und tausend andere Dinge. Das merkwürdigste dabei war, daß Mason mich mit seinen Kenntnissen niemals langweilte, was vielleicht daran liegt, daß ich mich als Kind meiner Zeit von jeder Art detaillierter Angabe blenden lasse. Er wendete seine sinnlosen Einzelkenntnisse sehr geschickt an, indem er sie mitten in einer Anekdote oder einer Erzählung ausspielte, und zwar in der gleichen Weise, wie ein Zauberer Karnickel, Rosen oder eine Taube überraschend aus dem Ärmel zieht. Immer wieder pflegte er seine jugoslawischen Erlebnisse auszubreiten, von denen zu berichten er niemals müde wurde und die ich immer wieder gerne hörte und sei es nur, weil neue Einsichten, neue Personen auftauchten – der wohlwollende Bürgermeister der Stadt, ein italienischer Deserteur (Epileptiker und zu mörderischen nächtlichen Ausflügen neigend), der SS-Kommandant, der eines Tages dem Haus einen furchterregenden Besuch abgestattet hatte –, und auf diesem Unterbau erhob sich nun ein blendendes Kunstwerk aus Tatsachen, Historie, Legende und Sage. »Natürlich war der alte Plaja ein vollblütiger Dalmatiner«, sagte er dann etwa, »was besagen will, daß er das Herz eines Kriegers besaß. Seine Vorfahren hatten im Mittelalter sämtlich gegen die Venezianer gefochten, nachdem so ein Schurke von König, nämlich Ladislaus von Neapel, sie für – ich glaube – hunderttausend Dukaten an die Venezianer verkauft hatte. Was für eine phantastische, bluttriefende Zeit! Ich will dir mal erzählen...«

Und schon war er wieder dabei. Und irgendwie im Laufe seiner Erzählung erfuhr ich dann, daß der Hauptfeind der gewöhnlichen Pflaume der Kurkulio ist, ein widerwärtiges kleines Insekt; daß Papst Sixtus V. den Hosenlatz als eine allgemeine Bedrohung der Keuschheit verdammt hatte und daß das Wort ›Falke‹ vom lateinischen ›falx‹ herkommt, was Sichel bedeutet und die gekrümmten Fänge des Vogels kennzeichnet. Eine überraschende Eigenschaft Masons war es, so viel von der Vergangenheit zu wissen, die er doch verabscheute.

In meinem fleckigen und von Tränenspuren durchzogenen Buch der Erinnerungen befinden sich nun noch zwei Photographien. Auf der ersten (ich versuche, mich zu erinnern, auf welcher Gesellschaft sie gemacht worden ist) sieht man meine eigene Hand im Blitzlicht, weiß wie ein Fischbauch. Auch Carole ist anwesend; sie sieht ganz benommen und wollüstig aus; ihre feuchten Lippen reflektieren das Licht, während sie sich vorbeugt, um Mason eine halbe Sekunde später einen Kuß auf sein wohlfrisiertes Hinterhaupt zu drücken. Was ist es, das mich an diesem Bild so stört – auf eine Art, die nichts mit dem zu tun hat, was Mason oder Carola gerade trieben? Das Bild wird von Mason beherrscht. Man sieht ihn im Profil, wie er sich mit einem Unsichtbaren unterhält; er ahnt nichts von den Lippen, der feuchten Zungenspitze, die über seinem Nakken schweben, und in jenem Augenblick, im Bruchteil der Sekunde, ehe der Mund sich senkt, zeigt sein Gesicht einen Ausdruck völliger Niedergeschlagenheit. Ein merkwürdiger Ausdruck, wie er selten an Mason zu sehen war: Erschöpfung, Ekel vor dem Leben, Schwerfälligkeit. (Zu wem sprach er wohl? Aber es kommt nicht darauf an.) Ich habe dieses Bild oft betrachtet, und jedes Mal hat mich dieser vorübergehende Ausdruck des Kummers auf seinem Gesicht angerührt, den man im Leben so selten an ihm sah. War er während dieser Zeit so unglücklich, wie das Bild es mir einreden möchte? Das kann ich jetzt nicht sagen. In dem anderen Bild von

Mason findet sich jedenfalls keine Spur davon. Hier sind wir in seinem Dachgarten – wiederum ich, daneben Mason und dieses Mal nicht Carole, sondern Celia. Es ist in der Mittagszeit eines Frühlingstages, das erkennt man am Licht und an den blühenden Blumen in den Kästen, an den Bäumen auf den Dachgärten der anderen Gebäude und an dem leichten Frühjahrskleid, das Celia trägt. Wie alle verblichenen Momentaufnahmen weckt auch diese so etwas wie Heimweh, wie Sehnsucht: diese Wirkung geht von dem gelblichen Glanz, dem Anhauch von Frühling aus, die für immer dahin sind, von den altmodischen Frisuren und Schuhen, von den Dachgärten, die es nicht mehr gibt (Masons Haus ist vor nicht langer Zeit abgerissen worden), und endlich von dem Eindruck, den so intensiv wohl nur die Kamera vermitteln kann, daß hier Zeit unwiederbringlich vergangen ist. Celia, in dieser Retrospektive noch liebreizender, als ich sie in Erinnerung habe, wendet den Blick Mason zu, ist seinem Gesicht sehr nahe und scheint im Begriff, ihm mit ihren herrlichen weißen Zähnen spitzbübisch am Ohrläppchen zu knabbern. Mason neigt ihr seinen Kopf zu; er ist bereit zurückzubeißen, lustig und verspielt, und sein Gesicht strahlt heiterste Glückseligkeit aus. Was mich angeht, so stehe ich etwas seitwärts und betrachte denjenigen, der die Aufnahme macht, wer es nun auch gewesen sein mag, und mein Gesichtsausdruck läßt sich am besten als verdrießlich bezeichnen. Hinter uns steigt ein schieferfarbener, flockiger Taubenschwarm über den Wassertürmen auf und verleiht diesem Augenblick aus vergangener Zeit eine Atmosphäre von federleichter Bewegung, von Raum und Leben...

Ich muß sagen, daß Mason während dieser kurzen Zeit ganz und gar meine Stunden ausfüllte, sei es nun am Tage oder in der Nacht. Ich hatte meine Stellung schon vor meiner Abreise nach Europa aufgegeben, mir blieb nun nichts mehr zu tun, und ich fand es lustig, mit Mason umherzuziehen; er wurde nie müde, es gab immer etwas Neues zu tun, etwas Neues zu sehen, und stets zahlte er. Ich sträubte mich dagegen – das tat ich wirklich –, aber er hatte eine elegante Art, mir über die geheime Demütigung hinwegzuhelfen. »Hör mal, mein Sohn«, pflegte er zu sagen, »die französischen Mädchen, die du dir bald zulegen wirst, sind ziemlich teuer. Spar dein Geld also!« Und dann verstummte er, um gleich darauf zu fragen: »Darf ich einmal ganz ehrlich sein? Ich bin reich, das weiß ich, und es macht mir einfach Spaß, mein Geld für Leute auszugeben, die ich gerne habe. Herr im Himmel, wir wollen ja schließlich Justins Vermögen nicht verrotten lassen. Gib mir also die Rechnung herüber!« Dann zog er seine Brieftasche heraus und sagte: »In unserer blöden Demokratie muß man die größten Verrenkungen machen, wenn man reich ist, und den Eindruck erwecken, als besäße man keinen Pfennig.«

Mit etwas heiserer Stimme gab ich nach. Für kurze Zeit jedenfalls war das eine höchst angenehme Situation. Mehr als einmal fragte ich mich, ob es nicht möglich wäre, den Rest meiner Tage unter Masons Schirmherrschaft zu verbringen, und der Gedanke daran jagte mir Schauer über den Rücken. Denn wenn ich auch vermutete, daß sich in Masons großartigen Gesten ein gewisser Besitzerstolz ausdrückte, so mußte ich doch voller Scham erkennen, daß meine Bereitwilligkeit, jemandes Eigentum zu werden, stärker war, als ich zugeben mochte. Wer aber hätte mich tadeln können? Jede Nacht (und das waren wenigstens fünf) versah mich Mason mit einem neuen Mädchen. Und alle waren sie hirnlos, hübsch und bereitwillig. Was war es doch für ein Genuß, sich in den Händen eines so abgebrühten, großherzigen Kupplers zu wissen! Ich meine das ganz im Ernst. So fortgesetzten und dabei abwechslungsreichen Geschlechtsverkehr habe ich in meinem ganzen Leben nicht gehabt. Und dafür war ich Mason zu Dank verpflichtet. Unter den Parasiten, die sich an ihm mästeten, war ich der Kronprinz geworden, und als er mir schließlich seine Sammlung von Erotika zeigte, wußte ich, daß ich endgültig in sein Haus aufgenommen war.

Als ich diese Sammlung zum ersten Mal sah, konnte ich nur einen tiefempfundenen Pfiff ausstoßen. »Wo hast du all den Kram her, Mason?« fragte ich.

»Einer meiner Freunde ist vor ein paar Jahren an einem Hirntumor gestorben. Der hat mir dies alles hinterlassen. Nimm dir noch etwas Eis. Er hinterließ mir jedenfalls den Kern der Sammlung, daß heißt also, den größten Teil der Bücher, die da drüben rechts stehen. Ich fand Interesse an der Sache und habe mir den Rest im Laufe der Zeit zugelegt. Im ganzen genommen handelt es sich tatsächlich um eine Investition. Du weißt ja wohl, daß es für diese Art Dinge einen großen Markt gibt, der fast ebenso fundiert ist wie der Kunstmarkt und sehr viel stabiler als Gold oder Briefmarken.«

Der »Kern« bestand, wie ich entdeckte, aus so grausigen Dingen wie ›Die tausend Nächte und die eine Nacht‹ (London, Privatdruck 1921), ›Die Memoiren der Fanny Hill‹ (ebd., 1890); sämtliche Werke auf französisch und englisch jenes »wirklich unvergleichlichen Genies«, wie Mason ihn nannte, des ›göttlichen‹ Marquis de Sade, einschließlich seiner Meisterwerke ›Justine‹ und ›Juliette‹ und ›La Philosophie dans le Boudoir‹ und ›Les Crimes d l'Amour‹ (illustriert, Paris 1902) in französischer und englischer Sprache; Apollinaires ›Die elftausend Jungfrauen‹ und ein halbes Dutzend Bände in englischer Sprache aus der Reihe der in Paris gedruckten Bonbons für unterernährte Angelsachsen.

Nachdem ich diese Elementarstudien überflogen hatte, kam eine Flutwelle von entzückenden Dingen, deren Vorhandensein ich niemals geahnt hatte: wunderschön ausgestattete italienische und französische Werke, von denen einige aus dem siebzehnten Jahrhundert stammten; priapische Feiern nach römischen Liebesbräuchen gegen A. D. 79, wie sie von den Wandfriesen von Pompeji bekannt geworden sind, delikate und kunstvolle Zeichnungen aus Arabien, Indien, aus Java und Japan, auf Reispapier und Schriftrollen; Liebe unter Kubanern, unter Turkestanern und Persern; Liebe sogar in Skandinavien. Auf einer Serie von Photographien trieb ein hübsches und lebhaftes blondes Quartett aus Stockholm, dessen Mitglieder glitschig aussahen wie die Heringe, in einer Atmosphäre von verschnörkelten Bettstellen, Smörgåsbord und Schnaps Unzüchtiges. Ein chinesischer Beitrag – wenn man Mason glauben wollte sozusagen die Apotheose der Verderbtheit – zeigte auf einer Schriftrolle, von der Mason sich verschwor, sie sei aus Menschenhaut gemacht, eine endlose Folge akrobatisch ausgeführter Perversionen. Ganz schwindelig von diesen Anblicken stürzte ich mich kopfüber in das laszive Getümmel, und da solche schwülen Erotika aufreizend wirken sollen, taten sie das denn auch bei mir, jedenfalls eine Zeitlang. Angeregt betrachtete ich den Liebesakt, wie er konventionell in einem Bordell in New Orleans, reihenweise unter Monegassen, selbst oktagonal in einem Schlafzimmer voller unordentlicher Griechen ausgeführt wurde – letzteres in einem Album mit Photographien, die mehr verwirrend als anregend wirkten. Zwei algerische Priester begatteten eine lustlose, dürre Nonne, und die Nonne wiederum befriedigte die Äbtissin. In einem kleinen Album mit fatalistischen Lithographien, die lange vor Waterloo in England hergestellt worden waren, sah man Napoleon in strotzender Manneskraft einigen Damen Gewalt antun, die nacheinander als Italia, Germania und Britannia bezeichnet wurden. Die zoologische Abteilung, in der man Tiere im Umgang mit Menschen und umgekehrt sah, war ebensowenig nach meinem Geschmack wie das dicke deutsche ›Lexikon der Sexualität‹, dessen Illustrationen zwar an Deutlichkeit nichts zu wünschen übrig ließen, aber doch mehr den Bildern aus Polizeiakten ähnelten, da sich Abbildungen zerstückelter Kinder und anderer Opfer sexueller Verbrechen darin befanden. Tatsächlich hat gerade diese Form der Darstellung von allen menschlichen Kunstformen die geringste dauernde Anziehungskraft auf alle, die nicht gerade pubertär oder geistesgestört sind, daß es nicht lange währte, bis ich mich von gewissen Wiederholungen enttäuscht fühlte, Mason betäubt – wirklich abgestumpft – ansah und die ganze Angelegenheit jeden Reiz für mich verloren hatte.

»Meinst du wirklich, daß dieser Kram so viel Geld wert ist?«

»Ganz recht, mein Lieber. Allein für die chinesische Rolle habe ich fünfhundert Dollar bezahlt. Frühe Ch'ing-Dynastie. Hier ist noch was Interessantes.«

Auf einer großen einige Jahrzehnte alten Photographie war zu sehen, wie ein grinsender, muskulöser, kohlrabenschwarzer Afrikaner feurig einen Strauß beschälte.

Ich starrte das Bild lange Zeit versonnen an.

»Die Sexualität ist die letzte Grenze«, hörte ich ihn irgendwo im Hintergrund dozieren. »Sowohl im Leben als auch in der Kunst ist die Sexualität das letzte Gebiet, auf dem der Mensch volle Freiheit finden, seine Individualität vollkommen ausdrücken kann. Hier kann er den Zwang und die Konvention des Gesellschaftlichen abstreifen und seine menschliche Identität zurückgewinnen. Ich rede nicht etwa von irgendwelchem kleinbürgerlichen Getätschel samt Zuckungen. Ich rede von der totalen Ausschöpfung des Sexuellen, wie Sade sie sich vorgestellt hat und die eine solche Bibliothek so wichtig und so lohnend für die Psyche macht. Man könnte es ›Le nouveau libertinage‹ nennen. Denn, siehst du, es war Sades revolutionäre Konzeption, sein Genie, das ihn den Menschen nicht als das, was er sein soll, sehen ließ – als ein unmenschlich edles Geschöpf, dessen Edelmut ein Pseudoedelmut einfach deshalb ist, weil es auf allen Seiten eingeengt und ganz verdreht wird bei dem unmöglichen Versuch, sich von seiner tierischen Natur zu befreien –, sondern so, wie er ist und immer sein wird: als ein denkendes biologisches Wesen, das, sei es zu Recht oder zu Unrecht, in einer Welt frustrierter Sexualphantasien lebt, deren Unterdrückung eben die Ursache mindestens der Hälfte allen Jammers und Elends ist. Es ist ein merkwürdiges Paradoxon, daß Sades Name zur Bezeichnung für alles Grausame und Schmerzerregende wurde, da er doch in Wirklichkeit der erste Psychoanalytiker der modernen Zeit war, der aus der Unterdrückung der Sexualität mehr Pein und mehr Böses entstehen sah als aus dem universellen Heilmittel, das er vorschlug: Ablösung von der Welt der Phantasie und Ausleben der sexuellen Impulse in der Wirklichkeit. Und wiederum bedeutet das nicht irgendwelche lauwarmen Freiübungen im Dunkeln. Einmal bedeutet es Gruppenzusammenwirken – es gibt niemanden, der nicht irgendwann in seinem Leben sich nach sexueller Betätigung in größerer Gemeinschaft gesehnt hätte –, weiter das freie Ausleben bisexueller Impulse, und endlich die orgiastische Reinigung, die seit dem Beginn menschlicher Geschichte wenigstens von jenen Individuen, die stark genug waren, die Konventionen zu durchbrechen, immer als ein Mittel der Erneuerung menschlichen Erfahrungsvermögens betrachtet worden ist. Auch die zukünftige Krise der Kunst wird hier ihren Ursprung haben, denn nur wenn der sexuelle Akt in der Kunst dargestellt werden kann – in der Dichtung, in der Malerei und auf der

Bühne – ich gebe zu, daß das ein Problem darstellt –, nur dann werden wir eine Art von Freiheit haben. Denn zunächst einmal...«
Während ich über diesem kuriosen Bild brütete, hatte ich ein stummes, wildes Lachen in mir aufsteigen gefühlt, und nun drehte ich mich um und lachte schallend, was Mason veranlaßte, mitten im Satz innezuhalten und mich scharf anzusehen.
»Was ist denn daran so komisch?« fragte er irritiert. Und nun drangen seine so feierlich, mit solchem Nachdruck gesprochenen Worte erst richtig in mein Bewußtsein, und es war, als habe jemand plötzlich eine Tür geöffnet, durch die sie alle hereinkamen und über mich herfielen.
»Ach, ich weiß nicht, Mason«, sagte ich immer noch grinsend. »Du meinst das doch wohl alles nicht im Ernst? Ich habe das Sexuelle bislang immer für ein reines Vergnügen gehalten, ein herrliches, großartiges fabelhaftes Vergnügen, den größten Spaß überhaupt. Du scheinst mir aber einen Kult daraus machen zu wollen und noch dazu einen finsteren.«
»Du gibst dir da eine Blöße, Dollbaby«, antwortete er. Er versuchte, leichthin zu sprechen, doch merkte ich ihm an, daß er ärgerlich war. »In seinen höchsten Formen ist der Sexus immer ein Kult gewesen, gepflegt und verfeinert wie jede andere hohe Kunst.«
Er nahm mir mit einem dünnen Lächeln das Straußenbild aus der Hand. »Spießigster aller Spießer«, fügte er liebenswürdig hinzu.
»Das ist Geschmackssache, Mason«, sagte ich.
Doch diese beiden Bilder – das eine mit Carole und das andere mit Celia – verfolgen mich immer noch; sie haften wie ein Duft, ein Fetzen Musik, eine bekannte Stimme, die man während vieler Jahre nicht gehört hat. Ich wende mich dem ersten zu, versuche eine Stimmung zu erschließen, es zu verstehen, es in der Zeit einzuordnen – und dann, ganz plötzlich (und vielleicht ist es nur die Erinnerung an den Strauß, die das bewirkt, oder an das Schlafzimmer voller Schweden) weiß ich, was es ist und was es bedeutet. Dieses Bild gerät plötzlich in Bewegung, es ist wie einer jener filmischen Tricks, wodurch für einen langen Augenblick die Szene unbeweglich wird – ein Skispringer wie angenagelt mitten in der Luft, ein Turmspringer erstarrt im Salto, dann rollt der Film wieder weiter; nun kann ich wirklich mit geringer Anstrengung meiner Phantasie mich dazu überreden, daß ich nicht länger mehr Betrachter der Szene bin, sondern hineingehöre wie vor langer Zeit; ich fühle, wie meine Hand sich ein wenig zurückzieht, nervös, während ich noch halbgeblendet vom Blitzlicht zusehe, wie Caroles Zungenspitze Masons Nacken berührt und dort bleibt, feucht und flatternd, während im gleichen Augenblick ihre fleischige Hand sich vorstiehlt, um seinen Hosenschlitz zu öffnen. O

göttlicher Marquis! Wie es möglich war, daß ich nach Masons Ausführungen über »Gruppenzusammenwirken« einige Abende zuvor gar nicht darauf kam, daß er mich in eine Orgie verschleppt hatte, verwunderte mich damals ebenso, wie es mich heute verwundert; ich kann in aller Ehrlichkeit nur sagen, daß ich gewußt oder vermutet haben muß, daß es eine Orgie werden sollte und daß ich tief innerlich eben auch an einer orgiastischen Reinigung teilzunehmen wünschte. An jenem Abend bewirtete uns ein berühmter junger Autor namens Harvey Glansner in seiner großen, mit Seide tapezierten Wohnung nahe dem Washington Square. Sogleich nach dem Krieg hatte er am Broadway mit einem Theaterstück erstaunlichen Erfolg erzielt, in dem er mit Mut, Verständnis und Mitgefühl am Beispiel einer aus den niederen Schichten stammenden New Yorker Familie den neurotischen Todeskampf unserer Zeit aufgedeckt hatte. Darauf hatte er hintereinander mehrere Mißerfolge zu verzeichnen gehabt, was in Amerika und besonders am Broadway gleichbedeutend mit dem Grab ist. Danach war sein Talent, zum Bedauern vieler, die in ihm immer noch eine Hoffnung des amerikanischen Dramas sahen, vor die Hunde gegangen; er machte sich daran, eine gewisse knotige Prosa zu schreiben, hauptsächlich Artikel für kleinere Vierteljahresschriften, in denen er die damals aufblühenden Zeichen jugendlichen Verbrechertums, die Psychopathen, Schänder, Zuhälter, Rauschgiftsüchtigen und anderes asoziales Gesindel besang, bis er zuletzt in eine Art von halbverständlicher Pornographie abrutschte und unlesbar (allerdings nicht, wie ich glaube, daß er es wünschte, unverlegbar) wurde, wenn man von einer ziemlich speziellen, esoterischen Gruppe Intellektueller absah, die jedwedes üble Aufsehen begrüßten, ganz gleich, wie kindisch es sein mochte. Er schrieb viel über das Feierliche des Orgasmus, dessen Unzulänglichkeit, Qual und Verhältnis zu Gott. Trotz alledem war er ein begabter Schriftsteller, auch nachdem er am Broadway in Ungnade gefallen war, und er wäre wohl ganz allgemein besser aufgenommen worden, hätte das Sexuelle in all seinen Essays nicht den Beigeschmack des Schreckens, des Trostlosen und des Ekelhaften gehabt: man darf das Sexuelle sentimentalisieren, indem man es mit der Liebe verwechselt, und wird doch immer noch Leser finden, setzt man es aber mit dem Unerfreulichen gleich, dann kann man kaum auf eine Gemeinde zählen, gleichviel ob nun das Vorurteil, von dem man ausgeht, ein puritanisches oder pornographisches ist. »Harvey ist ein wirklicher Hasser, ebenso wie Dante«, sagte Mason und fügte erklärend hinzu, daß er eine Biographie mit dem Titel ›Karl Marx: Gigant des Orgasmus‹ verfasse. Ich glaube, Mason bezog seine erotische Inspiration von diesem Glansner, der uns, ein pickliger, leichenhaft aussehender junger Mann mit Hängebauch, Hakennase und Hornbrille, an der Tür mit einem

bedeutungsschwangeren Grinsen empfing (dem ich nichts entnehmen konnte), wobei er Marihuana-Zigaretten verteilte. Eigentlich müßte ich das Ensemble beschreiben, das wohl für eine Orgie etwas kümmerlich war, vielleicht aber auch nicht. Wir waren zu acht – die immer gegenwärtigen Pennypackers, füchsisch wie stets; Glansner und seine Frau, eine kurvenreiche, goldhaarige Schönheit mit Schmetterlingsbrille, deren Name ich nicht mehr weiß; und als eine Art Kielschwein ich selbst in Begleitung eines Mädchens namens Lila, die Mason für mich aufgetan hatte, einer etwas fülligen und liebenswürdigen Entkleidungskünstlerin, die von Anfang an die ganze Veranstaltung wissender und auch mißtrauischer betrachtete als ich: sie nahm mich beizeiten auf die Seite (das war nicht schwer, denn das Getöse des Jazz war betäubend, und blaue Birnen verbreiteten auf den Gesichtern einen gedunsenen, leichenhausähnlichen Schimmer) und sagte zu meiner Verwunderung: »Laß dir nichts anmerken, Schätzchen, aber ich glaube, hier ist was faul.«
Nun denn, wie so viele andere hektische Erinnerungen steigt auch diese stückweise und flimmernd herauf: blaues Licht und heulende Saxophone und der bittersüße, alles überlagernde Geruch von Marihuana. Zunächst ging Glansner hin und her und machte Aufnahmen mit einer großen Kamera. Ich glaube, da etwa machte sich Carole an Masons Hosenschlitz zu schaffen, wurde allerdings von ihm ihrer Direktheit wegen zurechtgewiesen. Ich hatte meinerseits das Rauschgift abgelehnt, da es auf mich keinerlei Wirkung zu haben scheint, hielt mich an ein wenig Rotwein und saß fast die ganze Zeit über Hüfte an Hüfte mit Lila auf einer breiten, weißen Lederottomane. Der Jazz, die Musik nicht der Verbindung, sondern der Spaltung, war wie eine unaufhörliche Explosion gegen mein Gesicht, und wenn sie verstummte und der Plattenwechsler leise summte, ehe er mit sanftem Blopp die nächste Platte fallen ließ, war die Stimme unheimlich und schwer erträglich, und ich erinnere mich, daß ich mich über den Ton dieser Versammlung wunderte, der von Anfang an bestimmt wurde von Verzweiflung, Feindseligkeit und der bejammernswerten Schlaffheit, wie sie einer Versammlung jugendlicher Baptisten aus den Südstaaten eignet. Seitdem habe ich erfahren, daß Marihuana den Wunsch zu sprechen lähmt, jedenfalls legte es sich wie eine schwere Hand auf die Unterhaltung an jenem Abend. Nur Lila und ich, auf unserer Ottomane wie auf einer Insel, versuchten miteinander zu sprechen; was die anderen betrifft, so hatten sie sich paarweise auf Sofas zurückgezogen, pafften in der gekrümmten Hand, eingehüllt in bläulichen Rauch. Nach einer Weile jedoch kam es zu kleinen Unruhen; es wurde hohl und leise gekichert, und unser Gastgeber erhob sich, um Tanzmusik auf den Plattenwechsler zu legen. Nach all dem Jazz wirkte sie sanft, bürgerlich, muß aber Bestandteil

des Rituals gewesen sein, denn immerhin gestattete sie Mason, sich zu erheben und mit einem angestrengten, verkrampften Gesichtsausdruck Glansners schöne Frau in die Arme zu schließen und sie in dem trüben Raum umher zu schieben, stockend und mit viel schamlosem gegenseitigen Aneinanderreiben der unteren Regionen. Ich wollte, ich könnte mich über diese Orgie großzügiger im Detail ergehen, aber etwa zu diesem Zeitpunkt begann die ganze Angelegenheit – jedenfalls für mich und Lila – ihr Ende zu finden. Abgesehen von Masons Hüftarbeit sah ich nur einen einzigen eindeutig sexuellen Akt, nämlich zwischen den Pennypackers, die auf einer Couch aufeinanderkrochen und, vollständig bekleidet, gewisse hastige Bewegungen der Kopulation ausführten, die, da die Ausführenden verheiratet waren, ihnen nur ein träges, tolerantes Lachen eintrugen, wie man wohl über Kinder lacht, die zwar die Gesten, nicht aber den Geist eines Spiels begriffen haben und bei ihren Versuchen rührenden Eifer an den Tag legen. Etwas später, Mason tanzte wieder, betätschelte Glansner Carole an einem schattigen Plätzchen und murmelte in einem merkwürdigen Rotwelsch auf sie ein, das dann später unter dem Namen ›Hip Talk‹ bekannt wurde. Die Worte, die er benutzte, waren so ziemlich die eindeutigsten, über die unsere Sprache verfügt, und in der Art, wie er sie aussprach, lag eine zwingende öde Monotonie, die mich bis ins Knochenmark abkühlte; falls er dadurch Carole zu erregen glaubte und falls meine Lila ein verläßliches Barometer in dieser Beziehung war, dann gelang ihm das jedenfalls nicht. Lila war ein ordentliches, gesundes, erwachsenes Mädchen mit einem feinen elastischen Busen; sie hatte sich in der Welt umgesehen und wußte Bescheid. Als ich nun zu erkennen gab, daß auch mir einiges faul vorkam, sagte sie leise: »Ich habe schon mit sechzehn Jahren aufgehört, Marihuana-Zigaretten zu rauchen. Irgend jemand sollte dem armen Spießer dort sagen, daß es für ihn Zeit ist, erwachsen zu werden. Glaubt er etwa, daß er sie auf diese Weise animieren kann? Paß auf, Schatz, jetzt gibt's Ärger.« Die Pennypackers, nun von ihrer Couch herabgestiegen, schlitterten auf uns zu. Lila und ich erhoben uns gleichzeitig und tanzten eng aneinander geschmiegt an der Wand entlang von dannen. »Als ich noch in London auftrat, nannte man dort eine solche Veranstaltung ›unartig‹. Und das trifft die Sache auch genau. Mason sollte mehr Verstand haben. Ich gehe gern auf eine Party, aber das hier paßt mir nicht. Wofür hält er mich eigentlich, für eine Art Nutte?« Dann schmiegte sie sich enger an mich. »Laß uns hier weggehen, Schatz, und uns hübsch allein miteinander vergnügen.«
Wir tanzten noch eine Weile miteinander, monogam zusammengeschweißt. Hinter uns raschelte und ächzte es gewaltig, und als wir uns schließlich entschlossen hatten zu gehen, sah ich Mason hell beleuchtet

im Türrahmen zum Schlafzimmer stehen, einen Arm um die nun glasig dreinschauende und mit entblößtem Busen dastehende Mrs. Glansner geschlungen, während man im Hintergrund das Gesicht Glansners gewahrte, der am Kopfende des enormen Bettes kauerte und (zu meiner Überraschung, denn etwas Angeregteres hatte ich immerhin erwartet) den impotenten, grabesdüsteren Ausdruck eines Menschen zur Schau trug, den nur noch fünf Minuten vom Galgen trennen.
Was nun Masons Ausdruck angeht, so hatte ich erwartet, die brennende, verzehrende Lust an ihm zu bemerken, von der man in Romanen so viel liest, doch schien mir nun nichts weiter da zu sein als eine Art beklagenswerter, verlassener Unschuld. »Was ist denn los, Petie?« fragte er, »du willst doch nicht etwa schon gehen?« Es lag nicht geradezu Herzensangst in seiner Stimme, aber als er die Worte »du willst doch nicht etwa schon gehen« wiederholte, drückte sein Tonfall etwas wie Einsamkeit und Verlorenheit aus, und ich erkannte, daß er ehrlich gekränkt war, weil ich desertierte. »Nicht doch, Dollbaby«, schmeichelte er, wenn auch noch ein wenig schmollend, »du wirst doch jetzt nicht weglaufen?«
»Lila fühlt sich nicht gut, Mason«, log ich. Ich will nicht darüber urteilen, wer recht hatte, Mason oder ich. Mit Recht oder Unrecht hat das nichts zu schaffen. Aber in jenem Augenblick empfand ich es als ziemlich stark von Mason (obwohl ich größtes Verlangen nach Lila hatte), daß er nicht begriff, warum mir nichts daran lag, bei strahlender Beleuchtung die Hosen auszuziehen und Wange an Wange mit den Anwesenden, schwitzend und unter aller Augen, eisern entschlossen den freudevollen Liebesakt zu vollziehen.
»O. K., Peter, heim nach Schilda«, sagte Mason.
Als ich mit Lila am nächsten Morgen nach einer üppigen Nacht frühstückte, kam uns die Ironie der Angelegenheit erst recht zu Bewußtsein, da uns einfiel, daß zwar Mason Mrs. Glansner und Glansner Carole gehabt haben mochte, daß die Pennypackers wahrscheinlich aber wieder einmal auf sich selbst angewiesen geblieben waren. Dann wurde Lila traurig und meinte: »Was mag denn bloß mit Mason los sein? Er hat doch eine ganz besondere reizende Frau. Du kennst sie doch? Also, wenn ich ehrlich sein soll: ich glaube, er dreht ganz einfach durch.«

Auch gewisse Gesten habe ich im Gedächtnis bewahrt. Als Mason, Celia und ich eines sonnigen Tages zum Mittagessen nach Long Island hinausfuhren, strich Celias Hand über seinen Hinterkopf. »Sehen Sie nur sein Haar, sehen Sie nur, wie es in der Sonne glänzt. Ist es nicht wunderschön, Peter?« Ich muß diese Eigenschaft Celias erwähnen, die sie mit Wendy gemeinsam hatte: sie schmeichelte dem lieben Jungen in der unglaublich-

sten Weise. Damit ist die Ähnlichkeit aber auch schon erschöpft. Celia war etwas für sich, etwas Besonderes.
Wenn Carole in meiner Erinnerung haftet wie ein nächtlicher Nebelstreif, so Celia als ein Blatt, eine Wolke, ein Lichtstrahl, ein Geschöpf des Tages, das an Masons nächtlichen Eskapaden in der Gosse keinen Teil hatte. Tatsächlich waren Masons Tag- und Nachtleben, sein Leben mit Celia und das mit Carole, so weit voneinander getrennt, daß ich mich, mit Ausnahme eines oder zweier Augenblicke, Celias nur am Tag erinnere, wie auf jenem Bild, wo sie dann das Gesicht Mason zugewandt hielt wie einer Sonne. Wie betete sie ihn doch an! Und mit welcher inneren Unruhe sah ich zu, wie gleichmütig er ihre Anbetung, ihre Zärtlichkeiten, ihre Schmeichelei hinnahm! Und nicht nur, weil ich mich selbst in sie verliebt hatte, auf eine distanzierte, hoffnungslose Weise, sondern weil ich ebenso wenig wie Lila verstehen konnte, warum er ihre erstklassige Küche um des Gepansches willen zurückwies, das Carole ihm verabreichte.
Um Mason gerecht zu werden, muß man allerdings sagen, daß er liebenswürdig und höflich mit Celia umging – jedenfalls solange ich dabei war; wie mit dem Sonnenlicht verschworen schien sie imstande, seinen Charakter zu verändern, ihn zu dämpfen, zärtlicher zu machen. Sie war weich wie Seide, hatte etwas Kätzchenhaftes an sich, das weder unerfreulich noch kokett wirkte, und ihre herrliche Stimme war unzähliger, wohlklingender Modulationen fähig, alle angenehm und alle voll fraulichen Liebreizes. Auch besaß sie Würde und jene strahlende Ausgeglichenheit, die man so selten bei schönen Frauen findet und die in dem Bewußtsein gründet, daß die eigene Schönheit nicht um ihrer selbst willen da ist, sondern um den Männern zu gefallen. Das einzige, was ihr fehlte, war wohl jene kleine Portion Gemeinheit, die selbst der engelhaftesten Frau zur Verfügung steht, wenn man sie genügend provoziert. Es gibt Männer, die eine gute Frau noch mehr verabscheuen als ein Mannweib, und ich würde zu der Vermutung neigen, daß es eben Celias Großmütigkeit, ihre Anständigkeit und ihre Güte waren, die Mason in die schwellende Umarmung Caroles trieben, wenn es nicht so wäre, daß Mason jederzeit eine Carole gefunden hätte, ganz gleich, wie die Umstände sein mochten.
Jedenfalls waren wir drei während der letzten Tage vor meiner Abreise nach Europa sehr vergnügt miteinander. In gewisser Weise gehörte ich inzwischen zu Masons Haushalt; meine eigene Wohnung suchte ich nur noch zum Schlafen auf. Ich frühstückte mit Mason und Celia, aß mit ihnen zu Mittag und verbrachte lange träge Nachmittage mit ihnen. Es war eigentlich eine recht geruhsame, platonische ›ménage à trois‹; wir waren einander nahe, fühlten uns wohl und so recht als eine Familie. Es fiel mir auf, daß Mason in Celias Gegenwart seine Zunge im Zaum hielt; er un-

terließ das ständige, schon zwanghaft gewordene Zotenreißen und auch alle lüsternen Beschwörungen der ›nouveau libertinage‹, und wenn er gelegentlich eine amüsante Geschichte zum besten gab, dann blickte ich verstohlen auf Celia, sah die entzückende Heiterkeit auf ihrem Gesicht, die unschuldige, freudig erregte Überraschung eines Kindes, das ein fremdartiges Tier erblickt hat, einen Clown, ein neues Wunder, und dann konnte ich mir nur schwer vorstellen, daß sie als geschickte Helferin Masons Interesse an der pyramidalen Anordnung nackter Türken teilen oder sich an Glansners Schmuddeleien beteiligen könne. Allerdings hätte mich das gar nicht zu kümmern brauchen, denn, wie ich schon sagte, hielt Mason seine Tage sehr sorgfältig von seinen Nächten getrennt: gegen Ende des Nachmittags pflegte ich mich zu verabschieden, und wenn ich dann später wieder mit ihm zusammentraf, dann geschah das in irgendeiner verrauchten Bar, deren Besucher mir stets in verzweifelter Lethargie, gekrümmt und dem Zusammenbrechen nahe, dazusitzen schienen. (»Peter, diese Leute sind wild«, erklärte mir Mason einmal. »Sie wollen nur noch Erregungen und Sensationen, sie sind die letzten Rebellen.«) Dort war dann immer auch Carole, träge und mit schläfrigen Lidern und nach einem weiteren Whisky verlangend.

»Wogegen rebellieren sie denn?« fragte ich.

»Gegen die Wasserstoffbombe, gegen eine Welt, die sie nicht geschaffen haben.«

»Aber hör doch mal, Mason, wenn sie sich dabei wenigstens amüsieren würden, dann...«

»Amüsieren? Dazu sind sie viel zu verzweifelt. Sie verstehen, welche Erbschaft man uns hinterlassen hat.«

Dazu wußte ich nichts zu sagen.

In der Tat: je länger ich Mason in seiner respektablen Tages- und seiner nihilistischen Nachtrolle beobachtete, je mehr ich ihn im Banne des Gegensatzes Celia-Carole sah, desto klarer erkannte ich, daß ich hier den wahren jungen Amerikaner vor mir hatte, der imstande war, in einem Zeitalter des Überdrusses und des verschriemelten Rausches des ›Seid nett-zueinander‹ gegen die konventionellen Werte zu revoltieren, sich in einen eleganten Mahlstrom von Sensationen, Rauschgift und vorfabrizierter Sündhaftigkeit zu stürzen und doch gleichzeitig umsichtig und entschlossen an seinen zwei Millionen Dollar festzuhalten. Zu jener Zeit sah ich darin sogar etwas Bewunderungswürdiges, mindestens brauchte es dazu mehr Flair, mehr Phantasie, als die meisten jungen Leute aus reichem Hause aufbringen.

Der Tag vor meiner Abreise war von gesammelter Klarheit, wie ein hoher Sommerhimmel sie gelegentlich ausstrahlt – ohne Dunst oder Wolken, von brennend blauer Unendlichkeit, die wenigstens im Augenblick mit allen peinigenden Fehlern der Vergangenheit versöhnt und lohnende Dinge für die Zukunft verspricht. Weder vorher noch nachher hat es in New York je einen so herrlichen Tag gegeben, und auf dem Wege nach Long Island kam es uns vor, als dufteten selbst die trüben Boulevards nach Frühling. Aber nicht nur das Wetter machte diesen Tag so schön. Es war auch Celia, die, zart und mild, ein Tuch um den Kopf geschlungen, im hellen Tageslicht glühte wie eine Kerze. Wir saßen in einem Sportwagen, einem Ferrari, den Mason erst am Tage zuvor gekauft hatte. Derartige Wagen erregten damals noch Aufsehen, und wenn wir vor den Ampeln halten mußten (Mason und Celia vorn, ich zusammengekrümmt dahinter in einer Art Nest aus Wagenheber und Werkzeug, ähnlich wie vor Jahren zwischen dem Gepäck hinter Mason und Wendy), standen wir im Brennpunkt aller Blicke. Mehr als alles andere aber trug Mason selbst zur Schönheit dieses Tages bei. Er beherrschte ihn: als wir auf die ferne, grün hingestreckte Insel zusausten, redete er ununterbrochen und mit dem Charme eines Hexenmeisters. Von seinen Lippen sprühten Scherze, witzige und bösartige Anspielungen und federleicht aufsteigende Wortspiele. Seine Albernheiten waren so überwältigend, wild und phantastisch, daß Celia, rosig vor Lachen, ihn anflehen mußte aufzuhören, ihren Kopf in seinen Schoß beugte und ächzte: »Hör auf! Hör auf!«, während ich vor Lachen zwischen dem Werkzeug zusammenrutschte. Nun war er weder Nachtgeschöpf noch Psychologe, noch Apostel der Lenden. Er schien dreimal so lebendig, wie irgendein anderer Sterblicher je werden konnte, bis obenhin voll Wärme und Witz, er spielte jene Rolle ganz aus, um die er sich sonst nicht mühte, Gott allein weiß, warum, da sie doch alle, die um ihn waren, so sehr beglückte. Plötzlich, als sei er sich dieser Dinge recht bewußt geworden und vielleicht auch ihres Ursprungs, schlang er seinen Arm um Celia, drückte sie an sich und knurrte dankbar – was mir einen schmerzhaften, neiderfüllten Schauer über den Rücken trieb.

Nachdem wir gut gegessen und getrunken hatten, saßen wir bis spät in den Nachmittag hinein auf der Terrasse, auf die das Sonnenlicht Flecke und Kringel malte. Reiter trabten vorüber, und wieder mußte ich an Wendy denken. Nachdenklich, gelassen und frei von der hektischen Hochstimmung seiner Nächte, Celias Hand in der seinen haltend, sprach Mason über das, was ich in Europa zu erwarten hatte – schließlich war er selber schon dort gewesen, ich aber nicht: »Du wirst durchaus nicht alles erfreulich finden, Peter, man erholt sich dort immer noch vom Krieg. Und überall hat man ein Gefühl des Todes. Mit der Kunst ist es dort wirklich vorbei, und darum könnte ich – obwohl ich sehr gern reise – außer in Amerika nirgendwo lange leben. Ich möchte keine Plattheiten zum besten geben, aber wir sind nun einmal die Nation der Zukunft, und jeder, der die Dinge wirklich ernst nimmt und sich ein für allemal auf die Seite der Europäer schlägt, ist meiner Ansicht nach auf dem falschen Weg. Die sogenannten Schätze der Vergangenheit sind schön und gut – und stellen eine notwendige Erfahrung für jeden dar, der als kultiviert gelten will –, aber die maßgebliche Form, wie Clive Bell das nennt, ist ohne dauernde Veränderung nicht denkbar, nicht möglich ohne ständige Erneuerung aus den Quellen der Gegenwart, ohne stete Um- und Neuordnung, und dazu fehlt es den Europäern einfach an Kraft. Und deshalb kann ich mich auch ohne jede Verlegenheit als einen entschiedenen Mann der Moderne bezeichnen.« Doch nachdem er sich dies von der Seele geredet hatte – die einzige gewichtige Bemerkung an diesem Tag –, beschrieb er mir die schönen Dinge, die ich ebenfalls in Europa finden würde. (»Wenn du es als eine Art von immer noch verzaubertem Spielplatz betrachtest, dann kannst du nicht fehlgehen.«) Paris und den sonnigen Charme des Midi und der Côte d'Azur, die phantastische Schönheit der Alpen, die Costa brava und die Balearen. Und ich saß aufmerksam lauschend, gefangen von seiner Beschreibung; er spann einen Zauber über die Szenen, die er beschrieb, die Leute, die er kannte (»Laß mich mal ein paar Zeilen für Papa Albert aufschreiben. Bei ihm gibt es die besten ›Coquilles Saint-Jacques‹ in ganz Lyon, also auf der Welt. Ein einbeiniger kleiner Kerl...«), die versteckten kleinen Strandplätze und Buchten, von denen kein Amerikaner außer ihm wußte...

Er spann seinen Zauber und teilte allem von seiner eigenen Ausgelassenheit mit. Celia betrachtete ihn sehnsüchtig, geschmeichelt, sie biß sich in die Unterlippe, um das Lachen zu unterdrücken. Aber dann brach es doch aus ihr hervor, und wir lachten alle zusammen im länger werdenden Schatten dieses Frühlingstages mit seinem feinen Salzgeruch, den weißen Segeln schräg vor dem fernen blauen Himmel und dem Mahlen der Hufe vorbeitrabender Pferde auf dem Kiesweg. Ich dachte, wie glücklich ich doch sei, diesen lebensprühenden, unerschöpflichen jungen Mann zu kennen und zum Freund zu haben. Reich, glänzend aussehend, witzig, belesen, begabt, ein Kriegsheld und im Besitz einer Frau, die so schön war, daß die Göttinnen ihrethalben vor Neid mit den Zähnen knirschen mußten – was blieb einem solchen Mann noch zu wünschen? Gab es irgendwo auf der Welt etwas Vielversprechenderes? An jenem Tag fühlte ich mich neben ihm plötzlich bemitleidenswert klein, und ich grübelte über alles nach, was an mir so blaß und gewöhnlich war und mich daran hinderte, alles, was mir an ihm mißfiel, nicht als Verderbtheit, sondern als ein herrliches renaissancehaftes Überschäumen zu betrachten.

Allerdings – um nur eine Einzelheit zu nennen, die es mir gestattete, ihn weniger romantisch zu sehen – ein Kriegsheld war er durchaus nicht. Genau gesagt war er ein Drückeberger (die Narbe an seinem Bein rührte von einem Fahrradunfall her, den er während seines glücklosen Semesters in Princeton gehabt hatte), und was Jugoslawien anging, so war er nicht weiter gekommen als zur begeisterten Lektüre von Rebecca Wests ›Schwarzes Lamm, grauer Falke‹, dem er genügend Lokalkolorit und historische Einzelheiten entnommen hatte, um damit weniger leichtgläubige Naturen als mich hereinzulegen. Woher ich das alles weiß? Celia erzählte es mir.

Sie erzählte es mir noch in derselben Nacht, da sie mir eine Art Besuch abstattete. Das heißt: es war schon fast Morgen. Es muß gegen drei Uhr gewesen sein, und ich packte noch für meine Reise, als es geschah: ein hastiges Pochen an meiner Tür, die sogleich aufsprang, und da stand Celia. Draußen regnete es, und das Haar klebte ihr an Stirn und Wangen. Sie stand einen Augenblick so da und starrte mich an mit einem Blick voller Angst und Schmerz, die Lippen wie zum Reden geöffnet, dann griff sie sich an den Hinterkopf, ließ die Hand wieder sinken, und die Hand war blutig. Sie sagte kein Wort. Gleich darauf starrte sie auf ihre geröteten, zitternden Finger, öffnete wieder den Mund, als wolle sie sprechen, und sank dann auf dem Fußboden in sich zusammen. Liebliche Celia. Ich war schockiert.

Ohne Mühe brachte ich sie wieder zu sich, mit kaltem Wasser auf die Stirn und hastig gekochtem Kaffee. Was die Wunde an ihrem Hinterkopf betraf, so hatte sie zwar eine Beule von der Größe eines Taubeneis, aber der Riß selbst war klein und ging nicht tief. Die Blutung hörte ziemlich bald von allein auf, und sie lehnte sich schwer atmend in die Kissen zurück und bedeckte die Augen mit einem Arm.

»Was ist denn passiert?« fragte ich.

»Oh, mein Kopf tut so weh.«

»Ja, was um Gottes willen ist denn passiert?«

»Er hat mich geschlagen.«

»Was?«

»Oh, mein Kopf tut so weh!«

Ich reichte ihr zwei Aspirintabletten, breitete dann – da sie begonnen hatte, heftig zu zittern – eine Decke über sie und bestand darauf, einen Arzt zu rufen. Sie aber wollte nichts davon hören. Es würde schon vorübergehen, schließlich habe er sie früher auch schon geschlagen und weit schlimmer.

»Der Hund«, sagte ich, »das Schwein. Warum nur? Schlägt er Sie oft?«

»Ach ich weiß nicht, warum er das getan hat, Peter.« Sie rührte sich unter der Decke, als wollte sie sich erheben. Ich drückte sie sanft zurück. Nun öffnete sie die Augen, und ich sah, wie rot sie vom Weinen waren. »Ich hätte nicht herkommen dürfen, Peter, und es tut mir schrecklich leid, daß ich es getan habe. Aber manchmal bekomme ich solche Angst vor ihm, und Sie waren so nah und ich wußte einfach nicht...« Sie verstummte. »Nein, er schlägt mich nicht oft.« (Das Wort einer Ehefrau, loyal noch *in extremis*. Entweder schlägt man seine Frau häufig oder überhaupt nicht.) »Es tut mir wirklich schrecklich leid, Peter.«

»Dazu ist kein Grund, Celia, nicht der geringste Grund. Ich wünschte nur, ich hätte das früher gewußt.« Ich fühlte in mir eine ohnmächtige Wut aufsteigen. Daß jemand dieses warme, sanfte, lerchenhafte Mädchen mißhandeln konnte, erschien mir, wenigstens damals, in meiner nun so fernen Verliebtheit, als die elendste aller elenden Gemeinheiten. »Wo steckt er denn jetzt?« fragte ich erbittert. »Wo steckt der Lump? Ich schlage ihn zusammen!«

Sie hatte sich etwas erholt, richtete sich nun auf, zog die Beine unter sich und lehnte sich gegen die Wand. In dieser Haltung – mit verklebtem Haar, schmutzigen, blutbefleckten Fingern, rotumränderten Augen – sah sie bezaubernd und zugleich grausam verletzt aus, wie eine Blüte, auf der der Abdruck eines schmutzigen Stiefels zu sehen ist. Einen Augenblick lang war ich nahe daran, sie in meine Arme zu schließen und ihr zu sagen, wie wahnsinnig ich sie liebte, aber ihre Worte ernüchterten mich, Worte, die in mir Ungläubigkeit und Verzweiflung weckten.

»Nennen Sie ihn nicht so«, sagte sie sanft. »Ich liebe ihn, Peter. Ich liebe ihn wirklich. Sie dürfen ihn also nicht so nennen. Bitte nicht. Ich liebe ihn doch.«

»Was?«

»Ja doch«, nickte sie gelassen.

»Nach allem, was er getan hat?«

»Ja.«

»Und warum, um Himmels willen?«

Es sei sehr einfach, antwortete sie. Sie liebe ihn, weil er so komisch sei (mit seinem Geld habe das alles nichts zu tun, ihre Familie sei sehr wohlhabend), weil er sie zum Lachen bringe, weil er sie so viel gelehrt habe. Und nicht zuletzt – sollte man das für möglich halten? –, weil er so gut aussehe! Und sie werde ihn immer lieben, ganz gleich, was er tue. »Ich bin einfach verrückt nach ihm.« In ihrer Stimme war jetzt ein abgeschmackter, gieriger, backfischhafter Ton, der mich reizte, sie hinauszuwerfen. Aber selbstverständlich tat ich nichts dergleichen. Statt dessen hörte ich ihr zu, hörte ihr zwei Stunden oder noch länger zu, während sie mir von ihrem Leben mit Mason erzählte – wie es gewesen war, wie

es jetzt war und wie sie immer noch und trotz allem (ein Schatten glitt über ihr Gesicht, und sie berührte leicht, wenn auch mit noch zitternden Fingern die Wunde, die er ihr beigebracht hatte) hoffte, daß es werden könne. Nein, sie wolle ihn keineswegs reinwaschen, sie kenne seine Fehler so gut wie andere Leute. Er sei ein Lügner, jawohl, dies sei ihr bekannt. Die Geschichte mit Jugoslawien sei ein Beispiel dafür, und er habe sich – nun, gewisser Verbindungen bedient, um vom Wehrdienst zurückgestellt zu werden. Die Narbe an seinem Bein? Nichts als die Folge irgendeines Verkehrsunfalls. Aber könne ich denn wirklich nicht sehen, daß diese ganze wilde Lügerei nichts weiter sei als ein Teil der unermeßlichen Breite und Tiefe seiner Persönlichkeit, Teil seiner Vision vom Leben, die so groß und allumfassend sei, daß sie eben auch Übertreibungen und Verdrehungen der Wahrheit enthalten müsse? Ob ich das wirklich nicht sähe? Könne ich denn nicht verstehen, daß es notwendig für ihn sei, diese Dinge zu erzählen? – sie seien ja harmlos und könnten niemandem außer ihm selbst schaden, in ihnen komme ja nichts anderes zum Ausdruck als unverbrauchte Energie, die maßlose Kraft seiner ungeheuerlichen Phantasie! Ob ich das denn nicht verstehen könne?
»Ich versuche es gerade, Celia.«
Und ja ... auch Carole. Sein Sexualleben. Nein, sie wolle nicht so tun, als ob sie darüber glücklich sei. Es habe ihr Sorge, Schmerz – ja, gut, sogar wirkliche Angst bereitet. Nachts sei sie manchmal in einen solchen Zustand der Einsamkeit, der Raserei verfallen, daß sie es kaum habe ertragen können. Carole sei auch nicht die erste. Es hatte eine Anya gegeben, eine Nancy, eine Kathy und eine ... oh, man konnte sie nicht alle aufzählen. Aber wäre es nicht wirklich eine ärmliche Ausrede für eine Frau, die mit einem Mann von so unglaublicher, animalischer Anziehungskraft, solcher Vitalität und solchem Genie verheiratet sei, zu erklären, daß sie so etwas nicht aushalte? Ja, diese Partys – selbstverständlich wisse sie davon. Sie seien ekelhaft, recht eigentlich kindisch. Auch seine Bildersammlung. Er habe sie gezwungen, diese Bilder zu betrachten (schön, er hätte wissen müssen, daß sie nicht erregend auf sie wirken würden, jeder wisse, daß solche schmutzigen Bilder Frauen nicht aufreizen – jedenfalls nicht sehr), und sie habe sich dabei nur unbehaglich gefühlt. Aber immerhin, er sei eben ein Mann, noch dazu kein gewöhnlicher Mann; er habe derartige Dinge gebraucht als Ausdruck seiner Ambivalenz – des Guten und des Bösen –, das ja in einer ... nun in einer so enormen Persönlichkeit enthalten sein müsse. Er sei ein Abenteurer in den Künsten, ein Entdecker, und er müsse ganz einfach solche Ventile haben ...
Ich fragte sie, woher sie wisse, daß er das brauche. Ich hatte begonnen, auf und ab zu gehen. Trotz meiner Leidenschaft für sie begann sie in mei-

ner Achtung zu sinken, stetig, jedes Mal, wenn sie den Mund aufmachte. Sie sagte, er brauche es ganz einfach. Punkt. Er habe ihr gesagt, daß er es brauche, ihr alles sehr philosophisch vom Standpunkt des Künstlers aus erklärt. Und sie habe es verstanden. Und sie habe sich gefügt. Es sei schließlich kein so großes Opfer.

Denn im übrigen sei er gut zu ihr. Wenn ich nur wüßte, wieviel er sie gelehrt habe. Und die Reisen, die sie mit ihm gemacht, und die Bücher, die er ihr zu lesen gegeben habe! Gewiß sei sie nicht nur auf Rosen gebettet, aber in welcher Ehe sei man das? Die meisten seiner Freunde langweilten sie, besonders diejenigen aus der Village, die tatsächlich nichts anderes seien als eine Horde ausgewachsener Säuglinge. Und sonst... nun, wirkliche Freunde besitze er nicht, das wisse sie wohl. Sie seien wohl alle nur eine Bande schmieriger Parasiten. Mason wisse das auch, er habe ihr bekümmert erklärt, daß ein reicher Mensch eben keinen anderen Freund habe als sich selbst...

Und ja... ihrer beider Geschmack sei nicht immer der gleiche. Manchmal gebe es da Schwierigkeiten. Zum Beispiel habe sie von jeher Musik geliebt. Brahms, Chopin, Wagner. Besonders Brahms. Wie liebe sie das wunderbare Finale der c-Moll-Symphonie und die Akademische Festouvertüre. Das erinnere sie an weit entfernte, liebliche, herbstliche Dinge – Dämmerung, Wälder, in denen die Blätter fallen, Abendnebel über Gebirgsseen. Brahms. Das sei ein Mensch, der gewußt haben müsse, wie man mit Anstand alt wird, der bestimmt das Wachstum, die Reife, selbst das Alter willkommen geheißen habe. Und Mason – nun, manchmal sei es kaum zu ertragen. Er erlaube ihr niemals, solche Platten zu spielen – höchstens ganz selten einmal, ja, aber doch nie, wenn es sie danach verlange. Und sie erinnerte sich, daß sie sich einmal so sehr nach Brahms gesehnt hatte, daß sie ein Taxi nahm, zum nächsten Schallplattengeschäft fuhr und den ganzen Nachmittag in einer engen Kabine hockte und der Musik lauschte... Nein, gelegentlich falle es schwer, das alles hinzunehmen. Das wolle sie wohl zugeben. Aber ob ich nicht einsehen könne, daß sich eine Frau in solchen Dingen ihrem Mann unterzuordnen habe? Schließlich sei es ja der Mann, der... nun, zu führen habe, wenn man es einmal so nennen wolle. Auf seine Karriere komme es schließlich an, nicht auf die ihre. Und wenn er sich seiner Arbeit so verschrieben habe, so hingegeben sei an sie (und es würde zweifellos ein wunderbares Stück werden, voller Witz und Übermut; nein, gelesen habe sie es nicht, aber er habe ihr davon erzählt, von der Szene in Jugoslawien, von dem jungen amerikanischen Offizier, dem reizenden dalmatinischen Mädchen), wenn er sich also so seiner Arbeit verschworen habe, dann spiele alles andere keine Rolle, selbst wenn man sich Kinder wünsche... Sie verstummte.

Draußen war der Himmel klar geworden. Die Morgendämmerung floß silbern den Luftschacht herunter, gegenüber betätigten die alten Männer brausend die Wasserspülung. In entfernten Straßen begannen Omnibusse zu knurren, und als ich mich vom Fenster abwandte, sah ich, daß Celia den Kopf vornüber geneigt hielt, so daß die frische, traurige Wunde zu sehen war und daß sie nun still und hoffnungslos weinte. Ich setzte mich neben sie und legte meine Arme um sie, und so blieben wir lange zwischen meinen halbgepackten Koffern, ohne etwas zu sagen.
Als sie schließlich den Kopf hob, sagte sie so leise, daß ich es kaum verstehen konnte: »Ganz zu Anfang, als wir gerade verheiratet waren, hatten wir ein Haus draußen auf dem Lande. Es war ein hübsches Haus, einfach, aber bequem. Mason war damals ein ganz anderer, ich meine, er hielt sich an einfachere Dinge. Dort wollten wir wohnen, wollten Kinder haben, und dort wollte er seine Stücke schreiben. Ich werde nie vergessen, wie wir einzogen und die erste Nacht aufblieben bis zum Morgen. Es war im Herbst und kalt, aber ich erinnere mich, wie klar und schön alles im Morgenlicht aussah. Ich weiß noch, daß Mason nach draußen ging, um irgendwelchen Kram zu verbrennen, und wie ich ihm dabei zusah, ganz dick eingemummelt; daß ich beobachtete, wie es hell wurde über der friedlichen Landschaft – die Kälte schien etwas wie ein wunderbares Versprechen zu enthalten –, wie Mason da beim Feuer stand, wie der Wind sein Haar zerwühlte und das Feuer im Morgenlicht flackerte. Und dann legte er den Arm um mich, und wir zitterten vor Kälte und lachten, und ich weiß noch, daß ich fest daran glaubte, daß ich dort draußen glücklich sein würde mit ihm, daß ich Kinder haben und ihm bei der Arbeit helfen würde. Was hätte ich Besseres wünschen können? Wildenten flogen über den Himmel. Damals hat er mich nicht geschlagen.«
Wieder verstummte sie, aber ich fühlte, wie ein Schauer über ihren Körper rann. »Ich fürchte mich vor ihm, wenn er mich so schlägt.« Ihre Lippen bebten, und ich hielt sie eng an mich gepreßt wie ein kleines Mädchen. »Und trotzdem«, stieß sie hervor, »trotz allem bin ich verrückt nach ihm, ich bin einfach verrückt nach ihm.« Nun machte sie sich von mir los, sie zitterte und zuckte am ganzen Leibe und sah mir gerade in die Augen. »Er kann mit mir machen, was er will«, sagte sie mit immer lauter werdender Stimme. »Alles! Ich bin verrückt nach ihm!« Und auch ich zog mich ein wenig zurück, denn es schien mir, als wolle sie mir etwas sagen, etwas, das sich hinter diesen Worten verbarg.
Kann man im Auge das eigentümliche Flackern des Irrsinns erkennen, so wie man ein Staubkorn erkennt? Ich weiß es nicht. Vielleicht war es auch nur das Echo jenes Wortes, das sie immer und immer wieder gebrauchte wie eine Beschwörungsformel. Aber als sie nun von einem Augenblick

zum andern in einen hysterischen Zustand geriet, wurde mir klar, daß von allen Dingen, die Mason ihr antat, die Schläge noch nicht das Schlimmste waren.

»Er hat mich seit zwei Jahren nicht berührt!« schluchzte sie. »Aber das macht nichts! Was brauchen wir Kinder! Seine Karriere geht vor, was macht es schon, wenn wir keine Kinder haben, verstehen Sie? Es ist so, wie er sagt: Kinder in diese höllische Welt setzen! Wer will das schon! Wir brauchen keine. Was er tut, ist richtig. Ich bin trotz allem verrückt nach ihm!«

Schließlich mußte ich sie ins Saint-Vinzenz-Spital bringen, wo man sie freundlich aufnahm. Sie bekam eine beruhigende Injektion und wurde zu Bett gebracht. Sie werde schon wieder zu sich kommen, versicherte man mir, und dann werde man sie nach Hause schicken. Aber als ich sie dort im hellen Tageslicht verließ und ihr einen Kuß auf die Wange drückte, den traurigsten Kuß meines Lebens, da brabbelte sie immer noch vor sich hin.

Auf die Frage, warum ich nach all diesen Erfahrungen noch zu Mason nach Sambuco fuhr, könnte ich keine klare Antwort geben. Vielleicht tragen aber die Vorgänge, die sich am nächsten Morgen an Bord meines Dampfers abspielten, etwas zur Erklärung bei. Ich war ziemlich abgestumpft, als ich vier Stunden später meine Kabine auf der ›Queen Mary‹ betrat. Und zunächst glaubte ich, es sei nicht die richtige. Der winzige Raum war zum Bersten gefüllt mit den ausgefallensten Leckerbissen, die mir je vor Augen gekommen waren: nicht etwa eine Flasche Champagner, sondern gleich eine ganze Kiste voll, zwei enorme Obstkörbe, eine flache Pralinenschachtel vom Umfang einer mittleren Betonplatte, unzählige Bücher, ein Bündel Whiskyflaschen mit einer hübschen roten Schleife versehen und ganze Körbe voll Blumen, die, aus Mangel an Platz eng aneinandergedrängt, bereits ihre Blütenblätter zu verlieren begannen. Weiter waren da aufgehäuft: ein halbes Dutzend Kartons Zigaretten, ein Stoß Zeitschriften und eine eisgekühlte Büchse Kaviar. Während meine Blicke noch über diese Bescherung glitten, bemerkte ich bläulichen Rauch, der in reichen Schwaden durch die Kabine zog und dessen beißenden Geruch ich im Moment nicht identifizieren konnte. Als ich dann einen Schritt vorwärts machte, entdeckte ich zwei zusammengekrümmte Gestalten in einer der Kojen: einen bläßlichen jungen Mann, der in einem Rollkragenpullover fast erstickte und dessen Fuchsaugen unstet blinzelten, und einen jungen Neger von etwa zwanzig Jahren, der samtene Balletthosen und einen purpurfarbenen Jersey trug und der sich nun mit gleitenden Bewegungen im Lichte, das durch das Bullauge fiel, gegen mich aufrichtete, wobei ein ovaler Sonnenkringel auf sein mit einem dünnen Schnurrbärtchen bewachsenes, tintenblaues, kataleptisches Gesicht fiel. Mir war klar, daß ich in einer Schlangengrube gelandet war, und ich zog mich hastig zurück, rief nach dem Steward, der auch gleich herbeieilte und mir nachdrücklich in seinem Cockneydialekt versicherte, daß ich mich in der richtigen Kabine befinde. Ich ging also wieder hinein, stellte mich mit größtmöglicher Forschheit den beiden Jugendlichen in der Koje vor, und als ich zur Antwort nichts als ein hingehauchtes »Ti-Ti« bekam – es klang undeutlich, wie von weither, fast geisterhaft, als dringe es aus dem Weltraum herein –, machte ich mich daran, die Pralinenschachtel zu mustern, die meine Koje einnahm, und entnahm der beigefügten Karte, daß sie für mich bestimmt war. »Für Petie von seinem alten Papa.« Aufmerksam nun, von Ärger und Unwillen gepackt, mit wachsender Abneigung und gleichzeitig doch mit einem gewissen beschämenden Wohlgefallen betrachtete ich die anderen Geschenke: alle waren sie für mich, und an jedem hing eine Karte »Für Petie«, und in meinem Verdruß bekam ich einen Nieskrampf, den der junge Farbige mit einer weichen, entfernt klingenden Stimme quittierte: »Gesundheit, Mann. Tut mir leid, daß die Bude so vollgequalmt ist.«

»Danke«, erwiderte ich.

Es dauerte eine ganze Weile, bis er sich wieder vernehmen ließ. »Diesen Kram hat ein großer, hübscher Kerl hier hereingeschafft. Er wollte tout de suite zurückkommen.«

Sein Gefährte ließ ein leises Kichern hören. »Komm, Johnson, laß uns rausgehen, aufs Achterdeck.«

»Himmlischer Vater«, stöhnte ich angewidert.

»Nein, der nicht«, lachte der junge Neger. »Nicht der himmlische Vater. Ein kräftiger hübscher Bursche mit einer blonden, schnuckligen Mieze. Er meinte...«

In diesem Augenblick stürmte Mason herein, die orchideengeschmückte Carole im Schlepp und fiel mir mit einem lärmenden, brutalen Begrüßungsschrei um den Hals.

»Allons-y, Petie«, brüllte er mir ins Ohr. »Pour chercher le con français! Ich habe geradezu Lust, mit dir zu fahren und mir ein paar von diesen Sumpfblüten aus der Rue Bonaparte an Land zu ziehen! Was ist denn los mit dir, Pierre? Für einen Mann, der sich demnächst auf das schmackhafteste Weiberfleisch in der gesamten Christenheit stürzen wird, siehst du ziemlich belämmert aus.« Er trat zurück, die Hände noch auf meinen Schultern und betrachtete mich lange mit mild vorwurfsvollem Blick. Ich muß wohl gestöhnt haben, jedenfalls hat er bestimmt meine Abneigung gespürt – jene herzhafte Mißbilligung seiner Person, die mich bei seiner

Berührung erstarren ließ und bewirkte, daß ich meinen Blick von ihm ab und zu Boden wandte. Doch konnte ich merkwürdigerweise kein Wort herausbringen, obwohl der Ärger über das, was er Celia angetan hatte, noch stark in mir war. »Laß dir sagen, Petie«, fuhr er fort, »ich habe diesen Kahn vom Bug bis zum Heck besichtigt, und die Hälfte der Fahrgäste sind keifende Engländer, die aussehen, als ob sie rauschgiftsüchtig seien, und irgendwo waren auch ein paar Schnucken, die so taten, als seien sie zu allem bereit. Während des Krieges hatte ich in England ein paar Freunde, die behaupteten, daß die englischen Mädchen geradezu Vielfraße seien und einen hernähmen, bis einem die Ohren abfielen, aber ich weiß nicht so recht. Chacun à son goût.«

Neuerliches Kichern aus dem Schatten. »Mann, hör dir doch mal diesen verrückten Franzosen an.«

Mason wandte sich blitzschnell um, sah den jungen Farbigen an, auf dessen bläulichen, verschwommenen Gesichtszügen nun ein schläfriges Lächeln lag. »Sieh mal an, Petie«, sagte er laut und grinste, »ich hab' mir doch schon gedacht, daß ich hier ein paar Lotusesser antreffen würde, als ich Marihuanazigaretten roch.« Er begann laut zu lachen. »Leverett im Bopland!«

Zu meinen Reisegefährten gewandt sagte er: »Jungens, ihr habt hier einen Spießer an Bord, aber er ist ein guter Kerl. Tut ihm nichts. Wo wollt ihr denn hin? Was wollt ihr denn machen? Das linke Seineufer in Brand setzen? Wo habt ihr denn eure Baskenmützen?«

»Hier Mann«, antwortete der junge Neger und zerrte eine zerknüllte Mütze groß wie ein Kuchenblech aus der Tasche und setzte sie sich schief auf den Kopf, so daß sie ihm beinahe über die Augen reichte. »Gut, n'est ce pas?«

»Die muß man gesehen haben«, kicherte sein Gefährte, »die stellt alles in den Schatten.«

Mason brach erneut in wieherndes Gelächter aus. »Gott schütze eure Holzköpfe, Jungens, und grüßt mir Sidney Bechet. Na, los Peter, komm raus, hier riecht es ja wie nach einem Buschfeuer. Laß uns an Deck gehen und Luft schnappen. Und ihr, Jungens, laßt eure Pfoten vom Kaviar. Mein Freund hier ist Prinz Peter von Jugoslawien, und solche Figuren, wie ihr seid, ißt er zum Frühstück.« Eine Hand unter meinem Arm, in der anderen eine Sektflasche, schob er mich zur Tür, wo Carole stand, die ich ganz vergessen hatte, käsweiß und mit einem verstörten Gesichtsausdruck; ihre Augen waren rot gerändert, als habe sie gerade aufgehört zu weinen oder wolle im nächsten Augenblick damit anfangen. Sie lächelte mir blaß und schuldbewußt zu, und ihre Lippen öffneten sich zur Begrüßung. Aber schon sagte Mason: »Entschuldige mal, Peter«, schob sie schroff vor sich

her bis zum Ende des Ganges, und ich sah, wie die beiden einen Augenblick erregt miteinander sprachen; seine Stimme war gedämpft, aber deutlich verärgert, sein Kopf nahe dem ihren; mit den Armen hielt er sie gegen die Wand und beugte sich zu ihr hinunter wie ein Hauptfeldwebel, der einen störrischen Rekruten zusammenstaucht. Flucht, war mein erster Gedanke; ich fühlte mich ohnehin bereits elend genug und sah mit einer Art irren Scharfblicks voraus, daß ich selbst heulend und zähnefletschend zusammenbrechen würde, falls ich an diesem Morgen, und sei es als Zuschauer, einem jener delirierenden Auftritte Masons beizuwohnen hätte. Und trotzdem hielt mich etwas dort fest, und ich beobachtete fasziniert, wie sein Gesicht rot anlief wie ein Apfel und sich die Adern gleich winzigen pulsierenden Röhrchen an seinen Schläfen abzeichneten, als er endlich mit einem wilden Zurückwerfen des Kopfes brüllte: »Also schön! Hau ab, du lausiges Miststück, zurück mit dir nach Coney Island oder wie der Saustall schon heißt, aus dem du...« Ich glaubte, daß er nun mit der zurückgenommenen Hand zuschlagen werde, aber er ließ sie an ihrem Gesicht vorbei gegen die Täfelung knallen. »Hau ab!« hörte ich ihn sagen. »Hau ab!« Und dann fiel Carole in sich zusammen. Sie sah Mason verzweifelt und in rührendem Unverständnis an.
»Oh, bitte«, stöhnte sie.
»Ich habe genug«, hörte ich ihn hinter mir sagen, und wieder wartete ich auf das Geräusch des Schlages. Aber als ich mich nun umwandte, sah ich Carole auf dem Rückzug durch den Gang, schwankend, hüftenschwenkend und das Innere des Schiffes mit anhaltendem, verzweifeltem Blöken erfüllend, das Köpfe aus Dutzenden von Türen herausschnellen ließ. Als der Klagegesang schließlich erstarb, sah ich Mason an. Er stand mit der Stirn gegen die Wand gelehnt, und das einzige Wort, das er von sich gab – in dem Abschiedslärm der Touristen und dem fernen Brummen der Maschinen –, schien mit der Last von zehntausend Jahren beladen. »Weiber!« sagte er.
»Was ist denn nur los, Mason?« fragte ich.
»Ich weiß auch nicht«, grunzte er. »Ich weiß es einfach nicht!« wiederholte er und sah mich ernst an. »In letzter Zeit habe ich offenbar ständig Ärger mit Frauen. Carole! Diese Äffin! Oh, sie wird schon wiederkommen. Da habe ich gar keine Sorge. Aber wirklich, Frauen sind eine andere Sorte Mensch! Sie sind Kannibalen! Dreh ihnen den Rücken, und schon fressen sie dich bei lebendigem Leibe auf.«
»Aber was ist denn bloß passiert, Mason?« Es ging mich ja nichts an, aber mir fiel im Augenblick nichts anderes ein. Er war mir unsäglich lästig.
»Los«, sagte er und steuerte mich den Gang hinunter, »laß uns raufgehen. Nichts ist passiert, gar nichts. Heute mittag werden wir schon wieder mit-

einander turteln. Wahrscheinlich hat sie die Regel oder irgend so was und will sich dafür an mir rächen. Jak, jak. Sie möchte, daß ich sie beim Film unterbringe, daß ich ihr einen Jaguar kaufe oder so was. Sie hält mich offenbar für einen Filmgewaltigen. Ich weiß nicht, jedes Mal, wenn sie unwohl wird, dann benimmt sie sich wie eine Mondsüchtige. Das ist überhaupt das Schlimmste an den Weibern, die ständig verstopfte Installation in ihrem Innern. Eine richtige Kloake, die durch den Garten Eden fließt.«
Ich gehöre zu den Leuten, die solche poetischen Einfälle mit einem halbherzigen »Soso« quittieren, und das sagte ich denn auch. »Soso«. Und nicht um alles in der Welt hätte ich Celia erwähnen können.
»Übrigens, Peter«, platzte er nun heraus, »das mit Celia tut mir schrecklich leid!« Während wir uns durch die Leute drängten, nahm seine Stimme einen besorgten, ängstlichen, fast flehenden Ton an. »Wirklich, das mußt du mir glauben. Nach den Erlebnissen der letzten Nacht mußt du ja denken, daß ich völlig durchgedreht bin. Celia ist vorhin nach Hause gekommen, und wir haben uns wieder versöhnt. Es war gemein von ihr, dich da hineinzuziehen. Anderseits hätte ich natürlich meine dicken Pfoten von ihr lassen sollen. Es lag einfach daran, daß ich von meiner Schreiberei an dem Stück völlig herunter war und sie dauernd heulte, weil sie Kinder haben will! Sie soll ja auch irgendwann mal welche kriegen! Aber sie muß doch begreifen, daß es zunächst nur um das Stück geht! Es war übrigens das erste Mal, daß ich sie geschlagen habe, und ich weiß auch nicht, wie es dazu kommen konnte.«
Seine Worte klangen nicht überzeugend, und er ahnte wohl, daß ich Bescheid wußte. »Jedenfalls wollte ich dich mit solchen Sachen jetzt wirklich nicht behelligen. Ach, Peter, die Frauen! Manchmal glaube ich, daß ich mich auf Biber verlegen werde oder auf Elche oder auch auf Rotarier. Ich weiß nicht. Vielleicht gehe ich auch nach Merryoaks zurück und lasse mir von Wendy den Rücken mit Alkohol abreiben.«
Als wir aber das Oberdeck erreichten und uns unseren Weg zum Bug durch eine Gruppe von Touristen aus Oregon bahnten, hatte er seine Depression überwunden und schwatzte wieder lustig auf mich ein. Es war ein linder Tag, ein saphirfarbener, dunstloser Himmel stand über uns, in den zwei Flugzeuge ihre Kondensstreifen geritzt hatten, die aussahen wie die Kratzspuren von geisterhaften Fingernägeln. Gegen das Blau aufragend glitzerten die Türme von Manhattan monolithisch, und vor diesem Hintergrund machte Mason eine Aufnahme von mir und schwatzte ununterbrochen, während er an seiner Leica herumfummelte. »Was hast du dir denn nur dabei gedacht, in der Touristenklasse zu fahren?« fragte er. »Zwei solche Burschen sind ja für eine halbe Stunde mal ganz nett, aber eine ganze Woche – das ist ja der pure Mord! Übringes kann ich dir schon

sagen, wer zu deiner Tischgemeinschaft gehört. Ich habe mir vorhin die Tischordnung angesehen. Ein Fußdoktor aus Jackson Heights und eine scheußliche alte Lesbierin mit Hörrohr. Warum fliegst du denn nicht, um Himmels willen?«
»Ich muß sparen, Mason. Was soll das überhaupt heißen – du hast die Tischordnung gesehen?«
Er grinste und ließ die Kamera klicken. »Ich habe nur Spaß gemacht, mein Lieber. Mach dir keine Gedanken, die Reise wird geradezu ein Traum werden.«
Nun tranken wir stumm an der Reling stehend Champagner aus Pappbechern. Die Stille machte mich verlegen, aber ich empfand, wie sich mein Herz langsam und schmerzhaft gegen Mason verhärtete, nicht etwa trotz seiner Großmütigkeit, sondern geradezu ihretwegen und weil ich nun, als das einzige Objekt seiner grotesken Zuneigung, nicht Wärme und Dankbarkeit empfand, sondern nur Abneigung, ein schmutziges, erniedrigendes Gefühl, so als hätte ich Bestechungsgelder entgegengenommen. Jedenfalls hinderte mich etwas – mein Stolz oder meine verletzten Gefühle – am Sprechen, und so war es Mason, der schließlich in einem ernsten und besorgten Ton, der mich überraschte, das Schweigen brach. »Nun Peter, dein häßliches Gesicht wird mir fehlen. Schreib mir doch mal gelegentlich. Ich werde dich vermissen, mein Junge. Warum, weiß ich auch nicht. Du bist wirklich ein grauenhaft langweiliger Mensch und dabei prüde wie eine Jungfer von zweiundsiebzig Jahren. Aber wahrscheinlich weißt du ganz gut, wie gerne ich dich immer gehabt habe. Celia hat ganz recht. Sie meint, du verstehst die Menschen. Du hast diesen Eindruck wahrscheinlich dadurch in ihr erweckt, daß du ernsthaft genickt, dir den Bart gestrichen und dich im passenden Augenblick am Arsch gekratzt hast. Aber wie dem auch sei, Peter, du wirst mir fehlen.«
»Was wirst du denn jetzt machen, Mason?« fragte ich ohne besonderes Interesse. Er schwieg einen Augenblick lang. Es war ein besonderes, ein bedeutungsvolles Schweigen, vor dem ich auf der Hut zu sein gelernt hatte. Er sah dann nachdenklich und gesammelt aus, ein Funkeln trat in seine Augen, und wer ihn so gut kannte wie ich, hörte förmlich, wie sein Denkmechanismus jene schamlosen, nackten Lügen ausspuckte, die wie die reine Wahrheit klangen, wenn er sie mit glatter, wortgewandter, honigsüßer Zunge vortrug. »Ach, ich weiß nicht recht, Peter. Vermutlich werde ich zuerst das Stück beenden. Whitehead kocht schon vor Ungeduld und will, daß ich es so schnell wie möglich fertigstelle. Aber ein Theaterstück ist etwas, das man nicht einfach aus dem Ärmel schütteln kann wie einen Reklametext. Da heißt es denken, denken, leiden und wieder denken. Außerdem kommt es auf Genauigkeit an – vielmehr auf Wahr-

scheinlichkeit, möchte ich sagen. Zum Beispiel bei meinem Stück ... nun, ich kann es dir ja ruhig sagen. Es handelt von meinen Kriegserlebnissen in Jugoslawien. Habe ich dir davon schon erzählt? Allein schon die Notwendigkeit, alles einleuchtend und wahrscheinlich darzustellen, hält mich von Anfang an enorm auf. Denn um die Sache anschaulich zu machen, brauche ich zum Beispiel alle möglichen serbischen Brocken, gewisse Straßennamen aus Dubrovnik, verschiedene Kennworte der Partisanen, die ich inzwischen wieder vergessen habe – kurz, um alle diese Dinge in die richtige Form zu bringen, führe ich einen endlosen Briefwechsel mit dem alten Plaja. Erinnerst du dich noch an ihn? Ich habe ...«

»Du meinst diesen alten Schwindel?« fragte ich. »Diese Lügengeschichte?« Es war mir unmöglich, mich länger zu beherrschen, seine Erfindungen und Schwindeleien, seine lügnerischen Fiktionen und die anderen unverdaulichen Abfallprodukte seiner unübertrefflichen Phantasie unwidersprochen hinzunehmen. Ich fand, daß er mir wenigstens die Demütigung einer solchen letzten Lüge hätte ersparen sollen, aber er hatte es nicht getan, und ich brannte darauf, ihm Bescheid zu sagen. »Dieses Hirngespinst also meinst du!«

Er hatte noch nichts gemerkt. »Du erinnerst dich also an Plaja. Der alte Bursche ist immer noch gesund und munter. Er hat die Absicht, mich bald mal hier zu besuchen. Er ist so eine Art technischer Berater für mich ...«

»Hör mal, Mason«, sagte ich, »warum glaubst du eigentlich, daß du mich anschwindeln mußt? Hältst du mich für einen Narren? Für einen Idioten oder so was? Ja?«

Er erblaßte. Eine seiner Schultern zuckte nervös, und er hob die Hand, die Finger beschwichtigend gegen mich ausgestreckt. »Ich verstehe gar nicht, Peter, du darfst mich nicht mißverstehen, ich habe nicht gesagt, daß ...«

»Was heißt, du hast nicht! Da stehst du und erzählst mir diese grausigen Abenteuergeschichten mit der Miene eines Baptistenpredigers und erwartest, daß ich sie dir abnehme! Was ist denn eigentlich mit dir los? Glaubst du, ich sei schwachsinnig? Glaubst du, ich würde nicht irgendwann dahinterkommen? Du nennst mich deinen Vertrauten, deinen Freund, dein Dollbaby und tust, als seien wir dicke Freunde, und kaum sind wir zusammen, da erzählst du mir irgendwelche blödsinnigen Lügengeschichten. Du bist ja nie in Jugoslawien gewesen, du warst einfach ein Drückeberger! Dein Theaterstück ist eine Seifenblase!« Ich erstickte fast vor Wut und kreischte erbittert wie ein Sextaner; noch während ich so schrie, war ich mir schon über das alles im klaren, auch darüber, wie dumm und unmöglich und absurd jung wir in diesem Lande bleiben, und ich dankte Gott dafür, daß ich auf dem Weg nach Europa war und Mason

verließ, und ich fühlte, wie mir Tränen in die Augen stiegen, Tränen, die aus Entrüstung, Schnupfen und der alten, verbrauchten Anhänglichkeit gemischt waren. Ich wandte mich ab. »Glaubst du wirklich, Mason«, sagte ich unsicher und kaum vernehmlich, »daß ich ein solcher Idiot bin? Du solltest dir mal die Birne abklopfen lassen.«
Aus dem Schornstein über uns quoll eine Dampfwolke, und die Schiffssirene ließ ein markerschütterndes Heulen ertönen. Als das Heulen über uns hereinbrach, fühlte ich seine Hand auf meiner Schulter, wandte mich resigniert um und sah sein gequältes Gesicht, seine Lippen, die Worte formten. Die Umstehenden entfernten sich mit zugehaltenen Ohren in Richtung auf das Fallreep.
»... tut mir weh ...«, rief er in die plötzlich eintretende, tiefe und überraschende Stille. »Es tut mir weh, dich so etwas sagen zu hören.« Seine Lippen bebten, und es schien, als wolle er in Tränen ausbrechen. »So etwas«, sagte er bitter, »so etwas ist gar nicht wiedergutzumachen. Zu denken, daß du, ausgerechnet du, nicht unterscheiden kannst zwischen einer Lüge – einer simplen, glatten, bösartig gemeinten Lüge – und einer amüsanten Geschichte, so wie ich sie dir erzählt habe, die ja doch nichts anderes bezweckt, als zu unterhalten und zu belustigen, und an der nichts Böses ist.« Seine Schulter zuckte nun stark, ich glaubte fast hören zu können, wie die Sehnen unter der Anstrengung schnappten. »Um Himmels willen, Peter«, klagte er tief gekränkt, »um Himmels willen, hast du denn nicht genug Einsicht, um zu begreifen, daß ich dir das alles nur erzählt habe, um deine Reaktion darauf zu prüfen? Um zu sehen, ob es als Stück ankommen würde? Um zu sehen, ob es jemanden überzeugen würde, auf dessen Sympathie ich mich verlassen kann und dessen ästhetisches Urteil ...«
»Und warum«, unterbrach ich ihn, »warum mußt du deine Frau dauernd quälen? Was ist denn los mit dir, warum läßt du sie nicht in Ruhe, verdammt noch mal?« Und dann blieb ich mit offenem Mund stehen, erschüttert von der Erkenntnis, daß ich Mason zum ersten Mal Widerpart geboten hatte – daß dies mein erster offener Ausbruch, mein einziger gegen ihn vorgebrachter Tadel war. Im Augenblick fehlten mir die Worte. Dann, nachdem ich zu Atem gekommen war, fuhr ich etwas liebenswürdiger fort: »Es kann ja sein, Mason, daß wir alle etwas neurotisch sind, aber um Himmels willen ...« Er war nicht zu beschwichtigen. Mit bebender Stimme sagte er: »Wenn ich mich nicht mal mehr auf deine Reaktion verlassen kann, Peter, dann weiß Gott allein ...« Aber dann winkte er mit der Hand ab, lehnte sich gegen die Reling und rang sich einige Worte ab, die mich im Innersten trafen. »Ich habe mir nun, weiß Gott, die größte Mühe gegeben, anständig und umgänglich zu sein, aber jedes Mal, wenn

ich den Mund aufmache, dann wird offenbar ein...« Er verstummte mit zitternden Lippen. Es war schrecklich. »Es endet immer damit, daß alle mich ausnützen oder mich verabscheuen.«
»Ich verabscheue dich nicht...«, begann ich, doch ein neuerliches Heulen der Sirene fegte uns fast von Deck. Tief im Schiffsinnern schlugen Glokken an. »Nun, Mason«, sagte ich statt dessen, »es sieht so aus, als sei es Zeit, unser kleines Treffen hier abzubrechen.« Ich streckte die Hand aus und fühlte mich dabei kreuzelend. »Vielen Dank für all die hübschen Geschenke, ich meine es im Ernst, Mason.«
Er kam mit einem ernüchterten, zagen Lächeln auf mich zu und ergriff meine Hand. »Bon voyage, Dollbaby, laß dich nicht unterkriegen und trink gelegentlich mal einen auf mein Wohl, ja?«
Das war das letzte, was ich ihn sagen hörte. Mit immer noch krampfhaft zuckender Schulter ergriff er meine Hand und verwandelte diese einfache Geste des Abschieds in die traurigste Demonstration des Verlassenseins, der Sehnsucht, die ich wohl jemals gesehen habe.
In meinen Kindheitserinnerungen taucht ein kleiner Junge auf, gesichtslos jetzt und ohne Namen, ein reicher kleiner Nachbarsjunge, wie man mir später erzählte, verwachsen oder entstellt oder verkrüppelt, vielleicht auch alles zusammen, der, als man ihn eines Tages nach dem Verbleib seiner zahlreichen Pfennige und Groschen fragte, in das Geständnis ausbrach, daß er sie weggegeben habe – weggegeben nicht für Süßigkeiten oder Spielzeug, sondern an andere Kinder, damit sie ihm Gesellschaft leisteten: fünf Cents für eine Stunde, zwanzig für einen Nachmittag und ein Händchen voll Nickelstücke für einen ganzen langen Sommertag; so wie die Geste dieses einsamen Kindes war auch Masons Geste eine des Anheuerns, des Handgeldgebens, beladen mit der Angst vor Verlassenheit. Ehe ich noch ein Wort sagen oder überhaupt begreifen konnte, was er mir da gereicht hatte, war er verschwunden, aufgesogen von der Menge der abziehenden Besucher, und hatte mich stehenlassen, in meiner Hand einen Packen französischer Geldscheine, die er irgendwo hergezaubert hatte, lauter Zehntausendfrancnoten – genug, um davon eine goldene Uhr zu kaufen, falls ich eine gewollt hätte, oder einen guten Tweedanzug oder zahllose Flaschen Cognac. Gekränkt versuchte ich, hinter ihm her zu rufen, aber er war schon aus meinem Blickfeld verschwunden, und ich sah ihn nur noch einmal für einen kurzen Augenblick oben am Fallreep: den Kopf geneigt und nach der Stufe spähend sah er merkwürdig unbeholfen aus, gar nicht wie der übermütige Zauberer, sondern verletzlich, ungeschickt und verwirrt – der Liebling der Zukunft, einen Fuß auf dünnste Luft gestellt.
Bald darauf fühlte ich ein Beben unter meinen Füßen, und der Dampfer

begann Fahrt aufzunehmen. Gegen die Reling gelehnt, die Geldscheine immer noch in der Hand – selbst in diesem letzten Augenblick bedrückt von dem Bewußtsein, daß ein Vorkaufsrecht auf meiner Tugend lastete – glitt ich hinaus in die offene See, Europa zu, den glitzernden Widerschein Manhattans in den Augen, dessen verlassene Totenmale und Spiralen maßlos und sehnsüchtig in den Himmel stachen.
Mit meinen Kabinengenossen kam ich blendend aus. Sie waren in Wirklichkeit freundliche, entgegenkommende Burschen – vielleicht hielt es etwas schwer, ihnen nahe zu kommen, doch schien mir, daß sie sehr viel weniger verderbt waren als Mason und viel besser mit dem Leben fertig wurden. In Paris erhielt ich einen Brief von Mason, in dem er schrieb, daß Celia die Scheidung eingereicht habe. Ich erinnere mich an eine charakteristische Wendung aus diesem Brief, die – wie so vieles an Mason – aus einem wesenlosen Schattenbereich zu stammen schien, in dem es weder Freude noch Schmerz gab: »Weine um Mason und Celia, Peter, denn wir gehen nun auseinander.« Und nicht lange darauf geschah es, daß Mason gänzlich aus meinem Bewußtsein entschwand. Und doch wünsche ich, daß ich mich an jenen Traum erinnern könnte, den ich weit draußen auf dem Ozean träumte und aus dem ich schweißgebadet auffuhr, dem Schnarchen meiner Mitreisenden lauschend, den süßen Duft der langsam welkenden Blumen atmend und irgendwie fast körperlich von der Gewißheit ergriffen, daß Mason unwiderruflich zu einem furchtbaren Ende verdammt sei.

4

Als Mason in seinen Holzpantinen die Treppen heruntergepoltert war und mich allein gelassen hatte, fiel es mir schwer, meine Empfindungen wieder zu ordnen. Gott weiß, daß ich wütend war, doch hatte mein Ärger, vermischt wie er war mit einer konfusen und undefinierbaren Furcht vor Mason, mehr den Charakter der Ängstlichkeit. Flucht – aus diesem Haus, aus Sambuco – schien geboten, und ich saß da und dachte über die Beleidigung nach, die mir zugefügt worden war, und überlegte, wie ich auf anständige, unauffällige Weise aus der Gegend verschwinden könne. Es müssen zwei oder drei Minuten vergangen sein, und ich war im Begriff gewesen aufzustehen, als ich Mason langsam über den Flur zurückkehren hörte. Er trat ein, immer noch in dieser merkwürdig gebückten Haltung und humpelnd, aber er stand nun nicht mehr ganz so gekrümmt da und sah mich mit einem so gleichmütigen, freundlichen Grinsen an, daß meine Furcht vor ihm sich augenblicklich verflüchtigte. Er war nicht länger mehr das Ungeheuer meines Traumbildes, sondern ganz er selbst, von entschlossener Liebenswürdigkeit. »Ich habe dich wohl erschreckt, Petie? Wie wäre es mit einem kleinen Schluck? Ich habe noch gar nicht...«

»Scher dich zum Teufel, Mason«, antwortete ich. »Was bildest du dir eigentlich ein, so mit mir zu reden? Wir sind nicht mehr in der Schule, und wenn du glaubst... ich bin keiner von deinen verdammten Parasiten.«

»Petie, Petie, Petie«, murmelte er in seiner alten klagend einschmeichelnden Weise. Er setzte sich neben mich und klopfte mir freundschaftlich auf die Schulter. »Immer noch die alte Mimose. Hör mal zu, ich möchte...«

»Hör du lieber zu«, rief ich und stand schnell auf, »ich weiß zwar nicht, was hier eigentlich vorgeht, aber ich habe jedenfalls die Nase voll. Hältst du mich für einen lausigen contadino – einen Bauerntölpel, den du herumschubsen kannst, wie es dir paßt? Du hast mich eingeladen, dein Gast zu sein, und ich fühle mich hier ebenso willkommen wie ein Typhuskranker! Wenn Rosemarie nicht gewesen wäre, hätte ich nicht mal was zu essen gekriegt! Ich werde mich jedenfalls verdrücken. Mille grazie, Armleuchter, der du bist!« kreischte ich und schlurfte zur Tür. »Du kannst mich wieder einmal einladen, wenn ich dir weniger lästig bin.«

Er sprang auf und packte mich am Handgelenk. Noch immer keuchend von seiner Verfolgungsjagd und naß von Schweiß sah er so zerknirscht aus, wie es ihm überhaupt möglich war. »Es tut mir ja so leid. Wirklich. Ich wußte nicht, was ich sagte. Ich war... nun, erledigt, aufgeregt. Bitte verzeih mir, Peter. Bitte.«

»Ich gehe jedenfalls, Mason«, sagte ich ohne Überzeugung. »Wir werden uns schon mal wiedersehen.«

»Du wirst nichts dergleichen tun. Du wirst mein abscheuliches Benehmen entschuldigen und hierbleiben bei deinem alten Freund.«

»Was meintest du eigentlich, als du sagtest, daß du auf mir ›herumtrampeln‹ wolltest? Was ist eigentlich in dich gefahren? Was habe ich denn getan? Ich bin doch kein Landstreicher, kein Verbrecher, den du...«

Er strich sich nervös mit der Hand über die Stirn. »Ich... weiß nicht, Peter. Dieses Mädchen da vorhin, die klaut mir noch das letzte Hemd. Eben erst hat sie ein paar von Rosemaries Ohrringen geklaut. Ich war aufgeregt, sonst nichts. Ich weiß nicht, warum, aber seit kurzem bin ich so gereizt; ich habe das Gefühl, alle Leute sind gegen mich. Bitte, sag, daß du mir verzeihst. Ich habe es wirklich nicht so gemeint, ich schwöre es dir! Kaum war es heraus, da kam ich mir schon vor wie ein Untier.«

Bis zu guter Letzt unbelehrbar, gestattete ich meiner Sentimentalität, die Oberhand zu gewinnen. Mit abgewandtem Blick faßte ich seine Hand und sagte: »Schön, Mason, alles ist wieder gut.« Mein Leben lang habe ich die Sucht verspürt, mich in derartigen Situationen auch noch selbst zu

beschuldigen. Ich setzte also hinzu: »Es tut mir auch leid, es lag wohl nicht nur an dir.«
Dies schien ihn etwas aufzuheitern. »Na schön«, sagte er unbestimmt. »Schwamm drüber. Wir machen alle mal Fehler. Warte hier einen Augenblick, bis ich mich angezogen habe; dann zeige ich dir das Haus.« Und während er die Treppe hinauf verschwand, blieb ich – wie jemand, der auf einen alten Trick hereingefallen ist – in dem Gefühl zurück, daß er es war, der meine Entschuldigung akzeptiert hatte und nicht umgekehrt.
Er blieb fünf oder zehn Minuten fort. Während dieser Zeit wanderte ich zerstreut durch den Raum und sog an einer Zigarette. Ich war immer noch nervös und durcheinander und besonders unruhig wegen des Mädchens, das er den Flur hinunter verfolgt und ganz offenbar auf die eine oder andere Weise bedrängt hatte. Es muß wohl draußen zu regnen begonnen haben, denn als ich da so stand und die Decke betrachtete (dieses Mal die Jägerin, durch deren Bauchnabel ein kürzlich angebrachtes Lichtkabel wie eine Harpune fuhr), hörte ich von draußen Stimmengewirr, und die Gesellschaft kam vom Schwimmbecken durch den Garten herein.
Mason kehrte in einer weißen Jacke und frisch gebügelten Shorts zurück und sah nachdenklich aus. »Na, Petie, dann wollen wir uns mal das Haus ansehen«, sagte er. Seine Stimme und seine Bewegungen wirkten schroff; trotzdem gab er sich große Mühe, freundlich zu sein und Eindruck auf mich zu machen. In der nächsten halben Stunde zeigte er mir sein Arbeitszimmer, einen bequemen Raum, der aussah, als sei er nach einer Whiskyreklame eingerichtet: ausgestattet mit viel Leder, mit Elefantenbüchsen, Büchern, Plakaten von Stierkämpfen, einer aus dem Vorderbein eines Rhinozeros gefertigten Ottomane und dem Kopf eines afrikanischen Büffels, den er erlegt zu haben behauptete – ein ziemlich rührendes Vieh, das mit dem lieben, dummen, glasigen Blick einer braunen Schweizer Kuh von der Wand herunterstarrte. Dies schien also eine neue Phase in Masons Leben zu sein – die Sport-Phase –, und hier in seinem Arbeitszimmer hielten wir uns ein Weilchen auf, tranken einen Schluck, und er erzählte mir von seinen Freundschaften mit mehreren glänzenden Matadoren, zeigte mir seine großen, in Stierhaut gebundenen Wälzer über den Stierkampf und beschrieb schließlich im Detail und mit einer selbst für ihn ungewöhnlichen Schamlosigkeit und Unverfrorenheit die Safari, die er mit einer gefühlvollen kanadischen Blondine durch Kenia unternommen hatte. Sie hatte an der Universität von Toronto mit einer Arbeit über Baudelaire promoviert... aber ich will mir die Einzelheiten ersparen: ein solches Durcheinander von heulenden Schakalen in der Nacht, nervenaufreibenden Verfolgungen blutiger Spuren durch Gräben und Schluchten, Bwanas und Memsahibs, stocksteifem Warten darauf, daß das Großwild

aus dem Busch hervorbreche – alles das gewürzt mit ›Fleurs du mal‹ und einer starken Prise Unzucht auf dem Veldt – eine derartige Romanze hat man noch nicht gehört. Ich habe wohl Interesse geheuchelt, doch war ich mit meinen Gedanken ganz woanders. Ich wollte nichts weiter, als hier endlich wegkommen und schlafen. Danach schleppte er mich durch das übrige Haus, zeigte mir den Keller mit der amerikanischen Ölheizung – extra von Neapel herangeschafft unter enormer Mühe und großen Kosten – und die Gefrieranlage; ferner die Küche aus rostfreiem Stahl: reihenweise Schränke, Herde und Armaturenbretter, deren Knöpfe, Meßgeräte und Regler in den verschiedensten Farben leuchteten. Ich sah mich um. An einem blinkenden Abwaschbecken standen zwei hiesige Küchenmädchen in eine Dampfwolke gehüllt und kratzten Speisereste von den Tellern, ehe sie sie in die danebenstehende Geschirrspülmaschine steckten, die brummte wie ein leerlaufender Dieselmotor; daneben stand der alte Giorgio in Hosenträgern und amüsierte sich mißgelaunt mit einem elektrischen Messerschärfer, dessen Kreischen einem Schauer über den Rükken jagte. »Ich habe alles zum Großhandelspreis in der PX gekauft«, sagte Mason. »Na, wie gefällt es dir?«
»Großartig«, sagte ich. »Aber wie kommst du eigentlich dazu, in der PX zu kaufen?«
»Es gibt da gewisse Möglichkeiten«, sagte er unbewegt. Dann führte er mich vor eine Nische und zeigte mir einen hochmodernen amerikanischen Feuerlöscher, dessen Löschsubstanz – eine Art klebriger Schaum – man wirklich, wie er behauptete, essen konnte. »Phantastisch, Mason«, sagte ich. Seine kulturellen Ambitionen gingen nun in andere Richtung, das war deutlich zu sehen; auf diese Sammlung von Piffel wies er mit noch größerem Stolz hin als früher auf seine Beutestücke aus der Halbwelt.
»Sag mal«, fragte ich, »wie kommt es eigentlich, daß du jetzt einen Cadillac fährst, ist das nicht ziemlich spießig?«
»Ach weißt du, Sportwagen sind schon zum Klischee geworden.« Das hätte ich vorher wissen können. Dann wandten wir uns wieder der Küche zu und sahen uns Giorgio gegenüber, der verstimmt und bedrückt aussah, als er Mason mit den Worten »Da Francesca« eine Art Billett überreichte.
»Francesca?« rief Mason mit geweiteten Augen. »Wo ist sie?«
»Dov'è, signore? Non lo so. Ma credo che sia giù, nella strada.«
»Reden Sie doch vernünftig«, rief er aufgeregt. Dann zu mir: »Was sagt er, zum Kuckuck?«
»Er glaubt, daß sie unten ist, auf der Straße.«
»Was heißt ›glaubt‹?« – und damit riß er das Billett auf. »Weiß der Idiot denn nicht, wo sie ist?«

»Se n'è andata«, versetzte Giorgio mit einem Schulterzucken und spreizte die Hände. »Aus.«
»Sie ist weg, Mason.«
»Dann sag ihm, er soll sie suchen.«
Ich sagte es ihm. Offenbar besser unterrichtet als Mason wußte, trollte der Alte sich und murmelte, daß niemand ihn zum Narren halten könne. Ich fing an unruhig zu werden. Mason, der unterdessen die Mitteilung zur Kenntnis genommen hatte, wurde krebsrot. Er verzog die Lippen, als wolle er spucken oder eine Verwünschung ausstoßen. Sein Gesicht rötete sich mehr und mehr, er ließ das Papier zu Boden fallen, seine Augen traten hervor, und als er schließlich in höchster Erregung Worte fand, sagte er mit leiser, niederträchtiger Betonung: »Die kleine Schlampe, diese unbeschreiblich dreckige italienische Schlampe.«
»Mason«, sagte ich hastig, »ich glaube, ich gehe jetzt ins Bella Vista. Ich bin ganz und gar erledigt und...«
»Das sind ja Verbrecher, bei Gott! Jeder einzelne von dieser ganzen Bande ist ein ekelhafter Dieb! Das liegt denen im Blut, Peter, wie den Deutschen der Blutdurst. Die haben nichts anderes als Diebstahl und Unterschlagung im Kopf. Kein Wunder, daß sie so arm sind, sie müssen sich ja gegenseitig den letzten Knopf klauen!« Und wie früher schon stellte sich sein klägliches Schulterzucken wieder ein.
»Das ist ja alles gut und schön, Mason, aber es stimmt nicht, und ich will jetzt nicht darüber reden. Ich bin todmüde und will ins Bett...«
»Jesus Maria!« rief er, ohne mich überhaupt zu beachten. »Da geht dieses diebische Miststück mir zwei, nein drei Monate vor der Nase herum, nimmt mich aus – und das bei dem Lohn, den ich ihr zahle –, nimmt mich aus und stiehlt wie ein Rabe und so bedenkenlos, als sei ich ein sabbelnder Idiot! Schwenkt ihren kriminellen kleinen Arsch durch die Gegend, als gehöre ihr das ganze Haus!« Und als er da in dieser dampfenden, protzigen Küche vor mir stand, ließ er eine Predigt vom Stapel, die so irr und absurd war, daß ich zunächst glaubte, er scherze: Ob ich denn nie von Willie Morelli, von Tony Anastasia und solchen Halsabschneidern wie Abbandando und Sarto gehört hätte – von Luciano und Costello und Capone ganz zu schweigen? Ob das denn nicht zur Genüge beweise, falls es eines Beweises überhaupt bedürfe, daß der Hauptbeitrag des italienischen Volkes zum amerikanischen Leben, wenn nicht zum Leben der Menschheit überhaupt (und bitte, über die Renaissance wisse er sehr wohl Bescheid) eine diebische und korrupte Kriminalität sei, die in ihrer Lasterhaftigkeit und Mordlust keine Parallele in der Geschichte finde? »Streng doch mal deinen Grips an, Peter!« sagte er, als spüre er meine stumme Mißbilligung. Ob ich denn nicht wisse, daß das Mördersyndikat – jene

bösartige Bande berufsmäßiger Mörder – fast ausschließlich aus Italienern bestehe und daß sich das amerikanische Gangstertum unter der Kontrolle einer Horde verruchter Rauschgifthändler und ihrer Helfer in Italien befinde? (Gutes altes Italien.) Ich hatte davon gehört, sah aber nicht ein... »Gebrauch doch nur mal deinen Verstand!« schrie er. Und dann spann er eine rührende Lügengeschichte, die letzte, die ich von ihm zu hören bekommen sollte: Sie handelte von einem jungen Freund, einem in Harvard ausgebildeten Staatsanwalt, der so brillant war, daß man schon mit dem Gedanken spielte, ihn für den Posten des Bürgermeisters kandidieren zu lassen, der der Unterwelt den Kampf angesagt hatte und sich tapfer incognito in ihr bewegte und eines Morgens so grausig verstümmelt aufgefunden wurde, daß er, Mason, sich scheue, Einzelheiten wiederzugeben (was er dann doch tat: eine glühende Eisenstange in die Eingeweide gestoßen, die Genitalien... usw.). Ich bemühte mich, nicht hinzuhören. »Und die Mafia hatte ihr Zeichen auf seiner Brust eingebrannt!« schloß er wutschnaubend. »Eine Horde italienischer Halsabschneider mit der Mentalität von Bestien. Hör mal, ich leide nicht unter pathologischer Xenophobie. Aber beweist das nicht zur Genüge, daß die Italiener sich bis zur Bestialität herunterentwickelt haben? Verstehst du jetzt?« fragte er sarkastisch, »daß es mich verdrießt, daß dieses dreckige Zimmermädchen die Unverfrorenheit hat, direkt unter meiner Nase alles zu klauen, was ich besitze? Siehst du nicht ein, daß mich das ärgert, um mich milde auszudrücken? Nein?«
Ich sagte gar nichts. Ich konnte mich nicht einmal dazu zwingen, ihn anzusehen, wie er da keuchend und schnaubend stand. Dann plötzlich knallte er seine geschlossene Faust in die Fläche der anderen Hand, schreckte mich auf und zwang mich, ihn anzusehen. Und als ich ihn anstarrte, murmelte er etwas vor sich hin, das mir ganz und gar sinnlos vorkam: »Also das ist es, nichts weiter als eine stinkende, verschwitzte Rammelei im Heu.« Dann verstummte er wieder, Schweiß rann ihm über die Stirn, und wieder schlug er sich in die Hand. »Na, das werden wir erst mal sehen!« Er wirbelte herum, rannte durch die Tür, am Feuerlöscher vorbei, und seine Shorts flatterten um seine Knie, als er den Flur entlang eilte.
Ich nahm das Billett auf, das er hatte zu Boden fallen lassen. Es war in englischer Sprache verfaßt, aber die Schrift so krakelig und zerfahren, daß sie kaum lesbar war. »Sieh dich vor«, lautete es, »ich mache Hackfleisch aus dir. C.«
Ich hielt das Ganze für einen Scherz, steckte den Zettel ein und ging Mason nach, verzagt, aber immer noch neugierig. Ich folgte seiner hageren Gestalt durch den mit Spiegeln ausgehängten Korridor. Er segelte durch

die Halle, vorüber an der Marmorbank, auf der ich erst kürzlich gesessen hatte, nahm keine Notiz von den Gästen, die, vom Schwimmbassin hereingetreten, sich dort versammelt hatten, sondern riß die Tür zur Hoftreppe auf und trat auf den Balkon hinaus. Ich folgte ihm, eilte durch die Halle, wo ich einen schnellen Blick auf einige der Gäste warf, die weiter hinten tanzten und auf das schwarze Gesicht des unermüdlichen Billy Raymond, der auf den Flügel eindrosch. Als ich auf den Balkon hinaustrat, lehnte Mason sich über das Geländer und brüllte in den Hof hinunter: »Cass! He, Cass! Komm rauf!«
Aber unten im Schatten an der grünen Tür rührte sich nichts, erfolgte keine Antwort.
»Cass!« brüllte er wieder. »He, Cass! Komm rauf!«
Seltsamerweise war seiner Stimme nichts von dem Ärger und der Erregung anzumerken, die ich nach den jüngsten Ereignissen in ihr wahrzunehmen fürchtete; sie klang vielmehr barsch und fordernd, so, als erwarte er, daß er gehört und sogleich zufriedengestellt werde, und in dem weiten Hof schallte sie hohl wider. »Cass«, rief er nochmals, aber immer noch kam von der Tür keine Antwort; er sah mich gereizt an und fragte: »Wo steckt der Kerl denn nur?«
»Wie soll ich das wissen, Mason?« sagte ich verblüfft.
Während er da stand, packte und schüttelte ihn irgendeine heftige Empfindung. Gott allein mochte wissen, was es war. Er zitterte und fuhr sich wieder mit der Hand über die schweißfeuchte Stirn. Ich glaubte, er werde in Tränen ausbrechen. »Der Scheißkerl!« sagte er, »der elende Armleuchter!« Dann stieß er mich aus dem Weg. »Bestimmt weiß Giorgio, wo er ist!« ächzte er und stürmte durch die Tür ins Haus zurück.
Meine Verwirrung war vollständig. Jetzt war der Zeitpunkt gekommen fortzugehen, und gewiß hätte ich das auch getan – ich hatte schon den Fuß zum befreienden Abstieg auf die Treppenstufe gesetzt – wenn sich nicht in jenem Augenblick unten die grüne Tür geöffnet hätte, aus der nun ein Lichtstrahl in den Hof fiel und mich veranlaßte, mich wie ein Verbrecher in den Schatten des Balkons zurückzuziehen. Zwei Gestalten traten aus der Tür – Cass Kinsolving und ein Mädchen. Ich hörte, wie das Mädchen leise und herzbrechend schluchzte, und sah, wie Cass sich schwankend gegen die Wand stützte; dann bewegten sie sich langsam weiter in das Lichtviereck hinaus, und ich erkannte, daß das Mädchen niemand anders als jenes schwarzgekleidete Zimmermädchen war, das vorhin im Salon vor mir auf die Knie gefallen war. Ich vernahm, daß sie sich leise und bedrückt unterhielten – stockend, mutlos –, ihre Stimmen stiegen einzeln an und wurden wieder leiser, dann erklangen sie zusammen in einer fremdartigen Klage, gelegentlich unterbrochen von dem sanften,

unstillbaren Schluchzen des Mädchens. Ohne es eigentlich zu wollen beugte ich mich über das Geländer. Ich sah, wie Cass sich gegen die Wand gelehnt mühsam aufrecht hielt und hörte wieder die Stimme des Mädchens, als sie in einem neuerlichen Aufwallen hysterischer Verzweiflung die Arme nach ihm ausstreckte. Für einen langen Augenblick schienen sie dort an die Mauer gelehnt in einer gequälten Umarmung zu verschmelzen. Endlich hörte ich ein einziges Wort: »Basta!« Dann sagte einer von ihnen »Sst«, ihre Stimmen senkten sich zu einem Flüstern, und dann hörte ich geraume Zeit gar nichts mehr, bis das Mädchen, immer noch weinend, auf nackten Füßen über den Hof patschte und verschwunden war.
Allein geblieben stand Cass schwankend im Türrahmen. Dann wandte er sich mit einer ungeschickten Bewegung um, preßte seine Wange an die Mauer und umklammerte den grauen Stein, als wollte er ihn umarmen. Ich glaubte, ihn ächzen zu hören; dann verstummte er, und ich hörte ihn schwer atmen, zischend, gierig und gepeinigt, wie ein Langstreckenläufer am Ende des Rennens. Und in diesem Augenblick wurde die Tür hinter mir wieder aufgerissen; Mason stürzte ans Geländer und beugte sich darüber.
»Cass!« rief er. »Komm rauf, Cass, es gibt was zu trinken!«
Die Gestalt unter uns bewegte sich nicht, man hörte nur ihre schweren Atemzüge. Mason rief noch einmal, immer noch nicht grob, aber mit steigender Ungeduld und in einem barschen, verlangenden Ton, wie ihn ein Offizier einem schwerfälligen oder halbtauben Untergebenen gegenüber anschlagen mag. »Arschloch!« hörte ich ihn wütend murmeln. Dann rannte er, zwei Stufen auf einmal nehmend, die Treppe hinunter und landete mit einem Bums auf dem Hof, wo er sich mit flatternden Armen ins Gleichgewicht brachte und dann an den aufgestapelten Filmgeräten vorbei und zu Cass rannte. Ich hörte sie miteinander verhandeln, zuerst Mason, unaufrichtig, freundlich: »Na, los doch, Freundchen, mach doch mit«, dann ein unverständliches Murmeln von Cass und wieder Masons Stimme, immer ungeduldiger, aber noch beherrscht, als er Cass kräftig auf die Schulter schlug – »sei doch kein Spielverderber«, hörte ich ihn sagen –, ihn stützend umfaßte und quer über den Hof zur Treppe führte. Cass war womöglich noch betrunkener als zuvor. Er sah nun aus wie ein Mann, der vor dem völligen Zusammenbruch steht, hinter den Brillengläsern schienen seine Augen zu schielen, und seine Arme hingen schlaff und kraftlos herunter. Als er die Treppe erstieg, glaubte ich, er werde über das Geländer hinabfallen, aber Mason hielt ihn eisern gepackt. Als er dann schließlich vor mir auf dem Balkon stand, schwammen seine Blicke irgendwohin zu einem Punkt oberhalb meines Kopfes, und ich hatte das

Empfinden, als blinzele er mir zu, doch konnte ich seines Zustandes wegen nicht gewiß sein.
Mason, aufgeregt und keuchend, ließ Cass los. »Los jetzt, hol dir ein Glas!« sagte er scharf. Und dann zu mir: »Cass wird jetzt eine kleine Vorstellung geben. Cass ist ein guter Schauspieler, wenn er erst mal einen oder zwei Schnäpse intus hat. Vielleicht bringe ich Alonzo sogar dazu, daß er ihm eine Rolle gibt. Das wäre dir doch recht, Cass?« Er versuchte zu lächeln.
Cass schwankte, die Haare fielen ihm ins Gesicht, er grinste schlaff und blöde. »Klar, wenn du meinst...«, ein irres, stumpfsinniges Kichern drang aus seiner Kehle. »Ich kann wirklich gut schauspielern. Melpomene und Thalia. Für diese erhabenen Göttinnen würde der alte Onkel Kinsolving jederzeit sein Leben hingeben.« Er verstummte und bekam den Schluckauf. »Jawohl... jederzeit... fürs Drama geboren... heiße Thespis... alles für einen Schnaps.« Stark schwitzend blickte er durch die angelaufenen Gläser seiner Brille zu Mason auf. »Alles für einen Schnaps, Leute. Und zwar nicht für irgendwelchen Fusel, der einem Elefanten den Magen ausbrennen kann, sondern für guten, echten Trinkbranntwein, wie Mason ihn ausschenkt. Whisky für feine Leute! Guter alter Whisky, der acht Jahre lang im Faß gewesen ist. Sag mal, Mason, alter Freund, hast du noch was von der guten Marke, die wir heute in der PX geholt haben? Noch was davon für den guten alten Onkel Kinsolving?« Der redselige, warmherzige, lebendige Mann, dem ich am Nachmittag begegnet war, hatte sich nun in einen heruntergekommenen, närrischen, winselnden Säufer verwandelt. Ich war tief enttäuscht. Er war also auch nur eine von Masons Kreaturen.
»Klar, Cass«, sagte Mason, »du sollst haben, soviel du willst. Sobald wir unsere kleine Vorstellung gegeben haben.« Und lachend ergriff er wieder Cass' Arm und schob ihn durch die Tür, aber in seinen Augen glomm ein gemeines Funkeln. Sein Nacken war rot wie ein gesottener Hummer, er kochte innerlich, und ich wußte, daß das Schlimmste zu erwarten war. »Na, los doch, Schätzchen«, sagte er sarkastisch und stieß Cass vor sich her. »Los, Junge, jetzt wollen wir den Leuten mal eine amüsante Abwechslung bieten.«
Gerade in diesem Augenblick – wir waren im Begriff, den Salon zu betreten – hörte ich von unten einen schrillen Schrei und das Tapsen bloßer Füße über den Hof. Ich ging einige Schritte zurück und sah hinunter. Es war Poppy, die in geblümtem Kimono und Socken, ihr blondes Haar mit Nadeln und Lockenwicklern höchst unschön an den Kopf geklebt, keuchend und in größter Eile die Treppe heraufkam. Oben angelangt, außer Atem, die kleinen Fäuste geballt und mit dem wutroten Gesicht eines

kleinen Mädchens stürzte sie sich auf Mason und begann, an ihm herumzuzerren. »Mason Flagg! Ich habe wohl gehört, was Sie wieder vorhaben, Sie böser Mensch! Lassen Sie Cass in Ruhe. Hören Sie? Lassen Sie ihn in Frieden!« In ihrem verwaschenen Kimono sah sie verbraucht und ärmlich aus, aber trotz allem liebreizend.
Mason drehte sich nach ihr um. »Scheren Sie sich weg!« fauchte er. Dann beherrschter und mit erzwungenem Lächeln: »Nur mit der Ruhe, Poppy, wir wollen uns ja nur einen kleinen Spaß machen, nicht wahr, Cass?«
»Sprich nicht mit ihm«, kreischte Poppy mit überschnappender Stimme. »Er will dich nur wieder mißhandeln, er will dich nur beschämen und erniedrigen wie früher.« Sie funkelte Mason an, wutbebend, die Augen groß und rund und voller Tränen und zerrte immer noch an seinem Arm. »Warum sind Sie so ein gemeiner sündhafter Mensch! Warum wollen Sie ihm das antun! Sehen Sie denn nicht, in was für einem Zustand er ist? Begreifen Sie denn nicht, daß er gar nicht mehr weiß, was er tut? Oh, bitte«, schluchzte sie, ihn verzweifelt und flehend anblickend, »bitte lassen Sie ihn in Ruhe, damit ich ihn zu Bett bringen kann. Beschämen Sie ihn nicht noch mehr!« Sie sah mich bittend an. »Bitte Mr. Leverett, bitte, er soll aufhören. Cass ist so krank. Und nun will Mason ihn vorführen!« Sie ging wieder auf Mason los und stampfte mit dem Fuß auf. »Sie Ungeheuer! Das ist doch gar nicht mehr komisch! Es ist einfach ekelhaft, Mason. Oh, ich hasse Sie, ich hasse Sie, ich hasse Sie!« Und sie schlug die Hände vor das Gesicht und begann zu schluchzen.
»Vielleicht solltest du ihn wirklich in Frieden lassen, Mason«, schlug ich vor.
»Steck du deine Nase nicht da rein, du Nachtwächter«, schnarrte er, mit einem verächtlichen Blick auf mich.
Ich glaube, es war in diesem Moment (und wirklich mit unerklärlicher Verspätung, angesichts dessen, was zwischen uns vorgegangen war, seit meiner Ankunft), daß ich zum ersten Mal erkannte, daß Mason trotz aller seiner unsinnigen Verstellungsversuche mich ebensowenig leiden mochte wie ich ihn. Wir hatten uns beide zu sehr verändert. Sein Blick ruhte noch zögernd auf mir. »Du hältst dich raus, verstanden?« wiederholte er und bedachte dann Poppy mit einem kurzen amüsierten, geringschätzigen Blick. Dann sagte er brüsk zu Cass: »Los, Graf Douglas, marsch!«
Cass taumelte heftig gegen den Türpfosten. »Ist schon recht, meine Kleine«, sagte er mühsam und undeutlich zu Poppy und versuchte dabei, sein Gleichgewicht zu erlangen. »Heul nicht meinetwegen. Ich und der alte Mason hier, wir beide machen uns jetzt ein Späßchen, was, Freundchen? Lustige Spielchen, wie gewöhnlich. Wie wär's denn mit einem klei-

nen Schluck, Mason – damit wir in die richtige Stimmung kommen?« Mason sagte nichts und stieß Cass vorwärts. Mit tränenüberströmtem Gesicht trottete Poppy hinterher.
»Bitte um Ruhe, meine Herrschaften.« Mason klatschte in die Hände, und seine Stimme schallte durch den Raum, brachte die Musik zum Verstummen und die Tänzer zum Stillstand. »Bitte um Ruhe«, rief er von neuem. Er grinste breit, doch seine Jacke war schweißgetränkt: er schien von einer wilden inneren Erregung förmlich verzehrt zu werden. »Ruhe«, rief er. »Die anwesenden Damen und Herren werden gebeten, sich nun auf die spezielle Attraktion des Abends vorzubereiten. Treten Sie bitte näher.« Langsam kamen die Gäste heran. Die Gesellschaft war ziemlich zusammengeschrumpft; es muß nahe an zwei Uhr gewesen sein, und viele der Gäste hatten sich wohl bereits ins Bella Vista oder in ihre Zimmer im Palazzo zurückgezogen. Alice Adair war nicht mehr da, und auch Morton Baer und Dawn O'Donnell fehlten, aber ich sah Gloria Mangiamele hüftenschwenkend herantreten und zwischen den anderen auch Rosemarie und den kurzgeschorenen jungen Mann, der inzwischen vor Trunkenheit schielte, und mein anderes bête-noire, den Regieassistenten Van Rensselaer Rappaport. Insgesamt war wohl noch ein Dutzend Leute da, und während Mason in die Hände klatschte, versammelten sie sich um ihn.
»Was ist denn mit Ihrem Gesicht passiert, Süßer?« fragte die Mangiamele, schmiegte sich an Mason und legte den Arm um ihn.
»Ich bin in ein Rosengestrüpp gefallen«, antwortete er abwesend. »Wollen Sie nun bitte alle nahe genug herantreten.«
Ich sah zu Rosemarie hin: sie bot einen Anblick bleichen Jammers.
»Ah, vielen Dank, meine Herrschaften. Wir bieten Ihnen heute abend eine überraschende Attraktion«, fuhr er fort und deutete auf Cass. Seine Stimme klang nun schwülstig und prahlerisch wie die eines Zirkusdirektors, und auf seinem Gesicht stand ein starres, unsinniges Lächeln, wie aufgemalt. »Ich möchte den Herrschaften Cass Kinsolving vorstellen, den allergrößten Alleinunterhalter seit Jolson. Stimmt das etwa nicht, Cass? Na los, rezitiere mal deinen Stammbaum für die Herrschaften.«
Ich sah, wie Poppy, die Unterlippe zwischen den Zähnen, um die Tränen zurückzuhalten, versuchte, nach Cass zu greifen, aber schon schlurfte er heran, auf dem Gesicht sein närrisches Grinsen, und kam nach ein paar taumelnden Schritten neben Mason zum Stehen, wo er schwankend und wie ein plumper Bär im Mittelpunkt – man könnte fast sagen der Bühne – stehenblieb. Sein Unterhemd baumelte ihm zerknautscht um die Hüften, seine Hose war fleckig, und die Brille saß ihm schief im verschwitzten, geröteten Gesicht. Er wirkte robust und doch irgendwie professoral, wie von tiefer, sprachloser Melancholie heimgesucht, und trotz seinem

Grinsen wie ein verluderter trunksüchtiger Gelehrter, der in einer Hafengasse hockend seinen inneren Ruin betrachtet. Unter diesen feinen Leuten sah er aus wie ein Landstreicher. Ich hörte die Mangiamele kichern, dann lachte jemand. Unter den Zuschauern herrschte gespannte, knisternde Erwartung. »Er ist ja unbezahlbar«, murmelte jemand mit französischem Akzent, ein ältlicher Schwuler, der sich auf die Zehenspitzen erhoben hatte und seinen Hals über meine Schulter vorschob. Rosemarie hatte mich schon auf ihn aufmerksam gemacht, er war ein gefeierter französischer Modist – Jacques Soundso –, von dem ich eigentlich hätte gehört haben müssen. Sein Hals war rosa und lappig wie der eines Geiers. »Wo hat Mason den nur her?«

»Los doch«, wiederholte Mason ungeduldig, »laß die Herrschaften deinen Stammbaum hören.«

Einen Augenblick zögerte Cass und kratzte sich am Kopf. »In Beantwortung Ihrer Anfrage«, sagte er schließlich mit belegter Stimme, »teile ich Ihnen mit: Meine Mutter war ein Zugpferd... mein Vater ein Droschkenkutscher... meine Schwester Zirkusreiterin am Nordpol... und alle meine Brüder tapfere Matrosen auf einer Dampfwalze...«

Das war schnell genug gesagt. Er sagte es mechanisch, fast verträumt her, wie auswendig gelernt, und als er mit seinem Sprüchlein zu Ende war, grinste er Mason erwartungsvoll und beifallsuchend an. Dieser Blick war so mechanisch, so eingelernt, daß ich erwartete, Mason werde ihm einen Fisch oder einen Fleischbrocken hinwerfen. Zunächst herrschte völlige Stille – eine Stille, die greifbar war, beladen mit überwältigender Verblüffung und allgemeinem Unbehagen. Ich spürte, wie ich schwitzte und etwas sich in mir zusammenkrampfte. Niemand gab einen Laut von sich. Aber als Mason, immer noch lächelnd, seinen durchdringenden, lehrerhaften Blick auf Cass richtete, lachte jemand. Es war ein rauhes, männliches Lachen – roh und wiehernd, und es wirkte sofort ansteckend. Jemand in meiner Nähe platzte heraus, dann noch jemand, bis die ganze Gesellschaft in ein hysterisches brüllendes Gelächter ausbrach, das, von Decke und Wänden zurückgeworfen, uns in sinnlosen Wellen überflutete. Sie lachten und lachten; und sie lachten, weil sie wohl jenes Stadium der Trunkenheit, der Langeweile oder Trägheit erreicht hatten, da man über alles lacht. Mitten drin stand Cass; Schweiß glitzerte auf seinen Bartstoppeln; er stand da verträumt und fern, schien den Lärm nicht zu bemerken, schwankte grinsend, wie an einer entlegenen, öden Straßenecke. Ein solcher Hauch von Niedergeschlagenheit, von endgültiger Kapitulation ging von ihm aus, daß es beinahe abstoßend war. Er schien von aller Lebenskraft und Männlichkeit verlassen, und seine großen muskulösen Hände baumelten welk und schlaff herunter; er griente, torkelte plötzlich zur

Seite und richtete sich dann wieder auf. Schließlich verebbte das Gelächter; Mangiamele, die bestimmt nicht die Hälfte von dem verstanden hatte, was Cass da sagte, schüttelte sich immer noch in stummem Lachen, ihre Brüste hoben sich, und sie schlug die Hände in hilfloser Heiterkeit vor ihr gerötetes Gesicht. Zwischen ihren Lachkrämpfen starrte sie Cass mit einem schlechterdings idiotischen Blick an, und mir wurde plötzlich klar, daß sie nicht mehr Verstand besaß als eine Mücke. Mason löste ihren Arm von seiner Hüfte und trat vor.

»Gut gemacht, Cass. Und jetzt... wie wäre es mit dem ›Ehrlichen Abraham‹?«

»Klar, Mann, was du willst«, stimmte Cass schwerfällig zu.

»Bill«, sagte Mason zu dem farbigen Pianisten, »wie wär's mit ein paar Takten ›Old Black Joe‹?« Er wandte sich an die Anwesenden. »Das Folgende, liebe Leute, ist ein Lied über den ehrlichen Abraham Lincoln. Zur Erläuterung für die Nicht-Amerikaner unter Ihnen sei gesagt, daß Lincoln einer der Präsidenten der Vereinigten Staaten war, der große Befreier, außerdem ein Lügner und Schmutzfink, obwohl man das nicht vermuten sollte.« Als Mason zurücktrat und Cass nach vorn schubste, erklang ein erwartungsvolles Kichern, und Billy Raymond schmetterte die ersten Takte von ›Old Black Joe‹ in die Tasten. Cass sang mit dicker, wabbeliger, klebriger Stimme:

Ich bin der ehrliche Abraham
und habe Haare am Bein...
Ich habe die Neger befreit,
Und dafür ziert nun mein Portrait
den Ze...hen...dollarschein...

Er sang quälend langsam, und ich glaubte, er werde die Worte niemals herausbringen. Noch schlimmer – er konnte gar nicht singen, und wie er da so mit zusammengekniffenen Augen stand und der verschlungenen Melodie zu folgen versuchte, traf er nicht ein einziges Mal den richtigen Ton, stieß die Worte einfach hervor, wie sie ihm einfielen, und blieb stets ein paar Takte zurück. Seine Stimme wurde von dem heulenden Gelächter beinahe übertönt.

Ich habe nie gelo-
gen, warum also
schießt du mich tot,
John Wilkes Booth?

Welle um Welle schlug das Gelächter über ihm zusammen. Er stand mit geschlossenen Augen wie träumend da, grinste ein schläfriges Grinsen, schien taub gegen alles. »Jetzt den Rebellenruf!« überbrüllte Mason den Aufruhr. »Vergiß nicht den Rebellenruf!« Und darauf erwachte Cass zum Leben, wie aus einem tiefen, amnesischen Schlaf aufgeschreckt. Er warf den Kopf zurück, legte die Hände trichterförmig vor den Mund und brach in ein ohrenbetäubendes, gellendes Geschrei aus, das mir Schauer über den Rücken jagte.
»Jahiiiiiiii!« heulte er. »Jahiiiiiiii!« Immer und immer wieder ließ er den sinnlosen markerschütternden Schrei ertönen wie ein Verdammter, während die Umstehenden, von Krämpfen geschüttelt, sichtbar unter diesem Anprall zusammenschrumpfend, die Gesichter abwandten und sich die Ohren zuhielten. Cass heulte und heulte wie ein wildgewordenes grausiges Horn, entfesselt von dem perversen, unerklärlichen Willen Masons.
»Jahiiiii!« Er setzte dies sinnlose Geheul fort, bis ich glaubte, der Gips werde von der Decke fallen. Die beiden Küchenmädchen erschienen, von Giorgio gefolgt, mit vor Schreck verdrehten Augen händeringend an der Tür, eine persische Katze sprang mit gesträubtem Fell aus dem Nichts und schoß wie eine Rakete durch die geöffnete Tür. Dann tauchten noch andere Personen auf. Der Palast begann, seine Schläfer auszuspeien wie ein Friedhof beim Ertönen der Posaune des Jüngsten Gerichts seine Toten. Sie näherten sich barfuß und blinzelnd, in Bademäntel und Morgenröcke gehüllt und mit dem Ausdruck von Menschen, die unbeschreibliche Schrecknisse ahnen. Als erste erschien die käseweiße Dawn O'Donnell, hinter ihr Alice Adair, dann zwei wuschelhaarige Italiener in kurzen Unterhosen und als letzter Alonzo Cripps, der abgespannt und übernächtigt aussah und eine Zigarette zwischen den Lippen hielt. Er war es, der – als Cass' Geschrei schließlich erstarb – mit ungläubiger Miene auf Mason zutrat und als erster sprach: »Was geht hier eigentlich vor, zum Kuckuck?«
»Ach, wir sind nur ein bißchen vergnügt, Alonzo«, sagte Mason, »Cass sorgt für Unterhaltung. In der Theaterwelt nennen wir so was wie ihn eine komische Nummer. Nicht wahr, Cass?«
»Jawohl, mein Junge«, sagte Cass hohl und ächzend, »jawohl, ich mache alles, was du willst. Wie wäre es denn nun mit einem kleinen Schluck...«
»Wir dachten, es würde jemand ermordet«, sagte Dawn O'Donnell. »Vielleicht könnt ihr das ein bißchen leiser machen, was?« meinte Cripps. »Ein paar von uns haben morgen schließlich zu arbeiten.« Er war in der Klemme: es war deutlich zu sehen, daß er kochte; aber er beherrschte sich, dessen bin ich gewiß, weil Mason sein Gastgeber war. Er wandte sich

ab, und sein Blick fiel auf Cass; Schmerz spiegelte sich in seinen Augen. »Warum lassen Sie ihn nicht in Frieden, Mason?« fragte er leise. »Ich halte diese Art der Unterhaltung nicht mehr für sehr witzig. Was soll das alles überhaupt? Sie müßten doch nachgerade davon genug haben. Sehen Sie ihn doch mal an.« Cass drehte sich benommen zu Cripps und grüßte ihn gemessen mit einer englischen Ehrenbezeigung, Handfläche nach außen. »Guten Abend, Direktor. Willkommen an Bord.«
»Also lassen Sie ihn schon in Ruhe«, sagte Cripps beherrscht und beinahe liebenswürdig. »Kriegen Sie denn niemals genug, Mason?« Dieser Moment hätte gefährlicher sein sollen, als er es wirklich war. Cripps' Äußerung stellte schließlich eine Herausforderung dar, noch dazu vor Zeugen. Aber seine Empfindungen fanden bei den Gästen – in lustiger Harmonie, gut durchfeuchtet und verzweifelt gelangweilt wie sie waren – kein Echo. Sie schwätzten und grunzten: »Geh zurück ins Bett, Alonzo«, hörte ich jemanden sagen; alle hatten gerötete Wangen, schwitzten unter den Armen und waren auf Unterhaltung versessen – oder auf Blut. Selbst die erwachten Schläfer wurden von der Fröhlichkeit angesteckt – Alice und Dawn traten heran, um besser sehen zu können, ebenso die beiden Italiener, die in ihren Unterhosen so elegant und ungerührt aussahen wie zwei Botschafter und sich wohlig und feixend die behaarten Bäuche kratzten.
»Sei kein Frosch, Alonzo«, sagte Mason leichthin. »Geh doch wieder schlafen! Der Spaß fängt ja gerade erst an.«
Und dann ließ Mason Cass eine Reihe von Limericks vortragen. Alle Anwesenden wollten schier bersten vor Lachen. Wenn sie zuvor belustigt gewesen waren, so waren sie nun vor Fröhlichkeit fast hilflos, und in ihrer Freude wurden sie sorglos und unachtsam und stießen sich mit den Ellenbogen und traten einander auf die Füße, auch auf meine, und der Whisky floß ihnen über die Unterarme.
»Der Direktor der Amerikanischen Akademie«, rezitierte Cass in seiner feierlichen, lethargischen Art, »hat eine sonderbare Anatomie…«
Seine Augen waren glasig, und er lächelte nicht mehr; alles Blut war aus seinem Gesicht gewichen, und der Schweiß schien von seiner Stirn verdampft zu sein, so daß er trocken und verdorrt aussah und jener Ausdruck sich verstärkte, den er zunächst da draußen auf der Treppe gezeigt hatte, der Ausdruck bleicher Krankheit oder Vergiftung. Er beendete den Vers heiser und mit brechender Stimme, die gefärbt und müde war von Melancholie. Um ihn her dröhnte Gelächter.
»Hi… he… he…!« schrillte die Stimme des französischen Modeschöpfers in mein Ohr, und ich merkte plötzlich, daß dieses schrille Gekreisch die ganze Zeit hinter mir ertönt war. »Jetzt den über das Mädchen aus Nassau, Cass«, rief Mason und klopfte ihm anerkennend auf die Schulter,

»und dann den über die unzüchtige Äbtissin – Chatham –, du weißt schon.«
Und dann, als Cass begann, einen weiteren Limerick herauszukrächzen, und ich ihn dabei anschaute, wobei ich Mason im Blickfeld behielt, ordneten sich plötzlich in meinem Kopf alle jene Empfindungen des Verdachtes und die bangen Vorahnungen, die irgendwo tief in meinem Bewußtsein entstanden waren, und wurden deutlich und bestimmt.
Mason besaß Cass, hatte ihn völlig in der Hand, ebenso wie er auf ganz andere, aber ebenso unwiderstehliche Weise – jedenfalls bis zur heutigen Nacht – mich in der Hand gehabt hatte. Und als ich Cass ansah und dann Mason – sein glattes arrogantes, sinnliches, unbußfertig junges, aufgeblasenes amerikanisches Gesicht, dem ich so lange in schuldbewußter Vasallentreue untertan gewesen war – schauderte mir bei dem Gedanken, wie unwissend ich gewesen und wie knapp ich dem Verderben entronnen war. Und ich fühlte echtes Mitleid mit Cass. Die Äbtissin von Chatham ertrank in einem Beifallssturm, der alle bisherigen an hysterischer Wildheit übertraf, und mir wurde klar, daß noch Abscheulicheres sich anbahnte. »Das wird Sie wirklich umbringen«, hörte ich Mason in einem gedämpften und wie mir schien unwirklichen Ton ankündigen – den ich nur halb aufnahm, weil meine Aufmerksamkeit von zwei kleinen, mit Nachthemden bekleideten Kindern gefesselt wurde, die durch die weit geöffneten Türen hereingeschlichen waren. Es waren Cass' Älteste, Bruder und Schwester – und sie sahen sich aus lieblichen, staunenden Augen im Zimmer um, bis sie Poppy erblickten, und dann marschierten sie Hand in Hand zu ihrer Mutter. Poppys zarte Gestalt wurde von tiefem, lautlosem Schluchzen geschüttelt, sie biß gepeinigt in den Ärmel ihres Kimonos und versammelte mit einer Hand ihre Kinder um sich, während sie dem Auftritt zusah. Es fiel mir auf, daß Rosemarie den Raum verlassen hatte.
»Jawohl, Cass«, hörte ich Mason sagen, der mir nun den Rücken zukehrte. »Du kriegst was zu trinken, aber erst nach der Schaunummer.«
»Oh, könnt ihr denn nicht damit aufhören!« drang Poppys dünnes Flehen durch den Lärm. »Hört doch auf...«
»Dies ist die authentische Wiedergabe einer Pariser Schaunummer, wie sie nur in den feinsten Etablissements am Montmartre geboten wird. Fang an, Cass, altes Dollbaby.«
Mit kaltem Abscheu sah ich zu, wie Cass sich auf die Knie niederließ. »Messieurs, dames, c'est comme-ci que l'on fait l'amour en Norvège.« Er schielte betrunken nach den staunenden Gästen, bernsteinfarbene Reflexe glänzten auf seinen Brillengläsern. Groß und tolpatschig, wie er war, kauerte er gleich einem dicken traurigen Tier in dieser unwürdigen Hockstellung, und seine Stimme mit ihrem akzentfreien Tonfall, der zugleich

geziert, prüde-obszön, piepsig und grenzenlos apathisch und ausdruckslos war, glich aufs Haar der einer Pariser Hure. »In Norwegen wird es so gemacht...«, sein langes Haar fiel ihm über die Augen, als er sich nun mit einem blöden Schmatzen daranmachte, jene Stellung zu imitieren; selbst die Götter von Paphos würden laut geweint haben, hätten sie eine solche Schändung dieser Gesten mitansehen müssen. »En Norvège...«, aber er kam nicht dazu, und für die Gäste gab es nichts mehr zu lachen. Einen Augenblick lang sah ich mich in der gleichen Stellung – tölpelhaft hingestreckt und entehrt –, dann war ich an seiner Seite, eine Sekunde später als Alonzo Cripps, der Cass auf die Füße zog, ihn stützte und mit schwarzem Abscheu Mason anfunkelte.
»Das reicht jetzt, verstanden?«
»Aber ich wollte doch bloß...«, winselte Mason.
»Das reicht, habe ich gesagt.«
Poppy drängte sich durch die Umstehenden zu Cass hin und fiel ihm weinend um den Hals. Sein Kopf war ihm auf die Brust gesunken. »Entschuldige, meine Kleine«, hörte ich ihn leise klagen. »Jesus, es tut mir ja so leid.«
Ich glaube, Cripps spürte in mir den Verbündeten. »Warum helfen Sie ihm nicht nach unten?« murmelte er. Ich hielt Cass mit allen Kräften aufrecht. »So etwas Ekelhaftes habe ich in meinem ganzen Leben noch nicht gesehen.« Das war eine private Bemerkung von Cripps an mich, aber ich wußte, daß Mason sie hörte. »Ja, um Himmels willen, Alonzo, wir haben doch nur Spaß gemacht«, versuchte Mason sich zu rechtfertigen, aber Cripps war schon den Korridor hinunter verschwunden. Ein bewundernswerter Mann, der sich nicht auf schmutzige Sachen einließ.
Die Gäste zerstreuten sich schweigend, verschmolzen mit der Nacht. Da ich so sehr mit Cass beschäftigt war, weiß ich nicht recht, wie ihre Reaktion eigentlich war; aber sie waren verstummt, und dieses Schweigen schien mir verderbt, voll von Trotz und Enttäuschung, nicht aber von Scham. Zusammen mit Poppy und gefolgt von den Kindern schob und zerrte ich Cass zur Tür.
»Warum schlaft ihr denn nicht, Kinder?« schniefte Poppy. Dann drehte sie sich zu Mason um, der allein und mit verwundertem, unglücklichem Gesicht in der Halle stand. »Mason Flagg«, rief sie, »Sie sind ein schmutziger, teuflischer Mensch!« Er antwortete nicht.
»Du und dein verdammter unechter Büffel!« fügte ich hinzu, als wir zur Tür hinaustaumelten. Da dies die letzten Worte waren, die ich zu ihm sagte, hatte ich ihretwegen mehr als einmal Gewissensbisse, trotz allem, was er angerichtet hatte.

»Ich muß nüchtern werden, ich muß unbedingt nüchtern werden«, murmelte er immer wieder vor sich hin. »Ich hab' noch was zu erledigen. Vielen Dank, Leverett. Poppy, mach mir mal eine große Kanne heißen Kaffee, ich muß nüchtern werden.« Wir zerrten und stießen Cass durch den Hof, in dem sich die Kabel ringelten.
»Ja, um Himmels willen, Cass«, rief Poppy mit ihrer dünnen, kindlichen Stimme und schob ihn dann wieder ächzend vor sich her. »Um Himmels willen! Ich hab' dir doch erst heute morgen gesagt, daß du nüchtern bleiben sollst. Aber du hörst ja nicht auf mich. Du bist ein ruchloser Mensch, und sonst gar nichts.«
»Ruchlos«, murmelte er. »Ich muß aber nüchtern werden.«
»Du bist so dickköpfig, Cass«, klagte sie, immer noch schniefend. »Denk doch auch mal an die Kinder! Sie haben zugesehen, wie du diese ekelhaften Sachen gemacht hast!«
»Wir haben dich gesehen!« sangen die Kinder hinter ihm. In ihren Nachthemden wirkten sie sehr schmächtig, ihre Augen funkelten dunkel und ernst, und sie sahen schön und frisch aus wie ein paar Gänseblümchen. »Wir haben dich gesehen, Papa!«
»Oh, Mama!« stöhnte Cass und stolperte über ein Kabel. »Habe ich das wirklich gemacht?«
»Denk an dein Magengeschwür!« mahnte Poppy.
»Herrgott, ich bin wahnsinnig. Macht mich bloß nüchtern!«
Wir betraten durch die grüne Tür jenen Teil des Palastes, den die Kinsolvings bewohnten. Dieser Teil – oder jedenfalls das, was ich davon auf den ersten Blick erkennen konnte – war ein höhlenartiger, trübe erleuchteter Raum mit großen Glastüren, die ebenso wie die von Masons Wohnung den Blick auf die düstere, funkelnde See freigaben. Im übrigen hatte er keine Ähnlichkeit mit Masons Wohnung, und vielleicht war es gerade dieser Abstieg oder die Enttäuschung nach der blendenden Pracht, die ich oben gesehen hatte, die mich die Atmosphäre von anarchischer Haushaltung und schmutziger Unordnung besonders deutlich empfinden ließ. Vielleicht waren es auch die Windeln auf dem Fußboden nahe der Tür, die mit feuchtem, schlüpfrigem Geräusch unter meinem Tritt wegrutschten. Wie auch immer: als Cass hereintaumelte und mit dem Gesicht nach unten auf eine rattenzerfressene Couch fiel, und als Poppy die Kinder in ein anderes Zimmer trieb, hatte ich, als ich dort blinzelnd stand, das deutliche Empfinden, niemals etwas so Verkommenes gesehen zu haben. Überall standen schmutzige Teller und Kaffeetassen herum, und die Luft roch beunruhigend und rätselhaft, nicht geradezu nach Verfall, aber doch sehr ähnlich, wie die Luft über Plätzen, wo halbgefüllte Mülltonnen in Ewigkeit unabgeholt herumstehen. Ganze Haufen von Zigarettenstum-

meln türmten sich auf einem halben Dutzend Aschenbechern oder waren in leere Wein- oder Coca-Cola-Flaschen hineingestoßen worden, von denen eine noch mit grünlich fettigem Rauch gefüllt war. Comicbooks in italienischer Sprache lagen auf dem Fußboden herum; hier erschien Mikkymaus als Topolino, weiterhin sah man Stefano Canyon und Il piccolo Abner sowie Superuomo. Durch den halben Raum zog sich eine mit feuchten, stark riechenden Windeln behängte Wäscheleine, während von dem einzigen sympathisch aussehenden Gegenstand im Raum – einer großen hölzernen Staffelei – eine zerfetzte Lumpenpuppe mit leidverzerrten Knopfaugen herunterbaumelte wie von einem Galgen. Von seiner Couch aus brüllte Cass heiser nach Poppy und dem Kaffee. Als sich meine Augen schließlich an das Halbdunkel in diesem umnachteten Zimmer gewöhnt hatten, erblickte ich etwas, das ich zunächst für den aus dem fernen Schattenreich aufgestiegenen Geist des Pancho Villa hielt – einen jungen, rundgesichtigen, schnurrbärtigen Carabiniere in voller Kriegsbemalung, der seine blitzend weißen Vorderzähne in einem weiten Gähnen zeigte und merkwürdig rasselte, als er sich durch einen Schwarm von Fliegen näherte, um mich mit einem melancholischen »Buonase'« zu begrüßen.

In meinem morbiden Zustand hätte es mich nicht überrascht, verhaftet zu werden, aber der Polizist, der gelassen in seinen Zähnen stocherte, während er an mir vorbeiging, beachtete mich gar nicht, sondern schlenderte zu der Couch hinüber und legte seine Hand auf Cass' Schulter. »Povero Cass«, seufzte er. »Sempre ubriaco. Sempre sbronzo. Come va, amico mio? O. K.?« Er sprach mit leiser, betrübter, beinahe zärtlicher Stimme.

Zunächst blieb Cass still. Dann hörte ich seine gedämpfte Stimme aus dem Kissen, in träge fließendem Italienisch: »Nicht sehr O. K., Luigi. Onkel hat eine schlechte Nacht verbracht. Mach mich nüchtern, Luigi, ich habe noch was vor.«

Der Polizist beugte sich über ihn und sagte mit seiner beruhigenden Stimme: »Du mußt ins Bett, Cass, schlafen. Schlaf ist das Beste für dich. Was du vorhast, kannst du auch morgen früh tun.«

Cass drehte sich stöhnend um, legte den Arm über die Augen und atmete keuchend. »Mir dreht sich alles. Ich bin verrückt, Luigi. Wie spät ist es? Was machst du denn um diese Zeit hier?«

»Parrinello hat mich zum Nachtdienst eingeteilt, das Schwein. Und bloß wieder, weil ich ein Intellektueller bin, während er ein hirnloser Holzkopf ist, der das Denken verabscheut.« (Ein intellektueller Polizist! Ich traute meinen Ohren nicht.) »Überraschen tut es mich keineswegs. Du erinnerst dich doch, daß ich dir erzählt habe...«

Cass unterbrach ihn mit einem neuerlichen Ächzen. »Laß den Quatsch, Luigi. Mein Herz blutet wie gewöhnlich deinetwegen, aber ich habe wirkliche Sorgen. Ich muß nüchtern werden. Poppy!« brüllte er. »Beeil dich mit dem Kaffee!« Er rollte sich auf die Seite und blinzelte den Polizisten an. »Wie spät, hast du gesagt, ist es? Ich habe schon Maden im Hirn.«
»Es ist zwei Uhr vorbei, Cass. Ich habe beim Hotel Dienst gehabt. Da steht noch alles mögliche Filmgerät vor der Tür, das ich bewachen soll. Du kennst ja die Bauern aus dem Tal; sie würden auch einen Dampfer auseinandernehmen und wegtragen, wenn sie Zeit und Gelegenheit dazu hätten. Ich habe die herrlichen Klänge Mozarts sehr laut aus dem Palast dringen hören und wußte daher, daß du auf warst. Da bin ich also auf einen kleinen Schwatz hergekommen, und was finde ich?« Er breitete die Arme aus. »Nichts. Du bist weg, Poppy ist weg, die Bambini sind weg. Nur der Plattenspieler dreht sich ss-put, ss-put, ss-put! Ich habe ihn abgestellt und mich hergesetzt, um auf die beiden anderen Kinder aufzupassen. Es sieht dir gar nicht ähnlich, den Apparat so laufen zu lassen. Auf diese Weise wirst du deinen Don Giovanni ruinieren.«
Cass richtete sich auf, hockte auf dem Rand der Couch und blickte benebelt um sich. »Vielen Dank, Luigi, du bist ein Prinz. Jesus Maria, vorhin habe ich in ein tiefes Loch geschaut, ein großes, phantastisches Loch. Du hast mich also bis zum Hotel hören können? Es ist ein Wunder, daß Sergeant Parrinello mir nicht höchstpersönlich aufs Dach gestiegen ist.«
Er schüttelte heftig den Kopf, als wolle er ihn von zähen Schatten befreien. Ich fühlte, daß etwas in ihm kämpfte: er schien nach und nach aus den Schleiern seiner Trunkenheit aufzutauchen, wie ein abgekämpfter Schwimmer sich Zentimeter um Zentimeter ans trockene Ufer hinaufzieht. Wieder schüttelte er den Kopf, dann schlug er mit der flachen Hand dagegen, als wolle er Wasser aus seinen Ohren entfernen. »Laß mich mal nachdenken«, sagte er, dann lauter: »Laß mich nachdenken! Was muß ich jetzt tun?« Sein Blick fiel auf mich, und er fuhr zusammen: ich glaube, er hatte meine Gegenwart ganz und gar vergessen. »Sieh da«, sagte er lächelnd auf englisch, »der alte Leverett. Bei Gott, ich glaube, ich habe Ihnen für alles mögliche zu danken, obwohl ...«, und dabei nahm er seine Brille ab und rieb sich die müden, rot geränderten Augen, »obwohl ich nicht weiß, wofür.«
Er stand mit ausgestrecktem Arm auf, um meine Hand zu schütteln, stolperte aber über einen der ungezählten, namenlosen Gegenstände, mit denen der Fußboden bedeckt war, fiel wieder aufs Bett zurück und fing heiser und krampfhaft zu husten an. »Questi sigari italiani!« heulte er Luigi zwischen seinen Hustenanfällen an. »Woraus sind diese Zigarren denn nur gemacht! Aus Ziegenscheiße! Aus Exkrementen von Priestern!

Luigi, ich sage dir – hack! hack! –, ich muß mich röntgen lassen. Ich verfaule schon innerlich – hack – so, wie ich meine armen Eingeweide malträtiere! Macht mich doch um Himmels willen endlich nüchtern! Ich habe noch etwas zu erledigen!«

»Povero, Cass«, hauchte Luigi mitleidig, »warum bestehst du nur darauf, dich zu mißhandeln, dich zu vernichten? Warum nimmst du nicht eine Tablette und gehst schlafen?«

Ich musterte Luigi in dem trüben Licht. Er war ein gut gebauter junger Mann mit anständig geschnittenen Haaren, nicht häßlich, obwohl er sehr buschige Augenbrauen hatte und den gleichen Gesichtsausdruck, den die Polizisten in der ganzen Welt haben, nämlich den einer verbissenen und beinahe andächtigen Humorlosigkeit. Und wie er so mit gerunzelten Brauen auf Cass hinuntersah, wirkte er müde und unzufrieden: die Polizisten aller Länder werden unterbezahlt, aber während einem die blauen Augen eines Polizisten in New York Angst einjagen können und man im Blick eines Pariser Polizisten gelegentlich Gemeinheit und Hysterie spürt, sieht man im Auge eines italienischen Carabiniere nur eine nie abnehmende, gelassen melancholische Geldgier, was vielleicht der Grund dafür ist, daß er häufiger bestochen wird als seine Kollegen in anderen Ländern.

»Warum bestehst du denn auf dieser mörderischen Lebensweise, Cass?« sagte er. »Habe ich nicht seit Monaten versucht, dir klarzumachen, wie schrecklich gefährlich das für dich ist? Weißt du denn nicht, daß die ganze Sache tödlich ausgehen kann? Weißt du nicht, daß deine Magengeschichte längst nicht mehr zum Lachen ist? Und darf ich, ohne anmaßend zu erscheinen, mal fragen, ob du im innersten Winkel deines Herzens dir jemals klargemacht hast, wie grauenhaft die Ewigkeit sein wird?«

»Gesù Christo!« hörte ich Cass stöhnen. »Ein italienischer Calvinist!«

Luigi warf mir einen flüchtigen, kummervollen Blick zu und sah aus wie ein Arzt, der gerade das Schlimmste erkannt hat. »Nein, Cass«, fuhr er gegen die hingestreckte Gestalt, die immer noch von Hustenkrämpfen zerrissen wurde, fort, »nein, mein lieber Freund, ich bin kein religiöser Mensch, wie du nur zu gut weißt...«

»Du bist ein Faschist, und das ist nicht besser«, entgegnete Cass milde. »Wie kannst du nur ein Faschist sein, Luigi?«

»Ich bin kein religiöser Mensch«, fuhr Luigi fort, ohne ihn zu beachten, »und du weißt es sehr gut. Immerhin habe ich die humanistischen Philosophen studiert – den Franzosen Montaigne, Croce, den Griechen Plato, selbstverständlich Gabriele d'Annunzio –, und wenn ich etwas von höchstem Wert erkannt habe, dann ist es einfach dies: daß die größte moralische Sünde die der Selbstzerstörung ist – der Todeswunsch, den du mit so schmerzlicher Deutlichkeit zu erkennen gibst. Selbstverständlich schließe ich Geisteskrankheit aus. Das einzige Gute ist die Achtung vor der Kraft des Lebens. Hast du dir niemals den entsetzlichen Anblick der Ewigkeit vorgestellt? Ich habe doch oft genug davon zu dir gesprochen, Cass, von der absoluten Leere, il niente, la nullità, die sich endlos ausdehnt, dem dunklen Schacht, in den du dich hinunterwirfst, dem Nichts, dem Vergessen? Und bist du denn unfähig, zu sehen, daß dieses zwar schon an und für sich grauenhaft ist, daß es aber nichts ist im Vergleich zu der moralischen Sünde, die du begehst, indem du dich willentlich von jener Lebenskraft ausschließt, die d'Annunzio so gepriesen hat, und daß du durch diesen Willensakt Frau und Kinder der Hölle der Vaterlosigkeit überantwortest, der unaussprechlichen...«

»Luigi, du hast 'ne weiche Birne«, sagte Cass leichthin und stellte sich auf die Füße. »Ich liebe dich wie einen Bruder...« Er wandte sich grinsend an mich und pflanzte gleichzeitig seine große Hand auf Luigis Schulter. Er war immer noch stockbetrunken und schwankte auch noch, aber er hatte nicht mehr den konfusen Ausdruck, der während jenes Fiaskos im Oberstock keinen Augenblick von seinem Gesicht gewichen war. »Er ist wirklich ein guter Kerl, Leverett«, sagte er, immer noch auf italienisch, »warum gebt ihr euch nicht die Hand, ihr beiden Intellektuellen?« Ernst und mit einer höflichen, gemessenen Verbeugung ergriff Luigi meine ausgestreckte Hand. »Man stelle sich vor, so ein hübscher Bursche ist ein Faschist! Und ein Humanist! Hat man je so etwas Verrücktes gehört! Sehen Sie ihn nur an – ein Faschist! Und er könnte keinem Spatzen etwas zuleide tun.«

»Ich bin kein Schwächling«, sagte Luigi steif.

»Natürlich bist du kein Schwächling«, beschwichtigte ihn Cass und stieß ihn dabei freundschaftlich in die Rippen. »Natürlich bist du kein Schwächling, mein Freund, aber du bist nicht ganz richtig. Du dürftest nicht italienischer Polizist sein, nicht für einen Hundelohn in einer elenden Stadt in der Campagna dienen und dir Hühneraugen laufen. Du solltest diese Uniform ausziehen und nach Kalifornien auswandern. Da würdest du Millionär werden! Luigi Migliore, beratender Sachverständiger für humanistische Philosophie! So wie du aussiehst, würdest du ein Vermögen machen und nebenbei noch so viele Weiber haben, wie du dir wünschen kannst. Alle diese verrückten, ausgetrockneten, hirnlosen Gänse würden wie die Fliegen über dich herstürzen. Du könntest dir eine Praxis einrichten mit einer Couch und dir dann so eine schöne, dämliche kalifornische Blondine hernehmen und ihr etwas über den edlen humanistischen Philosophen Gabriele d'Annunzio und den grauenhaften Anblick der Ewigkeit vorschwafeln, und im Handumdrehen wärest du Hals über Bauch in sie verliebt –«

»Es ist geschmacklos, Witze über derartige Dinge zu machen«, sagte Luigi düster. »Außerdem weißt du genau, daß ich nicht nach Amerika auszuwandern wünsche. Ich mache mir deinetwegen ernste Sorgen, Cass.«

»Sciocchezze!« Cass schlug die Hände über dem Kopf zusammen. »So einen Quatsch habe ich in meinem Leben noch nicht gehört. Alle Italiener wollen nach Amerika auswandern, alle! Warum gibst du es nicht zu, Luigi? Du liebst Amerika, du betest es an! Versuche nicht, Onkel Cass hinters Licht zu führen.«

»Ich ziehe es vor, nicht darüber zu sprechen«, erwiderte Luigi mit gerunzelter Stirn. »Und ich sehe keinen Sinn darin, noch länger hierzubleiben, wenn es deine Absicht ist, einen Narren aus mir zu machen. Du stellst meine Geduld auf eine harte Probe, Cass. Du beteuerst zwar deine Freundschaft zu mir, aber du machst zu viele Witze. Ich bemühe mich ständig, dein Freund zu sein, denn ich habe das Gefühl gehabt, du und ich seien Brüder im Geiste.« Er verstummte und hob die Schulter. »Ich habe mich nur bemüht, dir zu helfen, und du machst dich darüber lustig.«

»Ich weiß, Luigi, ich weiß«, sagte Cass. »Ich bin ein hoffnungsloser Säufer, auf die schiefe Ebene geraten und brauche jemanden, der mir hilft. Ich liebe dich wie einen Bruder. Du warst mein Schild und mein Beschützer, abgesehen davon, daß du meinen ganzen Wermut ausgetrunken hast. Aber bitte hör auf, vom schrecklichen Anblick der Ewigkeit zu schwätzen. Woher zum Teufel weißt du denn, wie die Ewigkeit aussieht? Du willst mich nur ängstigen, Luigi.«

»Die Ewigkeit ist schrecklich anzusehen«, sagte Luigi humorlos. »Nullità, oscurità, wie niemals endender Schnee. So stelle ich sie mir vor. Eine weiße Schwärze...«

»Wie absurd, Luigi! Wenn ich dir nun sagen würde, daß es gut ist, zu sterben? Wenn ich dir nun sagen würde, daß die Ewigkeit ein ruhiger angenehmer Ort ist, wo Bäche zwischen Wiesen und Steinen dahinplätschern und Schafe zur Musik von Flöten und klingelnden Glöckchen unter blauem Himmel weiden? Wenn ich dir nun sagen würde, mein lieber Freund, die Ewigkeit ähnele sehr dem lieblichen kleinen Dorf Tramonti, das da hinten im Tal liegt und das du so verabscheust? Wenn ich dir nun sagen würde, daß die Ewigkeit wie ein durststillender Trunk aus einer Quelle ist, die vom Schnee des Apennins gespeist wird, daß man dort unter Zedern liegen und in der Ferne liebliche Mädchen auf sonnigem Rasen hüpfen und tanzen sieht, während man in niemals endender gelassener Heiterkeit ruht? Wenn ich dir das nun erzählen würde? Was würdest du dann denken, Luigi? Wer von uns beiden hätte dann recht? Würdest du mir glauben?«

»Ich würde glauben«, sagte Luigi feierlich wie eine Eule, »ich würde glauben, daß du dich in bürgerlichen Romantizismen ergehst. Du würdest mir ein abscheuliches Märchen erzählen. Wie d'Annunzio richtig sagt: ›Alles Leben geschieht hier und jetzt...‹«

»Vero Luigi! Ich glaube schon, daß du recht hast. Aber lassen wir doch dieses verstiegene Geschwätz. Ich habe noch alles mögliche zu erledigen, und du hältst mich davon ab, nüchtern zu werden. He, Poppy!« brüllte er wieder über die Schulter. »Porta il caffè, subito! E due aspirine!« Er grinste mich an und fuhr, wohl ohne es zu merken, in jenem klaren Italienisch fort, das er ebenso beneidenswert fließend sprach wie seine Muttersprache. »Ich kann Ihnen nur ein Glas Sambuco Rosso anbieten«, sagte er und fügte hinzu, »mein Kellermeister ist mir durchgebrannt, hat die Schlüssel mitgenommen, und deshalb haben wir keinen Schnaps.«

»Nein, vielen Dank«, antwortete ich auf englisch, »ich würde aber gerne eine Tasse Kaffee trinken und vielleicht auch zwei Aspirin-Tabletten nehmen.«

»Quattro aspirine!« brüllte er zu Poppy hinüber. Dann nahm er wieder auf der Couch Platz und begann mit unsicheren Bewegungen eine Weinflasche zu entkorken. Luigi betrachtete ihn dabei besorgt. »Ich muß wieder auf meine Wache, Cass. Es macht mir großen Kummer, dich in dieser Verfassung zurückzulassen. Beabsichtigst du nun, eine weitere ganze Flasche Wein zu trinken? Ich halte dich für irrsinnig.« Er setzte seine Mütze auf und begab sich langsam zur Tür. »Nun halte ich dich wirklich für wahnsinnig. Und es ist mir nicht möglich, mich mit Wahnsinnigen abzugeben. Ganz bestimmt wird man dich nach Salerno ins Irrenhaus bringen, und darüber wird jeder sehr traurig sein – ausgenommen du selbst, zweifellos. Aber nun ist für mich hier nichts mehr zu tun. Buonanotte.« Und mit vergrämtem Gesicht entschwand er durch die Tür, steckte aber gleich darauf wieder seinen Kopf herein, um noch eine letzte drohende Ankündigung von sich zu geben: »Ich habe das Irrenhaus in Salerno mit meinen eigenen Augen gesehen, Cass. Es übertrifft alles, was du dir vorstellen kannst. Es ist mittelalterlich.« Dann war er verschwunden.

»Wirklich ein netter Mensch«, sagte Cass und kämpfte mit dem Korken. »Er sollte eigentlich Rechtsanwalt in Neapel oder irgend so was sein und nicht ein Dorfpolizist, wahrscheinlich ist er aber doch zu verdreht. Einen so gespenstischen Denkapparat kann man sich gar nicht vorstellen. Ein faschistischer Humanist! Ich erzähle Ihnen gelegentlich mal mehr darüber. Außerdem ist er Mystiker. Jesus!« Der Korken kam mit einem Plop aus der Flasche. »Nehmen Sie einen Schluck Sambuco Rosso.«

»Danke, nein. Ich werde mich an den Kaffee halten.« Dann sagte ich so beiläufig wie möglich: »Warum lassen Sie nicht auch mal für eine Weile die Finger von dem Zeug, Cass? Schließlich haben Sie doch selbst gesagt, daß Sie noch was vorhaben und deshalb nüchtern sein müssen...«

Er starrte lange auf die Flasche und auf den Fußboden, und dann sah er mich mit einem einschmeichelnden Lächeln an. Er zögerte; Fliegen begannen unsere Köpfe verschlafen zu umsurren. »Bei Gott«, sagte er schließlich, »Sie haben wirklich recht. Sie sind geradezu mein Schutzengel, jawohl. Direkt vom Himmel heruntergestiegen, um den alten Cass aus dem Rachen des alles verschlingenden Ungeheuers zu reißen, um diesen Kelch von seinen bleichen Lippen zu nehmen« – er sah die Flasche säuerlich und erbittert an –, »diesen Giftbecher.« Plötzlich schleuderte er die Flasche quer durch den Raum, wunderbarerweise fiel sie unzerbrochen zwischen die über den Fußboden verstreuten Gegenstände, doch hinterließ der Wein eine breite, purpurrote Spur auf der Wand. »So etwas habe ich in meinem ganzen Leben noch nicht getan«, kicherte er. Dann warf er sich auf der Couch zurück, strampelte mit seinen Beinen in der Luft und heulte auf englisch und italienisch: »Brutto maiale! Der räudige Hund! Gott, verleihe mir Stärke und Standhaftigkeit! Mutterschänderischer Schakal! Herr, stärke meinen Arm!« Er fing an zu beben und gleichzeitig zu husten, ein schrecklicher Anblick, und er hob eine große muskulöse Faust gegen die Decke. »Vigliacco! Kinderschänder! Stinkender Haifisch! Jesus, gib mir Stärke! Gibt es keine Gerechtigkeit? Muß ich nicht nur Vermögen, Verstand, Vernunft und Stolz verlieren, sondern auch meinen Mut! Jesus, liebe mich!« schrie er. »Gibt es denn gar keine Möglichkeit, das unflätige obszöne Schwein kaltzumachen? Gibt es wirklich keine Möglichkeit, Herr! Ach, gib mir nur die Kraft, ihm gegenüberzutreten, dann werde ich ihn an seinen verschimmelten Hoden durch das neue Jerusalem schleifen!« Ganz überraschend verstummte er und legte sich heftig zitternd und tief aufstöhnend zurück. Dann, nach einer kurzen Stille, sagte er ächzend und mit bleierner, leiderfüllter Stimme, in der nichts Überschwengliches mehr war, auch kein Humor, sondern nur der Ton der Verzweiflung: »Es stirbt jemand, Leverett. Es stirbt jemand, und ich muß helfen. Ich muß so weit nüchtern werden, daß ich mich als geschickter Dieb betätigen kann.« Wieder verstummte er, und während ich mich bemühte zu verstehen, was er sagen wollte, hörte ich, wie sein Atem erregt pfeifend ging. »Ich falle Ihnen ja nicht gerne zur Last, besonders wo Sie sich schon so sehr meiner angenommen haben, aber es stirbt wirklich jemand, und damit meine ich nicht etwa mich. Im Ernst, mein Lieber, das ist eine sehr wichtige Angelegenheit. Wenn Sie mich... wenn Sie mich vielleicht mit Genickschlägen oder einer Spritze oder irgend so was in die Kur nehmen und so weit bringen würden, daß ich dieses Ding stehlen kann, dann würde ich Ihnen in Ewigkeit dankbar sein. Ich muß dafür aber einen klaren Kopf haben...« In diesem Augenblick erschien Poppy in ihrem verschlissenen Kimono, die unkleidsamen Lockenwickler immer noch im Haar, mit einem großen Topf Kaffee in der Tür.

»Cass Kinsolving«, sagte sie mürrisch, »vielleicht hörst du nun endlich auf, hier wie ein Elefant herumzutrompeten und gehst ins Bett?« Sie setzte uns zwei Tassen vor und goß den Kaffee ein. Obenauf in meiner Tasse schwamm eines ihrer blonden Haare. »Du bist wirklich das Letzte, Cass«, bemerkte sie, während sie raschelnd um uns herumstrich. »Erst bist du ununterbrochen besoffen und läßt dich von Mason auf diese Weise beleidigen und erniedrigen. Und jetzt hältst du mit deinem Gebrüll die Kinder wach! Warum versuchst du nicht mal zur Abwechslung ein bißchen nett zu sein?« Während sie eine Zuckerdose und eine halbvertrocknete Zitrone von der unaufgeräumten Anrichte nahm, betrachtete ich ihr reizvolles kleines Gesicht. Selbst in Lockenwicklern und mit dem Fettanstrich auf den Wangen ähnelte sie einem Kobold, rührend, von simpler Lieblichkeit und harmloser Wildheit; sie hatte etwas Schwereloses und Gesetztes zugleich und sah aus, als sei sie durch den Wald herangeschwebt. »Und du drückst dich auch so ekelhaft aus«, fuhr sie fort, »wenn du in diesem Zustand bist. Ich bemühe mich, den Kindern anständiges Englisch und anständiges Italienisch beizubringen, und du benutzt diese scheußlichen Ausdrücke, von deinen gotteslästerlichen Anrufungen des Herrn ganz zu schweigen. Begreifst du denn gar nicht, Cass, was du ihnen damit antust!« Sie warf zwei orangefarbene Kügelchen auf den Tisch.

»Was ist das denn?« erkundigte Cass sich bedrückt.

»Das sind Aspirin-Tabletten für Kinder. Andere haben wir nicht. Sie sind noch aus der Flasche, die Mason uns geschenkt hat – oh, dieser entsetzliche Mensch!«

»Herr im Himmel«, sagte er stöhnend und verbarg das Gesicht in den Händen. »Poppy, warum bemühst du dich nicht um mich! Ich habe Kopfschmerzen!« Er warf ihr einen kurzen, verschwommenen Blick zu; dann sah er mich an, als nehme er mich zum Zeugen seines Elends. Er schüttelte den Kopf und schlürfte geräuschvoll den Kaffee. »Wir Männer werden betrogen«, sagte er traurig. »Der Herr stopft uns mit Hormonen voll und läßt uns so den Akt der Finsternis begehen, und er straft uns in der Blüte unserer Jugend mit einem Haufen heulender Bälger. Ein böser Trick. Sehen Sie sich nur um, Leverett! Haben Sie je einen so trüben, erbärmlichen Sumpf gesehen? Und das soll nun mein Atelier sein – ich bitte um Entschuldigung. Ich habe früher gemalt und so. Nun sehen Sie sich das an!

Mickymaus, Windeln, Puppen. Verehrungswürdige, uralte Anchovis unter der Couch; das ist es nämlich, was hier so stinkt, sie befinden sich schon seit Monaten dort. Sind Sie Junggeselle, Leverett, dann prägen Sie sich dieses Bild häuslichen Segens ein und lassen Sie sich warnen. Heiraten Sie eine Katholikin, und aus Ihnen wird nichts weiter als ein Zuchtbulle. Haben Sie so was überhaupt schon mal gesehen? Ich schwöre bei Gott, daß ähnliches westlich der Slums von Bangkok nicht existiert. Haben Sie so etwas schon gesehen? O Gott, mein Kopf tut weh!«
»Ich finde es hier sehr hübsch«, log ich geradezu ungeheuerlich, während ich Poppy betrachtete.
»Ja, was willst du denn, Cass«, rief sie, »es ist zwar nicht so aufgeräumt, wie es sein könnte, aber wenn du schon so schlau bist, dann kümmere du dich doch um vier Kinder und alles und koch nebenher und mach die Wäsche, und das alles nur mit einer Zugehfrau und dann...!«
»Geh jetzt schlafen, Poppy«, unterbrach er sie ungerührt. »Geh ins Bett, ich muß noch mal fort.«
»Cass Kinsolving! Du wirst nicht...!«
»Geh jetzt schlafen!« sagte er. Er sprach zu ihr wie ein Vater zu einem trotzigen Kind, nicht ungütig, aber streng. »Scher dich jetzt ins Bett.«
Sie errötete und warf den Kopf zurück, raffte aber ihren Kimono um sich und rauschte beleidigt zur Tür. »Meinetwegen mach, was du willst!« sagte sie mit unsicherer Stimme, während sie hinausstelzte. »Manchmal glaube ich wirklich, daß du pazzo im Kopf bist.«
»Schon zwei, die mich heute nacht für verrückt erklären – zwei, mich nicht mitgerechnet«, sagte er verdrießlich, als sie sich entfernt hatte.
Ich beobachtete ihn, wie er stumm im Düstern saß und in den Kaffeesatz starrte. Ich konnte mir nicht vorstellen, daß er imstande sein würde, wach zu bleiben. Doch fühlte ich wiederum, wie sich in seinem Innern ein heftiger Kampf abspielte: mit echter Willenskraft schien er direkt vor meinen Augen die Schichten der Trunkenheit und Benebelung abzuwerfen, die ihn umschlossen, ähnlich wie ein Hund, der aus dem Schlammbad kommt und sich durch heftiges Schütteln reinigt. Es sah aus, als schlüge er um sich. Irgend etwas quälte und peinigte ihn entsetzlich. Ich habe noch nie jemanden gesehen, dem ich so sehr gewünscht hätte, daß er nüchtern werde.
Plötzlich stand er auf. »Du mußt jetzt meine Willenskraft ersetzen, mein Junge«, murmelte er. »Los, komm mit!« Ich folgte ihm die Treppe hinunter in die modrige Dunkelheit des unteren Geschosses, verwirrt durch seine letzten Worte, bis er mir erklärte, daß er kalt duschen müsse – um den Reinigungsprozeß zu vollenden –, daß er aber jetzt nicht die Charakterstärke besitze, sich davon zurückzuhalten, das heiße Wasser anzustel-

len. Er schaltete das Licht in dem feuchten Badezimmer an, wo weitere Windeln in triefender Unordnung auf dem Fußboden lagen. »Ich habe mich schon dran gewöhnt«, sagte er entschuldigend, während er sich auszog. »Ich komme hier rein und rasiere mich und rede mir dabei ein, daß ich irgendwo in der freien Natur bin und den stark duftenden Farn und den blühenden Holunder rieche.« Er stieg über den Rand der Badewanne und stand stocksteif mit geschlossenen Augen unter der Dusche. Er streckte einen Arm gegen mich aus: »Hier, halt mal meine Brille. Los jetzt.« Ich drehte das Wasser an, das aus eiskalten Bergbächen kam. Er schrie laut. »So ist es richtig!« kreischte er, als das Wasser über ihn hinwegplanschte. Er zitterte und bebte, schnappte stöhnend nach Luft, und seine Lippen bewegten sich wie im Gebet. »Recht so! Immer nur weiter! Heilige Jungfrau! Ich bin ja der reinste Spartaner!... Weiter, Leverett!... Sacramento!... Ich verwandle mich noch... in einen Stalagmiten!«

So heulte und brüllte er fünf Minuten lang unter dem schäumenden Wasser, aber nach einem letzten Aufschrei, der wie der eines wahnsinnigen Mystikers war, der die göttliche Erscheinung ankündigt, behauptete er, so nüchtern zu sein wie ein Methodist, und mit angeklebten Haaren kletterte er triefend aus der Wanne.

»So«, sagte er und trampelte mit geschlossenen Augen umher. »Jetzt kann ich mich endlich ans Werk machen.« Er tastete nach einem Handtuch, aber es war keines da, und so strich er nur das Wasser von seinem Körper und zwängte sich feucht in seine Hose. Während er sich anzog, fuhr er in seinem Selbstgespräch fort. »Nein, das ist gelogen«, sagte er, wobei er auf einem Fuß umherhüpfte und versuchte, in einen Schuh zu fahren, ohne sich hinzusetzen. »So nüchtern bin ich nun auch nicht. Aber doch nüchtern genug, um diesen höchst notwendigen Diebstahl auszuführen. Diebstahl! Seit dem Kriege habe ich nichts mehr gestohlen. Damals habe ich auf einer Insel im Pazifik ein Fäßchen Äthylalkohol aus dem Lazarett gemaust und bin niemals über das Schuldgefühl deswegen hinweggekommen. Und was haben wir damit für eine Sauferei veranstaltet, was für eine herrliche Sauferei! Wenn ich an diese Sauferei denke, dann vergesse ich völlig, daß ich ein sündiger Mensch bin. Da saßen wir unter den Palmen am sandigen Strand, spürten die Sandkörner zwischen den Zehen, betrachteten den Mond und ließen diesen Alkohol durch unsere Kehlen laufen. Haben Sie jemals Äthylalkohol getrunken? Der hat gar keinen richtigen Geschmack. Und was hatte ich für einen Durst! Geben Sie mir jetzt mal den Kamm da rüber, bitte.« Er begann, sich vor dem Spiegel zu kämmen. Seine Augen waren nun klarer und seine Hand ruhiger. Endlich schien er sich wieder in der Gewalt zu haben, zu beinahe allem imstande zu sein. »Ein respektabler Dieb muß anständig aussehen.

Wer hat je von einem Fassadenkletterer gehört, der nicht ausgesehen hätte wie eine Schaufensterpuppe? Außerdem soll das jetzt der säuberlichste, heilsamste kleine Einbruch werden, den man sich denken kann. Es handelt sich nicht darum, Autoreifen zu klauen oder dreckiges Geld aus der Kasse oder gewöhnliche, würdelose Handelsgegenstände wie Kameras oder Zigaretten oder Füllfederhalter. Nein, bei Gott nicht! Das wird etwas ganz Besonderes. Aber sehen Sie doch mal her!« rief er plötzlich und starrte auf seine Füße. »Ich kann doch diese Schollentreter nicht anbehalten, damit wecke ich ja die Toten auf! Ein respektabler Dieb muß, wie Sie wissen, vor allem auf propere Fußbekleidung bedacht sein. Sonst stolpert er nämlich leicht über einen Betschemel oder ein Abstelltischchen oder einen Bettkasten oder irgend so was, oder er bringt in seiner Ungeschicklichkeit die Dachbalken zum Schwingen und die Dielen zum Krachen, und dann fällt der ganze Haushalt in Nachthemden über ihn her wie eine Schar Krähen. Nein, mein Freund, er muß leichtfüßig sein wie eine Nymphe.« Und dann zog er seine Schuhe aus, tappte über den dunklen Flur, und ich hörte, wie er schwer atmend in einem Koffer oder Schrank herumkramte. Einen Augenblick später kam er auf leisen Sohlen zurück, ein Paar Turnschuhe an den Füßen. Sein Gesichtsausdruck war gesammelt und feierlich. »Mir fällt gerade ein, daß ich Sie vielleicht schrecklich langweile, da ich immer nur von mir rede. Tut mir leid, Leverett, das war nicht meine Absicht. Also, wenn Sie wollen, sagen Sie einfach ›Leck mich am Arsch!‹ und hauen ab. Gott weiß, daß ich es an Ihrer Stelle so machen würde. Ich... also es war anständig von Ihnen, daß Sie da oben für mich Partei ergriffen haben.«

»Mason ist ein Schwein«, platzte ich heraus. »Sagen Sie, Cass, haben Sie...«

Er brachte mich mit einem bitterbösen Blick zum Schweigen. »Reden Sie nicht davon. Reden Sie bitte nicht davon. Ich will jetzt einen kleinen Einbruch verüben, und ich möchte nicht, daß die Sache schiefgeht, weil ich über mich selbst nachdenken muß. Übrigens...«, sagte er nach einer Weile, »ich war zwar den ganzen Tag über blau wie eine Haubitze, aber es gibt doch einige lichte Momente, an die ich mich erinnere, zum Beispiel, daß ich Sie am Nachmittag auf der Straße getroffen habe. Ich weiß zwar nicht, warum, aber ich habe so ein Gefühl, als hätte ich Sie da beleidigt. Es sollte mir jedenfalls leid tun, wenn es so ist; aber ich dachte, Sie seien auch einer von diesen ekelhaften Scheißkerlen, die zu Mason gehören...«

»Sie brauchen sich nicht zu entschuldigen. Ich war am Ende meiner Kräfte, und Sie waren... nun...«

»Sternhagelvoll. Na, das tut auch nichts zur Sache. Ich will nur sagen, daß ich mich trotz meines Suffs daran erinnere, Ihnen wegen Tramonti die Ohren vollgequatscht zu haben – dieses Dorfes wegen, das da hinten im Tal liegt. Ich wollte Ihnen da gar nicht etwas Besonderes mitteilen, ich wollte nur...« Er wandte sich ab und ging langsam den Gang herunter. »Sie haben sich anständig benommen, Leverett, und ich hoffe, wir sehen uns später mal wieder. Sobald ich Mason um einen seiner Schätze erleichtert habe, gehe ich auf dem schnellsten Weg ins Tal runter. Selbst bei Nacht ist das ein sehenswerter Ort. Wenn Sie hier warten wollen, ich bin in ungefähr einer Viertelstunde wieder da.« Er verschwand ohne eine weitere Erklärung in der Dunkelheit, und ich hörte seinen gedämpften, weichen Schritt auf der Treppe.

Ich wanderte zurück in das unordentliche, muffig riechende Wohnzimmer. Nachtfliegen summten durch die Stille. Dieses Zimmer, das ich da vor mir sah, war ein trauriger Ort: chaotisch, unaufgeräumt und stinkend, erinnerte es mich an nichts so sehr als an jene Wohnzimmer, die ich in Amerika während der dreißiger Jahre gesehen hatte, als die Armut mehr war als nur Mangel an Geld und, ebenso wie in diesem Zimmer, mit geistiger Verwahrlosung Hand in Hand zu gehen schien. Eine billige Madonnenfigur aus Gips glotzte mich aus verträumten, leichtgläubigen Augen von der Ecke her an. Daneben machte ein Kalender, der die Namenstage aller Heiligen enthielt, in blutroter Schrift für MARZO Reklame, und der aufgeblätterte Monat lag schon ein halbes Jahr zurück. Eine geöffnete Sardinenbüchse stand auf dem Tisch, angefüllt mit chartreusegelbem Öl. Ein Skizzenblock, der daneben hingeschleudert lag, zeigte die mit einer Feder, in offenbar fieberhafter Eile und mit zerfahrener, irrer, betrunkener Hand hingeworfenen Worte:

> Das Liebste faß ich. Also sterb' ich nicht
> Ganz jammervoll, da ihr mir nahe seid.
> Drängt euch an meine beiden Seiten, Kinder,
> Umschlingt den Vater und so atmet auf
> Von dieser Fahrt in Einsamkeit und Elend.'

Die Feder war nach den ersten Worten des folgenden, unlesbaren Satzes mit der Spitze durch das Papier gestoßen worden, wie in einem plötzlichen Wutausbruch. Darunter sah man, mit roter Kreide ausgeführt, ein klappriges unmögliches Kinderhaus samt Schornstein, darüber einen Zug prähistorisch anmutender Vögel, ein spindeldürres Pferd mit Ohren wie riesige Karotten und darunter in großen roten Buchstaben: »AMERIKA IST DOOF!! MARGARET KINSOLVING 8 JAHRE ALT PUH.« Ich glaubte, in einer entfernten Ecke des Zimmers eine Maus oder Ratte rascheln zu hören, und sah verstört auf. Dann trat ich auf den Balkon hinaus, zitternd, als sei mir die Verbrauchtheit und Hinfälligkeit des Zimmers in die Knochen gefahren. Der Widerschein der Sterne auf dem Wasser war unverändert und ruhte dort wie eine gelassene Konstellation in den heiteren, dunklen Bereichen des Firmaments. Nirgends war ein Laut zu vernehmen. Näher am Haus lag blau und zitternd das Schwimmbecken, verlassen nun. Nur die unermüdlichen Insekten flatterten und tanzten wie vom Winde getragene Blütenblätter um die grellen Flutlichter. »Das Liebste faß ich. Also sterb' ich nicht...« Ich konnte die plötzliche Kälte aus meinem Herzen und meinen Knochen nicht vertreiben. Am ganzen Körper spürte ich eine feuchtkalte, unbestimmbare Furcht; wäre ich eine Frau gewesen, dann hätte ich wohl kaum einen Angstschrei unterdrücken können.

Die Tür wurde hinter mir aufgerissen, und mein Blut erstarrte zu Eis. Ich wirbelte herum und sah Cass, der in großer Erregung auf einen Haufen von Klamotten zuging, der in einer Ecke des Zimmers lag, und darin herumwühlte, wobei er Socken, Schuhe und Gürtel hinter sich in die Luft warf. »Wo ist denn nur dieser elende Beutel«, stöhnte er. »Es ging wie geschmiert, Leverett. Ich hätte geradezu in einem Kettenpanzer hereinmarschieren oder einen Sack Kohlen auf den Boden ausschütten können. Das Hollywoodgesindel jault immer noch in höchsten Tönen, und da bin ich einfach rein und habe es gegriffen. So einfach wie eine Praline aus der Schachtel.«

»Was haben Sie denn gegriffen?« fragte ich.

Er schien nicht darauf zu achten. »Irgend so ein großer Affe, so ein römisch aussehender Filmheld, kam gerade auf mich zu, als ich aus dem Badezimmer trat, mit der Beute in der Hand. Ich hatte ihn noch niemals gesehen, und er ahnte wohl, daß ich nichts Gutes im Schilde führte. Er steht also da, und seine volle Unterlippe hängt ihm runter, und er fragt: ›Che vuole lei?‹ Und ich, geistesgegenwärtig, wie ich bin, antworte in meinem besten Englisch: ›Pack dich am Arsch, Schönling, ich bin hier angestellt‹, und an ihm vorbei und gelächelt wie ein Klosterbruder. Ein properer Dieb braucht schon Witz und Verstand.«

»Was denn für eine Beute?« verlangte ich zu wissen.

»Oh«, sagte er aufblickend, »das habe ich doch ganz vergessen. Wie gedankenlos. Hier.« Als ich herzutrat, hielt er mir eine Flasche hin, und als ich mich darüber beugte, sah ich, daß sie viele kleine Arzneikapseln enthielt. Auf dem Etikett stand: PARAAMINOSALYZIL-SÄURE LEDERLE USA. Die Flasche glänzte fett in dem trüben Licht. »Reines Zaubermittel«, sagte er nun leise und mit schiefem Gesicht. »Hundert Kapseln. Genug um ein halbes Dutzend romantischer Dichter zu kurieren. Man benutzt es zusammen mit Streptomycin, um Tb zu heilen. Wenn man das Zeug in den

dreißiger Jahren schon gehabt hätte, lebte meine liebe alte Base Eunice Kinsolving noch frisch und munter in Colfax, Virginia.«
»Wo hat Mason das Zeug denn her?«
»Ah...«, sagte er ausweichend, »er hat es aus der blauen Luft gezaubert.«
»Aber...«, sagte ich beharrlich, »aber was kann er denn mit hundert Kapseln von dem Zeug wollen?«
»Ha«, antwortete er ohne viel Humor. »Das ist eine lange Geschichte, eine Geschichte, mein Lieber, die Ihnen eine Gänsehaut über den Rücken jagen würde.«
»Er kann es aber doch nicht ohne Rezept bekommen haben, oder?« Er starrte mich an. »Ich denke, Sie kennen Mason? Wissen Sie denn nicht, daß er sich alles verschaffen kann, wenn es sich um weltliche Güter handelt?« Er verstummte und betrachtete nüchtern die Flasche. »Die Sache ist eben nur die, daß man in diesem umnachteten Land von dem Zeug nichts zu sehen bekommt. Oh, es gibt schon was, mit der Zeit haben sie auch hier angefangen, es herzustellen, gerade so wie in Amerika, aber versuchen Sie mal, was zu erwischen. Für diese Flasche hier müßten sie ebensoviel bezahlen wie für ein halbes Dutzend christlich demokratischer Senatoren.«
»Was wollen Sie denn damit anfangen?«
Er schwieg ziemlich lange. »Ich weiß ja auch nicht«, rief er schließlich fast weinend. »Ich weiß ja nicht... Caltroni, diese Jammergestalt von einem Arzt... ach, zum Kuckuck... man erwartet sich jedenfalls Wunder von diesem Zeug. Ich fürchte zwar, daß ich in meinem Fall damit zu spät komme, aber vielleicht gibt es doch eine geringe Aussicht... aber warum stehen wir noch hier? Los, gehen wir doch.« Er versenkte die Flasche in den schmutzigen Beutel, dazu einige Dosen Sardinen, einen halben Laib Brot und ein paar Äpfel, die auch schon bessere Tage gesehen hatten. Dann stürzten wir uns gemeinsam hinaus in die Nacht.
Die Hauptstraße von Sambuco, die wir nun hinaufeilten, war eigentlich kaum eine Straße, sondern mehr ein mit Katzenköpfen gepflasterter, in Stufen aufwärts führender Weg, der zu eng und zu steil war, als daß Fahrzeuge ihn hätten passieren können; überdies war er feucht von dem ständig herabsickernden Wasser, und diese Feuchtigkeit und der wetzende Verschleiß vieler Jahrhunderte hatten ihn sehr glitschig gemacht. Während wir, kaum sprechend, aufwärts keuchten, begleiteten stumme, schlafende Häuser unseren Weg, die zunächst, für etwa eine Meile, von schwach brennenden Straßenlaternen beleuchtet wurden; dann aber hörten Stadt und Laternen auf, und die Dunkelheit stand um uns wie eine Mauer. Ganz plötzlich roch es nach Land. Cass knipste eine Taschenlampe

an. »Irgendwo beginnt hier der Pfad«, sagte er und ließ den Strahl der Lampe über einen unkrautbewachsenen Flecken gleiten. »Ah, da ist er. Los. Wir haben eine gute halbe Stunde zu gehen, aber der Weg führt immer in etwa gleicher Höhe um das Tal herum, so daß wir nicht zu klettern brauchen.« Der Strahl der Lampe fiel auf eine Eidechse, ein geisteräugiges, verschüchtertes kleines Geschöpf, das vor uns über eine Mauer hinweg floh. »Das arme Vieh ist wohl auch schon eine Million Jahre alt«, meinte Cass. »Na, gehen wir.« Wir betraten den Pfad. Der Duft von Zitronenbäumen blühte mir entgegen. Ich weiß nicht, woran es lag – vielleicht einfach daran, daß ich am Ende doch noch der im Palast eingeschlossenen Gemeinheit entgangen war – aber die Nacht schien etwas Verzücktes zu haben. Über uns hin strich der Duft der Zitronenblüten, und die von den Bergen herabwehende Luft roch würzig nach Tannen. Hinter einer ziehenden Wolke trat nun der blasse Mond hervor, ließ die Umrisse der Wälder und Hügel und den Fluß unten auf der Talsohle erkennen, der wie toll schmatzend und schlürfend quecksilbrig dahinschäumte. In weiter Ferne hörte ich Schafe blöken. Das Tal schien verzaubert. Cass machte seine Taschenlampe aus, da das Mondlicht genügte: es füllte nun das ganze Tal aus und floß silbern über die Fichtengehölze, über die Felsen und die Bauernhütten, die an den Hängen lagen, einsam, ausgesetzt und schlafend. Weit oben in der Höhe sprudelte laut ein Wasserfall, über dem für einen Augenblick zitternd ein Regenbogen stand und dann verschwand. Wieder hörte ich das Blöken der Schafe in der Ferne, ein verschlafenes, sanftes Mäh. Schließlich sagte Cass: »Wie irgendein verrücktes Arkadien, nicht wahr? Sie müßten das Ganze mal am Tag oder in der Morgendämmerung sehen.« Und nach einer Weile: »Was treiben Sie überhaupt, Leverett?«

»Wie meinen Sie das?«

»Ach, verstehen Sie mich nicht falsch, ich meine: Was machen Sie so, damit die Welt nicht stehenbleibt und damit der Garten weiterwächst und Sie was zu essen haben?«

Als ich ihm erklärte, was ich in Rom getan hatte, schwieg er wieder ziemlich lange. »Jetzt fällt es mir auch wieder ein«, meinte er dann, »Mason hat es mir schon gesagt. Sie hätten mal was von Ihren Hilfsgeldern, oder was das nun schon war, hier ausschütten sollen.« Er stolperte über einen Stein, klammerte sich an meinen Arm und richtete sich wieder auf. »Pardon, ich bin noch immer ein bißchen wackelig auf den Beinen.«

»Ich war schließlich nicht der Chef«, begann ich mich zu entschuldigen, während ich neben ihm herstapfte. »Ich war da nur ein...«

»Aha!« unterbrach er mich mit einem heiseren unglücklichen Lachen. Er zerrte eine Baskenmütze aus seiner Hosentasche und stülpte sie sich verwegen in die Stirn. Das war eine merkwürdige, energische Bewegung, aus der Verachtung und Zorn sprachen. »Jaha! Ich weiß sehr wohl, daß Sie nicht der Chef waren! Ich sehe ja das Bild vom Chef jedesmal, wenn ich die Zeitung aufschlage. Er sieht aus wie ein großer haifischmäuliger presbyterianischer Kirchenvorsteher. Was kann der schon von der Welt verstehen! Was verstehen diese vollgefressenen glattarschigen Stinkmöpse überhaupt! Sollen sie doch mal herkommen und sich umsehen!« Er verstummte und schnappte nach Luft. Das Tal schwamm in sanfter, silbriger Lieblichkeit unter dem Mond. »Sehen Sie sich das an!« sagte er und streckte den Arm aus. »Es ist so schön, daß es einem das Herz brechen könnte, und doch, Leverett, ich schwöre, daß es der traurigste Platz ist, den ich auf dieser Welt kenne.«

Ohne den Schritt zu verhalten, brannte Cass eine Zigarre an. Rauchwolken zogen in erstickenden Schwaden über uns dahin. Dann, nach einem kurzen Anfall von keuchendem Husten, sprach er über seine Schulter zu mir: »Ich will Ihnen mal eine lustige Geschichte über dieses Tal hier erzählen, eine Geschichte, die sehr komisch ist, so recht zum Lachen. Hier in Sambuco lachen sich die Leute schier tot, wenn sie sie hören, und ganz besonders die vollgefressenen christlichen Demokraten, die in der Stadtverwaltung sitzen, die können sich vor Vergnügen gar nicht lassen. Sie wissen ja, daß niemand hier in der Gegend Geld verdienen kann. Die Leute quälen sich mit dem Boden ab, aber das Land ist schon seit vielen Jahren so schlecht, daß sie bestenfalls im Frühling ein paar trockene Erbsen ernten können. Sehen Sie sich mal die Hühner an. Auch über die gibt es tolle Fabeln, zum Beispiel, daß Tramonti der einzige Ort in Italien ist, wo es keine Füchse gibt, weil die Füchse schon vor Jahren so erbost über den kläglichen Zustand der Hühner gewesen sind, daß sie sich einfach davongemacht haben. Aber das ist nicht die lustige Geschichte. Die lustige Geschichte handelt von Milch. Sie müssen sich mal die Kühe ansehen, Leverett. Sie werden natürlich nicht gefüttert, sondern grasen an den Hängen und sind so groß wie Ziegen. Man erzählt also, daß die Regierung in Rom vor etwa fünf Jahren eine Anzahl von Landwirtschaftsexperten in die Provinz schickte, um die Qualität der Milch zu prüfen. Ganz große Sache. Sie hatten ein hochmodernes transportables Laboratorium auf einem Lastwagen bei sich und kamen auch nach Sambuco. Es erschienen nun alle Bauern aus der Umgebung mit Eimern voll Milch auf dem Marktplatz, um die Milch auf Tuberkeln, auf Fettgehalt, Salzgehalt und so weiter untersuchen zu lassen. Den ganzen Tag über wurde dort also die Milch untersucht, und schließlich traten auch die Bauern von Tramonti an – es können sicher nicht mehr als ein Dutzend gewesen sein –, um ihre Milch vorzuzeigen. Na, die Milch von Tramonti wurde nun in diesem großartigen fahrbaren Labor untersucht, und schließlich trat der Oberbonze aus dem Wagen, um das Ergebnis zu verkünden. Ich kann mir die Sache sehr gut vorstellen: der fette Regierungsbonze aus Salerno samt Testgläsern und Statistiken, und dann die armseligen, erwartungsvollen Bauern, die ihn von der Piazza her anglotzten. Nun, der Mann holte also einmal tief Luft und sagte schließlich: ›Questo qui non è latte. E un' altra cosa.‹ Können Sie sich diesen lächerlichen Auftritt vorstellen: diese ärmlichen, hängeärschigen Hunde, wie sie da den fetten, großmäuligen Chemiker anglotzten, während der ihnen in vollem Ernst mitteilte, daß die Flüssigkeit, die sie ihm zur Prüfung gereicht hatten, zwar alles mögliche sein mochte, doch gewiß keine Milch. ›Das ist keine Milch‹, sagte er nochmals und vermutlich in dem wichtigtuerischen Tonfall aller Regierungsbeamten, ›es muß irgendwas anderes sein.‹ Und dann begann er in seiner hochgestochenen Redeweise, eine chemische Analyse dieser tramontinischen Flüssigkeit zu geben, während die Bürger von Sambuco albern kichernd zuhörten: Wasser, Rattenkot, Haare und eine gewisse bläuliche Färbung, die auf etwas absolut Negatives und Abscheuliches hindeutete, nämlich auf das totale Fehlen von Fett oder Mineralsalzen oder jedem wie immer gearteten Nährwert. Und dann sagte er: ›Nehmt dies Zeug wieder mit nach Hause, Milch ist es jedenfalls nicht.‹« Nach einem kurzen Schweigen schloß Cass: »Eine sehr lustige Geschichte. Jedesmal, wenn ich sie höre, kriege ich beinahe zuviel.« Seine Stimme klang matt. »Sehr komisch«, wiederholte er. Und er stieß Rauchwolken aus dem Winkel seines bitter zusammengepreßten Mundes und verfiel in ein undurchdringliches Schweigen. Wir waren beinahe eine halbe Stunde gegangen und hatten gerade eine kleine Erhöhung überschritten, als wir unter uns in einer Senke den vom Mondlicht versilberten Umriß einer Bauernkate erkannten. Auf einem Seitenpfad näherten wir uns, durchschritten eine Wiese, in der Insekten zirpten, überquerten einen Bach, gingen unter schattigen Zypressen dahin und überkletterten einen verfallenen Zaun. Dann stiegen wir auf feuchtem, schwammigem Boden hinab und befanden uns auf dem Hof. Es roch nach Mist, und irgendwo im Schatten raschelten Hühner in ihrem ungeschickten Schlaf. Ein verwahrloster Hund näherte sich knurrend und schnappend, beruhigte sich, als Cass ihm etwas zumurmelte, heulte entzückt auf und umtanzte uns, wobei seine Rippen nackt und schorfig im Mondlicht hervortraten. Wir gingen über ein Stück ausgedörrten Bodens auf die Hütte zu. In der Hütte schien eine einzige, trübe Lampe ihr Licht zu verbreiten, und als wir nahe genug herantraten, wurde ich mir zum ersten Mal eines Geräusches bewußt, das in der heiteren, mondbeschienenen Stille des Tales störend war wie das Kratzen von Fingernägeln auf einer Fensterscheibe. Kein lautes Geräusch, aber auch kein

leises, sondern ein lang, lang hinausgezogenes, stetiges, angstvolles und verzweifeltes Winseln, das aus der Dunkelheit drang und meine Trommelfelle wie mit einem Messer ritzte.
»Mein Gott«, sagte ich, »was ist das?«
Cass sagte nichts. Das Gewinsel in der Hütte hörte plötzlich wie abgeschnitten auf, und an seiner Statt kam nach einigen Sekunden ein gedämpftes Stöhnen, nun beinahe unhörbar, aber doch erfüllt von der gleichen unerträglichen und trostlosen Angst. Dann hörten wir schlurfende Füße, ein Kind schrie, ein Topf oder eine Pfanne fiel herunter, und dann war alles still wie zuvor.
»Chi è là?« ertönte eine Stimme aus dem Schatten. Es war die Stimme einer Frau, merkwürdig schwer und männlich, langsam und stumpf, durchdrungen von tiefster Erschöpfung.
»Sono io, Ghita«, antwortete Cass leise. »Ich bin es, Ghita – Cass. Mit einem Freund.«
Die Frau stand im Türrahmen, stützte sich mit erhobenen Armen an den Pfosten, und das helle Mondlicht fiel grell auf ihre Züge. Es war ein schreckliches Gesicht – erschreckend möchte ich eher sagen, wegen des Leides, das sich darin ausdrückte. Die Lippen waren nach unten gekrümmt, die Augen matt und blicklos, zwei schwarze Steine; wie wildwachsendes Gras wucherte ungekämmtes Haar um den Kopf. So stand sie dort, ohne sich zu rühren, nur ihre Atemzüge bewegten ihre verschrumpelten Brüste unter dem zerfetzten Kleid, und sie schien am ganzen Leibe zu beben. Sie glich jemandem, dessen Kummer die Möglichkeit der Tränen weit hinter sich gelassen hat. »Buonase'«, sagte sie mit dumpfer Stimme. »Wir haben Sie erwartet.«
»Wie geht es Michele? Wie fühlt er sich heute nacht?«
»Es geht zu Ende«, sagte sie. »Er fragt nach Ihnen. Jetzt leidet er Schmerzen, und es ist, als ob seine Schmerzen auch meine Schmerzen wären; denn jedes Mal, wenn er schreit, fühle ich den Schmerz auch in meinen Knochen. Er wird wohl bald sterben, den Gedanken kann ich nicht loswerden.«
»Und das Morphium? Reden Sie nicht von Sterben.«
»Das ist jetzt nutzlos, es wirkt nicht mehr. Außerdem ist das Ding aus Glas, das man dazu benutzt, heruntergefallen und zerbrochen. La siringa. Alessandro hat sie in die Hand genommen...«
»Ich habe Ihnen doch gesagt...«, unterbrach Cass ärgerlich. Dann sagte er aber ganz ruhig: »Nun, wir werden uns schon eine andere beschaffen.«
Ihre Stimme klang trocken und ausgedörrt. »Ich fühle es in meinen Knochen«, sagte sie. »In meinem Fleisch, hier überall. Maddalena war heute

abend hier, und sie sagte, daß die Krankheit nun auch mich befallen hat und die Kinder, und daß sie uns alle verschlingen wird. Sie hat mir ein Mittelchen gegeben...«

»Halten Sie sich nur die Hexe vom Leibe«, unterbrach Cass. Aus dem Inneren der Hütte drang von neuem das Stöhnen. Die Frau erstarrte, und ihre Augen wurden größer. »Halten Sie sich diese Hexe vom Leibe, Ghita. Wie oft habe ich Ihnen schon gesagt, daß Sie die Finger von diesem blödsinnigen Zaubermittel lassen sollen? Sie werden alles nur noch schlimmer machen. Sorgen Sie dafür, daß sie nicht mehr herkommt. Gift! Hat Francesca Ihnen denn nicht Bescheid gesagt? Wo ist Francesca überhaupt?«

Die Frau antwortete nicht, wandte sich dem Stöhnen zu wie ein Automat, und verschwand in der Dunkelheit der Hütte. Das Stöhnen wurde leiser und verstummte plötzlich. »Es handelt sich hier«, erklärte Cass, und nahm den Beutel von der Schulter, »um einen Fall von miliarer Tuberkulose, galoppierender Schwindsucht. In dem Mann wimmelt es geradezu von Tuberkeln, von Kopf bis Fuß, Knochen, Nieren, Leber, Lungen, alles ist befallen. Vor einer Weile hat er sich auch noch ein Bein gebrochen, und das trägt nicht zu seiner Genesung bei. Es schmerzt ihn und ist wie ein blutiger Schwamm. Es gibt nicht die geringste Hoffnung für ihn, und wenn ich Sie wäre, würde ich gar nicht hineingehen.« Er schwankte ein wenig, als sei er immer noch halb betrunken, richtete sich dann aber wieder auf, nahm die Flasche mit Kapseln aus dem Beutel und hielt sie im Mondlicht dicht vor seine Augen. »Wenn ich es kriegen soll, so habe ich mich schon angesteckt. Heilige Mutter Gottes! Ich bin ein elender Amateurarzt! Was stand denn nun bloß in dem Buch? Wie war die Dosis? Richtig, drei Gramm viermal in vierundzwanzig Stunden. Und nun werden wir ja sehen. Schaden wird es dem armen Teufel nichts, denn schaden kann ihm überhaupt nichts mehr.« Er drehte sich um und ging auf die Tür zu. »Es hat keinen Sinn, daß Sie sich der Ansteckungsgefahr aussetzen, ich werde nicht lange drin bleiben.«

»Ich möchte mitgehen«, sagte ich.

»Wie Sie wollen.«

Der Gestank in der Hütte überfiel mich gleich am Eingang und legte sich auf mein Gesicht wie eine faulige grüne Hand. Es war ein sehr gemischter Geruch: es roch nach Misthaufen, nach Schmutz und Abfällen und sauer; hauptsächlich aber war es der Geruch der Krankheit – süßlich wie von verfaultem Fleisch –, der den Raum erfüllte wie eine Farbe. Es war der Geruch des Leichenhauses. Im trüben Licht meinen Weg ertastend, blinzelte ich um mich. Fliegen erzeugten ein stetes Summen in der Stille: sie waren überall, in der Luft, auf dem Lehmboden und saßen auf jedem Quadratzentimeter der fensterlosen Wände. Sie krochen klebrig und verschlafen über die bleichen Gesichter dreier fiebernd und kränklich aussehender Kinder, die, ohne den Aufruhr und das keuchende Stöhnen um sich her zu beachten, auf einer Strohschütte in der Ecke in tiefem Schlaf lagen. An den Wänden war kein Schmuck, nicht einmal eine Madonna, und das Mobiliar bestand nur aus einem Tisch und drei Stühlen. Ein riesiger Schatten bewegte sich ungeschickt in einer anderen Ecke des Raumes, und ich erschrak, ehe ich erkannte, daß es eine Kuh war, deren Platz durch eine niedrige hölzerne Wand vom übrigen Raum getrennt war und die mich aus ihrer Schlafstellung mit sanftem Begräbnisblick betrachtete und derweil gelassen wiederkäute. Dann störte mich ein weiteres Ächzen auf, und ich erblickte den Kranken auf seiner Strohschütte, bis zum Gesicht von einer dünnen zerfetzten amerikanischen Militärdecke eingehüllt, das Gesicht selbst straff und unbeweglich, bleich wie Wachs und ein so erstaunliches Bild der Abzehrung, eingesunkenen und verwüsteten Fleisches, daß ich ihn im ersten Augenblick für tot hielt. Cass und die Frau waren neben ihm niedergekniet, und ich hörte Cass leise und gütig fragen: »Come va, mio caro? Soffri molto? Ich bin es, Michele, ich, Cass.« Michele öffnete die Augen und sah sich langsam um. Es war, als habe er sich bis dahin in tiefem Zwiegespräch mit seinem Todeskampf befunden, einer Meditation über seine Schmerzen, so überwältigend wie der tiefste Schlaf, so daß er nun, durch die Außenwelt belästigt, tatsächlich wie ein Mensch wirkte, der beim Erwachen seine Umgebung bestaunt. Seine Augen wanderten langsam umher, suchten die Decke und die Wände ab. Als sein Blick dann schließlich auf das Gesicht von Cass fiel, rührte er sich unter der Decke und sein eingesunkener, zahnloser Mund öffnete sich in einem überraschenden, breiten Lächeln. Er sprach: seine Stimme war fast unverständlich, wie alles übrige an ihm von dem schwelenden inneren Brand befallen, zerbrochen, heiser und geisterhaft. »Cass«, sagte er, »ich habe darauf gewartet, daß Sie kommen! Ich habe eine Flasche Wein. Francesca hat sie heute mitgebracht. Richtigen Chianti.«

»Sie brauchen nichts nötiger als Schlaf, Michele. Außerdem habe ich Ihnen diese besonders gute Arznei mitgebracht, die Ihnen im Handumdrehen helfen wird. Was machen die Schmerzen im Bein?«

»Sie sind schlimm, Cass«, antwortete er immer noch lächelnd. »Sehr schlimm, Cass. Aber wenn Sie kommen... dann, ja, dann ist es anders. Wir unterhalten uns ein bißchen, scherzen ein wenig, und dann ist der Schmerz anders, nicht mehr so schlimm.«

»Und wie steht es mit dem Fieber? Haben Sie das Aspirin genommen, das ich Ihnen gegeben habe?«

Jetzt ließ Ghita sich vernehmen: »Er pißt schon Blut. Das ist ein schlechtes Zeichen. Maddalena sagt...«

»Reden Sie nicht von Maddalena«, sagte Cass. »Was weiß sie schon? Lassen Sie sie nicht ins Haus.«
Er blickte die Frau geduldig tadelnd an. »Und die Fliegen, Ghita! Sehen Sie sich nur um: Millionen. Wollen Sie, daß die Kinder auch krank werden? Was haben Sie denn mit der Sprühflasche gemacht, die Francesca Ihnen gebracht hat?«
Die Frau hob die Schultern. »Das Zeug ist verbraucht. Außerdem kommen die Fliegen immer wieder. Wenn man eine Kuh hält, hat man auch Fliegen.«
»Geben Sie mir etwas Wasser, Ghita.«
»Es steht da neben Ihnen, Cass, dort im Glas.«
Cass öffnete die Flasche und nahm zwei der gelben Kapseln heraus. »Hier, Michele, schlucken Sie diese beiden. Dann müssen Sie alle sechs Stunden eine Kapsel mit sehr viel Wasser zu sich nehmen, bis ich Ihnen sage, daß Sie aufhören können.« Er schob seinen Arm unter die dürre Schulter des Mannes und hob ihn in eine halbsitzende Stellung auf seiner Schütte. Es war ein mühsames Beginnen; mit großer Anstrengung, Schweißtropfen auf der Stirn, zwang Michele sich auf seinen Ellbogen in die Höhe und heulte unter einem plötzlichen Ansturm des Schmerzes auf. »Ahi!« röchelte er. »Ah, Gott!« Einen Moment verhielt er mit geschlossenen Augen. Dann öffneten sich seine Lider wie zuvor, und er lächelte sein sanftes, gebrochenes Lächeln. »Was sind das für Kapseln, Cass?« fragte er, und seine Lippen zögerten am Rande des Glases. »Ist es wahr, daß man in Amerika il cancro heilen kann? Ist dies das Mittel, Cass?«
Ich sah, wie Cass' Hände zitterten, als er Michele die Kapseln in den Mund schob. Das Sprechen schien ihm schwerzufallen. Dann sagte er entschlossen: »Sie wissen doch, daß Sie keinen Krebs haben, Michele. Die Arznei ist für Ihre Nieren und den Knochen ihres gebrochenen Beins. Sie wird Ihnen helfen. Schlucken Sie sie runter.«
Während Michele das Wasser schluckte, begann die Frau zu wimmern – eine tief aus der Kehle dringende, eintönige, verzweifelte Klage; sie war so sanft, so frei von jeder Hysterie, daß es beinahe war, als summe sie ein Lied. Gleich darauf verstummte sie. »Ich habe den schwarzen Engel gesehen«, murmelte sie in ihrem dumpfen Tonfall. »Ich habe ihn in dieser Nacht gesehen. Er ist um uns in dieser Nacht.« Als ich mich nach ihr umdrehte, sah ich, wie ihre Lider zufielen, als schlafe sie langsam ein, und dabei begann sie noch einmal ihr sanftes, kummervolles, ergebenes Wiegenlied, die Hände wie große, rohe, rote Flügel vor der verschrumpelten Brust zusammengekrampft.
»Still, Ghita«, sagte Cass. »Seien Sie jetzt ruhig. Hören Sie auf, sich selbst zu quälen.«

»Ich habe gesehen...«, begann sie von neuem und schlug dabei die Augen auf.

»Ruhe jetzt!« sagte Cass bestimmt. »Wo ist Francesca?«

»Die war gar nicht da«, antwortete die Frau teilnahmslos.

Cass runzelte die Stirn und sah besorgt drein.

»Was soll das heißen?« fragte er verstimmt, und ehe Ghita Zeit fand, die Augen erneut zu schließen, packte er sie am Arm. »Soll das heißen, daß sie nicht in dem kleinen Zimmer ist!« rief er. Er deutete mit dem Kopf auf die einzige türlose Öffnung, die mit einem Stück Sackleinen verhängt war und aus dem Innern der Hütte hinausführte. »Sie hat aber doch gesagt, daß sie gleich herkommen werde! Sie hat gesagt, sie wolle hier schlafen!«

»Sie ist nicht dagewesen«, wiederholte Ghita.

Cass erhob sich ruckartig von der Strohschütte. Er stelzte zum Durchgang, sah hinaus, kam zurück, kniete wieder bei der Schütte nieder und blickte in Ghitas flaches, ausdrucksloses Gesicht. »Aber wo kann sie denn dann sein? Sie kann doch nicht... außerdem ist heute abend etwas geschehen, das...«, er verstummte. »Barmherziger Gott«, flüsterte er auf englisch. »Der elende Lump! Wenn er...« Wieder stand er schnell auf, so, als wolle er hinausgehen; da krächzte Michele von seinem Lager. »Cass.« Er hatte sich aufgerichtet und einen Teil der Decke von sich geworfen, so daß man durch die Jacke seines schmutzigen Schlafanzuges, der gestreift war wie die Kleidung eines Sträflings, seine grauenhaft abgemagerte Brust sehen konnte. »Cass«, sagte er nun, »machen Sie sich keine Gedanken wegen Francesca. Sie bleibt oft bei Lucia über Nacht, der Tochter des Gärtners vom Albergo Eden. Das tut sie oft. Beunruhigen Sie sich nicht, amigo. Sie ist bestimmt auch heute nacht dort. Beunruhigen Sie sich nicht. Setzen Sie sich hier neben mich. Die Arznei hat mir schon geholfen.«

Cass zögerte. »Ja...«, sagte er unentschlossen. »Aber würde sie mir dann nicht Bescheid gesagt haben, Michele? Ich glaube, es ist doch besser, wenn ich gehe.«

Michele zwang sich ein gurgelndes Lachen ab. »Warum sollte sie Ihnen Bescheid sagen, mein Freund, wenn sie in ihrem ganzen Leben auch ihrem Papa niemals Bescheid gesagt hat? Kommen Sie, setzen Sie sich. Francesca passiert schon nichts, Sie kennen doch Francesca! Setzen Sie sich her, Cass, ich glaube fast, ich kann schon gehen.«

»Na, ich weiß nicht«, versetzte Cass düster. Aber Ängstlichkeit und Besorgnis fingen an, aus seiner Miene zu verschwinden. Mit den Worten »Lucia hatte ich ganz vergessen«, stieß er einen Seufzer aus und richtete seine Aufmerksamkeit von neuem ganz auf Michele. »Sie müssen sich auf

den Rücken legen, Michele«, sagte er bestimmt. »So. Und Sie dürfen nicht soviel reden. Das ist Vorschrift.«
»Ah, Dio! Langsam! Sachte!« schrie Michele. Und seine Frau wiegte sich wieder klagend hin und her. Ich saß auf der anderen Seite des Raumes und vernahm das Ticken einer Uhr, jenes Ticken, das selbst dort, wo keine Uhr vorhanden ist, jede Nachtwache, jedes nächtliche Leiden und jede Totenwache zu begleiten scheint. Und als die Frau sich klagend hin und her wiegte, die Kinder wimmernd in ihrem ruhelosen Schlaf zuckten und die Kuh mich mit sanfter brauner Verständnislosigkeit durch die fliegenverpestete Luft anstarrte, begriff ich endlich, daß dieser Italiener wirklich im Sterben lag. Sterbend – und sehr wohl im Bewußtsein dieser Tatsache – schien er nur den einzigen Wunsch zu haben, sich von Cass jene unmögliche Vision bestätigen zu lassen, die er Gott weiß wie lange, wahrscheinlich aber alle Jahre seines jämmerlichen Lebens in seinem Hirn mit sich herumgetragen hatte, so daß ich nun, zwischen ängstlichen Seufzern, die Cass mit einem Wort oder einer Handbewegung beschwichtigte, hören konnte, wie seine Stimme sich hoffnungsvoll und verwundert hob, als er nach Amerika fragte: Ob es wahr sei, daß selbst der ärmste Arbeiter dort ein Auto besitze, einen Ofen und ein Haus mit Fenstern? Ob es denn möglich sei für Alessandro und Carla, ja, und auch für den Kleinsten, ein Paar gute Schuhe zu kaufen, wenn sie alle nach seiner Genesung nach Amerika auswandern würden? Er hatte Cass diese Dinge schon früher gefragt, verlangte aber von neuem diese herrlichen Wahrheiten zu hören, wie ein kleiner Junge seine Visionen von Elefanten und Tigern und von fernen exotischen Küsten bestätigt hören möchte.
»Ja, Amigo«, hörte ich Cass müde und geduldig sagen. »Ja, alles ist wahr, so wie ich es gesagt habe.«
»Ich möchte dann gerne in Providenza wohnen, wie mein Bruder vor Jahren. Das ist doch eine schöne Stadt, nicht wahr, Cass?«
»Ja, Michele.« Aber auf englisch zu mir: »Providence – man stelle sich das vor!«
Michele war müde. Er streckte sich aus. Dabei stieß er zischend die Luft zwischen den Lippen hindurch und kniff die Augen fest zusammen, erbebte dann am ganzen Körper wie in einem Schüttelfrost, während er nun wieder stumm seinen Schmerz bewachte. Abgesehen von der schwankenden, wimmernden Frau und den Fliegen mit ihrem verpestenden Summen und Brummen, rührte sich nichts. Cass, der in der Haltung eines Kniefälligen über dem Mann kauerte, war so von Schwermut übermannt, daß sein Gesicht jeder Farbe und seine Augen allen Glanzes beraubt waren. Nach einer Weile rührte sich Michele und öffnete die Augen. »Es dürfte alles nicht so sein«, sagte er mit seiner unsicheren, erstickten

Stimme, und nun, zum erstenmal mit einem Ausdruck der Verzweiflung, »so dürfte es nicht sein, Cass.«
»Wie?«
»Daß der Mensch solche Qualen leiden muß. Daß ein Mann für die schwere Arbeit eines Jahres nicht mehr als neunzigtausend Lire erhält und dann unter solchen Schmerzen enden muß.«
Cass blieb stumm, seine Lippen öffneten sich, als suche er nach Worten. Dann sagte er: »Ich stimme Ihnen von ganzem Herzen zu, mein Freund. Aber Sie dürfen sich deshalb nicht grämen. Animo. Mut.«
Michele richtete sich stöhnend auf einem Ellbogen auf und starrte Cass aus heißen, verzweifelten Augen an. »Nein, es dürfte nicht sein, Cass!« krächzte er. »Es ist böse von Ihm, daß Er uns hier aussetzt, damit wir uns fünfzig Jahre abquälen für neunzigtausend Lire im Jahr, die nicht mal dazu reichen, Pasta zu kaufen. Neunzigtausend Lire! Überdies schickt Er dauernd die Steuereintreiber aus Rom. Und wenn Er uns bis zum letzten Tropfen ausgesogen hat, dann schmeißt Er uns schließlich auf den Mist, als wären wir nichts wert, und zum Spaß straft Er uns mit solchen Schmerzen. Er liebt nur die Reichen in Rom. Wahrlich, Er ist böse! Ich scheiße auf Ihn! Ich scheiße auf Ihn, denn ich glaube nicht an Ihn.«
Wie der Blitz, ganz als habe sie auf ein solches Wort gewartet, schoß die Frau aus ihrer Versunkenheit in die Höhe. »Lästerer!« kreischte sie. »Hören Sie sich nur an, was er da sagt, Cass! So redet er schon den ganzen Tag, wie ein Wahnsinniger! Und in seinem Zustand! Er geht geradenwegs in die Verdammnis ein!« Sie trat an den unbeweglich hingestreckten Mann heran. »Und ich mag gar nicht erst sagen, was er getan hat, Cass. Aber in seiner Not ist er heute morgen hier aufgestanden und fluchend wie ein Türke auf seinem gesunden Bein zum Kruzifix hinübergehüpft, hat es von der Wand gerissen und zur Tür rausgeschmissen! Gotteslästerer, Michele! In deinem Zustand! Kein Wunder, daß du anfängst, Blut zu pissen. Das ist ein Zeichen des Himmels! Du wirst uns alle noch in die Verdammnis reißen durch deine Lästerungen!« Eines der Kinder begann zu heulen.
»Auch nicht schlimmer...!« kreischte Michele nun vom Fußboden her auf, und seine Stimme klang erstickt und dick und gräßlich, »auch nicht schlimmer als du, die du dir von dieser Zauberin Amulette und Filter und Zaubersprüche geben läßt! Wie kannst du überhaupt von Lästerung reden! Wo Cass dich doch extra vor dieser Zauberin gewarnt hat! Ahi...!«
»Silenzio!« Zwischen diesen beiden leidenschaftlich und erbittert streitenden Theologiebeflissenen erhob sich Cass' Stimme wie eine Mauer, und das Paar verstummte. Aber als er sie anbrüllte, verließ ich fluchtartig den verdammten Ort, unfähig, ihn noch länger zu ertragen. Und draußen,

in der neugeborenen und uralten Morgendämmerung, die wie eine unermeßlich große Perle auf der See ruhte, unter dem Gezwitscher der Vögel und dem Säuseln der Fichten, das wie das Rieseln des Regens klang, fielen mir unerklärlicherweise andere tauige, strahlende Morgen ein, Dämmerungen der vergangenen Jahre in Rom, und der Blick hinab vom Balkon des glatthäutigen jungen Wohltäters, samt seiner Ginevra und seiner Anna Maria und seiner Freundin aus dem Smith College, und dann ertappte ich mich dabei, wie ich ganz närrisch – wenn auch ungesehen und in dem Gefühl tiefen Versagens und Verlusts – an einen Baum gelehnt laut schluchzte.
Nichts von alledem war an Cass zu bemerken, als er nun schwankend und aus vollem Halse brüllend aus der Hütte trat, und zunächst vermutete ich, daß es ihm auf irgendeine geheimnisvolle Weise gelungen sein müsse, sich von neuem zu betrinken. Er war aber nicht betrunken, sondern nur wütend und erregt; er verfluchte die Christlichen Demokraten, die Kommunisten und Clare Boothe Luce; und er sagte etwas, das mir diesem Augenblick sehr angemessen zu sein schien: »Mit der ganzen Politik könnt ihr mich mal am Arsch lecken.«

Ich schlief in jener Nacht – oder besser gesagt an jenem Tag – in einem leeren Zimmer, das zu Cass' Teil des Palastes gehörte. Als wir in der Morgendämmerung durch das Tal hinauf nach Sambuco wanderten, schien Cass matt und abgekämpft und sprach kaum mit mir. Auch ich fühlte mich gänzlich ausgelaugt und hielt fast die ganze Zeit über den Mund. Als wir schließlich am Eingang des Bella Vista stehenblieben, um uns voneinander zu verabschieden, und ich noch ein paar Bemerkungen über Mason machte (ich äußerte die Vermutung, daß er sich nun zweifellos nicht mehr verpflichtet fühlen werde, meine teure Rechnung zu bezahlen), sah Cass mich an, lächelte sein müdes Lächeln und sagte: »Dann bleiben Sie doch bei uns.« So simpel war das; er war einfach großzügig. Verschlafen dachte ich, daß es eine Art Vergeltung an Mason sein würde – eine schwache Vergeltung, aber immerhin eine Vergeltung –, wenn ich einige Tage lang als Cass' Gast vor seiner Nase umherstolzieren würde, und so nahm ich denn, nach dem üblichen höflichen Widerstreben, die Einladung an. Ich verließ das Hotel und zahlte meine Rechnung bei dem verschlafen herumhängenden Portier. Dann half mir Cass, meine Sachen durch die noch stillen Straßen zum Palast zu tragen. Seine Güte und Freundlichkeit waren beinahe zu groß; er fing an, mir unwirklich vorzukommen, als er meine Koffer die Treppen herunter und in das Zimmer schleppte – ein ziemlich sauberes und ordentliches Zimmer im Vergleich zu dem Atelier darüber –, mir half, das Bett herzurichten und ein paar

verschlissene, aber saubere Handtücher herbeischaffte. Im ganzen war er jedoch recht verschlossen und schien beunruhigt und sorgenvoll. Ich dachte mir gar nichts dabei – obwohl es in Anbetracht der kommenden Dinge von größter Wichtigkeit war –, als er einen großen Krug roten Weins herunterstürzte, mich mit einem Gutenachtwunsch allein ließ und zerstreut sagte, daß er »noch nach jemandem sehen« müsse.
Während ich mir Mühe gab einzuschlafen, hörte ich ihn über mir hin und her gehen. Es schien eine Ewigkeit, ehe der Schlaf kam; ich fühlte mich steif und zerschlagen und überdies äußerst beunruhigt. Zunächst grübelte ich über Cass nach: wer war eigentlich dieser zerquälte, traurige, ungewöhnliche Mensch? Das dauerte eine ganze Weile. Bald darauf fragte ich mich, ob di Lieto wohl noch unter den Lebenden weile. Dann konnte ich beim besten Willen das Bild der Hütte nicht loswerden, die dort wie verdammt in jener lieblichen Talsenke lag. Mit der wirren Unvernunft, die eine totale Erschöpfung begleitet, erinnerte ich mich der pornographischen Bilder, die ich für Mason mitgebracht hatte, und versuchte, mich zu entscheiden, ob ich sie ihm irgendwie zukommen lassen oder ob ich sie – eine letzte Geste der Abkehr – wegwerfen sollte. Ich fing an, mich zu kratzen und nervös zu werden, und verspürte Lust auf eine Zigarette, hatte aber keine mehr bei mir. Dann ging ich dazu über, an ein Mädchen zu denken, mit dem ich in Rom ein Verhältnis gehabt hatte, und vor Lüsternheit wurde mir ganz feierlich zumute, und ich begann zu schwitzen. Da stand ich auf und trank ein Glas Wasser. Die Schritte über mir verstummten schließlich. Cass Kinsolving! Wer war er nur? Als schließlich das Sonnenlicht durch den knarrenden Fensterladen fiel, sank ich in einen unruhigen Schlummer, lauschte dem schrillen Konzert der Vögel in den Weinranken, dem Klip-Klop eines Pferdewagens und der süßen, samtenen Stimme einer Frau, die in der Ferne »Caro nome« sang.
Ich wußte nicht, wieviel Stunden vergangen waren, als ich schweißgebadet erwachte; im Zimmer herrschte völlige Dunkelheit, und meine Uhr zeigte einige Minuten nach zwölf, doch war sie stehengeblieben. Ich glaubte, es müsse wieder Nacht sein. Eine Weile lag ich still da, dankbar, daß ich lebte und atmete, denn die Traumlandschaft, in der ich verweilt hatte, erschien mir düsterer und bösartiger als jede, in der ich früher gewesen war. Zu Anfang war es ein Alptraum gewesen, so schrecklich, daß ich mich nicht an ihn erinnern kann, und allein schon deshalb grauenhaft, weil er aus meiner Erinnerung verbannt wurde durch einen Vorhang, der wie ein Rolladen in meinem Hirn herunterrasselte und aus den ineinandergreifenden, schwarzen Flügeln von Raben bestand, in denen es ekelerregend von Parasiten wimmelte und raschelte; die restlichen Stunden meines Schlafes hatte ich an einem weiten, öden Platz verbracht, von dem

aus ich ein Land betrachtete, das von Aufruhr und Umwälzung heimgesucht wurde – ein Land des Aufstandes, barbarischer Handlungen und Schlächtereien, wo durch kahle Landschaften wilde, behaarte Männer fackelschwingend dahinrannten, Frauen schreiende Kinder an die Brüste drückten, wo fremdartige Wohnstätten flackernd brannten und stinkende Qualmwolken in einen kochenden, dunstigen Himmel sandten. Und während dieser ungezählten Stunden, in denen ich mich stöhnend wälzte, glaubte ich von ferne Rufe und Geschrei und entsetztes Heulen und die Angstschreie der Gefolterten und Gekreuzigten zu hören, bis ich schließlich ohne jeden Übergang schweißnaß und mit einem halbartikulierten demütigen Gebet auf den Lippen erwachte. Und während ich dort auf dem Bett lag, zur Besinnung zu kommen suchte und zusah, wie das letzte blasse Licht sich aus dem Zimmer stahl, war ich davon überzeugt, daß nicht alles nur Traum gewesen war. Sambuco war unerträglich still. Kein Laut drang von draußen herein, wo doch das lärmende, summende Geschwätz italienischer Städte hätte hörbar werden sollen: es war still wie auf einem Friedhof, nur irgendwo im Palazzo hörte man Wasser aus einem undichten Hahn tropfen. Da vernahm ich von fern etwas wie ein Echo und eine Erklärung für meinen Alptraum: den Schrei einer Frau – überschnappend und schrill wie der Schrei einer Katze, ein Wehegeheul, das auf der stillen, heißen Luft daherschwamm, höher und höher stieg und dann wie von einer Kugel getroffen verstummte. Darauf war alles wieder wie zuvor – totenstill. Nach einer Weile stand ich verstört und deprimiert und mit schmerzendem Nacken auf. Ich wischte mir den Schweiß mit dem Bettlaken ab, und während ich mich anzog, hörte ich andere vereinzelte Klageschreie, manche aus der Nähe, manche weniger deutlich, und sie ähnelten den Schreien, die ich in meinem Traum vernommen hatte, klangen wie die der Seelen im ewigen Höllenfeuer. Ich erwartete beim Hinaustreten die Stadt in Flammen oder belagert vorzufinden; nein, ich wußte nicht, was ich erwartete – am wenigsten aber, daß es nicht Nacht war, sondern später Nachmittag. Es war strahlend hell und eine im Flur tickende Uhr zeigte fünf, was bedeutete, daß ich beinahe zwölf Stunden geschlafen haben mußte.

Im Haus rührte sich nichts; das Wohnzimmer über mir sah noch ebenso verlottert und schmutzig aus wie am Abend zuvor und war verlassen. Es fiel mir dann ein, daß die Aufregung draußen vielleicht ein Beitrag von Alonzo Cripps und seiner Filmmannschaft sein könnte, doch als ich in den Hof hinaustrat, bemerkte ich, daß die Filmausrüstung fortgeschafft worden war. An ihrer Stelle war ein Berg von Koffern, Golfschlägern und anderem Gepäck aufgestapelt, als werde eine Evakuierung vorbereitet. Die Bagage wurde von einem schmierig aussehenden ortsansässigen Greis bewacht, der an seine Mütze faßte und bedrückt und unverständlich murmelte, als ich an ihm vorüberging. Kein anderes Zeichen von Leben fand sich hier, ausgenommen die verirrte Schwalbe, die ich am Abend zuvor gesehen hatte und die auch jetzt noch zwischen den Säulen hin und her schoß, auf ihrem Flug in die unerreichbare Sonne mit den Flügeln gegen das Oberlichtfenster schlug. Am Ende der Treppe, die ich, wie mir schien, vor vielen Tagen erstiegen hatte, stand die Tür zu Masons Wohnung unter ihrem Fries ungewaschener Nymphen angelehnt. Niemand kam oder ging: die Stille war angsterregend.

Dann stand ich blinzelnd auf der verlassenen Straße. Es war immer noch lichter, heller Tag, heiß, aber dank einer Seebrise erträglich. Die Geschäfte gegenüber waren verriegelt und die Läden vorgelegt; kein Mensch war zu sehen. Ich stand eine ganze Weile so da. Dann hörte ich eine Frau schreien, gepeinigt, gellend und herzzerreißend. Als ich mich umdrehte, sah ich, daß sie die Straße herunter auf mich zulief, eine weißhaarige alte Frau in wehendem Schwarz; laut klagend und schräg vorgeneigt rannte sie an mir vorüber, Tränen strömten über ihr altes Gesicht – »Disonorata! A sangue freddo!« hörte ich sie brabbeln. Sie hielt ihre schwarzen, windgeblähten Röcke gerafft, kreischte und segelte ohne einzuhalten in wunderbarer Schräglage wie eine Hexe auf dem Besen um die Ecke und ließ kleine Staubwirbel hinter sich zurück. Ich merkte plötzlich, daß ich meinen steifen Nacken schiefhielt und daß daher die Frau, die Straße und der Himmel schräg erschienen, und unter Schmerzen reckte ich den Hals gerade. Ich starrte hinter der Frau her und erwartete in meiner Dummheit irgendeine Erklärung, doch blieb die Straße so still und verlassen wie zuvor, lag kalkweiß unter der tyrrhenischen Sonne und sah so verbarrikadiert und unzugänglich aus, als würde die Stadt von neuem von den Sarazenen belagert. Geschändet, wie die Frau gesagt hatte, kalten Blutes geschändet.

Verwirrt wanderte ich die Straße hinauf zu dem Hotel: dort gab es ein Terrassenrestaurant, wo man mir, wie ich wußte, eine Apfelsine, ein Butterbrot und eine Kanne Kaffee verabreichen würde. Aber im Vorgarten des Hotels war niemand – niemand außer einem großen kurzschwänzigen Kater, der eine Maus zwischen den Zähnen hielt, mich verstohlen betrachtete und sich hinter einen Kamelienbusch verdrückte. Auch die Terrasse war ohne Leben; unsicher und von der Leere geängstigt, wanderte ich durch ein Meer unbesetzter Stühle und weißer Tischdecken bis zum Ende der Terrasse, wo ich das so vielfach propagierte Panorama betrachten konnte. Es war ein herrlicher Tag: das zellophanklare Meer schien dem Auge zu gestatten, die äußersten Grenzen seiner kühlen, blauen Tiefe zu ermessen; die grünen, buckligen Berge ringsum gewannen im Sonnenlicht die dreidimensionale Schärfe von Stereo-Bildern. Es schien, als könne man mit geringer Mühe bis nach Afrika sehen. Warum nur, fragte ich mich immer wieder, war alles so vollkommen, so unsinnig still? Weit unten am Hang beobachtete ich einen Lastwagen, wie er, kaum größer als eine Erbse, seinen kurvenreichen Anstieg begann: obwohl ich das Keuchen des Motors hätte hören müssen, vernahm ich nicht das geringste Geräusch. Es schien, als sei der Schall aus der ganzen sichtbaren Welt um mich her abgeflossen wie aus einem Gefäß. Ich saß wohl zehn Minuten lang da und wartete auf Bedienung, doch es kam niemand. Schließlich dämmerte mir, daß irgendwo etwas Ernsthaftes passiert sein müsse; ich war im Begriff aufzustehen und fortzugehen, als ich einen erregten Menschen halb laufend auf mich zukommen sah. »Non c'è servizio oggi!« schrie er, und da erkannte ich meinen ehemaligen Padrone, Fausto Windgasser. »Wir haben heute nicht geöffnet!« lispelte er auf englisch, als er mich erkannte; er galoppierte auf mich los, hielt vor mir an und versuchte, mich durch erregte Gesten aus seinem Revier zu verscheuchen. Und ich stand auf und schlenderte auf ihn zu, schon angesteckt von seiner Erregung und von einem gräßlichen Vorgefühl besessen. »Was ist denn los?« fragte ich.

Der sorgfältig gekleidete kleine Mann schäumte beinah: seine Augen waren glasig, die seidigen Haarsträhnen hatten sich auf seinem kahl werdenden Kopf aufgerichtet, wie bei einem erschreckten und bedrängten Tier, und flatterten im Wind. »Ach, Sie sind es, Mr. Leverett! Gut, daß Sie ausgezogen sind! Gut, daß Sie abfahren!« Bar jeder Weltgewandtheit packte er mich am Arm. »Quelle horreur«, keuchte er und fiel versehentlich in die französische Sprache. »Quelle tragédie, oh, mein Gott, hat man so was schon gehört!« Als habe er etwas wie ein befremdliches Prickeln auf seiner Kopfhaut gespürt, zog er einen silbernen Kamm hervor, ließ meinen Arm los und fuhr sich durch die Haare. Tränen schwammen in seinen Augen, seine Unterlippe hing zitternd herunter; ich glaubte schon, er werde jeden Augenblick in meinen Armen zusammenbrechen.

»Was ist denn um Gottes willen passiert?« verlangte ich zu wissen. Auch ich fing nun an zu brabbeln; er bot einen solchen Anblick des Schreckens, daß ich fühlte, wie meine Kräfte mich verließen und das Blut aus meinem Gesicht wich; einen Augenblick lang kam mir der verrückte Gedanke, daß ein neuer Weltkrieg ausgebrochen sei. »Ich habe den ganzen Tag geschlafen!« rief ich, »sagen Sie doch, was geschehen ist; ich weiß es nicht!«

»Sie wissen es nicht?« fragte er ungläubig, »Sie wissen es nicht, Mr. Leverett? Sie wissen nichts von der Katastrophe in der Stadt? Wir sind ruiniert! Wahrlich, die Stadt liegt in Asche! Nach diesen Ereignissen wird es für Sambuco keinen Turismo mehr geben, zehn... nein zwanzig Jahre lang. Welch überwältigende Tragödie, mein Gott, wie bei den alten Griechen, nur noch schlimmer.«

»So sagen Sie doch, was geschehen ist!«

»Ein junges Mädchen, ein Bauernmädchen«, sagte er leise und erschüttert, »ein Bauernmädchen aus Tramonti. Man hat sie heute morgen geschändet und sterbend auf dem Pfad ins Tal gefunden. Sie wird das Ende dieses Tages nicht mehr erleben.« Ein Schluchzen schüttelte ihn. »Ich sage Ihnen, das ist die erste Gewalttat mit tödlichem Ausgang, die sich seit dem vorigen Jahrhundert hier abgespielt hat. Bevor mein eigener Vater...«

»Los, erzählen Sie doch weiter«, befahl ich.

»Ich zögere... es ist... mein Gott, es ist...« Nun weinte er, sprudelnd, ein kleiner feuchtschmieriger Kerl, der zu Wasser wurde. »...weil es, weil es so tragisch ist! Mr. Flagg...«

»Was hat der denn damit zu tun?«

»O Mr. Leverett«, schluchzte er und war sich wohl ein wenig des dramatischen Moments der Situation bewußt. In seiner Stimme klang etwas wie das Echo jener merkwürdigen Hotelbibliothek der fiebernd erregten Diktion und der großen Gesten – Mrs. Humphry Ward und Bulwer-Lytton und Lorna Doone und andere atemberaubende, unwahrscheinliche Chroniken, die gelangweilte vornehme englische Damen hinterlassen hatten –; wohl die einzigen Bücher, die er kannte. »O Mr. Leverett, Mr. Flagg ist tot. In diesem Augenblick liegt er am Fuße des Steilhanges bei der Villa Cardassi, wo er, wie man sagt, sich hinabgestürzt hat in einem Anfall von Reue über... über die Tat, die er begangen hat.«

Geraume Zeit verstand ich überhaupt nicht, was Windgasser mir da mitzuteilen versuchte: wer war überhaupt dieser schlappe, triefende, närrische kleine Mann, der sich da mit dem Silberkamm durchs Haar fuhr? Er soll alles wiederholen, verlangte es in mir, du hast ihn nicht verstanden. Ich packte ihn am Arm.

»Ja, wirklich«, sagte er schluchzend, »Mr. Flagg liegt unterhalb der Villa Cardassi, tot, tot, tot.« Er prustete in sein Taschentuch. »Und dabei war er ein so anständiger, gütiger, großherziger Mensch. Man kann es kaum glauben. So großzügig, so höflich, so wohlhabend...«

Ich wartete nicht ab, was noch kommen würde, sondern riß mich von ihm los und stürzte durch den Garten zurück auf die Straße. Ich hatte keine Ahnung, in welche Richtung ich mich wenden sollte, doch lief ich hügelab und auf den Marktplatz zu. Ich lief schneller und schneller und endlich rannte ich aus Leibeskräften, rutschte und stolperte über das Kopfsteinpflaster. Ich lief an Menschen vorbei, die zusammengedrängt in Hauseingängen standen, manche stumm, andere wild gestikulierend und alle verschreckt und mit weit aufgerissenen Augen. Ich galoppierte dahin im warmen, windigen Sonnenlicht, rannte beinahe einen Jungen samt Fahrrad um, wich einer streunenden Ziege aus und flog wie im Traum gefährlich schräge Steinstiegen hinunter; endlich stürzte ich in flatternden Kleidern auf den offenen, von schwatzenden Menschen bevölkerten Platz hinaus. Es schien, als sei alle Welt hier versammelt: Bürger, Touristen, Bauern, Polizisten, Filmstars. In Gruppen zu fünfen und sechsen herumstehend, schwatzten sie hingebungsvoll – die Stadtleute in der Mitte des Platzes, die Touristen in verstaubten, kodakbestückten Häuflein nahe ihren Bussen neben dem Brunnen, die Filmleute an den Tischen des Cafés trübselig süffelnd. Eine Abteilung Carabinieri erschien nun im Streifenwagen auf der rechten Seite der Bühne mit knurrend ersterbender Sirene und scheuchte einige Gänse zu behäbig watschelnder Flucht auf. Abgesehen von ein oder zwei anachronistischen Details hätte der Platz eine perfekte Kulisse zu ›Il Trovatore‹ abgeben können. Über der wimmelnden Menge stand Stimmengemurmel wie eine schwarze Wolke – trübe Spekulationen, unterbrochen von nervösem Gelächter, das an Hysterie grenzte. Und während ich noch darum bemüht war, meine Fassung wiederzuerlangen, hörte ich, wie die Kirchenglocke zu einem scheppernden, mißtönigen Requiem ansetzte – hoch oben, wo Tauben im Sonnenlicht schwebten –, nicht melodischer als herabfallende Blechschüsseln, gewichtig und schwer von Leid. KLENG BONG DING BANG.

»Che rovina!« sagte eine Stimme neben mir. Es war Giorgio, der alte Butler: in eine Düffeljacke der amerikanischen Marine gehüllt, obwohl der Tag glühend heiß war, starrte er mit wäßrigen blauen Augen vor sich hin, betastete die Falten an seinem Hals und sah bekümmert drein.

»Ist es denn wahr, Giorgio!« fragte ich ihn, »ist Signor Flagg...«

»Si, signore«, antwortete er teilnahmslos und sah immer noch vor sich hin. »Er ist wirklich tot, von eigener Hand getötet.«

»LACRIME«, schollerten die Glocken.

»Was ist denn passiert, was hat er denn getan, wo kann ich ihn sehen?« fragte ich in einem Atemzug.

Der alte Mann war wie narkotisiert. Er zupfte wie blind an seinem Hals herum und schniefte still trauernd. »Wer vom Schwert lebt, soll durchs Schwert umkommen«, murmelte er sententiös. Dann verstummte er, ganz verwirrt von seinem Kummer. »Daß ein so guter und liebenswerter Mensch ein so schlimmes Ende finden muß«, sagte er endlich, »ist wohl das größte Unglück von der Welt.« Und es dauerte einen Augenblick, ehe ich begriff, daß es nicht Mason war, von dem er sprach und um den ja alle meine Gedanken kreisten, sondern das geschändete, sterbende Mädchen. Unter der Decke der scheppernden Glocken machte ich mich von

Giorgio los und drängte mich durch die Menge bis an den Rand des Platzes. Hier war zwischen zwei Häusern der Eingang zu einer schattigen Gasse, welche die soeben angekommenen Carabinieri herunterstürmten, die, bis an die Zähne bewaffnet und finster blickend, damit begannen, sich einen Weg durch die Menge der gaffenden Bauern zu bahnen, wobei sie ein barbarisches Feuerwerk von Flüchen losließen und ihre Ellbogen wie Kolben hin und her bewegten. Ich stand verwirrt und zitternd, dann stürzte auch ich mich ebenfalls unerschrocken fluchend durch die Masse der Bauern und rannte hinter den Polizisten die Gasse hinab. Sehr bald wurde aus der Gasse eine gepflasterte kleine Straße, die Straße wurde zum Labyrinth, das sich eng zwischen Reihen feuchter verlassener Häuser hindurchwand, und das Labyrinth verwandelte sich schließlich in einen von Mauern eingefaßten Pfad, der aus dem Stadtzentrum hinaus und allmählich an einem Hang entlang aufwärts führte, der so steil und glatt und bar jeder Vegetation war – nicht einmal Moos oder Steinpflanzen wuchsen hier – wie eine Klippe im höchsten Norden. Diesen Pfad ging ich entlang, den Spuren der Polizisten folgend, die ich vor mir trampeln und schnaufen hören konnte. Leute kamen herunter, Zuschauer, wie ich annahm, die dem Nachspiel der Tragödie beigewohnt hatten: Bürger der Stadt, zerlumpte Bauern aus dem Tal, mehrere betrübt aussehende Hunde und sogar zwei deutsche Touristen, ein pfannkuchengesichtiges fettes Paar mit Bergstöcken und grünen bayrischen Hüten, die sich mit einem sonderbar befriedigten Gesichtsausdruck an mir vorüberdrängten und deren kehlig glucksendes, unheimliches Lachen die Luft erzittern ließ. Ich trottete weiter. Der zur Neige gehende Tag war golden und grün und sommerlich, als betrachte man ihn durch eine kristallklare Glasscheibe. Eidechsen liefen mir voran, die schützende Mauer hinauf und lösten in ihrem glitzernden Lauf kleine Stückchen bröckelnden Gesteins. Steilhänge, die mich schaudern machten, stiegen und fielen neben mir: Ich war in gleicher Höhe mit einer rundlichen, wolligen Wolke, deren Unterseite sich rosa verfärbte und die wie gesponnener Zucker über dem Tal dahinschwebte. Hinter uns in der Stadt verkündete die Glocke unaufhörlich ihre scheppernde Weheklage. Vom Rest dieses halbstündigen Anstieges ist mir nichts weiter im Gedächtnis, als daß ich irgendwo auf dem Weg mit Dawn O'Donnell zusammentraf, die den Pfad herunterkam. Sie schritt mit weichen Knien dahin, und ihr karottenfarbiger Kopf war tragisch tief über ein Knäuel zerfetzter Papiertaschentücher gebeugt; begleitet wurde sie von dem kurzhaarigen jungen Mann vom Abend zuvor, der, wie ich mich verschwöre, im Vorbeigehen zu ihr sagte: »Halt doch die Fresse, Schätzchen!« Er sah zu mir hinüber, doch ob er mich erkannte, wüßte ich nicht zu sagen.

Auf halber Höhe des steilen Hügels, der in den Felsklippen endete, verbreiterte sich der Pfad und ging in einen geräumigen, mit Gras bewachsenen Vorsprung über, der etwa hundert Meter breit war und auf dem sich zahlreiche Leute versammelt hatten – Bewohner der Stadt, noch mehr Touristen, weitere Hunde und wenigstens zwei Dutzend Polizisten. Von dem Vorsprung aus ragte der Felsen heroisch und schwindelerregend auf bis zur Villa Cardassi. Wenn ich den Kopf in den Nacken legte, vermochte ich das maurische Dach ganz oben im schräg einfallenden Sonnenlicht zu sehen und auch die verkrüppelten, vom Wind gebogenen Zedern, die sich an die Befestigungsmauern der Villa klammerten. Von dort her war es ein Übelkeit erregender Fall. Einige Meter vom Fuße der Klippen entfernt hatte man ein Seil befestigt; das eine Ende war mit einem metallenen Haken in einer Felsspalte verankert, das andere um einen Pfahl geknotet, der etwa zwanzig Meter weiter entfernt im Boden stak. Gegen dieses Seil drängte die Mehrzahl der Zuschauer und erfüllte die Luft mit dem morbiden Gesumme von Gerücht, Vermutung und Spekulation. Hinter dem Seil stand ein halbes Dutzend Carabinieri, von denen die meisten eine feierliche, wichtigtuerische Miene machten und ihre starren, verächtlichen Blicke über die Menge schweifen ließen. Einer von ihnen war Luigi, der Freund von Cass, und während ich mich durch die schwitzende Menge drängte, machte ich ihm ein Zeichen mit der Hand. Seine schläfrigen Augen öffneten sich, als er mich erkannte; in diesem Augenblick entstand zwischen zwei hochgereckten, pomadisierten Köpfen vor mir eine Lücke, und endlich erblickte ich Mason. Mein Herz tat einen schmerzhaften Sprung, als ich seine vertraute Gestalt sich unter dem Tuch abzeichnen sah, das ihn ganz verhüllte, bis auf den unteren Teil seiner rührend weißen Beine, die nackt und von Fliegen bedeckt darunter hervorragten. Dabei fiel mir unpassenderweise ein, daß diese Beine gewiß immer noch in flaschengrünen, scharfgebügelten kurzen Hosen steckten.
»Buongiorno«, sagte ich zu Luigi.
»Buongiorno.«
»Come sta?«
»Bene, grazie, e lei?«
Diese Begrüßung kam mir so grotesk vor, daß ich mit Mühe ein irres Gelächter unterdrückte. Ich zwang mich zur Ruhe. »Ich weiß nicht«, sagte ich, »ich glaube, ich werde wahnsinnig.«
»Das verstehe ich sehr gut. Via!« herrschte er zwei Knirpse an, die versuchten, sich an ihm vorbeizudrücken. »Ich verstehe Sie sehr wohl. Sie waren doch gut mit diesem Mason bekannt, nicht wahr?«
»Das war ich. Sagen Sie mir Luigi, was ist denn in Gottes Namen passiert?«

Tod, Gewalttat und Unglücksfälle haben die Eigenschaft, im Italiener den Klugredner, den verhinderten Weisen herauszukehren; unter den vielen Einzelheiten dieses höllischen Tages erinnere ich mich nicht zum wenigsten daran, daß ich bei meiner Suche nach detaillierten Auskünften schließlich mit einer Sammlung von Aphorismen dastand. »Wer weiß«, sagte er und betrachtete mich elegisch unter seinen schwarzen Augenlidern hervor, »wer weiß, was für schreckliche Dinge im Hirn eines Menschen vorgehen, der tötet? Wer...«
»Darf ich ihn sehen, Luigi?« unterbrach ich ihn. Warum ich in jenem Augenblick den Wunsch verspürte, Mason zu sehen (ich glaube, meine Abneigung, Tote zu betrachten, ist entschieden außergewöhnlich), wird mir immer ein Geheimnis bleiben – wenn anders ich nicht mir selbst in meinem verblüfften Unglauben lediglich beweisen wollte, daß unter jener Decke wirklich Masons Leichnam lag und nicht ein lebendig atmender Mason, der rosig und lässig hingestreckt mich blinzelnd und mit einem irren Kichern anblicken würde, bis zum letzten Augenblick voller Albernheiten. »E vietato«, sagte Luigi. »Niemand darf den Tatort betreten, ehe nicht die Untersuchung beendet und die Leiche fortgeschafft ist.«
»Aber ich kannte ihn doch, Luigi«, bat ich. »Er war... er war« – und dann kam der lästerliche Satz heraus –, »er war mein bester Freund.«
Luigi dachte nach. Ich konnte mir nicht helfen, aber ich hatte das unabweisliche Gefühl, daß ich als Amerikaner – trotz oder eben wegen seiner Bemerkungen vom Abend zuvor – in seinen Augen eine gewisse Bedeutung hatte. »Nun wohl«, sagte er schließlich. Er ging durch das Gras dahin, wo Masons Leiche lag. Zwei Männer brüteten dort über einem riesigen Notizbuch – der eine war ein Sergeant der Carabinieri, ein fetter Fleischberg mit Brille. Eine dampfende Zigarette klebte an seiner Lippe, und sein dreifaches Kinn ruhte wie der Popo eines Säuglings auf seinem Hals. Der andere Mann war mager, knochig und scharfäugig. Er trug einen Trenchcoat und einen weichen Hut, der beinahe seine Augen verdeckte; er kaute beharrlich an einem Kaugummi, und eine Pistole zeichnete sich deutlich in seiner Rocktasche ab, so daß er aussah wie ein Kriminalbeamter in Zivil in einem Lustspielfilm. Nur war er eben gar nicht komisch. Dieser Mann, so erfuhr ich von einem neben mir stehenden, neugierig dreinschauenden Jungen, war l'investigatore aus Salerno, und während Luigi ihm etwas zuflüsterte und auf mich zeigte, erwartete ich demütig seine Entscheidung, ohne Klage, ohne Trauer, aber mit solcher Qual des Verlassenseins im Herzen, wie ich sie nie zuvor gespürt hatte.
»Okay«, sagte Luigi, als er zurückkam. »Sie dürfen mit dem Investigatore sprechen.« Er sprach den Titel mit voller präziser Betonung der einzelnen

Silben aus und verlieh ihm dadurch Glanz und Gewicht. »Fassen Sie sich aber kurz«, fügte er hinzu. »Der Investigatore hat viel zu tun. Haben Sie übrigens Cass gesehen?«

»Nicht seit gestern nacht«, erwiderte ich.

»Das ist merkwürdig«, sagte er verwundert, »ich kann ihn nirgends finden und auch Poppy nicht und nicht die Kinder.«

Ich kroch unter dem Seil hindurch und ging auf den Beamten zu; er beobachtete mich genau, während ich herankam, sah von seinem Notizbuch auf, mißtrauisch, zurückhaltend, eisig, ein wahrer Mönch von einem Polizisten, mit rechtschaffenen, strengen Augen und einer klösterlich gebeugten Haltung, während sein Unterkiefer angestrengt die Last des Kaugummis hin und her schob. Der Sergeant, der neben ihm wie ein Nilpferd wirkte, fing die Sonnenstrahlen ab und warf einen rechteckigen Schatten über Masons unbeweglich ausgestreckten Körper, einen Schatten wie ein gigantisches Zelt. Meine alte, atavistische Furcht vor der Polizei erwachte wieder in mir, als ich zögernd auf die beiden zuging. »Buongiorno«, sagte ich.

»Kennen Sie diesen Mann?« fragte der Investigatore kurz angebunden.

»Ja«, erwiderte ich. »Jawohl. Ich möchte ihn gerne sehen, wenn es erlaubt ist.«

»Er ist bereits identifiziert«, erwiderte er ziemlich unlogisch. Seine Stimme klang nicht unhöflich und auch nicht grob, aber es war auch keine Spur von Freundlichkeit darin. Es schien, als arbeite in ihm, wie Dampf in einem summenden Kessel, ein kochender Ärger, und als bemühe er sich, die Beherrschung zu bewahren. »Er ist bereits identifiziert worden«, wiederholte er und blickte mich mit seinen wissenden, eisigen Augen scharf an. »In welchem Verhältnis stehen Sie zu diesem Menschen?«

»Ja... ich... weiß nicht«, stammelte ich. »Wie... wie meinen Sie das denn?«

Die Stimme des mammuthaften Sergeanten hinter ihm klang wie eine keuchende kleine Rohrpfeife: von diesem tonnenschweren Fleischberg herausgepreßt, wirkte sie flötenhaft, kanarienvogelähnlich, es war die Stimme eines Speichelleckers – quengelnd, eunuchenhaft und sarkastisch. »Ascoltami! Hören Sie nicht, was der Investigatore fragt! Was bedeutet Ihnen dieser Mann? Woher kennen Sie diesen Flog?«

»Ruhe, Parrinello«, schnarrte der Investigatore. Seine Stimme war gelassener, als er sich nun wieder an mich wandte: »Ich möchte wissen, Signore, in welcher Beziehung Sie zu diesem Mann standen. Was bedeutet der Verstorbene für Sie, war er ein Verwandter, ein Freund?«

»Er war ein Freund«, antwortete ich.

Der Investigatore sah mich wieder mit seinem frostigen Blick an; wiederum schien in diesem Blick keine Feindseligkeit zu liegen – jedenfalls, soweit ich in Frage kam; der Mann war jetzt in seiner ganzen Art eher etwas verbindlicher. Doch blieb er nach wie vor sachlich: für ihn bedeutete ich zweifellos nur eine Informationsquelle, und so lag ihm wohl nicht daran, mich zu verwirren, indem er dem Ärger die Zügel schießen ließ, der in ihm brodelte. Er verschob seinen Kaugummi, räusperte sich und fragte: »Er war also Ihr Freund? Erlauben Sie mir doch die Frage, Signore: War er ein Psychopath?«

Da ich seit meiner Schulzeit mit dem ärmlichen Brei der Psychologie ernährt worden bin, neige ich ebenso wie andere Leute dazu, den Menschen Etiketten aufzukleben; da es sich aber hier um Mason in seinem letzten bejammernswerten Zustand der Schutzlosigkeit handelte, wußte ich nicht, was ich sagen sollte. »Ja, also ...«, fing ich an, »wenn er ein Psychopath war, dann weil ... nein!«

»Seit wann haben Sie ihn gekannt?« fragte er nun. »Sie müssen verstehen, Signore, daß Sie nicht verpflichtet sind, diese Fragen zu beantworten. Wir sind Ihnen jedoch dankbar für jede Auskunft, die Sie uns geben können über diesen ...«, und er sah auf Mason hinunter, und seine Lippen öffneten sich und zögerten wie vor einem abschreckenden Wort, »diesen Menschen hier. Wie lange also waren Sie mit ihm bekannt?«

Ich blickte verstohlen auf die Gestalt unter der Decke. Ich könnte sagen, daß der Geruch des Todes über dieser Szene lag, doch wäre das nicht wahr; ich roch nur mein eigenes, schwitzendes, konfuses Selbst, während der Tod nur im Blick wohnte – in dem von der Decke eingehüllten Körper, so erschreckend unbeweglich, in jenen Waden und Füßen mit dem Schimmer und der Textur von Milchglas und in der Pest der dämonischen Leichenfledderer, deren hirnlose, geflügelte Gegenwart, wenigstens in jenem Augenblick, ein für allemal mit der Vorstellung einer vorsorgenden und wohltätigen Gottheit aufzuräumen schien: ungezählte saugende Fliegen, die eitrig in ihrer eigenen Metaphysik schwärten, krochen über die Decke und über Masons Knöchel und spürten intime Geheimnisse zwischen seinen bleichen Zehen auf. Und einen Augenblick lang grübelte ich darüber nach, wie lange ich denn Mason überhaupt gekannt hatte, und es wurde mir klar, daß ich, wollte man die Länge der Bekanntschaft zum Maßstab der Urteilsfähigkeit machen, ihn nicht lange genug gekannt hatte, zwei kurze Kinderjahre, dazu eine Woche und schließlich die letzten hektischen Stunden. Trotz alledem hatte ich das Empfinden, ihn mein ganzes Leben lang gekannt zu haben. Und das sagte ich schließlich auch: »Ich habe ihn mein ganzes Leben lang gekannt.«

»Und Sie haben niemals Züge an ihm beobachtet, die man als psychopathisch bezeichnen könnte?«

»Nicht daß ich wüßte«, sagte ich. Ich weiß nicht, ob ich ihn belog; ich weiß es bis auf diesen Tag nicht. Eins aber wußte ich: Mason, dem ich noch vor wenigen Stunden auch in höchster Not nicht zur Hilfe gekommen wäre, war nun so schutzlos, daß mir schien, als müsse ich wenigstens jetzt auf meine Art, und wäre es auch mit nichts weiter als mit einer letzten sehnsüchtigen Geste, für ihn einstehen. Ich sagte also: »Er war kein Psychopath, Signore, jedenfalls nicht, soweit mir bekannt ist.« Und eine plötzliche Erinnerung – daß ich ihm nämlich nicht einmal auf anständige Weise Lebewohl gesagt hatte – verursachte mir schneidenden Kummer.
Der Beamte hielt sich immer noch zurück, aber mit Mühe, und auf seinen dünnen trockenen Lippen stand ein Ausdruck unterdrückter Ungeduld. Er reichte das Notizbuch an den Sergeanten und schlug seinen Trenchcoat mit einer ärgerlichen stummen Bewegung um sich. »Danke, zu Befehl, danke, vielen Dank«, sagte der Sergeant beflissen. Von der Stadt her hörte ich wieder das Klagegeschrei einer alten Frau, von fern widerhallend, untergehend im anschwellenden Lärm der Glocken, den ein Windstoß aus dem Tal herauftrug. Eine kleine Wolke verdunkelte den Tag für einen Augenblick; das Gras rauschte um Masons Leiche, und man hörte das Zirpen der Grillen. Das Wölkchen segelte davon: eine Flut von Sonnenlicht brach über das Tal herein wie gelber Lärm, wie ein Donnerschlag. Der Beamte wischte sich mit zwei schlanken knochigen Fingern den Schweiß von der Stirn. »Ich kann Ihnen nicht gestatten, ihn zu betrachten. Und zwar um Ihretwillen nicht. Er ist schrecklich entstellt. Sehen Sie dort hinauf.«
Er wies mit dem Kopf zur Villa hinauf und zu der vorspringenden Felsklippe. »Man kann nicht von da herunterfallen, ohne eine gewisse Entstellung der Züge zu erleiden. Überdies ...« Er verstummte und blickte mich bitter und auch tadelnd an.
»Was denn, überdies ...?« fragte ich.
»Überdies glaube ich Ihnen nicht, wenn Sie sagen, daß dieser Mann kein Psychopath gewesen sei. Per prima cosa ist er offenbar ein Selbstmörder. Das heißt noch nicht unbedingt, daß er ein Psychopath war, aber ein solcher Akt ist mindestens das Ergebnis einer Geistesverwirrung. Secondo« – und hier begann ich ein Beben in seiner Stimme zu bemerken, als die Wut in ihm die Oberhand gewann – »secondo, Signore, kann ich nicht glauben, daß jemand anders als ein Psychopath eine so wahnwitzige Gewalttat ausführen kann. Es ist daher geradezu eine Barmherzigkeit, diesen Mann so zu bezeichnen. Niemals in meinem Leben habe ich einen Menschen so entsetzlich zugerichtet gesehen wie jenes Mädchen. Niemals! Da Sie, Signore, sein Freund waren, möchte ich Sie verschonen ...«
Die piepsige weibische Stimme des Sergeanten unterbrach ihn. Parrinel-

los Gesicht war tomatenrot, und sein massiger Körper schwabbelte wie Pudding, gefährlich, so als ob die ganze blasige, zweigeschlechtige Gestalt im Begriff sei, auf mich zu fallen. »Nie im Leben! Die Haut von ihrem Kopf gerissen wie ein Bär! Nie im Leben! Amerikanischer Gangster...«
»Ruhe, Parrinello! Halten Sie den Mund!« befahl der Investigatore. Dann sagte er leise und wild zu mir: »Und doch ist es wahr, der Mann war ein Teufel.« Seine gerunzelten Augenbrauen standen dicht vor meinem Gesicht, und er roch nach Pfefferminz. »Ein Teufel.«
»Das stimmt nicht«, sagte ich. »Ein Teufel war er nicht.« Aber ich war dessen nicht gewiß. Es schien, als sprächen die beiden von einem völlig fremden Menschen. Ich fühlte, wie sich über mein Bewußtsein eine Art wohltätiger Ungläubigkeit wie ein Schleier senkte, und in meinen Ohren vernahm ich ein Brausen, das ich für die erste Attacke des Irrsinns halten konnte.
»MISERIA«, schepperten die Glocken vom Dorf her, »DOLORE!«
Es dämmerte, als ich in die Stadt zurückkehrte. Nein, natürlich dämmerte es nicht, sondern nur die Illusion vorzeitiger Dunkelheit stellte sich ein, als die Sonne hinter die Berge ging und den Sternen erlaubte, schon am Nachmittag zu scheinen und den Hühnern bei den Berghütten bekümmert gackernd im duftenden Lavendelkraut schlafen zu gehen. Mit dem Einfallen dieser trügerischen Nacht war alles viel friedlicher geworden. In den Häusern, an denen ich vorüberging, brannte Licht, und ich roch, daß Fische gebraten wurden; sogar lärmendes Gelächter war zu vernehmen. Der erste Schock schien überwunden zu sein, und unter Tellergeklapper und Töpfegerassel und behutsamem Pfeifen nahmen die Leute wieder ihr gewohntes Leben auf. Durch eine düstere Gasse kreischte Radiomusik; es war eine alte Platte von Artie Shaws ›Frenesi‹, und ich fühlte einen Ansturm von Heimweh, doppelt schmerzlich, weil ich dieses Lied mit meinen Schultagen in St. Andrews in Verbindung brachte und damit auch mit Mason. Merkwürdig genug enthielt ich mich aber aller Gedanken an Mason. Ich konnte einfach nicht an ihn denken. Er war tot, weiter gab es da nichts, und was die Gefühle betraf, die ich deshalb in meinem Herzen empfinden konnte, so hätte er schon seit zwanzig Jahren tot sein können. Nachdem ich mich mit dieser Tatsache abgefunden hatte, konnte ich nicht einmal mehr mein anfängliches Gefühl von Verlust und Verlassenheit erneut beleben; ich mochte erschüttert sein, trauerte aber nicht, und meine Augen waren so trocken wie Murmeln. Tatsächlich brütete ich schon eine Weile über einem anderen Tod, nachdem ich, auf das Tor zuschreitend, das Wrack meines Austins erblickt hatte, das, wie mir schien, von Ersatzteiljägern unbelästigt geblieben, dafür aber zum weißbefleckten Schlafplatz eines Taubenschwarms geworden war. Ich wollte mit dem

Auto nichts mehr zu tun haben und ging achtlos an ihm vorüber, aber sein Anblick weckte schwere Gedanken an di Lieto in mir: in trübem Wechsel sah ich ihn zunächst stark bandagiert, stumm und hilflos im Krankenhaus, Blutplasma tropfte in seine Adern, dann wieder in seinem Arbeitsanzug, stockblind, grinsend und seine schäbigen Erkennungszeichen vor den Toren der Ewigkeit vorweisend. Aber auch di Lieto verbannte ich aus meinen Gedanken: ich wollte nichts so sehr, als Sambuco verlassen. Aber, wie um mein Unbehagen auf die Spitze zu treiben, packte mich nun der Gedanke – der noch unerfreulicher wurde durch ein nagendes Gefühl der Verpflichtung gegenüber Mason –, daß ich seine Beisetzung zu ›arrangieren‹ haben würde.
Ich erreichte die Piazza: zwar drängten sich hier immer noch die Einwohner, doch war der Platz längst nicht mehr so bevölkert wie zuvor, und auch die Stimmung der Furcht und des Entsetzens war nicht mehr so stark spürbar. Meine Spannung und Beängstigung schwanden, ich hatte Hunger, ließ mich an einem Tisch des Cafés nieder und bestellte ein belegtes Brot. Doch benahm sich der Kellner, ein geleckter, hochnäsiger, junger Mensch mit einem Mussolini-Kinn, so brüsk und unfreundlich, daß ich mich mit einer Tasse Kaffee zufriedengab und wieder fort ging. Als ich den Platz überquerte, tuschelte man, und zum ersten Mal fiel mir ein, daß man mich in einer so kleinen Stadt mühelos als einen Gefährten Masons erkannte: ich fühlte mich entschieden ungemütlich, als ich in meinen Espadrillos quer über den Platz eilte, das Ziel vieler feindseliger Blicke. Jammernde, Unglück verheißende Glockenschläge hämmerten in meinen Ohren, während ich auf dem Weg zum Palast an der strengen Fassade der Kirche entlangging. Murmelnd wichen die Bürger vor mir zurück wie vor einem Aussätzigen. »Orco!« hörte ich jemanden aus dem Schatten zischen. »Ungeheuer!«
Die Eichentüren des Palastes standen weit offen, während auf der staubigen Straße vor dem Haus eine endlose Prozession von Lastwagen und Autos dahinschlich. Hier herrschte die hochgespannte Stimmung der Demobilisierung: eine Mannschaft von eingeborenen Lastträgern belud die Wagen mit Ausrüstungsgegenständen; man brüllte, drohte, fluchte; eine menschliche Kette beförderte Gepäckstücke aus dem Palast; ein Kombiwagen knallte Fehlzündungen heraus und hüllte die dämmerige Szene in blauen Dunst. Mitten in diesem Aufruhr stand einer der Italiener, die ich am Abend zuvor in ihren Unterhosen bewundert hatte, jetzt trug er einen gestreiften Anzug, dazu eine Sonnenbrille und bellte von der Ladefläche eines Lastwagens Befehle herunter. Als ich nahe genug herangekommen war, erkannte ich einige der Gestalten: Dawn O'Donnell und Alice Adair, Hutschachteln umklammernd; Billy Raymond, in zerstreuter Konversa-

tion mit Morton Baer; endlich Carleton Burns, der grünlich und unwohl aussehend aus dem Palast trat, zweifelnd zum Himmel blinzelte und schwankend und wie betäubt auf einen wartenden Cadillac zuging, einen Beutel mit Golfschlägern auf der Schulter und im Arm zwei Bongotrommeln. Einige Minuten lang war es mir nicht möglich, in den Palast einzutreten. Schließlich erspähte ich eine Lücke, drängte mich durch die Menge zum Hof hin und stieß dabei beinahe mit Rosemarie de Laframboise zusammen, die auf dem Weg nach draußen war. Sie sah aus wie jemand, der stundenlang ununterbrochen geweint hat, ihre breiten Wangen waren ohne jedes Make-up, gerötet und gedunsen und standen in überraschendem Gegensatz zu der bunt schillernden Schwellung über ihrem Auge, die sie als einen Beweis für die Wärme von Masons Gefühlen für sie zur Schau trug. Sie ging stolpernd dahin, eine Nerzstola um die blassen schönen Schultern geschlungen, und aus ihrem mächtigen Busen drang heiseres, gequältes Schluchzen; neben ihr und sie stützend schritt das hübsche bebrillte Mädchen Maggie, das die Beleidigungen von Carleton Burns über sich hatte ergehen lassen müssen. Ich faßte Rosemaries Hand. Ihr Kummer berührte mich aufrichtig und tief, und ich wußte kaum, was ich zu ihr sagen sollte. »Es tut mir alles so leid, Rosemarie.«
»Sie hat einen Schock erlitten«, unterrichtete Maggi mich. In ihrer Stimme klang so etwas wie Bewunderung. »Sie ist bis oben hin voll von Phenobarbital. Das arme Kind...«
»Ach, Peter«, ließ Rosemarie sich mit zitternden Lippen vernehmen, »ach, Peter...« Dann brach sie ab, die Augen weit geöffnet, eine Gänsehaut auf den Marmorarmen, unfähig weiter zu sprechen.
»O Gott, Rosemarie«, sagte ich, »ich... ich weiß gar nicht, was ich sagen soll...« Keiner menschlichen Empfindung gegenüber fühle ich mich so hilflos wie der Trauer; vergeblich suchte ich nach den passenden Trostworten.
»Es ist alles so... so unmöglich«, brachte sie schließlich heraus; ihre Augen öffneten sich plötzlich noch weiter und erleuchteten ihr Gesicht momentan mit einem Blick von so überwältigender Ungläubigkeit, daß sie mir halb irrsinnig vorkam. »Das kann er nicht getan haben, Peter, das kann er nicht, kann er einfach nicht getan haben. Ich kenne ihn doch!« Dann warf sie die Hände vors Gesicht und begann von neuem zu schluchzen.
»Rosemarie...«, murmelte ich. Ihre Haut fühlte sich unter meiner Hand wie die Haut einer Kröte an, wild pulsierend, kalt wie Eis.
»Sie hat einen Schock«, wiederholte Maggie. »Alonzo will sie so schnell wie möglich nach Rom bringen.«
»Wo ist Alonzo?« fragte ich.

»Er ist nach Neapel gefahren, um sich mit dem amerikanischen Konsul wegen der... der Beisetzung zu besprechen, glaube ich.«

»Kommt er wieder her?« fragte ich. Ich hatte das Gefühl, als sei Cripps der einzige, der wenigstens eine Spur von Vernunft in all diesen Irrsinn bringen könne.

»Nun, nun, Kleine«, sagte Maggie und streichelte Rosemaries bebende Schultern. »Weine nicht, es wird schon alles gut werden.« Sie sah mich an. »Nein. Wir fahren alle weg. Sol Kirschorn hat sofort erfahren, was passiert ist und aus Rom telegraphiert. Sein Telegramm lautete: ›Verlaßt die Stadt subito, wiederhole subito.‹ Er wollte sich wohl aus allem heraushalten. Ja doch, mein Schatz, es wird schon wieder werden, komm jetzt ins Auto.«

Rosemarie hob den Kopf, ihre Lippen bewegten sich wortlos, und sie starrte mich an. Für einen Augenblick hatte ich die schreckliche Vision ihres Kummers: Ihr blaues Auge allein zeugte bereits für die Loyalität, die sie immer noch für Mason empfand, trotz aller Erinnerungen an seine Missetaten, seine Schläge und seine Treulosigkeit. Um welchen Teil von ihm sie trauerte, konnte ich nicht sagen: wie trauert die Geliebte um einen Mann wie Mason? Aber wie schon gesagt, ich hatte eine schnelle traurige Vision und vermutete, daß sie jene Zeiten beklagte, da er sie des Nachts geliebt oder sie über seinem schlafenden verwuschelten Gesicht »Muffin« geflüstert hatte, oder jene Morgenstunden, da er ihr, noch im ersten Fieber der Liebe, als der herrliche Ritter erschienen war, nicht nur reich, sondern auch zart und lebendig und vielversprechend. Sie hob den Arm plötzlich nervös zum Kopf; ihre Haarflechten lösten sich, und eine Handvoll Klemmen fiel zur Erde. »Peter«, sagte sie flehend, »er hat das alles nicht getan. Ich weiß es. Er...«

»Los doch, Liebling!« drängte Maggie.

Rosemaries Hand lag kalt auf der meinen; wieder versuchte sie, Worte zu formen, doch ihre Lippen bewegten sich nur lautlos, und mit einem heftigen Erbeben wandte sie sich ab und ging – stolperte, sollte ich wohl sagen, denn so gequält bewegte sie sich fort – über die Fliesen zur Tür. Ich sah ihr nach: sie erschien mir als ein braves Mädchen, ein Opfer Masons, selbst noch in ihrem tiefsten Kummer ein gutartiges Kind, das eine Spur von Haarklemmen hinter sich ließ, die aus ihrem ungeordneten, goldenen Haar gefallen waren, und ungeschickt eine zerknitterte Ausgabe des ›New Yorker‹ unter dem Arm hielt.

»Ich finde ja«, murmelte Maggie vertraulich zu mir, als sie hinter Rosemarie herging, »daß der Bursche es verdient hat. Er muß geradezu ein Ungeheuer gewesen sein. Es heißt ja, daß jenes Mädchen nicht einen einzigen heilen Knochen mehr im Leibe gehabt hat.«

Ich hielt mich noch lange genug vor der Tür auf, um dem Abmarsch des Filmvölkchens zuzusehen. Die Flucht ging eilig und fieberhaft vor sich; keine militärische Einheit, die zu plötzlichem Rückzug gezwungen wird, hätte sich entschlossener absetzen können. In Lastautos und Lieferwagen, in Kombiwagen, auf Motorrollern, in Fiats, Alfa Romeos und Buick-Kabrioletts rumpelten sie wie eine Karawane von Flüchtlingen am Tor des Palastes vorüber. Ich erinnere mich, daß ich bei dem Gedanken betrübt war, Cripps nun nicht mehr zu sehen. Ein Autobus voller Techniker verließ als vorletztes Fahrzeug die Walstatt, und es folgte ein offener Wagen mit der immer noch kichernden Mangiamele und Carleton Burns, dessen mageres Hundegesicht zurückgeneigt war, während er einen ungeheuerlichen Schluck aus einer Whiskyflasche nahm. Niemand von ihnen war auch nur in geringstem Maße für die Tragödie geschaffen, was sich daran zeigte, daß sie in weniger als einer Minute aus dem Blickfeld entschwunden waren und die Straße mit ihren leuchtenden Glühwürmchen und dahinhuschenden Fledermäusen so ruhig und heiter zurückließen, wie sie tausend Jahre zuvor unter dem guten König Roger von Sizilien gewesen war.

Am Ende dieses Tages kam ich denn also zu den Kinsolvings zurück. Gott weiß, aus welch obskuren Motiven ich die großen hölzernen Tore hinter mir schloß: vielleicht nur, um das unaufhörliche, unheilvolle Läuten der Glocken draußen zu lassen, vielleicht um mich, ganz gleich für wie kurze Zeit, von der Stadt selbst zu isolieren, in der Unheil, Furcht und Drohung hockten. Der Hof lag verlassen und still, voll von Papierfetzen, Pappkartons und anderen Trümmern des Aufbruchs. Unwillkürlich wanderten meine Augen zur Decke empor: hoch oben unter dem lilienförmigen Oberlichtfenster suchte der gefangene Vogel immer noch die Freiheit, doch schlug er nicht mehr so heftig mit den Flügeln, sondern schien nun geschwächt, und bald würde er auf die zerschrammten und zerstörten Fliesen herunterfallen und sterben. Seine Notlage, die mich zuvor gerührt hatte, ließ mich nun kalt. Ich fühlte mich so entleert von allen Empfindungen, als habe man mir aus Knochen und Eingeweiden alle Kraft und jeden Willen gesogen; ich war so welk und schlaff wie eine Alge unter strömendem Wasser. Über mir hörte ich das Trampeln von Füßen: ist es wohl richtig, wenn ich sage, daß ich erwartete, Mason auf den Balkon heraustreten zu sehen, seinen langen knochigen Arm schwenkend, ein quengelndes »Petie« und die Aufforderung, ein Glas mit ihm zu trinken, auf den Lippen? Tatsächlich glaubte ich in einer Anwandlung von Wahnsinn, daß er es sei – beide hatten dieselbe Größe –, doch war es nur ein einheimischer Arbeiter, einer von Faustos Geschöpfen, der durch Masons

Tür heraustrat und eine Kiste voller Abfälle mit einem nichtssagenden instinktiven »Prego« herunterstieß und mir dabei einen fratzenhaften Blick der Verachtung zuwarf.
Ich schritt durch die grüne Tür, hinter der im Licht einer einzigen, trübe brennenden Birne Cass' Wohnzimmer unberührt und still in schmutziger Unaufgeräumtheit da lag. Nichts rührte sich, niemand war zu Haus. Seit dem vergangenen Abend hatte sich nichts verändert: feuchte Wäscheleine, Staffelei mit baumelnder Puppe, verstreute Comikbooks, Zigarrenstummel, Flaschen – alles war nach wie vor auf dem gleichen Platz, im gleichen, schmutzigen Durcheinander. Es roch noch verrotteter. Als ich die Deckenlampe anknipste, schossen drei große, fette Mäuse wie wollige Musketenkugeln vom Tisch, man hörte drei getrennte scharfe Aufschläge, als sie auf dem Fußboden landeten, dann rannten sie hinter der Wandverkleidung in Deckung. Alles dieses konnte mir jedoch nicht den Appetit nehmen; ich erinnerte mich, daß ich irgendwo so etwas wie eine Küche gesehen hatte, und begann nun hier oben zu suchen, stieß mir die Schienbeine wund und entzündete im Gehen ein Streichholz nach dem anderen. Schließlich entdeckte ich auf dem Flur einen uralten Eiskasten und öffnete ihn: das Eis war längst geschmolzen, der Kasten innen warm und feucht, es roch säuerlich, und auf den verklebten, unsauberen Fächern befand sich eine einzige lauwarme Flasche Coca-Cola, eine Flasche Kindernahrung und ein vertrocknetes Stück Käse. Ich nahm die Coca-Cola-Flasche und den Käse mit ins Wohnzimmer. Hier entdeckte ich einen halben Laib Brot, er war knochentrocken, aber ich aß auch ihn, während ich in einem Zustand breiiger gefühlloser Schlaffheit lange Zeit dasaß und überlegte, was nun zu tun sei.
Schließlich – die Nacht war nun gekommen, es muß wohl gegen neun Uhr gewesen sein – hörte ich unten im Garten, jenseits des Schwimmbeckens Stimmen. Aus der Ferne klangen sie wie das schrille Gezänk von Frauen, als sie sich aber näherten, erwiesen sich die hohen, piepsenden Laute als die Stimmen von Kindern. Ich hörte unten das Tappen von Füßen auf dem Plattenweg, jemand strich durch die Büsche, dann knallten Türen. Auf der Treppe hörte ich ihre schrillen Rufe in Englisch und Italienisch, sie kamen herauf und schließlich stürmten sie lärmend in das Wohnzimmer, wie überall Kinder an einem Sommerabend – keuchend, Schweiß auf der Stirn und ihre Mückenstiche kratzend. Gleich hinter ihnen trat Poppy ein, den Jüngsten im Arm, der ungeachtet des Lärms fest schlief.
»Peggy!« befahl Poppy streng. »Timothy! Felicia! Sofort zu Bett und keine Widerrede!« Ich erhob mich und hustete. »Ah, Mr. Leverett, Sie sind es!« rief sie. Ein verwaschenes Kopftuch bedeckte ihr Haar, sie sah müde, verhärmt und unglücklich aus. Ihr hübsches kleines Gesicht ge-

hörte zu jenen durchsichtigen und zerbrechlichen Gesichtern, die wie Lackmuspapier auf jede Stimmung reagieren; die Schatten der Erschöpfung unter ihren Augen glichen Rußflecken. »Haben Sie Cass gesehen?« rief sie. In ihrer Stimme lag ein angstvolles Flehen, eine Wehklage, die sie sich nicht zu verbergen bemühte; sie ähnelte einem dreijährigen Kind, das seine Puppe verloren hat. »Haben Sie ihn gesehen? Ich habe ihn überall gesucht! Seit gestern abend habe ich ihn nicht mehr gesehen!«
Eins der Kinder begann zu heulen. »Mama, ich will cioccolato!« Ein anderes Kind nahm den Schrei auf. »Cioccolato!« Und im Handumdrehen entstand unmittelbar vor meinen Augen ein allgemeiner Aufruhr. Mit Ausnahme des ältesten Mädchens, das geziert und ernsthaft auf dem Stuhl saß, brüllten alle aus vollem Halse nach Schokolade, und auch das Baby auf Poppys Arm, das aus dem Schlaf geschreckt war, lief plötzlich rot an und begann zu schreien. Schreiende Kinder haben mich seit je in schiere Verzweiflung gestürzt; ich brannte eine Zigarette an und vernebelte diesen Anblick mit einer Rauchwolke.
»Hört auf!« kreischte Poppy. »Hört auf, Kinder, zum Kuckuck!« Ihr Busen bebte, und sie war den Tränen nahe. »Hört doch nur auf«, flehte sie, als die Kinder leiser wurden. »Ihr könnt keine Schokolade bekommen. Es ist keine da. Es ist einfach keine da, ich habe es euch doch gesagt. Und jetzt müßt ihr ins Bett.« Sie fing an zu wimmern, während sie das schreiende Baby im Arm wiegte. »Haben Sie Cass wirklich nicht gesehen?« fragte sie mich wieder und so flehend, daß ich das Gefühl hatte, sie glaube wirklich, ich wisse, wo er sei.
»Nein, wirklich nicht. Kann ich...«
»Haben Sie denn gehört, was heute geschehen ist?« fragte sie mit verschüchtertem, angstvollem Blick. »Ist es nicht entsetzlich? Haben Sie je so etwas Schreckliches gehört?«
»Was ist denn passiert, Mammi?« fragte Timothy.
Er wischte mit der Hand in der leeren Sardinenbüchse herum und leckte Tropfen des geronnenen grünen Olivenöls vom Finger; er sah so verhungert aus, daß ich ihm das kaum verdenken konnte. »Sag doch mal, was passiert ist, Mammi«, verlangte er nachdrücklich in aller Unschuld.
»Ich weiß, was passiert ist«, sagte Peggy, die immer noch mit baumelnden Beinen auf dem Stuhl hockte. Sie hatte eine Braue hochgezogen und die Mundwinkel altklug heruntergezogen. Sie war ein Juwel von einem kleinen Mädchen, hatte glänzende Augen und reiches, goldenes Haar. »Der alte böse Flagg ist...«
»Taci!« befahl Poppy. »Du hältst jetzt den Mund, Peggy Kinsolving! Und überhaupt machst du nun, daß du ins Bett kommst, verstanden? Sofort! Runter mit dir!« Zärtlich steckte sie ihren Zeigefinger in die Windeln des

Babys, um deren Zustand zu prüfen. »Ach, du hast dich ja schon wieder vollgemacht, ich habe dich doch gerade erst gewickelt!« summte sie dem Kleinen ins Ohr, »nun hast du doch wieder alles schmutzig gemacht, Nicky, mein Goldschatz.« Sie preßte lächelnd ihre Nase gegen die des Kindes und schnalzte besorgt. Ihre Worte waren wie eine kleine entzükkende Kadenz. »Hassu wieder? Wo Mama doch gerade wickel-wickel gemacht hat?« gurrte sie und wischte den Finger am Rock ab. Aller Kummer war vom Strom der Mutterliebe fortgeschwemmt. Dann scheuchte sie plötzlich die Kinder auf, und, mit dem Baby auf der Schulter, das mich schläfrig über seine rosa Wangen anblinzelte, trieb sie ihre Brut vor sich her die Treppe hinunter, ununterbrochen gluckend, als habe sie niemals die geringste Sorge gehabt.

Als sie aber zehn Minuten später zurückkehrte, schien sie von neuem gänzlich verwirrt und bestürzt. Kleine Krämpfe schüttelten sie, als sie ziellos im Zimmer umherwanderte und dabei vor sich hin redete. »Als ich heute morgen aufstand, konnte ich es gar nicht fassen! Ich wollte meinen Ohren nicht trauen! Und doch ist es wahr! Es war alles so merkwürdig, als ich aufstand. Und dann waren Sie da, Mr. Leverett...«

»Nennen Sie mich doch Peter«, forderte ich sie auf. »Und was meinen Sie denn eigentlich?«

»Ja, haben Sie mich denn gar nicht gehört, als ich zu Ihnen ins Zimmer kam und Sie weckte? Ich dachte, es wäre Cass. Manchmal schläft er dort nämlich, wenn er lange aufbleibt und mich nicht stören will. Ich schüttelte Sie, und Sie drehten sich nur stöhnend auf die Seite. Ich muß schon sagen, ich war recht erstaunt.« Sie verstummte und zerknüllte ihr feuchtes Taschentuch. »Natürlich ist es reizend, Sie als Gast bei uns zu haben«, setzte sie höflich hinzu.

»Wo ist denn das alles passiert?« fragte ich.

»Sie meinen... ach ja...«, sie errötete, und ihre Miene drückte Unbehagen aus. »Ach, es ist alles so schrecklich. Ich konnte einfach nicht herauskriegen, was passiert war, aber dann traf ich Alonzo Cripps kurz bevor er wegfuhr, und er sagte mir, daß es auf dem Pfad nach Tramonti geschehen sei, kurz hinter der Stadt. Es gibt da einen oberen und einen unteren Weg, und ich glaube, er sagte, es sei auf dem oberen Weg geschehen... nein, es war wohl doch der untere. Jedenfalls haben einige Bauern sie heute morgen dort auf dem Pfad entdeckt und das arme Kind gleich in die Stadt gebracht.« Ihre Stimme brach, und zwei Tränen rollten langsam über ihre Wangen. »Ach, es ist alles so schrecklich! Es ist wie aus dem Mittelalter oder so. Ich meine wegen Mason, daß er so ein böser, grausamer Mensch war. Er hat ja auch Cass mißhandelt und seinen Zustand ausgenützt, aber das da kann man doch wirklich kaum glauben. Er muß doch wohl wahnsinnig gewesen sein.« Ganz plötzlich brach sie zusammen und schluchzte schwach und hilflos in ihr winziges Tüchlein.

»Wie geht es denn diesem Mädchen Francesca? Wissen Sie, ob sie noch lebt?«

»Sie liegt im Sterben«, schluchzte Poppy. »Jedenfalls sagen das die Leute auf der Straße. Ach, wenn ich doch nur wüßte, wo Cass ist!« Sie trug jetzt Bluejeans und am Handgelenk ein goldgelbes Armband mit vielen kleinen Anhängseln; zerbrechlich, hüftenlos, mit heruntergerutschten Socken und einem Fettfleck auf der Nase glich sie einem hübschen Backfisch, der vom Fahrrad gefallen ist und sich nun bemüht, diese Schmach zu verbergen. Mein Herz zog sich vor Mitgefühl zusammen. Ich sah mich in der wuchernden Unordnung des Zimmers um, der sie wohl gelegentlich Herr zu werden versuchte: daß sie schon viermal Mutter geworden sein sollte, erfüllte mich mit verblüffender Bewunderung. Ich legte ihr die Hand auf die Schulter. »Nun mal Ruhe, Poppy, er wird bald zurück sein.«

Sie hob ihr von Tränen überströmtes Gesicht. »Aber wo kann er bloß sein?« weinte sie. »Ich habe überall nachgesehen, auf der Piazza, an der Villa Constanza, auf dem Marktplatz – überall! Er ist noch nie so verschwunden, noch nie! Ah...« plötzlich leuchtete ihr Gesicht unter einer Eingebung auf. »O ja, das hab' ich ja ganz vergessen, jetzt weiß ich, wo er sein kann! Vielleicht ist er zusammen mit Luigi nach Salerno gefahren, das machen sie öfter...«

»Aber ich habe mit Luigi gesprochen, und auch er weiß nicht, wo Cass ist«, mußte ich ihr sagen.

»Je, o je«, flüsterte sie und ließ verzweifelt und angsterfüllt den Kopf hängen. »Ach, Peter, ich weiß nur zu gut, daß er irgendwie in diese Angelegenheit verwickelt ist.«

»Was wollen Sie denn damit sagen?«

Ihr Gesicht war aschfarben, und als sie sich nun langsam von ihrem Stuhl erhob, hätte ich schwören mögen, daß sie mit den Zähnen klapperte. »Ach, wenn ich Ihnen das doch nur sagen könnte! Er ist doch so krank, ich meine, Sie wissen doch selbst, daß er ein Alkoholiker ist, und dann hat er doch ein Magengeschwür und dürfte eigentlich gar nicht trinken, und außerdem hat er immer Schwindelanfälle. Ich will damit sagen...«

»Ja, was wollen Sie denn eigentlich sagen, Poppy? Wie kann er denn mit dieser Sache etwas zu tun haben?«

»Ich weiß ja nicht!« brachte sie mit tränenerstickter Stimme hervor. »O ja, doch, ich weiß es sehr wohl!« Sie hatte einen gelben Regenmantel von der Wand genommen (es regnete gar nicht) und in diesen Mantel, der ihr drei Nummern zu groß war, wickelte sie sich nun ein. »Frauen haben eben Vorahnungen. Ich meine...«, sagte sie mit zitternden Lippen, »ich meine, ich kenne Cass. Wahrscheinlich hat er, da er doch sowohl Mason als auch Francesca, die im Haushalt half, kannte, einen schweren Schock erlitten. Und wie ich Cass kenne, hat er sich zweifellos fürchterlich betrunken, den Carabinieri irgendwelche scheußlichen Beleidigungen, abfällige Bemerkungen über ihr Vorgehen in dieser Angelegenheit an den Kopf geworfen, und sie haben ihn eingesperrt! Er haßt den Sergeanten Parrinello! Pfui!« sagte sie, stampfte mit dem Fuß auf und knotete ihr Kopftuch. »Dieser Cass Kinsolving ist ein verantwortungsloser Mensch.« Sie trocknete ihre Tränen und sah mich mit einem Blick hochmütiger, erschöpfter Geduld an. »Vielleicht sollte man ihn in eine Trinkerheilanstalt stecken.« Sie ging zur Tür. »Falls die Kinder anfangen sollten zu schreien oder falls sonst was los ist, ich bin in venti minuti wieder zurück. Ich werde mal versuchen, ob ich Cass nicht aus dem Gefängnis holen kann. Wenn Sie Hunger haben, gehen Sie einfach an die Eiskiste. Ciao!« Und mit all ihrer zarten Kraft knallte sie die Tür hinter sich zu. Ihre schnellen, aberwitzigen Schlußfolgerungen und ihre Motivierung ließen mich sprachlos vor Staunen zurück, zu verblüfft, um mich zu rühren: es fiel mir plötzlich ein, daß sie vielleicht ein wenig schwachsinnig sein könnte.

Ich ging nach unten und suchte mein Gepäck zusammen. Ich hörte die Kinder in einem der Schlafzimmer kreischen, aber, hol sie der Teufel, dachte ich, die können schon allein mit sich fertig werden. Ich fühlte mich klebrig und dreckig; während ich mich im Badezimmer gründlich wusch, machte ich einen Rückzugsplan. Damals war Geld meine geringste Sorge. Ich erinnerte mich, in der Halle des Hotels einen Fahrplan flüchtig studiert zu haben; danach mußte der letzte Autobus nach Neapel schon weg sein. Ich bezweifelte aber nicht, daß ich für etwa zehn Dollar jederzeit einen Wagen mit Fahrer würde mieten können. Zwar sollte mein Schiff erst in fünf Tagen nach Amerika abfahren, doch war es ein angenehmer Gedanke, noch eine Weile in Neapel herumzuschlendern, das Museum zu besichtigen, Capri, Ischia und Ponza aufzusuchen. Und so war ich denn im Begriff, Sambuco zu verlassen. Auf dem Weg nach oben fiel mir der Austin wieder ein: ein Schrotthaufen, der mich gebraucht schon dreizehnhundert Dollar gekostet hatte, weshalb ich nicht bereit war, ihn den Elementen oder den herumstreunenden Italienern zu überlassen. Genau betrachtet war es mir allerdings letzten Endes einerlei, was daraus würde. Vielleicht könnte ich Windgasser noch hunderttausend Lire für das Wrack abknöpfen – genug, um meinen Aufenthalt in Neapel zu bezahlen; andernfalls würde ich es stehenlassen, wo es stand, damit die Tauben es bis in alle Ewigkeit bescheißen könnten.

Als ich oben auf der Treppe stand und das Wohnzimmer durchqueren wollte, sah ich Cass zunächst nicht. Er mußte lautlos eingetreten sein,

vielleicht hatten aber auch die Kinder mit ihrem Lärm seine Schritte übertönt: Ich hatte die Tür beinahe erreicht, als ich von einem Geräusch hinter mir erschreckt wurde, herumwirbelte und mich ihm gegenübersah. Ich weiß nicht, woran es lag, daß Cass mir auf diesen ersten Blick gar nicht wie er selbst, sondern wie ein anderer Mensch erschien. Es war Cass – er war gleich gekleidet, trug sein verlottertes, schmutziges Khaki, und die Baskenmütze saß immer noch kühn geschwungen über seinen blitzenden Brillengläsern – und doch glich er nicht Cass, sondern einem auf undefinierbare Weise gespenstigen Doppelgänger, so als sei er sein eigener Zwillingsbruder. Im übrigen war mir alles an ihm vertraut: er war so betrunken wie bei unserem ersten Zusammentreffen. In einer seiner großen schlaffen Pfoten baumelte die Weinflasche, er konnte sich kaum aufrecht halten, stützte sich mit der Hüfte gegen den Tisch und schwankte furchterregend. In der anderen Hand hielt er den Stummel einer ausgefransten, besabberten schwarzen Zigarre. Ich konnte seine tiefen, schweren Atemzüge hören. Zunächst glaubte ich, etwas Bedrohliches in seinen Augen zu sehen, da er mich so forschend und nachdrücklich anstarrte, doch erkannte ich dann, daß er sich in seiner Trunkenheit bemühte, irgend etwas in den Blick zu bekommen. Als er schließlich sprach, war er kaum zu verstehen, so schwerfällig und heiser kamen die Worte heraus. »So, bei Gott«, sagte er langsam und schleppend, wobei er versuchte, die Herrschaft über seine Zunge nicht zu verlieren, »da haben Sie mich also erwischt. Ich habe gesehen, wie Poppy gerade wegging, und glaubte, mich hier hereinschleichen und meine Angelegenheiten ordnen zu können, ohne daß jemand was davon bemerkt. Aber an Sie habe ich gar nicht mehr gedacht. Nun werde ich Sie wohl umlegen müssen, so wie man das im Film macht. Sie wissen zuviel, Freundchen. Wo wollen Sie denn so schnell hin: Sie sehen ja aus, als hätten Sie gerade eine Bank beraubt.«
Die Koffer entfielen meinen Händen und plumpsten zu Boden.
»Ich… ich weiß gar nicht… ich wollte gerade…«
Er unterbrach mich mit einem Schwenken der Weinflasche. »Nun, ich freue mich, dich zu sehen, Peter«, sagte er ungewiß lächelnd. »Auf dich kann ich mich verlassen, mit dir kann man reden. Zunächst habe ich dich für einen von diesen überdrehten Filmfritzen gehalten. Du kommst aber wohl aus dem Süden, aus Georgia? Aus Louisiana? Aus Virginia? Das hab' ich gleich an dem süßen, korrupten Ausdruck um deine Backen herum gesehen. Außerdem… ach lieber Gott!«
»Was ist denn los? Kann ich Ihnen irgendwie behilflich sein?«
Für einen Augenblick kam er wieder zu sich und richtete seine heißen überquellenden Augen auf mich. »Ja, ich werde dir sagen, wie du dem alten Cass helfen kannst«, versetzte er düster. »Ich werde es dir sagen, mein

verruchter, schwarzer Engel. Schaff ihm das Gerät, schaff ihm die Mittel – einen Dolch, ein Messer, wohlgeschärft, bring es ihm und setze es ihm auf die Brust und stoß es dann mit voller Kraft hinein.« Er brach ab, schwankte leicht hin und her, doch blieb sein Blick auf mich gerichtet. »Im Ernst, Peter, ich verspüre Lust, diese Erde zu verlassen. Misch mir einen Giftbecher, tu alles Bittere und Tödliche hinein und gieß es mir in den Rachen. Der alte Cass hat einen schweren Tag hinter sich. Er hat den ganzen Weg zurückgelegt, sein Kopf schmerzt und seine Glieder sind müde, und in ihm sind keine Tränen mehr.« Er streckte die Arme aus. »Meine Arme sind ermattet. Sieh sie dir an, mein Junge. Sieh, wie sie beben und zittern! Wozu sind sie gemacht, frage ich dich? Um schöne Frauen zu umarmen? Denkmäler zu bauen? Die Schönheit der ganzen Welt zu umfassen? Nein! Sie sind gemacht, um zu zerstören, und jetzt sind sie müde, und mein Kopf schmerzt, und ich sehne mich nach einer langen Dunkelheit.«

Ich versuchte zu sprechen, doch war meine Zunge wie betäubt, und nun schlurfte er langsam und gewichtig auf mich los und ließ die Weinflasche fallen, die auf dem Boden zerbrach. Er stieß sich den Zigarrenstummel zwischen die Lippen; auf seinen Brillengläsern bildeten sich Lichtreflexe von der Größe einer Münze. Und als er immer näher kam, erschien er so ungeschickt, feucht und bedrohlich, daß ich mich auf den Zehen aufrichtete, um augenblicklich die Flucht zu ergreifen. Aber mit erstaunlicher Geschwindigkeit, mit der gleichen Schnelligkeit, mit der die Klapperschlange vorstößt, schoß sein Arm nach vorn, und ich fühlte, wie mein Handgelenk unter dem wild zupackenden Griff seiner Hand taub wurde. Nach Schweiß stinkend, mich an sich pressend, hielt er mich mehr mit seinem Klammergriff als mit seinem trunkenen, wirren Blick.

»Hinsetzen«, sagte er und ließ mich los.

»Was?«

»Setz dich hin!« kommandierte er.

Und ich setzte mich.

»Also nun hat er es doch getan, nicht wahr?« keuchte er. »Schließlich hat er es doch noch getan.«

Ich stammelte etwas, doch er unterbrach mich; schwankend ließ er ein donnerndes Rülpsen ertönen und spuckte dann auf den Fußboden. »Man hätte doch denken sollen, daß der Bursche mehr Verstand haben würde, nicht wahr?« Er fing an, noch etwas zu sagen, verstummte aber mitten drin mit wild aufgerissenen Augen und offenem Mund. Sehr langsam sagte er dann: »Das Traurige an der Sache ist, daß er nur einmal sterben kann. Manchmal...«

»Nur ruhig«, murmelte ich und strich über mein Handgelenk. Dann stand ich auf. »Beruhige dich, Cass, nimm es nicht so schwer.« Ich klopfte ihm sacht auf die Schulter in dem Bemühen, ihn zu beschwichtigen, doch entzog er sich meiner Hand mit einem Ruck und ließ sich auf einen Stuhl fallen. Er stützte seinen Kopf in eine Hand und blieb eine Weile so sitzen, stumm und unbeweglich; starr und ohne sich zu rühren, die Muskeln unter dem feuchten schmutzigen Hemd verkrampft, sah er wie in Stein gehauen aus, eine große, schmerzlich gebeugte Gestalt wie Rodins Denker, festgehalten nicht in grübelnder, sondern in trauernder Stellung. Ich hörte seinen Atem pfeifend und gequält durch die Nüstern entweichen; von ferne drang das gedämpfte, scheppernde Trauergeläut der Glocken herüber.

»Wo sind denn die Filmfritzen geblieben?« fragte er.

»Sie sind fort.«

Er schien zu grinsen. »Wenn der alte Kahn absäuft, dann sind es die Ratten, die zuerst abhauen.«

Dann verstummte er wieder. Als er dann schließlich dumpf und in heiserer Monotonie zu sprechen begann, verstand ich seine Worte so wenig, daß ich glaubte, nicht der Wein habe ihm so zugesetzt, sondern etwas viel Gewaltigeres, tiefer Gehendes: »Exeunt omnes. Die ganze verfluchte Bande tritt ab. Auftritt Parrinello, mit schwabbelnder Wamme und einer fetten Theorie. Gentilissimi signori, tutto è chiaro! Von Reue gepackt, tötete er sich selbst. Heilige Mutter Gottes! Ein Hirn, angestopft mit Mohair und Pisse. Einen schlauen Polizisten trifft man ebensooft wie ein Mädchen namens Max.« Seine Schultern bebten vor Lachen, doch sah ich, als er langsam das Gesicht hob, daß er in Wirklichkeit gar nicht lachte. Die Stöße, die ihn erschütterten, waren die des Schluchzens, wenn es denn möglich ist zu schluchzen, ohne Tränen zu vergießen. Trockenen Auges, von Kummer geschüttelt, erhob er sich und warf mir einen Blick so blutrünstigen Zornes zu, daß ich noch einmal alle Muskeln zu schleunigster Flucht aus dem Zimmer spannte.

»So lange ich mich erinnern kann«, sagte er flüsternd, »habe ich mich nach meinem eigenen Ende gesehnt. Und jetzt gibt es dafür eine Rechtfertigung. Aber ich muß wenigstens eine ganz geringe Aussicht haben. Wenn du mir sagst, daß ich zehn Millionen Male sterben muß und hinter dem Grab nur Dunkelheit finden werde, und daß ich noch weitere zehn Millionen jämmerliche Existenzen durchlaufen muß, nur um von neuem zehn Millionen Mal Finsternis zu finden, daß ich aber ein einziges Mal nach diesen zehn Millionen Toden hinter dem Grab nicht die Finsternis finden werde, sondern ihn, wie er da mitten in der Ewigkeit steht, grinsend wie ein scheißefressender Hund und bereit, sich der Wut dieser meiner Hände zu überantworten, dann, mein Junge, dann will ich dich beim

Wort nehmen und mich auf der Stelle umbringen. Oh, ich hätte ihn nicht so leicht davonkommen lassen dürfen. Oh!« wiederholte er, »ich hätte ihn nicht so leichten Kaufs davonlassen dürfen!«
»Was willst du denn damit sagen?«
»Nein, mein Lieber«, sagte er. »Jetzt erwische ich den Kerl nicht mehr. Der alte Mason ist so tot wie ein Stein.«
Er kam schwankend auf die Füße und machte eine seltsam flehende Gebärde mit der Hand, als bitte er mich, näher zu kommen, und schlug dann die Hand vor die Stirn. Als er dort so schwankend stand, klang seine Stimme immer noch grübelnd und abwesend: »Es ist mir, als hätte ich heute irgendwann auf dem hohen Abhang über Tramonti gelegen, da oben, wo der Wind kühl bläst und die Erde nach Akelei duftet und wo Ströme kühlen Wassers von den Bergen niederstürzen. Und mir träumte, ich hätte meine Liebe in den Armen, und wir seien endlich daheim. Und dann kam dieser Arzt vorbei, schüttelte mich aus dem Schlaf, dieser Arzt mit seinem langen, struppigen Bart, der Blume im Knopfloch und der roten Nase. Und weißt du auch, was er zu mir sagte, als ich dort lag? Weißt du, was dieser alte Arzt zu mir sagte?«
Ich brachte kein Wort heraus.
»Er sagte: ›Habt Ihr gehört, daß Eure schöne Dame erschlagen in ihrem Blute liegt?‹ Und er legte Eis auf meine Stirn und kühlte mein Fieber, und ich sagte zu ihm: ›Hochverehrter Herr Doktor, haltet nicht den alten Cass zum Narren. Verfluchter Doktor! Sagt, daß seine Dame noch lebt, sie, deren Fußabdruck im Staub kostbarer für ihn war als alle Schätze der Welt!‹ Aber es scheint mir, daß er dann sagte: ›Nein, es ist so, Eure Dame ist wahrlich tot.‹ Und da wußte ich, daß es wirklich so war.«
Er fuhr sich mühsam mit der schlaffen Hand über die Augen. Plötzlich streckte er den Arm nach der Weinflasche auf dem Tisch aus, eine ungeschickte Bewegung, die ihn ums Gleichgewicht brachte, so daß der Stuhl nach hinten überkippte und er für den Bruchteil einer Sekunde mit ausgestreckten Beinen in einer die Schwerkraft herausfordernden Weise in der Luft schwebte, ehe er mit großem Krach hintenüber fiel, Arme und Beine von sich gestreckt, im Fall die schwere Staffelei mit sich reißend. Er lag bewegungslos hingestreckt in einer schimmernden, sich ausdehnenden Staubwolke auf dem Boden. Unbeweglich vor Schrecken war ich nicht fähig, ihm zu Hilfe zu eilen, sondern stand da und fragte mich, ob er sich nun nicht doch endlich noch umgebracht habe. Nach einer Weile rührte er sich jedoch, und immer noch liegend und mit angewinkelten Armen ordnete er seine Gliedmaßen und richtete sich langsam auf, bis er schließlich auf dem Fußboden saß. Er wackelte benommen mit dem Kopf, preßte die Hand an die Stirn, wo, wie ich durch seine gespreizten Finger sehen

konnte, ein kleiner Blutstrom rann. Ich sprach ihn an, doch sagte er nichts. Hinter mir hörte ich das ungeschickte Patschen von Füßen, und ich drehte mich um: wohl vom Fallen der Staffelei geweckt, kamen zwei Kinder mit erschreckten Gesichtern ins Zimmer. »Ach, es ist Papa. Sieh nur, er hat sich weh getan!« Sie blieben einen Augenblick stehen und betrachteten ihn. Dann glitten sie, geräuschlos wie Geister und als triebe jene Brise sie vor sich her, die plötzlich den Hang hinauffuhr und einen Fensterladen klappern ließ, gewichtslos in seine Arme.

Blutig, mit wirren glasigen Augen drückte er die Kinder in einer erstikkenden Umarmung an sich. »Drängt euch an mich, meine Kinder...«, begann er und verstummte dann. Unvermittelt stieß er sie sanft von sich und stand mühsam auf. Er sah mich an, aber ganz gewiß bemerkte er mich nicht mehr, denn sein Blick ging durch mich hindurch in geheimnisvolle, unbestimmte Fernen. Er bewegte die Lippen, brachte aber keinen Laut heraus.

Dann drängte er sich so hastig, wie sein schwankender Schritt es ihm erlaubte, an mir vorbei zur Tür. Und ohne auf Poppy zu achten, die eben hereintrat, ohne sich um ihren schrillen ärgerlichen Ausruf – »Oh, Cass! Wie hast du dich verändert!« – zu kümmern, stolperte er an der ohnmächtig Zusammengesunkenen vorüber und war verschwunden. Und erst als ich mich über Poppy beugte (ich beobachtete, wie ihre Augen sich schwerfällig öffneten, während sie noch einmal murmelte: »Oh, Cass, wie hast du dich verändert«), wurde mir endlich klar, daß sein Gesicht innerhalb dieses einen Tages um ein Dutzend Jahre gealtert war.

Zweiter Teil

Niemand weiß besser als ich,
Daß nur dieses Zittern mich aufrecht hält.
Was fällt, bleibt und ist nah.
Mählich erwache ich in meinen Schlaf;
Gehend erfahre ich, wohin ich gehen muß.

THEODORE ROETHKE

5

Als wir eines Tages wieder an unserem Flußufer in Süd-Carolina saßen, sagte Cass zu mir: »Ich habe immer geglaubt, du wüßtest, daß ich ihn getötet habe. Nicht etwa, daß ich mir deshalb besondere Sorgen gemacht hätte. Ich wußte zwar noch, daß ich an jenem Abend das Maul nicht halten konnte und dir alles mögliche anvertraut hatte, doch wußte ich nicht mehr, was das im einzelnen gewesen war. Immerhin nahm ich an, daß ich mich verraten hätte. Das Merkwürdige daran ist, daß mich das niemals wirklich beunruhigt hat. Vielleicht weil ich wußte, daß die Italiener den Fall als einen Fall von Selbstmord betrachteten und ihn abgeschlossen hatten. Zwei derartige Todesfälle, noch dazu fast zur gleichen Zeit, boten kaum Grund, sich nach einem Schuldigen umzusehen, und schon gar keinen Anlaß, das Verbrechen dem Kirchenvorsteher Kinsolving zur Last zu legen, der ja die verkörperte Rechtschaffenheit war.« Er machte eine Pause und fuhr dann fort: »Jedenfalls habe ich niemals befürchtet, daß du vortreten und die Katze aus dem Sack lassen würdest, das brauchst du gar nicht zu denken. Vielleicht lag es auch daran, daß mir nach Abschluß dieser Angelegenheit alles einerlei war. Ich war bis zur äußersten Grenze gegangen und scherte mich nicht mehr darum, was andere Leute sagen oder unternehmen würden. Siehst du meine grauen Haare hier?« Er fuhr sich über die Schläfen, und in dieser Geste lag weder Stolz noch Selbstmitleid. »Es war wohl nicht ganz richtig von mir, dir so lange etwas vorzuspielen. Irgendwie spürte ich, daß du Bescheid wußtest, und trotzdem ist es nicht so einfach, sich frei dazu zu bekennen. Man kommt in die Lage, die ganze verfluchte Angelegenheit erklären zu müssen, und das tut weh, verstehst du?«

»O ja, das verstehe ich sehr gut«, sagte ich. »Aber über eins mußt du dir klar sein – gewußt habe ich es nicht, nur vermutet. Du hast damals wirklich einige merkwürdige Dinge von dir gegeben, und die haben meinen Verdacht erregt. Und als du dann ein paar Tage lang einfach verschwandest, während ich zurückblieb und Poppy und den Kindern zur Seite stand, hat dieser Verdacht mich schwer bedrückt. Du littest und … nun, es klingt vielleicht ein bißchen peinlich, aber ich mochte dich gern. Du hattest mir einen Dienst erwiesen, mir über manche Dinge ein Licht aufgesteckt, und ich mochte mich einfach nicht damit abfinden, dich gänzlich aus den Augen zu verlieren. Und als ich dann endlich Poppy und die Kinder verließ und nach New York zurückkehrte, ohne dich noch einmal gesehen und ohne erfahren zu haben, was nun weiter geschehen war – ob du überhaupt noch lebtest, wenn vielleicht auch im Gefängnis –, da wurde ich den Gedanken an dich erst recht nicht mehr los. Ich fragte mich auch immer wieder, wie das alles eigentlich zu erklären sei. Es ist doch merkwürdig, wie man für alles eine vernünftige Begründung sucht. Als ich dir schrieb, als ich mich zum ersten Mal bei dir einlud, da glaubte ich wirklich, es geschehe aus der simpelsten Neugier heraus, aus Neugier Masons wegen, und weil ich wissen wollte, was er in jenem Sommer getrieben hatte, was ihn ein so schreckliches Ende nehmen ließ. Und ich vermutete, daß du imstande sein würdest, mir etwas über ihn zu erzählen. Da redete ich mir immer noch ein, daß er Selbstmord begangen habe. Und doch wußte ich im Grunde … nun …« Es fiel mir schwer, das Wort oder die Worte auszusprechen.

»Im Grunde glaubtest du, ich hätte ihn getötet«, sagte er ein wenig mürrisch. »Tu dir nur keinen Zwang an, mein Freund, sag es ruhig. Für dich ist es nicht so schwer, das auszusprechen, wie für mich.«

»Also schön, ich hatte den Verdacht, du hast ihn getötet. Du mußt nämlich wissen«, begann ich zu erklären, »daß ich nicht herumgeschnüffelt habe. Ich habe mich durchaus nicht als Spürhund betätigt. Von mir aus hättest du Mason für seine Untaten dreimal umbringen können, und soweit meine moralische Position in dieser Angelegenheit in Frage kommt …«

»Um Himmels willen, das brauchst du doch wahrhaftig nicht erst zu betonen, mein Lieber. Ich wußte sehr wohl, daß du mir nicht nachgespürt hast.« Er brach ab. »Andererseits verstehst du nun vielleicht, warum ich deinen zweiten Brief nicht beantwortet habe. Es gibt Dinge, die man gerne vergißt.«

»Ich hätte wohl doch meine Nase nicht …«

»Reg dich nur nicht auf deswegen«, unterbrach er mich. »Ich hätte das nicht sagen sollen. Nach allem, was du mir erzählt hast, bin ich froh, daß wir die ganze Angelegenheit schließlich doch einmal gründlich besprochen haben. Manches erscheint jetzt in einem anderen Licht.«

»Zum Beispiel?«

»Zum Beispiel Mason – was für ein Mensch er eigentlich war, ehe er nach Sambuco kam. Und dann auch jene Nacht, und was da eigentlich vorgegangen ist, während ich mich in schwarzer, blinder, gräulich erstickender Dunkelheit befand. Auf diese Weise habe ich doch von Dingen erfahren, die mir vorher wirklich nicht bewußt waren. Wilde Dinge.« Er unterbrach sich für einen Augenblick. »Schreckliche Dinge«, fügte er dann mit matter, unglücklicher Stimme hinzu. »Dinge, die das Bild doch anders erscheinen lassen; Dinge, die ich geahnt habe, über die ich Andeutungen erhalten hatte, die mir aber doch nicht wirklich bewußt waren, wegen der schon erwähnten Dunkelheit. Puh!« Er schüttelte sich und rieb sich die Augen. »Nicht etwa, daß sich dadurch noch irgend etwas ändern könnte, denn es ist ein für allemal erledigt. Aber irgendwie ist es doch faszinierend.«

»Woran denkst du dabei?«

»Daß ihr, du und Cripps, mich wieder auf die Beine gestellt habt, als ich heraufkam und über den Flügel purzelte. Es fällt mir jetzt nämlich alles wieder ein. Es fiel mir schon ein, als du es erwähntest. Erinnerst du dich an jene Arznei – jene antibiotische Wunderdroge? Derentwegen kam ich nämlich herauf, und ganz gewiß nicht, um Sophokles zu zitieren. Ich war hinter diesem Medikament her.«

»Na und?«

»Ja, wenn ich meinen reizenden kleinen Diebstahl schon damals hätte ausführen können, dann wäre diese ganze verfluchte Nacht anders verlaufen. Ich wäre dann ins Tal geeilt und schon zurück gewesen, als ...« Aber er verstummte und streckte eine Hand aus. »Ach, lassen wir den Quatsch, man kann dem Schicksal wohl kein Schnippchen schlagen.«

»Ja, wenn ich das gewußt hätte ...«

»Laß es. Wie zum Kuckuck hättest du es denn wissen sollen?« Er sah mich gütig und nachsichtig an. »Es klingt ja beinah so, als ob du wirklich was damit zu tun gehabt hättest. Ich habe dieser Sache wegen genug Schuldgefühle, um damit ein ganzes Regiment von Sündern versorgen zu können, und nun tauchst du auf und behauptest, auch welche zu haben. Was ist denn nur los mit dir?«

»Nichts, nichts weiter. Aber ich hatte so einige Anhaltspunkte, zum Beispiel wußte ich, daß zwischen dir und Mason irgend etwas Abscheuliches, Gemeines vorging. Da ist zum Beispiel das Billett, das du geschrieben hattest. Das gehört zu den Dingen, die ich monatelang mit mir herumgeschleppt habe. Weiter ... ach, ich weiß nicht ... du hast wohl auch gelegentlich mal was gesagt ...; ich hätte mich mit Cripps oder irgend jemand anderem ... nein, irgendwann hätte ich einfach aufwachen und mich am Riemen reißen und dich anbinden müssen, damit du nichts anstellen konntest. Ich gehe natürlich von der Annahme aus, daß du wünschst, es wäre nicht geschehen, trotz allem, was Mason getan hat. Oder tust du das nicht?«

»Du hast recht«, sagte er und sah nun so gequält aus, daß ich die Augen abwandte. »Du weißt gar nicht, wie recht du damit hast.«

»Sag mir doch mal, Cass«, fuhr ich nach längerem Schweigen fort, »was war denn nun wirklich zwischen dir und Mason los?« Ich zögerte. »Ich möchte nicht, daß du mich für dumm hältst, ich weiß, daß es sich um das Mädchen handelte, um Francesca, und ... nun ... du weißt, was ich meine. Er hat sie geschändet, sie getötet. Und dafür hast du ihn umgebracht. Alles das liegt auf der Hand, aber was war da noch? Zum Beispiel diese schreckliche Vorführung, zu der er dich gezwungen hat, und ...«

»Ahhh!« sagte er. »Wie soll man das wissen? Wie soll man das jemals erklären? Wie soll man herausbekommen, wen die Schuld daran trifft? Was Masons Teil war, was meiner und welchen Teil der liebe Gott daran hatte? Manchmal hatte ich Alpträume deshalb – jedenfalls ehe ich mich wieder in den Griff bekam –, und in diesen quälenden Alpträumen erfuhr ich durch irgend jemanden oder irgend etwas, daß gar nicht Mason der Schuldige, der Verworfene gewesen sei, sondern nur ich selbst, der sündigste Mensch, der je auf Erden gewandelt ist. Ich werde dich mal einen Blick in mein Tagebuch werfen lassen, damit du die Geschichte lesen kannst, wie ich sie aufgeschrieben habe. Wenn es dich wirklich interessiert, sollst du erfahren, daß es auch gar nicht erst in Sambuco anfing, sondern, zum großen Teil jedenfalls, in meinem eigenen Herzen am Tag, da ich geboren wurde. Es begann ...« Er verstummte für längere Zeit, stützte sich dann auf den Ellenbogen und sah mich an. »Ich werde dir jetzt eine komische Frage stellen. Glaubst du an ... an das, was man das Übernatürliche nennt? Ich weiß durchaus, daß das ein kurioses Wort ist.«

»Du machst wohl Witze?«

»Ich glaube auch nicht daran, kein bißchen. Aber ich will dir etwas Merkwürdiges erzählen. Wenn ich zurückblicke – oder wenigstens das Ganze so weit zurückverfolge, wie ich kann, also sagen wir bis Paris, wo ich mit Poppy und den Kindern ja gewohnt habe, ehe wir nach Italien zogen –, wenn ich also bis dahin zurückschaue und versuche, die Dinge in der richtigen Perspektive zu sehen, dann komme ich von der Vorstellung nicht los, daß mich irgend etwas gezwungen hat, nach Sambuco zu fahren. Ich hatte so merkwürdige Träume. Ich habe sie auch in meinem Tagebuch aufgezeichnet. Träume, teils höllisch und teils himmlisch. Die haben mich dort hingetrieben, buchstäblich hingezerrt – verstehst du, was ich sagen will? Es war, als müsse ich einfach nach Sambuco, und wenn man das mal als gegeben annimmt, dann waren die Geschehnisse dort das logische Endergebnis dessen, was mir in diesen Träumen bedeutet worden war. Das ist wirklich schwer zu verstehen. Kommst du da mit?«

»Ich weiß nicht recht. Mich gruselt vor Dingen, die außerhalb dieser Welt liegen. Aber sag mir: Hast du Mason zu Anfang gerne gehabt? Ich meine, als du ihn dort in Sambuco kennenlerntest, hat er da...«

»Aber ich sage dir doch, daß es gar nicht mit Mason angefangen hat«, erklärte er nun nachdrücklich und mit großem Ernst. »Es hat schon ganz früh in mir selbst angefangen, wahrscheinlich an dem Tag, als ich geboren wurde, wie ich ja schon sagte. Aber wirklich los ging es erst in Paris, im Jahr davor, als ich krank war und diese schrecklichen Träume anfingen, mich zu quälen. Da ging es erst richtig los, und wenn du das nicht verstehst, dann wirst du auch nicht begreifen, wie und warum es mit Mason sein Ende fand. Ist dir das klar?«

»Ich weiß nicht...« Ich merkte nur sehr undeutlich, daß er mich auf eine Überraschung vorbereiten wollte.

Er war erregt aufgestanden; seine Stimme war noch drängender, noch bestimmter als zuvor. »Du mußt dir eines klarmachen, Peter, denn ich glaube, du verstehst Mason immer noch nicht. Er war ein Biest, ein Betrüger, eine Viper, ein Bastard, aber er trägt nicht die Schuld! Ich habe dich gefragt und gefragt, weil ich von dir zu hören hoffte, daß er wirklich böse war. Aber nein, er ist nach wie vor nur Abschaum. Verstehst du nicht? Er ist nicht der Schuldige!«

»Nein, das verstehe ich durchaus nicht«, sagte ich fest.

Es trat ein längeres Schweigen ein. Dann sagte er leiser: »Nein, das kannst du wohl auch nicht.« Und dann: »Er hat Francesca nicht umgebracht, das ist es, was ich dir klarzumachen versuche.« Das war es also.

»Zum Teufel, sieh mich nicht so an. Halt dich senkrecht, mein Junge. Willst du nun hören, wie es wirklich war? Die Wahrheit?«

»Die Wahrheit«, stieß ich heraus und setzte mich aufrecht hin.

»Nun, stell dir also die Kinsolvings in Paris vor.« (Wieder in der Fischerhütte, an einem anderen Abend, nachdem ich mich in Gedanken an alle möglichen Dinge langsam gewöhnt hatte.) »Wir waren wohl schon ein Jahr dort. Im Palazzo hatten wir ja wirklich kaum Platz, aber in unserer Behausung in Paris hätte man nicht einmal eine Handvoll Zwerge unterbringen können. Zwei kleine Zimmer für uns alle sechs – Nicky war gerade geboren worden –, ein winziges Badezimmer und ein Fenster, das die ganze Wand einnahm. Manchmal glaube ich, daß ich ohne dieses Fenster wirklich übergeschnappt wäre. Draußen rankte nämlich wilder Wein, und seine Blätter verdeckten das ganze Fenster, so daß im Frühjahr, im Sommer und im Herbst, wenn die Sonne durch die großen durchsichtigen Blätter schien, eine Art schimmernden, jadegrünen Lichtes den ganzen Raum erfüllte. Das klingt so, als sei es störend gewesen, das war es aber nicht: es war vielmehr in gewisser Weise ganz wunderbar, und manchmal lenkte es meine Gedanken von... von jenen Flöhen des Lebens ab, die mich ununterbrochen bissen. Du weißt schon, was ich meine: Poppy – Gott schütze sie, die in Ewigkeit unschuldige Poppy –, Nickys Durchfall, die Unmöglichkeit zu malen, Geldmangel und so weiter und so fort. Außerdem mein elendes Magengeschwür, obwohl es sich damals ziemlich ruhig verhielt.

Ich frage mich manchmal, welcher von diesen Flöhen der bissigste war – vermutlich wohl der Geldmangel. Nun, Poppy erhielt regelmäßig aus Delaware etwas Geld, Pacht für einen ererbten Grundbesitz, das war aber nicht sehr viel, jedenfalls für unsere Art Menage nicht. Ich bekam meine Versehrtenrente, auch nicht gerade viel, aber mit beidem zusammen kamen wir gerade so aus. Nein, der Geldmangel war wohl doch nicht das Unangenehmste, das Schlimmste war der Zustand, in dem ich mich damals befand.

Weißt du, ohne Vertrauen kann man nicht arbeiten, und ich hatte ebensowenig Vertrauen wie ein streunender Kater. Was habe ich mir nicht alles vorgemacht, und wie habe ich gelogen. Ich redete mir ein, ich hätte kein Talent, das war die erste Ausflucht. Und dabei wußte ich, daß ich Talent hatte, wußte es im innersten Herzen, wußte es so gut, wie ich wußte, daß mein Name Cass Kinsolving ist. Ich besaß es einfach, daran war nun einmal nicht vorbeizukommen, und daß ich es nicht gebrauchen wollte, mich fürchtete oder mich weigerte, es zu nutzen, vergrößerte mein Elend nur noch. Ich wußte sehr wohl, daß ich es mit jedem aufnehmen konnte – wenigstens mit jedem anderen meines Alters und meiner Erfahrung. Aber vor einem Skizzenblock oder einer Leinwand saß ich da wie ein Mann, dem man beide Hände abgehackt hat. Ich war vollständig gelähmt. Und so pflegte ich denn in den Ausstellungen herumzuschnüffeln und mich über das laienhafte Zeug, das da zu sehen war, lustig zu machen – ganz wie ein jämmerlicher kleiner Dilettant –, und währenddessen litt ich Qualen. Denn diese Leute hatten wenigstens etwas gemacht, während ich nichts weiter war als eine seichte Jauchegrube voll von verbitterten, unterdrückten, hoffnungslosen Wünschen. Nun, du weißt ja, daß man sich eine Rechtfertigung verschaffen muß, und als ich mich prüfte und erkannte, daß die Ausrede der Talentlosigkeit nicht standhielt, dachte ich mir alle möglichen anderen Gründe aus: die Zeiten waren verhext, die Gesellschaft hatte etwas gegen mich, die Malerei war sowieso von der Photographie verdrängt worden usw. Kinsolving contra Kinsolving, was für eine ermüdende Schlacht! Jedenfalls konnte ich nicht arbeiten. Ich war völlig blockiert und quälte mich wie ein Verrückter. Aber sämtliche Flics von Paris hätten mich nicht zu einem Psychiater schleppen können, wo ich wohl hingehört hätte.«

»Wir Christen müssen zusammenhalten«, sagte ich scherzend.

»Mit Christentum hat das nichts zu tun, das ist eine Sache der Vernunft. Solange ein Mensch nicht völlig wahnsinnig geworden ist, muß er solche Dinge mit sich selbst abmachen. Das ist eine Frage des Stolzes. Außerdem habe ich mal so einen Hirnmechaniker kennengelernt – nicht Slotkin, sondern einen richtigen Harlekin – in der Klapsmühle, in die mich die Marine gleich nach dem Krieg gesteckt hat. Ich schwöre bei Gott, daß dieser Kerl kaum bis zehn zählen konnte. Seine Stirn war keine zwei Zentimeter hoch, darunter saß eine rote Nase und aus seinen Ohren wuchsen ganze Haarbüschel. Das einzige, was ich sonst noch von ihm weiß, ist, daß er von Daumier noch nicht mal was gehört hatte. Er sprach ihn Dau–meier aus, als handle es sich um den Erfinder eines blöden psychologischen Testes. Wie hätte sich so ein Kerl mit jemandem auseinandersetzen sollen, der solche Probleme hatte wie ich damals in Paris? Um nun aber zum Anfang zurückzukehren: ich verspürte, wie gesagt, diesen entsetzlichen Druck in mir. Da war ich also in der schönsten Stadt der Welt – nein, in der zweitschönsten, denn Florenz ist die schönste –, mühte mich aus Leibeskräften, etwas festzuhalten, niederzulegen, zu kristallisieren, zu bewahren, zu überliefern, und hatte ebensowenig die Fähigkeit dazu wie ein blinder epileptischer Eunuche von fünfundneunzig Jahren. Was für eine Situation, was für eine perfekte Ausgangsstellung, um zum Säufer zu werden! Nun, ich fackelte nicht lange und fing mit dem Saufen an – wie es aufgehört hat, weißt du ja. Wie es über mich kam, habe ich völlig vergessen – wohl nach und nach, aber als ich merkte, was los war, war ich schon bis über beide Ohren drin. Du hättest mich mal sehen sollen, mein Lieber – ach richtig, du hast mich ja gesehen. Aber wenn es in Sambuco hoch herging, dann war es in Paris noch schlimmer, vielleicht deshalb, weil ich noch nicht so erledigt war und mehr in mich reingießen konnte. Ich war wie ein Kamel, das gerade aus der Wüste kommt und sich seinen großen Magen bis zum Rand füllt. Was habe ich nicht alles in mich reinlaufen lassen! Ich war wohl halb irrsinnig und muß einem fetten, widerlichen kleinen Jungen geglichen haben, den man auf eine Limonadenbude losgelassen hat. Ah, ich mag nicht mal mehr daran denken.« – Wir saßen eine Weile schweigend da, aber offenbar drängte es ihn weiterzusprechen.

»Es zog mich; ich hatte das Gefühl, als würde ich nach Sambuco gezerrt. Und ich weiß immer noch nicht, ob ich mir das alles nicht nur einbildete: vielleicht war es doch nur eine Reihe von Zufällen, was letzten Endes auf dasselbe hinaus kommt. Nun, stell dir also noch einmal Familie Kinsolving in Paris vor. Okay, mein Sohn? Gut. Stell dir also vor: Ein Atelier im obersten Stock eines Hauses in einer traurigen, schmutzigen, kleinen Seitenstraße nicht weit vom Bahnhof Montparnasse; ein Raum, in den die Blätter des wilden Weines ihre zitternden, jadegrünen Lichtkringel werfen. Es ist ein Sonntagnachmittag im späten Frühjahr. In der Luft hängt der Geruch von Brot und Traurigkeit, denn Paris riecht immer traurig, auch an den sonnigsten und schönsten Tagen. Das ist die reine Wahrheit. Unten auf der Straße bellt ein Hund. Hier oben lärmendes Chaos.

Entrons. Betrachte die Bewohner dieser geräuschvollen Höhle.

Zunächst ist da Poppy – geborene Pauline Shannon, die Schloßherrin, Sprößling einer großen Familie aus Delaware – bedauerlicherweise nicht der Familie du Pont – einzig dastehend in dieser Welt in ihrer merkwürdigen Mischung von kindlicher Weisheit und elfenhaftem (wie ich dieses Wort hasse!) Charme, der Stolz und die Freude und die Verzweiflung ihres Mannes – eine bezaubernde Seele, großzügig, liebend, und die katastrophalste Hausfrau der Welt. Sie ist nur mit einem rosa Unterrock bekleidet. Ihr Haar ist mit Lockenwicklern aus Aluminium geschmückt. Mit einer Hand bietet sie dem Infanten im Bade die Flasche (es handelt sich um Nicky, der gerade per Kaiserschnitt auf die Welt gebracht worden ist) und zur gleichen Zeit kreischt sie auf drei Kinder ein, die durchs Zimmer toben. Sie befinden sich im Alter von acht, fünf … nein, Peggy muß damals schon sechs gewesen sein. Es kommt ja auch nicht darauf an. Es sind herrlich laute Kinder, und sie ähneln ihrer Mutter so sehr, daß diese oft für ihre Schwester gehalten wird. Poppy kreischt aus Leibeskräften. ›Kinder!‹ kreischt sie. ›Kinder, Kinder! Seid ruhig! Ihr erschreckt das Baby!‹ Ihre Worte bleiben ohne Wirkung; sie kann ihre Abkömmlinge ebensowenig regieren wie ein Rudel Wölfe. Verzweifelt rollt sie mit den Augen, dreht sich um sich selbst, läßt die Eiswaffel fallen, an der sie geleckt hat, und ruft in höchster Not nach ihrem Gatten. ›Cass! Sie sollen still sein!‹

Er verstummte und fuhr dann nach einer kurzen Pause trocken kichernd fort:

»Poppy, weißt du, hat sich eine ganze Masse von mir gefallen lassen, ohne aufzumucken. Sie ist Katholikin, während ich – nun, was ich bin oder war, weiß ich nicht, aber ganz gewiß kein Katholik, und ich habe ihre Religion wohl als Vorwand für meine Gemeinheiten betrachtet. Tatsächlich hatte ich selbst alle möglichen religiösen Erlebnisse hinter mir; inzwischen habe ich das alles soweit wie möglich von mir geschoben, aber damals hatte ich deshalb einen riesigen Schuldkomplex entwickelt. Mein Vater war Pfarrer in der Episkopalkirche. Nachdem er und meine Mutter vom Zug überfahren worden waren – ich war damals zehn Jahre alt –, nahm sich ein Onkel meiner an und zog mich auf. Er und meine Tante waren Methodisten, wirklich fromme Leute, und er wollte immer, ich solle Pfarrer werden, weil der Bruder seiner lieben Frau dies auch gewesen sei, wegen der Tradition und so weiter. Ich aber wollte Maler werden. Ich wollte kein fettbäuchiger junger Schwindler werden, der mit den Erzengeln auf Du steht und jeden Sonntag mit einer Herde von Wucherern und Bankiers einen feuchten Händedruck tauscht und sich das Hirn erweicht, indem er einer Bande von Gebrauchtwagenhändlern Rechtschaffenheit bescheinigt. Ich wurde also keiner, und als ich nach dem Krieg in New York auf die Kunstschule ging, lernte ich Poppy kennen. Das war Liebe auf den ersten Blick. Ihre Familie hatte etwas Geld, was ganz nützlich war. Jedenfalls amüsierte sie mich köstlich. Sie war im Begriff, aus dem College abgeschoben zu werden, und zwar nicht, weil sie dumm ist, sondern... sie war wohl für eine derartige Anstalt etwas zu ätherisch. Ich verliebte mich jedenfalls Hals über Kopf in sie, katholisch oder nicht. Damals war mir nicht klar, daß ich meine restlichen unsinnigen protestantischen Vorurteile eines Tages dazu benutzen würde, ihr damit auf den Kopf zu schlagen, um meine eigene Unzulänglichkeit zu verbergen. Manchmal muß es schrecklich für sie gewesen sein. Und mich hätte man dafür erschießen sollen.

Nun, um auf Paris zurückzukommen... betrachten wir den alten Häuptling, diesen widerwärtigen Mops, den Herrn des Hauses, dieses Gemüse, dieses Wrack, diesen Maler ohne Portefeuille. Hingeflegelt auf die Kissen der schäbigen Couch, eine Zigarette à l'Apache an die Unterlippe geklebt, in der Hand eine Flasche vom billigsten Kognak. Er liest in einer Ausgabe von... nun vermutlich ›Wahre Geschichten‹ oder ›Bravo‹ oder in irgendeinem anderen der zahlreichen lieblichen amerikanischen Groschenhefte, die er sich in einem Laden in der Rue du Bac zu beschaffen pflegte. So tief war er gesunken. Nun, wenden wir uns ihm wieder zu, diesem Ochsen, diesem Wassermolch. Wieder schreit Poppy. ›Cass! Das Baby hat Durchfall, und du, du liegst einfach so da! Tu doch was, Cass!‹ Ganz offenbar vernimmt er ihre Worte, denn er rollt sich grunzend zusammen, und ein ärgerliches Zucken geht über seine schwammigen Züge. Ohne ein Wort zu erwidern fährt er fort, in seinem Katalog weißer Schenkel, weißer Brüste und runder, reifer Popos zu blättern. Poppy kreischt von neuem, der Hund bellt auf der Straße, die Kinder tanzen und schreien. Über allem hängt der widerliche Geruch kochender Rüben. Als diese...

diese zerbrechliche Jungmädchenstimme schließlich ihr gräßliches, schrilles Crescendo beginnt, fällt planschend und mit Getöse und unter zischend aufsteigenden Dampfwolken ein Kessel vom Herd. Der Ochse wälzt sich auf die Füße, und da steht er nun und brüllt: ›Schert euch doch aus dieser verfluchten Bude, ihr schleimiges Madenpack! Sofort! Allesamt!‹ Und dabei glotzt er mit gläsernem Blick auf die lieblichen Kinder, die Frucht seiner Lenden. ›Schert euch allesamt raus! Springt in die Seine! Krepiert! Laßt euch überfahren! Nur schert euch raus und bleibt weg, schert euch raus und kommt nie wieder, sonst drehe ich den Gashahn auf!‹ Wirklich treibt er sie hinaus. Hysterisch brabbelnd, schluchzend und heulend vor panischem Entsetzen flüchtet sich die ganze Brut die Treppe hinunter auf die Straße. Poppy zieht vor lauter Angst ihren Rock verkehrt herum an und zittert so sehr, daß sie mit dem bedauernswerten, an Durchfall leidenden Baby auf den Armen kaum durch die Tür findet...«
Er verstummte.
»Und dann...?«
»Nun ja«, sagte er, schon etwas gleichmütiger. »Es war grausig. Du weißt ja: das Schlimme an der Selbstverachtung ist nicht der Schaden, den man sich selbst damit antut – obwohl der schlimm genug ist –, sondern daß sie so leicht dazu führt, daß man das Leben anderer Menschen ruiniert. O ja, ich hatte gelegentlich schon Schwierigkeiten mit Poppy gehabt, in welcher Ehe gibt es das nicht? Aber etwas Derartiges tat ich zum ersten Mal. Es konnte einem geradezu übel werden davon, und es war ja deutlich genug zu sehen, daß ich nur den Ekel, den ich vor mir selbst empfand, von mir weg und auf Poppy und die Kinder gelenkt hatte. Lieber Gott, es war wirklich grauenhaft. Während einer meiner besseren, das heißt nüchterneren, Zeiten in Sambuco hatte ich einmal einen Traum, von dem ich nur noch weiß, daß ich darin eine geschriebene Botschaft erhielt. Es war einer der merkwürdigsten Träume, die ich je gehabt hatte, denn darin war es, als erhebe sich ein triefender alter Moralist aus meinem Unterbewußtsein und schreibe mit Kreide eine Maxime quer über mein Hirn. Zunächst glaubte ich, ich sei die Reinkarnation eines großen Philosophen, denn dieser Satz schien eine elementare Wahrheit zu enthalten; er lautete: ›Sich selbst bezwingen, heißt den Tod bezwingen. Dies bedeutet den Triumph über jenes Tier, das der Mensch zwischen seine Seele und seinen Gott stellt.‹ Das ist durchaus wahr. Nun, derartige Anwandlungen oder Einsichten hatte ich in Paris durchaus nicht. Ich! Ich! Ich stak in mir selbst wie in einem Sumpf! Ich will damit sagen, daß ich die Kontraktion meines mit Geschwüren gespickten Magens hören, ja beinahe sehen zu können glaubte und daß ich meine Nieren dabei beobachtete, wie sie mit großer Anstrengung den ganzen Dreck ausschieden, und wie ich das graue,

schwitzende, glitschig verschlungene Gedärm bei seinem Kampf gegen all das Gift belauerte, das ich in mich hineinlaufen ließ; meine Bronchien vergiftete ich mit den dreckigen französischen Zigaretten, und erst mein Hirn! Mein armes altes, schmerzendes, leidendes Hirn! In was für einem beklagenswerten Zustand war ich doch, ich wußte von nichts anderem als von meinem eigenen Selbst, meinen elenden umherwandelnden Zellen. Damals, etwas später am gleichen Tag, erreichte ich wohl den tiefsten Punkt. Ich weiß noch, daß ich, als alle hinausgegangen waren, ans Fenster trat und zusah, wie sie die Straße entlang marschierten. Wenn ich jetzt daran denke, bricht mir jedesmal fast das Herz, aber damals war ich, wie gesagt, völlig benebelt und betrachtete ganz ungerührt dieses Bild: Poppy, nicht viel größer als eine Maus, eilte mit dem Baby im Arm die Straße hinunter – eine Straße von Utrillo, in verstaubtem Frühjahrslicht. Und die Kinder trabten hinter ihr her, und allesamt marschierten sie ins Ungewisse, Gott allein wußte, wohin. Dann verschwanden sie um eine Ecke. Sie waren fort, und ich war allein im Haus und fiel sozusagen unter der Last meiner eigenen widerlichen Persönlichkeit zusammen. Ich besaß damals einen alten, ziemlich ramponierten Plattenspieler; du hast ihn ja in Sambuco gesehen. Natürlich kann ein Mensch ohne Musik nicht anständig leben. Obwohl auch die Musik, wenn sie mißbraucht wird, zu einer Art von Korruption führt. Ich erinnere mich, bei Plato gelesen zu haben, daß im idealen Staat die Musik gesetzlicher Kontrolle unterworfen sein müsse, denn ihre Wirkung sei zu mächtig, sie sei imstande, den Geist zu betäuben. Darin steckt Wahrheit, das weiß ich sehr wohl, denn damals benutzte ich neben dem Alkohol die Musik als ein verstärkendes Rauschmittel, das mich noch mehr erregte und mich meine Launen noch hemmungsloser austoben ließ. Mit Musik muß man ebenso behutsam umgehen wie mit allen andern guten Dingen des Lebens. Also, wie ich schon sagte, ich besaß einen Plattenspieler, den ich auf dem Flohmarkt für ein paar tausend Franc erstanden und dann in Ordnung gebracht hatte. Er spielte unerhört laut und war eigentlich ein kratzendes, heiseres Ungeheuer; ich hatte dazu auch ein paar Platten: die ›Zauberflöte‹ und ›Don Giovanni‹, ein paar frühe Sachen von Haydn, Johann Christian Bach, die Matthäuspassion und eine Messe von Palestrina und ... ja, ich hatte auch noch ein uraltes Album von Leadbelly mit lauter geklebten Platten. Jedesmal wenn ich ›The Midnight Special‹ hörte, fühlte ich mich nach Carolina zurückversetzt. An jenem Tag jedenfalls machte ich, nachdem sie weg waren – und meinethalben hätten sie nie wiederzukommen brauchen –, eine weitere Flasche von dem ziemlich üblen Kognak auf, holte die ›Zauberflöte‹ heraus und taumelte eine Weile im Zimmer umher. Ich haßte mich selbst, ich haßte Poppy und meine eigenen Drüsen und die Lebenskraft, oder was es nun war, das mich dazu trieb, einen so nutzlosen, rotznäsigen, von Durchfall geplagten Stamm zu zeugen; ich stolperte, wohl über einen von Poppys Überschuhen oder ein Spielzeug, und ich versetzte diesem Ding einen gewaltigen Tritt. Nur trat ich eben vorbei und gegen die Wand und brach mir fast den Zeh, und daraufhin strampelte ich wieder umher und fluchte und haßte mich noch mehr, ganz als sei ich in ein nie anhaltendes Karussell der Verachtung, der Gemeinheit und Mißgunst geraten. Nach einer Weile hatte ich mich wohl ein wenig beruhigt, wahrscheinlich drang mir die Musik in die Knochen, und ich nahm einen weiteren, tiefen Schluck aus der Flasche, und dann – dieses Augenblickes erinnere ich mich mit äußerster Deutlichkeit – ging ich zum Fenster hinüber. Du mußt wissen, daß ich seither – das heißt, seitdem ich mich erholt habe, oder wie man das nennen will – versucht habe herauszubekommen, was damals in meinem Körper vorging. Ich habe darüber nachgedacht und auch nachgelesen, und ich bin zu dem Schluß gekommen, daß diese... diese Visionen, die ich hatte, weder mystischer noch übernatürlicher Art waren, abgesehen davon, daß in dem verwirrten Hirn eines verkommenen Säufers eben doch alle möglichen Halluzinationen entstehen können, ja entstehen müssen. Ich rede nicht vom Delirium tremens. Es ist eine simple Tatsache, daß, wenn man so wie ich darauf aus ist, sich zu zerstören, wenn man nichts ißt, sondern statt dessen täglich etwa zwei Flaschen Fusel herunterschüttet, in dem weder Vitamine noch Minerale, noch Zellstoff enthalten sind, und auch sonst nichts tut, was zur Aufrechterhaltung von Gesundheit und Vernunft erforderlich ist – wenn man also so verfährt und dazu seinen Lungen mit Gauloises bleues (und billigen Zigarren) zusetzt und sich in den Straßen von Paris herumtreibt und Benzindünste einatmet und wenn man so tief sinkt wie ich, so erledigt und geschwächt ist, daß der alte Piephahn sich auch bei der wildesten pornographischen Vorstellung nicht mehr regt, daß es in diesem Zustand also zu irgendeiner Art von Halluzination, irgendeiner gespenstischen Verdrängung der Vernunft kommen muß.

Ich erinnere mich, wie gesagt, ans Fenster getreten zu sein. Es war ein Frühlingsnachmittag, warm und voller Blütenstaub; man konnte die Luft fast berühren und sich die gelben Pollen vom Finger streichen. Ferner waren da die großen, grünen Blätter des wilden Weines. Harmlose, glänzende kleine Marienkäfer – die Franzosen haben dafür einen reizenden Ausdruck: bêtes à Bon Dieu – schwärmten über die Blätter, und als ich mich dicht vorbeugte, um ihnen zuzusehen, als ich ihre getupften Rückseiten und die rostfarbenen, glatten Flügelchen vor dem Hintergrund der großen grünen Blätter betrachtete, da sahen sie aus wie fremdartige surrealistische Gürteltiere, die durch den Dschungel kriechen. Eine große, goldene Spinne hatte ihr Netz in die Gabel einer Ranke geknüpft, und ich wunderte mich darüber, daß sie noch keinen Marienkäfer gefangen hatte, bis mir einfiel, daß diese Käferchen angeblich einen Geruch oder so etwas verbreiten, der den Spinnen zuwider ist. Ich stand da also eine ganze Weile und betrachtete die Blätter und die Käfer, roch, wie weiter unten Brot gebacken wurde und lauschte auf die Musik. Endlich, in einer Art Halbschlaf – Haß und Gift waren für einen Augenblick vergessen – blickte ich auf, und ich schwöre, daß mir in jenem Augenblick war, als blicke ich in das himmlische Königreich. Ich weiß nicht, wie ich es beschreiben soll, diesen zermalmenden Anblick der Lieblichkeit. Vor Sehnsucht und Verlangen nach dem, was ich da erblickte, war ich beinahe krank. Selbstverständlich war es die gleiche Straße von Paris, diese traurige, nicht weiter bemerkenswerte Straße mit den schiefen Giebeln, den angelaufenen Türklinken und den verrosteten, schmiedeeisernen Laternenpfählen, den vereinzelten Platanen. Und jetzt war eine alte Frau händereibend aus der Tür getreten, und ein Hund verdrückte sich in einen Durchgang. Weiter unten sah man die Mauer des Friedhofs von Montparnasse und darüber erhob sich blau, blau der Himmel, und da flogen nun die Tauben, ein großes Bündel sonnengefleckter Schwingen, die sich umeinander drehten. Und über allem das Gefühl von Nachmittag, von Sonntag, von Frühling, von Ruhe und Zurückgezogenheit. Und hinter mir im Zimmer rauschte Mozart, verrückt und vernünftig und zart und... was?... Gut! Geradenwegs vom Schöpfer dieser Welt. Ach, mein Gott, wie soll ich das beschreiben! Es war ja nicht nur die Szenerie – es war das Gefühl, das Wesen des Ganzen. Es war, als sei ich für einen Augenblick fähig, die Schönheit nicht nur an ihren äußeren Zeichen zu erkennen, sondern auch das andere, das Andersartige in der Schönheit, diese Kontinuität der Schönheit im Plan allen Lebens, die in solchem Maße triumphiert, daß sie auch die Schäbigkeit, die Häßlichkeit und den Schmutz in sich aufnimmt, die sich ununterbrochen fortsetzt und von der dies wohl nur ein einziger, Gestalt gewordener Moment war. Was für ein wundervoller Moment! Was war es nur in Wirklichkeit? Ich weiß es einfach nicht – meine Schwäche, ein Schwindelgefühl, der Alkohol, ich weiß es nicht. Aber da war es, und ich glaube, zum ersten Mal erkannte ich die Wirklichkeit! Das merkwürdige war, daß sich dieses gerade zu einer Zeit ereignete, als ich fast ausschließlich von mir selbst, von Schmutz und Gemeinheit besessen war. Und gerade da hatte ich ein Vorgefühl der Selbstbefreiung und Erlösung. Es war, als habe sich die Gasse für einen Augenblick in einen großen, fröhlichen Boulevard verwandelt, auf dem ich nicht länger mehr allein dahinging, sondern auf dem zahllose Generationen von Liebenden, von alten Frauen und Hunden und Kindern gegangen waren und Generationen von Liebenden und alten Frauen und Hunden und noch ungeborenen Kindern in Zukunft gehen würden. Es war nicht länger mehr eine von mir beobachtete Straße; die Straße war in mir, war mein Fleisch und Bein, und einen Augenblick lang fühlte ich mich von mir selbst befreit, umarmte alles, was in dieser Straße lebte, nahm teil an allem, was dort in der Vergangenheit geschehen war, im Augenblick geschah und in Zukunft geschehen würde. Und ich empfand dabei eine verrückte Freude...«

Er verstummte und konzentrierte sich eine ganze Weile, so als versuche er, sich soviel wie möglich von jenem Nachmittag wieder ins Gedächtnis zurückzurufen.

»Ich habe schlecht erzählt«, meinte er schließlich. »Ich fühle, daß ich das alles nur sehr unzulänglich beschrieben habe, aber so geht es eben, wenn man einen solchen Zustand verdeutlichen will. Schließlich sitzt man da wie ein Einsiedler aus dem zehnten Jahrhundert, der aus vollem Halse grölend der Welt verkündet, daß ihn eine Kompanie Engel vergewaltigt hat. Es ist, als versuche man ein Gemälde zu schildern: es geht einfach nicht, man muß es selbst ansehen. Vielleicht begreifst du nun aber, daß ich, da mir die Anfälle solches Entzücken bereiteten, gerade das nicht aufgeben wollte, was sie bewirkte, auch wenn es sich dabei um etwas so Zerstörerisches wie den Suff, langsames Verhungern und nervöse Erschöpfung handelte. Eigentlich war es der reine Selbstmord. Es stimmt wohl auch nicht, daß ich es nicht aufgeben wollte. Wie alle Leute, die dem Zeug verfallen sind und wirklich gegen das Ungeheuer ankämpfen, hätte ich wohl alles darum gegeben, es los zu werden und wieder frei und sauber zu sein. Außerdem ereignete sich ein solcher Anfall, wie ich ihn dir eben geschildert habe, nicht oft, auch wenn ich noch soviel trank. Ich muß aber sagen, daß die Aussicht, wieder einmal ein solches Erlebnis zu haben, dem Ganzen viel von seinem Schrecken nahm, auch wenn das Schlimmste...«

»Das Schlimmste...?« fragte ich, da er den Satz nicht beendete.

»Nun, ich will da fortfahren, wo ich stehengeblieben bin. Ich weiß nicht, wie lange dieser Augenblick der Verzuckung – denn das war es wohl – dauerte, vielleicht nicht länger als eine halbe Minute, wahrscheinlich sogar nicht einmal so lange. Dann geschah etwas Merkwürdiges. Und auch das hatte ich nie zuvor erlebt. Ich wurde bewußtlos. Eben noch stand ich da, mein Herz klopfte wie wild, ich beobachtete die Straße und die Platanen, den Hund, der im Durchgang verschwand und die Tauben hoch darüber, und dann vertropfte dieses Bild vor meinen Augen in kleinen Rinnsalen, als sei es nicht dauerhafter als eine im Regen liegengelassene Pappfigur, und ich sah, wie die Farben und Konturen langsam in meinem

Blickfeld verdämmerten, und dann wurde alles schwarz, als habe mich der Tod sanft, aber nachdrücklich an seine Brust genommen – so dachte ich, als mir die Sinne schwanden –, und ich empfand nichts als unendliche schwarze Ruhe und Frieden. Und trotz der Empfindung, rund herum von der Ewigkeit bedrängt zu werden und in einen zeitlosen Raum einzutreten, entfernte ich mich keinen Zentimeter von jener Stelle, auf der ich stand. Mein Kopf war nach vorn gefallen und leicht gegen die Scheibe gestoßen; ich warf ihn mit einem Ruck zurück und erblickte weder die Nacht noch das Vorbeigleiten der Zeit, wie ich erwartet hatte, sondern immer noch jene Frau, die händereibend vor der Tür stand, die zitternden Platanen, die den gleichen Schatten warfen, und die immer noch hoch über dem Friedhof kreisenden Tauben. Nur der Hund war endlich verschwunden, aber ich konnte seinen Schatten an der Wand des Durchganges erblicken, wo er ein Bein hob und einen Baum bewässerte. Die Frau auf der Schallplatte sang immer noch dieselbe Mozartarie, ja sie war noch im selben Takt. Nicht einmal die Kognakflasche war mir aus der Hand gerutscht. So stand ich dort im grünen Licht, das durch die Weinblätter fiel, rieb mir die Stirn und keuchte wie ein Rasender, konfus und den Tränen nahe, und hatte das Gefühl, im Verlauf einer Minute mehr Empfindungen verbraucht zu haben, als es dem Menschen eigentlich innerhalb von zwei Jahren ansteht.«
Die Erinnerung schien ihn zu erschüttern und traurig zu machen, und irgendwie gelang es mir, ihn von diesem Thema abzubringen. Später brachte ich es jedoch unbeabsichtigt wieder zur Sprache, und ehe ich es noch recht bemerkt hatte, durchlebte er alles von neuem. Zunächst aber schweifte er ab.
»Das erinnert mich übrigens an etwas«, sagte er. »Als ich so ungefähr sechzehn oder siebzehn Jahre alt war und in der Nähe von Wilmington an dem Fluß wohnte, von dem ich dir erzählt habe, ging ich eines Sonntagnachmittags ganz allein in die Stadt. Hör gut zu, denn was ich dir jetzt erzähle, hat wohl mit dem anderen zu tun… Ich machte mich fein, zog meine Lackschuhe an und meinen gestreiften Anzug aus dem Versandhaus und fuhr nach Wilmington. Ich muß wohl einen ziemlich tollen Anblick geboten haben: ein Bauernjunge mit großen ungeschickten Pfoten, einer Nickelbrille, handgemaltem Schlips und einem einfältigen, tölpelhaften Grinsen. Vielleicht hatte ich sogar die Andeutung eines Schnurrbartes; jedenfalls weiß ich, daß ich mir damals einen wachsen ließ. Es war gegen Anfang des Krieges, in den Straßen wimmelte es von Soldaten, es war heiß, und ich hatte nichts weiter im Sinn, als mir ein Mädchen aufzugabeln. Bis dahin hatte ich noch keins gehabt, keines angerührt, und ich glaubte, daß ich bald eingezogen und irgendwohin geschickt werden

würde, wo es nur farbige Mädchen gibt, und so hatte ich wohl beschlossen, daß es jetzt unbedingt einmal sein müsse. Ich erinnere mich, den ganzen Nachmittag in den Straßen von Wilmington umhergewandert zu sein, wo ich die Nase in kleine Bierlokale steckte und jedes Mal herausgejagt wurde, weil ich zu jung war. Ich war geil wie ein junger Ziegenbock, und während ich so herumstrich, machte ich die schreckliche Entdeckung, daß es einfach keine Mädchen gab: die wenigen, die vorhanden waren, hatten die Soldaten sich gegriffen. Nach einer Weile fühlte ich mich ziemlich niedergeschlagen. Es gibt wohl auf Erden nichts Bejammernswerteres als einen siebzehnjährigen Jungen mit seinem ungeschickten, quälenden Verlangen. Es wurde also spät und später, und immer noch hatte ich kein Mädchen. Ein Soldat verriet mir, daß ich in einem bestimmten Hotel für fünf Dollar ein Mädchen haben könne, doch waren fünf Dollar zu jener Zeit für mich ebenso unerschwinglich wie tausend. So trottete ich denn zur Bushaltestelle zurück und fand, daß die Welt schlecht eingerichtet sei. Doch als ich um eine Ecke bog, erblickte ich sie im blendenden Licht, das aus einem Schaufenster fiel: das schwarzäugige, atemberaubende, strahlende Mädchen meiner Träume. Sogar jetzt weiß ich noch ihren Namen, sie hieß Vernelle Satterfield. Und weißt du, was sie tat? Dieser kleine reife Pfirsich von einem Mädchen, diese köstliche Nymphe in Söckchen, dieses Wunder von mannbarer, entzückender Weiblichkeit stand da im grellen Licht und verhökerte für die Zeugen Jehovas den ›Wachturm‹ zu fünf Cent das Stück. Einen Augenblick war ich von ihrer Schönheit wie geblendet, und schön war sie wirklich: tiefbraunes Haar, runde junge Brüste, liebliche Gestalt und rosig goldenes Botticellifleisch. Damals war ich nicht gerade ein Muster an Weltläufigkeit, aber irgendwie gelang es mir; vielleicht einfach durch die Gewalt meiner ungezügelten Leidenschaft. Jedenfalls drehte ich neben ihr bei, gab ihr fünf Cent für einen ›Wachturm‹, dann noch einmal fünf für irgendwelchen anderen Kram, den sie da feil bot, und dabei räusperte ich mich und versuchte, herablassend und erwachsen zu tun, und schließlich legte ich noch fünfzig Cent für die gesammelten Predigten des Knackers an, der dem Verein vorstand, und damit hatte ich gewonnen: ich sagte ihr meinen Namen, und sie sagte mir ihren, und sie meinte dann, sie sei gänzlich erschöpft, weil sie sich schon den ganzen Nachmittag der Soldaten hätte erwehren müssen, und ich sei überhaupt der einzige Gentleman, der ihr in letzter Zeit begegnet sei. Ihre Religion verbiete es ihr zwar, meine Einladung auf ein Glas Bier anzunehmen, doch wolle sie gern mit mir zusammen ein Eis essen. Und so geschah es auch...

»Vernelle Satterfield!« rief er mit einem Blick voller Erinnerungen. »An das Mädchen werde ich mich noch auf dem Totenbett erinnern! Nie zuvor ist reife, schmackhafte, pulsierende Fleischlichkeit so von glühender Unschuld und Jungfräulichkeit umstrahlt gewesen. Sie sagte, sie sei sechzehneinhalb. Stell dir das vor, sie sagte sechzehneinhalb. Sie war ziemlich dekolletiert – wahrscheinlich war sie sich dessen aber gar nicht bewußt. Und jedesmal, wenn sie sich in aller Unschuld nach vorn neigte, war ihr rosafarbener prallgefüllter Büstenhalter zu sehen, und dann lehnte sie sich wieder zurück und strich sich über ihr wunderschönes Haar und sagte mit weicher süßer Stimme, wie sehr sie sich freue, daß es doch wenigstens noch einen einzigen Gentleman in der Stadt gäbe. Merkwürdig, daß das alles gar nicht schnippisch oder prüde klang. Sie war einfach rein, rein wie die Hölle und voll von Religion, und sie hatte eine hohe Meinung von den ewigen Wahrheiten, wie sie sich ausdrückte. Ich weiß noch, daß sie in allem Ernst und ganz aufrichtig sagte: ›Jesus war ja schließlich auch ein Gentleman.‹ Nun, nach einer halben Stunde ungefähr, die angefüllt gewesen war mit Vornüberneigen und dem Überschlagen ihrer seidenen Beine, war ich ein einziger schwitzender Knäuel, und ich fragte sie, ob ich sie nicht nach Hause begleiten dürfe. Sie hob ihre gezupften Augenbrauen ein wenig, überlegte und sagte dann: Ja, das könne ich wohl, eben weil ich so gute Manieren habe und so rechtschaffen aussehe. So nahm ich denn die Traktätchen, die Hymnen und Gebetbücher; wir bestiegen einen Autobus und fuhren zu ihr nach Haus. Sie konnte auch über andere Dinge sprechen, wenn es unbedingt nötig war, doch schien sich ihr Interesse fast ganz auf das Religiöse zu beschränken, und auf der Heimfahrt im Bus fragte sie mich, welcher Kirche ich denn angehöre, und ob ich wirklich ›vorbereitet‹ sei und so weiter, während ich meine heißen Blicke auf ihre rundlichen Knie gerichtet hielt (weißt du noch, wie kurz die Röcke waren, die die Mädchen damals trugen?). Wenn man alle die Worte in Federn verwandeln könnte, die im Laufe eines einzigen Jahres von Männern zu Frauen in der Absicht gesprochen werden, höflich und aufmerksam zu erscheinen und die Tatsache zu verbergen, daß ihr Interesse sich ausschließlich auf jenes einzige, alles andere in den Schatten stellende Ziel richtet, dann könnte man das ganze Universum in Federn ertränken. Nun, Gentleman, der ich war, versuchte ich, mich an die Regeln zu halten, und war bemüht, mich auf die Wahrheit zu konzentrieren. Ich erzählte ihr, daß ich durch die Taufe der Episkopalkirche angehöre, daß mein Vater Pfarrer dieser Kirche gewesen sei – was selbstverständlich stimmte –, daß ich aber mit zehn Jahren verwaist und von einem Onkel und einer Tante erzogen worden sei, die Methodisten waren. Auch das stimmte. Aber, wie ich schon sagte, die Lüsternheit macht den Mann scheinheilig. Angesichts der runden Knie und des wogenden kleinen Busens konnte ich kaum noch einen klaren Gedanken fassen – und so sagte ich ihr denn, daß ich mich nichtsdestoweniger seit je mächtig zu Jehovas Zeugen hingezogen gefühlt habe, da sie mir immer schon als piekfeine Sekte erschienen seien, und ich muß sagen, daß diese Behauptung meine Stellung noch mehr befestigte. Sie sagte, auch sie sei Waise; wir waren also gewissermaßen Schicksalsgefährten, und sie fand es wirklich nett, daß auch ich einer von Jehovas Zeugen werden wollte. Und als wir schließlich vor ihrer Haustür standen, schwärmten wir einander an, und ich hielt ihre feuchte kleine Hand. Ich war nahe daran zu zerplatzen. Ich weiß noch, daß ich sagte: ›Ist es nicht wirklich traurig, Waise zu sein?‹, was durchaus stimmte, nur nicht in diesem Augenblick, denn ich dachte an nichts anderes als daran, ob ich den Mut haben und ob Gott (und damals glaubte ich an einen netten, nachsichtigen lieben Gott) mir gestatten werde, mir diese seine appetitliche Magd zu Willen zu machen. Dann hörte ich sie sagen: ›Ja, ist es nicht wahr? Jesus nahm Mama und Papa zu sich, als ich erst fünf Jahre alt war.‹ Ich war buchstäblich im Begriff zu bersten. Wie gesagt, sie liebte Jesus. Sie wohnte in einem einstöckigen Holzhaus zusammen mit ihrer Tante, die eine Art Hohepriesterin bei den Zeugen Jehovas war. Die Tante sei nicht zu Hause, sagte Vernelle, und bei dieser Neuigkeit schwoll mir das Herz. Wahrscheinlich weißt du, was für eine Art Haus es war, denn sicher bist du mit deiner eigenen Vernelle auch darin gewesen: eine Deckenlampe mit Klunkern, zwei pflaumenfarbene Sessel, Linoleum auf dem Fußboden, dazu ein Petroleumofen. In der Ecke eine Kommode aus Ahornholz, Chiffonier genannt, weiter ein altes Klavier und eine Tischuhr.« Er grinste ein wenig, als er nun fortfuhr: »Es unterschied sich wirklich kaum von dem Haus, in dem ich aufgewachsen bin, und das bricht mir beinah das Herz. Also: Man erblickt ein etwas beschädigtes Sofa, darauf liegt ein Kissen mit leuchtendem Bezug aus rosa und grüner Seide und darauf wiederum sieht man ein Bild oder Gedicht oder eine liebevolle Anrede an das Mütterlein. Auf dem Fußboden steht ein Regal mit zwei Dutzend Filmzeitschriften, und auf dem Klavier zwei bemalte Photographien von Jungens in Uniform, samt Unterschrift. Beide grinsen. Einer ist Vernelles Vetter, der andere ist ihr Freund, und das ist die reine Wahrheit. Wichtig zum Verständnis der Situation ist die Tatsache, daß Vernelle immer einen Freund besessen hat. Mein Herz wurde schwer wie ein Stein. Aber sie hätte weder ihren Freund noch mich so recht lieb haben können, hätte sie Jesus nicht noch viel mehr geliebt. Ich glaube, daß ich damals beschloß, Maler zu werden, denn in ihrem kleinen Schlafzimmer – sie führte mich mit großer Andacht und Würde hinein, aber das Bett darin war geradezu riesig – hatte sie die grauenhafteste Ausstellung von Jesusbildern, die man sich denken kann: Jesus gekreuzigt, Jesus unter dem Kreuz zusammenbrechend, Jesus weinend, Jesus vor Pilatus, Jesus in

Gethsemane, Jesus auf Golgatha und den auferstandenen Jesus, den wundertätigen Jesus, den gen Himmel fahrenden Jesus und den leidenden Jesus – und jeder einzelne in Atlanta hergestellt. Es war der reinste Jesuskult, und er hätte die Italiener in den Abruzzen vor Scham erröten lassen.

Da nun hätte ich um ein Haar alles verdorben. Schon damals liebte ich die Malerei; ich verstand nichts davon, doch schien sich die Erde jedesmal zu bewegen, wenn ich, sagen wir mal, irgendwo eine Skizze von Leonardo erblickte, und dieser schreckliche Kram von Vernelle machte mir beinahe übel. Als sie mich fragte, was ich denn von ihren Bildern halte, deutete ich an, daß sie wohl sehr religiös, aber wenig künstlerisch seien. Ihr hübsches kleines Gesicht lief rot an, und ärgerlich sagte sie, daß ich nichts von Kunst verstehe. Ich sei vielleicht ein Gentleman, aber ein Gentleman ohne die richtige Betrachtungsweise, und von neuem sank mir das Herz, da ich glaubte, endgültig alles verdorben zu haben. Sie erholte sich aber schnell wieder und meinte, sie sei hungrig. Ich ging also hinaus und kaufte an einer Bude Würstchen und Limonade, und wir setzten uns auf das etwas beschädigte Sofa und futterten, und Vernelle fing wieder von Religion an – das heißt, sie hörte eigentlich nie auf – und wollte wissen, welchen Apostel ich am meisten liebe. Ganz mechanisch nannte ich einen Namen, aber es war der Name eines Propheten, Hesekiel oder so einer, und sie kicherte über meine Dummheit, und ich fühlte, wie eine leichte Kühle zwischen uns aufstieg wie eine gläserne Wand. Jedenfalls hielt ich es für Kühle. O Gott, wie litt ich! Jede Faser in mir war geschwollen von Begierde, ich brodelte still vor mich hin und konnte nichts anderes tun, als dazusitzen, die Würstchen herunterzuschlingen, aussichtslose Pläne zu schmieden und schwitzend zu leiden. Kein Elend auf der Welt ist so groß wie die ganz gewöhnliche Geilheit eines Knaben von siebzehn Jahren. Schließlich war es schon recht spät, und ich war so voll von Religion, daß ich den Tränen nahe war. Ich fürchtete mich entsetzlich, war aber fest entschlossen, alles zu versuchen, um in dieses reine, unbeschmutzte Gefäß des Herrn einzudringen. Elender Missetäter, der ich war, selbst damals schon halb in der Erbsünde erstickt!

Endlich, gerade als ich glaubte, es nicht länger ertragen zu können, erhob sie sich, und mit einer gezierten schwenkenden Bewegung ihres Hinterteils ging sie zu dem alten Grammophon und legte eine Platte auf – es war ein Hillbillylied, ich kann es jetzt noch genau hören –, drehte sich um und sagte ganz ruhig, gelassen und freundlich: ›Hast du Lust zu tanzen?‹ Ich kann sie immer noch vor mir sehen, diese saftige, fleckenlose, pflaumenweiche kleine Jungfrau, die Lippen voller Senf, eine Hand liebenswürdig ausgestreckt, gerade so, wie sie es im Film gesehen hatte. Ich war völlig verblüfft. Und ob ich Lust hatte zu tanzen! In jenem Augenblick hätte ich mit ihr barfuß über Glassplitter oder unter Wasser oder direkt im Rachen der Hölle getanzt. Aber ich verstand nichts, ich traute meinen Ohren nicht! Mit dieser Taube Jehovas tanzen? Und so sagte ich: ›Aber ist das nicht gegen deine Religion?‹ Und sie sagte seelenruhig und ohne mit der Wimper zu zucken: ›Wenn du die Zeugen Jehovas erst näher kennenlernst, dann wirst du schon merken, daß wir im Umgang miteinander kein bißchen steif sind.‹

Und bei Gott, nun war es soweit! Dafür hatte ich so gelitten! Sie wartete doch, seitdem wir das Haus betreten hatten, tatsächlich darauf, daß ich den ersten Schritt unternähme. Kaum hatte ich meinen Arm um sie gelegt, da bestand sie nur noch aus Bauch und Schenkeln, ihr senfverschmierter Mund war weit geöffnet, sie seufzte ›Darling‹ und sagte immer wieder in dieser nachgeäfften Filmsprache und voll unechter, dem Film abgeguckter Leidenschaft: ›Liebling, worauf hast du nur so lange gewartet?‹ Vernelle Satterfield! Eine Messalina in der Maske einer vestalischen Jungfrau! Kein Juwel des Herrn, sondern eine Junghure. Sie war ebenso wenig Jungfrau wie die geilen Wachteln des dicken Königs Ludwig. Und immer wieder fragte sie: ›Warum hast du nur so lange gewartet, Schätzchen?‹ Und alles in dieser gepflegten Sprechweise, als wünsche sie, mein Vorname sei Rodney. Und dann ... nun, wer erinnert sich nicht des ersten Mädchens, das er berührt hat, des Parfümduftes – Gardenien, weißt du –, der Gummibänder und der unbarmherzigen Strumpfhalter, des jungen Fleisches unter den Fingern, das sich wohl deshalb so hoffnungslos erhaben anfühlt, weil man es sich in jenem Alter nicht anders als unsterblich denken kann.

Und doch war ich ein Versager, ein trauriger, hohlärschiger Versager. Und wer wäre das in meiner Verfassung nicht gewesen? Ich war wie eine große vollgesogene Mücke. Aber das macht nichts, das macht nicht das geringste. Die Stimmung ist geblieben, ist noch greifbar, und nur das ist von Bedeutung. Vernelle Satterfield! Ich sehe noch, wie die Lust jene simple Frömmigkeit aus ihren Augen vertrieb, als sie mit verkrampftem Gesicht und immer noch mit vornehmer Betonung flüsterte: ›Los doch, los Schätzchen. Beeil dich! Tante Lucille kann jeden Augenblick zurückkommen!‹ Und sie zerrte mich, dessen Haare zu Berge standen und der an Armen und Beinen zitterte, wie einen großen, sich sträubenden Köter ins Schlafzimmer und auf die durchgelegene Matratze. Und dort besaß ich sie, im trüben Licht unter den Augen von drei Dutzend sich rasend vermehrender, leidender Christusgestalten, während im Nebenzimmer die Hillbillys wie ein Gespensterchor heulten. Nein, besitzen tat ich sie eben doch nicht, wie ich schon sagte. Ich war ein Versager, denn eine einzige kosende Bewegung ihrer Hand ließ mich an ihr niederbrechen, wobei ich wie ein rasender Dämon keuchte. Und dann war es auch schon vorbei. Aber das macht nichts. Alles andere ist geblieben – die Gitarren, die Gardenien, der Schweiß und die Eile, die bevorstehende Rückkehr von Tante Lucille und von weit her der Gesang von Soldaten, der Krieg und das Lamm Gottes, das mit großen, ovalen, mitleidigen Augen über die schwellenden Pfühle zu mir hersah, und ihre Worte... niemals werde ich ihre Worte vergessen, als sie sich nun im Bett aufsetzte, meine schwache, zitternde Hand an ihre junge Brust drückte und sagte: ›Ach, du armer Dummer! Sieh dir doch mal an, was du da gemacht hast! Der Heilige Geist ist ja einfach aus dir rausgeflossen!‹«

Nun verstummte er für eine Weile und nahm die Brille ab, wie er das gelegentlich tat, um die Finger gegen die geschlossenen Augenlider zu pressen. Nach längerem Schweigen machte er ein Geräusch, teils Lachen, mehr aber ein Seufzen, und dann sagte er: »Nun, das alles hängt also irgendwie mit jenem Tag in Paris zusammen. Wie – das habe ich nie ganz herausbekommen. Vor nicht langer Zeit hast du doch versucht, etwas Wichtiges von mir zu erfahren. Du sprachst von dem merkwürdigen Augenblick, den du manchmal kurz vor dem Einschlafen erlebst, dem Augenblick, der so unerklärlich, so unbeschreiblich und geheimnisvoll ist; wenn man sich in einem Zustand befindet, der weder Wachen noch Schlafen ist, sondern ein Zwischending; wenn die Antennen des Unterbewußtseins noch gespannt und empfindlich sind, aber doch schon müde werden, wundervoll müde, und alle möglichen unzusammenhängenden Erinnerungsfetzen sich mit ergreifender Unmittelbarkeit einstellen, als handle es sich nicht einfach um Erinnerungen, die man hervorholt, sondern um die destillierte Schönheit, Traurigkeit und Wonne aller realen Erlebnisse, die man jemals gehabt hat. Nun, an jenem Nachmittag in Paris, von dem ich erzählte, nach jenem Anfall beim Fenster, als ich bewußtlos gewesen und wieder zu mir gekommen war, hatte mich zuallererst nach Schlaf verlangt. Das lag selbstverständlich an meiner Betrunkenheit, doch muß noch etwas anderes eine Rolle gespielt haben. Das, was ich vom Fenster aus gesehen hatte, war verwirrend und verblüffend gewesen und hatte mich wohl auch geängstigt. Ich verstand einfach nicht, was vorging. Das Komische war, daß ich mich zum ersten Mal seit langer Zeit heiter und gelassen fühlte; ich spürte die Müdigkeit der Trunkenheit in allen Gliedern – Beklemmung und Angst, die ich zunächst empfunden hatte, waren sogleich vorübergegangen –, und so trat ich denn vom Fenster zurück und legte mich auf die Couch. Ich konnte aber nicht schlafen, oder vielmehr ich versank nur in einen Halbschlaf und lauschte nebenher der ›Zauberflöte‹ und befand mich in jenem elenden Zwischenbereich, wo mich tausend Erinnerungen überfielen und gnadenlos an meinem Herzen zerrten. Und ich dachte ohne jede Lüsternheit, sondern nur in wildem hoffnungslosem Verlangen an Vernelle Satterfield und jenes verlorene, liebliche, rosagetönte Fleisch. Und das wiederum ließ mich an zu Hause denken, an die staubigen Straßen und die Marschen, über denen langhalsige Wasservögel im Morgengrauen dahinstrichen, an die Reklameschilder für alle möglichen Hausmittelchen, die an dem baufälligen Laden an der Kreuzung angebracht waren, und daran, wie solch ein Laden um die Mittagszeit eines heißen Sommertages während meiner Kindheit aussah, als die glühende Sonne über den Tabakfeldern stand, die Bussarde unter dem Himmel kreisten und ein einsamer Neger mit einer Petroleumkanne oder einem Ferkel unter dem Arm über die Straße trottete oder summend einen Sack im Staub hinter sich her schleifte. Und dann begann ich, an alle möglichen anderen Dinge zu denken, sprunghaft und schläfrig, aber jedes einzelne von ihnen durchbohrte mein Herz wie ein Bratspieß: an den Dschungel und an den Strand jener Insel im Pazifik, wie er neblig und gespenstisch im Morgengrauen dalag; an den Geruch des Meeres, als wir angriffen, und an die Palmen, die umgestürzt und wie tote Riesen am Strand lagen. Dann wieder an zu Hause, an die Wasservögel und die Hütten der Neger in der Abenddämmerung. Dann an New York und daran, wie es an einem Sommerabend unter der Hochbahn in der Third Avenue aussah, an das Vorüberrattern der Züge und das Vorbeigleiten der Lastkähne auf dem Fluß, und auch daran, wie es ist, in dieser Stadt an einem Sommerabend jung und allein zu sein. Dann wieder an zu Hause und an Vernelle Satterfield und an den Nachmittag, als mich meine Tante in den Zirkus mitnahm und ich das Karussell sah und meine Tante mich an der Hand hielt und sagte: ›Geh nicht zu nahe heran, mein Junge.‹ Dann... aber es ist auch einerlei. Ich blieb einfach eine Weile liegen, warf mich hin und her und konnte weder wachen noch schlafen; dann dämmerte ich ein, schreckte wieder auf, und diese Erinnerungen umschwärmten mich unterdessen wie große Vögel, sie waren so wirklich, daß sie mehr zu sein schienen als Erinnerungen: Bruchstücke meines Lebens, die ich wieder berührte, hörte, sah und atmete. Ich weiß nicht, wieviel Zeit verging, vielleicht eine halbe Stunde oder auch weniger. Jedenfalls stand ich schließlich auf, weil ich es nicht länger aushielt. Die Freude, die Heiterkeit und die Gelassenheit waren immer noch in mir wie ein Zauber, so, als sei jene wunderliche Empfindung, die mich am Fenster überkommen hatte, etwas, das ich nicht wieder loswerden konnte, als sei jene Einsicht, jenes Bewußtsein oder jene Erkenntnis, die mir vermittelt worden waren, immer noch da, hetze und verzehre mich mit ihrer einfachen, reinen Wahrheit. Als ich nun aufstand und diese Erinnerungen mich immer noch irre und unwirklich umschwirrten, war ich mir daher der Schönheit, der Schönheit und Anständigkeit in meinem eigenen Leben ebenso bewußt wie vorher der Schönheit in jener schäbigen Seitenstraße von Paris, der Schönheit, die in den Wasservögeln zu Hause war, im Karussell, in dem Neger, der im Sommer die staubige Landstraße entlangschlurfte, in Vernelle Satterfield, und die, da sie nicht nur in der Vergangenheit existierte, sondern auch jetzt und für alle Zeit, gewiß über meine augenblickliche Selbstsucht und Gemeinheit und Verkommenheit triumphieren würde, wenn ich ihr nur die geringste Gelegenheit dazu gäbe...« Er erhob sich und ging ans Fenster.

»Nun, ich war also voller Freude und voller Ruhe. Es war eine richtige Euphorie. Aber wie dumm von mir, nicht zu erkennen, daß das Ganze eine Täuschung, daß ich in großer Gefahr, daß ich krank war, wirklich krank vom Fusel und von der Malträtierung meines Körpers; nicht zu erkennen, daß diese... diese Vision, diese Einsicht der reine Schwindel war, vielleicht ein angenehmer Schwindel, ja bestimmt sogar ein sehr angenehmer Schwindel, aber eben doch nur ein Schwindel auf chemischer Basis, und so wenig dauerhaft und wirklich wie ein Traum. Das wußte ich damals aber nicht; ich wußte nicht, daß der Knall, mit dem man wieder auf die Erde zurückfällt, um so lauter dröhnt, je höher hinauf man geschwebt ist.

Dann passierte folgendes: Ich erhob mich von der Couch mit einem Gefühl, daß ich Nägel zerbeißen könnte. Ich war immer noch blau wie eine Haubitze, fühlte mich aber munter genug, es mit einer Horde Riesen aufzunehmen. Ich erzählte ja schon, daß ich lange Zeit nicht hatte arbeiten können, aber nun, in dieser trügerischen Euphorie, hätte ich Piero della Francesca Nachhilfestunden geben mögen. Ich glaubte nämlich, Wahrheit und Schönheit nun fest beim Schlafittchen gepackt zu haben, und konnte gar nicht abwarten anzufangen. Eine Weile torkelte ich zur Begleitung der ›Zauberflöte‹ im Zimmer umher, ein fettes selbstzufriedenes Grinsen im Gesicht, und suchte mein Arbeitszeug zusammen: das seit Monaten unberührte Skizzenbuch, die Kohle und die Flasche – die Flasche mußte ich unbedingt haben. Poppy und die Kinder hatte ich ganz vergessen. Ich stürzte hinaus, hinein in diesen Pariser Nachmittag. Ich weiß nicht mehr genau, wann der Absturz begann, wann die Wolke, auf der ich dahinsegelte, sich unter mir auflöste. Soweit ich mich erinnere, geschah das aber sehr bald, nachdem ich das Haus verlassen hatte. Zunächst war ich jedoch wie elektrisiert, bestand einzig aus Luftblasen, aus Vitaminen und Pisse und Essig. Ich weiß noch, daß ich die kleine Straße hinunterging, die mir so schön erschienen war, daß ich Farben und Linien bewunderte, wirklich bewunderte und von ihrer Perfektion hingerissen war. Dann schlenderte ich dahin – ich rollte wohl mehr –, glaubte aber weltgewandt zu promenieren wie ein Kavalier, während ich in Wahrheit wohl ebenso graziös wirkte wie ein Schiffsheizer an Land. So stolperte ich die Rue Delambre zum Dôme hinunter, immer noch breit grinsend und das Herz weit geöffnet für Paris im Frühling. Und was ist Paris im Frühling? Du weißt, was es ist. Die Luft voller Blütenstaub, Gold und Blätter und Schatten und Frühlingskleider und kokette Bürzel und was noch? Ah…

Der Absturz begann sehr allmählich. Ich erinnere mich aber noch an das erste Anzeichen, die erste Warnung. Ich bewegte mich in allgemeiner Richtung auf den Jardin du Luxembourg zu; es gab da eine gewisse Ecke, die ich schon mal gesehen hatte und von der ich einigermaßen unbestimmt annahm, daß sie sich für meine Zwecke eigne; dort wollte ich mich niederlassen und zeichnen. Unterwegs ging ich ins Dôme, beschaffte mir zwei Zigarren, und auf dem Wege nach draußen stieß ich auf eine mir bekannte Nutte – wahrscheinlich war sie auf dem Sonntagsstrich und machte Überstunden. Es lohnt nicht, unsere Beziehung im einzelnen wiederzugeben, denn von Beziehung konnte da kaum die Rede sein. Sie hieß Yvonne oder Loulou oder so ähnlich. Das einzige, was ich noch von ihr weiß, ist, daß sie aus Lille stammte und daß sie zwar nicht besonders hübsch, aber prachtvoll gebaut war. Ich war mal eine Nacht bei ihr gewesen – eine schwarze, menschenfesserische, erschöpfende Nacht, nachdem ich mich im Suff mit Poppy gezankt hatte. Nach dieser Nacht fühlte ich mich ganz elend und schuldbeladen. Das war das alte angelsächsische Höllenfeuer, das wir, wie du ja weißt, immer mit uns herumschleppen. Ich bereute diesen Fehltritt ganz außerordentlich, und noch mehr die Tatsache, daß die zehn Dollars für das Mädchen eigentlich Poppys Geld waren, weil ich meine Rente bereits versoffen hatte. Was machen wir doch für seelische Verrenkungen! Ich stieß also, wie gesagt, im Dôme mit dieser Schnepfe zusammen. Auf irgendeine Weise war es mir gelungen, ihr seit jener katastrophalen Nacht aus dem Weg zu gehen. Ich hatte sie aus meinen Gedanken verbannt, und als ich nun vor ihr stand, war es, als treibe eine große schwarze Wolke durch meinen schönen sonnigen Tag. In Wirklichkeit war sie ein nettes, freundliches Mädchen, gar nicht wie die meisten Nutten, die trotz aller Märchen, die man von ihnen erzählt, kein Herz von Gold haben, sondern gemeine, keifende Hornissen sind, oder einfach schwachsinnig oder mannstoll. Im ersten Augenblick versuchte sie, mich zu animieren, aber dann wurde ihr Gesicht ganz merkwürdig und feierlich, als sie da so mit mir sprach, und schließlich schwieg sie, neigte den Kopf auf eine Seite und sagte dann mit ihrer kehligen, dunklen Stimme: ›Cass, tu es malade!‹ Und sie legte ihre Hand auf meine Stirn und strich darüber und sagte, mein Kopf fühle sich ganz feucht und

kalt an wie der Bauch einer Forelle. Dann ermahnte sie mich, nach Haus zu gehen und den Arzt zu holen, denn ich sähe krank aus, sehr krank, und sie mache sich Sorgen um mich. Und sie meine das ganz im Ernst.
Ich machte mich ziemlich rüde von ihr los. Keine Nutte vom Montparnasse – und vor allem keine, die mir wie die Inkarnation meiner Schuld gegenübertrat – sollte mir diesen balsamischen Tag vergällen. Ich sagte wohl etwas Unfreundliches und stolzierte an ihr vorbei und den Boulevard hinunter, hob meine Flasche und prostete dem Denkmal von Balzac an der Kreuzung zu und erteilte der ganzen Gegend meinen Segen. Der Absturz hatte aber bereits begonnen. Ich war ... nun, milde ausgedrückt, fühlte ich mich nicht wohl. Gott weiß, daß mir das sehr gegen den Strich ging, und vielleicht war es das Mädchen, das als Katalysator gewirkt hatte – aber ich war erst wenige hundert Meter gegangen, als ich anfing, mich richtig seekrank zu fühlen. Und das Schlimme war, daß ich wirklich krank war. Ohne es zu wissen, war ich seit Monaten krank, und wovon? Nun, von dem schon erwähnten Fusel und von dem Mißbrauch fleischlicher Umarmung – diesen Ausdruck hörte ich einmal einen Methodistenprediger gebrauchen –, und ausgerechnet in Paris, dem größten Umschlagplatz der leckersten Delikatessen, litt ich an den Folgen einer fast wahnwitzigen Kampagne langsamer, stetiger Selbstaushungerung. Aber natürlich war das nicht alles, was mich krank machte. Es war der geringste Teil meiner Krankheit. Woran ich litt, war Verzweiflung, Abscheu vor mir selbst, Gier, Selbstsucht und Trotz. Ich litt an einer Lähmung der Seele, an meinem Selbst, an Schlaffheit. Ich hatte alle Krankheiten, die man sich in Gefängnissen, auf verlassenen Inseln oder an Orten holt, wo die Tage sich grau und sonnenlos in schaler Unendlichkeit hinziehen und nie jemand kommt, um den Schlüssel oder die Antwort zu bringen. Ich war beinah todkrank, genau gesagt, ich litt an einer von mir selbst hervorgerufenen Mangelkrankheit: denn obwohl ich es damals nicht wußte, hatte ich mir selbst allen Glauben an das Gute in mir genommen. An das Gute, das Gott sehr nahe ist. Und das ist die verfluchte Wahrheit.
Und um allem die Krone aufzusetzen, war ich auch noch ein Narr. Ich glaubte, daß Seligkeit, Begreifen und Friede mir zuteil geworden seien, daß ich endlich den Schlüssel erhalten habe, daß ich ein Genie sei und daß das Genie, wenn es nur lange genug wartet, die Offenbarung auf einem silbernen Tablett serviert bekommt. Aber ich war ein Narr, ich irrte mich. Mir war keine wirkliche Offenbarung zuteil geworden, sondern nur ein kränklicher, trunkener Tagtraum, der ebenso wenig Logik oder Wahrheit enthielt wie die Halluzination eines bedauernswerten, alten, irrsinnigen, hungernden Eremiten. Es überrascht mich nicht, daß in der Geschichte der Heiligen so viele Visionen vorkommen. Jeder Tölpel, der sich geißelt,

der hungert und sich mißhandelt, fängt an, Erzengel oder noch Schlimmeres zu sehen. An jenem Tag war mir das aber alles nicht bekannt. Ich wußte es nicht, und ums Verrecken konnte ich mir nicht erklären, warum ich, als ich nun meinen Weg fortsetzte, anfing, mich schwach und schwindelig und krank zu fühlen. Ich verstand auch nicht, warum meine Hochstimmung und mein Entzücken im Schwinden begriffen waren. Vielleicht hatte die Hure etwas damit zu tun. Nein, was geschehen sollte, mußte geschehen, aber seither habe ich oft gedacht, daß sie die Entwicklung beschleunigt hat: Die Schuld, verstehst du, und jenes häßliche, schmutzige Bild traten wieder vor mich – die säuerliche Bettwäsche, die nachgemachte, hurenhafte Lust, und ich selbst, schlabbernd und aus Leibeskräften pimpernd, während Poppy daheim weinend im Bett lag. Verfluchte Tat! Jedenfalls fühlte ich mich wirklich schlecht, als ich den Luxembourg erreichte. Ich war am ganzen Körper feuchtkalt und zitterte, und als ich im Vorübergehen mein Gesicht in einem Schaufenster betrachtete, kam ich mir wie ein kalkweißes Gespenst vor, ganz wie das Mädchen gesagt hatte. Und noch schlimmer war, daß ich angefangen hatte, mich zu ängstigen, daß ich mich fürchtete, mich bedroht fühlte und glaubte, etwas Schreckliches werde sich ereignen. Ich weiß noch, daß ich vor dem Eingang zu den Gärten stehenblieb, einen großen Schluck aus der Kognakflasche nahm und schwankend in der Erwartung verharrte, der Kognak werde mich beleben, mich wieder auf meinen Gipfel befördern. Aber ich war schon erledigt, ich stürzte schon ab und wußte es nicht. Nun endlich erreichte mich die gerechte Strafe, und ich stürzte schnell. Es geschah überhaupt nichts: der Kognak verstärkte nur noch meine Übelkeit. Trotzdem war ich immer noch fest entschlossen zu zeichnen. Ich war immer noch wild darauf aus, mir selbst zu beweisen, daß ich dazu imstande sei, daß diese wahnsinnige Leidenschaft, dieses himmlische Glück, das ich empfunden hatte, kein übler Betrug, kein schlechter Witz waren. Irgendwie gelang es mir, mich in die Gärten zu manövrieren. Überall saßen Sonnenanbeter, und ich wartete ein Weilchen, während die runzlige kleine Wärterin umherhuschte, um mir einen Stuhl zu besorgen. Das schien Stunden zu dauern. Wenn man solch einen Anfall hat, dann dehnt sich die Zeit, sie zieht sich in die Länge wie ein Stück Karamelbonbon. Man sitzt einfach da und leidet und rutscht auf dem Stuhl herum und wartet gequält auf das nächste Ereignis – denn jenes Ereignis wird einem beweisen, daß man noch lebt und in Berührung mit dem Universum ist und nicht in einem zeitlosen, überwältigend schrecklichen Alptraum schwebt. Aber es dauert Jahre und Jahre, bis dieses Ereignis eintritt. Ich sage ja, es war, als brauchte die Frau Stunden, um mir den Stuhl zu beschaffen. Ich stand nur so da, schwach und taub und erschreckt, und zitterte wie ein Bischof, der den Tripper hat. Und als sie den Stuhl schließlich brachte, verspürte ich eine momentane Erleichterung und ließ mich darauf niedersinken wie auf einen Thron.

Und das war der Anfang vom Ende. Während ich nämlich dasaß und mein Skizzenbuch schlaff und unnütz in der Hand hielt, fielen Schrecken und Angst wieder über mich her wie ein scharfer, kalter, lähmender Windstoß. Nie im Leben habe ich mich so einsam gefühlt wie dort auf dem Stuhl in der Sonne in Paris. Ich glich einem Kahn, der sich losgemacht hat und auf die See hinaus treibt, auf allen Seiten umgeben von Riffen, von Verderben und von gähnenden Tiefen. Ich wollte schreien, doch hatte ich keine Stimme. Ich empfand einen unerhörten Drang zu fliehen und wollte in alle Richtungen zugleich davonlaufen, aber ich fürchtete, daß, ganz gleich wo ich auch hinlaufen würde, dieser unvorstellbare, namenlose, reißende Schrecken mich verfolgen werde wie ein Wolf. Die Anlagen schienen sich nach allen Seiten mit Lichtgeschwindigkeit auszudehnen, und die Menschen waren mir so fern und unwirklich wie Gestalten in einem Traum. Und als ich bebend und von Angst gepeinigt dort saß, sehnte ich mich nach nichts so sehr, als mich allein in die Dunkelheit einer winzigen Kammer einzuschließen.

Ich wußte auch, wo diese Kammer zu finden war; zu Hause, in jener kleinen Nebenstraße, aus der ich fortgegangen war, und ich wußte, daß, falls ich nicht schnell dorthin gelangte, nicht innerhalb von Minuten in jenen sicheren, dunklen, bergenden Raum zurückkehrte, der Schrecken mich übermannen, mich niederwerfen würde und daß ich da an einem friedlichen Sonntag mitten im Jardin du Luxembourg zu einem verdammten Irrsinnigen werden mußte, daß ich heulend und kreischend auf die Leute eindreschen oder auch nur einfach die Straße hinunterrennen, auf den Turm von Saint-Sulpice klettern und herunterspringen würde. Ich erhob mich also so vorsichtig, wie ich konnte, von meinem Stuhl (mir war klar, daß mich die Leute derweil neugierig musterten), drückte mich behutsam durch den Ausgang und begann dann zu laufen. Ich lief weder schnell noch langsam, sondern in einem stetigen, stampfenden, entschlossenen Hundetrab die Bürgersteige entlang, über Straßenkreuzungen bei rotem Licht, zwischen fahrenden Autos hindurch und sagte mir die ganze Zeit halblaut und monoton vor: ›Wenn ich stehenbleibe, ist alles verloren, ich habe Angst, mehr Angst als je zuvor in meinem Leben, aber wenn ich weiter laufe und nach Hause komme, kann ich mich vielleicht retten.‹ Ich kreuzte den Boulevard Raspail unter den Augen eines Flic, hörte ihn rufen, als halte er mich für einen Dieb, und erwartete, daß er zur Pistole greifen und schießen werde; trotzdem lief ich weiter, brabbelte immer noch vor mich hin und kümmerte mich nicht um ihn. In der Nähe der

Avenue du Maine stieß ich mit zwei kleinen Mädchen zusammen, die Seil sprangen; ich stolperte über eins der Seile und wäre fast gefallen, doch ohne einzuhalten lief ich weiter, schweißüberströmt und von Angst getrieben. Schließlich war ich in meiner Straße, dann vor der Haustür, und ich floh hinein, rannte die Treppen hinauf und stürzte ins Atelier, den Mund geöffnet wie ein Wasserspeier in erstarrtem, stimmlosem Schrei. Ich machte überall die Vorhänge zu, schloß das Licht aus und den Anblick der kleinen Straße, legte mich ins Bett, zog die Decke über den Kopf und lag dort zitternd und winselnd wie eine jammernde alte Frau, die sich fürchtet, weil sie glaubt, es ist jemand vorm Haus und will einbrechen...«
Er trat vom Fenster zurück, setzte sich und brannte eine Zigarre an.
»Eine Weile lag ich so da, zitternd und innerlich schreiend. Aber ich fühlte mich wohl schon etwas besser: Ich war wenigstens zu Hause, ich war im Dunkeln, war behütet wie im Mutterleib. Etwas von der Angst verflüchtigte sich, und ich fiel in Schlaf, die Decke immer noch über dem Kopf. Es ist kein sehr hübsches Bild, nicht wahr – dieser Molch, diese erhitzte Raupe in wolligem Schlaf versunken.«
»Nun hör schon auf, dich dauernd schlecht zu machen«, sagte ich, ehrlich verärgert. »Das ist doch alles längst erledigt.«
»Da hast du recht. Nun, ich schlief also ein. Nur war es kein Schlaf. Ich saß neben meinem Onkel im Auto, wir fuhren eine Straße entlang, und er brachte mich ins Zuchthaus. Vor uns erblickte ich die hohe Steinmauer und die Wachttürme, und ich empfand tiefe Verzweiflung, denn ich wußte beim besten Willen nicht, welches Verbrechen ich begangen hatte, ich wußte nur, daß es etwas unaussprechlich Scheußliches war – viel schlimmer als Mord, Schändung, Kindesentführung oder Hochverrat, ein namenloses, ungeheuerliches Verbrechen – und daß man mich nicht zum Tode oder zu lebenslänglichem Zuchthaus verurteilt hatte, sondern zu einer Strafe von unbestimmter Dauer, was einige Stunden oder einige Jahrzehnte bedeuten konnte. Oder auch Jahrhunderte. Und mein Onkel sagte mit seiner ruhigen, klaren Stimme, daß ich mir keine Sorgen machen solle, er sei mit dem Direktor bekannt – er nannte ihn Mel, Mel Broughton – und werde sich mit ihm ins Benehmen setzen; es werde keine zwei Stunden dauern, und ich sei wieder frei. Doch als mein Onkel vor dem Tor anhielt, um mich abzusetzen, und sich verabschiedete, als ich durch das Tor schritt und hörte, wie es dröhnend hinter mir zufiel, wußte ich, daß mein Onkel mich entweder betrogen oder bereits vergessen hatte und daß ich für immer in jenem Zuchthaus faulen müsse. Merkwürdig war auch – denn als ich diesen Traum träumte, war ich längst (oder glaubte es wenigstens) über jenes Vorurteil hinaus –, daß mich, nachdem das Tor hinter mir zugefallen war, der Gedanke am meisten schreckte, daß wenig-

stens die Hälfte der Gefangenen Neger sein würden, daß ich also den Rest meiner Tage unter Negern zuzubringen hätte. Danach aber gewann alles eine ganz andere, neue Bedeutung, wie das in Träumen ja zu gehen pflegt: Es waren nicht die Neger, die mich verfolgten und mit Grauen erfüllten – obwohl es schien, als sei ein großer Teil der Gefangenen Schwarze –, sondern mein eigenes Verbrechen. Denn nun war ich im Zuchthaus in Sträflingskleidung, und alle anderen Sträflinge standen um mich herum und sahen mich mit Ekel, Haß und Abscheu an und warfen mir schmutzige Namen an den Kopf; einer von ihnen sagte: ›Wer so etwas getan hat, gehört vergast!‹ Dann hörte ich die anderen rufen: ›Vergast ihn! Vergast das dreckige Schwein!‹ Und es schien, als hielten einzig die Wärter, die mich ebenfalls mit Abscheu und Widerwillen betrachteten, die Sträflinge davon ab, sich auf mich zu stürzen. Derweil versuchte ich zu sprechen und zu fragen: ›Was habe ich getan? Warum bin ich hier? Worin besteht denn meine schreckliche Sünde?‹ Aber meine Stimme ging im fluchenden Gebrüll der anderen Sträflinge unter. Dann verwirrte sich der Traum wieder, die Zeit schien sich ins Unendliche zu dehnen, Tage, Monate und Jahre rollten vorwärts und zurück, und ich wanderte unaufhörlich endlose stählerne Gefängnistreppen hinauf, durchschritt dröhnende Tore, von einer Schuld getrieben, die ich nicht benennen konnte, und belastet von meinem eigenen, mir unbekannten Verbrechen. Und dabei umgab mich nicht kameradschaftlich geteiltes Elend, sondern nur der Abscheu und Haß der gleich mir Verdammten. Und immer hatte ich die absurde Hoffnung, daß irgendwie und irgendwann mein Onkel beim Direktor meine Freilassung bewirken werde. Dann schlug der Traum wieder um, und ich hörte die anderen Sträflinge sagen: ›Vergast ihn! Vergast ihn!‹ Und dann fand ich mich plötzlich entblößt bis auf ein paar schwarze Unterhosen – so vergasen sie die zum Tode Verurteilten in North-Carolina –, und mit einem Aufseher zur Seite und je einem Priester im Gehrock vor und hinter mir wurde ich in die Todeskammer geführt. Ein solcher Traum ist wohl nur bis zu einem gewissen Punkt erträglich, selbst für jemanden wie mich, der ja in eine selbstgeschaffene Hölle gestürzt war. Da erwachte ich also halb erstickt und brüllend unter der Decke und hatte noch die letzte und schrecklichste Vision meines Traumes im Gedächtnis: mein Onkel, mein gütiger kahlköpfiger alter Onkel, der mich wie ein Vater erzogen hatte, stand mit einem Gefäß voll Zyanid an der Tür der Todeskammer, das lose Grinsen Luzifers um die Lippen und in dem rundgeschnittenen engen Henkerkittel schwarz wie ein Rabe...«

Er brach ab, schüttelte sich dann wie im Frost und blieb eine ganze Weile stumm.

»Nun, ich sprang aus dem Bett, nach Luft ringend und mit den Händen herumfuchtelnd, und stand an allen Gliedern zitternd mitten im Zimmer. Ich weiß nicht, wie lange ich da gelegen hatte, doch draußen war es nun mittlerweile dunkel. Durch die Ritzen in den Vorhängen sah ich den Lichtschein über dem Bahnhof Montparnasse und weiter weg die roten Warnlampen am Eiffelturm. Unten in der Straße plärrte ein Radio, und ich erinnere mich noch an den Beifall, an das Gelächter, das Pfeifen und die dröhnende Stimme: ›Vous avez gagné soixante-dix mille francs!‹ Und da stand ich zappelnd mitten im Zimmer und klapperte mit den Zähnen, als hätte ich den Veitstanz. Ich versuchte auch zu sprechen – ein konfuses Gebet, irgendein Wort – und konnte doch die Lippen nicht bewegen, ganz als habe das Grauen jeden Impuls in mir gelähmt und erstickt. Und dabei ging es mir ununterbrochen durch den Kopf: Wenn ich nur etwas zu trinken hätte, einen Schnaps, nur einen einzigen Schluck; und dabei wußte ich, daß ich die Flasche zusammen mit dem Skizzenblock im Jardin du Luxembourg liegengelassen hatte. Dann wußte ich nicht, was anfangen... Wieder erstickte ich beinahe unter der Furcht, der Bedrängnis, war hoffnungslos niedergeschlagen, als drücke diese von Luft erfüllte Leere um mich herum mit unsichtbaren Händen auf mich. Dann rief ich nach Poppy, aber niemand war zurückgekehrt, und ich sah sie alle tot, ertrunken am Grunde der Seine, da, wo ich ihnen hineinzuspringen empfohlen hatte. Dann kam mich wohl zum ersten Mal in meinem Leben ganz spontan die Lust zu sterben an, und ich glaube, daß ich mich auf der Stelle umgebracht haben würde, hätte mich nicht der gleiche Traum, der mich an den Rand des Abgrundes getrieben, auch vom Sprung zurückgehalten: Im Tod, das wußte ich wohl, war kein Vergessen, der Tod war nur ein ewiges Zuchthaus, wo ich endlose graue, stählerne Treppen würde ersteigen müssen, während meine Mitgefangenen mich meines unnennbaren Verbrechens wegen quälten, und wo am Ende nichts weiter auf mich wartete als der Behälter mit Zyanid, der Gestank von Pfirsichblüten und das erstickte Schnappen nach Luft und dann die Erlösung, aber nicht in gnädige Finsternis, sondern in ein heißes nächtliches Zimmer mit zugezogenen Vorhängen, wo ich wiederum ebenso wie jetzt vor Todesangst zitternd stehen würde. Und so immer fort in endlosem Kreislauf wie in den Spiegeln beim Friseur, die mein schuldiges Gesicht bis ins Unendliche vervielfachten. Und da mir denn ein Ausweg, da mir überhaupt alles fehlte, ging ich ins Bett, verkroch mich wieder unter der Decke und versteckte mich vor der Nacht.

Und ein paar Minuten darauf kam jener entsetzliche, altbekannte Traum, den ich mein ganzes Leben hindurch immer wieder geträumt habe: Springfluten, Stürme und kochende Vulkane.

Dieses Mal geriet ich nicht in eine Panik. Ich schrie nicht, zitterte nicht,

troff nicht von Schweiß, fürchtete mich nicht. Es war spät, sicher schon Mitternacht vorüber, und immer noch waren Poppy und die Kinder nicht zurück. Nun, ich wußte, daß sie früher oder später kommen würden, und ich wollte auf sie warten. Draußen herrschte Stille wie auf einem Friedhof, und der Lichtschein über dem Bahnhof war nicht mehr zu sehen. Nach einer Weile hörte ich unten auf der Straße Schritte, jemand pfiff ›La vie en rose‹, dann Lachen und die Stimme eines Mädchens, dann wurden die Schritte leiser und leiser, verhallten endlich ganz, und alles war still wie zuvor. Und nun bereitete ich mich vor. Ich hatte nicht mehr Kräfte als eine Qualle, und mein Magengeschwür machte sich bemerkbar, aber das war mir gleich, und ich war nüchtern wie ein Pfarrer. Als ich nun meine Vorbereitungen traf, dachte ich merkwürdigerweise immer nur an die Schlagzeilen, die ich gelesen hatte und die etwa lauteten: ›Bauer erschlägt seine Familie, tötet sich selbst‹, und wie ich mir solche Leute immer vorgestellt hatte: als verrückte, schwitzende, behaarte Ochsen, mit Schaum vor dem Mund und herausquellenden, taubeneiergroßen Augen, die mit dem Beil um sich schlugen und brüllten! ›Sodomitische Hure! Geschöpf Satans‹, und die ihr eigenes Fleisch und Blut abhackten wie wilde Triebe und dann zuletzt Jesus Christus und alle Heiligen zu Zeugen ihres Elends anriefen, zur Schrotflinte griffen und sich die Hirnschale fortbliesen. Und ich dachte, daß dieses Bild vielleicht der Wahrheit entspreche, daß mein eigenes Bild aber der Wahrheit näher komme; daß ein Mann, der darauf ausgeht, seine Liebsten, sein eigenes Fleisch und Blut zu vernichten, zwar ein Wahnsinniger, daß er aber auch ein ganz anderer sein könne, einer, der in sich die kühle saubere Logik der Ewigkeit bewahrt: ein Mann wie ich vielleicht, der wilde manichäische Träume geträumt hatte, Träume, in denen er erfuhr, daß Gott nicht einmal eine Lüge, sondern, schlimmer noch, daß er schwächer sei als das Böse, das er erschaffen und dem er erlaubt hatte, in der Seele des Menschen Wohnung zu nehmen; daß Gott selbst zum Untergang bestimmt und die himmlische Landschaft nicht golden und voller Gesang sei, sondern eine Wüste des Schreckens, die sich düster von Horizont zu Horizont erstreckt. Ein solcher Mensch kannte die Wahrheit und würde, da er sie kannte, den besten Ausweg wählen. Das hieß, jedes Zeichen, jede Spur seiner Selbst, seiner Liebe, seiner eitlen Hoffnung, seiner rührenden Schöpfungen und seiner Schuld von dieser Erde zu tilgen und sich nicht länger vom Leben zum besten halten zu lassen. Und er würde sich kühl und gefaßt ans Werk machen, denn es lohnte sich nicht, zu pfuschen.
Ich untersuchte also den Gasherd – den Backofen und alle vier Brennstellen –, ließ das Gas voll ausströmen und drehte die Hähne wieder zu. Der Herd funktionierte. Dann ging ich wieder zum Bett hinüber und setzte

mich wartend auf den Bettrand. Ich war ganz ruhig und hatte mir alles in Gedanken zurechtgelegt: Wenn sie hereinkämen, wollte ich mich schlafend stellen, darauf warten, daß sie sich niederlegten, dann gegen Morgen aufstehen und die Sache erledigen. Danach mich selber töten. Dann fiel mir ein: Wenn es nun nicht klappt? Wenn sie nun vom Gas halb erstickt erwachen? Was für eine schreckliche Vorstellung! Sie sollten mühelos und schnell hinübergehen, wie im Schlaf. Ich stand also wieder auf, wühlte im Dunkeln in der Speisekammer herum, fand einen Hammer und nahm ihn mit ins Bett. Dann blieb ich auf dem Rücken mit offenen Augen liegen, wartete auf ihre Rückkehr und dachte an nichts; doch wurde ich von großen, weichen, stummen Wellen der Leere und Einsamkeit gewiegt, als sei ich der letzte Mensch der Schöpfung. Dann, ehe ich es noch recht bemerkte, kam etwas Seltsames über mich: Ich erlebte den Alptraum von neuem, doch nicht den Teil, der meine Seele vernichtete – die Springfluten, Stürme und Vulkane und die versinkende Küste –, sondern den anderen Teil, den guten Teil, den herzzerreißend lieblichen Teil, der mir bislang verborgen geblieben war und mich nun in sich hinein zu ziehen schien. Ich erblickte ein südliches Land voller Olivenbäume und Orangenblüten, darin Mädchen mit lustigen schwarzen Augen und Sonnenschirmen und blaues glitzerndes Wasser. Auch waren dort majestätische Klippen, von Möwen umschwebt, und man schien einen Jahrmarkt abzuhalten: Ich hörte die blecherne Musik eines Karussells, die sich wie ein Strang des Entzückens durch das ganze Bild zog, ich vernahm plätschernde Gespräche und sah weiße Zähne lachend blitzen, und ich vermochte sogar zu riechen – den Duft des Parfüms, den Duft der Pinien, der Orangenblüten und der Mädchen, Düfte, die sich vermischten zu einem süßen gesegneten Duft von Frieden, Ruhe und Freude. Und über allem undeutlich und doch die ganze Szene beherrschend, die holde Mädchenstimme einer südlichen Lorelei, die lockend nach mir rief. Und manchmal war mir, als sehe ich das Bild im Ganzen, und eine Stimme sagte mir, dies sei Andalusien, eine andere Stimme sagte, es seien die Abhänge des Apennins, und wieder eine andere Stimme sagte, es sei Griechenland. Dann sah ich das alles in kleinen lustigen Teilen, wie bunte Bilder in einer Laterna magica, und ich erkannte die Klippen oder die Möwen oder die reine, blitzende See oder die Mädchen mit Blumen in ihren Haaren. Darauf folgte völlige Dunkelheit, in der ich gar nichts sah, und dann plötzlich kam alles in einer großen blühenden Farbenflut zurück – Magenta, Blau, Kirschrot und saftiges Grün –, und wieder hörte ich die Stimme des Mädchens nach mir rufen, und nach einer Weile ächzte ich vor Wonne im Schlaf und wußte, daß ich dorthin gehen müsse. Dann hörte ich endlich mitten darin Geplapper. Ich erwachte, öffnete die Au-

gen, und draußen war heller Tag. Die Vorhänge waren zurückgezogen, und an den Wänden sah ich große grüne Lichtflecke, den Sonnenschein, der durch die Weinblätter fiel. Ich roch den Duft frischgebackenen Brotes, und jemand hatte einen Papagei unten auf den Hof gestellt, und der plapperte aus Leibeskräften vor sich hin.
Ich war nun schwach wie eine neugeborene Maus und hungrig! Ich hätte ein ganzes Faß Teer auffressen können. Ich ließ mich vorsichtig aus dem Bett rollen, stand auf und ging blinzelnd in das andere Zimmer hinüber, wo Poppy mit Timothy, Felicia und dem Baby lag. Sie schlummerten fest. Ich ging ins Badezimmer, und da saß Peggy im Nachthemd auf dem Klosett und las. Sie sah auf, grinste mich an und sagte: ›Morgen, Papa‹, und ich versuchte zu antworten, aber ich brachte kein Wort heraus. Da drehte ich wieder um und ging ins Schlafzimmer zurück. Ich kniete neben dem Bett nieder und zog Poppy zärtlich an mich. Ihr kleines Gesicht war feucht, warm und weich. Sie erwachte langsam, sah mich blinzelnd an, machte die Augen wieder zu, blinzelte mich von neuem an, gähnte und sagte schließlich: ›Cass Kinsolving, wenn du dir nicht mal die Haare schneiden läßt, dann kaufe ich eine Hundemarke für dich.‹ Ich antwortete nicht, kniete nur neben ihr, schloß die Augen und ließ meinen Kopf auf ihrem Kissen ruhen. Dann sagte sie verschlafen und ohne jede Bitterkeit: ›Hoffentlich geht es dir heute besser, Schatz. Gestern warst du ja ganz schlechter Laune. Ich hoffe sehr, daß es dir besser geht.‹ Ich sagte immer noch nichts, preßte nur die Lippen zusammen, streichelte sie und fühlte ihre Rippen zart und zerbrechlich unter dem Bettuch. Dann setzte sie sich im Bett halb auf und sagte: ›Ich hoffe, du hast dich nicht gesorgt gestern nacht, weil es so spät geworden ist. Wieviel Uhr ist es? Ich muß Peggy mit in die Messe nehmen.‹ Und dann: ›Oh, Cass! Rate mal, wo wir waren? Wir sind zum Vogelmarkt gegangen, und was haben wir da wohl gemacht? Wir haben einen Papagei gekauft! Einen wunderbaren kleinen Papagei mit grünen und blauen Flügeln, und er spricht nur Flämisch! Es ist ein ganz süßer Papagei, Cass. Kannst du Flämisch?‹ Ich konnte zunächst gar nichts sagen, aber als ich schließlich meine Zähne voneinander löste, sagte ich: ›Poppy, mein Herz, ich glaube, wir ziehen hier weg und fahren weiter nach Süden.‹ Aber sie hatte mich gar nicht gehört, sondern fuhr fort, in ihrer phantastischen Weise von Vögeln und Papageien zu plappern, und ich lehnte meinen Kopf an ihre Schulter und dachte an den gestrigen Tag und die lange Nacht und an Vernelle Satterfields Worte über den Heiligen Geist, von dem ich wirklich ganz und gar verlassen war und den ich wiedergewinnen mußte, nur um mein Leben zu retten.«

Am nächsten Tag schickte Poppy Cass zum Arzt. Die Praxis befand sich in einem vornehm aussehenden Haus am rechten Seineufer; der Arzt, ein Österreicher, war ein kräftiger, kurz angebundener Mann mit dichten Augenbrauen. Er behorchte Cass' Herz, maß seinen Blutdruck, sah ihm in die Ohren, und nachdem er seinen Magen geröntgt, ihn von oben bis unten untersucht und eine etwas gekürzte Version seiner jüngsten Ausschweifungen zur Kenntnis genommen hatte, sagte er unumwunden seine Meinung: In einem verblüffenden Französisch, die r's und g's gurgelnd, erklärte er, daß Cass abgesehen von seinem Magengeschwür so gesund sei wie ein Ackergaul, daß aber auch ein Ackergaul imstande sei, sich zu töten, wenn er lange genug nichts als Kognak trinke, anstatt Hafer zu fressen. Es sei kein Wunder, daß Cass Angstzustände habe (Cass hatte ihm nur andeuten können, wie schlimm diese ›Angst‹ gewesen war); das Hirn sei schließlich kein vom Körper vollständig getrenntes Organ. Wer in der Jugend seine Substanz vergeude, müsse dies im Alter büßen. Cass möge aufhören zu trinken. Er verschrieb eine Vitaminkur für die nächsten zwei Monate, für eine Woche ein mildes Schlafmittel und ein neues Medikament für den ruhelosen Ulcus, der sich im übrigen in keinem allzu üblen Zustand zu befinden schien. Als Cass schon auf dem Weg nach draußen war, wurde der Arzt etwas verbindlicher, legte die Hand auf Cass' Arm und sagte freundlich: »Seien Sie vernünftig, Sie sind noch jung.« Dann verlangte er fünftausend Francs, mehr als Cass in der Park-Avenue hätte zahlen müssen. Danach fühlte er sich ungeheuer alt.

Während des Monats Mai und bis in die Sommermonate hinein unterwarf Cass sich einer Disziplin, die er später die ›langweilige Vernünftigkeit‹ nannte. Leicht war es nicht; es erforderte weit mehr Willenskraft, als er zu besitzen glaubte, aber er schaffte es – wenigstens zur Hauptsache – und begann, sich erholter und gefestigter zu fühlen als seit langem. Er befolgte die Vorschriften des Arztes fast buchstäblich, aber nicht ganz. Er nahm genau vier Vitaminpillen und vergaß die übrigen, die sich schließlich auflösten und wie flüssiger Gummi auf der Glasplatte im Badezimmer klebten. Das Medikament gegen sein Magengeschwür nahm er jedoch gewissenhaft, denn es beruhigte den Schmerz in seinem Bauch. Das wichtigste aber war, daß er dem mörderischen Kognak abschwor. Statt dessen trank er Wein. Das war nun nicht gerade, was der Arzt verordnet hatte, aber mit dem Wein wurde er viel leichter fertig als mit Kognak, und er konnte trotzdem Paris in einem rosaroten romantischen Schimmer sehen. Er fing wieder an zu essen, und er begann zu arbeiten, nicht gerade mit großer Lust, denn das, was ihn bisher an der Arbeit gehindert hatte, hinderte ihn noch immer, aber seine Finger zitterten wenigstens nicht mehr in der gewohnten Angst und Abneigung, wenn er den Pinsel oder den Bleistift ergriff. Jeden Gedanken an jene Nacht in der Hölle untersagte er sich nicht nur als unerträglich, sondern auch als gänzlich unwahrscheinlich: Er durfte nicht daran denken und tat es auch nicht, abgesehen davon, daß er sich gelegentlich einredete, der Mensch müsse, um sich sein Denkvermögen zu erhalten, dann und wann einmal an den Rand eines Abgrundes geführt werden.

Die Haltung, die er nun dem Leben gegenüber einnahm, schien unvergleichlich viel anmutiger. Er schwankte nicht mehr, sondern promenierte – die Stirn erhoben, um sich von der Sonne bescheinen zu lassen. Sein Geschmackssinn besserte sich – bezeichnende Reaktion des geheilten Trinkers – ebenso wie sein Sehvermögen: Seine Kinder, die er so lange nur als blonde Kleckse wahrgenommen hatte, erschienen ihm nun strahlend-schön wie ein Strauß Osterglocken. Und er ertappte sich dabei, daß er ihre Gesichter unmäßig und auf beinahe peinlich anmutende Weise abküßte. Selbst sein Haar hatte einen überraschenden Glanz gewonnen. Und wenn diese Stimmung auch nicht gerade als Seligkeit zu bezeichnen war (»Ich habe mich immer vor den Kerlen gehütet, die dauernd die Welt umarmen«, sagte er einmal, »mich eingeschlossen.«), so war sie immerhin gelassen und friedlich: Wenn er im Morgenlicht vor einem Croûton und einer Karaffe Wein (sanfter Augenöffner) im Café saß, wach und mit klarem Blick den Spatzen in den Ahornbäumen zusah oder den alten Männern oder den Röcken (den Röcken, immer den gerundeten, hüpfenden, von ihm wegstrebenden Röcken), fühlte er sich manchmal so befreit, so lebendig, daß er kaum noch wahrnahm, wie die Sonne zum Teil von einer Wolke verdeckt, die Luft kühler wurde und sein Auge, das den jähen Schatten an der Mauer des Friedhofes von Montparnasse gewahrte, einem Teil seines Inneren eine unbestimmte Unruhe und einen Anhauch – nur die Ahnung eines Anhauches – der alten Furcht mitteilte. Und dann fragte er sich, wie lange dieser Friede wohl dauern könne.

Eines Morgens Anfang August saß er lesend in einem Café auf dem Boulevard Saint-Germain (die Logik in der Abfolge der Eindrücke, wie er sich später erinnerte, schien wunderbar, denn er hatte gerade den großen Chor aus Ödipus auf Kolonos gelesen, der beginnt: Fremder...), da hörte er eine schrille Frauenstimme, die sein Ohr so erschreckte, daß er mit wildem Blick aufsah und den Band I der ›Sämtlichen Griechischen Dramen‹ zu Boden fallen ließ. »Ich werde das nicht zahlen!« sagte die Stimme im reinsten Dialekt der amerikanischen Provinz. »Wenn Sie glauben, daß ich siebenhundert Francs für das da bezahle, dann sind Sie nicht richtig im Kopf!« Und als Cass sich umsah, fiel ihm auf, daß mit Ausnahme des angeschnauzten Kellners, der achselzuckend neben der Frau stand, kein Franzose in Sicht war. Es schien, als sei, während er tief im Sophokles versunken war, die böse Fee ungesehen eingetreten, habe ihren schlimmen Zauber gesprochen und das Lokal zweitausend Meilen über den Ozean hinweg versetzt. Und obwohl dieses Phänomen, wie er wohl wußte, ihn nicht hätte wunder nehmen dürfen, konnte er doch ein Gefühl der Beklommenheit nicht unterdrücken, als sein suchender Blick kein einziges gallisches Auge entdeckte, das ihm hätte antworten können. Herr im Himmel, dachte er, da bin ich also in einem amerikanischen Schnellrestaurant. Um ihn herum wimmelte es von Sporthemden und Kameras; der Lärm seiner Landsleute überfiel seine Ohren wie das streitsüchtige Geschwätz von Staren auf einem Zaun. »Willard!« ließ sich die Stimme wieder vernehmen. »Stoß ihm mal Bescheid! Auf französisch natürlich!« Nein, das war nicht einmal zu karikieren. Mit unsicherer Hand hob er das Buch auf und öffnete es:

Vom Tau des Himmels aber beträuft
In schönen Dolden blüht Narziß
Allein, der einst das Haupt geziert
Den beiden großen Göttinnen, und
Goldheller Krokus;...*

Wie er sich später erinnerte, muß es, wie man so sagt, eine simple Verkettung von Zufällen gewesen sein, wobei nur die Frage übrigbleibt, warum es nicht schon längst dazu gekommen war. Die Erinnerung an den Traum, den er gehabt hatte – das blaue südliche Meer, das Karussell, die lachenden Mädchen –, sprang in sein Bewußtsein wie ein großer, wilder Delphin, der vom Grunde der trüben See an die Oberfläche schießt, nicht mehr nur ein Versprechen und eine Hoffnung, sondern weit mehr ein Befehl, ein Anruf. So einfach war das also, und warum nur, fragte er sich mit geheimer Freude, hatte es so lange gedauert, ehe es ihn ergriff? Er zahlte seinen Wein, stand auf und schlenderte zu jenem trottelhaften Paar hinüber. »Entschuldigen Sie, Madame«, sagte er, ohne jeden Zorn, beinahe höflich und mit weicher Stimme, während er seine Baskenmütze aufsetzte. »Wenn wir irgendwo zu Gast sind, dann erregen wir kein Aufsehen. Auf gar keinen Fall aber schreien wir.« Ihre Augen wurden so groß wie Untertassen, und sie sah ihn verblüfft an.

»Na, da hört sich doch alles auf... Willard...« Aber Cass hatte sich umgewandt, bereits den Boulevard erreicht und eilte nach Hause, um Poppy mitzuteilen, daß sie sich nun alle nach dem sonnigen Süden aufmachen müßten.

»Die Stadt ist voll von Amerikanern!« brüllte er. »Geh nur nach Saint-Germain und sieh sie dir an! Leichenbestatter, Kosmetikerinnen, Matronen! Alles mögliche Gesindel. Blutiger Heiland! Sieh sie dir nur an, Poppy! Wir müssen hier weg! Wir fahren nach Italien!«

Poppy fühlte sich verloren. Während ihres Aufenthaltes in Frankreich hatte sie sich nach Amerika gesehnt, nach der sandigen Küste von Delaware, nach zu Hause und ihrer Mutter; wie Cass sehr wohl wußte, hatte sie sich jedoch an Paris gewöhnt, es sogar liebgewonnen, und seinen Vorschlag – oder vielmehr seine Forderung – beantwortete sie daher mit einer Flut von Tränen. »Wo ich doch gerade angefangen habe, es hier schön zu finden, Cass!« jammerte sie, »und jetzt sogar ein bißchen Französisch kann, und nun mußt du alles wieder kaputtmachen und die Kinder in eine neue Umgebung versetzen und alles!« Sie wurde blaß; seit ihr Vater gestorben war, hatte er sie nicht mehr so ehrlich bekümmert gesehen. »Warum nur, Cass?« flehte sie. »Wenn wir schon woanders hingehen müssen, warum dann nicht zurück nach Hause? Warum, Cass, warum bist du nur so antiamerikanisch?«

»Weil«, wütete er, vom Beaujolais ein wenig mitgenommen, »weil... willst du wirklich wissen, warum? Weil Amerika das Land ist, wo die Seele durch pure Scheußlichkeit vergiftet wird, weil in Amerika alles so aussieht wie die kleine Straße in der Nähe der Bushaltestelle in Poughkeepsie. Ja, zum Donnerwetter, Poppy, muß ich dir denn das alles noch einmal erklären? Wenn ich an Amerika denke, dann kann ich mir eben nichts anderes vorstellen als eine Straße in Poughkeepsie, in die ich mich mal verlaufen habe, als ich dich zu Hause besuchen wollte, und immer wenn ich daran denke, kommt mich ihrer ungeheuren Scheußlichkeit wegen eine solche Verzweiflung an, daß ich in Tränen ausbrechen könnte. Du willst doch nicht, daß ich anfange zu heulen, oder?«

»Nein, das will ich nicht«, sagte sie und trocknete ihre Tränen. »Aber du weißt doch selbst ganz genau, Cass, daß es nicht überall so aussieht. Du hast selbst gesagt...«

»Zitiere mich nur nicht falsch! Was ich jemals an mildernden Umständen für den Schrecken angeführt habe, den Amerika mir einjagt, kannst du streichen. Streich es aus! Es war die pure Sentimentalität. Ich habe da vorhin eine Amerikanerin gesehen, aus der tiefsten Provinz, und sie hatte einen großen, hängebackigen Ehemann namens Willard bei sich, der genauso aussah wie Monsieur Pot-de-Naz von Daumier, und in den Augen dieser Frau waren Dollarzeichen wie zwei blinkende Symbole des Geizes, der Gier und der Käuflichkeit zu sehen.«

»Was für ein Unsinn, Cass! Du hast selbst oft genug gesagt, daß niemand auf der Welt so verrückt nach Geld ist wie die Franzosen! Wie kannst du

nur so... so voreingenommen sein! Ich habe selbst eine ganze Menge Amerikaner in Paris gesehen, und so übel sind sie gar nicht. Ein paar davon haben nicht annähernd so gemein und geldgierig ausgesehen wie einige Franzosen, die ich kennengelernt habe. Du bist nur voreingenommen, und es ist einfach eine Sünde, so ein Vorurteil gegen sein eigenes Fleisch und Blut zu haben!«
»Fleisch und Blut? Fleisch und Blut, daß ich nicht lache! Diese greulichen... diese Seidenaffen sollen mein Fleisch und Blut sein? Lady Willard vielleicht? Diese große unverschämte Gans aus der Provinz mit ihrem Gipskopf, diese Gewitterziege? Manchmal treibst du mich wirklich zum Wahnsinn, Poppy! Wie kannst du so was nur sagen? Himmel Donnerwetter! Was ist denn nur mit dir los! Ihr verfluchten irischen Katholiken habt es gerade nötig, von Vorurteilen zu reden! Ihr seid ein Fluch und eine Pestbeule der Menschheit! Allesamt, eure ganze elende Bande!« Er zeigte mit dem ausgestreckten Zeigefinger auf sie. »Ihr seid eine Bande von abergläubischen, nasebohrenden Bauerntölpeln, die sich wie Mehltau über ganz Amerika verbreitet haben, und zwar zu einer Zeit, als aus dem Land noch etwas hätte werden können, als es noch eine herrliche Zukunft hatte. Ihr, mit euren diebischen Stadtverordneten, euren bigotten Priestern und Bischöfen und all den anderen monströsen Hexenmeistern, habt geholfen, es zu dem zu machen, was es ist: ein Aschenhaufen von Dummheit, verrotztem Materialismus und abgründiger Scheußlichkeit! Ein Schmutzfleck der Schöpfung! Ihr seid allesamt nichts anderes als Säufer, dickärschige Polizisten und korrupte Politiker – hirnloser Abschaum! Denk doch nur mal an St.-Patricks-Tag in New York! Herr im Himmel! Eine ganze Stadt ist dann einem Haufen von Müllkutschern und Bartendern ausgeliefert! Und eure Religion! Eure heuchlerische, bigotte, puritanische, schönheitsfeindliche Religion! Beim Himmel, ich würde nicht mal einen Furz von Van Gogh für eine Handvoll beglaubigter Barthaare vom heiligen Patrick eintauschen! Was wißt ihr denn eigentlich von Gott! Was...«
»Du hältst jetzt dein Maul über meine Religion, Cass Kinsolving!« quietschte sie. »Zum Glück sind die Kinder nicht hier und können dich nicht hören! Mein Urgroßvater ist fast verhungert! Als die Iren nach Amerika auswanderten, waren sie arm wie die Kirchenmäuse! Genau gegen deine Art Vorurteil mußten sie ankämpfen! Und rede nicht von Säufern, du Säufer! So einen unseligen Menschen wie dich habe ich überhaupt noch nicht gesehen! Und vielleicht wärst du glücklicher, wenn du wenigstens ein bißchen von meiner Religion hättest. Vielleicht würdest du dann nicht soviel trinken und könntest arbeiten und müßtest dich nicht die ganze Zeit so quälen! Vielleicht«, rief sie über die Schulter zurück,

während sie aus der Tür segelte, »könntest du dann auch die Menschen, die dich liebhaben, ein bißchen glücklicher machen! So, und das ist die Wahrheit!« Bums!

»Vielleicht« – und damit steckte sie ihr wütendes kleines Gesicht wieder zur Tür herein – »vielleicht würdest du dann auch merken, daß Amerika ein herrliches Land ist und daß du gar kein Recht hast, es zu kritisieren, weil...«

»Und ob ich ein Recht habe, es zu kritisieren!« hörte er sich brüllen, und in seiner Stimme klang Selbstmitleid. »Ich bin ja beinah für Amerika gestorben! Ich habe für Amerika mein halbes Hirn und meinen Seelenfrieden im Dschungel gelassen! Wenn ich nicht ein Recht auf Kritik habe, wer soll es dann wohl haben! Und daß die Iren arm waren wie die Kirchenmäuse... das waren die Italiener auch! Und die Juden auch! Aber die besaßen genug Herz und Menschlichkeit, um...«

»Ach was, scher dich zum Mond!« Bums!

Beschämung. Eine Zeitlang fühlte er sich tief beschämt. Er hatte keinen Grund, so mit Poppy zu reden, und er versank in düstere Niedergeschlagenheit. Reue packte ihn und auch die alte, mit dem Schuldgefühl belastete Furcht. (Er rang die Hände und dachte: ›Wenn ihr nun etwas zustößt? Ein Autobus oder so was! Lieber Gott! Ich liebe sie doch!‹) Aber da der gleiche Auftritt sich schon viele Male zuvor abgespielt hatte – da tausend eheliche Schlachten ihn immun gegen ein zu großes Schuldgefühl gemacht hatten –, wurde er mühelos mit dieser Beschämung fertig und verdrängte die ganze Angelegenheit. Als Poppy dann später mit den Kindern vom Spielplatz zurückkam, besänftigten sich die Gemüter. Noch später am Abend, als sie zusammen im Bett lagen, sagte Poppy: »Oh, Cass, ich habe dich doch so lieb, und ich will mit dir gehen, wohin du willst.« Sie streichelte seinen Bauch. »Wie fühlt sich denn dein Magen?«

»Was riecht denn hier so?«

»Ach...«, sagte sie schon im Halbschlaf. »Felicia hat in die Hose gemacht, und ich habe vergessen...«

»O du lieber Heiland!«

»Ich stehe schon auf...«

»Ach, laß nur, laß nur Schatz, denk nicht mehr daran.«

Sie war wie ein niedliches Kind. Er liebte sie auf seine Art tief, und manchmal glaubte er, daß das Bewußtsein, ihr Schmerz zu bereiten, sein eigener größter Schmerz war. Wie konnte er ihr erklären, daß es in Wirklichkeit gar nicht diese Pest von Amerikanern war, die ihn zur Flucht nach dem Süden trieb, sondern ausschließlich seine unbeschreiblich unschuldige und doch zu üppige und verführerische Traumvorstellung! In Gedanken versuchte er es, doch gelang es ihm nicht, und er schlief ein.

Am nächsten Tag zählten sie ihr Geld, lösten einige Reiseschecks bei dem geschwätzigen Juden nahe dem Hôtel de Ville ein und fingen an, ihre Sachen zu packen. Was häuft sich doch im Laufe eines Jahres in einer Familie für unnützer Kram an! Dann arbeitete er ungeschickt und aufs Geratewohl einen Reiseplan aus. Zunächst wollte er Poppy die Riviera zeigen – das war nicht seine Traumlandschaft, aber doch immerhin der Süden – und dann weiter nach Italien, es war ziemlich einerlei, wohin...

Irgendwo auf dem linken Ufer der Rhône, an der Eisenbahnstrecke zur Côte d'Azur befindet sich ein bescheidenes, einsames Grab. Ein einzelner Eichentrieb, der von einem Baum in der Nähe stammt, markiert diesen abgelegenen Ort; der Trieb ist nun vielleicht schon eingegangen oder auch vom Wind fortgeweht, so daß derjenige, der nach Überresten des Grabes sucht, dort nichts weiter findet als Gräser, Wind und Sonnenschein und die entfernten, bleichen, von der Sonne gedörrten Klippen: Wächter über einer nicht mehr erinnerlichen Flut. Es standen dort aber auch ein knorriger Apfelbaum, wie Cass sich erinnerte, und ein verwitterter Zaun, die zusammen mit einer Reihe von Pappeln, die gerade ausgerichtet wie Soldaten bis zum Horizont reichten, einen Anhaltspunkt boten, mit dessen Hilfe er, falls er jemals Lust dazu haben sollte, diesen traurigen, verlassenen Ort wiederfinden könnte. Er befand sich südlich von Lyon und nördlich von Valence, und hier hatte der Zug unerklärlicherweise eine ganze Stunde gehalten, so daß sie alle das glühend heiße, lärmende Abteil dritter Klasse verlassen konnten, um Ursula zu beerdigen, Ursula, den Flämisch sprechenden Papagei. Ihr Ende war erstaunlich schnell gekommen. Es konnten nicht mehr als zwei oder drei Stunden vergangen sein, seit Ursula in der zugigen Halle der Gare de Lyon ihr durchdringendes, gesundes Gekreisch eingestellt, grünlich welkend zu zittern begonnen und sich schwächlich und senil scharrend und nickend in eine Ecke ihres Käfigs zurückgezogen hatte, wo ihre Federn klebrig und glanzlos wurden, bis zu dem Augenblick, da sie mit feuchten Augäpfeln und einem letzten keuchenden Krächzen verschied und ohne, wie Peggy, die von allen am wenigsten sentimental war, sich ausdrückte, auch nur »Auf Wiedersehen« zu sagen, von der Stange plumpste. Cass wußte, daß dies ein übles Vorzeichen war. Die beiden mittleren Kinder Timothy und Felicia ließen ihr wildes, herzerschütterndes Klagegeheul durch den Zug erschallen; sogar Peggy war betroffen, sogar er. Das Baby weinte aus Sympathie in seinem Körbchen mit, und Poppy war die schlimmste von allen; ihre Tränen flossen unaufhörlich, obwohl sie sich um der Kinder willen zu beherrschen suchte und mit zitternden Lippen, so als könne sie allein mit Worten den Kummer abwenden, der verblüfften schwitzenden

Bäuerin, die mit ihnen im Abteil saß, erklärte, daß der »pauvre petit perroquet« wenigstens »ein sehr glückliches Leben« gehabt habe.
Die Verwirrung, die Trauer und der Lärm wurden beinah unerträglich. Er sehnte sich nach einem guten, kräftigen Schnaps, haßte seine harterkämpfte Selbstdisziplin und fühlte sich bedrückt von einem Leben, in dem gewisse unerträgliche Augenblicke (wie dieser) nur erträglich wurden durch ein Elixier, das er selbst nicht vertragen konnte. Er deckte den Käfig des Papageien zu und forderte die Trauergesellschaft barsch auf, den Mund zu halten, legte sich ein Kissen unter den Kopf und schlief ein. Aber auch in seinen Träumen kam er nicht davon los, daß es sich um ein übles Vorzeichen handelte. Als der Zug anhielt und er, nunmehr erwacht, vom Schaffner erfuhr, daß man mit einem längeren Aufenthalt zu rechnen habe, ging er hinter Poppy und den Kindern hinaus auf das Feld. Es war ein schimmernder, südlicher Tag, trocken, heiß und wolkenlos, von blendender Bläue und erfüllt vom Summen der Insekten im Gras. Poppy trug die noch warme Ursula in das grüne Tuch gewickelt, mit dem sonst der Käfig bedeckt worden war. Jeder von ihnen hatte sich feierlich eine Rolle zugelegt: Poppy war die Mutter des Papageien, Timothy der geliebte Gatte, Felicia die jüngere Schwester, Peggy, die sich wie gewöhnlich etwas zurückhielt (sie hatte auch nicht vergessen, daß Ursula sie vor zwei Monaten gebissen hatte), begnügte sich damit ›eine Freundin, eine Art Vogelfreundin‹ zu sein, während er selbst, ohne sein Dazutun, sowohl zum Totengräber als auch zum Priester wurde. »Wie soll ich denn um Gottes willen einen Priester darstellen, Poppy?« fragte er. Aber sie meinte, daß er es für einen Vogel wohl könne. Während er schwitzend mit einem Stein ein Loch in den ausgedörrten Boden grub, dachte er, daß Poppy ihren Glauben wohl gelegentlich auf eine Übelkeit erregende und vielleicht blasphemische Weise zu weit treibe, doch war er nun zum Priester gewählt, und als Priester las er die Totenmesse aus ihrem Gebetbuch in volltönendem, groteskem Latein, während Poppy und die Kinder mit gebeugten Häuptern dabeistanden und die lustlosen Passagiere im Zug sich Luft zufächelten und mit schweigender Bestürzung auf diese Szene starrten. Schließlich war es vorüber, und alle warfen eine Handvoll Staub in das Loch. Cass pflanzte den Eichentrieb, und Poppy pflückte eine Glockenblume für Felicia, die sie in den Mund steckte. Adieu, Ursula, adieu, lieber Vogel, adieu... Cass war glücklich, diesen schwatzenden Papagei los zu sein, aber trotz allem fühlte er sich merkwürdig angerührt, als das Trauergefolge sich in den Zug zurück begab: seine Kinder, alle gute Katholiken, die erlöst werden würden, standen geduldig mit gebeugten Köpfen und frisch und zerbrechlich da, wie die wilden Blumen um sie herum. Gerade da fühlte er Peggy stolpern und gegen sich fallen, und als er zu ihr

herunter sah, gewahrte er den irren Blick des Kindes und sah die strahlende Röte des Fiebers auf ihren Wangen. Das Omen hatte sich bestätigt. ›Papageienkrankheit‹, dachte er. ›Verfluchter Vogel! Die Papageienkrankheit, die bei Menschen tödlich verläuft! Dreimal verfluchter Gott!‹ Seine Diagnose war nicht richtig, doch war das Kind schwer krank, und diese Krankheit zählte zu den schlimmsten Erfahrungen seines Lebens. Die Hafenstadt Toulon, in der sie nach mehreren, zermürbenden Stunden eintrafen, ähnelt in ihrer Ausdehnung und ihrem Aussehen sehr der Stadt Norfolk. Sie bietet dem Auge des Betrachters ein ebenso unansehnliches Hafenpanorama von wirr in die Luft ragenden Kränen und Werften, ein öliges Hafenbecken und den allgemeinen Eindruck eines Seehafens mit großem Handelsumschlag. Sie eignet sich nicht zum Ferienziel, nicht zu Besichtigungsfahrten und auch nicht zum Aufenthalt für ein krankes Kind. Und sie wußten längst, ehe sie ankamen, daß Peggy so krank war, wie ein Kind nur sein kann. Sie hatte sich mehrmals übergeben, litt an hohem Fieber, ihr hübsches blondes Haar klebte feucht an Stirn und Nakken, und in weniger als den zwei Stunden, die der Zug brauchte, um die erstickend heiße Landschaft der Provence zu durchqueren, war sie bereits im Delirium. In kopfloser Panik gingen sie nicht auf dem schnellsten Weg ins Krankenhaus, sondern in ein Hotel – ein Haus wie eine Scheune, voller Topfpalmen und gesättigt mit der Atmosphäre von Vertreterschweiß und hastigen Liebesabenteuern. Sie nahmen zwei ineinandergehende Zimmer zu einem wahnwitzigen Preis (»La saison, vous savez«, sagte der Geschäftsführer, als ob es in Toulon eine Saison gäbe!), quartierten die jüngeren Kinder in dem einen Zimmer und sich selbst mit Peggy in dem anderen Zimmer ein. Dann, gegen Abend, färbte sich das Gesicht des Kindes vor ihren Augen glühend rot, nur um den Mund herum blieb ein kreideweißer, runder Fleck, der ihm das grauenhafte Aussehen einer Clownsmaske verlieh. »C'est la scarlatine«, sagte der freundliche, junge Arzt, den sie schließlich herbeigeholt hatten, nach einem einzigen Blick. Dann erklärte er, daß es sich anscheinend um einen besonders schweren Fall von Scharlach handele, und ordnete die Überführung in ein Krankenhaus an. Dem Geschäftsführer gelang es trotz des Durcheinanders irgendwie eine alte Frau aufzutreiben, die zuverlässig genug aussah, um auf die Kinder aufzupassen. Verstört, unglücklich und betäubt wickelten sie Peggy stumm in eine Decke und brachten sie in einem Taxi, das von einem eifrigen und gewissenhaften Irrsinnigen mit höchster Geschwindigkeit durch palmenbestandene Straßen gesteuert wurde, ins Krankenhaus. Das Leben, dachte Cass, der während dieser Fahrt das fieberheiße Kind im Arm hielt, ist manchmal sogar noch schlimmer als der Krieg. In der höhlenartigen Halle des Krankenhauses, die nach Karbol roch und in der sahnefar-

bene, flatternde, leichtfüßige Nonnen geheimnisvoll umherhuschten, warteten sie bis zum Morgen. Weder er noch Poppy sprachen ein Wort. Gegen Morgen erschien der Arzt mit ernstem, übernächtigem Gesicht. Peggy reagiere nicht gut auf das Penicillin, doch sei es noch zu früh, um etwas Verläßliches zu sagen. Die Eltern sollten nach Hause gehen und sich ausruhen und um zehn Uhr wiederkommen. Im Hotel empfing sie die alte Frau, deren Gesicht vor Sorge fast maskenhaft wirkte. »Les autres aussi«, flüsterte sie. »Ils ont la fièvre!« Also noch mehr Scharlachfieber!
Um zehn Uhr dann (nachdem ein weiterer Arzt mit weiterem Penicillin eingetroffen und wieder gegangen war) ließ er Poppy bei den Kindern und ging zurück ins Krankenhaus. Hier erfuhr er, daß Peggy in Krämpfen liege; eine Rückenmarkspunktion hatte eine entsetzliche Komplikation erkennen lassen, etwas, das geradezu teuflisch und nach Tod und Verderben klang – Meningitis. In extremen Fällen nichts Ungewöhnliches, wie der Arzt versicherte. Cass stahl sich in ihr Zimmer und betrachtete sie: sie schien kaum zu atmen, und unter der Röte ihres Gesichtes war das wachsbleiche Fleisch zu ahnen. »Ach, bitte tu es nicht, meine Kleine«, flüsterte er. Die Prognose, so erklärte der Arzt, bedauernd die Schultern hebend, sei entschieden nicht hoffnungsvoll.
Er stolperte in das gewalttätige Sonnenlicht hinaus, verspürte den trockenen, rostigen Geschmack der Furcht im Mund und die eiskalte Berührung der Sterblichkeit auf seinem Fleisch und in seinen Knochen. Da er übernächtig war und einen nadelfeinen Schmerz in den Augen spürte, wußte er nicht mehr, wie er an den Ort gelangt war, an dem er sich dann wieder fand: auf einem lärmerfüllten Pier am Hafen, wo die Luft mit pudrigem Steinstaub angefüllt war, der aus dem Laderaum eines Schiffes aufstieg; wo der Wind nach Salz und Benzin stank und ein unsichtbarer Niethammer seine Trommelfelle mit knallenden Explosionen durchlöcherte. Später war ihm klar, daß er in diesem Augenblick nicht so fatalistischer Stimmung hätte sein können, wäre er weniger verstört, weniger erschöpft und außer sich gewesen. So aber wirkte alles dahin zusammen, daß er dachte: Alle meine Kinder werden sterben. Alle meine Söhne und Töchter. Dieser Gedanke war so trostlos, daß er jegliche Trauer weit hinter sich ließ. Wie sehr er auch versuchte, diese Vorstellung abzuschütteln, er konnte sie doch nicht loswerden: Peggy, seine Erstgeborene, von allen seinen Lieben ihm die liebste, die ihn mit fliegenden Locken und einem Blumengesicht voller Zärtlichkeit immer *so* umarmte: sie packte ihn bei den Ohren und drehte sein Gesicht zu sich, als sei der Kopf ihres liebenden Vaters ein Henkeltopf. In dem Bemühen, dieses unerträgliche Bild loszuwerden, hob er die Augen zum Himmel: Zwei Düsenjäger jagten heulend im Tiefflug über den Hafen, haarscharf über Schiffe und Dächer hinweg, und waren

verschwunden. Liebender Vater? Selbstverständlich hatte er sie geliebt, aber wie wenig wirkliche Liebe hatte er ihnen erwiesen. War es nicht Poppy, die ihnen Geschenke mitbrachte, die sich um sie sorgte und über sie wachte, die ihnen in ihrer zerfahrenen, hirnlosen Weise trotzdem alles das beigebracht hatte, was sie wußten, während er, zufrieden damit, sie nachsichtig zu tätscheln, sie auf den Knien zu schaukeln und sich herablassend ihre kleinen Kunststücke anzusehen, sich ihretwegen weiter keine Gedanken gemacht hatte! Weiß der Himmel, es geschah ihm schon recht, er hatte es in seiner Vermessenheit sehr wohl verdient. In seiner blöden, kindischen Vermessenheit. Denn er wußte nur zu gut, daß dies die Wahrheit war: Aus einem schwächlichen, gedankenlosen Schuljungenreflex heraus – wohl eine Folge von Poppys unmerklichem frommen Einfluß – hatte er angenommen, daß seine Genesung während der letzten Monate, seine Enthaltsamkeit und sein mehr oder weniger nüchternes Betragen irgendwie die vergangenen Jahre der Trägheit, der Trunkenheit und der Haltlosigkeit ausgelöscht hätten, jene Zeit – nun unwiederbringlich verloren –, da er betrunken gewesen war, sich geweigert hatte zu arbeiten, da er alles das nicht getan hatte, was er hätte tun sollen und umgekehrt. Beim Himmel, dachte er in echter Bestürzung, er hatte sich wie ein verfluchter Katholik benommen! Sich auf diese Weise Vergebung zu erwarten! Zu glauben, daß er der Vergeltung entgehen würde, einfach auf die kindische Annahme hin, daß eine böse Tat durch das einfache Mittel, sie durch eine gute Tat zu ersetzen, ausgelöscht werden könnte, wie der Kreidestrich von einer Tafel! Er hatte einfach seine eigene Erziehung vergessen, die Tatsache übersehen, daß Gott durchaus nicht ein gütiger, freundlicher Christ war, der, wie Poppy behauptete, jeden entwischen ließ, der ehrlich bereute, sondern daß Er ein gemeiner alter Jude mit einem schmutzigen Bart und brennendem Blick war, dessen Nüstern Rauch und Höllenfeuer schnoben und der in Cass' Bewußtsein das Gesetz auf die gleiche Weise eingegraben hatte wie jene irreblickenden, fußwaschenden Propheten, die in Cass' Jugend mit Farbtöpfen in seiner Heimat umhergestrichen waren, jede Scheune, jede Säule und jeden Zaun mit der leuchtenden, unbarmherzigen Parole beschmiert hatten: DU SOLLST NICHT! Wenn man fehlgetreten war, dann erwischte Er einen, und wenn Er einen erwischte, war man erledigt. Das war die einfache Bilanz der ganzen Situation. Es nützte gar nichts, »Vater« oder »Vergib mir« zu schreien oder sich den Kopf in tiefer Reue an der nächsten Wand blutig zu schlagen, Er erwischte einen am Ende doch. Und dann wählte Er in seinem schulmeisterlichen Zorn, der hundert Millionen Hebräer bei der bloßen Nennung seines Namens erzittern ließ, eine Strafe, die dem Verbrechen angemessen war. Wie passend war es doch, dachte Cass, daß er selbst, dessen

Trachten bis jetzt auf sinnlose Selbstpeinigung gerichtet gewesen war, mehr als nur halb an einen Gott glaubte, ja sich nach ihm sehnte, der solch ein sadistisches Ungeheuer war. Wie passend in der Tat, daß jener Gott (hatte Er sein lauerndes Auge in jener schrecklichen Nacht vor kurzem auf ihn gerichtet gehabt?) nun alles in seine eigene rächende Hand nahm, daß Er ihm alles raubte, was an ihm wahrhaft unsterblich war, als wolle Er sein Mißvergnügen über jemanden ausdrücken, der so tastend und ungeschickt und vergeblich um ein wenig trügerische Unsterblichkeit gerungen hatte. Söhne und Töchter! Es machte gar nichts, daß sie zerbrechlich waren und lieblich wie Blumen oder daß sie erst so kurze Zeit lebten, daß es nicht mehr als ein kleines Blinzeln vor der Herrlichkeit seiner eigenen Sonne war. Er würde sie sich nehmen. »So nimm sie denn!« flüsterte Cass zornig und in hoffnungsloser Reue. »Nimm sie! Nimm sie!«

Danach versuchte er, sich in einer Hafenkneipe an Pernod zu betrinken, doch gelang ihm das nicht. Sehr viel später erst war er bereit zuzugeben, daß ihn ein guter Kern vor diesem letzten Versagen bewahrte. Zu jener Zeit aber überstieg das Gefühl, ein wertloser, verkommener Mensch zu sein, alles andere in ihm. Mit dem vagen Empfinden, daß er auf eine versteckte, undeutliche, hoffnungslose, unwiderrufliche Weise zum Mörder seiner Kinder geworden war und daß Gott, wer immer er nur sein mochte – Er, der wie ein bedrückendes Phantom seinen Umriß und seine Form in ihm ununterbrochen veränderte –, an diesem Verbrechen beteiligt war, ging er ins Hotel zurück, um Poppy Nachricht von Peggy zu bringen. Auf dem ganzen Wege schluchzte er bitterlich.

Es gehört zu den aufregendsten Dingen im Leben, daß einige unserer schwersten Prüfungen wunderbarerweise zu einem erfreulichen Ende kommen. ›Es gibt keinen Ausweg mehr! Jetzt sind wir verloren! Ägypten, ich sterbe, ich sterbe!‹ Dann plötzlich räkeln wir uns vor dem Kaminfeuer, sind gesprächig und unbescheiden, und mit glühenden Gesichtern berichten wir von den schrecklichen Gefahren, die wir sicher überstanden haben und deren Einzelheiten zwar jetzt noch klar vor uns stehen, sich aber bereits zu verflüchtigen beginnen. In diesem Fall bedeutete es, daß die Kinder sich innerhalb sechsunddreißig Stunden vollständig zu erholen begannen. Peggy wurde nach gewaltigen Injektionen von Penicillin wieder munter, schrie aus Leibeskräften nach de la glace au chocolat, während Timothy und Felicia, ebenfalls mit der Wunderdroge behandelt, ihren Ausschlag und das Fieber schnell genug überstanden (sie waren ohnehin nur leichte Fälle gewesen), um am Ende des zweiten Tages bereits aus ihren Betten zu klettern und die Korridore des Hotels mit ungezogenem Lärm zu erfüllen. Der Jüngste war seines Alters wegen immun und überhaupt nicht erkrankt. Peggy brauchte noch eine Woche, um sich zu erholen, wobei sich mit ziemlicher Sicherheit erwies, daß sie keine dauernden Schäden davontragen würde. Es waren große Rechnungen zu bezahlen, aber nach weniger als zehn Tagen war kaum noch zu bemerken (abgesehen von den auf der Leine trocknenden Handtüchern mit der Inschrift »Clinique de Provence Toulon«), daß der Haushalt, der jetzt vollständig auf den Klippen nahe Hyères saß und Mücken erschlug, von Krankheit heimgesucht worden war. Poppy, naß und braun und in einem getupften Bikini von der Größe einer Augenklappe, rief aus der Brandung: »Da ist ja Papa! Cass, komm doch ins Wasser!« Aber Cass – in Turnschuhen und einem verknüllten Hemd, an einer Lakritzenstange lutschend, die nach Pernod schmeckte und ihm als Ersatz für den Schnaps diente, und außerdem geplagt von einem Fußpilz, den er sich weiß Gott wo geholt hatte – zog sich lieber in den Schatten des gemieteten Sommerhauses zurück. Er war der einzige, der sich erinnerte – düster, abgewandt, kleinlaut...

»Alles hier wie auf Cézannes Bildern von L'Estaque«, schrieb er eines Tages unter dem Datum, Freitag, der 24. August, in sein Notizbuch. »D. h. glühendes subtropisches Licht, verschiedene Grüns und Blaus so wild vermischt, daß man das Gefühl hat, man *muß* um jeden Preis das Geheimnis hinter dem Spektrum ergründen. Ich kann aber keinen Finger rühren. (Man bemerke übrigens, wie dieses Journal, oder was es schon ist, sich im Kreise bewegt, d. h. ich schreibe erst jetzt wieder, wo es mir ebenso dreckig geht und ich ebenso wenig arbeiten kann wie in Paris.) Gestern zur Abwechslung mal weniger kleinmütig gefühlt & mit kompletter Arbeitsausrüstung allein die Fähre nach Porquerolles genommen in der Erwartung, zwischen dem Geißblatt eine Handvoll reifer Bacchantinnen & ein Bündel Najaden & Nixen der verschiedensten Farben vorzufinden. Statt dessen Kongreß mehrerer hundert Automobilhändler aus Genf, setzte mich also auf einen Felsen am Meer & schlief ein. Dies ist *nicht* meine Traumlandschaft. Noch kein neuer Traum – wahrscheinlich bin ich zu gesund & mir fehlen die zerfetzten Nerven und die kranke Leber, die ich in Paris hatte. Möchte fast den *anderen* Teil riskieren, um wieder ein deutliches Bild zu gewinnen. Poppy & Kinder sind hier glücklich wie die Seeigel, aber ich fühle mich wie am Strand von Daytona, überall Motels & Barbarei. Franzosen in den Ferien übertreffen alle anderen Völker an lärmender Gewöhnlichkeit, sogar meine Landsleute, was ich nie für möglich gehalten hätte. Vielleicht ist alles nur eine Reflexion dessen, was mich quält & nicht nachlassen will. Muß P. aber in aller Ruhe und Strenge mitteilen, daß der Mensch einzig in Rom *(Die Stadt)* Erlösung finden kann, wo sie schließlich auch herstammt & damit wird es mir vielleicht gelingen. Inzwischen verwundert & geradezu überwältigt von meiner Wil-

lenskraft angesichts mörderischer Trauben. Erstes schwaches Zeichen von Regeneration. Sehr schwach. Augen scharf wie Prismen, Geruchsvermögen wie ein Bluthund. Appetit könnte ganzes Rudel Schweine beschämen & seit drei Monaten nichts mehr von Leopold – obwohl mich das nicht überraschen sollte, weil der Pillendreher in Paris gesagt hat, einfache Enthaltsamkeit heilt Ulcus im Handumdrehen. Wie scharf die Sinne werden können! Die Küste schwingt in einem langen weißen Bogen in Richtung Korsika & die Möwen sehen aus wie Blütenblätter auf einem Ozean von reinem Aquamarin, und die Grüns, die erschreckend rauhen, beinahe selbstleuchtenden und doch merkwürdig zarten Grüns vom Land, die alles einfassen, sind unvorstellbar. Wirklich ein Cézanne. Oder viel eher ein Kinsolving, pure Vorstellung. Aber irgendwie ist die Freude weg – die *Freude* ist dahin – & ich kann keinen Finger rühren. Poppy hat etwas greulich Dampfendes auf dem Herd. Sehe sie mit den Kindern im Wasser toben. Weit draußen springt ein Fisch aus dem blauen Wasser & blitzt wie Quecksilber. Verstohlen liegt Dunst, den ich jetzt erst bemerke, über allem – Küste & Grün & Möwen, & man kann das Ganze einschließlich der Fähre nach Porquerolles, die wie eine Badewanne unter schwarzen Rauchwolken in See sticht, nur unscharf & wie unter einer Schmutzschicht erkennen (wie Turners Einfahrt nach Venedig), großartig! Ich kann keinen Finger rühren. Erinnere mich, in einem Essay gelesen zu haben – Montaigne? – daß der Mensch kein Ziel anstreben soll, dessen Verfolgung ihm nicht die größte selbstlose Freude bereitet. Demnach bin ich ein Verrückter. Wenigstens habe ich das, wenn man so will, akzeptiert – d. h. man kann es nicht einfach auf Unwissenheit schieben. Bin plötzlich geil (Warum? Warme Luft? Der Schweinehund in mir unverbesserlich?) und könnte in weniger als zehn Minuten ein Bild von zwei flotten pimpernden Fünfzehnjährigen machen, das dem verrottetsten alten Pornographen in Montmartre die Haare zu Berge treiben würde. Vielleicht sollte ich damit mal mein Geld verdienen. Aber jetzt hält mich was davor zurück. Stähle meinen Rücken. L'après-midi d'un crapaud. ›Im leeren Arkadien unserer Seelen bleibt uns immer noch unsere Lust.‹ Von wem stammt das??
(Später. Dämmerung.) Ein ›peintre manqué‹ wie ich kann wenigstens versuchen, Anmerkungen niederzuschreiben wie Delacroix, der sich auch darauf meisterhaft verstand, nicht nur ein wunderbarer Maler war, oder wie Berlioz, der der Literatur mehr geschenkt hat als der Musik, wie jemand mal gesagt hat. Wer behauptet, daß Maler nichts in Worten ausdrücken können? Jedenfalls ist es eine hinlängliche Rechtfertigung. Ach was, zum Henker. Als ich heute nachmittag mit dem Autobus in die Stadt fuhr, um mir was gegen die Fußflechte zu holen, fiel mir ein, daß ich

nächste Woche dreißig werde & das hat mich erschreckt – obwohl es bestimmt kitschig ist, darüber zu erschrecken, daß man dreißig wird. Dans le trentième an de mon age, etc. etc. Ich fragte mich immerzu, ob es wirklich wahr ist, daß ein Mensch es zu nichts mehr bringt, wenn er mit dreißig nicht die ersten Zeichen des Erfolges seiner blutigen Anstrengungen gesehen hat. Wahrscheinlich ist schon was dran – besonders, wenn es sich nicht um Geschäfte handelt, sondern um Kunst, aber soll's doch der Teufel holen. Wenigstens verstehe ich Qualität & Quantität dessen, was ich besitze, wobei es sich um einen geheimnisvollen Selbsthaß handelt, so ohne Stolz & allumfassend, daß Hitler oder Himmler vor Neid erblassen würden, den ich aber wenigstens einigermaßen in vernünftigen Grenzen halte. Vielleicht werde ich ihn eines Tages in seiner ganzen Tiefe ermessen. Bis dahin will ich mich seiner nicht zu sehr schämen, sondern ihm schön tun und ihn dulden, wie ich einen Schnupfen dulden würde, von dem ich weiß, daß er mein Leben lang anhalten wird. Auch wenn es so ist, wie Montaigne sagt, daß es nämlich das bestialischste Gefühl ist, unter dem ein Mensch leiden kann. Er gehört mir & ich will ihn erdulden. (Gerade eben kam Timmy brüllend herein, ein Krebs hat ihn in die Nase gebissen. Ich küßte die Verletzung, machte heile, heile Segen, und er ging glücklich strahlend wieder raus.) Die Dämmerung ist hier großartig. Sie scheint der See angepaßt, die aussieht wie ein sanfter Teich & gedämpfte Abschiede und ein ungestörtes Ende zu verlangen scheint – während die Morgendämmerung zum Ozean gehört & nur zum Ozean, der einen stürmischen Beginn und einen Sonnenaufgang wie ein Trompetenstoß verlangt. Vielleicht ist es die Luft hier, die Durchsichtigkeit, ein Schwanken der Feuchtigkeit während der Dämmerung – ich weiß es nicht. Die Farben sind bereits auf eine gewisse Weise archetypisch für den Impressionismus – kein Wunder, daß die Kerle ihren Kram zustande gebracht haben. Der Himmel ist schon pechschwarz und mit Sternen gesprenkelt. Die Farben laufen ineinander, sind aber nicht verschwommen, schmelzend. Der letzte Streifen Sonnenlicht am Horizont und das Blau des Wassers, zu dieser Stunde ein erstaunliches Blau. Alles in einem Stück. Im Vordergrund – Poppy und die Kinder am steinigen Strand nicht größer als Zwerge, sie spielen noch und lärmen in der Dämmerung. Wäre ich nur ein halber Mann, so wäre ich dessen wert. Das ist die Wahrheit. Nicht an irgendeine Erlösung zu glauben, den Unglauben auf sich gewälzt zu fühlen wie einen unverrückbaren Stein, wenn doch in Augenblicken wie diesem solche Pracht und Herrlichkeit über Himmel und Sand und Meer steht, selbst dann noch nicht zu glauben, wenn das eigene Fleisch und Blut anmutig und unermüdlich über den Strand tollt, das macht mich bis ins Herz hinein krank. Ich hätte in irgendwelchen großstädtischen Vororten aufwachsen müssen, wo man niemals das Verlangen, den Durst und die Sehnsucht kennenlernt & hätte in einem Reklamebüro als Zeichner für Verpackungen enden sollen, ohne etwas von der eisigen Einsamkeit des beraubten und verlorenen Sohnes zu ahnen. Derweil aber dürste ich, und mein Durst ist wie der Durst eines Sterbenden, der kühle Wasserströme vom hohen Himalaya herunterfließen sieht, die er auch in seinen wahnsinnigsten Träumen nie erreicht, ich würde meine Seele für einen einzigen Tropfen verkaufen. Poppy, die unartige kleine Nymphe, hat sich alles simpel genug zurechtgelegt. Manchmal glaube ich, unsere Beziehung ähnelt der Ehe zwischen einem Schwulen und einer Ringkämpferin. Lauter harmonische Disharmonien. Gestern abend erwähnte ich vor ihr die Angelegenheit Toulon. Ganz nebenbei. Die Kinder sahen braungebrannt & gesund & glücklich aus & ich sagte, wie wunderbar und so weiter und wie ich damals einen schrecklichen Augenblick lang geglaubt habe, daß sie alle ganz gewiß sterben müßten. ›Aber Cass‹, sagte sie, herablassend schniefend, ›wie konntest du nur so etwas denken. Ich wußte die ganze Zeit, daß sie wieder gesund werden.‹ – ›Woher denn‹, fragte ich. Und sie sagte: ›Ich hatte eben den *Glauben*, das ist alles, du Närrchen.‹ Und dann platzte mir der Kragen – und ich sagte irgend etwas wie ›Glauben am Arsch, ein Mann namens Alexander Fleming hat das fertiggebracht, du Idiotin, und Penicillin und ärztliche Behandlung für fünfundsiebzigtausend Franken, nicht aber der Glaube an irgendein körperloses, gasförmiges Wirbeltier, noch dazu ein hermaphroditisches, dreifach verdammtes, sondern ganz einfach der Glaube des Menschen an seine eigene Kraft und seine leidenschaftliche Anteilnahme, die ihn bestimmt, sich dieser erbärmlichen Wesen anzunehmen, die man auf einem halb ausgeglühten Schlackenhaufen ausgesetzt hat, ohne sie zu fragen. Nicht ein *Spuk*‹, habe ich ihr gesagt, ›hat das fertiggebracht.‹ Das brachte sie aber ganz und gar nicht aus der Ruhe. Sie gähnte einfach und nannte mich einen rechthaberischen Intellektuellen, und das ist ungefähr das einzige Fremdwort, das sie kennt. Dann sagte sie, ungerührt und abschließend: ›Ich hatte eben den Glauben.‹ Dann setzte sie die Milchpumpe an, saugte etwas Milch aus ihrer kleinen Titte, schob sie dem Baby in den Mund und legte sich auf die Seite & schlief säugend ein. ›Sie wären jetzt alle tot‹, schrie ich, aber sie rührte sich nicht. Was kann man da schon machen. Sie gibt & liebt & ich nehme & das ist alles.

(Viel später, nach Mitternacht.) Jetzt ist Ruhe. Man hört nur die Mücken & sieht den Schein vom Leuchtturm draußen bei den Inseln & im Osten so was wie fernes Wetterleuchten von Italien her. Es ist so still, daß ich meine Uhr ticken hören kann. Müßte dieses Tagebuch mit einiger Regelmäßigkeit führen. Merkwürdig, daß mir heute abend zum ersten Mal einfiel, wie Onkel zu mir sagte: ›Wenn man mit irgendwas nicht fertig werden kann, soll man in den Wald gehen & einen Baum umhacken.‹ Ich finde das ganz schön, solange man noch ein Kind ist & im Zustand der Reinheit & der Gnade & der Unschuld, ehe man plötzlich dreißig & ein Mann ist & in der Wüste & keinen Baum zum Fällen & weder Axt noch Beil hat, selbst wenn irgendwo ein verdammter Baum wäre. Das erinnerte mich wieder daran, wie ich nach dem Krieg in New York ankam, bereit mir das Herz rauszureißen für die Kunst oder zu sterben – gebildeter Bauerntölpel aus Carolina & trotz der Jahre beim Militär immer noch nicht trocken hinter den Ohren & nachdem ich mich wie ein Verrückter abgearbeitet hatte, wurde mir langsam klar, daß es allen anderen scheißegal war. Auch diesem kleinen Juden – Dorman? Dorfman? – der mit regenverklebtem Haar und farbverschmierten Händen auf der 14. Straße stand und mit mörderischem Blick schrie – ich will ja gar nichts, ich will ja bloß was geben & die Schweine sind zu blind, um überhaupt was zu sehen, sie werden unbemerkt verrecken & es geschieht ihnen recht. Das ist ja eine Rasse von blinden Nullen, schrie er & drei Tage danach fanden sie ihn. Er hatte sich in seiner winzigen Bude an der Gasuhr aufgehängt. Ich weiß nicht mal, ob die Lähmung schon damals begonnen hat, ich weiß überhaupt nicht, was geschehen ist. Vielleicht passen wir ganz gut zueinander & die Schuld ist gleichmäßig verteilt. Jetzt bin ich schläfrig. Ich habe nach dem Essen einen kleinen Kognak riskiert, der mir nicht geschadet & mich auch nicht weiter verführt hat & vielleicht erhole ich mich & kann eines Tages mein Haus wieder aufrichten, wenn nicht zu meinem eigenen Ruhm dann für die Sanfteren & Besseren, die nach mir schon gekommen sind. Morgen oder übermorgen werde ich Poppy also sagen, daß wir weiterfahren nach Italien, dem Land, wo Milch und Honig fließt, & wir werden einen Eisenbahnwagen mit fetten Babys & Apfelsinenschalen & verschmierter Schokolade und Gummipuppen beladen & abfahren & winken & ›Auf Wiedersehen‹, ›Adieu Frankreich, Adieu beau pays…‹«

Florenz mit seiner Pracht, die das Auge schmerzte und einschüchterte, war keine Stadt für einen langen Aufenthalt. Gegen die Mitte des Septembers bewohnten Cass und Compagnie in Rom eine düstere Wohnung – die ihr Gegenstück sehr wohl in Brooklyn hätte haben können – in der Via Andrea Doria, nahe dem westlichen Stadtrand. Poppy hatte es nicht sehr weit zum Vatikan, der in ihrem Sinnen und Trachten mehr Platz einnahm als Mekka in den Gedanken des frömmsten Moslem. Cass tanzte noch immer auf dem Seil der Rechtschaffenheit. Der Jubel über sein wiedergefundenes Wohlbefinden wechselte mit tiefer Niedergeschlagenheit ab, über deren Ursache er sich nicht klar zu werden vermochte.

Was Cass in Rom mehr als alles andere verblüffte und verbitterte, wenn er an das merkwürdige Hindernisrennen dachte, das in seinem Kopf vorging, war, daß er immer den kürzeren zog, ganz gleich, wie er sich mühte. Wenn er zum Beispiel aus hart erkämpftem Entschluß oder aus der Verzweiflung heraus jedes Risiko vermied und nüchtern blieb – oder jedenfalls ziemlich – und auch sonst in jeder Weise versuchte, sich wie ein guter Familienvater zu benehmen, indem er dem sonnigen Ideal der »mens sana in corpore sano« nachstrebte, sich von dem verführerischen Nachtleben und von erotischen Tagträumen und bitteren, halb selbstmörderischen Anwandlungen fernhielt, sich zweimal am Tag die Zähne putzte und seine Schuhe bürstete – wenn er alles dies tat, dann zeigten sich tatsächlich gewisse segensreiche Folgen, deren wichtigste war, daß er schließlich ganz einfach biologisch wieder wie ein menschliches Wesen funktionierte. Von neuem gebot er über die Welt des Geschmacks, des Gehörs und des Gesichts – über jenes feine Empfindungsvermögen, welches die Natur auch dem gewöhnlichsten Sterblichen verleiht. Die Luft troff von Sonnenlicht, seine Nüstern sogen langvergessene Düfte ein, er glaubte nun, auf ein reifes, hohes Alter hinleben zu können. Und doch hatte dieser Zustand sehr fühlbare Nachteile. Je mehr er sich dieser Glückseligkeit näherte – der ganze Mensch sog das Leben in vollen Zügen ein mit allen seinen gottgegebenen Eigenschaften –, desto mehr glaubte er paradoxerweise, zum pomadisierten Laffen mit verschwommenem Grinsen zu werden, zum emotionellen Eunuchen, dem jener Teil des Selbst, der bedenkenlos und leidenschaftlich in die Welt blickt und der gegeißelt und erbittert und selbst zum Wahnsinn getrieben werden muß, um seine Vision nicht zu verlieren, abgeschnitten worden ist. Diese Theorie war genau betrachtet durchaus kein romantischer Einfall: es war ganz einfach so, daß er ein langweiliger Mensch geworden war. Es gelang ihm zwar schließlich, die Verdrossenheit, die sich am Strand von Hyères seiner bemächtigt hatte, zu überwinden und zum ersten Mal seit einem Jahr sich ernsthaft an die Arbeit zu machen, doch er wußte nur zu genau, daß seine Arbeit seicht, dumm und steril war und leer wie die Arbeit auf der Akademie. Seine Augen waren immer noch ›scharf wie Prismen‹, seine Ohren der lärmenden Musik von Rom zugewandt wie Antennen, und Leopold, sein Magengeschwür, verhielt sich still wie ein Siebenschläfer. Doch gibt es zweifellos so etwas wie ein Übermaß an Wohlbefinden, und er vermutete, daß er längst, bevor er ein reifes, hohes Alter erreicht haben würde, sehr wohl an seiner Gesundheit, seinen guten Absichten und seiner Langeweile gestorben sein könnte.

Dies mochte durchaus richtig sein, doch stand ebenso fest, daß er diese monatelangen Sauftouren, die ihn in Paris so heruntergebracht hatten, nicht wiederholen konnte. Die Erinnerung an jenen letzten Tag und die letzte Nacht hing immer noch in seinem Gedächtnis wie das Echo eines Alptraumes; die Augenblicke erstarrter Schönheit waren seinem Bewußtsein klar und deutlich eingeätzt und doch wieder so skizzenhaft und vage, als fielen die Schatten von Gespenstern und Kobolden darauf. Der bloße Gedanke daran ließ ihn erzittern. Er mochte tun und lassen, was er wollte, er mußte so oder so verlieren.

›Ich hätte‹, dachte er manchmal, ›in New York bleiben sollen, dann wäre ich ein abstrakter Expressionist geworden, würde Marihuana rauchen, was bekömmlicher ist, als Schnaps zu trinken, und in der Ära Eisenhower hätte ich großen Erfolg. Das würde mich nichts kosten, ich wäre ›en vogue‹ und verdiente einen Haufen Geld…‹

Rom kann jedoch im Winter eine fabelhafte, großartige Stadt sein. Eine Weile fehlte es zwar an Geld, aber eines Tages erhielt er eine Rentennachzahlung, und von einem Teil dieses Geldes kaufte er einen gebrauchten Motorroller und fuhr in der Stadt umher: mit Schal und Handschuhen, beschlagener Brille, die Baskenmütze über beide Ohren gezogen, um sie vor dem Nebel und Dunst des Tiber zu schützen. Um diese Jahreszeit gab es nur wenige Amerikaner in der Stadt, und er war glücklich. Er sah alles, was die Touristen sehen und mehr. Wenn er vom Anblick der Ausstellungen, Kirchen und Ruinen, von der Betrachtung der Bilder Domenichinos, Guido Renis und Tiepolos ermüdet war, saß er in Cafés und Bars herum, betrachtete aufmerksam römische Gesichter und probierte mit der bedauernden Zurückhaltung eines älteren Priesters den weißen, lauwarmen römischen Wein. Die Römer stimmten ihn gesellig. Wenn er guter Laune war, pflegte er in die überfüllten Cafés von Trastevere zu gehen, wo er sich mit Bartendern stritt, sich mit Großmüttern und ihren Katzen unterhielt und einem verschrumpelten alten Lügner zuhörte – regelmäßigem Besucher einer bestimmten Bar, der behauptete, an der Seite Garibaldis die Porta San Pancrazio erstürmt zu haben – oder sich die Zeit mit einer Gruppe lärmender junger Kommunisten vertrieb, die samt und sonders für ihr Leben gern nach Amerika ausgewandert wären, die Cass aber liebten, weil er Amerika haßte, und ihm mit der Gitarre Ständchen brachten. Auf diese Weise lernte er ziemlich fließend italienisch sprechen, was ihm nicht schwer fiel. Er hatte schon vor langer Zeit in Frankreich seine Begabung für Sprachen entdeckt: dies war, wie er manchmal bekümmert dachte, seine einzige echte Begabung. Wo hatte er nur gelesen, daß Sprachbegabung unter Psychopathen besonders verbreitet sei? Dieser Umstand beunruhigte ihn gelegentlich. Wenn er trüberer Stimmung war, pflegte er in der Wohnung zu bleiben, sizilianische Zigarren zu rauchen und stöhnend an seinen langweiligen Bildern zu malen, während Poppy

Peggy zur Schule brachte oder mit den Kleinen nachbarliche Besuche bei ihren bevorzugten Heiligen in den zahlreichen Kirchen machte. Manchmal lauschte er dem Grammophon, das seine Stimme beinahe verloren hatte. Gelegentlich las er Sophokles, der ihn stets so verwirrte und beängstigte, daß ihm die Hände feucht wurden; öfter als er zuzugeben bereit war, las er ›Oggi‹ oder besah vielmehr, da er nicht italienisch lesen konnte, die Bilder. Da stierte er dann nach Art fast aller Männer auf Gina Lollobrigida, auf Silvana Mangano und Sophia Loren und fand neues Entzükken in der Betrachtung von Wirbelstürmen in Texas und Morden in Illinois (»un triplice assassinio a Chicago«), wo die Leichen unter blutgetränkten Laken zu sehen waren. Manchmal verschlief er den ganzen Tag. Manchmal tat er nichts als dasitzen und denken – unbeweglich, trockenen Mundes, ohne Nerven wie ein Stein – und fragte sich, was ihn wohl quäle. Ab und an schrieb er in seinem Tagebuch. Er benahm sich freundlich gegen Poppy und die Kinder, tat weder sich noch anderen ein Leid an und verbrachte auf diese Weise in Rom sieben Monate.

Während der kalten, windigen Osterwoche im März ereigneten sich dann mehrere bsorgniserregende Vorfälle, die ihn von neuem nach Süden, in Richtung Sambuco, trieben.

Auf folgende Weise kam es dazu: Poppys religiöser Eifer, der während der ganzen Fastenzeit bereits sehr intensiv gewesen war (manchmal hatte Cass gedacht, er werde sie erwürgen, wenn sie noch einen Fisch nach Hause brächte), hatte während der Osterwoche seinen Höhepunkt erreicht. Unerbittlich hatte sie sich allen möglichen komplizierten Riten und Übungen unterworfen; sie rannte in strömendem Regen hinaus, um die verschiedensten Stationen – was immer das sein mochte – aufzusuchen, und bei dieser Gelegenheit hatte sie ein amerikanisches Ehepaar aufgegabelt, die McCabes – wo, wußte Cass nicht, vielleicht in Santa Maria Maggiore oder in San Giovanni in Laterano, wo die Fresken von Giotto sind. Es hätte wohl nichts geschadet, dachte Cass später, diese Leute bloß kennenzulernen; von wem der Impuls ausgegangen war, die Beziehung zu vertiefen, wußte er niemals mit Gewißheit zu sagen. Poppy konnte es nicht gewesen sein, denn sie war viel zu schüchtern, und Cass hatte später eine Vision des speckfingerigen, dicklippigen McCabe mit seiner gebogenen Nase und der Rolleiflex auf der Brust, wie er im Gedränge der Gläubigen stand und wie ihm das Herz in der Brust hüpfte, als er Poppys strahlend frommer Miene ansichtig wurde. Einer von ihnen begann jedenfalls mit der Unterhaltung. Poppy fühlte sich in aller Unschuld zu diesen Pilgern hingezogen und diese sich zu ihr, und so beging sie den schweren Fehler, das Paar mit nach Hause zu nehmen. Sie kamen am späten Nachmittag an; Regen fiel in trüben Tropfen, der Himmel war grau und Cass, selbst grau wie ein Schellfisch, hatte den ganzen Nachmittag über der nun ungewissen Finanzlage der Familie gebrütet. McCabe, ein pöbelhafter Bursche von etwa fünfunddreißig Jahren in Regenmantel und Regenhut, grinste übers ganze Gesicht. Er betrieb zu Hause in Mineola im Staat New York einen Großhandel mit Weinen und Schnäpsen (bittere Ironie!). Von Poppy sprach er als von »dieser süßen Frau« und Cass nannte er »mein Lieber«. Seine Frau, die ihr Haar in die Stirn gekämmt trug, um zu verbergen, daß diese etwas niedrig ausgefallen war, erwies sich als eine nichtssagende, unscheinbare, asexuelle junge Matrone mit dem schönen Vornamen Grace. Cass konnte kaum glauben, daß ihm dies alles wirklich zustoße.

»Was ist denn bloß in dich gefahren?« fragte er Poppy leise in der Küche. »Du hast sie ja sogar zum Essen eingeladen!«

»Es tut mir ja sehr leid, Cass«, sagte sie entschieden. »Aber sie waren sehr freundlich zu mir. Sie haben mir Eis gekauft und alles. Und sie sahen da so vereinsamt und verlassen aus. Sie sind wirklich reizend. Außerdem«, fügte sie mit kummervollem Blick hinzu, »sind wir nie mit Amerikanern zusammen, und das habe ich einfach satt. So!«

Das war leider Gottes wahr, dachte Cass reuig (Poppys wegen). Er selbst hatte so sorgfältig den Kontakt mit seinem Heimatland vermieden, daß er an Fingern und Zehen die Anzahl der Worte zählen konnte, die er während all der Jahre im Ausland in seiner Muttersprache zu Landsleuten gesprochen hatte, ausgenommen seine Familie.

»Deshalb hättest du doch nicht gleich zwei gottverdammte Iren herzuschleppen brauchen! Noch dazu aus Mineola!«

»Rede bloß nicht von Iren!« sagte sie und schwenkte drohend den Kochlöffel. »Ich gehöre auch dazu und die Kinder zur Hälfte, und du bist wohl der größte und bigotteste...«

»Warum hast du nicht lieber ein paar Klempner eingeladen oder ein Dutzend Rosenkreuzler...«

»Ich habe sie eben eingeladen, und jetzt ist Schluß!«

Beim Abendbrot, das aus Merluzzo und Spaghetti bestand, fragte McCabe, der offenbar weder die Farbtuben noch die Leinwande sah, die überall umherlagen, welchen Beruf Cass ausübe. Als er es erfuhr, zog er eine Grimasse, grinste, sagte aber nichts. In der Ewigen Stadt kann selbst der Pharisäer nichts gegen die Kunst vorbringen. Die Unterhaltung wandte sich dann, wie zu erwarten war, dem Religiösen zu.

»Pater Cleary war mit uns zusammen auf dem Schiff«, sagte Grace, »und er meint, daß der Heilige Vater bestimmt mal heiliggesprochen wird. Jedenfalls geht das Gerücht.«

»Sie wissen doch, wie das mit Gerüchten ist«, versetzte Cass und puhlte

sich eine Gräte aus den Zähnen. »Sie wissen, wie sich so was rumspricht. Alles nur blödes Gerede ohne jede Bedeutung.«
Für einen Augenblick trat Stille ein, und man hatte das deutliche Gefühl, als hielten die Essenden Messer und Gabel in der Luft still. Als Cass aufblickte, bemerkte Grace mit einer kaum wahrnehmbaren Andeutung von Schärfe in der Stimme: »Auf dem Herweg hat Ihre Frau uns gesagt, daß Sie... daß Sie nicht katholisch sind.«
›Da haben Sie völlig recht. Ich bin kein verdammter Katholik.‹ Dieser bissige Satz lag ihm auf der Zunge, er konnte ihn schon beinahe sehen, samt den Anführungszeichen, aber die Worte kamen ihm nicht über die Lippen. »Ganz recht«, murmelte er statt dessen. »Ich bin nie davon angesteckt worden.«
Vor Wut kochend, brachte er die Mahlzeit hinter sich, bohrte in seinen Zähnen, stand immer wieder auf, um ins Badezimmer zu gehen, und machte sich zerstreut daran, auf dem Tischtuch Männchen zu malen, während das kindische Geschwätz weiterging: über Papst Pius, den die McCabes irgendwann zu sehen hofften, über Kardinal Spellman, der in Wirklichkeit gar nicht so fett sei – »beleibt« war das Wort, dessen Grace sich bediente –, wie es nach den Bildern immer den Anschein hatte. Poppy war von diesen Neuigkeiten zwar tief beeindruckt, den McCabes aber insofern weit voraus, als sie den Papst bereits gesehen hatte (»ganz aus der Nähe«), und sie kostete einen bescheidenen Triumph aus, als sie auf das atemlose Drängen von Grace eine Beschreibung des Heiligen Vaters lieferte – seiner Hände, der Form seiner Nase, der Größe seines Ringes oder seiner Ringe; »ein herrlicher Mann«, sagte sie strahlend.
»Entschuldigen Sie«, unterbrach Cass plötzlich, denn es war ihm etwas eingefallen, das ihn schon früher amüsiert hatte und worüber er auch jetzt lachen mußte. »Wissen Sie«, sagte er, breit lachend, »wie die Kardinäle im Vatikan Spellman nennen?«
»Nein, wie nennen sie denn *Kardinal* Spellman?« fragte Grace.
»Raten Sie mal.«
»Das kann ich wirklich nicht«, antwortete sie mit einem erwartungsvollen Blick.
»Shir...« Er mußte nun so laut lachen, daß er kaum reden konnte. »Shir...« Von Lachkrämpfen geschüttelt, stützte er den Kopf in die Hände und keuchte: »Shir... Shirley Temple!«
»Aber Cass!« rief Poppy.
»Nein, es ist wirklich wahr!« Er kicherte und sah in Graces empörtes Gesicht. »Wenn er in seiner Super Constellation aus Amerika angeflogen kommt...«
»Cass!« mahnte Poppy.

»Wirklich! Das hat mir ein Priester erzählt. Wenn er in Ciampino landet, heißt es im Vatikan: ›Shirley Temple è arrivata.‹«

»Cass!«

»Hahaha!« Lautes Gelächter dröhnte über den Tisch, und Cass erblickte McCabe, der sich mit weit offenem Mund in hilflosem Gelächter wand. »Das ist ja phantastisch, mein Lieber!« lachte er und rieb sich die Augen. »Shirley Temple, das schlägt doch alles! Hast du das gehört, Grace?« Er könne es kaum abwarten, keuchte er, seinem Freund Bill Hurley zu Hause davon zu erzählen.

»Ich finde das durchaus nicht komisch«, sagte Grace scharf.

In diesem Augenblick, so erinnerte sich Cass später, hatte sich die Stimmung jenes Abends ganz erheblich gebessert; genau betrachtet, war dieser Umschwung allerdings verhängnisvoll, denn er lullte ihn ein, führte ihn in die Falle und stürzte ihn in eine Gefühlskrise, unter der er noch lange zu leiden hatte. Aber in jenem Augenblick (wer weiß schon, welche Auswirkungen ein einziger, wenig feinfühliger Witz hat?) fühlte er sich belebt, durch McCabes überraschend zustimmendes Gelächter aus einem säuerlichen Introvertierten in einen begabten Clown verwandelt. Was McCabe selbst betraf, so erschien er Cass in einem neuen und angenehmeren Licht, wie er da auf der anderen Seite des Tisches fröhlich lachend saß. Gewiß war er ein Einfaltspinsel und ein Esel; daß er aber angesichts der ehrgeizigen und langweiligen Frömmelei seiner Frau laut herauslachen konnte, verlieh seiner Erscheinung auf merkwürdige Weise schärfere Konturen. Cass fühlte sich wirklich ein wenig erwärmt von diesem Menschen, trotz des »mein Lieber« und alles übrigen.

»Ich will mal im Vertrauen mit Ihnen reden«, kündigte McCabe an, als Poppy und Grace das Geschirr in der Küche abwuschen. »Ich bin durchaus ein guter Katholik, aber nicht geradezu besessen, verstehen Sie? Rom ist ja eine sehr schöne Stadt, aber ich und Grace sind ganz einfach aus verschiedenen Gründen hier.« Und indem er mit den Händen die Umrisse einer üppigen Brust oder eines vollen Hinterteils andeutete, grinste er: »Sie verstehen schon, mein Lieber.«

»Na, gewiß doch«, meinte Cass wohlwollend.

Der fatale Moment war gekommen. Die verwandelte Eva aus Mineola reichte die verbotene Frucht dar: »Mir scheint«, flüsterte er heiser, »Sie haben schon ziemlich lange nicht mehr von dem guten heimischen Gebräu gekostet. Wie wäre es denn mit einem Schluck Old McCabe?«

Er scherzte durchaus nicht, und Old McCabe gab es tatsächlich: Es war starker Whisky, in Tennessee abgefüllt und unter McCabes eigenem, pittoresken Etikett in Mineola vertrieben (vierblättriges Kleeblatt, Harfe und irische Rohrpfeife). Er trug eine Flasche bei sich im Mantel. Cass hörte sich stöhnen, ein Stöhnen, aus Freude und Verzweiflung gemischt, als McCabe die bernsteinfarbene Flüssigkeit gegen die Lampe hielt; er ächzte und rutschte auf dem Stuhl herum und schwitzte und sagte schließlich in leidendem Ton: »Ja... seit ich von zu Hause weg bin, habe ich so was nicht mehr getrunken, und ich würde ja gerne, aber ich darf nicht.«

»Was ist denn los? Das Zeug ist wirklich gut. Ich habe es auf Reisen immer bei mir.«

»Ich vertrage es nicht«, sagte Cass einfach. »Es nimmt mich zu sehr mit und macht mich krank. Ich begnüge mich mit etwas Wein. Außerdem habe ich ein Magengeschwür.«

Er hätte wissen müssen, daß solche Ausflüchte nicht verfingen: innerhalb einer Stunde war er auf dem Wege, der betrunkenste Mensch in ganz Rom zu werden, und die übelste Nacht stand ihm bevor. Und warum? Warum! Warum gerade in dieser Nacht und unter diesen besonderen Umständen und in Gesellschaft dieses blöden, lästigen Fremden? Warum mußte er, nachdem er so lange unter großen Mühen sein Gleichgewicht bewahrt hatte, an diesem öden, langweiligen Abend in Rom ins Rutschen geraten, wo doch weder ein festlicher noch ein trauriger Anlaß zum Trinken bestand. ›Warum‹, fragte er sich immer wieder, während er verzweifelt und schnell hintereinander drei Gläser klaren Schnapses herunterstürzte, warum war er nur so ein knieweicher Schlawiner, oder hatte man ihn etwa in eine Situation versetzt, in der ihm nichts anderes übrigblieb? Als McCabe, mit feuchtem Mund und ohne Jacke, in rotweißblauen Hosenträgern dasitzend, angefangen hatte, ziemlich anrüchige irische Witze zu erzählen, fragte er sich plötzlich, ob dieser Ladenbesitzer nicht vielleicht wirklich ein wunderlicher Advocatus diaboli sei, der nicht so sehr Cass' Fähigkeit, in der Welt seines Willens zu überleben, auf die Probe stellen, als vielmehr seine Unfähigkeit dazu mit Hilfe des unwiderstehlichen Gebräus beweisen sollte? Heilige Mutter Gottes, dachte er, während er das dritte Glas kippte, da bin ich doch wieder abgerutscht. Aber Old McCabe war wirklich ein gutes Getränk: Cass begann innerlich und äußerlich zu glühen; er lachte aus Leibeskräften über die Witze, er brüllte mit weit aufgerissenem Mund, knallte sich wie ein Trottel auf die Schenkel und erzählte McCabe ein paar von seinen eigenen Witzen.

Als »die Mädchen« eine halbe Stunde später aus der Küche kamen, war sein Gesicht knallrot, er hatte das Hemd aufgerissen, der Schweiß rann ihm von der Stirn, und er tanzte wie ein Ziegenbock im Zimmer umher.

»Ein Ire fuhr mal in der Eisenbahn«, sagte er gerade, »und saß neben einem kleinen Juden, der nicht englisch lesen konnte und ihn ständig bat, ihm was aus der Zeitung zu übersetzen. Da dachte sich der Ire: Dem kleinen Burschen werde ich mal einen Streich spielen. – Kennen Sie den schon?«

»Cass Kinsolving«, hörte er Poppy hinter sich entsetzt rufen. »O Cass, jetzt hast du ja doch wieder angefangen!«

»Still, Poppy, ich erzähle eine Geschichte!«

»Aber Cass...«

»Und jedes Mal, wenn der Jude fragte: ›Was ist das?‹ sagte der Ire so was wie Syphilis oder Gonorrhoe.«

»Aber Cass! Hör mal!«

»Und schließlich fragte der Jude: ›Und was heißt dies hier? Dieses Wort da?‹ Und der Ire sagte: ›Das heißt Tripper.‹ Und da schüttelte der Jude nur kummervoll den Kopf und sagte: ›Oi! Da ist der Papst aber ein kranker Mann!‹«

»Hahaha!« grölte McCabe und ließ sich auf der Couch zurückfallen. Ganz schwach vor Lachen und jeder Verzweiflung, jedes Bedauerns und aller Selbstvorwürfe nun endlich ledig, stellte Cass sich Poppys Traurigkeit.

»Du hast doch gesagt, daß du es nicht mehr tun willst!«

»Ich hab' nur Spaß gemacht«, sagte er lustig und schlang den Arm um sie. »Ich hatte ganz vergessen, wie schön das ist.«

Sie riß sich von ihm los. Einen Augenblick lang stand sie mit geöffnetem Mund und rang nach Worten. Dann unterdrückte sie, was sie sagen wollte (›Gott schütze sie‹, dachte er in seinem Tran, ›sie hat nie in ihrem Leben an mir herumgenörgelt‹), warf McCabe einen vernichtenden Blick zu, wandte sich stumm ab und verließ den Raum, entweder nicht willens oder nicht fähig, ihn von neuem seinem Dämon verfallen zu sehen. Sie knallte die Schlafzimmertür hinter sich zu.

Dann geschahen erstaunliche Dinge. Grace, zunächst noch geziert und zurückhaltend, taute langsam auf und machte sich auch über den Schnaps her, da ihr Mann ihr lärmend und überredend in den Ohren lag. (»Los doch, Grace, stell dich nicht so an, auch wenn es Fastenzeit ist, du hast ja doch dem Old McCabe nicht abgeschworen.«) Da sie das Produkt so gut wie je fand, taute sie zusehends auf, und zwar sowohl was die Zunge als auch was die Frisur anging, und gegen Mitternacht, gerade ehe sie ihr 17 und 4 begannen, hatte sie Steifheit und Religiosität abgelegt und deutete kichernd an, daß sie nach Rom gekommen sei, »um vielleicht ein oder zwei Alligatorhandtaschen einzukaufen«. Dabei fluchte sie gelegentlich. Cass hätte eigentlich klug genug sein müssen, nicht betrunken an einem Kartenspiel teilzunehmen (besonders nicht, so wurde ihm langsam klar, mit jemandem wie McCabe, der, trinkfest wie er war, sehr schnell jeden Anstrich von Geselligkeit verlor und sich mit Falkenaugen und steinerner Hand dem Spiel widmete), aber als McCabe vorgeschlagen hatte: »Wie

wär's denn mit einem kleinen Kartenspielchen?« war das wie ein Trompetenstoß, wie ein unwiderstehlicher Anruf gewesen: unter all seinen Kriegserinnerungen hatte einzig die an die zahllosen Pokerpartien gewisse Reste von Charme, einen Fetzen von Anständigkeit. Er war eine Art Experte, ja ein Virtuose, war es jedenfalls gewesen. In seiner Einheit hatte ihm das einen bescheidenen Ruhm eingetragen. In jenen Tagen galt Geld, der aufgelaufene Sold, für nichts. Auf einem halben Dutzend Inseln im Pazifik, in Hotelzimmern in Hawai, in amerikanischen Lagern und den schwülen Laderäumen von Truppentransportern hatte er verloren und gewonnen, was für ihn jederzeit ein erhebliches Vermögen dargestellt hätte; in einem drei Tage währenden Spiel hatte er in Neuseeland einmal sechzehntausend Dollar gewonnen, nur um sie innerhalb einer Woche bei einem unglückseligen, erbärmlichen Würfelspiel wieder zu verlieren. Einmal hatte er in einer einzigen Runde mehr als viertausend Dollar gewonnen und ein anderes Mal, auf der psychiatrischen Station des Marinelazaretts in San Francisco, wo er mit einem beglaubigten Schizophrenen, zwei Psychopathen und einem anderen Leidensgenossen, dessen Diagnose ebenso unbestimmt war wie seine eigene, ein Spiel gemacht, aus dem er achtundzwanzig Millionen Dollar und ein Gefühl des Triumphes davontrug, das durch die fabelhaften und lediglich eingebildeten Einsätze durchaus nicht gemindert wurde. Er liebte die Karten, aber er hatte in Europa niemals gespielt, obwohl er immer welche mit sich herumschleppte. Nun stürzte er sich mit Leidenschaft in das Spiel (weiß Gott, sie brauchten das Geld) und mit der Illusion, daß er die öden McCabes bis aufs Hemd ausplündern werde – was ein Fehler war. Wenn der Old McCabe wirklich der bewußte Apfel war, dann war dieses 17 und 4 das Mittel, mit dem Cass aus dem Paradies vertrieben wurde.
In gespanntem Schweigen (die kurze, freundliche Geselligkeit war längst vergessen), spielten die drei die ersten Tagesstunden hindurch; benommen wie durch einen Nebel und fast hypnotisiert sah er (der nun als einziger noch trank), wie der Whiskypegel in der Flasche sank. Von Zeit zu Zeit schüttelte er den Kopf, um den Dunst zu vertreiben, und er konnte gar nicht verstehen, warum er so schnell verlor. Zugegeben: er hatte leichtsinnig gesetzt – jedesmal dreihundert Lire –; weiter zugegeben: er war ein wenig aus der Übung, vielleicht sogar etwas eingerostet, aber das konnte nicht erklären, daß er gegen ein Uhr fast sein ganzes Bargeld verspielt hatte. Dafür waren seine Karten – immer neunzehn oder zwanzig – einfach zu gut gewesen. Um halb zwei war er achtzehntausend Lire los und mußte in die Küche gehen und noch zehntausend aus der Teebüchse nehmen, die als Poppys Haushaltskasse diente. ›Blutiger Heiland‹, dachte er, als er durch die Finsternis zurücktorkelte, ›ich benehme mich wie ein

übles Subjekt im Film; wir haben kein Geld zum Wegschmeißen.‹ Er ließ sich schwer auf seinen Stuhl fallen und sah die McCabes aus zusammengekniffenen Augenlidern an. Sie saßen hingegeben und in steinerner Konzentration, Zigaretten zwischen den Lippen, ernüchtert und schweigend, abgesehen von einem kurz und fordernd hervorgestoßenen »noch eine« oder »genug«, das klang, als hätten sie zeitlebens ihren Unterhalt mit berufsmäßig betriebenem Kartenspiel verdient. Von der anfänglichen Pose frommer Pilger war nichts mehr an ihnen zu bemerken, und der Zauber der Nacht hatte sie aus einem Geschwisterpaar Aschenputtel in geweihte, hungrige Haifische verwandelt. Ums Verrecken gelang es Cass nicht, zwei Asse zu erhalten und McCabe die Bank abzunehmen. Sie erfüllten ihn mit Schaudern, diese beiden mehlgesichtigen Iren; er fühlte, wie sie über ihn herfielen, und er sah seine zehntausend Lire verschwinden wie Wasser durch den Abfluß. Dreimal hintereinander gelang es ihm, McCabe auszustechen, und er glaubte, daß das Glück sich nun gewendet habe. Die Bank ging von McCabe an Grace über, und Cass geriet von neuem in eine Pechsträhne, die ihn zum Kochen brachte und ihm den Schweiß in Bächen über das Gesicht trieb. Dann bekam er endlich die Bank: aber er behielt sie nur für zwei Runden, dann verlor er sie erneut an McCabe.

»Heilige Mutter Gottes!« schrie er angeekelt, als zum fünfzehnten Mal sein Aß samt neun – glatte zwanzig – von McCabes einundzwanzig geschlagen wurde. »Sie brauchen keinen Papst, so viel Glück, wie Sie haben, habe ich überhaupt noch nicht gesehen.«

»Ich verstehe ganz gut, was Sie meinen, mein Lieber«, sagte McCabe, und das war der längste Satz, den er während des ganzen Spiels von sich gab, »manchmal fallen die Karten eben so. Gib mir doch mal Feuer, Grace.« Da war es zwei Uhr vorüber. Obwohl er noch einigermaßen bei Sinnen war – jedenfalls soweit es das Spiel betraf: kein unnötiges Risiko einging, vorsichtig war, wenn Vorsicht angebracht schien, und nur dann bluffte, wenn es gar nicht anders ging – war er sich doch dessen bewußt, daß der Whisky sein Vernichtungswerk begonnen hatte. Er fühlte sich beengt, niedergedrückt. Die Dimensionen des Zimmers hatten sich auf eine kaum merkliche und gespenstisch enervierende Weise verändert: es war nun kleiner, von Rauchwolken durchzogen und schien ein wenig geneigt – irgendwie Unheil verkündend – wie die Kajüte eines Schiffes, das sich schräg durch unruhige, aber noch lautlose Wogen schiebt, die einen wilden Sturm ankündigen. Sein Kopf schwamm (›Wie lange ist das schon her‹, dachte er immer wieder), in seinem Magen machte sich ein unangenehmes Übelkeitsgefühl bemerkbar, und vom Gipfel seines anfänglichen Entzückens war er in die beklemmendste Angst und Depression gestürzt worden – durch seine tragischen Verluste, ein Übermaß an Schnaps, vielleicht auch durch beides. Und es war symptomatisch für einen so ausgepichten Säufer wie ihn – dieser Gedanke kam ihm, während er eben feierlich nach der Flasche griff –, daß er annahm, eine genügend große weitere Portion Old McCabe könne seine Lage erleichtern.

»Trinken Sie doch noch einen«, hörte er sich unsicher zu Grace sagen, während er ihr die Flasche hinhielt, die (unvorstellbar) nur noch zu einem Drittel gefüllt war. »Wie wär's denn noch mit einem Schluck, was?«

Wenn ein leichter Schwips sie vorhin gelockert hatte, so war in ihrer Haltung davon nun nichts mehr zu spüren. Sie sah kalt aus wie ein Fisch.

»Ich und mein Mann halten nichts davon, beim Kartenspielen zu trinken«, sagte sie streng und mischte die Karten wie ein Taschenspieler.

Intoleranz von der Art, wie Cass sie für Katholiken im allgemeinen und für Iren im besonderen empfand, führt zu Grübelei; die Grübelei führt zu Mißtrauen, und das Mißtrauen, wenn es, wie in diesem Fall, mit finanziellen Verlusten und unbeherrschter Trunkenheit einhergeht, führt zu wütenden Überzeugungen. Cass' Überzeugung bestand in jener Nacht, als er wiederum im Dunkeln in Poppys Teebüchse wühlte, darin, daß die Firma McCabe ein betrügerisches Unternehmen sei. In der Dunkelheit fühlte er sein Hirn auf- und abschwingen wie eine Wippe; rubinrote, feurige Pünktchen glühten vor seinen Augen; tollpatschig schwankte er gegen das Spülbecken und stieß sich den Ellenbogen. Er nahm eine Handvoll Lirescheine aus der Büchse, fettige, zerfetzte Lappen jeder Größe; dabei packte ihn die explosive und bösartige Vorstellung – und zwar auf so eindringliche Weise, daß sie wahrer wurde als die Wahrheit –, daß McCabe, das jämmerliche Mistschwein, während des ganzen Spiels betrogen hatte. ›Dreimal durchlöcherter Heiland!‹ dachte er. ›Da habe ich nun blind vertraut wie ein Idiot. Pilger – daß ich nicht lache!‹ Das waren zwei ganz ordinäre, dreckige, vorstädtische Falschspieler, und sie hatten versucht, ihn so hochzunehmen, wie er es wahrscheinlich verdiente; doch von diesem Augenblick an würde das anders werden. Sie waren berufsmäßige Falschspieler, ein altmodisches Betrügerpärchen, Bösewichter in frommen Gewändern, die ihn unter Alkohol gesetzt, für das Schlachtfest gemästet und gerupft hatten wie ein Huhn. Ein unerhörter Rülpser entfuhr donnernd seiner Kehle und hallte von den Wänden der Küche wider. Seine Hände fühlten sich feucht und klebrig an, und er merkte, daß er sie aus Versehen in eine Schüssel mit kalt gewordenen Spaghetti gesteckt hatte. Ein bebender, gewaltiger protestantischer Zorn packte ihn, und obwohl dieser Zorn im Grunde moralischer Natur war, so entstammte er doch auch dem Bewußtsein, daß er, Cass, von zwei wieselflinken Stinkmöpsen geschröpft worden war. Er war zornig, weil diese beiden ohne weiteres angenommen

hatten, er werde zu blind sein, um zu sehen, wie die Karte von unten gezogen wurde, zu blöde, um zu merken, was vorging und was sich sehr wohl am Mittelfinger der linken Hand McCabes ablesen ließ, wenn er seinen verruchten Trick ausführte. Er war mit einem Wort wütend, weil man ihn, den Veteranen zahlloser Kartenschlachten, in denen es nicht wie hier um Lappalien gegangen war, ihn, der mit einem Blick das raffiniertest angelegte Täuschungsmanöver durchschaute, ganz einfach für dumm verkaufen wollte. Erbost und racheschnaubend stolperte er ins Wohnzimmer, ließ sich auf seinen Stuhl fallen und sagte: »Geben Sie!«
»Wie bitte?« fragte McCabe.
»Geben Sie! Und dieses Mal möchte ich was Anständiges sehen.«
»Nur mit der Ruhe, mein Lieber, jeder hat mal einen schlechten Abend...«
»Los, geben Sie. Höchster Einsatz.«
»Was?« fragte McCabe ungläubig.
»Eintausend Lire.«
»Nun, mir soll's recht sein.«
Cass beobachtete ihn scharf oder jedenfalls so scharf, wie er es mit seinen entzündeten, unsteten, nun schon beinahe schielenden Augen vermochte. McCabe war durchaus kein Schwächling. Er hatte solide gepolsterte Schultern, fleischige Pranken und in seinem Gesicht eine Andeutung von keltischer Tücke, der zu entnehmen war, daß er bei einer ordentlichen Keilerei durchaus seinen Mann stehen würde. Doch Cass beunruhigte das nicht, im Gegenteil, er lechzte geradezu danach und wußte, daß er mit ihm fertig werden würde. Kochend und an allen Gliedern zuckend, beobachtete Cass ihn nun, als er die Karten austeilte – erst an Cass, dann an Grace und zuletzt an sich selbst. Man sah keine verräterische Bewegung. Cass schnalzte mit der Zunge: ›Der Lump läßt sich nicht aus der Ruhe bringen‹, dachte er, ›vielleicht hat er sogar gemerkt, daß man seinen Betrügereien auf die Spur gekommen ist.‹ Cass hatte dreitausend Lire auf einer fünf und einer sechs stehen, die offen auf dem Tisch lagen, und eine sieben hielt er verdeckt – das waren immerhin beruhigende achtzehn. »Genug«, sagte er. Grace paßte, McCabe legte seine Karten auf, sagte »zwanzig« und kassierte.
»Junge, Junge, du bist ja wirklich in Form heute abend, mein Süßer«, sagte Grace bewundernd. Zu betrügen und obendrein noch Glück zu haben, das war einfach zuviel. Während McCabe von neuem Karten verteilte, ergriff Cass die Flasche mit beiden Händen nach Art eines Säuglings und ließ den Rest in großen, brennenden Schlucken in sich hineinlaufen. Vielleicht hätte er das, was nun geschah, verhindern können, wenn er diesen Whisky den römischen Göttern als Trankopfer dargereicht hätte,

vielleicht sind aber auch nicht einmal die Götter imstande, jemanden auf der wohlgeschmierten Rutschbahn ins Verderben anzuhalten. Wie dem auch sei – als er den Alkohol schmerzhaft in sein Gehirn steigen fühlte und, immer noch nach Luft schnappend wie ein Fisch, den betrügerischen Finger – oder was er dafür hielt – weiß durch sein ruiniertes Blickfeld huschen sah, wußte er voller Verzweiflung, daß er erledigt war. »McCabe!« brüllte er, »Sie betrügerisches Stinkschwein!« Und er brauchte nicht mehr als zwei Sekunden, um seine Brille abzureißen, mit der Flasche auszuholen und sich wie ein Mann, der mit wilden Stößen unter Wasser schwimmt, über den zusammenbrechenden, splitternden Kartentisch zu werfen; in einer Wolke von Spielkarten, Spielmarken und Papiergeld plumpste er nieder, wobei er mit den ausgestreckten Armen nach dem entsetzten McCabe griff.

Es gelang ihm beim besten Willen nicht, sich an die weiteren Vorgänge zu erinnern. In dem Augenblick, bevor er über McCabe herfiel, war es dunkel um ihn geworden, und alles spätere entzog sich seiner Erinnerung auf nebelhafte, aber um so entschiedenere Weise. Er wußte noch, daß Grace schrie, geradezu unglaublich und ohrenbetäubend schrie: der Schrei einer Frau, die Vierlinge auf die Welt bringt oder gerade vergewaltigt wird – schrill, unerbittlich und pausenlos. Er wußte auch noch, daß er mit einem seiner Knöchel an McCabes Vorderzähnen entlangschrammte, als er den einzigen gutgezielten Schlag in einem Kampf führte, in dem im übrigen nur blindwütige, ungezielte Schwinger ausgeteilt wurden. McCabes haarige Faust traf ihn aufs Auge und blendete ihn. Grace kreischte ohne Unterlaß, und dann hörte er Poppy und die Kinder schreien und auch die Mieter oben und unten – Zitti! Silenzio! Basta! – Sein Mund schmeckte nach Blut. Endlich bekam er McCabe zu fassen und warf ihn in die Nacht hinaus. Dann nahm er seine Brille, stopfte sich die Taschen mit Lirenoten voll – seinen eigenen und McCabes – und torkelte aus der Wohnung. Das war alles.

Als er schließlich zu sich kam, wußte er weder, wo er war, noch, wie er dorthin gelangt war, noch, ob es Tag war oder Nacht. Er befand sich in einem stillen, von Fensterläden verdunkelten Zimmer, das so finster war wie der Hades. Sein Kopf pochte wie ein riesiges Furunkel. Seine Hand und sein halb zugeschwollenes Auge taten ihm weh, und er lag splitternackt auf einem Bett. Minutenlang suchte er nach der Antwort auf die Frage, wie er denn eigentlich hergekommen war, wann und warum; einen schrecklichen Augenblick lang war er nicht imstande, sich an seinen eigenen Namen zu erinnern. Aber sein Entsetzen verging: darauf kam es schließlich nicht an. Er hatte seine Identität verloren und lag dort ruhig atmend – vielmehr pulsierend wie ein niederes amöbenhaftes Lebewesen

– ohne Furcht oder sonst eine Empfindung, ausgenommen den Schmerz, den er dadurch zu vertreiben suchte, daß er sich mühte, von neuem einzuschlafen. Nach einer Weile gewann er ganz allmählich sein Orientierungsvermögen zurück; Gedächtnis und Wirklichkeit stellten sich wieder ein, ebenso sein Name, den er langsam vor sich hin buchstabierte: »K-i-n-s...« Und dabei glaubte er eine charmante Entdeckung zu machen, wie ein junger Liebhaber. Dann packte ihn kalte, irrsinnige Angst; er sprang aus dem Bett, tappte ungeschickt über eiskalte Fliesen, bis er den Lichtschalter fand, knipste das Licht an und sah sich in einem großen Spiegel, nackt wie Adam, einäugig, zerschrammt, mit gesträubtem Haar wie ein Hottentotte und in einem Hotelzimmer, das in seiner fauligen Verschlissenheit selbst ein panamesisches Bordell in den Schatten stellte. Die Luft roch nach einem Antiseptikum. Auf den Gipsornamenten an der Wand, auf den Querleisten der gebrechlichen Stühle, den Rändern des zerlumpten Bettvorlegers hatte sich der Schmutz in großen Wülsten abgelagert. Außer dem Bett und den Stühlen war kein Mobiliar vorhanden. Die einzige sanitäre Einrichtung war ein verstopftes Bidet, bis zum Rand mit einer unaussprechlichen Flüssigkeit gefüllt, an deren Oberfläche gelegentlich aufquellende Blasen zerplatzten. Geschmückt war das Zimmer mit nichts als der allgegenwärtigen Jungfrau, die auf ein graues durchgelegenes Bett herniederblickte, dessen undatierter Chronik der Unzucht er, mit wessen Hilfe wußte Gott allein, ein neues Kapitel hinzugefügt hatte. Wer immer sie war (und er mochte sich bemühen, wie er wollte, sein schmerzender Kopf gab die Erinnerung an sie nicht her; er hätte sehr wohl mit einem Gespenst zu Bett gegangen sein können), sie war jedenfalls gründlich: sie hatte nicht nur all sein Geld bis zur letzten verschrumpelten Fünflirenote an sich genommen, sondern auch seine Kleider. Sogar sein Unterzeug war verschwunden. Seine Brille wenigstens hatte die mitleidige Hure ihm gelassen; er fand sie auf dem Fußboden nahe dem Bett, zusammen mit seiner Baskenmütze, die sie wohl ebensowenig versetzen zu können glaubte wie seine Brille. Er setzte Brille und Baskenmütze auf und betrachtete sich im Spiegel, ein nobles Tier. Seine Hüftknochen schmerzten von der unheimlichen, Vergessenheit bringenden Tollerei; als er an sich heruntersah, gewahrte er allerlei Bewegliches und erkannte, daß sie ihm sämtliches Ungeziefer Roms hinterlassen hatte, wenn es denn wirklich Rom war, wo er sich befand. ›Überfall!‹ dachte er, ›Mord! Totschlag!‹

Er hatte also weder Kleider noch Geld. Angesichts der Ereignisse der vergangenen Nacht (wenn es wirklich erst in der vergangenen Nacht geschehen war) bezweifelte er nicht, daß die Polizei ihn bereits suchte, möglicherweise auch der Papst oder Ihre Exzellenz die Botschafterin, Mrs. Luce persönlich. Es juckte ihn am ganzen Körper, er nahm an, daß einer seiner Finger gebrochen sei, und er war im Begriff, sich in einem kalten Hotelzimmer in einem entlegenen Teil Italiens eine Lungenentzündung oder sonst etwas zu holen. Tatsächlich hatte er sich im Schlamm gesuhlt, wie er es sich schon lange gewünscht hatte, und dafür mußte er zahlen, doch verdiente er deshalb ein so beklagenswertes Ende? Hilflos, zerschunden und ausgesetzt, wie er war, schien seine Misere jenem allgemein verbreiteten Alptraum sehr nahe zu kommen, in welchem man nackt eine belebte Straße hinunterschreitet – verletzlich, völlig entblößt, ohne das kleinste Feigenblatt. Im Augenblick gab es nur eine Möglichkeit, und er ergriff sie: er kroch in das verseuchte Lustbett zurück, lag dort, die Baskenmütze auf dem Kopf und die Brille auf der Nase, kratzte sich wild und sann auf einen Ausweg aus dieser Situation, aus diesem würdelosen Zustand. Aber wer rief ihn am Ende? Und woher drang diese entzückende Stimme? Kam sie nur aus seiner eigenen Vorstellung – von einer erdachten, erträumten Insel oder einer verzauberten Küste, dergleichen es auf Erden nicht gab – oder war es doch in Wahrheit ein Land, ein Land, das ihm erschien und von dem er wußte, daß er eines Tages dort triumphierend seinen Fuß hinsetzen werde? Er griff sich an die Stirn und fühlte, daß sie fiebrig heiß und feucht war. Wasser! dachte er. Wasser! Irgendwo im Gebäude knallte eine Tür, eine Explosion, die das Ungeziefer angstschlotternd aus den Ritzen der Wände hervortrieb. Er sah schläfrig zu, wie es im blendenden Licht umherwimmelte und fiel von neuem in gräßlichen Schlaf, und zwar nicht in das ersehnte Vergessen, sondern in jenen grauenerregenden Traum, in dem er hilflos wie ein Zweig auf endlosem Meer dahintrieb, ewig zum Scheitern und zum Untergang verurteilt. Da war wieder der bekannte schwarze Golf, die einsame, unbewohnte Küste, von Palmen bestanden, die zerklüfteten Hänge der Vulkane, die von Horizont zu Horizont Rauchwolken in einen kränklich trüben Himmel aufsteigen ließen, der, des Sonnenlichtes beraubt, von noch fernem Donner durchgrollt war. Auf diesem Golf und in einem Boot, das so klein war, daß jede anrollende schwarze Woge es zu überschwemmen drohte, ruderte er mit ungleichmäßigen, erschöpften Schlägen auf eine Insel zu, die weit draußen im Meer lag und wo er zwischen schwingenden Karussells, Orangenblüten und den schwarzen Augen der Mädchen eine schläfrige südliche Ruhe zu finden hoffte, so süß, so wohltuend, so besänftigend für seine verwirrten Sinne, daß er sich ohne sie verloren glaubte. Und von irgendwo aus der Tiefe dieser wunderbaren grünen Vision rief ihn eine Mädchenstimme in einer fremden Sprache mit weichen fließenden Silben, die leise, eindringlich und voll betörender Liebesversprechungen war. »Liebe mich!« rief sie in jener Sprache, die er nicht verstand. »Liebe mich, und ich werde deine Erlösung sein.« Doch als er sich nun über die schweren Ruder beugte, schien er weit abgetrieben zu werden von der Stimme und sich dem Land auf gefährliche Weise zu nähern; starke Strömungen und Kreuzseen warfen ihn gegen die kahle, unwirtliche Küste: ein Sturm zog herauf, der Golf wurde schwarz wie die Nacht, und am Horizont erstand ein wahrer Wald von wirbelnden Wasserhosen, die auf ihn zuhielten, so düster wie die rächenden Wirbelstürme aus den westlichen Ebenen. Die Wellen schlugen schwarz und kalt nach ihm, und mit den Wellen zugleich traf ihn ein Regensturm wie eine Explosion. Die große Kette der Vulkane spie Feuer, die wunderbare grüne Küste oder Insel, das verzauberte ungesehene Land in seinem Rücken versank mit seiner Fracht ungeborener und ungekosteter Liebe, kippte mit zischendem Geräusch in die See. »Dio non esiste!« hörte er sich selbst kreischen, als eine letzte schwarze, berghohe Welle, die aussah, als sei sie vom Ende der Welt in diesen Golf hereingerollt, ihn emportrug in einen Himmel, der weiß war von fallenden Möwenleibern und aus dem er nun unaufhaltsam auf die verwünschte Küste herabstürzte...

»Non c'è Dio!« hörte er sich laut schluchzen. Er lag der Länge nach auf dem Fußboden. »Er ist tot! Er ist tot!« Und noch als er auf den feuchten Fliesen erwachte, hing der wogende Rhythmus des Traumes über ihm, und noch einmal wurde er in einem letzten verklingenden Schauer der Erinnerung schreiend seinem schmählichen und schimpflichen Ende zugeführt. Licht fiel durch die Fensterläden, aber ob es Abend oder Morgen war, wußte er nicht...

Poppy erschien, um ihn abzuholen, einen Pappkarton voller Kleider unter dem Arm. Er hatte genügend Kraft gesammelt, um gegen die Tür zu schlagen und zu brüllen und auf diese Weise einen bösartig aussehenden Portier herbeizurufen, den er mit unerhörten Versprechungen dazu brachte, für ihn zu telephonieren. Der Mann brachte ihm außerdem eine Flasche Wasser, die Cass in einem Zug leerte. Poppy, verstört und mit rotumränderten Augen, war glücklich, ihn endlich gefunden zu haben, und vergab ihm wie immer. Von Schuldgefühlen gepeinigt, erzählte er ihr eine törichte Lügengeschichte: Er sei in einer Bar auf der Piazza Mazzini in schlechte Gesellschaft geraten; zwei wollköpfige Neger aus Somaliland, die kaum des Italienischen mächtig gewesen seien, hätten ihm ein Stammesgift in den Strega geschüttet und ihm dann Geld und Kleider abgenommen. Diese Darstellung machte sich Poppy vorbehaltlos zu eigen, was sein Schuldgefühl nur noch verstärkte. Während sie im Morgenlicht in einem Taxi heimfuhren, lag sein Kopf auf Poppys Schoß; er litt und litt und murmelte Selbstbeschuldigungen. Sie klärte ihn auch darüber auf, daß sich das Hotel in einer heruntergekommenen Gasse weit hinter der Via Appia Nuova befand – also kaum noch in Rom – und daß er einen ganzen Tag und eine ganze Nacht dort verbracht hatte. Nun war Karfreitag, und über Rom schwiegen die Glocken.

7

Cass genas. Ein Auge mit rohem Fleisch bepackt, den verletzten Finger in einer Binde und blaue Salbe auf den unteren Regionen, so glotzte er drei Tage lang wie eine kranke Kuh die ausgezackten Ränder des Schlafes an. Sein Angsttraum kehrte nicht wieder, obwohl er immer von neuem über ihn nachdachte. Was mochte er nur bedeuten? Er mühte sich nach Kräften, ihn zu enträtseln; die Einzelheiten des Traumes standen ihm ganz deutlich vor Augen wie eine Begebenheit vom Vortage, aber beim Versuch, sie zusammenzufügen, kam nichts weiter zustande als ein schwarzes, vieldeutiges Durcheinander. Vielleicht, dachte er, ist dies schon eine Spielart des Wahnsinns?

Sei dem, wie ihm wolle, eines war gewiß, er war erneut der tückischen Rebe zum Opfer gefallen, und ein Gefühl sagte ihm, daß er dieses Mal eine lange, lange Reise auf dem Karussell zurückzulegen haben würde. Flucht war das Gebot der Stunde – Flucht, ganz gleich wohin, nur schnell mußte es gehen – und damit erfüllte sich die Prophezeiung des alten Marinearztes Slotkin, der einmal zu Cass gesagt hatte: »Sie werden Ihr ganzes Leben lang vor sich selbst davonlaufen.« Das hatte er durchaus wohlwollend und väterlich gesagt und dabei so verständnisvoll ausgesehen wie jemand, der schon oft vergeblich versucht hat, Leuten beizustehen, die vor sich selbst auf der Flucht sind. Diese Worte hatten Cass aber an einer empfindlichen Stelle getroffen und nun, als er sich am Tage nach Ostern auf den Weg machte, kamen sie ihm wieder in den Sinn. Da empfand er einen starken Haß gegen jene verschwommene alte Vaterfigur, deren Gegenwart ihn wohl bis ans Ende seiner Tage verfolgen würde.

Eines wußte er: Er mußte sich wieder nach dem Süden aufmachen. Das tat er, allein, und so gelangte er schließlich nach Sambuco.

Er konnte sich später noch an Einzelheiten dieser selbstmörderischen Fahrt erinnern. Im strömenden Regen knatterte er auf seinem Motorroller südwärts, und nur ein Wunder – vielleicht aber auch Poppys tränenreicher Abschiedssegen, zusammen mit der stählernen Bibel, die schon ihren tumben Bruder Alfie sicher durch den Feldzug in der Normandie geleitet hatte und die nun in seiner Brusttasche stak – verhinderte, daß seine von Grappanebeln umbrodelte Reise ein vorzeitiges Ende unter den Rädern eines Lastwagens oder eines Autobusses fand. Regen rann ihm in den Nacken, kleine Rinnsale flossen in seine Schuhe. Um sich bei Laune zu halten, sang er Hymnen, methodistische Hymnen, pulsierend von Leidenschaft, Ergebenheit und Liebe für einen weibischen Erlöser. »Der Herr begleitet mich«, brüllte er über die Straße dahin, »der Herr behütet mich und er sagt mir, daß er mich liebt.« Plötzlich vom religiösen Wahn überkommen, kichernd und noch den Tränen nahe, sog er an der Grappaflasche, während er, mit einer Hand steuernd, gefährlich abschüssige Kurven hinunter schlitterte. »Am Kreuz, am Kreuz hab' ich das Licht zuerst erblickt!« Riesige Lastwagen überholten ihn, und das hinter ihnen aufschäumende Sprühwasser durchnäßte ihn bis auf die Haut. Auf der Ladefläche eines solchen Fahrzeuges glaubte er, seinen alten Onkel hokken zu sehen, der mit zurückweichendem, tadelnd erhobenem Zeigefinger auf ihn deutete. »Und mein Herz ist wieder leicht...« Schleudernd, mit jaulenden Reifen und quietschenden Bremsen zischte ein uralter, schwarzer, niedriger Maserati an ihm vorbei und fegte ihn um ein Haar von der Straße. Erinnerung trieb ihm Tränen in die Augen und trübte sein Blickfeld. »Segensreiche Gewißheit – Jesus ist mein!« Kälte und Nässe lagen wie ein Tuch über ganz Italien. »Oh, welcher Vorgeschmack himmlischer Seligkeit!« Dann verstummte er und verkroch sich in die innersten Winkel seines Selbst. Er konzentrierte sich nun stärker auf das Fahren. Er wußte noch nicht, wonach er suchte, welch unerreichbarem Ziel, welcher Vision er nachjagte, während er durch diese grauenhafte Feuchtigkeit dahintuckerte; doch empfand er ein entzücktes Vorgefühl, als er gegen Mittag die Sonne über den Hängen des Vesuvs heraustreten sah und darunter Neapel, hingestreut und blau, von der See umfaßt, rauchig und gewaltig wie Jerusalem. Und doch verweilte er hier nicht, weder um zu essen noch um sich auszuruhen. Irgend etwas trieb ihn weiter. Steif und wundgesessen, in kühnen Kurven den Straßenbahnschienen ausweichend, fuhr er im Nieselregen die Via Monteoliveto entlang. Hier überfielen ihn die Gerüche des Südens – salziges Meerwasser, Pfefferschoten, Kloaken –, verwegene schwarze Augen sahen ihn herausfordernd an, und ein heiserer Zuhälter, der höchstens zehn Jahre alt war und Cass kaum bis ans Knie reichte, den er aber niemals vergessen würde, weil er an Stelle des einen Ohres eine bläuliche Höhlung hatte, lief eine Strecke lang neben ihm her und pries seine Schwester an. Schließlich rief er verzweifelt: »He, Joe, vielleicht willst du lieber meinen Bruder!« Vielleicht, dachte Cass mit starker innerer Rührung, da er die schlanken Hüften eines Knaben vor sich sah, vielleicht wirklich, denn mit den Damen scheint es ja nicht mehr zu gehen, aber dann verdrängte er diesen Gedanken, schob auch das Kind von sich, indem er ihm ein paar Lire und einen sanften Tritt gab und drehte auf, als er die Straße nach Sorrent fand.

Wieder regnete es, und immer noch wußte er nicht, warum er so hetzte. Zwischen dem schneebedeckten Gipfel des Vesuvs und der unbewegten düsteren Bucht ragte eine Mole wie eine Klippe aus dem Wasser, sommerlich grün mit Algen bewachsen. Am Ende der Mole standen drei barfüßige Knirpse und ein fetter Priester im strömenden Regen und angelten. Cass hielt an und überlegte, ob er wohl imstande sei, diese reizende, verrückte Szene zu zeichnen. Er traute es sich dann doch nicht zu und fuhr weiter. Die Grappaflasche war beinahe leer. Um die Mitte des Nachmittages saß er in einer Bar in Sorrent nahe dem Hafen, trank Strega und lernte von einem schwitzenden, halb angekleideten Kellner, der mit einem schielenden Knaben in amerikanischen Uniformstücken Tischfußball spielte, Lieder in dem zungenbrecherischen örtlichen Dialekt. Dann wusch er sich die Hände an einem verdreckten Ausguß, durch den das Wasser zwanzig Meter tiefer ins Meer abfloß; unsinnigerweise zog er hier seine Uhr auf, ließ sie durch den Abfluß ins Meer fallen und wurde auf der Stelle von einem aberwitzigen Kummer übermannt. »Sono pazzo!« rief er weinend dem Kellner zu. »Ich bin wahnsinnig, wahnsinnig!« Und ehe er wußte, wie ihm geschah, hockte er schon wieder auf seinem Motorroller und nahm schwankend die Haarnadelkurven auf der Straße nach Positano und Amalfi. Oberhalb von Positano hatte er eine Reifenpanne, kauerte sich am Weg nieder und flickte den Schlauch mit klammen Fingern. Etwas später ging ihm das Benzin aus, was im Hinblick auf Sambuco entweder ein Fluch oder ein Segen war, je nachdem, von welchem Standpunkt aus man die späteren Ereignisse betrachtet. Als er noch durchnäßt an der Straße stand, hielt ein Lastwagen, der Weinfässer geladen hatte, und aus einem der Fenster blickte ein höchst merkwürdiges Gesicht. Eine majestätische Nase, gekrümmt wie ein Türkensäbel, sprang abenteuerlich vor und beherrschte, ja überschattete beinah das ganze Gesicht; auf der großartigen Krümmung saßen Warzen, dick wie Kürbiskerne, und aus den höhlenartigen Nüstern sprossen ganze Büschel schwarzen Haares. Dafür fehlte das Kinn fast völlig: oberhalb der Stelle, wo das Kinn sich befinden sollte und von dem vorspringenden Bug der Nase fast zur Unsichtbarkeit verdammt, lächelte ein dünner, hellroter Mund feucht und ölig. Irgend etwas am Gesicht dieses Mannes verlieh ihm einen Ausdruck, der gleichzeitig launenhaft und wohlwollend war, eine Mischung von Kasperle und Torquemada; sein Haar hing wie das von Franz Liszt bis auf die Schultern. »Che t'é successo?« fragte er, worauf Cass antwortete: »Kein Sprit mehr, Freund.« Das Gesicht lächelte. »Häng dich hinten dran«, sagte es. »Du frierst wohl. Mach den Tappo auf und trink einen Schluck Wein, paß aber auf, daß nichts herausläuft. Halt dich fest. Ich bringe dich schon dahin, wo du hinwillst.«

Das war das allermerkwürdigste, denn das Gesicht im Lastwagen konnte ebensowenig wissen, wohin Cass wollte, wie dieser selbst es wußte. Sehr viel später, als er bedachte, daß er ohne jenes Anerbieten ganz gewiß niemals nach Sambuco geraten wäre, fragte er sich, ob jenes Gesicht wirklich so unheimlich und fremdartig gewesen sei, wie er es in Erinnerung hatte. Als Cass sich nun mit einer Hand hinten am Wagen anklammerte und sich ziehen ließ, fühlte er, wie die Straße unter ihm anstieg. Er sah, daß er im strömenden Regen am Rande eines wild gähnenden Abgrundes höher und höher hinauf geschleppt wurde, sah gischtende Wildbäche tausend Fuß unter sich und das Meer wie Wasser in einem Kochtopf, brodelnd und dampfend. Unmittelbar vor seiner Nase saß ein hölzerner Hahn im Spundloch eines Fasses; mit der freien Hand drehte er ihn auf, und der rote Wein lief schäumend in seinen Mund. Höher und höher klomm der Lastwagen, seinen Trinker im Schlepp. Als er dann auf der verregneten Piazza anhielt, hatte Cass fast einen Liter Wein getrunken, ohne einen einzigen Tropfen zu verschütten. Noch ehe er sich bei dem Spukgesicht im Führerhaus bedanken konnte, war er schon von seinem Motorroller gefallen und lag auf dem Boden, ein triefendes, bejammernswertes Bündel, und vor seinen Augen tanzte ein rotweißer Fetzen wie irrsinnig hin und her, auf dem nachfolgende Inschrift zu lesen war:

BENVENUTO A SAMBUCO
BIEN VENUE A SAMBUCO
WILLKOMMEN IN SAMBUCO
WELCOME TO SAMBUCO

Der Wagen war verschwunden. Lieber Himmel, dachte er, als er sich mühsam aufrichtete, ich habe *doch* einen neurotischen Anfall. Er kletterte verträumt wieder auf den Motorroller und versuchte, zu starten; da fiel ihm ein, daß er kein Benzin mehr hatte, und eben war er im Begriff, den Roller irgendwo unterzustellen, als Saverio stotternd und mit verzerrtem, weit aufgerissenem Mund über den Platz geplanscht kam und Cass beinah über den Haufen stieß, während er dessen Rucksack vom Gepäckträger riß und dabei brüllte: »Bella vista! Tutti i conforti ... panorama scenico ... prezzi moderati!« Das Geschöpf starrte ihn durch den dicht fallenden Regen flehend aus blöden, schielenden Augen an. Cass schauderte. Ich schlafe, dachte er, ich schlafe und träume von der Hölle. Er stand leicht schwankend da, nieste und bemerkte nun, daß der Tag schon in Dunkelheit und Vergessen überging. »Dica«, fragte er den Idioten, »wo bekomme ich was zu trinken?«
»Im Bella Vista!«

Niemand befand sich in der Halle des Bella Vista. Sie wirkte düster, kalt und unbewohnt, und außer dem Ticken einer gräßlichen Rokokouhr, deren Pendel langsam und freudlos hin und her schwang, war nichts zu hören. Cass erblickte Gummibäume in Töpfen, einen Schirmständer, einen massiven Sessel aus Nußbaum, in dessen polierter ovaler Rückenlehne sich sein bleiches, tropfnasses Gesicht spiegelte. Die Halle ähnelte dem Warteraum eines Leichenbestatters, und der angrenzende Salon barg noch trübere Geheimnisse: Plüschsessel in ergrauenden Schonbezügen, einen Kronleuchter, der früher einmal strahlenden Glanz verbreitet haben mochte, in dem nun aber eine einzige matte Birne brannte, noch mehr Gummibäume in Töpfen und einen weiten Ausblick auf das sonnenlose Tal, aufziehende Wolken und brodelnde Nebel. Dann entdeckten seine Augen in der Düsternis einen Kamin, auf dessen Rost eine Handvoll Kohlen schwach glimmte. Dicht davor saß ein ältliches Paar, angetan mit Pullovern und Tweedkleidern und spielte Backgammon. Ihre Gesichter sahen zerbrochen und gehetzt aus, und Frostbeulen bedeckten ihre Hände, die merklich zitterten. Sie schienen die einzigen Gäste des Hotels zu sein. Ein unsichtbarer Kanarienvogel trillerte ergeben. Es roch nach nasser Wolle, nach alten Büchern, nach Fisch und nach Großbritannien. Cass schwankte wieder in die Halle zurück und entdeckte die Bar. Sie war in einem winzigen, dunklen, luftlosen Nebenzimmer untergebracht, und in ganz Europa gab es wohl keine traurigere Trinkstätte. Nachdem Cass lange genug eine Glocke bearbeitet hatte, erschien schließlich ein gramgebeugter Kellner und verkaufte ihm eine Flasche italienischen Weinbrand, der nach Karamelbonbons schmeckte. Er nahm sie mit in den Salon und ließ sich dort nieder, um trocken zu werden. Dies war jedoch ein hoffnungsloses Unternehmen, denn die Luft im Hotel schien noch feuchter zu sein als seine Kleider. Er ergriff eine Ausgabe der »London Daily Mail«, legte sie aber gleich wieder weg – sie war sechs Monate alt. Der Weinbrand, obwohl ekelhaft, erwärmte ihn und linderte ein wenig seine nervöse Depression. Nach einigen Minuten empfand er sogar ein trügerisches stumpfes Wohlgefühl und redete sich ein, daß er am Ende doch gar nicht betrunken sei. Er sah den beiden Spielern zu und nieste von neuem.
Er muß dort eine halbe Stunde grübelnd und in die tragische Landschaft hinausstarrend gesessen haben. Alle Landschaften und Orte, vor denen sich zu hüten er entschlossen war, kamen ihm bei diesem Anblick in den Sinn: Blackpool, Winnipeg, Finnland. Das Land lag dort draußen düster und verflucht. Er hob die Flasche und trank. Im Schatten vor dem Kamin massierten der Engländer und seine Frau ihre Finger. Ganz plötzlich war Cass nicht mehr imstande, einen Druck zurückzuhalten, der den ganzen Tag über in ihm gewachsen war, und er ließ laut Wind, einen langgezoge-

nen Trommelwirbel, den zu dämpfen er sich vergeblich bemühte; diese Bemühung gab er denn auch schließlich verlegen lächelnd auf. Am Tisch der Spieler entstand eine Unruhe. Er bemerkte es kaum. Er vergaß seine Verlegenheit und geriet von neuem ins Grübeln. Nach einer Weile erhob er sich unsicher aus seinem Stuhl. Es war ihm kaum bewußt, daß er laut vor sich hin redete, und in dem Gedanken, daß es nun Zeit sei, trotz des Regens nach Rom zurückzukehren, machte er einen unsicheren Schritt vorwärts. »Ihr könnt mich mit eurem Sambuco mal am Arsch lecken«, sagte er laut. Er merkte nicht, daß er sprach: die Engländerin hob den Kopf wie ein sicherndes Reh, und auch ihr Mann schreckte auf. In der Hoffnung, am dürftigen Feuer seine Hände wärmen zu können, torkelte Cass zum Kamin. Plötzlich war er gefangen, in die Enge getrieben, ganz und gar eingekreist von Sambuco: er fühlte sich wie einer jener kühnen Cowboys, die, von Indianern gegen den Rand eines Abgrundes gedrängt, sich dem Hagel der Pfeile stellen oder in wildem Satz mitsamt dem Pferd in die grausige Schlucht stürzen müssen. Nun konnte er nirgends hin entweichen. Wieder wurde ihm unbehaglich zumute. Laut Wind lassend, drängte er sich an dem kirschroten, wütenden alten Herrn vorbei, und in tiefer Verzweiflung lehnte er sich schwer gegen den Kamin; er fühlte, daß unter seiner Schulter etwas Großes, etwas Gewichtiges nachgab, und hörte es dann mit einem ohrenbetäubenden Knall auf dem Fußboden zerbersten.

Slotkin, dachte er, alter Vater, alter Rabbi. Geduld und Disziplin – die tun mir not. Dies dachte er immer noch und beglückwünschte sich im stillen zu seiner Einsicht, als die Hölle um ihn losbrach. Die riesige Vase, die nicht weniger als fünfzig Pfund gewogen haben konnte, war nur knapp am Kopf des alten Mannes vorbeigefallen; während Cass nun stumpf die grünen Scherben auf dem Fußboden betrachtete, sah er zwei gefütterte Pantoffeln näherrücken und hörte eine quäkende, ältliche, und vor Wut fast hysterische Stimme.

»Schmutziger Trunkenbold!« zeterte der alte Mann, wobei er mit einer unsichtbaren Reitpeitsche gestikulierte und Cass, der mitleidig und erstaunt in das gerötete schnurrbärtige Gesicht blickte, begriff nun erst, was er angerichtet hatte. »Tschuldigen Sie ...«, begann er, aber es war zu spät, denn der Salon, vom Knall der zerberstenden Vase geweckt, belebte sich wie ein Mausoleum, in das die Vandalen eindringen. Es traten drei Kellner und mehrere Zimmermädchen auf; eine Gestalt, die aussah wie der Koch, erschien mit wehender Mütze im Laufschritt auf der Bildfläche, gefolgt von niederen dienstbaren Geistern – Stiefelputzern, Gärtnern, Hausdienern. Als diese Gestalten ihn nun alle umstanden und der alte Mann ihm immer wieder wütend mit der rissigen Faust vor der Nase herumfuch-

telte, konnte er nur denken: bei soviel Personal muß der Wirt ja Geld zusetzen.
»Sehen Sie sich den Kerl da an!« kreischte der Engländer. »Sehen Sie ihn nur an, den hirnlosen, schmutzigen, besoffenen Lumpen! Er hat uns mit der Vase da beinahe erschlagen!« Cass glotzte stumm den Alten an, sah, wie die Frau ihn nun am Ärmel zupfte, bemerkte, daß sich noch mehr Zuschauer einfanden und sagte immer wieder ganz mechanisch zu sich: ›Das ist nicht wahr, das kann nicht wahr sein.‹ Gerade als sein Wunsch, im Fußboden zu verschwinden, so drängend geworden war, daß er schon die Füße unter sich einsinken fühlte, trat ein wild blickender kleiner Mann auf, der in einer Hand die Speisekarte schwenkte. Cass begriff, daß dies jemand namens Signor Windgasser sei, ein kleiner, schreckeneinflößender Mensch. Er entschuldigte sich wortreich bei dem Engländer und wandte sich dann Cass zu.
»Sie!« schrie er. »Diese Vase war zweihunderttausend Lire wert!« Cass war zu benommen, zu verwirrt, zu unwiderruflich verloren, um sich zu rühren; nebelhaft, wie in einer Halluzination, sah er, wie Windgassers Lippen sich in verkrampfter Entrüstung öffneten, doch verstand er nicht, wovon die Rede war. Eine Hand an seinem eingebildeten Offiziersstöckchen, schäumte und brabbelte der alte Mann noch immer vor sich hin; aus der Menge drang heiseres, verlegenes Gelächter. Ein Fries aus schmutzigen Damastvorhängen schwamm durch sein Blickfeld; das entfernte, in Nebel gehüllte Tal schien wie eine Sprungschanze in ein unglaubhaftes Meer hinabzuführen. Nun überkam ihn Übelkeit, er rang nach Luft, versuchte zu antworten, mühte sich, diesen tollen, lächerlichen, inquisitorischen Traum zu verstehen. Gerade als er seine tauben Lippen öffnete und versuchte, ein paar heisere, fremdklingende Worte der Entschuldigung vorzubringen und mit beschwichtigend erhobenen Händen auf Windgasser zutrat, fühlte er, wie eine unnachgiebige Stange oder Leiste oder das Gitter des Kamins seinen Knöchel packte und ihm ein Bein stellte; der Parkettboden des Bella Vista hob sich und knallte ihm mit voller Wucht ins Gesicht, wie eine zufallende Tür. Da lag er schmerzgekrümmt und sah zehntausend winzige feurige Kügelchen. Dann fühlte er sich von starken Händen aufgerichtet; muskulöse, weißbekleidete Arme schoben ihn durch das Zimmer und in die Halle, wo irgend jemand ihm unter gemurmelten italienischen Flüchen den Rucksack umhing, ihn am Hosenboden ergriff und, während er die leere Luft trat wie ein Radfahrer, durch die Tür in den Regen hinaus warf. »Cacciatelo via!« hörte er jemanden brüllen und dann ein höhnisches »Ubriacone!« Eine Tür knallte, und dann vernahm er noch einmal das gedämpfte: »Und bleiben Sie gefälligst draußen!« Dann war er wieder allein im Regen.

Vielleicht war es der unerträgliche Regen oder sein geschwollenes Auge, vielleicht auch das beleidigende »Ubriacone« mit der Unterstellung, er habe zuviel getrunken – irgend etwas jedenfalls platzte in ihm, er holte tief Luft, zog seine feuchten Manschetten aus den Ärmeln und stürzte zurück ins Hotel wie ein gereizter Bär. Das erwies sich als grober Fehler. Die vom Regen schlüpfrigen Marmorstufen waren unter seinen Füßen wie Glas. Er hatte erst halb die Treppen zum Eingang erstiegen, als der Boden unter ihm weggerissen wurde. Immer noch brüllend, sah er, wie die Fassade des Hotels irrsinnig schwankte und daß ein verstört blickender einzelner Kellner vergeblich versuchte, seinen Fall aufzuhalten. Er fühlte, wie sein Schädel auf die Kante einer Marmorstufe knallte, dann schlug Vergessen über ihm zusammen; und auf großen Wellen barocker Orgelmusik wurde er dem Schrecken und dem Schmerz entführt...

Als er mit dröhnendem Kopf, aber im übrigen erstaunlich gut beieinander, erwachte, roch es um ihn herum nach Schmutz und Wein, und er wußte fast sogleich, daß er sich auf einer Polizeiwache befand. Er lag auf einem Feldbett und hörte sein eigenes Stöhnen, als er sich mühte, das Bewußtsein wieder zu erlangen; obwohl es ihn große Anstrengung kostete, erhob er sich in eine sitzende Stellung auf dem Feldbett, betastete vorsichtig seine Hirnschale und fühlte dort eine Beule von der Größe eines Türdrückers, die bei der geringsten Berührung stark schmerzte. Als er den Kopf hob, sah er zwei Polizisten. Der eine, ein unerhört dicker, bebrillter Sergeant, sah ihn mürrisch vom Schreibtisch her an. Der andere stand aufrecht da. Es war ein junger Korporal mit Schnurrbart, der Cass weniger mit Mißtrauen oder Feindseligkeit zu betrachten schien als vielmehr mit einer Art versunkener Nachdenklichkeit; allerdings war das nicht mit Sicherheit zu erkennen, denn ein großer Teil seines Gesichtes verschwand nun, als er den Mund weit aufriß und mit einer großen Hand emsig in den Zähnen zu stochern begann. Niemand sprach. Cass sah stumpf zu, wie eine bärtige Ratte den Kopf aus einem Loch in der Wand hinter dem Schreibtisch des Sergeanten steckte, die Atmosphäre schnuppernd prüfte und dann wie ein träger Caféhausbesucher, der eine kleine Nachmittagspromenade unternimmt, gelassen zur Tür hinaus und in ein anderes Zimmer marschierte. Der Regen rauschte pausenlos auf das Dach. Immer noch betrunken, aber nicht mehr von Schmerzen gepeinigt, ließ Cass ein schwaches, sinnloses Kichern hören.

»Molto comico?« fragte der fette Sergeant mit gewichtiger Ironie. »Molte divertente? Nun, wir werden schon sehen, wie komisch das ist.« Er breitete einige Papiere vor sich aus. »Stehen Sie auf und kommen Sie hierher.«

Cass sich mühsam und bewegte sich schwankend zum Tisch hin, wo er mit vorgestrecktem Hals die Liste betrachten konnte, auf der die Beschuldigungen gegen ihn verzeichnet standen, während der Sergeant mit schriller, zwitterhafter Stimme dozierte: »Sie werden zunächst einmal der vorsätzlichen Sachbeschädigung beschuldigt. Secondariamente werden Sie beschuldigt der Erregung öffentlichen Ärgernisses durch den Gebrauch unflätiger Redensarten und durch Ihr Auftreten. In terzo luogo werden Sie beschuldigt der versuchten Körperverletzung an einem gewissen Signore Sir Edgar A. Hatcher, Vizeadmiral der englischen Marine, wohnhaft in Southsea, Hampshire, Großbritannien. In quarto luogo der Trunkenheit in der Öffentlichkeit. Wie heißen Sie? Bitte Ihren Paß.«

»Come?« fragte Cass.

»Ihren Paß!« befahl der Sergeant.

»Er ist bei meinem Motorroller auf der Piazza«, murmelte Cass und unterdrückte nur mühsam einen Anfall schwachsinniger Heiterkeit.

Der Sergeant wedelte gereizt mit seinen gepolsterten Händen und wandte sich an den Korporal: »Holen Sie den Motorroller und den Paß.«

Der Korporal rollte die Augen verzweifelt zur Decke: man hörte deutlich den Regen in einem Wolkenbruch herunterprasseln.

»Schön, warten Sie, bis der Regen nachläßt.«

Dann zu Cass: »Nazionalità? Inglese?«

»Americana.«

»Wie heißen Sie also?« fuhr der Polizist grob und provinziell fort, die Feder gezückt.

»Domenico Scarlatti.« Dieser Name war aus keinem ersichtlichen Grunde wie der Ton einer Flöte, wie eine Beschwörung in seinem Bewußtsein aufgestiegen; nun entfloh er ganz einfach seinen Lippen, mit Würde, Ernst und Selbstbewußtsein gesprochen. Der Sergeant musterte Cass aus stupiden Äuglein.

»Dann sind Sie also ein Amerikaner italienischer Abstammung«, piepste er mit scharfem Tadel in der Stimme. Er legte sich im Sessel zurück und faltete die Hände über seinem elefantenhaften Bauch. »Solche Leute wie Sie machen immer Ärger. Sie wandern nach Amerika aus, verdienen sich ein Vermögen und kehren in die Heimat zurück, um hier ihre schlechten Manieren vorzuführen und mit ihrem Geld zu protzen. Es ist sehr schade, daß Mussolini nicht mehr da ist, der Duce wäre gegen Ihresgleichen schon eingeschritten. Ich möchte Ihnen aber einmal etwas sagen, Scarlatti. Hier in Sambuco dulden wir ein derartiges Benehmen nicht.« Wieder beugte er sich über seine Papiere. »Wo und wann sind Sie geboren?«

›O weh!‹ dachte Cass und improvisierte: »Sechsten Juni 1925. Aber sagen Sie doch, Sergeant, warum werde ich der Körperverletzung beschuldigt? Diese Vase... ich habe doch gar nicht die Absicht gehabt...«

»Beantworten Sie die Fragen«, bellte der Sergeant. »Geburtsort?«
»Schreiben Sie Tuxedo Park, dann Komma, New York.« Er hielt sich mit vorsichtig ausgestreckten Fingern an der Tischkante fest.
»Tuxedo Park, New York. Buchstabieren Sie das.«
»T-u-x-e-d-o. Wie die Hauptstadt von Japan.«
»Merkwürdig. Ihr Vater?«
»Alessandro Scarlatti. Verstorben.«
»Mutter?« Der Sergeant kritzelte schwerfällig.
»Gypsy Rose Scarlatti, defunta«, fügte er hinzu, »ebenfalls verstorben.« Waise, der er war und immer gewesen war, fühlte er sich plötzlich zu Tränen gerührt.
Der Sergeant lehnte sich zurück und begann, ihn mit weiser hochherziger Miene erneut zu belehren. »Sie sind in großen Unannehmlichkeiten, junger Freund. Wir verhaften nicht gerne Amerikaner. Nicht etwa, weil wir uns fürchten, aber Amerika ist jetzt stark und wir sind schwach und Ihr Land... nun, man würde bei Ihnen wohl sagen, es übt einen Druck aus. Sobald die Prinzipien des Duce wieder wirksam werden« – und hier erschien die Andeutung eines Lächelns auf seinem Schweinsgesicht –, »mag sich das sehr wohl ändern. Im Augenblick jedoch schätzen wir es durchaus nicht, amerikanische Staatsbürger festzunehmen.« Er verstummte, blickte vor sich auf den Tisch nieder und trommelte mit den Fingern auf der Platte. »Ihre Art des Auftretens hier können wir jedoch nicht dulden, und deshalb werden wir Sie eben festnehmen! Emigranten wie Sie, die noch italienische Namen führen, tragen unserem Lande auf der ganzen Welt einen schlechten Ruf ein. Der Duce hat selbst« fuhr er fort und blinzelte wissend, »der Duce hat selbst im Juli 1931 in seiner Rede in Ancona darauf hingewiesen, daß die Demokratien untergehen müssen, weil das Gewicht der Korruption, die sie ihren Bürgern gestatten, sie erdrückt. Zu dieser Art von Bürgern gehören Sie wohl auch...«
Er hätte wohl noch weitergeredet, wenn nicht in diesem Augenblick nebenan ein furchtbarer Lärm entstanden wäre. Man hörte die rauhe, tiefe, streitsüchtige Stimme eines Mannes, dann eine Mädchenstimme, giftig und schrill und voll zorniger Verachtung. Irgend etwas schien heftig gegen die Wand geworfen zu werden. Das Mädchen kreischte, der Mann begann zu brüllen. Der Sergeant erhob sich schwerfällig und stapfte ächzend ins andere Zimmer. »Zitti!« hörte Cass ihn quietschen, der Lärm verstummte bis auf das Geräusch schweren Atmens und bis auf die Kastratenstimme des Sergeanten, die nun als einzige zu hören war. Cass wandte sich wieder um und bemerkte, daß der Korporal ihn nachdenklich, aufmerksam und nicht unfreundlich ansah.
»Was werde ich wohl kriegen?« stöhnte Cass nun etwas beängstigt.

Der Korporal nahm die Finger aus dem Mund. »Straordinario«, murmelte er, ohne die Frage zu beantworten, »assolutamente straordinario.«
»Was denn?«
»Die Hohlheit dieses Menschen. Er ist in Neapel geboren und aufgewachsen, in der Heimatstadt der Scarlattis, und er hat von keinem von beiden je gehört. Wie heißen Sie wirklich?«
Cass, der nun etwas nüchterner war, sagte es ihm, doch nun breitete sich in seinem Kopf der Schmerz aus, er blühte geradezu auf, und mit ihm schlich sich die Sorge in sein Herz. Einen Augenblick verspürte er den unsinnigen Wunsch, zur Tür hinauszustürzen. Doch zwang er sich, ruhig zu bleiben und bat den Korporal um ein Glas Wasser.
»Was kriege ich wohl?« fragte er wieder, als der Korporal Wasser in ein Glas laufen ließ.
»Trinken Sie das erst mal, das wird Ihnen gut tun. Sie sprechen übrigens sehr gut Italienisch. Wahrscheinlich sind Sie so naiv in diesen Dingen, weil sie Amerikaner sind.«
»Was meinen Sie damit?«
»Ich meine damit den Sergeanten Parrinello. Wenn ein Polizeibeamter wirklich eine Verhaftung vornehmen will, dann greift er sich den Übeltäter einfach. Mehr ist dazu nicht zu sagen. Wenn er andererseits zu der Überzeugung gelangt, daß er auf irgendeine Weise den verzweifelten Wunsch des Beschuldigten nach Freiheit zu seinem eigenen Vorteil ausnutzen kann, dann hält er lange Vorlesungen über dieses und jenes. Der Duce. Ancona 1931. Demokratien. Korruption. Sehen Sie denn nicht die Methode in diesem Vorgehen? Er will nur Zeit gewinnen, Zeit, in der der Beschuldigte sich ausrechnen kann... ob er nicht zum Beispiel auf eine große Mahlzeit in einem vornehmen Hotel verzichten sollte, oder ob unter diesen Umständen die eigene Übeltat nicht sogar mit einem noch größeren Opfer gesühnt werden muß, zum Beispiel mit dem Geld, das andernfalls für die Freundin...«
»Ich werde doch diesen schwammigen Koloß nicht bestechen!« protestierte Cass viel zu laut – nun, da es um Geld ging, plötzlich ganz der Nachfahre von Calvin, Wesley und Knox.
»Schsch«, warnte der Korporal. Er machte ein sehr ernstes Gesicht. »Hören Sie auf mich! Dieser Parrinello kann sehr unangenehm werden. Es ist Anzeige gegen Sie erstattet worden, und er kann Sie mühelos einen ganzen Monat hier im Gefängnis halten, ehe es zu einer Untersuchung kommt. Sie werden hier nicht so einfach gegen Kaution aus der Haft entlassen wie in Amerika, und Parrinello ist im Grunde ein gemeiner Kerl.«
Er ging zur Tür und strich dabei seinen Schnurrbart. Dann sagte er leiser: »In Ihrer Lage wären wohl zehntausend Lire angemessen, wenn Sie

außerdem für die zerbrochene Vase zahlen. Machen Sie es aber nicht zu auffällig, stecken Sie den Schein hier in seine Papiere. Ich habe nichts gesehen.«

»Aber warum tun Sie das für mich?« wunderte Cass sich laut. »Ich meine...« Aber der Korporal – undurchsichtig und gleichzeitig beängstigend wohlwollend – war in das andere Zimmer verschwunden. Was für ein unglaublicher Schwindel, dachte Cass. Zehntausend Lire! Ein Wochenlohn von diesem fetten Schwein. Danach würde ihm kaum noch etwas übrigbleiben, und diser Umstand bedrückte ihn denn auch viel mehr als der erpresserische Aspekt der Angelegenheit, er überstieg sogar seinen Abscheu vor dem ekelhaften, monströsen Sergeanten, der die Erpressung vornahm. Sein Kopf und seine Eingeweide schmerzten, und er fühlte sich beinah so schlecht wie an seinen schlechtesten Tagen in Paris. Er holte die Zehntausendlirenote hervor – seine letzte – und schob sie mit einem bedauernden Abschiedsblick in das Wachbuch des Sergeanten, wo sie sich neckisch verbarg.

Der Sergeant kam schweren Schrittes zurück. »Nun denn«, begann er streng, während er sich hinter seinem Schreibtisch niederließ, »nun denn, ich möchte Ihnen noch einmal nachdrücklich den Ernst ihrer Situation vor Augen führen.« Er zog das Wachbuch zu sich heran, und Cass sah seine Augen aufleuchten, als sie die Banknote erblickten. »Eine sehr ernste Situation«, fuhr er mit gleichbleibendem Gesichtsausdruck, jedoch in einem so kunstvoll veränderten Ton fort, daß es geradezu atemberaubend war, »aus der Sie sich indessen vielleicht befreien können.« Er sah Cass an und klappte gleichzeitig das Wachbuch zu. »Sie haben hier in Sambuco einen schweren Fehler begangen, und Ihr Betragen wird hier nicht geduldet werden. Andererseits«, sagte er in gemildertem, ausdrucksvollem Larghetto, »sehen Sie wie ein anständiger Mensch aus, Scarlatti, ja, ich möchte sogar so weit gehen, anzunehmen, daß Sie noch niemals mit der Polizei zu tun gehabt haben. Stimmt das?«

»Das stimmt genau«, sagte Cass, von neuem in Zorn geratend.

»Dann werde ich Ihnen sagen, wie wir verfahren wollen. Die Beschuldigungen gegen Sie werden zurückgenommen, wenn Sie sich damit einverstanden erklären, für die zerbrochene Vase im Hotel Ersatz zu leisten. Ich lege Ihnen dringend ans Herz, sich in Zukunft umsichtiger zu betragen. Sie können gehen. Sie schulden der Behörde hundertfünfzig Lire für die Carta bollata.«

»Für die Carta bollata?«

»Für die Steuermarke auf der amtlichen Urkunde, auf der...«

»Ich weiß schon, was es ist«, sagte Cass, »aber wollen Sie abscheulicher Fleischhaufen wirklich...«

Cass erinnerte sich später daran, daß er in diesem Augenblick leicht alles hätte verderben können, aber der Sergeant hatte ihn nicht gehört oder sich entschlossen, ihn nicht zu beachten, denn gerade in jenem Augenblick ging draußen wieder das Gebrüll los.
»Bugiardo!« schrie ein Mädchen.
»Lügner! Biest!« heulte ein Mann.
Und beinah im gleichen Augenblick schob Luigi, der Korporal, schwitzend und mit verrutschtem Käppi einen unrasierten Mann mit eingefallenen Backen und dem Kittel eines Ladeninhabers vor sich her in den Raum. Gleich dahinter kam ein Bauernmädchen. Dieses Mädchen, das etwa achtzehn Jahre alt sein mochte, trug einen für sie viel zu großen, mottenzerfressenen Mantel, auf dessen Schultern der Regen dunkle Flecken hinterlassen hatte. Sie war barfuß, und ein ausgebleichtes Tuch bedeckte ihr Haar. Immer noch zornig schreiend, kam sie herein, und während eines atemberaubenden Augenblickes konnte Cass an nichts anderes denken als daran, daß sie außergewöhnlich schön war. Der Ärger schien den Liebreiz ihres Gesichtes nur noch zu erhöhen, wie ein Windstoß, der das Feuer schürt; Cass bemerkte, daß nur Luigis große Hand, die den Gürtel ihres Mantels gepackt hielt, das Mädchen daran hinderte, dem Händler wie eine Wildkatze auf den Rücken zu springen. »Lügner!« kreischte sie. »Lügner! Lügner!«
Und der Händler, dessen Gesicht von einem Ausschlag bedeckt war wie von Frostbeulen, antwortete mit dumpfem Knurren und einem ungläubigen Aufheulen: »Ah huh! Tu sei bugiarda! Puttana!«
»Ruhe!« befahl der Sergeant. »Stellen Sie sich lieber dort drüben hin«, sagte er zu dem Mann. »Und du«, sagte er mit einer Kopfbewegung zu dem Mädchen, »du bleibst auf dieser Seite des Tisches stehen und hältst den Mund.« Cass konnte es beinahe klirren hören, als die Waage der Gerechtigkeit sich zugunsten des Kommerzes neigte. Das Mädchen ging mit blitzenden Augen an den ihr zugewiesenen Ort, doch war sie den Tränen nahe. Sie biß sich auf die Lippe, und als Cass ihr sanftes ovales Gesicht anstarrte, das von Regen und Schmutz verschmiert war, wünschte er sich, sie glücklich zu machen und einen leidenschaftlichen Kuß auf ihre vollen Lippen zu drücken. Sie war bezaubernd, und er sah sie hilflos an, während er die Beule auf seinem Kopf betastete. Er überzeugte sich davon, daß auch ihr übriger Körper den vollkommen gewachsenen Beinen entsprach, die allerdings ebenso wie ihr Gesicht mit rötlichem Schmutz beschmiert war.
»Also, wie war das«, fragte Parrinello den Mann. »Sie behaupten, daß dieses Mädchen etwas aus Ihrem Laden gestohlen hat.«
»Sie hat es versucht«, sagte der Mann. »Ich habe sie dabei erwischt.«

»Ich habe nicht gestohlen!« platzte das Mädchen heraus. »Ich war vor dem Laden und hatte es in der Hand, aber ich wollte bezahlen!«
»Schon wieder eine Lüge!« brüllte der Mann. »Womit wolltest du denn bezahlen?«
»Ruhe!« befahl der Sergeant. Schweigend und geheimnisvoll ließ er sich in seinem Drehsessel nieder, und unter ihm gaben die Federn ächzend weit, weit nach, so daß er schließlich fast wie in einer Hängematte lag, aufgebläht von seiner armseligen und doch schrecklichen Autorität. Nach einer Weile sagte er zu dem Händler: »Sie haben mir noch gar nicht gesagt, was das Mädchen aus Ihrem Laden gestohlen hat. Was war es also?«
»Das hier«, antwortete der Mann. »Das.« Aus der Tasche seines Kittels zog er eine lustig bemalte, an einem Stöckchen befestigte Windmühle aus Zelluloid hervor, wie Kinder sie hinter sich her flattern lassen. Sie mochte fünf oder zehn Cents wert sein. »Sie lag in der Auslage auf der Straße«, erklärte der Mann eifrig, »da kam dies Bauernmädchen hier, griff sich das Ding und haute ab. Gib es zu!« schnarrte er das Mädchen an. »Warum gibst du es nicht zu!«
Das Mädchen brach plötzlich zusammen, verbarg das Gesicht in den Händen und fing an zu weinen. Parrinello nahm die Windmühle. Mit einem lächerlichen, theatralischen Ausdruck des Unbeteiligtseins blies er die Backen auf und schürzte die Lippen. Er sah aus wie einer jener Figuren auf alten Weltkarten, die den Wind aus einer Ecke blasen. Nun ließ er die Windmühlenflügel kreisen. Schließlich fragte er in seinem quengelnden, eunuchenhaften Ton: »Habe ich dich nicht schon mal hiergehabt, du Schlampe? Ich kann es jetzt zwar nicht sehen, aber mir scheint doch, als hättest du einen hübschen runden Po. Einen süßen Po. Warum muß denn ein Mädchen, das so einen hübschen Po hat wie du, hingehen und Spielzeug klauen? Du solltest lieber an der Küste unten sein und den Touristen deinen hübschen kleinen Po verhökern.« Das war, schlicht und einfach, die Stimme der Impotenz, die da sprach, und Cass sah, wie sich das Gesicht des Sergeanten genüßlich rötete, während er sich an seinen eigenen Worten aufgeilte. Luigi trat nervös von einem Fuß auf den anderen und sah steif und verzweifelt zum Fenster hinaus. »Warum hast du denn dieses Ding gestohlen?«
»Ich wollte es für meinen kleinen Bruder haben«, sagte das Mädchen mit erstickter Stimme, nun ganz hilflos und beschämt, und zwischen ihren schmutzigen Fingern strömten die Tränen hervor.
»Jetzt hör mir mal zu«, fuhr Parrinello fort. »Du bist doch aus Tramonti, nicht wahr? Da brauchst du doch bestimmt Geld. Jetzt will ich dir mal einen Rat geben, Carina. Du mußt genug zusammensparen, damit du nach Positano fahren kannst, vielleicht auch nach Neapel, ja, vielleicht sogar

nach Rom. Rom ist eine schöne Stadt. Da nimmst du dir ein Hotelzimmer und fängst dir auf der großen Straße dort einen reichen Mann ein – he, Korporal, wie heißt die Straße noch, wo die reichen Leute promenieren?«

»Via Veneto«, war die steife, zurückhaltende Antwort, die in einem so kühlen Ton vorgebracht wurde, daß man sie kaum vernahm. Das Mädchen fuhr fort, jammervoll und herzzerreißend zu weinen.

»Und da mietest du dir also ein Zimmer und legst dich auf hübschen rosa Bettlaken auf den Rücken...«

Der elende Händler hatte angefangen, beifällige Laute von sich zu geben. Cass wandte sich für einen Augenblick von diesem abscheulichen Auftritt ab und sah ebenso wie Luigi zum Fenster hinaus. Sein Kopf hatte zu pochen begonnen wie ein riesiger Furunkel, aber nun gewahrte er, daß etwas mit dem Wetter vorgegangen war – ein Wunder war geschehen. Es war Frühling, und er fühlte, wie die Wärme in seine Knochen drang. Der Nebel und die Wolkenberge hatten sich wie Tau vor der Sonne aufgelöst und waren aus dem Tal hinausgeflossen. In dem mediterranen Licht lag es plötzlich so strahlend, so lebendig da, daß er glaubte, mit der ausgestreckten Hand jede Einzelheit berühren zu können; er sah eine bunte Ansichtskarte von majestätischen Bergspitzen unter einem so überwältigend blauen Himmel, daß es aussah, als habe ein Irrer ihn gemalt, und Orangenhaine, die über grüne Terrassen zum Meer hinabführten. Irgendwo tropfte es noch, die letzten Reste von Regen und Winter. Schafe blökten berauscht auf dem Hang jenseits des Tales. Und sogar Musik gibt es, dachte er: in der Stadt hatte jemand das Radio voll aufgedreht, wie um dieses pflichtvergessene Sonnenlicht zu feiern. Es klang nicht so wie der Lärm des Karussells, der diesem Augenblick in seinen Träumen stets vorausgegangen war; was da schmalzte und girrte, war Guy Lombardo, aber es berührte eine verborgene Saite in ihm, und als er das Mädchen wieder ansah, das sein schmutziges, kummervolles, zartes Gesicht nun erhoben hatte, war er nahe dran, laut herauszuschreien.

»Perciò«, stichelte der Sergeant immer noch, »du wirst ein nettes Stück Geld verdienen. Du brauchst nur von deinem hübsch geformten Körperteil Gebrauch machen. Im Augenblick jedoch« – und hier verschwand das lispelnde Säuseln aus seiner Stimme –, »im Augenblick jedoch kannst du es dir nicht leisten zu stehlen. Weißt du, welche Strafe auf so einen Diebstahl steht?«

»Nein«, sagte das Mädchen hoffnungslos.

»In deinem Fall tausend Lire. Hast du die?«

»Nein.«

»Natürlich nicht. Weißt du, was wir dann tun müssen?«

»Nein.«

Cass sah, wie das Gesicht des Sergeanten sich wieder rötete. »Wir nehmen deinen süßen kleinen Po her...« Die Wut, der er nur in seiner Muttersprache Ausdruck geben konnte, zerbarst wie eine Luftblase des Wahnsinns in seinem Hirn. »Lassen Sie sie in Ruhe, Sie widerliches Arschloch!« brüllte er. »Lassen Sie sie jetzt in Ruhe! Wenn Sie sie nicht in Frieden lassen, trete ich Ihnen Ihre dreckigen Zähne ins Maul!«
Verschreckt und erbleichend faßte der Sergeant an seine Pistolentasche, und seine nervösen Wurstfinger umfaßten zärtlich den Griff der Waffe. »Was sagt er, Korporal?«
Luigi machte eine hilflose Geste. »Ich weiß es nicht, ich verstehe kein Englisch, Sergeant«, und bei Luigis Worten beruhigte Cass sich mit Mühe, obwohl er immer noch vor Zorn bebte. Ohne den Lärm zu beachten, promenierte die Ratte vom anderen Zimmer herüber, blieb stehen, zog prüfend die Luft ein und stürzte sich dann wieder in ihr Loch. Durch das Fenster roch Cass den Duft von Blumen. Er schwitzte. Die Wärme in der Luft war nicht die des Frühlings, sondern die eines ewigen Sommers. Vor der Tür umsummten Hummeln die Blüten riesiger weißer Kamelien und erinnerten ihn an seine Heimat. Der Sergeant starrte Cass an, für den Augenblick eingeschüchtert und betreten.
»Ich werde für dieses Spielzeug bezahlen«, sagte Cass zu dem Händler. Und dann zu Parrinello mit äußerster Beherrschung: »Entschuldigen Sie diesen Ausbruch, Vossignoria. Aber erlauben Sie mir, Ihnen mitzuteilen, daß ich gelegentlich unter Anfällen, wenn auch unter harmlosen Anfällen leide.«
Der Sergeant entspannte sich.
»Ich möchte auch die Geldstrafe zahlen, wenn Sie erlauben.« Der Sergeant stimmte achselzuckend zu. Cass zog seine Brieftasche heraus. »Hier sind zweitausend Lire für alles zusammen. Ich hoffe, daß dieser Betrag genügt.«
Dann drehte er sich um und trat aus dem Raum hinaus in den Frühling. Es war später Nachmittag. Durch die glasklare Luft klang das Geläut der Glocken herüber. Ein Schwarm Tauben stob aus dem Nichts auf und erfüllte den Himmel über dem Brunnen mit dem klatschenden Schlagen schieferfarbener Flügel. Als Cass die gepflasterte Straße zum Hotel hinaufging, sah er sich um und glaubte, das Mädchen in dem viel zu großen Mantel aus der Polizeiwache huschen zu sehen. Er wollte sie anrufen, aber sie war bereits in einer Gasse verschwunden. Er ging weiter und hörte dann eine Stimme hinter sich.
»Was macht denn der Kopf?« Es war der Korporal, Luigi, der zurückhaltend und kühl, gar nicht wie ein Italiener wirkte und sich doch verzweifelt danach sehnte, mit jemandem zu sprechen; so schritt er denn neben Cass

den Berg hinan. »Parrinello hat mich Ihnen nachgeschickt, ich soll mich davon überzeugen, daß Sie auch wirklich die Vase bezahlen.«

»Mein Kopf ist schon besser«, versetzte Cass. »Sie haben ja eine merkwürdige Polizei in Italien.«

Der Korporal blieb einen Augenblick stumm. »Sie ist wohl weder besser noch schlechter als anderswo.«

»Es ist ein wahres Wunder, daß nicht schon jemand Ihren Chef beseitigt hat. Er ist der Stammvater aller widerlichen Reptilien.«

»Ja«, sagte Luigi, »er ist ... unerfreulich. Sagen Sie, Sie sind doch ein gebildeter Mensch, nicht wahr?«

»Nein. Ich bin nicht gebildet. Ich habe zwar Bücher gelesen, aber ich bin nicht gebildet. Warum fragen Sie?«

Der Korporal war stehengeblieben, und so blieb auch Cass stehen und blickte in das ernste, ziemlich humorlose Gesicht. »Ich weiß auch nicht, warum ich frage«, sagte der Korporal. »Ich weiß es nicht. Entschuldigen Sie, aber ich treffe so selten einen Amerikaner wie Sie. Jemanden, der unsere Sprache spricht, der so mit Parrinello umgeht. Auch was Sie für dieses Mädchen getan haben, das ja nur ein einfaches, armes Bauernkind, also gar nichts Besonderes ist, hat mir gefallen. Es war die Geste eines Humanisten, fand ich. Gerade das, was ein gebildeter Mensch tun würde. Das hat mir gefallen.«

»Ich fand, daß sie hübsch aussieht«, antwortete Cass ein wenig verärgert. »Sie ist durchaus etwas Besonderes, nämlich eine sehr gut aussehende Person. Sind *Sie* ein gebildeter Mann?«

»Nein, ich bin es nicht«, versetzte der Korporal in seiner förmlichen, präzisen Art. »Auch ich habe, ebenso wie Sie, viel gelesen, doch fand ich keine Gelegenheit, mich weiter zu bilden. Ich hatte den Wunsch, Jurist zu werden, aber die Umstände zwangen mich ...« Er verstummte. »So wurde ich, was ich bin. In unserem Lande haben nur wenige Menschen Bildung. Die Mehrzahl muß zu schwer arbeiten und hat keine Gelegenheit zu lesen.«

»Auch in Amerika ist es mit der Bildung nicht weit her«, sagte Cass. »Zwar arbeitet man dort nicht so schwer, aber lesen tut man auch nicht.« Und damit ging er weiter.

»Es ist schade, daß so wenig gelesen wird, denn dadurch geht einem sehr viel verloren. Eines meiner größten Erlebnisse war die Lektüre von ›Die Welt als Wille und Vorstellung‹ des großen deutschen Philosophen Schopenhauer. Er weist mehr als jeder andere mir bekannte Autor den Weg zu etwas, das ich schöpferischen Pessimismus nennen möchte. Haben Sie Schopenhauer gelesen?«

»Nein«, versetzte Cass kurz angebunden und eigentlich schroffer, als er

beabsichtigt hatte. Sein Kopf hatte angefangen, erbarmungslos zu schmerzen. »Nein, ich habe ihn nicht gelesen.«
»Es sollte mir sehr leid tun«, sagte der Korporal taktvoll, »wenn ich Ihnen lästig gefallen wäre. Es geschieht dieser Tage so selten, daß man mit einem verwandten Geist sprechen kann. Ihre kleine Unterhaltung mit Parrinello war wirklich ganz reizend. Ich wünschte...« Aber nun verstummte er, und da die Straße eine Anhöhe erklommen hatte, sah Cass von neuem tief unter sich das Meer und die Orangen- und Zitronenhaine und die Weingärten, die sich terrassenförmig an den steil abfallenden Hängen hinzogen. In Gullis und Regenrinnen rauschte und tropfte es noch; Erde und Himmel schienen gestriegelt und gebürstet und gereinigt, und überall hörte man, wie das Wasser die letzten Spuren des Winters gurgelnd meerwärts spülte. Die Sonne ging unter, schwindendes Licht lag glühend auf fernen, öden Hügeln. »Madonna! Che bello!« rief eine Frauenstimme hingerissen, als kündete das Licht die Wiederkehr des Heilands an. Cass fühlte, wie er ohne jede Ursache erbebte.
»Wie heißt denn das Mädchen, das da vorhin auf der Wache war?«
»Ich weiß es nicht«, sagte Luigi gleichgültig. »Ein Bauernmädchen aus dem Tal. Ich glaube nicht, daß ich sie vorher schon einmal gesehen habe.«
»Sie war schön. Sehen die Mädchen hier alle so aus?«
»Schöne Menschen sind unter den Bauern sehr selten. Sie bleiben auch fast niemals über die Kindheit hinaus schön. Es ist mir nicht aufgefallen, daß dieses Bauernmädchen schön war.«
»Da müssen Sie ja blind sein, Korporal!«
»Ich habe sie nicht genau angesehen. Bauern interessieren mich nicht. Gemeinhin sind sie eine schmutzige Horde, die Inzucht ist hoffnungslos unter ihnen verbreitet. Die meisten sind schwachsinnig.« Er schüttelte feierlich den Kopf. »Das kommt daher, daß sie nur Brot essen. Manchmal denke ich, daß sie alle ausgerottet werden müßten.«
»Na, hören Sie mal, Korporal«, versetzte Cass gutmütig, »Sie reden ja wie ein Faschist.«
»Ich bin ein Faschist«, sagte Luigi trocken und sachlich und fügte dann wie zur Entschuldigung hinzu: »Mißverstehen Sie mich bitte nicht. Soweit es sich um Ausrottung handelt, meine ich das nicht in der grausamen Bedeutung des Wortes. Faschismus ist nicht Nazismus. Ich wollte nur sagen...« Er verstummte und ballte die Fäuste, als ringe er um eine vernünftige Erklärung. Dann sagte er in einem Ton, der unsinnig feierlich geklungen hätte, wenn in ihm nicht zur gleichen Zeit eine tiefe Überzeugung zu hören gewesen wäre: »Wir sind alle verdammt, allesamt! Aber irgendwie finden wir uns zurecht. Die dort« – und er machte eine ruckar-

tige Handbewegung, als deute er auf eine unsichtbare Horde von Bauern –, »die dort sind aber in alle Ewigkeit verdammt. Sie finden sich nicht zurecht. Sie sind weniger als Tiere. Sie müßten ausgerottet, von ihren Leiden erlöst werden.«
»Schöpferischer Pessimismus«, bemerkte Cass blinzelnd.
Zum ersten Mal zeigte der Korporal die Andeutung eines Lächelns, dann blickte er auf seine Uhr. »Es war ein Vergnügen, mit Ihnen zu plaudern«, sagte er. »Ich hoffe, daß ich Ihnen nicht lästig gefallen bin. Das Leben ist merkwürdig, nicht wahr?«
»Wie meinen Sie das?« fragte Cass ehrlich erstaunt.
»Das Dasein, meine ich. Empfinden Sie nicht manchmal nach einem langen Schlaf, im Augenblick, ehe Sie gänzlich erwachen, das Grauen und das Geheimnis des Daseins? Es dauert nur wenige Sekunden, aber einzig und allein in diesen Sekunden kommt man der Ewigkeit nahe. Ich glaube übrigens nicht an Gott. Leider bin ich immer fast sogleich hellwach, und daher weiß ich nie, ob ich in jenen Augenblicken Gott nahegekommen bin oder dem Nichts.«
Wieder blinzelte Cass und fragte sich im stillen, ob der Korporal nicht ein wenig verrückt sei. Faschistischer Humanist, Intellektueller, Geißel der Bauern, kreativer Pessimist, Metaphysiker! Schnurrbärtig und honigsüß sah er aus wie der Fleisch gewordene Traum einer bürgerlichen Matrone, doch hatte er immerhin einsame Zwiesprache mit seiner Seele gehalten. Plötzlich rührten die Worte – waren sie wirklich so wahr und schrecklich, wie sie schienen? – Cass an wie der Nachhall eines gewaltigen Gongs. Er sah Luigi gerade in die Augen und erkannte, daß der Korporal vielleicht ein merkwürdiger Mensch, ganz gewiß aber ein geistig gesunder Mensch war.
»Auch ich fühle mich oft sehr einsam«, sagte Cass. »Sehr einsam und voller Angst.«
»Dann verstehen Sie also, was ich sagen will?«
»Ja.«
»Es tut mir leid, daß ich so mit Ihnen gesprochen habe«, sagte Luigi dann und streckte die Hand aus. »Ich hoffe, daß Sie wieder einmal herkommen. Sie werden doch die Vase bezahlen?«
»Ich werde sie bezahlen, Luigi«, versicherte Cass. »Vielen, vielen Dank.« Und dann war der Korporal gegangen.
Es erwies sich, daß Windgasser leichter zu versöhnen war, als Cass befürchtet hatte. Er war nun ganz nüchtern. In der Toilette eines Cafés säuberte er sich und präsentierte sich dann mit großer Höflichkeit im Hotel, wo er sich umständlich dafür entschuldigte, die Vase zerbrochen zu haben. Als Cass beschrieb, wie er schon seit Jahren an der Zuckerkrankheit

leide, wie er gelegentlich den Insulinschock bekomme und dann die unbeholfene Redeweise und die Bewegungshemmungen, ja, leider, leider! selbst die unbeherrschte Zunge der Trunkenen habe, zeigte sich Windgasser, der zunächst kühl und ablehnend zuhörte, überraschend teilnehmend, ja warmherzig und lauschte mit ernstem, besorgtem Gesicht. »Ja, ich hatte ja keine Ahnung!« beteuerte Windgasser und entschuldigte sich nunmehr selbst, da er wohl einen Gast witterte, und erwähnte dann sein eigenes Leiden, eine Afterfistel, die seit Jahren schon inoperabel sei, obwohl er Ärzte in Genf, in Zürich und in Basel konsultiert habe. Wieder auf den Zweck seines Besuches kommend, bemerkte Cass, daß er im Augenblick etwas knapp bei Kasse sei, und er war schon im Begriff, Ratenzahlung anzubieten, als Windgasser, ein wahrer Menschenfreund, Cass' Kummer zerstreute: die Vase sei, wie all sein Mobiliar, bei einer soliden Schweizer Firma versichert, die, im Gegensatz zu italienischen Gesellschaften, prompt Ersatz leiste, und dabei klang seine Stimme so befriedigt, daß man wohl vermuten konnte, die Scherben seien ihm lieber als die unversehrte Vase. Cass trat ans Fenster. Es war nun fast dunkel. Draußen auf dem Golf glitten die Fischerboote mit glühenden Laternen vor einem samtenen, aquamarinfarbenen Abendhimmel seewärts; die Lichter glitzerten und funkelten, eine winzige Milchstraße von munter dahintreibenden Sternen. Die Luft war warm und schwer vom Duft der Orangenblüten. »Es ist so schön hier«, sagte er laut. Ich glaube, ich habe noch nie etwas so Schönes gesehen.« Windgasser, der erwartungsvoll atmend hinter ihm stand, stimmte zu, jawohl, es sei schön, genau das Richtige für einen Amerikaner, besonders einen Maler, der so ganz anders sei als die italienischen Mieter der vergangenen Jahre, die sich so ungebildet, so lärmend aufgeführt und deren Kinder an alle Wände Schweinereien geschrieben hätten. Im Anbau an den berühmten Palazzo d'Affitto, der schon seit drei Generationen im Besitz der Familie Windgasser sei, befinde sich eine Wohnung... geräumig, höchst reizvoll... vielleicht wünsche Mr. Kinsolving einen Blick darauf zu werfen?«

Aus dem Tal drang ein Schrei herauf, ein leidenschaftlicher, junger, wilder Schrei, dann fiel die Dunkelheit schnell und schwer ein, es roch nach Frühling und nach Orangen. Cass blieb lange am Fenster stehen, wie schon Richard Wagner vor ihm (»Hier wurde ›Parsifal‹ geschrieben«, lispelte Windgasser), und empfand Lust, Sehnsucht und kitschig romantische Gefühle.

Ich glaube, hier könnte ich arbeiten, redete er sich selbst an jenem Abend ein, hier könnte ich wohl wirklich etwas zustande bringen. Er lag in seinem Hotelbett im Bella Vista und konnte nicht schlafen. Sein Kopf dröhnte. Dreißig Jahre alt und noch nicht das geringste vorzuweisen. Er

dachte an das Bauernmädchen auf der Polizeiwache (Assunta? Paola? Desideria? Laura?) und schlummerte verstört und voller Sehnsucht und Zärtlichkeit ein.
Am nächsten Morgen hatte er, wie er sich später erinnerte, jenes Mädchen ganz vergessen. Das Frühlingswetter war wie eine Ekstase. Die Wohnung im Palast, die er in Windgassers Begleitung besichtigte, gefiel ihm sehr. Er beschloß, nach Rom zurückzufahren und sogleich seine Familie zu holen. Er zahlte die Miete für zwei Monate im voraus mit einem Scheck und brach nach Rom auf, ohne sich darüber klar zu sein, daß er gerade eben das letzte Geld ausgegeben hatte, über das die Familie verfügte.

Wieder ein Umzug! Poppy war durchaus nicht davon angetan.
»Grade, wo ich doch jetzt ein bißchen Italienisch gelernt habe und alles, jetzt sollen wir wieder wegziehen! Mir gefällt es in Rom, Cass!«
»In Sambuco sprechen sie doch auch italienisch, Poppy! Hier in der Stadt kriege ich die Platzangst! Am Freitag wird umgezogen! Es wird dir schon gefallen, Poppy, da ist das Meer und die Berge und Sonnenschein, wirklich, es ist das reinste Paradies!« Und nach einer Weile: »Ich will mir noch Farben und Pinsel besorgen. Ich muß mir einen ganzen Vorrat anlegen, weil ich dort unten wirklich anfangen werde zu arbeiten. Dazu brauche ich Geld.« Wieder verstummte er. »Wo ist denn eigentlich unsere kleine Sparkasse geblieben?«
Sie saß am Fenster im hellen Sonnenlicht und war mit ihrer Briefmarkensammlung beschäftigt. Vor einigen Jahren hatte sie sich ein großes Album zugelegt und vom Versandhaus für einen Dollar Briefmarken schicken lassen (eintausend Stück, verschiedene Sorten aller Länder). Jeder muß ein Hobby haben, bemerkte sie dazu, und seitdem war ihre Sammlung erheblich gewachsen, und zwar hauptsächlich deshalb, weil sie von allen möglichen Briefmarken Duplikate hatte, ganz gleich, wie wenig selten die Ausgaben waren; und selbst den verschwindend geringen Wert dieser Marken verminderte sie noch dadurch, daß sie die durchsichtigen Klebestreifen verächtlich von sich wies und statt dessen die Marken mit Kleister in ihr Album klebte.
Nun sah er, wie sie selbstzufrieden den Pinsel in den Kleistertopf tauchte. Dann blickte sie auf und fragte: »Welche Sparkasse?«
»Was meinst du denn, welche Sparkasse? Das Ding, wo du das Geld aufbewahrst, die Teebüchse. Gerade eben habe ich reingegriffen, und es ist nichts weiter drin als Tee.«
»Oh, Cass! Woher weißt du nur, daß ich das Geld dort aufbewahre? Das muß Peggy dir gesagt haben!« Ihre Lippen bebten ein wenig, als sie daran

dachte, daß er nun um ihr Geheimnis wußte, ein Geheimnis, das für ihn schon vier Wochen nach der Hochzeit keines mehr gewesen war. »Woher weißt du das nur?« fragte sie klagend.

»Ein kleiner Vogel hat es mir zugeflötet. Aber nun hör mal, Schatz, ich brauche fünftausend Lire für Farben und Pinsel. Ist denn dein Scheck diesen Monat noch nicht gekommen?«

»Was denn für ein Scheck?«

»Na, du weißt doch, Poppy, der Scheck!«

Und dann geschah es. Sie sagte, es sei kein Scheck gekommen. Als er sie nach dem Grund fragte, wollte sie nicht mit der Sprache heraus, sie beugte sich über ihr Album, verzog den Mund und sagte schließlich, sie wisse es auch nicht, aber »diese Briefe« könnten vielleicht eine Erklärung enthalten. Was denn für Briefe? Nun, jene Briefe, die zusammen mit dem Scheck von der Bank gekommen seien. Wo sie denn jene Briefe aufbewahre? Natürlich dort in der Küchenschublade. Und dort fand er die erschreckende Antwort auf seine Frage, in Gestalt eines halben Dutzends klebriger Kuverts von der Rechtsabteilung der Bank in New Castle, Delaware. Die zerrte er unter verrosteten Messern und unabgewaschenen Kochlöffeln, unter Haarklammern und Kaffeesatz hervor. In einem dieser Briefe fand er den Schlüssel zu der ganzen Angelegenheit:

»Wir haben Ihnen immer wieder geschrieben«, so fing der Brief ohne weitere Präliminarien an – Cass konnte buchstäblich sehen, wie der schmallippige alte Kleinstadtbankier sein Diktaphon an- und abstellte und mit Mühe seine Wut bezähmte –, »aber keine Antwort auf unser wiederholtes Anerbieten erhalten, in Ihrem Interesse über Ihren Grundbesitz zu disponieren. Unter den im Testament Ihres Vaters festgelegten Bedingungen haben Sie bislang ca. Dollar 400 monatlich erhalten. Als der Bau der Delaware-Memorial-Brücke und die Anlage der Autobahn-Zufahrtstraße noch im Stadium der Planung befindlich waren, haben wir den Wunsch geäußert, Ihre Grundstücke zu verkaufen, da wir der Ansicht waren, daß der wieder investierte Erlös Ihnen weiterhin ein Einkommen in der gewohnten Höhe sichern würde. Da wir die im Testament ausbedungene Erlaubnis zum Verkauf der Grundstücke von Ihnen niemals erhalten haben, waren wir nicht in der Lage, dieselben abzustoßen. Nachdem nun die Delaware-Memorial-Brücke und die Autobahn-Zufahrtstraße vollendet worden sind, ist der Wert Ihrer Grundstücke praktisch gleich Null. Da die Pächter ihre Pachtverträge nicht erneuert haben, müssen wir Ihnen mitteilen, daß der unter dem 1. März ausgestellte Scheck der letzte sein wird...« Der Rest des Briefes, der in einem geradezu beleidigenden Ton gehalten war, beschäftigte sich mit Poppys Steuerschulden.

»Du hast ihnen also die Erlaubnis zum Verkauf der Grundstücke nicht gegeben«, flüsterte er benommen.
»Nun... ja...«
»Nun... nein!« sagte er wütend. »Und warum nicht?«
»Weil... weil ich die Briefe nicht gelesen habe –«
»Und warum, zum Teufel, hast du sie nicht gelesen!« brüllte er.
»Weil... ich weiß auch nicht, ich konnte sie einfach nicht verstehen, Cass! Ich habe ja versucht...«
»Ja, und ich hätte sie wohl auch nicht verstehen können? Hast du denn wirklich nicht daran gedacht, daß ich imstande sein könnte, diese Geheimnisse zu ergründen? Ja, zum Teufel, Poppy, du hast ja nicht einmal so viel Verstand wie ein Kürbis! Wie konntest du nur? Wie konntest du nur monatlich vierhundert Dollar einfach zum Fenster rausschmeißen? Noch dazu, wo wir jetzt gerade einen Ort gefunden haben, wo man anständig leben könnte – Sambuco nämlich. Verstehst du überhaupt, was das bedeutet? Verstehst du, was das heißt, Poppy? Von wem sollen wir uns jetzt Geld pumpen? Etwa vom heiligen Petrus? Was? Von wem! Sag mir das mal!«
»Ich weiß ja nicht«, stöhnte sie. »Ich weiß ja nicht, Cass. Ach, es tut mir ja so leid...«
»Dazu ist es jetzt viel zu spät!« schrie er. »Du weißt ja wohl, wieviel Geld ich dafür kriege, daß ich bekloppt bin! Davon können wir uns nicht mal Marmelade kaufen! Was sollen wir denn nun machen! Ins Armenhaus ziehen? Betteln? Borgen? Stehlen? Ha, ha, verstehst du überhaupt, in was für einer Situation du jetzt bist, du holzköpfige Bilchmaus? Du bist viertausend Meilen vom lieben alten New Castle entfernt und besitzt nicht mal einen Topf, um hineinzupinkeln! Schön, was? Oh, Poppy, wie konntest du nur!«
»Nun, du hast ja doch selbst gesagt, daß das kapitalistische System korrupt ist und unehrlich und daß Investitionen und so was nichts als eine üble Täuschung sind.«
»Herr im Himmel! Mach doch nur deine Klappe zu! Du bist die lebendig umherspazierende Lobotomie! Hier hast du wirklich einen perfekten Anschauungsunterricht in Kapitalismus. Ein falscher Schritt, und man hat sich das Genick gebrochen! Na, du weißt wohl, was dir bevorsteht, du Idiotin, du wirst für fünfzig Lire am Tag scheuern gehen. Und die Kinder werden sich von Grashüpfern ernähren.« (›Allmächtiger Gott‹, dachte er, ›am Ende muß ich selber arbeiten gehen!‹)
»Oh, Cass!« heulte sie ganz gebrochen.
»Was haben wir denn überhaut noch? Ich kann den Motorroller verkaufen, aber wieviel Spaghetti werden wir wohl dafür bekommen? Nun müs-

sen wir auf alle Fälle nach Sambuco, denn ich habe die Miete schon für zwei Monate im voraus bezahlt. Aber sag mir doch um Himmels willen, wovon wir leben sollen!« Verzweiflung kam über ihn wie ein Guß eisigen Wassers. »Lieber Himmel, Poppy, was hast du nur angerichtet!« Nun blickte er auf ihre Hand. »Gib mir deinen Verlobungsring«, verlangte er und streckte den Arm aus. »Für den Brillanten müßten wir hunderttausend Lire bekommen, er hat dreihundertfünfzig Dollar gekostet. Los, gib ihn her.«
»Ja, scheiß doch in deinen Hut, du stinkende Mißgeburt!«
»Poppy!« Er war wie gelähmt vor Schrecken und Überraschung. Dann fragte er kleinlaut: »Wo hast du nur diese schmutzigen Ausdrücke gelernt?« Sie plärrte nun mit weit offenem Mund, und auch das Baby, das neben ihr auf dem Stuhl hockte, fing an, aus Leibeskräften zu brüllen.
»Wo hast du nur diese Ausdrücke her?«
»Wo kann ich sie schon herhaben, du Trottel«, schluchzte sie. »Wo habe ich sie wohl her?« Er fühlte sich ganz gebrochen. Er versuchte, ihre Schulter zu streicheln, versuchte, sich wieder dem Geheimnis ihrer Anständigkeit, ihrer Liebenswürdigkeit und ihrer Unschuld zu nähern, aber sie stieß ihn fort. Da ging er hinaus.
Am nächsten Tag verkaufte er den Motorroller, und der Erlös zusammen mit seiner Rente reichte aus, um die Familie einen Monat lang zu ernähren. Und wieder brachen sie nach Süden auf. Alles war wundervoll, alles war abenteuerlich. Poppy sagte: »Oh, Cass, das wird herrlich!« Aber als sie in einem Autobus durch die frühlingsgrünen Felder der Campagna fuhren, fühlte er sich von unheimlichen Vorahnungen bedrückt, und ein Bild verfolgte ihn, das er nicht loswerden konnte: Cadillacs voller feiner Leute sausten über die verfluchte Delaware-Brücke und betrachteten grinsend die nun verödet liegenden Grundstücke, die Poppy keine Pacht mehr eintrugen.

In Sambuco öffneten sich ihm dann selbstverständlich keine neuen Welten. Er glaubte, daß er hier malen könne. Windgasser gab ihm eine Studio (das heißt, er vermietete sie an ihn für zweitausend Lire), eine Staffelei, die ein drittklassiger Maler namens Angelucci, dessen barbarische Inkrustationen immer noch jede Wand und jede Decke des Palastes schmückten, vor Jahren im Keller stehengelassen hatte. Offenbar hatte Angelucci über eben solche Muskelkräfte wie Michelangelo verfügt, wenn auch nicht über dessen Genie. Auf diese Staffelei also stellte Cass seine Leinwand, und die Leinwand blieb leer. In seiner Ruhelosigkeit fing er von neuem an, zuviel zu trinken. Er aß nichts mehr. Er hatte Vorahnungen der gleichen Angstzustände, die ihn in Paris gequält hatten. Ver-

katert pflegte er jeden Morgen Luigi aufzusuchen, der seine dienstfreien Stunden in kühler philosophischer Betrachtung bei einem einzigen Campari-Soda in dem Café am Marktplatz zu verbringen pflegte. Luigi liebte über alles, was er etwas zu gewichtig als »dialettica« zu bezeichnen pflegte. Ihre Unterhaltung war im allgemeinen gutartiges Gezänk.
»Du bist Faschist, sagst du«, stichelte Cass zum Beispiel. »Wie ist das möglich? Du bist doch ein kultivierter, geistreicher, belesener Mann, und trotzdem sagst du, du seist Faschist. Wie kann das sein, Luigi? Wie kannst du ein Faschist sein und dich gleichzeitig einen Humanisten nennen?«
»Das ist sehr einfach«, sagte Luigi, in den Zähnen bohrend. »Das Schlimmste an dir, Cass, ist, daß du wie die meisten Angehörigen nördlicher Völker dazu neigst, die Menschen mit Etiketts zu versehen. Oder anders ausgedrückt: Du glaubst, daß ein Etikett den Mann identifiziert, entweder schwarz oder weiß und ohne Raum für Zwischentöne. Die sogenannten Liberalen erwägen sehr wohl die Möglichkeit, daß ein Italiener Kommunist wird, was mir monströs erscheint, aber einen italienischen Faschisten nennen sie einen Hund und noch Schlimmeres. Bei den Antiliberalen liegt die Sache genau umgekehrt. Das alles zeigt nur, daß ihr Amerikaner nichts von Italien versteht. Wir sind weder Deutsche noch Sowjetrussen. Ich glaube, gerade diese Tendenz zum Dogmatismus ist es, die euch daran hindert, das Geringste auf dem Gebiet der Kunst zu leisten, von der Diplomatie ganz zu schweigen.« Er lehnte sich zurück und grinste humorlos.
»Nur weiter«, sagte Cass etwas erbittert. »Du hast meine Frage noch gar nicht beantwortet.«
»Na schön, ich werde dir erklären, wie ich sein kann, was ich bin. Erstens einmal bin ich geistig kein Faschist. Kein Italiener engagiert sich geistig in politischen Dingen. Er lebt zu stark für den Augenblick, um eine idealistische Auffassung von seiner Regierung zu haben. Abgesehen von ein oder zwei kürzeren Epochen haben wir immer diese oder jene Form der Tyrannei gehabt, und dem Italiener ist das inzwischen gleichgültig geworden. Ich selbst bin ein Opportunist, ein wohlmeinender Opportunist. Deshalb bin ich im Augenblick Faschist. Laß mich das erklären: Geh einmal von der Annahme aus, ich sei ein Humanist – das entspricht den Tatsachen. Alle anständigen Menschen sind im Grunde Humanisten, sogar anständige Polizisten. Nimm weiter an, daß ich einen Beruf haben muß, um mich zu ernähren und um zum Lebensunterhalt meiner Eltern und meiner Schwestern beizutragen, die in Salerno leben. Nimm weiter an, daß der einzige mir offenstehende Beruf – meiner überlegenen Intelligenz wegen – der des Polizisten ist. Bitte lächle darüber nicht, Cass, es ist die Wahrheit. Ich muß entweder Polizist sein oder Straßenarbeiter

oder arbeitslos. Also bin ich Polizist. Viel ist es nicht, aber es ist immerhin etwas, und ich habe noch Glück, eine solche Arbeit zu bekommen. Nun überlege einmal eine Minute. Könnte ich in Italien Polizist und gleichzeitig Kommunist sein? Das ist eine absurde Vorstellung. Selbst wenn es möglich ware, so ist doch mein verehrter Vorgesetzter Parrinello« – und hier sah er angeekelt vor sich hin – »im geheimen ein Faschist, und wie würde es mir wohl ergehen, wenn ich Kommunist wäre...«

»Was für eine feige...«

»Bitte, Cass, keine Beleidigung. Laß mich erklären. Es ist nicht nur das. Ich habe dir ja gesagt, daß ich in meiner frühen Jugend Kommunist war. Doch war dies ein Fehler. Damals war ich dumm und hatte noch viel zu lernen. Allmählich, nach längerem Grübeln, entdeckte ich, daß jeder Mensch, der sich dem Kommunismus zuwendet, seine Seele betrügt, denn der Kommunismus ist inhuman, barbarisch und eine ungeheuerliche Despotie – kurz, eine Verleugnung alles dessen, was im Lauf von zweitausend Jahren westlicher Kultur an Schönem und Edlem...«

»Das hast du also alles über Bord geworfen, als du zur Polizei gingst und ein Faschist wurdest. Du hast das Lager in Polen vergessen, wo sie Millionen jüdischer Kinder umgebracht haben, und auch die Höhle in der Nähe von Rom, wo mehrere hundert deiner Landsleute, die nichts verbrochen hatten, mit Maschinengewehren niedergemetzelt wurden. Du hast vergessen, wie zwanzig Jahre Faschismus Italien in eine Wüste verwandelt haben, und nun erzähl mir bloß nichts von Mussolinis schönen Straßen. Du hast vergessen... ah, Luigi, was hast du für ein kurzes Gedächtnis.«

»Bitte, Cass«, widersprach Luigi säuerlich, »werde nur nicht hysterisch. Wir sind keine Deutschen. Du treibst mich jetzt wirklich zum Äußersten. Willst du nun zuhören oder...«

»Nur los. Nur los, du verblödeter Mops.«

»Wenn ich also mich selbst ernähren und erhalten wollte – von meiner Familie in Salerno ganz zu schweigen –, dann konnte ich weder praktisch noch moralisch Kommunist bleiben. Welche Wege standen mir da noch offen?« fragte Luigi rhetorisch.

»Der der christlichen Demokraten oder der Sozialisten oder irgendein anderer, Luigi, nur nicht gerade dieser grausige...«

»Nur Geduld, mein Freund«, lachte Luigi kurz und trocken. »Kann ein ehrlicher Mensch ein christlicher Demokrat sein, frage ich dich? Wie schon der große deutsche Philosoph Nietzsche nachgewiesen hat« (Luigi versah große Namen stets mit den nötigen Attributen: der berühmte Franzose Descartes, der großartige Maler Bellini), »sind es solche korrupten und selbstgefälligen Elemente der Gesellschaft, von denen einer Nation das größte Unglück droht. Kann sich etwa ein ehrlicher Mensch der

Partei der Klerikalen und der vollgefressenen Bourgeoisie sowie all jenen Menschen in die Arme werfen, die vor eurem entsetzlichen Außenminister Dulles auf dem Bauche kriechen, der Italien nach dem Bild der amerikanischen protestantischen Kirche umzuformen wünscht? Da wir arm sind, sind wir auch bereit, eine respektable Wohltätigkeit zu akzeptieren; aber von diesem Mann kann keine Barmherzigkeit kommen, nur fromme Redensarten und fette Profite für die Reichen, die in Turin Schreibmaschinen herstellen. Kann ein ehrlicher Mensch jene respektieren, die Dulles respektieren? Das frage ich dich, Cass. Was nun die Sozialisten betrifft, so sind sie schlapp und weich und haben nur Träume anzubieten.«
»Dann hättest du gar nichts sein können, Luigi. Was man so unabhängig nennt...«
Wieder grinste Luigi irritierend. »Ein Italiener muß irgend etwas sein, Cass.«
»Er braucht also ein Etikett«, meinte Cass und glaubte nun, einen Punkt gewonnen zu haben.
»Ja, dann braucht er also ein Etikett... sehr schön, doch wichtig dabei ist, daß er nicht sein muß, was das Etikett sagt. Darin unterscheiden wir uns von allen anderen. Was nun mein kurzes Gedächtnis angeht, wie du dich gerade auszudrücken beliebtest, so möchte ich dich fragen, wieviel Juden die italienischen Faschisten getötet haben. Ich sehe an deinem Gesicht, daß du sehr wohl weißt, daß die Sünden der Deutschen nicht die Sünden der Italiener sind.« Er verstummte und berührte dann freundschaftlich Cass' Handgelenk. »Wir Italiener sind außerordentlich praktisch: was eine Sünde sein könnte, hat sich als sehr große Tugend erwiesen.«
»Wir nennen das nicht praktisch, sondern opportunistisch und betrachten es nicht als eine Tugend.«
»Nenn es, wie du willst. Wir Italiener sind zu arm und haben zuviel hinter uns, als daß wir unbedingte Ehrlichkeit als eine Tugend ansehen könnten. Statt dessen glauben wir, daß ein wenig gut verteilte Ehrlichkeit im allgemeinen wertvoller ist als die schrecklich schwerfällige angelsächsische Selbstgerechtigkeit. Was mich betrifft, so kann ich Faschist sein, ohne mir Vorwürfe machen zu müssen. Das ist das Sicherste. Ich muß mich um mich selbst kümmern. Und ich warte ab, erhoffe nichts, halte aber die Augen offen. Wer weiß denn, ob ich nicht imstande sein werde, jemandem eines Tages einen Gefallen zu erweisen?«
Auf solche Argumente wußte Cass nichts zu erwidern. Er pflegte dann verdrossen dazusitzen, zu trinken, und nach und nach nahm dann das Gespräch eine andere Richtung. Luigi bestimmte diese Richtung: Was ist die Materie? Was ist Vernunft? Was ist Wirklichkeit? Hatte Cass jemals den hochgeschätzten spanisch-holländischen Philosophen Spinoza gelesen?

Cass pflegte ja oder nein zu sagen, je nachdem, in welcher Laune er war, aber im allgemeinen hatte der Wein ihn dann bereits um jede Konzentrationsfähigkeit gebracht, sein Kopf sank auf den Tisch nieder, und er war zu betrunken, um noch an irgend etwas Anteil zu nehmen. »Du trinkst zuviel, Cass«, hörte er dann Luigi sagen, »es wird dich noch ins Unglück bringen, hör auf mich.«

»Du redest zuviel, Luigi«, pflegte er dann zu sagen, ehe er im hellen Tageslicht fest einschlief.

Immerhin war er in jenem Frühjahr wenigstens gelegentlich nüchtern. Dann setzte er statt der gewohnten Baskenmütze, die mit dem Einzug der wärmeren Jahreszeit zu stinken begonnen hatte, einen Strohhut auf, und in Sandalen und ausgebeulten blauen Hosen, auf diese Weise gekleidet wie Paul Gauguin, unternahm er lange Spaziergänge in die Berge. So entdeckte er Tramonti, ein Tal, das so weit von unserem Jahrhundert entfernt war, daß er sich nicht gewundert hätte, von seinem Platz im kühlen Schatten einer Weide einen Faun zu sehen oder eine Schäferin mit Hirtenstab, bereit, mit ihm in der Sprache des Vergil zu kosen. Dort floß ein Bach, an dessen Ufern es kühl und feucht nach Wasseriris und Farn roch, Bauernhütten und einzelne Schafe waren im Tal verstreut. Wenn er am moosigen Ufer ausgestreckt lag, in ein Buch vertieft oder einfach nur schräg in den unbeweglichen, blauen Himmel starrend, vernahm er das sanfte Blöken der Schafe, das Gebimmel einer Kuhglocke oder den entfernten Jubel der Vögel. Gelegentlich kam vom Meer her eine Brise und brachte den Duft von Zedern und Kiefern mit, und der Samen des Löwenzahns füllte die Luft wie mit fetten Schneeflocken, wirbelte und tanzte und schwebte schließlich zu Boden. Der Duft des Nadelholzes blieb zurück, und Cass nickte dann ein, alle Angst fiel von ihm ab, und selbst an der Grenze der Dunkelheit wurde sein Herz von der Vorahnung des Friedens überkommen. Aber sogar in solchen Augenblicken stand nicht alles zum besten: Phantome entstellten seine Träume, kleine bösartige Gewalttätigkeiten der abwegigsten und groteskesten Art, und dann schrak er schweißgebadet in seinem bukolischen Tal auf, dachte an Nymphen und Schäfer, vor allem aber daran, daß er – zwar fern und gedämpft, aber doch wirklich genug – Laute der Plackerei und Drangsal gehört hatte, die schlimmer waren als Klageschreie. Nachdem er einmal auf diese Weise erwacht war, erstieg er die Kuppe des Hügels hinter sich und sah, was seine Träume so verstört hatte. Drei alterslose Frauen in Lumpen, deren Haut die Farbe von Walnüssen hatte, quälten sich den Hügel hinauf nach Sambuco und schleppten auf ihren Rücken Lasten von Reisig, die einen starken Mann oder einen Maulesel niedergedrückt hätten. Tatsächlich hatten die Frauen etwas Maultierhaftes an sich. Was es nun eigentlich

war, konnte er nicht genau erkennen, aber hier, wo der Pfad sich steil nach oben schlängelte, kam man so schwer vorwärts, daß die Frauen unter ihren Qualen stöhnten, Qualen nicht der Seele – denn diese gekrümmten, formlosen Gestalten konnten keine Seele haben –, sondern des Fleisches. Mit weit aufgerissenen Augen und selbst vom Jammer gepackt, beobachtete er, wie die drei Geschöpfe, diese drei bräunlichen Lumpenbündel, die Spitze des Hügels erreichten, dort einen Moment verharrten, während die Reisigbündel berggroß und gefährlich über ihnen schwankten, und dann wie unter einer Wolke weiterzogen, ein bräunliches, staubig entschwindendes Bild blutigster Sklaverei.
Dieser Anblick erfüllte ihn mit Niedergeschlagenheit und Trauer – so sehr, daß er sich schuldbewußt einen anderen Platz im Tal suchte, um zu lesen und zu träumen, weit entfernt von den Frauen, von ihrem gequälten Stöhnen und ihren unerträglichen Lasten. Er konnte sie jedoch nicht vergessen. Wie sehr er auch versuchte, sie aus seinem Gedächtnis zu verdrängen, er konnte selbst am Rand dieses anderen Baches, selbst auf diesen abgelegenen Wiesen dem Gefühl nicht entrinnen, daß jeden Tag neue Schatten über das Tal hinstrichen, so als geisterten düstere Gestalten in Arkadien umher.
Kurz darauf, Anfang Mai, stellte sich dann die wirkliche Angst von neuem ein, unentrinnbar und lastend. Eines Abends packte ihn das Verlangen, sich sinnlos zu betrinken. Er kaufte fünf Flaschen roten Sambuco, ließ sich allein neben dem Plattenspieler im Wohnzimmer nieder (Poppy und die Kinder befanden sich im Schlafzimmer unten) und begann, munter drauflos zu picheln. Nachdem er sich stundenlang mit der Musik von Leadbelly gestärkt und verschwommene, großartige Visionen gehabt hatte, war es allerdings nicht mehr so lustig. Gegen drei Uhr morgens schien es ihm, als berge der Anblick seiner Hände, über denen das Licht der Lampe wie ein kupferfarbener Teich ausgebreitet lag, alle irdische Schönheit und er sei van Dyck (er lebte in Luxus und hielt sich mehrere Mätressen); gegen vier Uhr, als die Farben und Formen, die durch sein Hirn strichen, so majestätische Ausmaße angenommen hatten, daß er kaum wußte, wo beginnen, war er ein Erneuerer, schon eine Legende, ohnegleichen; um vier Uhr dreißig befand er sich im Himmel, in angeregtem Gespräch mit Rembrandt; als er um fünf (der Morgen stieg strahlend aus dem Meer auf) nach dem Pinsel griff und sinnlose Striche auf die Leinwand warf, platzte die Seifenblase seines Entzückens, verschwand spurlos, und er fing an, im Zimmer umherzugehen wie ein Gefangener in seiner Zelle. Seine Nerven hingen in Fetzen, eine stumpfe, unbenennbare Angst hatte ihn ergriffen, und Leadbelly hatte den ›Poor Howard‹ gegen hundertmal gesungen. Schlaf lag jenseits aller Möglichkeiten. Er

packte seine letzte Weinflasche, verließ das Haus und ging durch die kühle, stille Dämmerung gegen Tramonti. Dort setzte er sich in seinem Tal mit der Flasche zwischen den Knien nieder und süffelte, bis die Insekten unruhig wurden, die Vögel zu singen begannen und die schwach aus der Stadt herüberdringenden Glockenschläge anzeigten, daß es zehn Uhr war. Das einzige, woran er sich erinnerte, war, daß er, während er dort in embryonaler Haltung am Ufer des Baches saß, dachte, daß Gott ohne Zweifel über raffinierte Mittel verfüge, einen Menschen zu quälen, indem Er ihm die Möglichkeit verlieh, Ihn für einen Augenblick zu erreichen, sich ihm aber letzten Endes doch immer wieder und jederzeit in schrecklich drohenden Wolken über den Horizont hinweg entzog. Schließlich stolperte er davon und warf die leere Flasche ins Gebüsch. Er befand sich nun auf dem Weg zurück in die Stadt, mit steifen Gliedern und glasigen Augen, als, wie Erscheinungen direkt aus dem ewigen Höllenfeuer, vor ihm über dem Rand des Hügels drei phantastisch beladene Frauen erschienen – waren es dieselben, immer dieselben?, er wußte es nicht – und einen Augenblick stumm verharrten. Dann stiegen sie abwärts, immer schneller, den Rücken im rechten Winkel über ihre Beine geneigt, schlurften auf ihn zu und an ihm vorbei, ohne auch nur ein Wort zu sagen – »Guten Morgen, meine Damen«, hörte er sich idiotisch murmeln –, und dann waren sie verschwunden. Er stand einen Augenblick still, starrte dorthin, wo sie hinter einer kleinen Erhebung in das idyllische Tal verschwunden waren. Und er wanderte in die Stadt zurück, physisch gepeinigt von Gram.

Als er dann an das Stadttor kam, wurde ihm ein Anblick zuteil, der ihn in seinem zerrissenen, wirren Zustand noch mehr deprimierte und der zusammen mit dem Anblick der Frauen bewirkte, daß er sich von da an wie in einem quälenden Traum bewegte. Vor dem Tor hatte sich eine schweigende Menge versammelt. Ein blauer Autobus war mit ratterndem Motor ebenfalls zum Stehen gekommen, und die Menge bewegte sich mit gebeugten Köpfen im Kreis um einen auf der Straße liegenden Gegenstand. Es war ein Hund, wie Cass bemerkte, als er nähertrat, der wohl von dem Autobus überfahren worden war und dessen Hinterteil plattgewalzt auf dem Pflaster klebte. Grauenhafter- und wunderbarerweise lebte der Hund jedoch noch. Er lebte noch, und seine Schnauze war qualvoll weit aufgerissen, doch gab er keinen Laut von sich. Sein Kopf, seine Brust und seine Vorderbeine waren unverletzt, und Cass erkannte nun, daß die Menge gespannt darauf wartete, ob das Tier, das mit seinen Vorderbeinen jämmerlich über den Asphalt kratzte, imstande sein werde, sich am Boden fortzuschleppen. Das war natürlich unmöglich, denn der Hund starb bereits, doch beobachtete die Menge mit morbider Neugier und fasziniert

gebleckten Zähnen seinen Kampf, und auch Cass sah gebannt zu, während das irr um sich blickende Geschöpf mit den Pfoten über das Pflaster kratzte und mit blutbefleckter Schnauze seiner Todesqual verzweifelt Ausdruck zu geben suchte. »Ah, Dio!« sagte jemand. »Macht seinem Leiden doch ein Ende!«
Es rührte sich aber niemand. Es war, als sähen sie einem Kampf zu, der sie abstieß und erschreckte, an dem sie aber nichts zu ändern vermochten, weil sie in geheimnisvoller Weise selbst zutiefst daran beteiligt waren. »Buon Dio!« sagte die gleiche Stimme. »Schlag doch jemand das arme Vieh tot!« Aber wiederum rührte sich niemand. Schaum vor dem Mund und mit wild verdrehten Augen zappelte und zuckte der Hund immer noch auf der Straße und bellte mit gebleckten Zähnen lautlos seine Qual in die Luft. Schließlich trat jemand vor – ein beleibter Mann in städtischer Kleidung mit einer dicken goldenen Uhrkette über dem Bauch. Er hielt einen Stock in der Hand, und Cass, der jemanden das Wort »medico« sagen hörte, erkannte in ihm einen Mann, den er schon im Vorübergehen auf der Piazza erblickt hatte – Caltroni, den ortsansässigen Arzt. Er trug einen Kneifer, und seine Glatze glänzte gläsern. Der Arzt trat nun einen Schritt auf den Hund zu, und mit einer Hand, an der zahlreiche Ringe blitzten, hob er den Stock. Als der Schlag niederfuhr, traf er, schlecht gezielt, wie er war, nicht den Schädel des Hundes, sondern dessen Schnauze, so daß der Kopf des Hundes nun auch niederfiel und aus seinen Nasenlöchern scharlachrotes Blut quoll. Die Menge atmete erregt. Wiederum hob der Hund den blutigen Kopf und begann seinen Kampf von neuem. Wiederum hob auch der nun schwitzende Caltroni den Stock – »Ein schöner Arzt, was?« hörte Cass jemanden spöttisch sagen – und ließ ihn schwer auf den Kopf des Hundes niedersausen, wo er mit einem dumpfen Knall in zwei Stücke zerbrach. Wieder seufzte die Menge auf. »Datemi un bastone!« rief der Doktor, sich verzweifelt nach einem brauchbaren Knüppel umsehend, aber Cass, dessen Gemüt und Eingeweide sich in Aufruhr befanden, wartete das weitere nicht mehr ab. In feiger Eile floh er – grundlos, schließlich war es nur ein Hund – und fluchte wild vor sich hin. Das letzte, was er sah, während er davonstolperte, war der verstümmelte, blutige Kopf des Hundes, der immer noch lautlos sein Leid zum Himmel schrie, und über ihn geneigt der auf Euthanasie versessene Arzt, der nach einem Knüppel brüllte.
Als er an jenem Nachmittag und in der folgenden Nacht in fiebrigem Schlummer lag, wartete er darauf, daß der Alptraum – Vulkane, Golf und versinkende Küste – ihn von neuem überfluten werde. Statt dessen aber träumte er von schwer beladenen Frauen, von Hunden, die geschlagen wurden, und das schien, unentwirrbar und geheimnisvoll, auf eine unge-

heuerliche, unerträgliche Weise zusammenzuhängen, so daß er – im hellen Licht des folgenden Tages – mit einem Schreckensschrei auf den Lippen erwachte. Eine Weile lag er schaudernd und verkatert da, immer noch wie mit Ketten an die grausige, schnell verdämmernde Vorstellung eines Lebewesens gefesselt, das grausam gefoltert wurde. Nach einer Weile kam ihm die Umwelt zu Bewußtsein: Er hörte Windgassers Gärtner vor dem Fenster schwatzen, dann roch er ganz nahe etwas Fauliges, Fischiges, drehte sich um und stieß von dem Kissen, das neben ihm lag, ein in Zeitungspapier gewickeltes Paket mit Seegetier, das Poppy oder irgend jemand anderer aus unerfindlichen Gründen dort deponiert hatte.
Schaudernd erhob er sich. Wahnsinn schien über dem Tag zu schweben wie Nebel. Alles schien entstellt, und das Gefühl, daß die Wirklichkeit aus den Fugen geraten und verzerrt sei, erinnerte ihn nur zu deutlich an jenen entsetzlichen Tag in Paris. Er nahm ein Duschbad, das ihn aber lediglich abkühlte. Er fuhr ungeschickt in seine Kleider und eilte, so schnell ihn seine gummiweichen Beine tragen wollten, auf die Piazza, in der unsinnigen Hoffnung, daß genügend Wein die Furcht zu betäuben vermöge, an die er gekettet war wie an einen Mithäftling.
»Ma la volgarità«, sagte Luigi, als Cass seinen Rotwein bestellte, »die Gemeinheit unserer Zeit beschränkt sich durchaus nicht auf Amerika. Sie ist ein universales Phänomen. Hast du jemals den berühmten spanischen Philosophen Ortega y Gasset gelesen?« Er verstummte und rührte mit einem haarigen Finger die Eisstücke in seinem Campari um. »Nicht? Er könnte dich von deiner romantischen Naivität hinsichtlich der Kunst und ihrer Verderbnis kurieren. Italien ist das vulgärste Land der Welt. Du darfst dich nicht mehr beklagen, Cass, von tausend Leuten scheren sich neunhundertneunundneunzig keinen Pfifferling um die Kunst und werden das auch nie tun. Die Kunst ist tatsächlich nichts weiter als ein lächerlicher Zufall. Warum glaubst du, sind Millionen Italiener nach Amerika ausgewandert? Etwa um sich in Ruhe an der Kunst zu erfreuen? Nein. Warum also wohl?«
»Pinkus, der Waldspecht.«
»Come?«
»Das ist heimatlicher Ausdrück für Geld.«
Der Wein kam, und Cass goß sich mit zitternder Hand sein Glas voll.
»Ganz recht, Geld. Vielleicht fängst du nun an zu begreifen.« Er verstummte. »Du siehst krank aus, Cass. Glaubst du nicht, es wäre klüger, wenn du dich etwas mehr vom Alkohol zurückhieltest?«
Cass stürzte den Wein hinunter: Der Rotwein wurde in Sambuco eiskalt serviert, und als er in seinen Magen gelangte, war es Cass, als sei plötzlich eine Flamme angezündet worden. »Aih!« ächzte er. Seine Augen blickten

verschwommen; die goldene Piazza, die blauen, in der Sonne glitzernden Bergspitzen lagen wie hinter einem Nebel, wie unter Wasser. Schließlich stöhnte er: »Verdammte Scheiße, ich glaube, Leopold ist nun endgültig wieder erwacht. Jetzt kann ich nichts mehr trinken, Luigi.«
»Leopold?« sagte Luigi erstaunt. »Ah, Leopold! Dein Magengeschwür, von dem du mir erzählt hast.« Sein dunkles Gesicht gewann plötzlich einen traurigen, hündischen Ausdruck voll aufrichtiger Besorgnis. »Fängt es wirklich wieder an, Cass?«
»Ich weiß nicht«, antwortete Cass tonlos. Ängstlich erwartete er einen neuen Schmerz in seinen Eingeweiden, doch erfolgte nichts. »Ich weiß nicht. Er hätte jedenfalls allen Grund dazu.«
»Sei lieber vorsichtig«, mahnte Luigi. »Wenn du mit diesem Ulcus nicht aufpaßt« (er sagte ulcera al duodeno und bewies damit einiges medizinisches Wissen, das in dieser runden volltönenden Sprache doppelt unheilverkündend klang), »bekommst du eines Tages eine Magenblutung, und wer, glaubst du, wird dich rechtzeitig genug nach Salerno bringen? Warum hörst du nicht auf zu trinken, Cass? Warum quält ihr Amerikaner euch nur so damit!«
»Das habe ich dir doch neulich schon einmal auseinandergesetzt, Luigi.« Der Wein belebte ihn bereits, eine sanfte Glut breitete sich in ihm aus, nun, da die gefährlichen Stunden unmittelbar nach dem Erwachen überstanden waren; es war die alte, vertraute, bedenkenlose Glut, die jeden Gedanken an das Übel zurückwies, und irgendwie gewann sie noch an Reiz durch die von Luigi ausgesprochene Mahnung. Er blickte auf den Platz hinaus. Zwei hagere Nonnen von erstaunlicher Schwärze und Schönheit flatterten wie Raben über die riesige, im Sonnenlicht liegende gepflasterte Fläche und milderten mit dem lebhaft bewegten Muster von Rabenschwarz und Gold die morgendliche Trübsal. »Die Amerikaner trinken einfach deshalb, weil sie so wohlhabend sind. So ist das. Sie müssen trinken, um das Schuldgefühl zu betäuben, das sie empfinden, weil sie mehr Geld haben als irgendein anderes Volk auf Erden. Nun gönne ihnen doch wenigstens dieses kleine Vergnügen, Luigi.«
Obwohl er dies ohne Bitterkeit gesagt hatte, war ihm klar, daß Luigi, der morbide Schnüffler, sehr wohl die Ironie in diesem Satz verstanden hatte. Vielleicht lag es auch daran, daß er in diesem Augenblick ganz gedankenlos seine Taschen umgedreht hatte. Ernster als zuvor beugte sich der Carabiniere zu ihm. »Was ist denn los, Cass? Du hast doch gesagt, daß du mit der Post Geld erwartest. Ich dachte, du brauchtest dir keine Sorgen zu machen.«
»Wir sind blank, Luigi, völlig blank. Und es kommt auch kein Geld mehr mit der Post für uns.«

»Aber das ist ja schrecklich, Cass! Sagtest du nicht...«
»Kein Cent mehr, Luigi. Ich glaube, wir haben unsere letzten fünftausend angebrochen. Die umnachteten Kinsolvings lösen sich langsam in Nichts auf.« Wieder schüttete er den Wein hinunter.
»Weiß Poppy davon?« fragte der Korporal und sah ihn aus zusammengekniffenen Augen an, denn die Sonne blendete ihn. »Ist sie sich dieser finanziellen... dieser difficoltà bewußt?«
»Selbstverständlich weiß sie es, aber wie dir sehr wohl bekannt ist, kann sie sich noch weniger als ich mit den harten Tatsachen des Lebens auseinandersetzen. Poppy! Ich hätte als Italiener geboren werden müssen, Luigi, dann würde es mich ganz kalt lassen, meine Frau in der Rolle der Sklavin zu sehen. Einfach nur als eine Scheuerfrau, als Schlampe. Noch dazu als eine untalentierte. So aber leide ich. Wie die Dinge jetzt stehen, wache ich wie gewöhnlich mit brüllenden Kopfschmerzen auf, weiß überhaupt nicht, wo ich bin und plage mich wie üblich noch mit meinen Alpträumen. Und was, glaubst du wohl, finde ich neben mir auf dem Kissen?«
»Was?« fragte Luigi und blickte ihn erwartungsvoll an (eine Nymphe? Eine Schlange?). »Zwei Kilogramm Krabben. Stell dir doch diesen Mangel an Zartgefühl einmal vor. Und den Gestank! Poppy hat sie da einfach abgelegt – warum ausgerechnet da, weiß ich nicht. Sie ist nun eben mal zerstreut, sie träumt. In ihrer völligen Gedankenlosigkeit hat sie alles aus der Hand gelegt, und die Krabben, die in ein Blatt Zeitungspapier gewickelt waren, auf dem man das Hinterteil einer blonden Flimmerziege sieht, liegen direkt neben meinem Kopf. Die ganze Bude stinkt wie ein Leichenhaus! Luigi, sie bringt überhaupt nichts ohne Hilfe zustande. Weiß der Himmel, die Wohnungen, die wir nur zu zweien bewohnt haben, waren schon schlimm genug – Bonbonpapier und Keksdosen überall verstreut. Aber nun noch vier Kinder dazu! Schön, ich schleppte mich also aus dem Bett und trat geradewegs in eine vollgeschissene Windel. Da saß ich denn und brüllte aus Leibeskräften. Nachdem ich mich kalt geduscht hatte, ging ich nach oben: Was für ein Chaos! Was für eine Verwirrung! Timothy beschmierte die Wände mit meinen Stiften, Felicia goß Milch auf die Katze. Nicky kreischte in einer Ecke, naß bis oben hin. Und mitten drin, ihr blondes Haar über den Tisch gebreitet, saß Poppy im Sonnenschein und schluchzte, als sollte ihr das Herz brechen.«
Luigi schnalzte mit der Zunge. »Povera Poppy. La vita è molto dura per la bella Poppy.«
»Das Leben ist schwer für die schöne Poppy«, bestätigte Cass. »Ein Italiener würde was unternehmen...«, begann er, verstummte jedoch wieder. Er konnte seine eigene Menage nicht auch noch schlecht machen.
Mit gespitzten Lippen bereitete sich Luigi darauf vor, einen seiner Aus-

sprüche zu tun. »In einem der Stücke von Gabriele d'Annunzio«, sagte er, »gibt es eine Stelle, die sich mit dem elementaren Konflikt zwischen Mann und Frau befaßt. Eine herrliche Stelle. Ich glaube, sie steht in ›Il sogno d'un mattino di primavera‹. Sie kann allerdings auch in ›La città morta‹ stehen. Es heißt da« – er verdrehte die Augen, während er sich besann –, »es heißt da, ›la donna e l'uomo...‹ tatamtetam... verdammt, mir fallen doch die Worte nicht mehr ein. Irgendwas wie, daß es für den Mann notwendig ist, die Frau zu fliehen oder so ähnlich. ›La donna e l'uomo...‹ ich glaube ganz sicher, daß es aus ›La città‹ ist...« Seine Stimme wurde immer leiser, »hörst du noch zu?«
Beim Himmel, dachte Cass, es war also doch Leopold. Das brennende Gefühl – teils Schmerz, teils Hunger – hatte angefangen, ihm in die Speiseröhre zu kriechen, so daß er, jedoch vergeblich, darauf wartete, rülpsen zu können; er fühlte sich schwach und schwindelig, doch würde sich dieses Gefühl, wie er wußte, sogleich verlieren, wenn die gesegnete anästhesierende Wirkung des Alkohols eingesetzt hatte. Er sah den niedergeschlagenen Luigi an und dachte dabei: ›Kusch, Leopold, kusch!‹ »Ich höre zu, Luigi, sprich nur.«
Luigi hatte d'Annunzio jedoch schon vergessen. Plötzlich leuchteten seine Augen auf, und er schnippte mit den Fingern. »Cass! Da fällt mir ja gerade ein, daß ich genau das richtige für dich weiß!«
»Hast du einen Plastikmagen erfunden?«
»Nein, nein, es ist kein Witz. Ich weiß jemanden, der dir helfen kann.« Er nickte mit dem Kopf gegen das schattige Innere des Cafés. »Und zwar die Padrona hier. Signora Carotenuto. Sie hat mir heute morgen erzählt, daß sie eine ziemlich begüterte ältere Tante in Neapel hat, die früher in Sambuco wohnte und auch von Zeit zu Zeit noch herkommt, um den Nonnen bei ihrer karitativen Arbeit zu helfen. Nun kam gerade gestern abend, als auch Signora Carotenutos Tante dort war, eine gräßliche Bauernschlampe aus Tramonti ins Kloster, und zwar in einem unbeschreiblichen Zustand. Bitte, gib jetzt acht, Cass.«
»Ich bin ganz Ohr, Luigi.«
»Diese Frau ist mit ihrer gesamten Familie den gräßlichsten Umständen zum Opfer gefallen, das heißt«, plapperte er und genoß diese dramatische Steigerung, »das heißt, daß sie und ihre Familie von einem so grauenhaften Unheil betroffen sind, daß sich nur ein Dante etwas Ähnliches hätte ausdenken können. Signora Carotenuto, deren Tante ja anwesend war, berichtete mir, daß jene Bäuerin sehr übel dran gewesen sei. Sie behauptete, vierzig zu sein, sieht aber in jeder Hinsicht doppelt so alt aus. Als sie gestern an der Klostertür erschien, war sie völlig außer sich vor Sorge und Verzweiflung. Ihre Augen blickten gläsern, sie hatte Schaum

auf den Lippen und scharlachrote Blutflecke auf den Wangen. Die Nonnen glaubten zunächst, sie habe irgendwelche Krämpfe, und betteten sie daher auf eine Strohschütte. Hier gewann sie jedoch bald das Bewußtsein zurück und erzählte die haarsträubendste Elendsgeschichte. Es stellte sich heraus, daß sie deshalb Blut im Gesicht hatte, weil sie sich Lippen und Zunge zerbissen hatte. Sie war nämlich die ganze, fünf Kilometer lange Strecke von Tramonti in die Stadt hinauf gerannt.«

»Und warum, um Himmels willen?«

»Nur Geduld, mein Freund, ich komme gleich darauf zu sprechen. Wie Signora Carotenutos Tante später berichtete, muß sich folgendes ereignet haben: Der Mann jener Frau, ein tuberkulöser Bauer, der eine einzige, kranke Kuh besitzt, deren Milch er hier in Sambuco verkauft, dieser Mann also hatte das Pech, vom Dach des Kuhstalls zu fallen, das er reparieren wollte, und sich das Bein zu brechen. Halb wahnsinnig vor Angst ließ die Frau die Kinder unter der Obhut der ältesten Tochter zurück und lief, wie ich schon sagte, den ganzen Weg nach Sambuco herauf, um den Arzt zu rufen. Nun kommt der erschütternde Teil meines Berichtes. Der Arzt – du kennst doch Caltroni, den beleibten Herrn mit dem Kneifer?«

»Beleibt? Du meinst wohl fett, Luigi? Ja, er ist mir bekannt. Ich beobachtete, wie er gestern auf einen Hund einschlug.« Bei Luigis Worten war jenes Bild ihm wieder vor Augen gekommen und stand dort, bedrückend. »Er scheint mir ein Pfuscher zu sein.«

»Du hast keinen Grund, Caltroni schlechtzumachen, Cass. Caltroni ist durchaus kein Pfuscher. Er ist ein fähiger Arzt, der nur schlecht entlohnt und mit Arbeit überhäuft wird, und zwar von Patienten, die entweder für seine Dienstleistungen nicht bezahlen können oder wollen. Das gehört durchaus in diese Geschichte, die ich jetzt erzähle, denn die Bäuerin verlangte rund heraus von ihm, daß er mit ihr gehe und ihren Mann behandle. Er wies sie ab...«

»Eine schöne Schweinerei...«

»Durchaus nicht. Im Gegenteil, er hatte ganz recht. Denn wenn es auch eine unerfreuliche Angelegenheit war und wenn ich auch nicht daran zweifle, daß Caltroni – im Grunde seines Herzens ein echter Humanist – an der Not dieser Frau Anteil nahm, so stellte sich doch heraus, daß er seit zehn Jahren die Krankheiten dieser elenden Familie behandelt hat, ohne jemals eine einzige Lire für seine Dienste zu erhalten. Schließlich muß man irgendwo die Grenze ziehen.«

»Ich verstehe dich nicht, Luigi. Angenommen, dieser arme Tropf wäre verblutet. Wo willst du denn da die Grenze ziehen?«

Luigi jedoch interessierte sich für diese Erwägung ethischer Art nicht. »Laß mich fortfahren. Ich komme jetzt auf etwas zu sprechen, das dich

sehr wohl interessieren könnte. Die Frau kam also, wie gesagt, in äußerster Verzweiflung ins Kloster. Nun gehören die Nonnen dort zwar keinem Pflegeorden an, doch hat glücklicherweise eine von ihnen, eine große kräftige Frau, ein Examen als Krankenpflegerin abgelegt. Zusammen mit der Bäuerin begaben sich diese Nonne und Signora Carotenutos Tante eilig nach Tramonti zurück, wo sie den Bauern im schon beschriebenen Zustand vorfanden: sich in Schmerzen auf dem Boden vor der Hütte windend und den Himmel anflehend – jedenfalls berichtete dies Signora Carotenutos Tante –, ihn von seinen Leiden zu erlösen. Tatsächlich, so sagte diese, müsse man solches Elend selber gesehen haben, um einen Begriff davon zu bekommen. Ich kann es mir gut vorstellen, denn obwohl ich seit der Vorkriegszeit nicht mehr in jenem Ort war, haben sein Schmutz und seine Verkommenheit sich meinem Gedächtnis unauslöschlich eingeprägt. Signora Carotenutos Tante war offenbar völlig überwältigt davon, als sie ihre Beschreibung gab. Es stellte sich heraus, daß nicht nur der Vater an Tuberkulose litt, sondern auch wenigstens zwei der Kinder – alle keuchten und speuzten dort in einem Raum durcheinander, der nicht größer ist als dein Schlafzimmer im Palazzo d'Affitto. Nun, in diesen fensterlosen Raum also brachten sie den Bauern und legten ihn nieder. Die pflegende Schwester schiente sein Bein, und da liegt er nun hilflos und ohne Zweifel zum Untergang verurteilt.«
Luigi unterbrach seinen Bericht und lehnte sich zurück, einen kummervollen und doch befriedigten Ausdruck im Gesicht, wie ein fetter Kater. Über dem Platz stieg nun die Sonne flammend weiß und sengend in den klaren, blauen Himmel. In der Nähe wurde es unruhig. Ein blauer Touristenomnibus war nahe dem Brunnen stehengeblieben, und auf die blinzelnden Insassen stürzte sich nun Umberto, der wieselgesichtige Anreißer für das Bella Vista, auf dem Kopf die Mütze eines Generalmajors und imstande, seine Kunden in fünf Sprachen zu belästigen. Zwei hagere amerikanische Studentinnen schlurften auf flachen Absätzen vorüber, plattbusig und ohne Hinterteil, O-beinig und in der abgenutzten Aufmachung ihrer Wanderjahre; eine von ihnen, so vernahm Cass, hieß Buba oder Barba oder so ähnlich. Beide trugen ihre Unschuld wie eine Trophäe durch die sonnige flimmernde Luft, während sie langsam aus dem Blickfeld entschwanden. Cass, von Luigis Erzählung bedrückt und auch irritiert, wandte sich nun wieder dem Korporal zu und sagte: »Na, und was soll ich dabei machen, Luigi, soll ich vielleicht die Faschisten wählen, damit dieser schreckliche Zustand nicht länger andauert?«
»Nein, Cass, jetzt rede ich nicht von Politik.« Er verstummte nachdenklich. »Das sollte wohl ein Witz sein, wie? Nun, ich bin ein duldsamer Mensch und werde darüber hinwegsehen«, fuhr er fort und bemühte sich,

humorvoll zu erscheinen, »aber du darfst ruhig einmal darüber nachdenken, daß Tramonti, das bis vor einiger Zeit von den Kommunisten verwaltet wurde, die gar nichts unternommen haben, sich nun in den Händen der Christlichen Demokraten befindet – der amerikanischen Partei – und daß es dort nach wie vor erbärmlich zugeht. Ich will durchaus nicht etwa sagen, daß die Faschisten...«
»Erzähl lieber deine Geschichte weiter.« Daß den Luigi der Teufel hole!
»Also die Sache ist ganz einfach, Cass. Die älteste Tochter – sie ist wohl etwa achtzehn Jahre alt – fiel vor den Damen auf die Knie und flehte sie an, ihr Arbeit zu verschaffen. Das Interessante dabei ist – und deshalb hat Signora Carotenutos Tante sich das wohl überhaupt nur gemerkt –, daß das Mädchen bis vor etwa einem Monat eben hier in diesem Café beschäftigt gewesen ist. Sie kann offenbar gut kochen und auch alle sonstigen Hausarbeiten verrichten und ist bereit, für fast nichts zu arbeiten. Tatsächlich geht es der Familie so grauenhaft schlecht, daß ich nicht überrascht wäre, wenn sie nichts weiter verlangte als die Reste von den Mahlzeiten. Für dich wäre es doch eine perfekte...«
»Nun hör mal zu, Luigi. Das ist ja alles gut und schön. Nehmen wir mal an, es geschähe ein Wunder, und ich könnte mir ein Hausmädchen leisten. Weiter angenommen, sie würde sich mit dem Essen zufriedengeben. Um Poppys willen – das heißt also um der Kinder und meiner eigenen geistigen Gesundheit willen – würde ich gewiß alles tun, um jemanden zu kriegen, der die Wohnung in einem menschenwürdigen Zustand hält. Aber möchtest du denn wirklich den ungezählten Plagen der Familie Kinsolving, den Magengeschwüren, den Katern, den Durchfällen und Erkältungen auch noch die Tuberkulose hinzufügen...«
»Ah, das hätte ich natürlich erklären müssen. Dieses Mädchen hat die Krankheit nicht. Ich glaube, Signora Carotenuto sagte, daß sie sie mal gehabt habe, aber sie hat als Hausangestellte zwei Jahre lang in Amalfi gearbeitet, und die kühle Luft und das heilkräftige Klima dort haben sie völlig kuriert.« Er sprach von Amalfi, als sei es ein Ort so fern wie Dänemark. »Angeblich kann sie auch ein paar Brocken Englisch, und das wäre ja für Poppy... es wäre wirklich eine gute Tat, wenn du... aber nein, ich werde Signora Carotenuto holen, und du kannst selbst mit ihr sprechen.« Und ehe Cass noch ein Wort sagen konnte, hatte Luigi sich erhoben und stolzierte in das Café hinein, um nach Signora Carotenuto zu suchen.
Cass sah auf den Tisch nieder und bemerkte mit großem Erstaunen, daß er in weniger als einer halben Stunde einen ganzen Liter Wein getrunken hatte – noch dazu auf leeren Magen. Er wandte sich dem Kellner zu und war gerade im Begriff, einen weiteren halben Liter zu bestellen, als nahe bei ihm ein deprimierender gemeiner Auftritt stattfand, der den Tag wie

eine Wolke verdunkelte. Nicht zehn Meter entfernt, im vollen Licht des hellen Morgens spielte sich der brutale Vorgang ab. Eine zerlumpte Gestalt aus der Prozession der Weiber aus dem Tal war hier ächzend zum Stehen gekommen. Ihr Alter war durchaus nicht zu schätzen; die unablässige Anstrengung trieb ihr die Augen heraus, sie schwitzte und ging gekrümmt unter der nie abnehmenden Last des Reisigs. Hinter ihr stand ein in Fetzen gehülltes kleines Mädchen und lutschte am Daumen. Als Cass sich nach der Frau umdrehte, machte sie eine letzte verzweifelte Bewegung mit dem Rücken, doch hatte sich das Gewicht der riesigen Holzladung so verschoben, daß die Last von ihren Schultern und knatternd auf das Pflaster fiel. Während er noch hinsah, warf die Frau die Arme empor – eine stumme Geste nicht des Ärgers oder der Verzweiflung, sondern nur der Hinnahme des Unvermeidlichen, einer Welt, in der schwere Lasten herabfallen und in alle Ewigkeit wieder aufgenommen werden müssen. Mit Hilfe des kleinen Mädchens schob sie dann das Bündel über den Boden gegen eine nahe gelegene Mauer. Sodann ereignete sich etwas, bei dessen Anblick Cass fühlte, wie ihm der Schweiß aus allen Poren trat. Die Frau hatte sich mit ihrem verkrümmten Rücken gegen die Mauer gestellt; nun beugte sie sich wie eine Eselin vornüber und blökte dem Kind rauhe Anweisungen zu, das mit dürren zitternden Armen und blumenstengeldünnen Beinen, vor Anstrengung zitternd, versuchte, der Frau die schwere Last auf den Rücken zu schieben. Das Kind zerrte und hob, die Frau bückte sich noch mehr, und für einen Augenblick rollte die Last herauf und auf ihre Schultern, gräßlich anzusehen, als sei sie vermittels einer unsichtbaren, am Himmel befestigten Winde hinaufgezogen worden. Doch schwebte sie nicht weit genug hinauf, sie zitterte und schwankte dort oben, das unsichtbare Seil wurde zerschnitten, und die Ladung fiel krachend wieder zu Boden. Das Kind begann zu weinen. Die Frau fing an, um das Bündel herumzustapfen, murmelte vor sich hin und schwenkte die Arme. Cass' Magen verkrampfte sich in jähem Schmerz, so als empfinde er Mitleid bei diesem Anblick. Er wollte sich von seinem Stuhl erheben, überlegte es sich dann aber anders und blieb sitzen. Was, um Himmels willen, hätte er denn tun oder sagen können? Erlauben Sie mir, gnädige Frau, Ihnen behilflich zu sein und Ihnen Ihre Last bis zu Ihrem fernen, trostlosen Bestimmungsort zu tragen? Er hörte sich selber stöhnen und wandte sich ab; nun erschien Filippone, der Kellner mit den abfallenden Schultern, in gekrümmter Haltung unter der Markise. Cass blickte starr auf eine Mauer, vertrieb jeden Gedanken aus seinem Bewußtsein und konzentrierte sich auf den fettigen Daumenabdruck auf einem seiner Brillengläser, durch die er gedankenlos die drei mit weißer, verblichener Farbe gepinselten Worte erblickte: VOLTATE DEMOCRAZIA

CRISTIANA. »Noch einen halben Liter«, sagte er leise, ohne aufzusehen. Als er schließlich, gezwungen von seiner Sucht, sich noch unglücklicher zu machen, den Blick wieder jenem Auftritt zuwandte, hatte die Frau ihre erdrückende Last bereits aufgenommen. Da stapfte sie, geschundene Elendsgestalt aus einem anderen Jahrhundert, mit bloßen Füßen unter der sich türmenden Holzlast auf ihrem Rücken, und hinter ihr ging das Kind, dessen Beine so dünn waren wie Blumenstengel.

Weit entfernt im Tal, gegen Scala hin, schepperten mißtönig Kirchenglocken wie himmlische Töpfe und Pfannen. Filippone ging hin und her. Cass nahm einen tiefen Schluck Wein, er trank die halbe Flasche leer, ohne sie abzusetzen, und war sich nun dessen bewußt, daß er auf eine seichte, abgestandene Art schon wieder betrunken war – ein unerfreulicher Zustand – und daß der Tag bereits von den alten beängstigenden Vorahnungen verdunkelt wurde. Der kurze, helle, hochgestimmte Augenblick war vorüber. Es schien, als drückten ihn schwere Gewichte nieder. Er sah sich verzweifelt nach etwas um, das ihn aufrichten könnte, nach einer lustigen Bewegung oder einem lebhaften Farbfleck auf dem fast verlassenen Platz, doch gewahrte er nichts als den feisten, kinnlosen Saverio, der in der Sonne saß und schwachsinnig seinen aufgerichteten Piephahn beglotzte, der sich deutlich durch die Hose abzeichnete. Umberto forderte ihn mit einem Pfiff auf, sich des Gepäcks anzunehmen, das beim Autobus aufgestapelt lag, und wie eine aufgeblähte, lebendig gewordene Vogelscheuche setzte er sich, immer noch schläfrig, in Bewegung, wobei er heidnische Beschwörungsformeln murmelte. Nun lag der Platz verlassen und ruhig da wie ein Teich bei Windstille. Auf einer grün bewachsenen Terrasse, eine halbe Meile weiter drüben im Tal, lachte jemand, eine Frau rief: »Non fa niente!«, und ihre silberne Stimme war so deutlich zu vernehmen, als habe sie in sein Ohr gesprochen. In der darauf folgenden Stille hob Cass den Blick von der Piazza gegen das Meer: ein Streifen grell blitzenden Lichtes, Reflex der aufsteigenden Sonne, sprang ihm jäh in die Augen, und für einen Moment war er so blind wie ein Maulwurf; in ebendiesem Augenblick stieg ein Taubenschwarm hoch über ihm vom Kirchturm auf wie eine gefiederte Rakete und erfüllte die ungesehene Luft um ihn herum mit lärmenden Flügelschlägen; auf seiner Zunge bildete sich ein gelblicher Geschmack wie von Schwefel, und in seiner Blindheit glaubte er, Schritte zu hören, die sich donnernd auf der Oberfläche des Meeres von weither näherten. Wiederum schien jene Frau sich ganz in der Nähe zusammenzukrümmen. »Shpinga!« krächzte sie dem Kind zu in ihrem fast unverständlichen Dialekt, und in der Luft um ihn duftete es süß nach Blüten, die er nie zuvor gerochen hatte. Dann fuhr mit der Geschwindigkeit und der Majestät des Lichtes ein kalter Windstrom durch sein Bewußtsein: Schritte, Blüten, Vögel, Angst – alles war dahin, und an ihrer Stelle erschien ein schon bekannter, klarer, weißer Raum, durchsichtig wie Wasser und von unendlichem Frieden erfüllt. Er riß gerade noch seinen Kopf zurück, ehe dieser auf die Tischplatte herunterfiel, und richtete sich erschauernd auf. Er blinzelte. Bei diesem Anfall hatte sich die Brille gelöst und hing nun an einem Bügel. Er setzte sie mit bebenden Fingern wieder auf und richtete seinen Blick auf den Platz. Wunder über Wunder: ebenso wie in Paris waren auch hier nur etwa fünf Sekunden vergangen. Der galoppierende Saverio hatte den Autobus noch nicht erreicht; die Tauben in ihrem flaschengrünen, flatternden Flug waren erst in diesem Moment bei der Einfassung des Brunnens angelangt. Eine Hand schlug ihm kräftig auf die Schulter; »Ai!« schrie er im Übermaß des Schreckens. Blutiger Heiland!

»Es ist schon alles erledigt, mein Freund«, sagte Luigi munter. Cass zwang sich zuzuhören, starr, mit weit aufgerissenen Augen und ängstlich bemüht, seinen inneren Zustand zu verbergen. Er glaubte, weit draußen auf der See Wasserhosen zu erblicken – letzte Reste seiner Halluzination –, einen schwarzen Wald von Wasserhosen, die dem Horizont zu enteilten, während das Meer noch in Krämpfen bebte. Dann wurde alles still. »Alles ist arrangiert. Signora Carotenuto hat das Mädchen heute schon gesehen. Es befindet sich jetzt irgendwo in der Stadt. Saverio wird es suchen und herbringen.«

»Aber du…«, es fiel ihm schwer zu sprechen. »Saverio?«

»Ja. Ich hätte mir auch einen ansehnlicheren Boten gewünscht. Saverio ist«, sagte er zögernd, »er ist… nun…« Seine Stimme, die ziemlich feierlich klang, verlor sich.

»Was denn?«

»Nun, Saverio ist einfach… nun gar nichts. Ich werde dir mal genauer über ihn berichten bei Gelegenheit. Es ist nichts.«

Cass sah nun die Eigentümerin des Cafés – eine fette Frau, die einen Knoten im Nacken trug – nahe dem Autobus wild gestikulierend auf den Schwachsinnigen einreden. Einen Augenblick später verließ Saverio die Frau und eilte eine gepflasterte Straße hinauf. In diesem Augenblick glitt ein dunkelroter Cadillac auf den Platz. Ein junger Mann im Sporthemd saß hinter dem Steuer, neben ihm eine blonde Frau, und beide trugen dunkle Sonnenbrillen. Der Wagen rollte am Brunnen vorbei, und nun erklang die Hupe durchdringend, chromatisch, sehr laut. Wie ein Stichlingsschwarm glitt und drängte sich ein Rudel von Jungens schreiend um den Wagen. Der junge, gutaussehende Amerikaner ließ von neuem sein Horn ertönen. Der Wagen kam mit machtvoll bebendem, kaum hörbarem Motor in der Mitte des Platzes zum Stehen.

»Das ist ein Landsmann von mir«, murmelte Cass, der sich einigermaßen erholt hatte. »Ich werde wohl nach Rußland auswandern müssen.«
»Hier, Cass, ich habe dir etwas Mozzarella mitgebracht«, sagte Luigi und ließ sich neben ihm nieder. »Du mußt was essen. Du mußt einfach essen, mein Freund, mit dem Wein wirst du dich noch umbringen.«
»Ich werde wohl nach Rußland auswandern müssen.«
»Wie seid ihr euch doch ähnlich, ihr Amerikaner und die Russen!«
»Come?«
»Im Ernst, Cass. Die Ähnlichkeiten zwischen euch sind viel auffallender als die Unterschiede. Und ihr scheint es gar nicht zu merken. Es gibt Dutzende von solchen Ähnlichkeiten, abgesehen von dem ins Auge fallenden Streben nach Weltmacht. Beide verlaßt ihr euch auf die Wissenschaft und die wissenschaftliche Methode. Beide seid ihr Puritaner. Das ist durchaus wahr, Cass. Ist dir nie aufgefallen, daß bei aller Betonung des Sexuellen in den Vereinigten Staaten dort der gleiche ungesunde Puritanismus herrscht wie in Rußland?«
»Ich weiß nicht, ob mir das jemals aufgefallen ist.«
»Und auch eure Konzentration auf materielle Dinge. Du hast mal von der Kunst in Amerika gesprochen – ich möchte weder bei euch noch in Rußland Künstler sein. Bei euch würde man gewiß frei sein zu schaffen, was man will, doch man fände kein wirkliches Publikum. Den Menschen dort ist die Kunst einerlei. In Rußland dagegen gibt es ein großes, anteilnehmendes Publikum, für welches der Künstler aber nicht nach seinem eigenen Gutdünken schaffen darf. Du siehst, es kommt alles auf dasselbe heraus.« Er brach ab. »Ich empfinde aber durchaus mit dir. Wenn ich vor die Wahl gestellt wäre, dann würde auch ich die Diktatur des Kremls der Diktatur des Pöbels vorziehen. Denn man muß ja auch die betreffenden Führer berücksichtigen.«
»Was meinst du damit?«
»Nun, das ist doch klar. Ich meine euren Präsidenten und den Diktator im Kreml. Beide sind Bauern, aber eurer ist ein Kretin, und der andere ist gewitzt. Ich würde mich immer auf die Seite des Gewitzten stellen, ganz gleich, wie brutal er ist.«
»So?«
»Ja, Cass, denn eines Tages werden die Russen ebenso viele Kühlschränke und Badezimmer haben wie ihr Amerikaner. Aber darüber hinaus besitzen sie geistige Reserven, die zwar im Augenblick nicht recht zur Geltung kommen dürfen, die aber Amerika überhaupt nie produziert hat. Die Russen werden gebildete Menschen mit Kühlschränken und Badezimmern sein, und ihr werdet unwissende Menschen mit Kühlschränken und Badezimmern sein, und die Gebildeten werden triumphieren. Capito?«

»Hm.« Cass hörte kaum noch hin und nahm statt dessen eine erhebliche Portion Käse zu sich: sahnig und reif, unbeschreiblich delikat sank er in seinen Magen und beruhigte dort fast augenblicklich den rasenden Schmerz des Ulcus, dessen er sich vorher kaum bewußt gewesen war. Doch war er nun schwer und gefährlich betrunken. Er fühlte, wie ihm der Kopf vornüber sank. Eine umherstreunende Wolke von der Form des afrikanischen Kontinents strich vorwitzig über die Sonne und hüllte die Piazza in Schatten, und plötzlich sprang ein leichtfertiger Wind auf: Luigi faßte an die Mütze, doch es war zu spät; sein grünes Käppi wirbelte in einer Staubwolke davon. Als er aufstand, um die Mütze einzufangen, erstarb der Wind, und alles war wieder in friedliches Licht getaucht. »Sag ihm doch«, rief die große Blondine, während sie aus dem Wagen stieg, »daß er die grüne Hutschachtel auf dem schnellsten Weg bringen soll.«
»Aber es herrscht dort Freiheit«, hörte Cass sich selbst sagen, halb kichernd und undeutlich gegen die feuchte Tischplatte sprechend. »Amerika ist eine Demokratie. Jeder hat zu essen. Es ist ein freies Land.« Es schien ihm, als habe er so, den Kopf in den Armen verborgen, eine ganze Weile gesessen. Später erinnerte er sich, daß es wohl der Traum gewesen war, der ihm die Zeit so lang erscheinen ließ, der Traum, der aus dem Nichts auftauchte und vor seinem geschwärzten Blick mit ganz derselben Genauigkeit und Eindringlichkeit wie in der vergangenen Nacht vorüberzog und sein Bewußtsein in die gleiche verzweifelte Angst stürzte, die er noch vor zehn Minuten empfunden hatte. »Cass«, hörte er Luigi undeutlich über sich sagen, »warum gehst du denn nicht nach Haus? Du ißt etwas und legst dich schlafen.« Aber er achtete nicht darauf, hörte die Stimme kaum und ließ diesen Traum wie eine prächtige schwarze Parade durch sein Bewußtsein ziehen – erschreckt, seiner Sinne nicht mehr mächtig und bestürzt über diesen teuflischen Verrat seiner Trunkenheit, die seine Angst und seine Befürchtungen nicht mehr erträglicher machte, wie es ihre Pflicht gewesen wäre, sondern seine abscheulichsten Vorahnungen nur quälend verstärkte. Dann wußte er ganz plötzlich, warum es die Frau mit dem Reisigbündel gewesen war, die diesen Anfall herbeigeführt hatte. Er hob den Kopf und starrte Luigi aus verschwommenen, unsicher blikkenden Augen an. »Wer ist die Frau, die das Reisig trägt. Wer ist sie?«
»Welche Frau meinst du denn, Cass?« Luigi war tief erstaunt. »Von welcher Frau redest du denn?«
»Du weißt schon, welche Frau ich meine«, erwiderte Cass scharf, kaum imstande, seine Ungeduld zu zähmen. »Das zerlumpte alte Weib mit den Reisigbündeln. Die mit dem kleinen Mädchen, wer war das?«
»Idiot!« rief Luigi. »Wie soll man denn die Bauern kennen! Alle Bauern«, sagte er mit einer Stimme, die jener des verschlafen aussehenden Laden-

inhabers aus Cass' Jugendzeit ähnelte, der von den Negern so verächtlich sprach, »alle Bauern sehen gleich aus. Ich begreife überhaupt nicht, wovon du redest.«

Aber nun war es ihm klar. Natürlich ähnelte diese Frau nur jener Frau in seinem Traum, und wie Luigi gesagt hatte, ähnelten sich alle ja wirklich zum Verwechseln. Eine derartig triviale Einzelheit konnte auch keinesfalls die ganze umfassende Wahrheit seines Traumes beeinträchtigen – eine Wahrheit, die ihm nun so unbestreitbar, so unbesieglich klar erschien, so fest auf den Fels des Daseins gegründet, daß er ein triumphierendes Lachen in der Kehle aufsteigen fühlte, während er nun alles vor Luigi ausbreitete, der unruhig geworden war. »Rutsch nicht so hin und her, Luigi«, hörte er sich kichernd sagen. »Halt mal eine Minute still, während ich dir von dieser ... dieser Erscheinung erzähle, die mich letzte Nacht heimgesucht hat.«

Während er sprach, schwand seine Furcht; er fühlte sich fast überschäumen von bübischer Fröhlichkeit, die er nur mit jener aus längst vergangenen Zeiten vergleichen konnte, als er fähig gewesen war, zu schaffen, zu arbeiten; diese Empfindung war so merkwürdig, daß sie in gewisser Weise fast unglaubhaft wurde, und etwas in ihm sagte ihm, daß es gar nicht recht sei, so zu empfinden, doch war nun eine Schleuse in ihm geöffnet, und er fühlte sich von der Flut fortgetragen. »In diesem Traum, den ich geträumt habe, war mir wie nach einer Narkose, so, als erwachte ich aus einem Ätherrausch, in dem man die tiefsten Geheimnisse durchschaut hat. Mir träumte, ich wäre in einem Autobus und führe auf der Straße von Maiori über die Berge nach Neapel. Der Bus war voll besetzt und laut. Es war sehr heiß, und ich fächelte mir Kühlung zu. Es saßen ein paar lärmende Vitelloni aus Salerno da, die sangen und Gitarre spielten und mit den Mädchen anbändelten. Wir fuhren gerade jenen steilen Abhang hinauf, du weißt schon, ziemlich oben, nahe am Gipfel, und dann plötzlich ging es viel schneller. Wir sausten durch ein kleines Dorf, und ich weiß noch, daß ich dem Fahrer zurief, er solle langsam fahren, er werde uns noch umbringen. Wir fuhren aber immer schneller. Plötzlich überfuhren wir etwas. Ich konnte das weiche, plumpsende Geräusch unter den Rädern hören. Es ist schwer zu beschreiben. Es war, als seien wir über einen Mehlsack gefahren. Wieder rief ich dem Fahrer zu, diesmal, daß er halten solle. Er hielt an, und ich stieg aus. Das ist wirklich merkwürdig: ich war der einzige Passagier, der ausstieg – ist dir das klar?«

Luigi nickte kummervoll mit dem Kopf. Er fuhr sich mit dem Taschentuch über die Stirn, eine nervöse, bekümmerte Geste. Dann sagte er: »Cass ...«

»Nun hör mir doch mal einen Augenblick zu! Ich stieg also aus und ging zurück, um zu sehen, was wir überfahren hatten. Ich dachte immer noch, es müsse ein Mehlsack sein – warum, weiß ich wirklich nicht. Es sah aus der Entfernung auch so aus. Als ich näher kam, bemerkte ich aber, daß es kein Sack war, sondern ein Hund. Er war grausam verstümmelt. Sein Hinterkörper war plattgedrückt – platt wie eines der Schnitzel, das der Fleischer da unten aus den Rindfleischscheiben macht, indem er sie eine halbe Stunde lang klopft. Der hintere Teil des Hundes war genauso plattgedrückt wie...«

»Hör mal, Cass...«

»Und doch lebte das arme Vieh noch! Obwohl es da so grauenhaft plattgewalzt lag, war es noch immer lebendig, wimmerte herzzerreißend und versuchte, sich mit den Vorderpfoten aufzurichten. Das steht mir noch deutlich vor Augen: ich sah dem Tier zu, wie es da wimmerte und ächzte und mit rollenden weißen Augen versuchte, sich von der Straße zu erheben. Dann stieg der Fahrer aus dem Bus – das Merkwürdige war, daß er mir bekannt vorkam und gleichzeitig doch überhaupt kein Gesicht zu haben schien –; er stellte sich also neben mich und sah dem Kampf dieses armen Hundes zu und sagte immer wieder: »Wessen Hund ist das wohl?« Dann erschien plötzlich neben uns diese Bäuerin, diese gebückte, krumme, dürre Frau, die ich gerade eben gesehen zu haben glaube. Sie stand eine Weile neben uns und sah dem Hund zu und sagte dann: »Das war mein Hund.« Der Fahrer ging an den Straßenrand und ergriff einen großen Stock. Dann kam er wieder heran – immer noch ohne Gesicht, und das war eben eines der merkwürdigsten Dinge in diesem Traum – und schlug dem Hund wie ein Wilder mit dem Stock über den Kopf und sagte dabei wieder und wieder: ›Ich muß ihn von seinen Leiden erlösen, ich muß das arme Vieh von seinen Leiden erlösen!‹ Immer wieder schlug er wild auf den Schädel des Hundes los und murmelte dabei unablässig diese Worte vor sich hin. Aber der Hund wollte nicht sterben! Oh, es war entsetzlich anzusehen! Wie dieser Hund so verzweifelt litt und ächzte und winselte da auf der Straße, mit schmerzverdrehten Augen, wie er immer wieder versuchte, aufzustehen, während dieser Bursche auf ihn losschlug in der Hoffnung, das Tier von seiner Qual zu erlösen und ihm doch mit jedem Schlag neuen Schmerz zufügte! Dann...«

»Was dann?« fragte Luigi. Das Gesicht des Korporals schien nun durch trübes, tiefes Wasser heraufzuleuchten. Cass glaubte, ohnmächtig zu werden, aber er riß sich noch einmal zusammen; seine Entdeckung stimmte ihn nicht mehr froh, sondern entsetzte ihn vielmehr, aber eine Kraft, die er nicht verstand und nicht beherrschen konnte, trieb ihn, diese Geschichte zu beenden, und dabei fühlte er sich in seiner Seele tief verstört und geängstigt.

»Dann ... dann sah ich durch den aufwirbelnden Staub, und das ist es, was ich erblickte: Es war nicht mehr der Kopf des Hundes, auf den er losschlug, sondern der Kopf der Frau, der Kopf dieser dürren Bäuerin mit dem Reisigbündel. Irgendwie war sie in den Hund verwandelt worden. Sie lag da, zerbrochen und plattgewalzt, ihr armer, gequälter Körper in den Staub gepreßt, und schrie immer wieder ganz erbärmlich. ›Gott! Gott! Erlöse mich aus diesem Elend!‹ Und jedesmal, wenn sie rief, krachte der Stock auf sie herunter und schlug ihren blutenden Kopf von neuem gegen den Boden, nur damit er sich von neuem erhob, um wiederum nach Erlösung aus dieser Pein zu schreien, und jedesmal traf der Stock sie von neuem, vergeblich, denn er erlöste sie nicht, sondern verlängerte ihre Qual ins Unendliche. Verstehst du das? Verstehst du das denn nicht?« fing Cass nun an, heiser und betrunken zu schreien. »›Liberatemi!‹ schrie sie ununterbrochen. ›Erlöse mich! Erlöse mich!‹ Und dann hörte ich, wie über mir die Stimme dieses Mannes bei jedem neuen Schlag sagte: ›Ich versuche es ja! Ich versuche es ja!‹, und ich hörte sein schreckliches reuiges Schluchzen, während er immer wieder auf sie einschlug, und wie er dann sagte: ›Ich kann nicht!‹ Und in der Tiefe meines Traumes erkannte ich da, daß Er es war, der in einem mutwilligen Einfall das leidende menschliche Fleisch erschaffen hatte, das sich zu sterben weigerte, selbst in der äußersten Qual, das nur noch mehr litt, weil Er in seinem furchtbar verspäteten Erbarmen seine Geschöpfe nicht aus ihrer lebendigen Qual erlösen konnte ... Was –«, aber nun verstummte er. Er fühlte seine Lippen zittern. »Che ...«, fuhr er fort. »Er schlägt uns, aber aus Barmherzigkeit ...«, versuchte er es noch einmal. Aber es half nichts, seine Geisteskräfte, wenn man so sagen will, hatten ihn verlassen. Luigi starrte ihn mit dem halbtoten Ausdruck eines Mannes an, der einen Vortrag in einer ihm unbekannten Sprache anhören muß. Luigi hatte nicht verstanden und vermutete, wie Cass wußte, überdies, daß er irrsinnig sei. Diesen Verdacht konnte Cass ertragen, aber die Verständnislosigkeit erschien ihm nun als eine Form des Verrates, und er stand mühsam auf, wobei er seinen Stuhl umstieß. »Verstehst du nicht, was ich sagen will, Luigi? Wie kommt es denn«, ereiferte er sich, »daß eine andere Plage uns überfällt, wenn wir gerade mit einer fertig geworden sind! Ist das denn nicht Seine eigene kümmerliche Methode, mit der Er versucht, uns loszuwerden? Antworte doch! Ist das nicht so? Ist das nicht so?« Es erfolgte keine Antwort.

Er fühlte sich nun halb erdrosselt in der Umklammerung einer überwältigenden Angst. »Stupido! Idiota!« rülpste er. »Geisteskranker!« Dann wandte er sich ab und floh den Korporal, torkelte quer über den Platz, fort von dessen flehend ausgestreckten Händen, entsetzt von seinem eigenen

Verhalten und von dem wild blökenden Schluchzen, das aus seiner Brust heraufquoll...

Nicht sehr weit im Westen des Dorfes, nahe einer alten Ruine, die Villa Cardassi genannt wurde (der ursprüngliche Eigentümer, ein Engländer der viktorianischen Zeit, war ein Klassizist: das Motto DUM SPIRO, SPERO ist immer noch in den marmornen Portikus eingemeißelt zu lesen), befindet sich ein Felsvorsprung, von dem aus viele Leute aufs Meer hinauszublicken pflegen. Die Bäume sind hier verkrüppelt und gebogen vom unaufhörlichen Wind. Eine steinerne Mauer faßt diesen Vorsprung ein und schützt den Ungeschickten, den Trunkenen oder den Unvorsichtigen: fast zweihundert Meter fällt der schiere Fels senkrecht ab. An klaren Tagen scheint sich das ganze Mittelmeer von Horizont zu Horizont dem Blick des Betrachters darzubieten: Weit im Westen steigen die steilen Klippen Capris aus dem Wasser, nach Süden erstreckt sich die träge, umbrafarbene Küste bis nach Kalabrien, und auf allen Seiten dehnt sich endlos und glitzernd die smaragdfarbene See. Hier also fand sich Cass kurze Zeit darauf wieder – obwohl er später nicht mehr wußte, wie er dorthin gelangt war. Gewiß muß er einen bemerkenswerten Anblick geboten haben, als er mit wirrem Haar, rülpsend und mit irr blickenden Augen durch die Stadt taumelte. An der Umfassungsmauer blieb er schwer atmend stehen und blinzelte in den vertrauten Abgrund hinunter. Jemand, der von hier oben nicht größer erschien als eine Heuschrecke, schuftete tief unten in einem spielzeuggroßen Zitronenhain; der Gebirgsbach, der Hochwasser führte und weißschäumend durch das Tal rauschte, sah so harmlos aus wie ein Milchstrahl. Mit schwindelndem Kopf und nahezu ganz vom Selbsterhaltungstrieb verlassen, lehnte er sich weit über den gräßlichen Abgrund hinaus, von einem so mächtigen Entsetzen über diese Tiefe gepackt, daß es fast wie Liebe war. »Prendimi«, flüsterte er. »Nimm mich nun auf.« Während er sich vorbeugte, gab der brüchige Zement unter ihm nach, er rutschte vorwärts und hatte einen Vorgeschmack der Vernichtung, während Weinterrassen und Haine und das entfernte Meer schrägstehend und grenzenlos lockend vor seinem Blick erschienen. Mit einem Schrei, der ihm in der Kehle steckenblieb, versuchte er, das Gleichgewicht wieder zu erlangen und sich über die Mauer zurückzuwälzen. Doch alles war verloren! Noch mehr Zement bröckelte ab; abermals rutschte er vorwärts. Einen Augenblick lang schoß er hinaus in die dünne Luft mit flehend ausgebreiteten Armen, und der Weltraum schien nun sein Bestimmungsort zu sein. Ins Nichts gehängt, klammerte er sich mit schmerzenden Schenkeln an die Mauer, und seine Hacken wurden wunderbarerweise vom Fels oder einem Mauerstein festgehalten. Schließlich zog er sich mit wirbelnden Armen zurück über die Mauer, Zentimeter um

Zentimeter in sacht rieselndem Staub. Dann war er in Sicherheit; er hatte das Gefühl, festgehalten zu werden, geschützt zu sein von unsichtbaren Händen. Bebend sank er auf eine steinerne Bank neben der Mauer nieder. Mit geschlossenen Augen saß er dort lange blinde Minuten hindurch, fühlte die Sonne und den warmen Wind, der bald sein schweißverklebtes Haar trocknete, Furcht und Schwäche linderte und einen Strahl von Nüchternheit in sein Hirn schickte. Das Horn eines Autobusses im Tal störte ihn auf; er öffnete die Augen.

Ein Rascheln im Gebüsch hinter ihm veranlaßte ihn, sich umzuwenden. Zwischen den Blättern erschien das spatenförmige Gesicht von Saverio, der sich wie eine fratzenhafte, höllische Erscheinung aus einem Gemälde von Hieronymus Bosch auf allen vieren durch die Büsche drängte und sich dann grinsend und gestikulierend vor ihm aufrichtete. Aus seinen Lumpen stieg ein widerlicher, schmutziger, ärmlicher Gestank wie Dampf auf, und sein rechtes Auge, von Gott weiß wie vielen durchgebrannten Sicherungen in seinem Hirn verstört, rollte blutunterlaufen und unbeherrscht in der Augenhöhle und starrte dämonisch und aufwärts schielend ins Licht.

Seine Lippen flatterten wild, gaben ächzend die Umrisse einer Botschaft von sich und erfüllten die Luft mit Speichelspritzern. Dann plötzlich, so als habe jemand seinem Kopf einen ungeduldigen Tritt versetzt, wurden seine Worte sinnvoll, der Speichelregen um ihn herum nahm ab, und sein ungebärdiges, abtrünniges Auge rollte wie geschmiert in seine richtige Stellung. »Ich habe Sie gesucht, Signore, das Mädchen, das bei Ihnen arbeiten will, ist hier!«

Das Mädchen, das nun den Pfad heraufkam, war das Mädchen von der Polizeiwache. Sie näherte sich ihm mit ernstem Gesicht, schlank, vollbusig, den Hauch eines verlorenen und traurigen Lächelns auf den Lippen. Sie hatte Schuhe angezogen, vermutlich für diese feierliche Gelegenheit; sie mußten wohl geborgt sein, denn sie waren etliche Nummern zu groß und schlackerten um ihre braunen Knöchel, als sie nun herantrat. »Sie will bei Ihnen arbeiten!« brüllte Saverio ihm ins Ohr.

»Ich habe kein Geld«, flüsterte er immer noch benommen und starrte sie, ganz verwirrt von ihrer Schönheit, an.

»Sie will bei Ihnen arbeiten!« wiederholte Saverio sinnlos.

»Halt's Maul«, sagte er. Und dann öffnete er den Mund, um zu dem Mädchen zu reden, aber plötzlich fühlte er sich so schwach und leer, daß alles vor ihm verschwamm und die Erde auf ihn zuzukommen schien. Er schlug die Hände vors Gesicht. »Ich habe kein Geld, um Sie zu bezahlen«, sagte er wieder. Aber er sah ein, daß, wenn er ihr auch keine Arbeit geben konnte, er sie doch nicht zum zweiten Mal aus seinem Leben hinausgehen lassen durfte. So sagte er dann im Ton der Entlassung: »Kommen Sie morgen zu mir!« Und aus irgendeinem Grunde wagte er nicht, sie noch einmal anzusehen, als er hörte, wie sie sich umwandte und gefolgt von dem Schwachsinnigen in ihren riesigen Schuhen den Pfad hinunterstapfte.

›Gnädiger Heiland, wenn ich nicht bald einen Ausweg finde, dann werde ich mich wirklich noch hinunterstürzen‹, dachte er.

Tagebucheintragung Sabato 4, Maggio:

»Was mich letzten Endes zurückhält, weiß ich nicht. Manchmal habe ich das Gefühl, ich bin 2 Personen & damit meine ich den Menschen meiner Träume & den Menschen der am Tage wandelt & das ist so stark & furchterregend daß ich manchmal befürchte im Spiegel ein Gesicht zu sehen, das ich nie zuvor gesehen habe. Z. B. heute & das liegt nicht nur am Wein sondern irgendein Gott oder Dämon hat mich in seinen dürren Klauen & will mich nicht lassen bis mein Fleisch sich von meiner Seele getrennt hat. Als ich heute überschnappte & Luigi angebrüllt habe & dann wie ein Wahnsinniger auf die Klippe hinaus raste war es, als hätte mich ein Traum gepackt & als lebte ich in jenem Traum & als sagte eine Stimme in diesem Traum zu mir – *jetzt*, jetzt ist die Zeit gekommen, warte nicht länger mehr, komm zu mir & alles wird Friede und Ruhe sein. Was mich gerettet hat, weiß ich nicht. Ein Rest von Vernunft in mir ist noch wirksam & ich bete darum, daß er wirksam bleibt, damit der alte Cass nicht überschnappt & sein Haus in Staub & Elend mit sich reißt.

Am heutigen Tage folgenden Entschluß gefaßt & im Namen all dessen was noch vernünftig ist beschworen: keinen Tropfen C_2H_5OH bis zum 15. Juni mehr über die Lippen, das ist Poppys Geburtstag, und dann wird sie mir vielleicht eine Feier genehmigen. Der Schnaps ist der Totengräber & der Spaten & die Erde & Frau & Kinder des Totengräbers. Jeder Mensch erwählt sich sein eigenes Gift.

Zwei Uhr morgens. Wenigstens bin ich noch nicht soweit daß ich nicht das wundervolle Licht über der Tiefe sehen könnte. Noch bin ich nicht blind. Luigi erzählte mir in seiner nüchternen & aufreizend sarkastischen Art daß die Fischerboote längst nicht mehr so hübsch aussähen – graziose sagte er – seitdem die Fischer nach dem Abzug der amerikanischen Armee überzählige Benzinlampen aus Heeresbeständen benutzen. Die alten Petroleumlaternen seien viel hübscher gewesen meinte er & sog mit seinen schnurrbärtigen Lippen an einer Zigarre. Ecco luigi. Er ist beunruhigt & verwirrt. Er weiß immer noch nicht, wie er mit mir von Amerika reden soll, vielleicht weil er instinktiv fühlt daß meine Empfindungen ebenso zweideutig sind wie seine eigenen. Immerhin sind die Lichter ganz wundervoll, ob nun Benzin oder Petroleum. Sie sehen gar nicht so sehr wie Sterne aus wie ich zunächst dachte, sondern verschwommen & angeschwollen. Wenn man sie lange genug ansieht & wenn schließlich jede Perspektive & jeder Umriß verschwunden ist in der hypnotischen grenzenlosen Dunkelheit, dann sehen sie nur noch wie reine weiße Blüten aus, wie fette Chrysanthemen, die verloren im schwarzen Busen einer orientalischen Vorstellung von der Ewigkeit umherschwimmen. Ich vermute, daß sie mir eine Botschaft übermitteln wollen, doch kann ich sie nur betrachten. Entziffern kann ich sie nicht, kann es auch nicht versuchen & kann auch keinen Finger rühren, selbst wenn mein Leben davon abhinge. Manchmal wenn ich besonders verletzlich bin & die Sache so ehrlich betrachte, wie ich kann, glaube ich, daß Captain Slotkin recht hatte, als er mich mit seinen traurigen dunklen jüdischen Augen ansah & meinte: wenn du es auf das ethische Gleis schieben willst & vom psychoanalytischen weg, dann kannst du es so ausdrücken: Selbstzerstörung ist der letzte Ausweg des Feiglings. Und ich weiß noch, wie ich voller Selbstmitleid erwiderte: aber gar nicht, die Selbstzerstörung ist der Triumph des Menschen in der Ausweglosigkeit, sie steht wenigstens immer noch über dem unüberwindlichen Selbsthaß. Darauf ging er nicht ein aber ich konnte an seinen Augen sehen, daß er wußte, daß ich mir eine Ausrede zurecht machte, & wußte, daß mir bewußt war, daß er recht hatte. Warum er sich überhaupt mit mir in nichtberuflicher & nichtmilitärischer Weise befaßte, weiß ich nicht. Aber ich habe oft gedacht daß zwischen einem Methodisten aus den Südstaaten und einem Juden aus dem Osten (selbst einem psychoanalytischen) mehr Gemeinsamkeit ist, als zwischen zwei Pennsylvaniern & bestimmt fühlen sich zwei Menschen, die Jesaja & Hiob 38 gelesen haben stärker miteinander verbunden als zwei Normalbürger, die nie etwas gelesen haben. Vielleicht lag es auch nur daran daß ich ihn richtig angepeilt habe & als Jude war er wohl sehr davon beeindruckt, daß ein einfacher Soldat aus der Provinz mit nur zwei Jahren Höherer Schule & kaum besser als ein Tagelöhner sich wirklich ernstlich mit Sophokles befaßte, ganz zu schweigen von allem anderen & daß ich mit [illegible] Jahren schon eine praktikable Theorie der Malerei ganz für mich selbst entwickelt hatte. Was wohl aus Slotkin geworden ist? Wahrscheinlich hat er eine Praxis in Boston oder irgendwo & verdient einen Haufen Geld. Aber immer wenn ich an ihn denke & das ist wohl deshalb weil er der einzige Mensch war dem ich mich jemals wirklich anvertrauen konnte, habe ich ein ganz merkwürdiges Gefühl & kann mich noch immer ganz deutlich an den Tag erinnern als ich ihm den Vers aus Ödipus zitierte, aus dem Buch, das er mir gegeben hatte, den Vers der mich so getroffen hat. Da sagte er etwa: Ja wir versagen oft, aber es ist unser ange-

borenes Recht ebenso, wie es das der Griechen war, den Menschen in den Zustand der Liebe zu erlösen. Und da schien er so natürlich & gütig & anständig, daß ich beinahe nachgegeben hätte.
Wahrscheinlich stimmt es auch, daß irgendeine falsche Verbindung oder ein Kurzschluß zwischen Haß & Liebe in mir das Geheimnis des Ganzen ist & daß ich keinen anderen Ausweg habe als täglich wie ein verrückter Elektriker von neuem zu versuchen die Kurzschlüsse zu beseitigen. Ich könnte meine Gedanken oder meine Träume nicht mal mehr einem Slotkin mitteilen, es ist schon schlimm genug, daß ich selbst davon weiß. Ein Mensch muß mit seinen Dämonen behutsam umgehen & wer weiß ob es nicht besser ist zu leiden & im Traum das Höllenfeuer und den Golf zu sehen & in der Tiefe zu versinken, während Vulkane rund herum ausbrechen ein ganzes Leben lang, als die wirkliche Bedeutung zu verstehen. Wer weiß denn, ob der Mensch sich nicht dreimal so verdammt fühlt & statt Liebe zu empfinden in einen so abgrundtiefen Haß verfällt, daß alles Vorangegangene wie eine Wohltat aussieht, wenn er die wirkliche Bedeutung erst einmal verstanden hat? Wer kann überhaupt mit Gewißheit etwas darüber sagen, den möchte ich mal sehen! Vielleicht müssen bestimmte Geheimnisse für immer ungelöst bleiben. Unterdessen versuche ich, meine Seele zu erkennen und erwarte aus ihren Tiefen nichts anderes heraufzuziehen als was mich momentan tröstet. Und Schuld will ich selbst tragen. Wenn ich also wie schon früher davon träume daß mein alter Onkel dort als mein Henker steht, dann lege ich den Schrecken nicht in seine Hände. Er war gut & anständig, wenn auch ein elender & armer niedergedrückter Bauer & hat mich höchstens mal geschlagen, wenn ich was angestellt hatte. Z. B. als ich mit vierzehn Jahren betrunken war, hat er mich am Ohr nach Haus gezerrt & vielleicht war er nicht sehr fortschrittlich, aber hat hat nicht Schuld an meiner augenblicklichen Verderbnis & auch nicht daran, daß ich ein Säufer geworden bin. Slotkin wollte immer wieder an dem Punkt bohren daß ich Waise bin & auch bei der Geschichte mit dem Onkel, aber er war wohl auf dem falschen Weg. Es liegt weder am Onkel noch an jenem Strand, wo ich so schreckliche Angst hatte, genau wie alle anderen auch. Wenn ich die reine Wahrheit sagen will, dann kann ich auch Amerika dafür nicht verantwortlich machen, obwohl ich es gerne möchte. Es weiß zwar niemand davon, aber es gibt oft genug Augenblicke da könnte ich vor Heimweh losheulen, wenn ich nur an die Kiefern zu Hause denke, an den Sand, an die Negerkirche im Gehölz, und daran wie die Sonne an heißen Sonntagen herunterbrannte und die Neger ihre Choräle sangen. Dann brauchte man mir nur ein einziges Wort ins Ohr zu flüstern AMERIKA und ich könnte losplärren wie ein Baby. Wenn ich auch im übrigen finde daß ich das ganze schwach-

sinnige, kindergesichtige, vorverdaute, zum Untergang verurteilte, die Schönheit hassende, in Zellophan gewickelte Land nicht geschenkt haben möchte. Und das ist die Wahrheit. Wahrscheinlich ist es gut, die Schrekken der Nacht kennenzulernen. Auch wenn man sich immer im Traum wandeln sieht mit einem Gesicht auf dem die ewige Verdammnis steht – man ist es selbst, der da wandelt, & trägt nur eine Maske & das ist die Wahrheit.«

8

Zu jener Zeit lebte und arbeitete an der adriatischen Küste ein junger amerikanischer Maler und Bildhauer namens Waldo Kasz, der aus Buffalo stammte, wild wucherndes rotes Haar besaß und dessen Gesichtsausdruck, wenigstens auf den wenigen vorhandenen Photographien, eine sehr besondere und persönliche Abneigung gegen die menschliche Rasse ahnen ließ. Ein ganzes Jahr lang war er so en vogue gewesen wie kein anderer Künstler seiner Generation. Er war polnischer Abstammung, und sein Nachname war vermutlich die Vereinfachung noch weiterer unaussprechlicher Konsonanten. Seine gespenstischen, verrenkten, abstrakten Darstellungen in Öl und Guasch, seine zusammengequetschten und gequälten Statuetten aus Terrakotta, seine größeren Figuren aus Bronze – skeletthafte, abgemagerte Gestalten, deren knollenhafte Umrisse und merkwürdig plötzliche Einbuchtungen geradezu das Wesen des gefolterten und zum äußersten getriebenen Fleisches darzustellen schienen – alles dies hatte ihm bereits in seinen frühen dreißiger Jahren jene Art der Anerkennung eingetragen, um die die meisten Künstler sich ihr Leben lang vergeblich mühen. Er haßte alles Amerikanische, hatte sein eigenes Land verlassen und lebte schmollend im Exil in einem Dorf an der Küste nicht weit von Rimini und (einer New Yorker Modezeitschrift zufolge) nur in Gesellschaft seiner Mutter und dreier siamesischer Katzen. Seine einzige Zerstreuung bestand, wie dieses Blatt schrieb, darin, die einsame Adriaküste nach Treibholz abzusuchen, dessen bizarre Formen ihn oft zu seinen makabren, unbestimmt anthropomorphen Meisterwerken inspirierten. Gerüchten zufolge war er von äußerster Zurückhaltung, verschloß die Türen, knallte die Fenster zu und hatte sogar jenen beharrlichen Personen Gewalt angedroht, denen es gelungen war, in seine Höhle vorzudringen – Reportern und Photographen bekannter amerikanischer Zeitschriften. Die wenigen Interviews mit Waldo Kasz bestehen in der Hauptsache aus einsilbigen Wörtern und Grunzlauten. Ein Artikel in der »Herald Tribune« bezeichnete ihn als den »grimmigen jungen Propheten der beat generation«. Eines der wenigen Bilder, die es von ihm gibt – eine riesige En-face-Aufnahme in einem Magazin mit hoher Auflage, das auch über drei Seiten hinweg ausführlich über sein Werk berichtete –, zeigt das wirre rote Haar, zwei blaue Stecknadelknöpfe blinder glitzernder Wut an Stelle der Augen, die fast affenartige, wütend gefaltete Stirn, und im Vordergrund einen blutig roten Fleck – Wein, wie die Bildunterschrift erklärt, der ohne Umstände dem neugierigen Photographen entgegengeschleudert worden war. Das Bild trägt den Titel ›Zorniges junges Genie‹. Die Ähnlichkeit der Namen – Cass und Kasz – führte zur ersten Begegnung zwischen Cass und Mason Flagg.

Solange man nicht im Mai in Sambuco gewesen ist, weiß man nicht, was Frühling ist. Das jedenfalls behaupten viele Italiener, und wenn es auch sicher übertrieben ist, so ist doch auch ein Körnchen Wahrheit darin. Der Frühling in Sambuco ist durchaus sehenswert. Er ist Duft und süße Wärme, Knospe und Blüte und ekstatische Muster in der Luft – Sonnenstrahlen und Hummeln und Kolibris und silbrige, unschuldige Regenschauer. Dann ist der Regen vorüber und kommt nicht wieder. Vielleicht ist es die Höhe, der Blick hinab, der den Frühling hier so wunderbar erscheinen läßt. Blumen wachsen überall an den Hängen, in den Tälern schreien die Esel, und über allem liegt strotzend, strahlend das neugeborene Leben, und dabei ist man so hoch, weit, weit über der gewöhnlichen Welt. Schlanke junge Mädchen in bunten Sommerkleidern schlendern fröhlich untergehakt auf der Straße, während in den Hauseingängen alte Frauen das Gesicht mit geschlossenen Augen schläfrig der Sonne entgegenwenden. Zurufe schallen zwischen den Häusern hin und her, es riecht nach Pfeffer und Käse. Aus der Tiefe des feuchten Cafés wird die nie endende Kartenpartie ins strahlende Sonnenlicht verlegt. Zwei rosawangige Priester und Umberto, der Empfangschef des Bella Vista, der wie ein spanischer Admiral in goldbetreßtes sommerliches Weiß gekleidet ist, machen die Kibitze. Überall dröhnen aus den Radios Pagliacci und traurige neapolitanische Gesänge, bittersüße Stornelli, die von Ekstase und Verrat künden, und dazwischen kreischende Reklame für Spaghetti und Zahnpasta, für Suppositorien und Perry Como. Quer über die Piazza bewegt sich würdevoll und beleibt die in Gabardine gehüllte Gestalt des Doktor med. Piero Caltroni, der sich mit seiner Post Kühlung zufächelt. In diesem milden Wetter schwirren Gerüchte wie Mücken umher: Eine Kuh in Minuto jenseits des Tales hat ein dreiköpfiges Kalb geboren; diesen Sommer wird es eine Hochflut des Turismo geben – die westdeutsche Mark steht ebenso fest wie der Dollar; Sergeant Parrinello, der Dorfdespot, hat seine Versetzung zu gewärtigen – Bravo!; der Verwalter der Villa Caruso hat in den frühen Morgenstunden gespenstisches Ächzen vernommen und flackerndes grünes Licht gesehen! Spuk, Geister! Gerüchte! Um zwei Uhr nachmittags wird alles still. Man hört nur noch die Kuhglocken im Tal, das Tuten eines Autobusses oder, sehr weit entfernt, die Pfeife eines Küstendampfers, der sich langsam südwärts nach Reggio Calabria oder Sizilien hin bewegt.

Man sagt, daß die meisten Selbstmorde bei friedlichem Wetter, bei blauem Himmel und freundlichem Sonnenschein erfolgen; der zuckende Amputierte, der aufs Leben gespießt ist wie ein flügelloser Junikäfer, empfindet das frühlingshafte Klima als eine äußerst herzlose Beleidigung und gibt den Geist auf. Zweifellos war es gerade dieses Wetter, das Cass an jenem Morgen, da er Mason begegnete, seinen angsterregenden Alptraum träumen ließ, der von allen Schattierungen der Selbstzerstörung beherrscht war.

Er befand sich in einem Flugzeug, flog hoch über den Anden zwischen Nebel und Wolken über dem Aconcagua, Cotopaxi und Chimborasso, deren Spitzen mit den dunklen Spuren Tausender geräuschloser Stürme drohten. Das Flugzeug war voller gesichtsloser Menschen; es war ein ständiges schwaches Murmeln zu hören, ein kaum verständliches, summendes, kicherndes Geschwätz, und dieses Gemurmel erfüllte ihn mit eisiger Angst, da er darin den Ton des Verderbens vernahm. Auch Musik begleitete diesen Flug durch den Raum, ein mißtönendes, atonales Geräusch, so, als spiele ein bizarres Ensemble in verschiedenen Tonarten und doch unisono, ein Saxophon, ein Cembalo, eine Tuba und eine Kinderquäke. Und auch die Musik schien von Vorahnungen des Todes belastet, ebenso wie das ständige An- und Abschwellen der schwatzenden Stimmen. Er stand nun auf und ging auf die Toilette. Hier fand er einen Duschraum – eine erstaunliche Einrichtung für ein Flugzeug, wie ihm schien, denn er war sehr groß und aus Beton, und in den Ecken befanden sich feuchte riesige Netze, in denen sich tellergroße Spinnen an strampelnden Insekten delektierten. Er empfand panische Angst, das Flugzeug rollte und hüpfte, und er bemerkte, daß er sich gänzlich entkleidete. Dann – Wunder über Wunder – hatte er sich von sich selbst gelöst. Feucht und schwitzend vor Angst, stand er beiseite und sah zu, wie sein anderes Selbst nun gänzlich nackt unter die Dusche trat und mit dem blinden bohrenden Blick eines schon Gestorbenen alle Hähne aufdrehte. Die Spinnen zitterten in ihren Netzen und schrumpelten zusammen; ein würgendes Gefühl ergriff ihn. Himmel! hörte er sein beobachtendes Selbst träumen, denn was aus den Hähnen strömte, war nicht Wasser, sondern erstickendes Gas. Das Gemurmel nahm an Lautstärke und Geschwindigkeit zu, begleitet von der gewichtig rülpsenden Tuba und der panisch erschreckten

Quäke. Sein anderes Selbst wurde nun nackt und blau unter dem ausströmenden Gas, wurde steif, die Haut glänzte wie Türkis und der Körper taumelte geräuschlos und ohne Leben zu Boden. Er, der beobachtete, versuchte, seine Leiche zu erreichen – doch erschienen in diesem Augenblick mehrere sportlich aussehende Neger, drängten ihn zur Seite und beugten sich traurig und kopfschüttelnd über die blaue Leiche. »Mann«, fragte einer aufblickend, »warum hast du ihn umgebracht? Warum hast du ihn sterben lassen, Mann?« Bevor er dem Neger antworten konnte, rollte das Flugzeug von neuem, vibrierte, als sei es von ungeheuren Donnerschlägen getroffen. Und nun trat ein üppiges Mulattenmädchen ein, schrie beim Anblick des Kadavers auf, schrie wieder und wieder und zog, wie um den Anblick nicht nur vor ihren eigenen, sondern vor aller Augen zu verbergen, eine Jalousie herunter, auf der in blutigen Buchstaben folgende Botschaft geschrieben stand...

Er erwachte halb erwürgt unter seiner Bettdecke, löschte im Augenblick des Erwachens die Botschaft aus seinem Gedächtnis, und Schrecken, Einsicht, Wissen und Erkennen überfielen, packten und schüttelten ihn wie eisige Fieberschauer.

»Nein, mein Lieber«, sagte Cass zu mir, »ich wußte nicht, wie die Botschaft lautete, aber ich wußte etwas anderes. Ich meine diese verrückten und aufreizenden Schauer des Begreifens, die mich überliefen, während ich da im Dunkeln lag. Ich wußte etwas.«

»Und was war das?«

»Weißt du, von Träumen habe ich nie viel gehalten. Oder sagen wir mal, die Psychiater in San Francisco versuchten, mir meine Träume aus der Nase zu ziehen, weil sie wohl glaubten, auf diese Weise den intimsten Vorgängen in mir auf die Spur zu kommen. Ich wußte, daß schon etwas daran war – so blöde war ich nun auch wieder nicht –, aber es schien mir, daß meine Träume doch wohl meine Privatangelegenheit seien...«

»Na und?«

»Nur wußte ich eben, daß sie wahrscheinlich auf dem richtigen Wege waren. Man braucht nicht ein besonderes Genie zu sein, um zu ahnen, daß diese Schrecken, die man im Traum erduldet, irgendwas bedeuten sollen, selbst, wenn sie maskiert und als Symbole verkleidet auftreten. Man muß nur hinter diese Masken und Symbole kommen... Nun, weiß der Himmel. Neger, Neger und wieder Neger! Seitdem ich in Europa war, handelte mindestens die Hälfte meiner Alpträume – wenigstens soweit ich mich erinnere – irgendwie von Negern. Neger im Gefängnis, Neger, die vergast werden, ich selbst vergast, während Neger dabei zusehen. Wie in jenem schrecklichen Traum in Paris. Irgendwo war immer ein Neger versteckt, und man hätte denken sollen, daß ich als munterer Knabe aus dem

Süden, der ja wohl etwas gewitzter ist als einige seiner Brüder, schon etwas früher dahintergekommen wäre. Es ist aber doch so – und das ist wahrscheinlich ein Segen –, daß Träume, selbst schreckliche Alpträume, aus dem Bewußtsein verschwinden, sobald man wach ist und sich den Schlaf aus den Augen gerieben hat. Ich sage, daß es ein Segen ist, denn ich möchte wetten, daß es nicht einen einzigen Südstaatler gibt, der älter als fünfzehn – zehn – fünf! Jahre ist und keine solchen oder wenigstens ähnliche Alpträume gehabt hat, in denen kein Ende ist von Negern, Blut und Schrecken. Nun stell dir vor, daß diese Alpträume nicht verschwänden: dann müßtest du die Südstaaten in eine Irrenanstalt verwandeln...«

Er verstummte. »Ich will nicht predigen. Nach dem, was du mir von deinem Alten erzählt hast, bin ich ihm wohl ähnlich, ein extremer Liberaler, jedenfalls für einen Südstaatler. Das kommt davon, wenn man so lange unter Yankees gelebt und sich noch dazu mit einer von der Sorte verheiratet hat. Andererseits verabscheue ich diese verfluchten Nordstaatler, die noch keinen Fuß in die Südstaaten gesetzt haben, aber jedem, der es hören will, erklären, daß man nun sofort und ohne zu zögern, die Verfassung verwirklichen müsse, bloß, weil es bekömmlich ist und human und anständig und amerikanisch, und die so tun, als gäbe es kein Harlem und keine Gettos in Chicago. Diese Arschlöcher wissen einfach nicht, was hier unten bei uns vorgeht.

Aber ich will ja nicht predigen. Wichtig ist nur, daß ich damals in Europa auf verschiedene Weise aufgerüttelt wurde. Weiß Gott, manchmal war es schmerzhaft genug und manchmal konnte man es mir wohl auch nicht anmerken, aber ich wurde trotz alledem aufgerüttelt, und ich verstehe jetzt, daß einige dieser Träume, an die ich mich so lebhaft erinnere, Teil dieses Prozesses waren.

Zum Beispiel der Traum, von dem ich dir erzählt habe. Aber besinne dich erst mal darauf, ob du als Kind jemals ›Nigger!‹ hinter jemandem hergerufen hast?«

Ich besann mich einen Augenblick. »Ja. Welches Kind hat das nicht getan? Jedenfalls im Süden.«

»Hast du dich jemals einem Farbigen gegenüber gemein verhalten, ich meine wirklich gemein?«

Meine frühe Jugend überdenkend, konnte ich mich an nichts Schlimmeres erinnern als daran, mit heiserer Stimme jenen Ausdruck herausgegrölt zu haben. »Wir riefen es gewöhnlich aus dem Schulomnibus hinter ihnen her. Vielleicht hat auch gelegentlich mal ein Junge eine verfaulte Apfelsine nach ihnen geschmissen, mehr aber nicht. In Virginia sind die Leute ziemlich wohlerzogen, weißt du.«

»Das glaubst du«, entgegnete er bitter, aber immer noch lächelnd.
»Was soll das heißen?«
»Nun, an jenem Morgen – an dem Morgen, als ich Mason traf – wachte ich auf und war noch ganz in dem Traum befangen, und Schauer liefen mir immer noch über den Rücken, Schauer des Erkennens, und ganz plötzlich begriff ich alles. Das heißt, so klar und einfach war das natürlich nicht, aber im Erwachen erinnerte ich mich an etwas Scheußliches, das ich getan hatte, als ich etwa fünfzehn Jahre alt war, etwas wirklich Scheußliches und Böses, das ich während all der folgenden Jahre verdrängt haben muß. Und wie ein bleicher fetter Ballon schwebte das Bild dieses Kerls über mir, an den ich so lange nicht mehr gedacht hatte, daß ich nicht einmal mehr seinen Namen wußte. Dann fiel es mir aber wieder ein: Lonnie.«
»Lonnie«, wiederholte er.
»Lonnie?«
»Nun laß dir erzählen.« Und während er so am Rande des lieblichen Flusses Ashley gegen einen Fichtenstamm gelehnt dasaß, berichtete er mir von jenem Ereignis, das ihn vor etwa siebzehn Jahren zum ersten Mal tief beschämt hatte. Er erzählte von dem Sommer seines fünfzehnten Lebensjahres – oder war er sechzehn? Ein Jahr mehr oder weniger konnte aber seine Schuld nicht verringern, ganz gleich, wie man das Verbrechen betrachtete. Damals kaufte ihm sein Onkel einen Fahrschein für den Autobus und schickte ihn (wie er das in jenen Jahren der Depression gelegentlich tat, als der Tabakmarkt ganz darniederlag) zu einem Vetter namens Hoke Kinsolving, der im südlichen Virginia in einer properen, sonnengedörrten Stadt namens Colfax lebte. Diese Stadt lag mit ihren sechzehnhundert Einwohnern etwa in Höhe des Meeresspiegels und in einem Teil des Staates, von dem kein Tourist je gehört hatte; ein Lagerhaus für Erdnüsse, ein Sägewerk, eine verkommene Baumwollspinnerei und eine Automobilhandlung waren die einzigen Zeugen geschäftlicher Initiative. Cass erinnerte sich aus vielen Gründen an diesen Sommer (fünfzehn! so alt mußte er gewesen sein, denn damals wurde er ein Jüngling, weder zu früh noch zu spät, aber unerhört und unvergeßlich, wie er halb besinnungslos in der pulsierenden Dunkelheit hinter dem Haus seines Vetters zwischen den sommerlich duftenden Mimosen saß, nachdem er zuvor Veronika Lake in dem erstickend heißen Kinosaal gesehen hatte); er erinnerte sich der Mimosen und ihrer blaß rosafarbenen wäßrigen Blüten, des Staubes, der von den ausgedörrten Gassen der Stadt aufstieg, erinnerte sich an alte Damen, die sich im grünen Schatten ihrer Veranden Luft zufächelten, der Drosseln, die sich mit Getöse in den Sonnenaufgang erhoben – an hundert kleine sommerliche, südliche Dinge, die ihm sogleich

einfielen, obwohl sie alle in einem einzigen riesigen Bild enthalten waren. Dahinein gehörte auch sein Vetter Hoke, ein Mais- und Erdnußbauer, fast so arm wie sein alter Onkel, der ihm eine Gelegenheitsarbeit bei dem Autohändler verschaffte, wo Cass nun im Lager zwischen aufgestapelten Reifen, Kartons mit Radioröhren, Radkappen und Werkzeugen seine Zeit verbrachte, und wo es nach Gummi und Öl roch; schärfer und drohender verband sich damit die Vorstellung eines Mannes namens Lonnie (wenn er einen Nachnamen hatte, so erfuhr Cass ihn doch niemals), der etwa einundzwanzig Jahre alt war, schlechte Zähne und ein bleiches eingefallenes Gesicht hatte und dessen glatt nach hinten gekämmtes fahles Haar nach billigem Haarwasser roch. Lonnie war der stellvertretende Geschäftsführer. Ob ich jemals in Sussex County gewesen sei und einen wirklichen Gentleman aus Virginia in Aktion gesehen hätte? Nein? Dann solle ich mir Lonnie vorstellen, der ja gewiß ein wenig ungebildet gewesen sei, dazu ein Baptist und kaum mehr als Abschaum der Menschheit, jedoch eine Blüte südlichen Mannestums, und der eine Seele hatte, die nicht zu täuschen und nicht geisteskrank war. »Wir dürfen auch nicht aus dem Auge verlieren, daß sich dies in Virginia abgespielt hat, Peter, meinem Virginia, dem Virginia der prächtigen Châteaux, der grünen gepflegten Rasen, der knöchernen Aristokraten zu Pferde, dem Virginia, in dem die Lynchjustiz verboten war, dem Land der sanften Rede und der erleuchteten Jeffersonschen Vorstellung von Gerechtigkeit – nicht Mississippi, nicht Alabama, nicht Georgia, sondern das alte Dominium, Heim des Konservativismus, geläutert durch Vornehmheit und gute Manieren und eine feudale Abneigung gegen die Demokratie. Colfax war zweifellos nicht jenes Virginia, das den Handelskammern so sehr am Herzen liegt, das sonnige Gemeinwesen voll so vieler verschiedener Reichtümer: Damen des achtzehnten Jahrhunderts, reich in Samt und Krinoline gehüllt, die den leichtgläubigen, vollgefressenen Besucher durch üppige Hallen in Westover und Shirley und Brandon bei Kerzenlicht geleiten; weißhaarige Neger, die, bis zum Hals in gestärktem Leinen, in Dreispitzen und seidenen Kniehosen, immer noch so aussehen wie damals, als Marse William Byrd der gesamte James River von Richmond bis zum Meer gehörte, oder jene reizende, efeubewachsene Kirche, wo Patrick Henry seinen unsterblichen Schrei nach Freiheit ausstieß – nein, das flache heiße Virginia der Sümpfe, der Zwergfichten, der schlammigen Flußebenen, der Schweine, die zwischen den Erdnußstauden grunzen, der schlappohrigen Maultiere, aber immerhin Virginia. Und Lonnie.«

»Nun«, fuhr Cass fort, »Lonnie hatte eine merkwürdige Art, mit Negern umzugehen, jenen auf den Feldern arbeitenden Negern, die in dem Bezirk mehr als die Hälfte der Bevölkerung ausmachten. Eine sehr merkwürdige

Art, mit ihnen umzugehen, auch im Laden. Nicht etwa, daß er ihnen feindselig, streng oder gar gemein begegnet wäre – ganz im Gegenteil. Sein Trick bestand darin, daß er mit ihnen scherzte, und sein Umgang mit den Kunden war von so leichtherzig-neckischer Art, daß man hätte denken können, er sei der beste Freund der Neger – selbstverständlich niemand, der die Nigger vergöttert, denn dafür war er viel zu herablassend. Jedoch bei seiner ständig neckenden Redeweise, seinen anspielungsreichen Scherzen, dem närrischen Geschwätz, das er während der geringsten Transaktion von sich gab, hätte man niemals erwartet, daß hinter diesen eingesunkenen Zügen und unter dem farblosen pomadisierten Haar, das er so glatt nach hinten gestrichen trug, Unheil brütete, das jederzeit ausbrechen konnte.«

Cass jedenfalls, wenn er sich überhaupt erinnern konnte, über Lonnie und sein windiges Wesen je nachgedacht zu haben, billigte es durchaus. Er war alt genug, den Wert jenes Ausspruches zu erkennen, der in Händlerkreisen des Südens als Kompliment und als Anerkennung geschäftlicher Tüchtigkeit umgeht: »Er kommt gut mit den Niggern aus.« Als Beispiel dafür möge jener Augustnachmittag dienen, an den Cass sich so gut erinnerte, und die Art und Weise, wie Lonnie einen gewissen grauhaarigen alten Kunden bediente, der schwarz wie ein Unheil selbst in den Laden schlurfte, um für seinen alten Ford eine Kühlerfigur zu erwerben. Es war glühend heiß, es roch nach Öl und Gummi, und klebrige Fliegen schwirrten überall umher.

»Dieses Stück findest du wohl nicht hübsch genug, Jupe?« fragt Lonnie und bleckt bösartig grinsend seine gelben Zähne. »Du willst also auf alle Fälle die nackte Frau? Ja, Gott verdamm mich, Jupe, so ein alter Hase wie du soll sich doch schämen! Hahaha!«

Der alte Mann steht da in seinem ausgebeulten Overall, ein scheues Lächeln im Gesicht. »Ich sage ja, es ist nicht für mich, Chef, es ist für meinen jüngsten Sohn...« – »Erzähl mir nichts, Jupe«, grinst Lonnie, die nackten Ellbogen auf den Tresen gestützt, »ich weiß schon, warum du die nackte Frau willst. So ein alter Hase wie du hat nämlich kein Pulver mehr auf der Pfanne. Du willst bloß immerzu die nackte Frau da vor dir sitzen haben, damit du dich noch mal richtig aufgeilen kannst, bevor du stirbst. Nun, hab' ich nicht recht, Jupe? Hahaha!« Der alte Mann ist perplex, verlegen, fährt sich grinsend mit den Fingern durch sein spärliches graues Haar. »Nein, Mister Lonnie. Mein Jüngster...« Seine Worte helfen ihm nichts; fünf Minuten lang zieht Lonnie ihn auf. Große Probleme werden erörtert: die verlorene Manneskraft, die Verwüstungen des Alters, die schwindenden Kräfte, Verjüngung; Lonnie erwähnt Affendrüsen, Ziegenserum, einen Arzt in Petersburg, der an alten Hasen Wunder voll-

bracht hat. Jupe schwitzt, Lonnie schwatzt weiter: es ist heiß, nichts zu tun, und er hat Langeweile. Schließlich ruft Lonnie Cass. »Hol mir mal das nackte Weib, Cass!« Dann: »Okay, Jupe«, sagte er großmütig, »das kostet dich einen Dollar mehr als die anderen Figuren.«
Etwas später am Nachmittag steckte Lonnie den Kopf in den Lagerraum und sagte mit einer flinken Handbewegung: »Los, Junge, wir müssen nach Stoney Creek hinaus und einen Radioapparat zurückholen. Mach schnell, Junge.« Cass beeilte sich. Er kletterte auf den Sitz des Lieferwagens neben Lonnie, und sie fuhren aus der Stadt hinaus. Fürchtete sich Lonnie? Fürchtete er sich, diese einfache Operation alleine auszuführen, brauchte er die Gesellschaft und Unterstützung eines fünfzehnjährigen Jungen, um einem schwarzen Farmer das Radio wieder abzunehmen, weil er mit seinen Teilzahlungen im Rückstand war? Einem Farmer, von dem er wußte, daß er weder protestieren konnte noch wollte, selbst wenn er zu Hause gewesen wäre? Oder hatte er den üblen Plan schon im voraus ausgebrütet, in der Annahme, daß der Mann und seine ganze Familie auf den Baumwollfeldern seien, und brauchte er Cass zur moralischen, um nicht zu sagen physischen Unterstützung bei einer Tat, deren Umrisse sich in irgendeinem wirren Winkel seines Gehirns schon abzeichneten? Oder geschah alles, was sich dann abspielte, aus einer augenblicklichen Eingebung heraus? Cass erfuhr das nie, und bis zu jenem Morgen in Sambuco, als der Alptraum ihn weckte, hatte er auch nie darüber nachgedacht – aber spielte das schließlich eine Rolle, da er selbst so unausweichlich mitschuldig geworden war? Er erinnerte sich an die Fahrt durch die flachen heißen Erdnuß-, Sojabohnen- und Baumwollfelder, an die grellgrünen, zundertrockenen Fichtenwälder, die in ihrer verstaubten Dürre beinahe zu knistern und bereit schienen, jederzeit in Flammen aufzugehen, an den Benzingestank, der durch den zerfledderten Sitz heraufdrang, als sie dahinratterten, und vor allem erinnerte er sich an Lonnie, der mit bloßen Armen das Steuerrad umklammert hielt und über das Knattern der Maschine hinweg ländliche, unausgegorene Weisheiten von sich gab. »Es gibt alle Sorten Farbige, gute, schlechte und welche dazwischen. Einigen, wie dem alten Jupe vorhin, könntest du deinen letzten Pfennig anvertrauen, er ist beinahe so gut wie ein Weißer.« Blauer Himmel und Felder, ein Stück stehenden Flußwassers, blasig und grünlich schimmernd. Eine baufällige, fleckige Scheune, auf die schiefe Zeichen gemalt waren: COPENHAGEN NEHI, BULL DURHAM. »Dieser Nigger Crawfoot ist aber ein Lump, ein krimineller Typ.« Staubige Felder, wieder der Fluß, ein blauer Überlandbus, der mit surrenden Reifen südwärts raste. »Und frech, mein Junge. Er hat sogar einen Sohn in Philadelphia. Bis zum Hals voll von frechen Tricks... die meisten Nigger zahlen, wenn man ihnen genug Zeit

läßt. Ein verbrecherischer Nigger wie dieser Crawfoot hat aber von Anfang an nicht die Absicht zu zahlen.«
Ein verfallenes, säulengetragenes Herrenhaus unter riesigen Eichen in einiger Entfernung von der Straße; ein weißes metallenes Schild, das im Vorüberfahren verschwommen die Inschrift zeigt: PLUMTREES. DESERTEURE DER ARMEE GENERAL BURNSIDES' WURDEN HIER IM JAHRE 1864...
»Ein Verbrecher wie dieser Crawfoot ist eine Schande für die ganze schwarze Rasse.«
Sie bogen in einen ausgefahrenen Weg ein, holperten auf einen Hain zu, in dem eine hölzerne Kirche die windlose schattige Wochentagsatmosphäre segensreicher Ruhe ausstrahlte, wie sie den Andachtsstätten der Neger an einem Sommernachmittag eigentümlich ist: SHILOH A. M. E. ZION KIRCHE, PASTOR ANDREW SALTER. Matthäus V, 6: »Selig sind, die da hungert und dürstet nach der Gerechtigkeit, denn sie sollen satt werden.« BESUCHER WILLKOMMEN. In der Nähe spielten kaum dem Säuglingsalter entwachsene Negerkinder mit einem ausgedienten Autoreifen, der größer war als sie selbst, und vernahmen verängstigt mit weißrollenden Augäpfeln Lonnies Kommando: »Kommt her!« Sie standen wie angenagelt, machten keine Bewegung, der Wagen fuhr noch fünf Meter weiter und hielt dann. »Seid ihr taub? Wo wohnt hier der Nigger Crawfoot?« Keine Antwort, nur der großäugige Ausdruck von Nichtverstehen und Furcht, oder genauer der Ausdruck jenes Gefühls, das vielleicht weit weniger Furcht ist als Mißtrauen, entstanden durch das Anhören zahlloser bitterer, zorniger, verzweifelter Beschwerden der Eltern über angetanes Unrecht und ertragenen Kummer, ein Gefühl, das nur junge Neger kennen und das von Weißen irrtümlich für Ehrfurcht oder wenigstens Respekt gehalten wird, da es sich in den kleinen schwarzen Gesichtern nur unvollkommen ausdrückt. Keines der Kinder gab einen Laut von sich. »Ihr habt wohl eure Zungen verschluckt? Crawfoot! Wo wohnt er?« Ein magerer, junger schwarzer Arm streckte sich schließlich aus, zeigte den Weg entlang auf eine Hütte, die sich undeutlich durch den schimmernden Schleier des mit Pollen gesättigten Staubes unter den Fichten abzeichnete. »Die Jungen sind schon bald schlimmer als die Alten«, schimpfte Lonnie. »Mein Vater sagt immer: Aus Nissen werden Läuse.«
Und dann die Hütte, die ihm während all der Jahre aus dem Gedächtnis geschwunden war oder wenn nicht geschwunden, so doch nur als ein schwacher Schatten in dem Gemengsel jener Schatten überdauert hatte, aus denen seine Kindheitserinnerungen bestanden. Diese Hütte sah er aber nun deutlich und drohend vor sich, und jede durchgetretene Diele, jedes termitenzerfressene Fensterbrett, jeder rostige Nagel war wie mit einem glühenden Eisen seinem Herzen und Hirn eingebrannt.

»Oh, phantastisch!« murmelte Cass, er merkte kaum, zu wem er sprach, als er nun das Bild dieser verlorenen, ärmlichen Behausung malte, die von Stockrosen und dem Summen der Bienen umgeben war. Zerfetzte Wäsche hing auf der Leine, und drei knarrende, verrottete Stufen führten zur unverschlossenen Tür, die Lonnie, dessen Hemd verschwitzt an seinem Rücken klebte, krachend aufstieß. »Oh, wirklich phantastisch, was wir da taten«, wiederholte Cass.
Sie fragten nicht um Erlaubnis, denn Erlaubnis war nicht nur unnötig, sondern der Gedanke daran kam ihnen überhaupt nicht. »Riech bloß mal!« sagte Lonnie, als der Gestank sie überfiel – der Gestank von Schmutz und Schweiß und ranzigem Fett, das immer wieder aufgekocht worden ist, und der Gestank zu vieler menschlicher Körper in einem Raum, der Gestank von ungewaschenen Achselhöhlen, von nackter, schrecklicher, unaufhörlicher Armut. Cass zog sich nach Luft schnappend zurück. »Die Häuser von Negern stinken schlimmer als ein Puff!« schrie Lonnie. »Los! Wir holen das Radio und machen, daß wir wegkommen!« Das Radio war nicht sofort zu finden; während sie in der verlassenen Hütte umherstapften, erklärte Lonnie, daß jeder Landnigger Spione in der Stadt habe: »Sie wissen schon, wenn man kommt, um was abzuholen, und verstecken es.« Crawfoot hatte das Radio sehr gut versteckt. Unermüdlich suchte Lonnie, während Cass gleichgültig hinter ihm her trabte. Er suchte hinter dem Herd, unter dem Bett und der einzigen fleckigen und stinkenden Matratze, hinter den rußverschmierten Dachbalken, auf dem Klosett im Hof und in dem winzigen, nach Kalk riechenden Hühnerstall, dann wieder im Haus, wo er versehentlich gegen eine aufgerissene Fußbodendiele trat und dann endlich triumphierend unter den Brettern das rührend aussehende Radio herausfischte: aus weißem Kunststoff, schon gesprungen, nicht viel größer als eine Tüte Salz oder Reis, hatte es die Nacht mit seiner Hexenkunst und den blechernen fröhlichen Tönen des Gesanges und Gelächters erfüllt. »Versteckt hat er es«, sagte Lonnie, »so ein geriebener Hund.« Ein großer schräger Streifen gelben Sonnenlichtes, in dem der Staub tanzte, quoll durch die Tür herein und füllte das Haus mit Ungewißheit, mit Unendlichkeit, mit Flammen; Cass erinnerte sich daran und auch an die summenden Fliegen, und er verband untrennbar mit dem Pfeifen des Zuges hinter den fernen Fichtenwäldern, das diesen Augenblick von Sommer und Süden hoch und grell durchschnitt, die einzelne Photographie auf einem Tisch, auf die sein Blick nun fiel – die Familie, der Mann und seine Frau und seine vielen Kinder und zwei verschmitzte, weißhaarige alte Frauen aus einer anderen Generation, allesamt feierlich, steif aufgerichtet in billigen Sonntagsgewändern. Das Bild verblaßte bereits und nahm den bläulichen Schimmer des Alters an,

aber hinter dem gesprungenen Glas ruhte noch immer eine liebreiche, sanfte, gelassene Stimmung von Gemeinsamkeit, Stolz und Liebe. Er erinnerte sich auch noch, wie das alles sich unmittelbar vor seinen Augen auflöste oder vielmehr zersplitterte, als Lonnie, der den Sprung im Bakelitgehäuse des Radios wahrnehmend in ein wütendes Gebrüll ausgebrochen war, das wie das Geräusch von splitterndem Glas in Cass' verträumte Stimmung brach, in wilder Wut und Enttäuschung und ausbrechendem Haß heftig mit der Hand ausholte und von dem Regal über dem Herd jeden Topf, jede Flasche und Büchse herunterfegte. Sein Schwung warf ihn so weit vor, daß er auch noch über die Photographie herfiel und sie mit einer letzten, zornigen Bewegung quer durch den Raum warf, wo sie in Stücke brach, Rahmen, Glas und Bild. »Scheiße!« hörte Cass ihn beinahe hysterisch schreien. »Er zahlt nicht nur nicht, er macht es auch noch kaputt!« Dies war keineswegs das Ende, sondern erst der Anfang. Denn als Cass, nun von Schrecken gepackt (wenn auch mit einem ungewissen Gefühl neugieriger Erregung im Magen) Lonnie anblickte, sein eingefallenes Gesicht sah, auf dem rosa Flecken wie Schminke erschienen, machte er unwillkürlich einen Schritt vorwärts, um das Bild aufzuheben, doch Lonnies Stimme hielt ihn zurück: »Wir werden schon sehen, wer hier was kaputt macht!« Dann wirbelte Lonnie auf den Zehen herum, ein Bein von sich gestreckt wie ein Fußballspieler, und stieß mit seinen Stiefeln kräftig gegen den wackeligen Küchentisch, und alle Teller, Tassen, Untertassen, die Dosen mit Zucker, Mehl und Schmalz fielen mit großem Getöse zur Erde. Von nun an blieb er stumm und keuchte nur noch asthmatisch wie ein Besessener, während er rings im Raum Stühle umwarf, schmutzige Vorhänge herunterriß und alle jene zerbrechlichen Erinnerungsstücke auf dem Fußboden zertrampelte, die dem Raum Farbe und Liebreiz verliehen hatten – Porzellanpuppen, eine Bulldogge aus Gips, Ansichtskarten (Cass erwischte noch eine: »Es ist herrlich hier, wir amüsieren uns großartig, herzliche Grüße Bertrim«) und einen Wimpel mit dem Aufdruck: »Universität von Virginia«. Diese Dinge also fielen zu Boden, ebenso wie ein kleines Schränkchen, offenbar ein Erbstück, das Lonnie von der Wand rückte und umkippte, wobei die Schubladen quietschend herausfuhren und die Pflöcke und Leimstellen krachten. »Ich werde ihn schon lehren!« heulte Lonnie. »Wo willst du denn hin?« Cass, von panischer Angst ergriffen, stand bereits unter der offenen Tür, aber der Klang von Lonnies Stimme ließ ihn erstarren. »Los!« befahl Lonnie. »Das soll all den schwarzen Lumpenhunden im Bezirk eine Lehre sein!«

›Hast du noch nicht genug! Hast du noch nicht genug!‹ Die Worte blieben Cass im Hals stecken – in seiner Unruhe, seiner Angst wollte er sie hervorstoßen, doch tat er es nicht, und darin, das wußte er, lag sein gewichtiger Anteil an der Schuld. Obwohl er sich bis ins Innerste hinein von einer Übelkeit ergriffen fühlte, wie er sie noch nie erlebt hatte, ließ seine frischgeborene Männlichkeit ihn gleich bei der ersten Probe im Stich. Nicht nur weigerte sich etwas in ihm, dem ungeheuerlichen Abscheu, den er empfand, Ausdruck zu geben, sondern…

»Er forderte mich auf, mitzumachen«, sagte er und starrte auf den Fluß hinaus, so, als versuche er, diesen traurigen Augenblick noch einmal ganz zu erfassen – die zerstörte Hütte mit ihrem Gestank von Armut und Verfall, den Sommernachmittag, der von dem Summen der Hummeln und Fliegen erfüllt gewesen war. »Er forderte mich auf, mitzumachen. Weshalb ich denn da so herumstehe? Wir müßten jedem betrügerischen Neger im Bezirk eine Lehre erteilen! Wir gingen also auf den Herd los, und der Herd war so ein großes schwarzes gußeisernes Ding, entsetzlich schwer. Der springende Punkt ist nun, daß ich sehr wohl wußte, es war verkehrt, was ich da tat, nein, nicht nur verkehrt, sondern abscheulich, ekelhaft, widerwärtig. Das wußte ich mit der allergrößten Bestimmtheit. Dieses verfluchte Bild und dann die Postkarte, die ich vom Boden aufgehoben hatte und auf der der Name geschrieben war, dazu die zerbrochene Bulldogge aus Gips – das alles hatte mir schon fast das Herz gebrochen. Und wie war es um Gottes willen nur möglich, daß ich nun mitmachte? Der Herd war unheimlich schwer. Oben auf der Platte stand eine Schüssel mit schmutzigem Wasser. Lonnie packte nun unten an und ich auch, und wir hoben den Herd, bis er anfing zu kippen und die Schüssel hinunterglitt. Und ich weiß noch genau, daß mich eine unerhörte Aufregung überkam, als wir den Herd hochstemmten, ein Gefühl beinah wie Ärger, so, als hätte mich die Wut dieses jungen Berserkers angesteckt und als sei ich ebenfalls darauf aus, den Niggern eine Lektion zu erteilen. Ich wußte sehr wohl, daß dieses Gefühl, das auch in meinen Lenden war, heiß, fließend, sexuell, ich wußte wohl, daß es ekelhaft war, bestialisch, verabscheuungswürdig. Ich wußte es, aber es war, als könnte ich diese Untat fast im Bewußtsein der Rechtschaffenheit begehen, nachdem ich erst einmal meinen Mut verloren, nachgegeben hatte wie eine Jungfrau, die sich schließlich nicht mehr wehrt und sagt: ›Hol's der Teufel!‹ Alle Klischees und Platitüden, mit denen man mich erzogen hatte, stellten sich plötzlich wieder ein: Ein Nigger war sowieso nicht viel mehr als ein Tier – ein Feldnigger erst recht nicht und solche betrügerischen Neger wie Crawfoot überhaupt nicht –, und so wuchtete ich denn da Seite an Seite mit Lonnie den Herd hoch, bis seine Beine nachgaben und er schließlich und endlich mit einem ungeheueren Krach, mit auslaufendem Wasser und scheppernden Herdringen und klirrendem Ofenrohr umfiel und das Haus aussah, als habe ein Wirbelsturm darin gewütet…«

Er verstummte, und obwohl ich eine ganze Weile darauf wartete, daß er fortführe, blieb er stumm.

»Nun, und was geschah dann?« fragte ich schließlich.

»Nichts weiter«, sagte er. »Wir gingen weg. Jedenfalls habe ich nie mehr von der Sache gehört. Oh, vielleicht beschwerte Crawfoot sich, das weiß ich nicht, denn mir oder Lonnie gegenüber hat das nie jemand erwähnt. Selbstverständlich hätte Crawfoot Anzeige erstatten müssen – vielleicht hätte sich sogar der Sheriff der Sache angenommen –, aber schließlich hatte er ja wirklich für das Radio nicht weiter gezahlt. Ich weiß es nicht. Außerdem fuhr ich bald danach nach Carolina zurück. Aber es stimmt eben doch«, fügte er einen Augenblick später hinzu.

»Was stimmt?«

»Solange diese wohlmeinenden Leute in den Nordstaaten Typen wie den Lonnie und den jungen Kreuzfahrer Cass Kinsolving nicht verstehen, diesen christlichen Jüngling im Alter von fünfzehn Jahren, der reinen Herzens und Gewissens war und wirklich niemandem etwas Böses tun wollte, dabei aber grausam und gefährlich wie der Teufel – bis sie verstehen und begreifen, daß es in den Südstaaten ebenso viele Lonnies und junge Casses gibt wie Kartoffelkäfer, sollten sie große Vorsicht walten lassen. Genau das sind nämlich die beiden Typen, die eines Tages in unseren Straßen Blut vergießen werden. Ich will aber auf etwas anderes hinaus. Was ich getan habe, war schlimm genug. Manche Dinge sind so ungeheuerlich, daß sie auf keine Weise gesühnt und ungeschehen gemacht werden können. Ich hätte wohl imstande sein sollen, die Sache doch noch zum Guten zu wenden, indem ich zum Beispiel bei Nacht die Kasse des Autogeschäfts ausgeplündert und hundert Dollar auf die Schwelle jener Hütte gelegt hätte, um den Schaden wiedergutzumachen. Oder indem ich Lonnie mit dem Auto überfahren hätte – irgend so etwas Ehrenhaftes, Sauberes und echt Amerikanisches. Aber selbstverständlich tat ich nichts dergleichen. Ich fuhr nach Hause und vergaß die ganze Angelegenheit.« Nach einer Weile verbesserte er sich: »Nur, daß ich sie eben doch nicht vergaß.« Er stand auf und blickte über den Fluß.

»Etwas Derartiges kann nicht gesühnt, kann nicht wiedergutgemacht werden. Aber da ist noch etwas anderes, und wenn es auch den zerbrochenen Herd, den gipsernen Hund und die Photographie nicht wieder heil machen kann, so ist es eben doch da und tut seine Wirkung. Ich will sagen: man lebt mit diesen Erfahrungen. Man muß damit leben, auch wenn man glaubt, alles vergessen zu haben, und darin liegt vielleicht eine Sühne oder Gerechtigkeit.

Ich glaube fast, daß du irgendwann einmal den Zusammenhang zwischen diesen Ereignissen und dem, was mir in Sambuco zustieß, verstehen wirst. Ich kann mich noch sehr gut an jenen Morgen erinnern. Ich entsinne mich noch des Alptraums und jener Schauer, die mir über den Rükken liefen, jener Schauer des reinen Erkennens und Verstehens – und ich weiß noch, wie ich dann nur so dalag und zum ersten Mal seit langer, langer Zeit an Lonnie dachte und an sein häßliches, plattes Gesicht, an die Hütte und den Gestank und die Photographie mit jenen lieben, traurigen, stolzen, schwarzen Gesichtern, die mich noch nach so vielen Jahren wie Geister verfolgten. Und die Schuld und die Scham erdrückten mich dort beinahe und vermehrten noch die Last der Schuld und der Scham, die mich ohnehin zu Boden drückte. Ich fürchtete, ein weiteres schmutziges Bild, noch eine abscheuliche Darstellung meiner selbst nicht mehr ertragen zu können.

Und jener Morgen! Ich stolperte hinaus in den nach Zitronen duftenden Frühling, in die von Blütenstaub und dem braunen Summen der Bienen gesättigte Luft, vernahm Musik und die volltönenden Rufe der Straßenhändler, und ein großer schriller Chor von Vögeln stob auf, und es war, als habe sich Gott selbst in ein Feld voll fetter Lerchen verwandelt, die vor Freude und Schönheit ganz außer sich waren. Und durch diesen Rausch stolperte ich verkatert dahin, hustete mir die Lunge aus dem Leib und fühlte mich etwa so groß wie eine Mücke. Der Alptraum nagte immer noch an mir, überfiel mich mit kurzen, abgerissenen Bildern. Ich hätte mir die Kehle durchschneiden mögen.

Und um allem die Krone aufzusetzen, erschien auch noch Mason mit seinem Kasz-Quatsch.«

»Womit?«

»Mit seinem Kasz-Quatsch. Er verwechselte mich nämlich mit dem Maler Kasz. Von dem hatte ich übrigens nie gehört, so berühmt er auch war. Daran kannst du sehen, wie weit ich mich von Amerika und der Welt der Künste entfernt hatte. Es war – wenn auch auf eine einigermaßen grausige Weise – zunächst wirklich recht komisch. Folgendes ereignete sich: Mason war mit Rosemarie und seinem kirschroten Cadillac vor kurzem in Neapel an Land gegangen; er fuhr nach Sambuco, und die Stadt machte einen solchen Eindruck auf ihn, daß er beschloß, sich hier niederzulassen und an seinem Stück zu arbeiten. Später erfuhr ich, daß er in eine Unterhaltung mit Windgasser geraten war, der ihm nicht nur die Wohnung im Palast aufschwatzte, sondern auch die Tatsache erwähnte, daß im Stockwerk darunter ein amerikanischer Maler wohne. Du weißt ja selbst, was für eine merkwürdige Aussprache Windgasser hatte. Wahrscheinlich sagte er so ganz nebenbei ›Cass‹, und Mason zog blitzschnell den Schluß, daß es sich um den bekannten Maler von Rimini, um den berühmten Verrückten handeln müsse. Das war wohl nicht übermäßig schlau von Ma-

son, aber es war ein begreiflicher Irrtum, wenn man einerseits Windgassers Aussprache berücksichtigt, andererseits Masons Persönlichkeit und seinen Hang zur *Kunst* (großgeschrieben) und zu *Künstlern* und außerdem das Bohemienhafte in seinem Charakter. Und selbst ein so gewitzter Bursche wie Mason konnte vergessen, daß Kasz ein Junggeselle war, der mit seiner Mutter in Rimini wohnte und so weiter. Jedenfalls glaubte er offensichtlich, ich sei dieser verrückte Pollacke, dieses Wunderkind der amerikanischen Kunst, und er mietete sich sofort die Wohnung über mir. Weiß der Himmel, was er wirklich dachte, vielleicht etwa folgendes: Jetzt hab' ich es erreicht, Mann o Mann, jetzt hab' ich alles, was ich brauche. Ich und der alte Kasz leben an der Küste von Amalfi ein Idyll, von der Kunst zusammengeführt. Die Talmiwelt des Films und des Theaters, in der ich so lange gesteckt habe, gebe ich jetzt auf und widme mich der ›vie artistique‹. Vermutlich glaubte er, daß er und Kasz von da an gemeinsam auf den Höhen des Lebens wandeln würden, so in der Art der großen historischen Freundschaften – Van Gogh und Gauguin –, nur daß er eben schreiben würde, während Kasz malte und bildhauerte, und dann würden sie Hand in Hand durch die Zeiten gehen, so gemütlich wie zwei Zecken auf dem Ohr eines Jagdhundes. Allerdings mußte er sehr kühl und gefaßt und ruhig zu Werke gehen, wenn die Sache gelingen sollte, das heißt, er konnte nicht einfach mit der Tür ins Haus fallen, die Hände ausgestreckt und vor Begeisterung schlabbernd wie ein hergelaufener, kunstbegeisterter Tourist. Ganz besonders nicht, da er wohl gehört hatte, daß es sich hier um einen Sonderling handelte, der ihm unter Umständen die Nase einschlagen würde, wenn er ihm zu nahe käme. Nein, er mußte sich sehr kühl und zurückhaltend benehmen und die ganze Arschkriecherei höchst subtil einfädeln, und genau das tat er auch.
Nun, ich stand also an jenem Morgen auf dem Balkon und versuchte, meinen Alptraum los zu werden, und da hörte ich ein großes Durcheinander im Hof. Das war natürlich eine Horde von Faustos Sklaven, die Masons Kram in den oberen Teil des Palastes schleppten. So feine Sachen hatte ich noch nie gesehen – Aluminiumkoffer und Lederkoffer und Golfschläger und Dutzende von Hutschachteln, und ich weiß nicht, was noch alles. Ich stand da in meinen Unterhosen und versuchte blinzelnd dahinterzukommen, was eigentlich los war und wer da wohl einzog, und gerade als ich ins Zimmer zurückgehen wollte, ging die Hoftür auf, und da stand er also, der schlanke, schlaksige Mason, hübsch wie der Mann auf der Zahnpastareklame und so amerikanisch wie man überhaupt nur aussehen kann; und die große, schöne Rosemarie hatte sich bei ihm eingehängt. Ich kann mich daran sehr gut erinnern: Mason stand da in seinem teuren weißen Flanellanzug und mit Sonnenbrille, er lächelte angenehm neugie-

rig und sah denkbar liebenswürdig aus, und gleichzeitig ließ er sich anmerken, daß er sich ein wenig verloren und verwirrt vorkam und daß er außerordentlich dankbar sein würde, wenn man ihm den richtigen Weg wiese. Und dabei hatte er diese saftige, üppige Blondine am Arm. Als ich noch mit offenem Mund dastand, trat Mason vor und Rosemarie mit ihm, und er sagte kühl, aber unerhört höflich: ›Cass?‹ Er war zum Platzen voll von Höflichkeit, Menschlichkeit und guter Erziehung, und er streckte die Hand aus, und ohne zu wissen, was ich tat, nahm ich sie, und dann lächelte er wohlerzogen und freundlich und sagte: ›Ich habe Sie schon immer kennenlernen wollen.‹ Das alles geschah mit solcher Leichtigkeit, solcher Sicherheit, daß das Herz einer Statue davon hätte schmelzen können. Nun, was tut man in einer solchen Lage? Zunächst fuhr es mir durch den Kopf, daß es sich hier um irgendeine Art von Betrügerei handeln müsse, aber er sah wirklich nicht aus wie jemand, der mir etwas verkaufen wollte – dazu war er zu gut angezogen –, und wenn er mich denn unbedingt beim Vornamen nennen wollte, so schien mir das zwar für einen Fremden ein etwas zu familiäres Vorgehen, aber er war schließlich ein Amerikaner, und Amerikaner halten im allgemeinen nicht viel von Förmlichkeiten, und wenn er mich so gerne kennenlernen wollte, dann wohl nur deshalb, weil er von Windgasser wußte, daß ich mich in Sambuco auskannte und imstande war, ihn einzuweihen. Ich war also ein gefundenes Fressen.
Ich erwiderte seine Begrüßung, und gerade, als ich mich dafür entschuldigen wollte, daß ich in Unterhosen dastand, stellte er mich Rosemarie vor, die eine Art Wiehern von sich gab – sie muß wohl bei dem Anblick des, wie sie glaubte, großen Künstlers ebenso erschrocken sein wie Mason selbst, wenn nicht noch mehr –, und sie brabbelte irgend etwas wie, daß sie sich so freue, mich kennenzulernen, und sie schob ihre großen Brüste unter meine Nase und sagte: ›Ja, hören Sie, man hat uns gesagt, Sie seien so unzugänglich, aber in Wirklichkeit sind Sie wohl gar nicht so unnahbar!‹ Ich entsinne mich dieses Wortes noch – unnahbar – ; offen gestanden wußte ich gar nicht, wovon sie eigentlich redete, aber wenn sie das nun mal von mir sagen gehört hatte und es durchaus nicht so war, und wenn sie bereit war, herzukommen und ihren schönen Körper vor meinen Augen spazierenzutragen und mir den Eindruck zu vermitteln, daß sie mich jederzeit gern darunter ersticken würde, dann war mir ganz egal, worauf sie eigentlich hinauswollte. Soviel Fleisch! So ein riesiges, wogendes Wunderland, ein ächzendes fleischliches Paradies. Wenn man bedenkt, daß diese wandelnde Matratze an Mason einfach verschwendet war! Es kann einem wirklich das Herz brechen.
Mir blieb nicht viel anderes übrig, als sie hereinzubitten. Ich zog mir ein Paar Hosen über, und natürlich sah es im Zimmer aus wie auf einer Un-

fallstation. Aber vermutlich hatten sie genau das von einem irren Genie erwartet. Ich weiß noch, daß Mason mir auf dem Weg hinein auf die Schulter klopfte und dabei sagte: ›Eigentlich hatte ich Sie mir zerbrechlicher, magerer vorgestellt.‹ Nun kam es mir wohl in den Sinn, daß Fausto ihm eine vollständige, wenn auch ungenaue Darstellung meiner Lebensweise gegeben hatte, und ich fragte mich, warum er das wohl getan haben mochte, aber ich tappte immer noch im dunkeln, war taub, stumm und blind. So schüttelte ich das einfach ab, murmelte etwas Freundliches und brachte die Unterhaltung auf Mason selbst. Denn bis zu jenem Augenblick hatte er überhaupt noch keine Erklärung über sich abgegeben. Während ich also auf dem Kocher Kaffee bereitete und Rosemarie staunend die Aussicht vom Fenster genoß, setzte der liebe Mason sich in den Sessel, gab sich die Sporen und legte richtig los. Lieber Himmel, wie hat er mich eingewickelt! Er sagte, daß er sich Europa ansehe, daß ihm der Betrieb in New York zum Hals heraushänge und daß er schließlich begriffen habe, Sambuco sei der Ort, nach dem er sich immer gesehnt habe. Das merkwürdige ist, daß er, solange er sprach, unerhört charmant wirkte, besonders durch die trockenen Scherze über sich selbst, die drolligen Wortspiele, die ironischen Bemerkungen und so weiter. Und auf die behutsamste Weise ließ er mich merken, daß er ein Bühnendichter und ein talentierter Mensch sei. Zum Beispiel warf er ganz gleichgültig und mit etwas Ekel in der Stimme hin: ›Wenn man mit seinem Stück bei den Kritikern ankommt, hat man auch sein Publikum gewonnen‹, und man muß es ihm lassen, daß er es in der feinen Kunst der Lüge zu höchster Meisterschaft gebracht hatte, denn er machte diese Bemerkung in bezug auf eines seiner Stücke, das, wie er sagte, im Jahr zuvor herausgebracht worden und durchgefallen war. Ich will sagen, ein ungeschickter, schieläugiger, grobschlächtiger Lügner hätte sich mit der Erzählung von Erfolgsgeschichten überstürzt. Nicht so Mason. Er ging von der Voraussetzung aus, daß Waldo über Theaterdinge nicht auf dem laufenden sei, denn schließlich war er weit weg und hatte vermutlich sowieso nur wenig Interesse dafür, und daher dürfte eine nette kleine Lüge das richtige sein, und so erwähnte er sehr geschickt sein Stück, sagte auch, daß es durchgefallen sei, und dann hängte er diese etwas bittere, aber doch sehr männliche und stoische Bemerkung über Erfolge bei der Kritik und beim Publikum an, und am Ende stand er einfach als der schlichte, hingebungsvolle Künstler da, der zwar vom Pöbel und den schwachsinnigen Kritikern ausgepfiffen worden ist, der aber nach wie vor den Mut besitzt, weiter zu kämpfen. Was war Mason doch für ein guter Schauspieler! Er hätte einem Abstinenzlerverein ganze Fässer von Schnaps andrehen können. Er machte jedenfalls Eindruck auf mich, und als wir unseren Kaffee getrunken und er mit viel Takt ein paar Namen hatte fallenlassen, und zwar von Leuten, die wohl allen Theaterliebhabern bekannt waren, standen wir beinahe auf freundschaftlichem Fuße – das heißt nicht ganz, aber ich hatte immerhin Gefallen an ihm gefunden.

Dann etwa begann der wirklich rührende Teil. Wir saßen eine Weile in der Sonne auf dem Balkon, schwätzten und bewunderten die Aussicht. Dann sah Rosemarie ihn an und machte ihm so ein kleines Zeichen. Da huschte ein Zwinkern über sein Gesicht, und er wandte sich mir strahlend zu und sagte in der nettesten Weise: ›Würden Sie uns wohl einen ganz außerordentlichen Gefallen tun ... ich weiß‹ – und nach einer kleinen Pause – ›Ich weiß, wie ungern Sie Fremden Ihre Arbeiten zeigen, und ich möchte wahrhaftig nicht aufdringlich erscheinen. Aber vielleicht haben Sie doch die große Liebenswürdigkeit, uns wenigstens einige Ihrer Sachen zu zeigen. Es wäre für uns ...‹ Dann brach er wieder ab und hatte diesen etwas verlegenen Gesichtsausdruck, als fühle er, daß er letzten Endes doch aufdringlich sei. Dann faltete Rosemarie die Hände im Schoß, beugte sich vor und ließ sich nun auch vernehmen: ›Ach bitte, bitte, seien Sie doch so gut!‹ Nun, ich war ganz einfach sprachlos. Ob ich ihnen meine Arbeiten zeigen wollte? Meine Arbeiten? Genausogut hätte man einen Lebenslänglichen fragen können, ob er vielleicht den Schlüssel vom Gefängnistor haben wollte! Was für eine Frage! In fast zehn Jahren hatten mich kaum zehn Menschen darum gebeten, meine Arbeiten ansehen zu dürfen – abgesehen von Poppy und den Kindern und den herumstreunenden Spaziergängern, die einem bei der Arbeit draußen über die Schulter gukken, und vielleicht noch ein paar verlaufenen Hunden. Und nun erscheint da ein charmanter, reizender, junger Amerikaner, und der ist nicht nur liebenswürdig und geistvoll, sondern er stirbt auch vor Sehnsucht, endlich meine Bilder zu sehen. Du kannst dir wohl vorstellen, daß ich auf so etwas hereinfallen mußte. Nun, ich wurde rot und ein bißchen verlegen und brachte die üblichen Ausreden vor, aber nach einer Weile ließ ich mich überreden und sagte irgend so was wie: ›Ja, wenn es Sie wirklich interessiert ...‹ Und da sahen sie denn glücklich und erwartungsvoll aus. Doch dann fiel mir ein, daß wir uns doch vielleicht alle etwas zuviel vorgenommen hatten, denn tatsächlich hatte ich lange nichts mehr getan. Außerdem war alles, was mir selbst einigermaßen gefiel, in Amerika entstanden und wurde im Hause von Poppys Eltern in New Castle aufbewahrt, und was ich bei mir hatte – dieses düstere verkrampfte Zeug, teils aus Paris, teils aus Rom – war nichts, worauf ich stolz sein konnte. Aber Mason und Rosemarie ließen nicht locker, und ihre Aufmerksamkeit hatte mich, wie gesagt, in einen leichten Taumel versetzt – es war mir noch nicht eingefallen, mich darüber zu wundern, wie sie auf den Gedanken gekommen waren, daß ich ein zurückhaltender Mensch sei – und so stand ich schließlich auf, grinste wie ein kleiner Junge und sagte: ›Ja, wenn Sie es sich wirklich ansehen wollen, viel ist es ja nicht, aber meinetwegen.‹ Und ich weiß noch, wie sie sich verstohlene, wissende, entzückte kleine Blicke zuwarfen und zwar so, daß ich sie sehen sollte, ganz als wollten sie sagen: Seht doch nur, wie charmant dieser Junge in seiner Bescheidenheit ist.

Ich ging also runter in die Garderobe, wo ich mein Zeug aufgestapelt hatte und holte den jämmerlichen, blassen, nichtssagenden, ichbezogenen Plunder herauf, den ich in den vergangenen Jahren hergestellt hatte: fünf oder sechs trübe Gestalten und Landschaften in Öl, einige Aquarelle und sieben oder acht Kreideskizzen – das war ungefähr alles. Ich brachte den ganzen Mitleid erregenden Krempel nach oben und befestigte die entrollten Leinwände mit ein paar verrosteten Reißzwecken an der Wand. Dann verteilte ich die Aquarelle überall im Zimmer, damit sie sich mit der nötigen Delikatesse und Würde darboten. Und während ich noch dabei war – in gewisser Weise stolz und hoffnungsvoll und unerhört begierig auf ein Lob – begann ich zu schwitzen und verkrampfte mich innerlich, da ich sehr wohl wußte, daß alles von Anfang bis Ende ein jämmerliches Mißverständnis war. Mason war aber, wie du wohl weißt, nicht jemand, der sich durch die simple Realität einer Situation einschüchtern ließ, und das traf auch auf Rosemarie zu. Wenn sie nun schon einmal das junge amerikanische Genie entdeckt hatten, den jungen Leonardo der Mitte des zwanzigsten Jahrhunderts, dann, darauf konntest du deinen letzten Pfennig verwetten, waren Mason und Rosemarie nicht die Leute, in der Gegenwart des Meisters irgendwelche unpassenden Bemerkungen zu machen. Ganz und gar nicht. Sie würden sich entsprechend ehrfürchtig und bescheiden benehmen – durchaus nicht etwa kriecherisch, nicht servil oder derartig, denn das gehört sich nicht für gebildete Menschen – aber gerade so ehrfürchtig vor dieser zauberhaften Kunst, wie das schließlich jeder anständige Mensch tun soll, der von Malerei weder etwas versteht, noch ein Gefühl dafür hat, aber eben im Bilde ist, da er sich die letzten Erkenntnisse in ›Life‹ angelesen hat. So kamen sie also vom Balkon herein, eingehüllt in eine Aura rosenfarbener Erwartung. Wirklich, du hättest sie sehen müssen. Ich jedenfalls konnte nicht schlau aus ihnen werden. Ein größeres Staunen, eine einfältigere Leichtgläubigkeit hätte man nicht von zwei Gastwirten erwarten können, die sich auf einer Pilgerfahrt zu Albert Schweitzer oder einer anderen großen Seele befinden. Sie bewahrten aber immer noch die Fassung. Sie wünschten nachzudenken, zu betrachten und zu überlegen, kurz, alles mit allen Fasern in sich aufzunehmen. Sie wandelten also sehr langsam durchs Zimmer, standen lange in Betrachtung vertieft vor jedem Bild und flüsterten verzückt miteinander. Sie hielten sich feierlich an den Händen, und ab und an – sie hatten mir den Rücken zugekehrt – sah ich, wie Rosemaries Hand sich wie im Krampf um die seine schloß, und dann gab sie ein leises, verwundertes oder berauschtes Stöhnen von sich, das ich kaum hören konnte, und sie neigten die Köpfe mal nach rechts und mal nach links wie zwei Papageien. ›Aha!‹ sagte Mason dann etwa, ›ich sehe, daß Sie sich mit dem Repräsentativen befassen. Es ist eine interessante Phase.‹ Und ich kann nur wiederholen, daß ich ziemlich lange auf sie hereinfiel, denn wenn ich auch in meinem Inneren fühlte, daß ich da ziemlich klägliches Zeug zusammengeschmiert hatte – war ich denn schließlich ein berufener Kritiker? Diese beiden jedenfalls schienen mir durchaus aufrichtig, zumindest ehrlicher und ernster, man könnte sagen echter als fast alle jungen Amerikaner, denen ich in Europa begegnet war. Sie schienen wirklich hingerissen, und vielleicht irrte ich mich ganz einfach über die Qualität meiner Arbeit. Ich weiß noch, wie mir mit einem Gefühl des Entzückens der Gedanke kam, daß dies vielleicht doch der Wendepunkt sei, daß meine Arbeiten während all dieser Jahre doch in Wirklichkeit hervorragende, im Grunde erstklassige Sachen gewesen waren und daß nur mein Selbsthaß mich daran gehindert hatte, dieser Tatsache inne zu werden, oder mir den Wert meiner Arbeit einzugestehen, so daß mir nichts weiter gefehlt hatte, als jemand wie dieser Mason, der nun hier erschien wie der Geist aus der Flasche, um mich bekannt und berühmt zu machen, ja sogar zu retten. Was für Mist.

Es dauerte allerdings nicht lange, bis mir der Gedanke kam, daß irgendwas nicht stimmte. Sie benahmen sich ganz einfach ein bißchen zu ehrfurchtsvoll. Bei diesem Händedrücken, Ächzen und so weiter, bei Rosemaries leisem Seufzen und den anerkennenden halblauten Pfiffen, die Mason gelegentlich ausstieß, wurde mir ziemlich ungemütlich. Außerdem merkten sie wohl, daß es nun an der Zeit sei, etwas zu sagen, Zeit also für den zweiten Akt, und so ließen sie des öfteren eine Bemerkung fallen. Das waren wohl die dämlichsten Bemerkungen, die man je gehört hat. Besonders eine ist mir im Gedächtnis geblieben. Ich war in Rom eines Tages zum Palatin hinausgegangen und hatte da zwei oder drei Skizzen gemacht, eine schlimmer als die andere. Sie waren unbeschreiblich, ganz und gar verkrampft. Das heißt, die Grundvorstellung war schon gut, aber die Ausführung kümmerlich, da blühte nichts, breitete sich nichts aus, wurde nichts umfaßt oder wie man das nennen soll. Es blieben kritzelige, selbstbezogene Fragmente einer ganz privaten Ansicht, fehlgeborene, verkrüppelte Vorstellungen, die im Leeren umherkrabbelten. Trotzdem hob ich sie auf, warum, weiß ich nicht, es sei denn, weil wenigstens die

Idee brauchbar war; jedenfalls zeigte ich sie mit all den anderen Blättern Mason und Rosemarie. Ein Schulkind hätte sehen können, wie verfehlt und mißraten sie waren, aber nicht Mason und auch nicht Rosemarie. Denn der zweite Akt hatte, wie gesagt, begonnen, und sie wollten nun mal zeigen, wie geistreich und sensitiv sie waren. Mason wandte sich also um, blickte mir starr ins Auge und sagte: ›Mein Gott, was für ein Raumgefühl. Absolut unheimlich.‹ Und Rosemarie blieb durchaus nicht dahinter zurück. Ohne sich umzudrehen und ehe Mason noch etwas sagen konnte, beugte sie sich über diesen armen, kleinen, strangulierten Fötus von Zeichnung, und ich hörte, wie sie tief Atem holte und dann, so wahr mir Gott helfe, sagte: ›Nicht nur der Raum, Muffin. Diese unglaubliche Humanität.‹
Nun bemächtigte sich meiner allerdings ein unheimliches Gefühl. In diesen beiden Skizzen war nicht mehr Raum oder Humanität als auf einem Fliegenarsch Platz haben, aber trotzdem war ich bereit, die beiden für irregeleitete Menschen zu halten, die sich wenigstens verzweifelt bemühten, freundlich zu sein. Da aber machte Mason wieder den Mund auf, betrachtete mich mit seinen sanften, mitfühlenden, staunenden Augen und sagte: ›Die Leute haben also doch recht: Sie haben die wahre Auffassung. Wahr und rein.‹ Dann wandte er sich schnell ab, so, als fürchte er sich vor dem Überschwang seiner Gefühle, und begann, sich wieder umzusehen, seinen Kopf auf die Seite zu neigen und gelegentlich wieder zu pfeifen. Wer, um Gottes willen, waren aber nun ›die Leute‹? Du kannst dir wohl vorstellen, daß mein Verdacht sich diesmal ernstlich regte. Die beiden hatten mich wirklich in Verwirrung gebracht, aber immer noch kam ich nicht dahinter, was eigentlich los war. Wahrscheinlich war es für mich eine zu aufregende Erfahrung – ich meine, daß sich jemand wirklich für meine Arbeit interessierte –, als daß ich auch nur im mindesten über meine geschmeichelte Persönlichkeit hätte hinaussehen können. Ich stand also nur hinter ihnen herum, während sie im Zimmer umherwanderten, preßte die Hände zusammen, leckte mir die Lippen, lächelte und hustete verlegen, wenn sie seufzten oder eine Bemerkung fallenließen. Schließlich, nach etwa zehn Minuten, blieben sie vor einer Leinwand stehen, die ich im Jahr zuvor in Paris gemacht hatte – das Bild war gar nicht übel, etwas Impressionistisches mit viel Farbe, Dächer auf dem Montparnasse. Und Mason fiel in seine übliche Trance, knirschte mit den Zähnen und sagte irgendwas – ich weiß nicht mehr, was, aber jedenfalls hob es mich weit über Matisse hinaus –, und nach einer längeren Pause fragte er mich: ›Habe ich das nicht schon irgendwo gesehen?‹ Und ehe ich noch etwas sagen oder auch nur einen Gedanken fassen konnte, griff Rosemarie das Stichwort auf: ›Genau das hab' ich auch eben gedacht!‹ Dann fuhr sie

aber langsamer fort und rollte dabei mit den Augen: ›In der Ausstellung in New York kann es nicht gewesen sein, Liebster, denn dort wurden doch keine von seinen Ölgemälden gezeigt, nicht wahr?‹ Dann warf sie mir einen wissenden Blick zu und sagte: ›Es liegt wohl daran, daß es dieses... dieses je ne sais quoi hat, diese universale Qualität, die mich an die Malerei an sich denken läßt.‹ Wirklich, das sagte sie.

Nun, damit waren wir am Ende. Ich begriff nun endlich, daß irgend etwas ganz und gar nicht stimmte – was, wußte ich nicht genau, aber diese beiden Leute waren jedenfalls in den falschen Laden geraten – und ich war gerade im Begriff, die ganze Situation sehr taktvoll zu klären, als Poppy mit etwa fünfundzwanzig Luftballons, den Kindern und einem halben Dutzend schreiender Gören aus dem Dorf hereinplatzte.«

»Wie hast du denn um Gottes willen diese Angelegenheit bereinigt? Was hast du ihm denn gesagt? Was hast du getan?«

»Tja, das war wirklich schwierig. Solche Situationen haben mich von jeher gänzlich aus der Fassung gebracht, sogar weniger peinliche als diese. Ich weiß nicht, woran das liegt, denn genau betrachtet bin ich durchaus kein Feigling. Ich glaube, ich lasse den Leuten gerne ihre Illusionen, jedenfalls lieber, als daß ich sie ihnen zerstöre.

Nun, wie auch immer – Herr führe uns nicht in Versuchung –, ebenso wie McCabe in Rom hatte auch Mason eine Flasche Whisky bei sich. Noch dazu zwölf Jahre alten schottischen. Er goß mir einen ordentlichen Schluck ein und sich selbst einen kleinen, und mir wurde bald genug warm. Er trat dann auf den Balkon und blickte hinaus. Eine Weile blieb er stumm und nachdenklich stehen, das Glas hielt er unter der Nase und dann flüsterte er auf deutsch: ›Kennst du das Land, wo die Zitronen blühn?‹ Dann drehte er sich um und sah mich mit seinem kleinen, schmerzlichen, halben Lächeln an und sagte: ›Endlich weiß ich es. Wirklich, es ist ganz unglaublich. Endlich weiß ich, Waldo, was Goethe empfand, als er sein Paradies betrachtete.‹ Vermutlich war ich wohl schon etwas beduselt, jedenfalls hatte ich ganz und gar nicht die Absicht, mir von diesem Burschen im Zitieren von Gedichten Konkurrenz machen zu lassen, und um ihn zu übertrumpfen, sagte ich, jawohl, ich verstände durchaus, was er meine, es sei wirklich ein irdisches Paradies und erinnere mich oft an jene Strophen zum Lobe Attikas bei meinem alten Freund Ödipus, und ich zitierte:

> ...schlummerlos
> Vom quellenreichen Kephissos teilt
> Die unerschöpfliche Flut sich aus
> Und rieselt immer über das Land,

Ein klares Naß, und zeuget reich
An Brüsten der Erde Wachstum…*

Was für ein Zusammentreffen von Hochstaplern! Nur war ich, wie gesagt, ernstlich beunruhigt, weil ich nicht wußte, wie ich diese Personenverwechslung aufklären sollte. Du kannst dir nicht vorstellen, wie peinlich es ist, allen Ernstes Waldo genannt zu werden, wenn man in Wirklichkeit anders heißt.
Wie gewöhnlich aber regelte der Schnaps auf seine eigene, angenehme Weise alles. Damit meine ich selbstverständlich, daß ich in weniger als einer Viertelstunde blau war wie zehntausend Säue. Wenn ich es jetzt rückblickend betrachte, dann hat Mason mir wohl niemals vergeben können. Er stellte sich so schlau an und gab sich so große Mühe, nur hatte er eben den Falschen erwischt. Er klopfte an der falschen Tür, und als ich richtig loslegte – Gift und Galle spie –, da muß ich ihn wohl an einer äußerst empfindlichen Stelle getroffen haben. Inzwischen ging Poppy mit Rosemarie und den Kindern ein bißchen auf der Piazza spazieren, und Mason und ich waren allein. Wir fingen wieder an zu schwatzen, und ich war gerade aufgestanden, um mir noch einen Schluck einzugießen, als etwas Merkwürdiges passierte…«
Cass verstummte und schloß die Augen, als versuche er jenen Augenblick in seiner ganzen Wirklichkeit wieder zurückzurufen. »Kaum hatte ich sie erblickt, war ich davon betroffen, daß ich sie zweimal gesehen und sie jedesmal wieder vergessen hatte. Und als ich sie von neuem sah, wurde ich wiederum von diesem tausendfingrigen Entzücken über ihre Schönheit angerührt. Während Mason und ich miteinander redeten, hatte sie schüchtern geklopft, und da wir ihr Klopfen nicht vernommen hatten, stand sie nun schon Gott weiß wie lange da in ihrem unordentlichen schäbigen Kleid, und ihre nackten Füße waren trotzig auf den Fußboden gestemmt; und als ich auf sie zuging, schlug sie nach einer Fliege und faltete dann die Hände vor sich zusammen. Es ist leicht, einen solchen Anblick zu romantisieren und etwa zu sagen, daß ihr Haar den Duft von Kamelien und ihre Haut den Glanz des hellsten Marmors gehabt habe, aber du hast sie ja selbst gesehen, du weißt, wie sie aussah. Sie roch nach Kuhstall, und an ihren nackten Beinen waren große Schmutzflecken. Immerhin hatte sie ihr braunes Haar gebürstet, bis es wie Silber glänzte, und sie lächelte nicht einmal, als ich vor sie hintrat und in ihr ernstes, liebliches Gesicht sah.
Nun hatte ich bemerkt, daß auch Mason aufgestanden war und sie sehr aufmerksam betrachtete. Er sah sie geradezu hungrig an, und obwohl ich ziemlich betrunken war, ärgerte mich das. Ich wies sie also hinaus in den

Hof, wo wir ungestört sprechen konnten. Und da fragte ich sie: ›Bist du das Mädchen, das Luigi und Signora Carotenuto geschickt haben?‹ Sie bejahte. Dann fragte ich: ›Wie heißt du?‹ Und sie sagte: ›Francesca, Francesca Ricci.‹ Mein Herz klopfte wie das eines Knaben, und ich muß wohl ausgesehen haben wie ein Affe im Winter, denn ich merkte plötzlich, daß sie mich verwundert ansah, und dann beteuerte sie ängstlich: ›Ich habe angeklopft, Signore, aber Sie haben mich nicht gehört.‹ Als hätte ich sie im Verdacht gehabt, die Bude ausplündern zu wollen! Dann aber, so sehr ich es auch bedauerte, kam ich zur Sache. Ich sagte: ›Es tut mir leid, mi dispiace. Aber du wirst wieder gehen müssen. Es ist da ein Mißverständnis passiert, ich kann mir einfach nicht leisten, jemanden zu beschäftigen.‹ Da verdüsterte sich ihr Gesicht, sie sah auf die Straße hinaus, und ich glaubte, sie werde nun gleich anfangen zu weinen. Ich habe mich oft gefragt, ob das Mitleid nicht ebenso ein Teil der Liebe ist wie das Verlangen oder die Schönheit, ob die Liebe nicht zum Teil die durchaus menschliche, großmütige Neigung ist, jemanden schützend in die Arme zu schließen, der verloren oder verletzt ist und trostbedürftig. Jedenfalls sah sie so zerlumpt und schäbig und elend aus, wie sie da stand – so arm, eines anderen Wortes bedarf es gar nicht –, daß ich mir hätte die Zunge abbeißen mögen, weil ich ihr solchen Kummer und solche Enttäuschung bereitete. Ich konnte nun aber nicht gut zurück; ich hatte die Wahrheit gesprochen, so lagen die Dinge nun einmal. Ich sagte: ›Es tut mir sehr leid, aber ich habe einfach nicht die Mittel. Du mußt leider gehen. Ich kann es nicht ändern. Ich weiß, daß du das Geld dringend brauchst, und es tut mir auch sehr leid, aber ich kann dich nicht nehmen.‹ Da sah sie mich mit bebenden Lippen an und sagte: ›Ich kann kochen und nähen, Signore. Ich kann waschen und das Haus sauberhalten.‹ Und dann sagte sie schnell und in einem schrecklichen Englisch, das sie irgendwo aufgeschnappt hatte: ›Ich kann auch die Kinder bewaschen!‹ Da sagte ich: ›Che?‹ Dann verstand ich, was sie meinte, und ich lachte, aber nicht sehr, denn während meines Lachens trat ein immer hilfloserer und verzweifelterer Ausdruck in ihre Augen, und endlich hielt sie es nicht mehr aus, verbarg das Gesicht in den Händen und fing an zu schluchzen. Und nun begann ich, im Hof hin und her zu gehen, murmelte vor mich hin, hustete hinter der vorgehaltenen Hand und war ganz wirr, denn ich wollte, daß sie doch wenigstens ein paar Minuten bleibe, damit sich meine Augen an ihr sattsehen könnten. Aber gleichzeitig überlegte ich, wie ich sie wegbrächte, ehe ich selbst anfinge zu heulen. Schließlich packte ich sie so sanft ich konnte an der Schulter und sagte fest: ›Du kannst nicht hier bleiben, ich habe kein Geld, um dich zu bezahlen, verstehst du das nicht?‹ Sie hörte nicht auf zu weinen, und ich hatte Mühe, sie nicht in die Arme zu nehmen, zu streicheln und ihr

zu versichern, daß am Ende schon alles gutgehen werde. Ich wußte auch, daß durchaus nicht alles sein gutes Ende finden werde, und so stand ich denn da, tätschelte ihre Schulter und schniefte und ächzte vor mich hin. Schließlich blickte sie auf und sagte in einer Weise, die schwer zu beschreiben ist, denn in ihrem tiefsten Kummer schlug sie etwas vor, das einem Mädchen wohl selbst in bester Laune vorzuschlagen schwerfällt – sie sah mich aus verweinten, rot umränderten Augen an und sagte mit einer rührenden winzigen Andeutung entmutigter Koketterie: ›Ich weiß, daß Sie ein Künstler sind, Signore, ich könnte Ihnen Modell stehen und alles andere ...‹ Aber ich unterbrach sie, denn wenn sie so weit zu gehen bereit war, dann quälte sie noch etwas anderes als der Kummer, über den sie eben geweint hatte, und mir schien, daß wir nun doch wohl imstande sein müßten, irgendeine Lösung zu finden. So sagte ich also ›Ja‹. Und dann: ›Du brauchst mir nicht Modell zu stehen oder irgendwas anderes. Komm zu uns, hilf meiner Frau kochen und paß auf die Kinder auf. Ich werde schon Geld auftreiben, um dich zu bezahlen.‹ Und gleich darauf war sie verschwunden, und ich fühlte mich ein wenig beunruhigt, aber dabei doch auch freudig erwärmt, wie ein Mann, der ein ungeheuerliches Geheimnis kennt ...«
Nun verstummte er wieder, und als er nach längerer Pause den Faden von neuem aufnahm, geschah es mit einem Lachen, das durchaus nicht lustig klang. »Ich glaube nicht, daß Mason gehorcht hatte. Gelegentlich konnte er zwar kühn sein, aber im allgemeinen achtete er doch auf sehr gute Manieren. Als ich mich nun umdrehte, stand er unter der Tür und blickte nach dem Ausgang, durch den Francesca den Hof verlassen hatte. Übrigens hätte ihm alles Horchen gar nichts genutzt, denn bis zu seiner letzten Stunde verstand er ebensowenig italienisch wie chinesisch. Was mich so zornig machte, war also gar nicht ein derartiger Verdacht, sondern das, was er dann sagte: ›Das sieht wirklich wie ein gutes Stück Fleisch aus, Waldo‹, sagte er nämlich und strich mit dem Finger über sein Ohrläppchen. ›Nichts läßt mich so aufblühen wie ein hübscher runder Po. Wo haben Sie den denn bloß aufgetrieben?‹ Vielleicht sollte dies eine wirklich männliche Bemerkung sein zum Ausgleich für die Poesie und die Kunstbetrachtung. Aber er sah dabei so rosig und schmierig aus, und seine Worte wirkten auf mich in meinem erhitzten und zerfahrenen Zustand wie ein Schlag ins Gesicht. Wenn ich jetzt daran zurückdenke, so halte ich es durchaus für möglich, daß er gar nichts Böses damit meinte, ja, sich vielleicht nur bemühte, Eindruck auf mich zu machen. Eine solche Bemerkung hätte vielleicht auch ich über jemanden gemacht, für den ich weiter nichts übrig hatte. Für ihn war Francesca Ricci ja zunächst einmal ganz offensichtlich bloß ein armes Bauernmädchen, und er konnte gar

nicht auf den Gedanken kommen, daß sie mich so durcheinandergebracht hatte. Dann aber war es eben auch wieder typisch für Mason. Er hielt sich für einen Mann von Welt, den perfekten Herrn, den Ästheten, der auf Verlangen Rilke und Rimbaud zitieren und davon träumen konnte, in Burma Tiger zu schießen und in Sevilla von Stieren auf die Hörner genommen zu werden; und außerdem hielt er sich für den berühmtesten Zuchtbullen, der jemals unter eine Bettdecke gekrochen ist. Und da er an keine dieser Idole auch nur annähernd heranreichte, mußte er unerhört viel reden, um den Eindruck zu erwecken, daß es doch so sei.« Cass unterbrach sich für einen Augenblick. »Lieber Himmel, ich versuche, fair gegenüber diesem Kerl zu sein!« sagte er mit plötzlicher Leidenschaft und Bitterkeit. »Er war auch klug, unerhört klug, geradezu ein Wunder in seiner Art. Wie kam es nur, daß er so ein Schwein war? So ein...« Er verstummte mit zitternden Lippen.

»Ich weiß es auch nicht«, sagte ich. »Ich weiß es auch nicht.« Für den Bruchteil eines Augenblickes sah ich Mason vor mir, wie er, ein Geist, dem Grab entstiegen, unser Urteil über ihn seinerseits beurteilte. Wir vermieden, uns anzusehen – ich mit einem vorgetäuschten Gähnen, Cass unruhig hin- und herwetzend.

Schließlich fuhr er fort: »Nun, ich beruhigte mich wohl ziemlich schnell wieder. Der Schnaps, den er ausschenkte, war ganz hervorragend, und ich mochte einer einzigen geschmacklosen Bemerkung wegen nicht darauf verzichten. Ich weiß aber noch, daß ich über ihn nachdachte, als wir ins Zimmer zurücktraten. In jenen Tagen, besonders wenn ich was getrunken hatte, fiel mein Urteil über Amerika und die Amerikaner ziemlich scharf und unfreundlich aus, milde gesagt. Was nun Mason anging, so kann ich durchaus nicht sagen, daß ich ihn nach jener Bemerkung einfach abscheulich gefunden hätte – mein neuerliches Zusammensein mit Francesca hatte mich sehr freundlich gestimmt – man könnte eher wohl sagen, daß vieles an ihm mich geradezu anzog. Und das ganz abgesehen von diesem Waldo-Quatsch, der mir nun doch sehr unangenehm war. Einige andere Dinge übrigens auch – seine Geschmeidigkeit, seine Gelecktheit, sein glattes hübsches Jungengesicht, ja, selbst die verdammte Sonnenbrille, die er auch im Zimmer nicht absetzte, wo die Sonne gar nicht schien. In meiner wachsenden Betrunkenheit fügten sich alle diese Einzelheiten zu einem bestimmten Bild zusammen, und das glich aufs Haar genau dem, vor dem ich nach Europa geflohen war: Er war der Mann, den man auf allen Automobilreklamen lässig wirken sieht, der so schön gebildet wirkt, der arriviert ist, der auf der Universität war und eine Blondine geheiratet hat und so behäbig grinst wie ein Nilpferd; er hat auch eine Zukunft vor sich, auf dem Gebiet der Elektronik oder der Politik oder der sogenannten

Kommunikationsmittel, in der Werbung, im Verkauf oder im Weltraum. Wo, das ahnt nur Gott. Und dabei weiß er nicht mehr als ein albanischer Bauer.
Vielleicht beneidete ich ihn deshalb auch etwas. Mason verfügte noch über ganz andere Eigenschaften, denn letzten Endes war er kein Typ, sondern er war er selbst. Aber ich habe dir ja schon gesagt, daß ich diese jungen amerikanischen Traumfiguren nicht leiden kann, denen alles auf einem Tablett serviert wird – Bildung, Bücher, die Gelegenheit, etwas zu lernen –, und die davon niemals Gebrauch machen, sondern an einem Wasserskikursus teilnehmen und mit Mühe und Not durch die Schule gezerrt werden, wo sie kaum ihren Namen schreiben lernen, die aber glauben, das höchste Gut auf Erden sei die Fähigkeit, einen Mitbürger zum Kauf eines Fernsehgerätes zu überreden, das sein geistiges Niveau auf dasjenige eines Stichlings oder ein noch niedrigeres senkt. Davon gibt es Millionen! Ich habe es nicht so leicht gehabt – was ich niemandem unmittelbar zur Last legen kann; schuld daran ist höchstens die Wirtschaftskrise oder der Umstand, daß mein Onkel mich vorzeitig aus der Schule nehmen mußte – und ich war deshalb immer noch wütend, denn das bißchen, was ich weiß, habe ich mir selbst beibringen müssen. Ein Teil meiner Abneigung beruhte also auf Neid. Mason roch und sah aus wie jenes Bild, er ähnelte diesem Typ, trotz diesem Kennst-du-das-Land-Quatsch, und seiner Schriftstellerei, und man kann wohl sagen, daß meine Begeisterung für ihn nun schon ziemlich abgekühlt war. Tatsächlich kam er mir mittlerweile genauso unecht vor wie ein Stier mit Zitzen. Warum lachst du, zum Kuckuck?«
»Über Mason«, sagte ich. »Eigentlich müßte ich weinen, aber ich muß über Mason lachen. Mach weiter.«
»Nun, wir schwatzten da also auf dem Balkon über die verschiedensten Dinge, unter anderem über abstrakten Expressionismus, über den er alle passenden Worte zu sagen wußte, und irgendwie kam das Gespräch dann auf Jazz. Er hatte wohl meinen Plattenspieler gesehen, vielleicht auch mein Leadbelly-Album, und sich wohl gedacht, daß ich ziemlich auf Jazz versessen sei. Obwohl Leadbelly und das, was man modernen Jazz nennt, nun... du weißt ja, einiges davon ist recht gut, und ich würde den Jazz wahrscheinlich mehr schätzen, als ich es tue, wenn man nicht dauernd von irgendwelchen verfluchten Avantgardisten mit der Nase drauf gestoßen würde. Und Mason war im Grunde ebenso avantgardistisch wie der Heilige Stuhl. Man muß wohl eine Art Heide sein, ein elender Ungläubiger, um zu sagen, daß man Jazz nicht mag. Wer in New York abfällig über den Jazz redet, wird so angesehen, als gehöre er zur Gestapo. Es ist einfach empörend, denn guter Jazz sollte für das genommen werden, was er ist,

nämlich Musik. Er ist nicht große Kunst, aber er ist Musik, und eine Menge davon ist sehr ordentlich, bloß glauben die meisten Leute, die ihn hören, daß er irgendeine Art Propaganda sei. Diese Leute sind schlimmer als die Russen. Ich war mal in New York in einer Bar in der Nähe der Kunstakademie und sagte zu einem jungen Mädchen, ich fände Negrospirituals sehr schön. Darauf sagte sie: ›Oh, die sind schon seit zwanzig Jahren passé. Ihr Südstaatler wollt bloß, daß die Neger für immer in ihrer primitiven Religiosität verharren.‹ Sie war natürlich eine von diesen verrückten Jazz-Ziegen. Aber es stimmt schon: die meisten Leute, die behaupten, den Jazz zu lieben, können nicht mal den Yankee-doodle pfeifen. Sie haben überhaupt kein Gehör. Sie mögen den Jazz gern, weil sie glauben, er sei ein Symbol für irgendwas, oder weil sie ihn für schick halten. Du kannst mir glauben, daß ich nichts gegen den Jazz habe, aber wenn mein Gehör sich nicht ändert, dann wird er mich kaum je innerlich zu Feuer oder Eis verwandeln wie damals in Paris die Arie von Gluck, wo Orpheus in seiner Trauer nach Eurydike ruft. Da hab' ich zitternd und brennend und mit gesträubten Haaren vor dem Radio gesessen und wäre beinahe vom Stuhl gefallen.

Mason also überschüttete mich damals mit diesem Zeug und quasselte von Mezz und Bird und Bix und Bunk und Bunny und Gott weiß von wem noch, und ich ließ ihn gewähren und saß grübelnd da, hörte zu und soff seinen teuren Whisky aus. Ich glaube, es war wohl eine halbe Stunde vergangen, und mir wurde immer verschwommener und verträumter und auch trauriger zu Mute, während ich mit halbem Ohr zuhörte, wie er von einem Hornisten namens Bird quakte, der angeblich ein furchtbares Todesverlangen gehabt hat und schließlich auch abkratzte, und ich sah über das Meer hinaus und ins Tal, das nun um diese Tageszeit in purem Gold erstrahlte und so schön und für mich in Ewigkeit unerreichbar war. Und ich dachte immer wieder an Francesca, dachte Gedanken, die mich erregten und gleichzeitig ängstigten, und plötzlich hörte ich ihn wieder ganz deutlich sprechen, und zwar darüber, wie er in dunkler Nacht über Jugoslawien abgesprungen war. Nun, da hörte ich aufmerksamer hin, und ich glaubte ihm auch – es sprach durchaus nichts dagegen, um so weniger, als er die Geschichte wirklich bescheiden und in gewisser Weise sogar komisch vortrug. Und was für ein Märchen das war, weißt du ja sehr gut.

Nachdem er damit fertig war, fragte er mich nach meinen Erlebnissen, und ich sagte, ich sei auf den Salomoninseln und dem Bismarck-Archipel gewesen, und dann fragte er mich, und zwar sehr geschickt und ohne zudringlich zu erscheinen, ob ich verwundet worden sei. Ich verneinte, sagte, daß ich ohne einen Kratzer davongekommen sei, daß ich aber so angeschlagen gewesen sei, daß man mich für eine Weile in eine psychia-

trische Klinik hätte schicken müssen. Dann wollte er wissen, ob dieses Erlebnis mich nicht sensibler gemacht, meiner Arbeit nicht gut getan hätte; er hängte dann gleich eine ziemlich durchsichtige Bemerkung darüber an, daß sein jugoslawisches Erlebnis, seine Angst und das ausgestandene Leid recht eigentlich den Schlüssel zu seinem Talent bildeten. Und er wollte sich einfach nicht damit zufriedengeben, er wollte genau wissen, was mir zugestoßen war. Ich goß mir also ein neues Glas ein und berichtete: Über die Invasion der Gloucesterinseln bei Nebel, den endlos drohenden Dschungel, und ich sagte, daß das, was mir damals den Rest gegeben habe, gar kein bestimmtes Ereignis gewesen sei, sondern einfach die Tatsache, daß die Japaner da im Dschungel hockten und uns erwarteten, als wir vorrückten – der vom Glück begünstigte alte Cass war der erste Mann in der ersten Gruppe des ersten Zuges der ersten Kompanie und so weiter – und daß es war, als mache man als erster Mensch Erfahrungen so schauerlicher, furchterregender Art, daß einem davon auf der Stelle jedes Realitätsbewußtsein schwand. Ich sagte: Wenn man sich einmal so unvermeidlich und unwiderruflich dem Tod ausgesetzt hat, bis an die Hüften im Schlamm steckt und unsichtbaren Maschinengewehren und Baumschützen gegenübersteht, dann ist von da an die Angst etwas ganz anderes als vorher. Sie ist ein Land, ein Reich, in dem man für den Rest seines Lebens Bürgerrecht erworben hat. Und ohne Zweifel wird man ihr für den Rest seines Lebens Ehrfurcht erweisen. Das also ist meine Erfahrung, so sagte ich, und als ich dann weiterschwadronierte – ich wurde wohl bei all den Erinnerungen und von dem vielen Schnaps auch etwas rührselig – kamen mir die Tränen. Ich sagte ihm, daß wir diesen Krieg hätten führen müssen, daß, wenn es überhaupt so etwas wie einen gerechten Krieg gibt, dieser zweifellos gerechter gewesen sei als die meisten anderen. Was nun aber die Erlebnisse angehe, sagte ich, so könne er sich die an den Hut stekken, wenn er mir dafür jene Tage wiedergebe, da ich mich an der grünen Küste von Carolina im Meer getummelt hatte, überspült von klaren grünen Wellen und zum Leben bereit und nicht ein von seiner Erinnerung an irgendeinen ekelhaften sumpfigen Dschungel niedergedrückter Krüppel gewesen sei, der den dreckigen Geschmack der Angst im Mund spürt. Erfahrungen, sagte ich, seien für die Katz, wenn sie einen Menschen kleiner machten. Solche Erfahrungen solle der Teufel holen.
Dann kam der Knalleffekt. Masons Augen glitzerten schon erwartungsvoll. Was ich da von mir gegeben hatte, war wohl genau das, was er von diesem verbitterten, polnischen Abtrünnigen erwartet hatte. Als ich mein Sprüchlein hergesagt hatte und mich ganz übel und verbittert und betrunken fühlte und mir selbst sehr leid tat, öffnete Mason seinen schönen Mund, lehnte sich im Stuhl zurück, verschlang die Hände zierlich hin-

term Kopf und sagte: ›Nun, Waldo, ich selbst fühle mich nicht als ein Angehöriger der ›beat generation‹, obwohl ich durchaus Verständnis für sie habe. Ich kann nun aber sehr wohl verstehen, warum man Sie für einen der hervorragendsten Sprecher dieser Generation hält.‹ Das war immerhin ein ganz schönes Stückchen Heuchelei. Er hatte sich alles sehr wohl zurechtgelegt. Mit seinen zwei Millionen Dollars konnte er sich beim besten Willen nicht als ›beat‹ bezeichnen, aber da es nun einmal modern war, konnte er zumindest Mitgefühl an den Tag legen. Er hätte auch mit Krebsgeschwüren sympathisiert, wenn sie modern gewesen wären. Nun, mir reichte es jedenfalls. Es muß wohl eine Häufung von Kleinigkeiten gewesen sein, die mir schließlich den Rest gab: daß er sich für meine armselige Kunst zu interessieren behauptete; Francesca und der Schnaps und diese unvermutete Erinnerung an den Krieg; dazu meine allgemeine elende Lage und Unfähigkeit, und nun noch das flotte Blabla dieses geschniegelten jungen Burschen über abstrakten Expressionismus und Jazz und den Bird mit seinem Todeswunsch und zu guter Letzt die ›beat generation‹, an den Haaren herbeigezogen, weil sie eben auch schick war. Ob zu Recht oder zu Unrecht, in jenem Augenblick erschien er mir jedenfalls als das seichte, unehrliche Produkt einer fünftklassigen unausgegorenen Kultur, in der nur ein Verrückter oder ein Stumpfsinniger leben kann. Er kotzte mich an.

Da verpaßte ich ihm also eine Ladung. Ich stand auf, sah auf ihn hinunter und sagte sehr leise: ›Soll ich Ihnen mal was erzählen, mein Lieber? Sie stecken so voller Scheiße, wie eine Weihnachtsgans.‹ Und dann fuhr ich ebenso leise und sehr gefaßt fort: ›Ich ahne zwar nicht, worauf Sie hinauswollen, aber diese Strolche wissen überhaupt nicht, was es heißt, geschlagen zu sein. Sie sind bloß eine Horde naseweiser Lümmel. Wenn Sie mir richtige Männer unter ihnen zeigen, dann könnte ich mich vielleicht dazu entschließen, als ihr Sprecher aufzutreten. Und nennen Sie mich nicht immer Waldo.‹ Nun, man hätte denken sollen, Mason habe eines mit dem Vorschlaghammer auf den Kopf bekommen. Er zuckte zusammen, und seine Augen wurden grau und verwaschen und sahen aus wie zwei Austern. Und dann fing er an, mit der Schulter zu zucken, und es schien mir, als wollte er etwas sagen. Aber was konnte er schon sagen? Entweder war ich nicht Waldo, oder ich war eine Art Superwaldo, der sogar noch über sich hinausgewachsen war und so hoch über dem Ganzen stand, daß er die Generation verstieß, deren Sprecher er angeblich war. Mason sah völlig gebrochen aus. Und ehe er noch Gelegenheit hatte, sich zu fassen, ging ich wieder auf ihn los, ich war wohl halb verrückt, zornig und verbittert in meinem Suff und ganz allgemein ›anti‹ eingestellt. ›Wer sind Sie überhaupt? Wohl irgend so ein geleckter Vogel, der auf der Universität ein halbes Semester Kunstgeschichte gehört und sich von Bernard Berenson ein Scheibchen glaubt abgeschnitten zu haben und der sich jetzt zum Kunstpapst aufwirft?‹ (Das traf auf ihn natürlich nicht zu, doch wußte ich es nicht. Vielleicht hatte Mason von B. B. gehört, aber wer vor 1900 gemalt hatte, zählte bei ihm sowieso nicht.) ›Kerle wie Sie machen mir übel. Euer ganzes Pack müßte barfuß einen Hürdenlauf von hier bis zur Straße von Messina machen und dabei nichts zu essen bekommen als altes Brot voller Maden. Dann würdet ihr vielleicht begreifen, was ein Bild ist, wenn ihr eins seht!‹ Seine Schulter zuckte wie verrückt, und er sah so vor den Kopf gestoßen aus, daß ich mich hinsetzte und meinen Ton etwas mäßigte. ›Es liegt nicht daran, daß ihr jungen Amerikaner nicht nette Leute seid, sondern einfach daran, daß ihr nichts wißt. Zum Beispiel die Griechen. Wissen Sie irgendwas über die Griechen?‹ Er saß einen Augenblick da und stierte gläsern vor sich hin. Dann sagte er ziemlich steif: ›Selbstverständlich weiß ich etwas über die Griechen.‹ Da forderte ich ihn auf: ›Zitieren Sie was! Zitieren Sie aus Iphigenie, aus der Orestie.‹ Und er: ›Muß man denn zitieren können, um seine Kenntnisse unter Beweis zu stellen?‹ Das ist nun wirklich wahr, aber ich sagte: ›Ha! Sehen Sie! Wer keine einzige Zeile von Euripides auswendig weiß, besitzt auch nicht die Spur von Bildung. Und Sie wollen ein Dramatiker sein? Was sind sie denn wirklich, mein Lieber? Aus der Werbebranche, was? Das habe ich mir gedacht. Nun, lassen Sie mich Ihnen etwas sagen, mein Freund, bereiten Sie sich lieber auf den Tag des Untergangs vor. Denn wenn die große Posaune bläst und drüben im Jenseits die Namensliste verlesen wird und die Nationen zum Gericht antreten, dann werden Sie und Ihre Sorte ganz ungeheuerliches Pech haben. In den Himmel nämlich kommen weder Werbefritzen noch Vertreter.‹

Nun, es machte mir großen Spaß, diesen Kerl zu ärgern, und ich ließ also eine allgemeine Tirade gegen Amerika los, gegen die Herabwürdigung seiner Lehrer, seiner Persönlichkeiten von moralischer und geistiger Bedeutung, gegen die kindische Verherrlichung von Lumpen, Schwachköpfen und Filmpöbel, gegen die Bevorzugung politischer Kretins – Abschaum des Militärs und Presbyterianer und ähnliche Leute, deren gesammelte Weisheit die hasenschartige Tochter eines Dorfpolizisten beschämen könnte – und gegen den unerschütterlichen Glauben daran, es sei Gottes eigener Wille, daß Analphabeten und Narren dem Weisen vorzuschreiben haben, was er tun solle. Und so weiter ad infinitum. Und Mason hörte sich alles an, nickte stumm und sah bekümmert und verletzt aus, und seine Schulter zuckte unaufhörlich. Aber als ich in dieser bitteren Weise von Amerika redete, kamen mir unzählige Erinnerungen, die einen klaren kontinuierlichen Strom bildeten, durchsichtig wie Wasser, und als ich mich nun unterbrach, war ich gar nicht imstande, von neuem loszulegen. Es war die Verzauberung, die sich meiner in Europa so oft bemächtigt hatte: wenn ich vom Wein ein wenig benommen war, erinnerte mich der Anblick so einfacher, anheimelnder Dinge wie der eines Türdrückers oder einer Vorhangfalte oder einer überfrorenen Fensterscheibe an die gleichen Dinge zu Hause, und dann dachte ich an einen alten Tabakspeicher und daran, wie er an einem Winterabend im Licht des Sonnenunterganges aussieht, oder ich dachte an die Möwen, die weiß und bewegungslos durch den wilden Sturm am Cap Hatteras schwebten, oder ich hörte wieder die Stimme eines Mädchens, die ich vor vielen Jahren klar wie den Ton einer Glocke auf einer Straße in New York vernommen hatte, ich sah ihre Augen, ihr Haar und roch den Duft des Parfüms, als sie vorüberging. Dann hörte ich wieder das Fauchen des Güterzuges, der in der Nähe unseres Hauses durch die Fichtenwälder dröhnte, und sein langgezogenes Pfeifen war in meinen Ohren, eintönig und erregend zugleich. Diese Träume umspannen mich also, und während ich dasaß und diesen Dingen und Erinnerungen nachgrübelte, kam ich mir selbst ganz fremd vor, und eben diese ängstliche Besorgnis, wer und was ich sei und gewesen war und sein würde, verband sich irgendwie mit den Bildern, den Geräuschen und Gerüchen Amerikas, die mir langsam das Herz zerrissen, und da fühlte ich, daß ich aufstehen und hinausgehen und alleine sein mußte. So einfach war das. Ich räusperte mich und sah Mason an, der wie in einem gelblichen Weindunst zu schweben schien, und stand auf. ›Es gibt nur ein wahres Erlebnis‹, sagte ich, ›und das ist, sich selbst und das Vaterland lieben zu lernen!‹ Und bei diesen Worten kehrte mein Alptraum wieder wie eine zurückflutende Welle, samt Negern, zerstörter Hütte und so weiter, die das Symbol des Versagens zu sein schienen, das für mein ganzes Leben kennzeichnend gewesen war, und ein Gefühl überwältigte mich, wie ich es noch nie empfunden hatte – eine Mischung aus Schuld und Reue und Mitleid, und ich merkte, wie die Tränen über mein Gesicht liefen. ›Wie kann ich mir selbst jemals verzeihen, was ich alles angerichtet habe!‹ sagte ich.

Darauf erwiderte Mason: ›Was haben Sie denn angerichtet, Waldo, was ist denn los? Mensch, Sie sind doch ein gemachter Mann!‹

Darauf sagte ich: ›Ich heiße Kinsolving. Ich bin Zeichner und komme aus Lake Waccamaw, North Carolina.‹

Dann ging ich hinaus. Ich suchte Francesca in der Hoffnung, ihr vielleicht eine Eiswaffel oder so etwas kaufen zu können. Aber ich merkte, daß ich keinen Pfennig besaß, und da stolperte ich auf die nächste Wiese, setzte mich und sah auf das Meer hinaus.«

»Wie kam es eigentlich, daß du dich so weit mit ihm eingelassen hast?« fragte ich Cass später.

»Ich will dir zur Erklärung einen kleinen Vorfall schildern, der mir noch sehr gut im Gedächtnis ist. Kurz nach unserer ersten Begegnung erhob ich mich eines Morgens, um ins Café zu gehen und mein tägliches Pensum mit Luigi und der Weinflasche hinter mich zu bringen. Ich war gerade auf die Straße hinausgetreten, da kreuzte Mason in seinem riesigen Gummikahn auf, der bis zum Dollbord mit Kisten und Kästen beladen war, mit Kaffee und Konserven und Papiertaschentüchern und allem möglichen und unmöglichen. Er war nämlich gerade aus der PX in Neapel zurückgekommen und eröffnete allen Ernstes einen Hausstand. Mit seinen Vorräten hätte man eine Expedition in die Antarktis versorgen können.

Er hielt den Wagen an, grinste und begann, seine Beute auszuladen. Hinten im Wagen hatte er eine ganze Kiste voll Dosen, irgendein hochgradig bekömmliches amerikanisches Fett, so viel, daß er sich bis zum Weltuntergang Kartoffeln darin braten konnte – aber diese Kiste war schwer, und er bewältigte sie nicht so recht, und ich schlurfte also hin und half ihm. Das muß etwa eine Woche nach seiner Ankunft gewesen sein. In dieser Zeit hatte ich ihn nur selten gesehen, aber immerhin hatten wir uns im Vorbeigehen auf dem Hof zugenickt – wir waren wohl beide etwas verlegen, weil wir uns am ersten Tag so eselhaft benommen hatten. Einmal waren wir sogar stehengeblieben und hatten uns voreinander entschuldigt – er, weil er mich für diesen Kerl aus Rimini gehalten hatte, und ich selbstverständlich dafür, daß ich so blau und beleidigend gewesen war. Mason muß sich damals in einer gewissen Verlegenheit befunden haben. Erstens konnte er schlecht aus Sambuco abreisen, er hatte sich festgelegt. Dann hatte er mir ja doch allerlei Schmeichelhaftes über meine Arbeiten gesagt – ich war nun zwar nicht der Pole, aber schließlich hatte er ja doch behauptet, daß meine Arbeiten sich sehr wohl mit denen von Matisse und Cézanne messen könnten, und er konnte ja nun nicht gut sein eigenes Urteil widerrufen, wenn er nicht wie ein Idiot dastehen wollte. Nun, an jenem Morgen dachte ich an nichts dergleichen. Er muß ja innerlich gekocht haben – seinetwegen und meinetwegen, aber er hatte wirklich keinen Ausweg. Wie gesagt, zu jener Zeit verkehrten wir ganz zivil miteinander, wenn auch vielleicht etwas zurückhaltend, und ich dachte mir also, na was schon, hilf doch dem Kerl mit seinem Schmalztopf. Wir trugen also die Kiste in den Hof und machten dabei steife, förmliche, kleine Witze, und währenddessen sagte ich mir: Hol's der Teufel, ich habe den Kerl schließlich von Herzen schlecht behandelt, während er in Wirklichkeit doch ein ganz anständiger Mensch zu sein scheint, und wenn er nun schon in Sambuco bleibt, noch dazu im gleichen Haus, dann sollten wir uns doch gut miteinander stellen. So half ich ihm denn, den Rest seiner Vorräte ins Haus schaffen. All das Fett! Es kam mir damals vielleicht ein bißchen viel vor, aber wer war ich schon, daß ich ihn um sein Geld beneiden durfte! Und außerdem hatte er Kisten und Kisten voller Bücher, was mich sehr aufregte, und natürlich hoffte ich, er würde mir gelegentlich eins leihen. Er sagte, ich habe sie in Neapel abgeholt, wohin sie aus New York gekommen seien. Es kamen damals auch alle möglichen anderen Dinge auf einem Lastwagen, den er gemietet hatte: der verdammte Büffelkopf und die Gemälde – ein Hans Hofmann, zwei de Koonings und ein riesiger schwarzärschiger Kline – und ein Toaströster. Dazu ein Haufen schmukker Elefantenbüchsen, die sehr sorgfältig verpackt waren...«

Cass fuhr sich gedankenvoll über seine grauen Bartstoppeln. »Ich weiß wirklich nicht mehr, was damals in meinem Unterbewußtsein vorging. Ich war völlig pleite, Poppys letzte zehntausend Lire waren bis auf einen winzigen Rest zusammengeschrumpft. Um die Wahrheit zu sagen, ich war ziemlich verzweifelt – ich lag mit der Miete im Rückstand, und meine Rechnung für Wein und Schnaps im Café war schon eine halbe Meile lang. Ich wußte nicht mehr, was tun, und da erschien nun dieser Weihnachtsmann aus purem Gold, dieser Schutzpatron der Kunst und zog direkt über mir ins Haus. Wenn ich ganz ehrlich sein will, muß ich dir sagen, daß ich ungefähr folgende Überlegung anstellte: Der Bursche ist eigentlich die gefundene Futterkrippe für mich; er kann ja schließlich dies ganze Zeug nicht selber verbrauchen. Oder doch nicht, nein, vielleicht dachte ich nicht ganz so kraß berechnend – schließlich war auch noch einiges Gute in mir. Aber gerade, als es anfing am Nötigsten, an der Milch für die Kinder bedrohlich zu hapern, kam dieser Bursche daher. Er tat nicht nur so, als wolle er direkt vor dem Hause eine Lebensmittelhandlung eröffnen, nein, er schleppte außerdem auch noch zwei oder drei Kisten Schnaps an und sah dabei recht großzügig aus: da halten sich die Skrupel nicht lange. Was früher einmal hart und rein wie Diamant war, wird plötzlich weich. Diese ursprünglich bloß höflich gemeinte Geste meinerseits – daß ich ihm bei seiner Kiste half – erschien bald in einem beängstigend anderen Licht, und es dauerte nicht lange, da schwitzte ich wie ein Kuli. Das war gar nicht einmal nötig, denn es hatten sich bereits zwei von Windgassers Leuten zur Hilfe eingefunden, aber ich schleppte immer noch Kartons und Champagnerkästen die Treppen hinauf, und nach ungefähr einer halben Stunde hatten wir alles sicher oben verstaut. Und da schwätzten Mason und ich schon miteinander, als ob wir uns von Kindesbeinen an gekannt hätten. ›Das war wirklich nett von Ihnen, Cass‹, sagte er und dann: ›Sie werden doch heute abend mit uns essen, nicht

wahr, Sie und Poppy?‹ Und: ›Ich möchte gern, daß Sie sich die Bilder ansehen, besonders den de Kooning, und mir sagen, wo ich ihn am besten aufhänge. Sie verstehen mehr davon als ich.‹« Cass verstummte. »Was in aller Welt«, fing er wieder an, »was wollte er nur? Worauf hatte er es abgesehen? Ich war schließlich ein heruntergekommener Pennbruder, durchaus nicht sein Typ. Überdies hatte ich ihn beleidigt, und meinetwegen hatte er eine ziemlich blamable Demütigung erlitten. Ich gehörte durchaus nicht zu den feinen Sternbildern jenes Himmels, in dem er zu leben wünschte; ich war ein Strolch und ein betrunkener Radaubruder, und er muß das gewußt haben, und doch bewies er im höchsten Maße Freundlichkeit und Gastlichkeit. Was, glaubst du, wollte er damit erreichen? Lag es vielleicht daran, daß er in diesem verrückten, heißen, exotischen, beängstigenden Land keinen Freund besaß und daß er, um sich vor der Einsamkeit zu schützen, einen heruntergekommenen Künstler überhaupt keinem Künstler vorzog? Vielleicht.
Kurz darauf machte ich einen Fehler. Ich tat etwas, das, nachdem ich es getan hatte, mich Mason völlig auslieferte. Wir standen da zwischen den Kisten und Schachteln und unterhielten uns, als ich Poppy nach mir rufen hörte. Es wurde also Zeit für mich zu gehen, denn sie hatte wohl das Essen fertig. Ich sagte noch, daß ich ihm gerne seine Bilder aufhängen würde, und fragte ihn dann – und dabei dachte ich wohl insgeheim an den Packen von Lirescheinen, den Mason mit sich herumschleppte –, ob er und Rosemarie nicht vielleicht Lust auf eine Partie Poker hätten? ›Poppy wird auch mitspielen und dann noch die Besitzerin des Cafés, der ich das Spiel ganz leidlich beigebracht habe.‹ Aber Mason erklärte, daß er nichts weiter spiele als Rommé und Bridge, und da dämmerte mir, daß ich auf dem Weg über die Karten nicht an sein Geld herankommen würde. Und dann, gerade als ich im Begriff war zu gehen, geschah es. Er beugte sich über eine Kiste mit Schnaps und zog eine Flasche Whisky heraus. ›Hier‹, sagte er und hielt mir die Flasche hin, ›nehmen Sie die doch mit.‹ Da stand er nun und hielt die Flasche vor sich hin, lächelte ein wenig, und seine ganze elegante Erscheinung schien zu sagen ›noblesse oblige‹. Das war ein guter Schachzug. Er hielt mir nicht etwa eine Tüte Haferflocken hin, sondern genau das, wovon er wußte, daß ich es nicht ausschlagen konnte. Und dann sagte er: ›Na los doch, Cass, nehmen Sie sie mit.‹
Diese Flasche sollte nicht gerade ein Trinkgeld für meine Dienste sein, und doch war sie ein Trinkgeld. Ich schwöre, daß ich niemals jemand etwas mit weniger Gefühl, mit weniger Charme habe verschenken sehen. Es war kein Geschenk und auch keine Geste der Anerkennung, und wäre es eins von beiden gewesen, ich hätte es vielleicht nicht angenommen. Ich weiß immer noch nicht, wie es gemeint war, aber in jedem Fall war es

böse gemeint. Vielleicht war es auch nur die Art, wie er die Flasche hinhielt, und dazu dieses fürchterlich wohlwollende und leutselige, aber doch auch hochmütige und etwas müde ›Oh, nehmen Sie sie doch mit‹; und Rosemarie war inzwischen hereingekommen in einem Paar enger Kniehosen, und so hatte ich denn das Gefühl, daß auch die Schloßherrin anwesend sei, um zuzusehen, wie der Baron höchst persönlich einen seiner Leibeigenen abfertigte. Es war böse, es war schlecht, und ich wußte es, wußte es in meinem innersten Herzen, aber ich hatte einfach nicht die Kraft, den Schnaps abzulehnen. Ich ergriff also die Flasche, murmelte meinen untertänigsten Dank und verschwand mit knallrotem Gesicht. Wenn ich wenigstens den Vorschlag gemacht hätte, dafür zu zahlen, das Ganze wäre nicht so verdammenswert gewesen, aber ich tat es nicht – nicht etwa, weil ich kein Geld hatte, sondern weil Anständigkeit, Vernunft und Stolz mich verlassen hatten. Ich nahm die Flasche einfach, punktum.

Dann hörte ich, wie er hinter mir herrief, ehe ich in den Hof gelangte: ›Hätten Sie Lust, mich das nächste Mal in die PX zu begleiten? Wir könnten vielleicht ein paar Lebensmittel für Poppy mitbringen, irgendwas für die Kinder!‹ Und ich rief zurück: ›Klar, Mason. Gerne. Ich komme gerne mit.‹ Und das war keine Lüge, sondern die elende Wahrheit...

An jenem schrecklichen letzten Tag«, sagte er dann nach einer längeren Pause, »damals, als wir uns auf der Straße trafen, da hatte ich gerade eine solche PX-Fahrt hinter mir. Ich weiß nicht mehr, wie oft ich mit ihm nach Neapel gefahren bin, es wurde zur Gewohnheit wie Schnaps oder Rauschgift. Schließlich hatte er mich ganz in der Hand, denn ich wußte nicht mehr, wie ich mich ohne ihn hätte am Leben halten sollen, und nicht nur mich selbst, sondern auch alle die anderen, für die ich verantwortlich war.

Mason«, sagte er langsam. »Zuckeronkel. Es kam so weit, daß ich in Masons Anwesenheit hilflos war wie Romulus, wenn er an der prallen Zitze der Wölfin sog. Aber an jenem Tag, damals, an jenem ersten Tag, als er mir die Flasche gab, hatte ich keine Ahnung davon, wie weit ich mich mit Mason einlassen würde. Ebensowenig wie ich eine Ahnung davon hatte, daß ich mich in anderer Weise herausrappeln – Gott allein weiß, wie ich das geschafft habe – und die Wahrheit über das schäbige und verkrampfte Leben erkennen würde, das ich bis dahin geführt hatte. Und daß ich dann schließlich den Versuch machen würde, einiges aus dem Ruin zu retten... Ich nahm die Flasche, basta.«

Und dann nach einem langen Augenblick des Schweigens: »Ich glaube, seit ich ihn getötet habe, bin ich selbst tausendmal gestorben, aber solange ich lebe, werde ich nicht vergessen, wie ich da im Hof stand mit der Flasche in der Hand, während er sich über das Geländer beugte, ein schlanker Amerikaner, mit dem hungrigen Blick eines Menschen, der sehr wohl wußte, daß er mich in Besitz nehmen konnte, wenn ich ihm die Gelegenheit dazu gab.«

9

»Die Kunst ist tot«, sagte Mason. »Unser Zeitalter ist nicht schöpferisch. Wenn du es so betrachtest, und ich führe dich damit nicht an der Nase herum, Cass, dann brauchst du dir überhaupt keine Sorgen zu machen. Du bist zwar ein fähiger Kopf – ich meine das im Ernst –, aber glaubst du etwa, daß die Welt irgend etwas für deine Arbeiten übrig hätte, selbst wenn sie weniger gegenständlich wären, als sie sind? Schlag dir die ganze Sache aus dem Kopf. Die Leere wird von einer alexandrinischen, patristischen Kritik ausgefüllt werden, und danach kommt nichts mehr. Die Muse pfeift auf dem letzten Loch, das kannst du sehen, wenn du die Augen offenhältst, sie torkelt dem Grabe entgegen, und im Jahre zweitausend ist sie tot und vergessen wie ein Ostrazoderm.« Der Fahrtwind pfiff um den Cadillac, und Mason nieste mehrmals; er zog ein Tuch aus der Tasche seiner Gabardinehose und wischte sich die Nase. »Was ist das denn?« fragte Cass mit belegter Stimme, seine Zunge bewegte sich (obwohl es noch nicht einmal Mittag war) nur noch schwerfällig, »was ist ein Ostrazoderm?« Er hielt eine Flasche im Schoß, die er mit beiden Händen sorgfältig vor den schwankenden Bewegungen des Wagens schützte. Nun setzte er sie an den Mund und trank. Gluck, gluck, es schmeckte süß und brennend. »Ein fischähnliches Tier«, erklärte Mason. »Es starb im späten Devon aus. Jetzt ist es nur noch ein Fossil. Wirklich Cassius«, fuhr er nachdrücklich fort, »wie kannst du, da die Dinge doch nun einmal so liegen, das alles so ernst nehmen?« Er sah, wie Masons Fuß auf das Bremspedal trat, fühlte sich nach vorne gerissen, während der Wagen zum Stehen kam: ein rotweißes Stopzeichen, dahinter die glitzernd blaue See, fröhlich mit Booten betupft. Atrani – schleimige Fischnetze, von Algen bedeckt, trockneten in der Sonne. »Links oder rechts auf deiner neuen Abkürzung?« – »Links.« Er sprach dieses Wort im selben Augenblick, da er es dachte, und es bildete das Ende eines halbstündigen Schluckaufs, der sich nun nach vielem Luftanhalten, Trocken-Herunterschlucken und starker Konzentration gnädig beruhigte. ›Das kommt davon, wenn man auf nüchternen Magen trinkt, es reicht, um Leopold den Rest zu geben.‹ – »Nach links, Mason. Was bedeutet patristisch?« Hierauf erfolgte keine Antwort. Mason sprach munter und schnell, lebhaft und unermüdlich weiter: »Nehmen wir einmal an: die Kunst ist tot. Deshalb muß das Talent einem angemessenen Zweck zugeführt werden. Da ich dein Talent brauchte, und zwar für ein gewisses Bild, das auf die gleiche Weise in Auftrag gegeben wurde, wie das bei Bildern durch Jahrhunderte hindurch üblich war, du aber Bedarf an bestimmten Gütern hast, die ich besitze (Cellini und Clemens der Siebente sind vielleicht nicht gerade das passendste Beispiel, aber eine gewisse Ähnlichkeit ist doch vorhanden), maltest du mir dieses gewisse Bild. Ich meinerseits machte die entsprechende Gegenleistung. Kunst ist es vielleicht nicht, aber wen kümmert das schon? Die Sache ist erledigt, und etwas Einfacheres läßt sich gar nicht denken.« Das blendende Blau des klaren Julihimmels wölbte sich über dem offenen Wagen; kühler Seewind strich über Cass' Gesicht. Die Uhr am blitzenden Armaturenbrett zeigte genau elf. Masons Worte schienen einer Art Verzögerungseffekt zu unterliegen: Cass nahm sie erst wahr, Sekunden nachdem sie ausgesprochen waren, wie ein Echo. An der steinigen Küste unter ihnen spielten gebräunte Kinder; im Wasser schaukelten weißlakkierte Boote, dahinter glitzerten Seevögel und wieder dahinter glühte ein ewiges Blau. Cass stellte die Flasche langsam wieder in seinen Schoß, sah nach der Uhr, dann wieder vor sich auf die Straße und hörte das Echo. ›Etwas Einfacheres läßt sich gar nicht denken.‹ – »Trotzdem...«, sagte Cass, und einen Augenblick lang konnte sogar er selbst dieses gemurmelte Wort nicht vernehmen. Er räusperte sich. »Trotzdem will ich das Bild zurückhaben, Mason«, sagte er. Der Schluckauf kam wieder, Schmerz bohrte in seinen Eingeweiden. ›Blutiger Heiland, hör auf!‹ – »Trotzdem«, wiederholte er, »trotzdem – hick – will ich das Bild wiederhaben, klar? Ich schäme mich, das ist wohl der Grund.« Mason schwieg. War es der Motor, der da so tadelnd schnalzte, oder machte Mason das Geräusch mit seiner Zunge? Cass konnte nicht ertragen, ihn jetzt anzusehen, er wandte die Augen von ihm wie ein Hund, der es nicht wagt, seinen Herrn anzublicken; er sah wieder auf das Meer hinaus, und obwohl er sich dagegen wehrte, tauchte das für Mason angefertigte Bild vor seinem Blick auf, gräßlich auf die Bläue des Meeres montiert: ein nacktes, reizendes, junges Mädchen mit geöffneten Lippen und hellblondem Haar, die Augen geschlossen und von Begierde gepackt unbeweglich hingestreckt, das rosenfarbene Fleisch ihrer Schenkel um die nackte Taille eines Knaben geschlungen, der ein wenig wie ein Grieche aussah, schwarzhaarig mit geblähten Nüstern, und der genau im Mittelpunkt des Gemäldes strotzend in sie eindrang, unterstützt von einer jungen schönen und doch erwartungsvoll verkrampften Hand. Es war in Wachsmalerei ausgeführt (Mason hatte das Nötige in Neapel beschafft) und reinster Realismus. Während der drei Sitzungen, die er zur Ausführung dieses Werkes benötigte, war Cass grauenhaft betrunken, doch hatte er kein Modell benutzt, sondern nach der Phantasie gearbeitet, und Mason hatte es genial genannt. Der Kontrast! Das helle Fleisch und das dunkle! »Das Perinäum – ah!« sagte Mason, »etwas so feucht Stimuliertes« habe er überhaupt noch nicht gesehen, und was den lieblichen Jüngling angehe, so scheine ja wirklich auch die kleinste bläuliche Ader von gesammeltem, unbarmherzig wachsendem Verlangen zu schwellen. (Und die Hand, die süße junge Hand des Mädchens: das war nun geradezu überwältigend.) Und für alles das: siebzigtausend Lire (gerade genug, um die überfällige Miete zu bezahlen), drei Flaschen französischen Cognac, drei Behälter mit je zehn Kubikzentimeter Streptomycinsulfat und dazu die Last einer unerträglichen Scham. »Nein, wirklich, Mason«, hörte er sich murren, »ich will das Bild zurückhaben. Ich geb dir auch das Geld wieder.« Aber Mason hörte nicht – wollte er nicht hören? – und stellte das Radio an: »E adesso le sorelle Andrews nella canzone ›Don't fence me in…‹« Herr im Himmel! Er zuckte zusammen und packte die Flasche, als Mason den Wagen um einen Eselskarren herumschwang, die Gerade erreichte, den Wagen vorwärtsschnellen ließ, während hinter ihm Mehlflocken in der Luft wirbelten und ein gekrümmter alter Mann mit einer Haut wie Mahagoni die Augen in blankem verspäteten Schrecken rollte. Die beschissenen Andrews-Sisters, eine Rotkreuzkantine in Wellington, Neuseeland, vor zehntausend Jahren, dieses Lied, ein Mädchen… o Gott o Gott, wie tanzt du komisch, du Ami… aber die Erinnerung verlor sich, als Mason nun sagte: »Warum willst du es nur wiederhaben, Dollbaby? Wenn du mir nur einen einzigen wirklich triftigen Grund nennen könntest, dann…« Aber nun war er an der Reihe, stumm zu bleiben, und er dachte: ›Wegen des verfluchten Abgrundes. Weil ich nämlich fühle, wie dicht dran ich schon bin. Weil ich nämlich nicht als letzte und einzige Schöpfung ein Perinäum, glitschige Schleimhaut und strotzende Adern, hinterlassen kann, also einen gemalten Coitus…‹ Er hielt den Atem an, der Schluckauf hörte auf. ›Ich muß achtgeben‹, dachte er.

Die Straße wand sich in glatten Serpentinen oberhalb des Meeres dahin. Die Sonne brannte. An den Hängen über ihnen blühten wilde Rosen. Quellen entsprudelten den Klippen, ihr Plätschern übertönte noch das Geräusch des Motors und das Pfeifen des Windes. Weit hinten breitete sich das dunstige Salerno glühend an der Küste hin. Er nahm noch einen Schluck aus der Flasche und dachte, was er schon viele Tage lang gedacht hatte: Ich sollte das Schwein wirklich ausrauben. Ein Kraftstromkabel hing tief über die Straße und rief eine knatternde Störung im Gesang der drei Schwestern hervor. Dann tauchte ein Feriendorf auf; es roch nach Karamel.

»Wo ist denn nun deine neue Straße?« fragte Mason, als der Wagen hielt. Unmittelbar am Ufer, wo getupfte Sonnenschirme auf dem Steinstrand blühten, stand ein Brunnen, aus dem rostiges Wasser tröpfelte. Von diesem verschlafenen Platz aus führten drei Asphaltstraßen in die steilen Hügel hinauf. »Was sagst du, Mason? Wenn ich doch nur einen Pappbecher hätte. Die Hälfte von diesem Whisky läuft mir den Hals herunter.« – »Ich erlaubte mir zu sagen...« Er spürte die Schärfe in Masons Ton, bemerkte, daß Mason sich umgewandt hatte und ihn anstarrte, während er den linken Arm locker auf dem Steuerrad hielt. »Ich erlaubte mir zu fragen, Buster Brown«, sagte er betont sarkastisch, »wo diese neue Straße ist, die angeblich nach Neapel führt, diese ›Abkürzung‹, die wir, wenn sie wirklich kürzer ist, schon die letzten zehnmal hätten benutzen sollen. Wenn du vielleicht mal die Flasche lange genug aus dem Mund nehmen würdest, um...« Zwei Priester, der eine fett, der andere dürr wie eine Bohnenstange, hüpften auf einer knatternden Vespa an ihnen vorüber und verschwanden schräg vorgeneigt und mit geblähten Soutanen um den Brunnen herum. Cass und Mason waren beide verstummt. Bewegungslos kochten sie im Wagen in einer Wolke von Ledergeruch. Cass, der Masons Worte kaum vernommen hatte, blickte aufs Meer hinaus. Oberhalb von Salerno, unglaublich hoch, stand, kaum sichtbar, eine drohende Wolke, wie der Rauch ferner geplünderter und gebrandschatzter Städte. Er fuhr zusammen, da er die Berührung einer unsichtbaren, unerkennbaren Hand an der Schulter fühlte. Er schloß die Augen in plötzlicher Angst und zitterte am Rande einer neuen Halluzination. ›Herr im Himmel, nicht heute, nicht gerade heute, wo ich doch...‹ Mason unterbrach ihn: »Nun, Buster Brown, gibst du den Weg an oder ich?« Cass öffnete die Augen und sprach. Der Nebel, die stratosphärische Folterbank, war verschwunden. »Siehst du das Schild dort, wo Gragnano draufsteht? Da müssen wir lang, Mason.« Der Wagen schob sich weiter. Hinter ihnen verschwand das Meer ihren Blicken, als sie den Aufstieg nach Norden begannen. Vom Ortsausgang an folgte die Straße einem Bachbett, und hier schrubbten Frauen in geschürzten Röcken und mit nackten braunen Beinen, vom Schatten der Weiden vor der Morgensonne geschützt, ihre Wäsche. Nun führte die Straße durch Weingärten und Zitronenhaine, ein magerer Hahn stob schreiend, rotnackig und mit aufgeregt schlagenden Flügeln vor ihnen auf und entging dem Tod um Federbreite. »Schlag es dir aus dem Kopf, Cassius«, sagte Mason bündig. »Ich habe das Bild gekauft und bezahlt.«

»Gentili ascoltatori!« plärrte das Radio. »Canzoni e melodie, un po' di allegria di Lawrence Welk!« Blut und Tod! Mason drehte an dem Knopf, und nun hörte man, wie sich jemand über Italien beklagte, den Mangel an Jazz, wie er bedauerte, daß dieses fehlte, daß es jenes nicht gab. Die Fahrt durch einen kurzen Tunnel, in dem es schwarz war wie die Nacht und von rauschenden Bergbächen dröhnte, verschluckte die Stimme. Wie in einer Lichtexplosion brachen sie aus der Höhle hervor, und Masons kühle unnachgiebige Rede setzte wieder ein: »... vielleicht denkst du anders darüber, Cassius, alter Knabe. Es macht mir nichts aus, gelegentlich ein bißchen beklaut zu werden – mal eine Dose mit Erbsen oder ein Laib Brot –, das tun die Dienstboten auf der ganzen Welt. Ich glaube aber, du mußt zugeben, daß ein Unterschied besteht zwischen einem kleinen Diebstahl in der Küche und dem Stehlen von Schmuck direkt vor meiner Nase. Die Ohrringe hat Rosemarie geerbt. Ich habe mir große Mühe gegeben und die in Frage kommenden Personen geprüft. Giorgio scheidet aus, die beiden Frauen in der Küche ebenfalls. Und wer bleibt dann übrig? Es behagt mir auch nicht, aber alles deutet auf...« Cass zuckte gequält zusammen. Auf Masons Lippen wirkte der Name Francesca immer wie ausgespuckt. ›Ein Wort gegen sie, eine schiefe Bemerkung, Freund, und ich schlage dir die Zähne ein.‹ Doch Mason, der sehr oft genau an der Grenze des Erlaubten operierte, hatte diese Grenze noch nie überschritten. Er war da sehr behutsam. Was diesen Teil von Cass' Existenz anging, so war Mason mit größter Sorgfalt darauf bedacht, nichts verkehrt zu machen. Diese Furcht datierte wohl von jenem, nun schon viele Wochen zurückliegenden Augenblick, da Mason, im Begriff Francesca als Dienstmädchen einzustellen – schließlich konnte er zahlen und Cass nicht –, sich sehr eindeutig und obszön über sie geäußert und nicht nur seinen Wünschen, sondern auch seinen Plänen Ausdruck gegeben hatte und sich dann mit aufgerissenen Augen, bleich und ängstlich, umwandte, als Cass scharf sagte: »Ein Wort gegen sie, eine schiefe Bemerkung, Freund, und ich schlage dir die Zähne ein.« Das war ein gespannter Augenblick gewesen, doch hatte Cass es unterlassen, den Keil tiefer zu treiben. Wenn es in den vergangenen zwei Monaten überhaupt einen Moment gegeben hatte, da Cass im Vorteil hätte sein oder wenigstens Mason hätte einholen können, indem er eindeutig merken ließ, daß er nicht alles herunterschluckte, dann war dies der Zeitpunkt. Aber statt dessen hatten beide nach Kräften versucht, diesen Augenblick zu entschärfen: Mason hatte eine quengelige, nichtssagende Entschuldigung vorgebracht – »schon gut, Cass, entschuldige, denk nicht mehr dran«, und er selbst in tödlicher Angst davor, daß seine harten Worte den großen Herrn veranlassen könnten, die frische Milch für die Kinderchen zu sperren, samt Bonbons, Kaugummi, Würstchen, Speck, Leberwurst und schließlich Schnaps –, er selbst war weich, versöhnlich und widerlich gewesen: »Ich meine nur, du sollst dir nichts in den Kopf setzen, Mason. Sie ist doch noch ein Kind, siehst du

denn das nicht?« – Und nun fuhr Mason vorsichtig fort: »Sie macht ihre Arbeit anständig, gibt sich große Mühe. Ihr, du und Poppy, ihr habt mir ja gesagt, daß sie fleißig ist, und das ist sie wirklich. Das macht die Sache ja so schwierig. Ich weiß doch, wie nötig sie das Geld braucht. Du hast mir erzählt, was sie für Sorgen hat, und mein Herz blutet, Cass. Aber ich kann mir nicht denken, daß es jemand anders gewesen sein sollte als sie. Die Beweise liegen auf der Hand, Ort und Zeit stimmen. Soll ich nun einfach dastehen und zusehen, wie sie mir alles wegträgt?«
Cass murmelte schläfrig: »Du bist vor der falschen Tür, Mason. Such dir einen anderen Sündenbock.« – »Was?« – »Bock«, wiederholte er. »Ich sagte, such dir einen anderen Sündenbock. Du klopfst an der falschen Tür.« Mason blieb stumm. Sie fuhren jetzt steil hinauf, am Rande einer Schlucht entlang; hier sah es wild aus, nur verkrüppelte Eichen wuchsen auf granitenen Klippen, und überall lagen riesige Felsbrocken umher. Die Luft wurde nun kühler, und es roch schwach nach Lorbeer, Farn und Immergrün. Mehrere hundert Meter unter ihnen glitzerte das Meer wie blaue Emaille, wie ein See im grellen Sonnenlicht. Dann schoben sich wieder Felsen und Zwergeichen vor diesen Ausblick, und sie fuhren durch staubiges, verlassenes Land, in dem man Wölfe, Räuber, gebleichte und verstreute Gebeine ahnte. »Hier sieht es ja aus wie am San Bernardino«, sagte Mason. »Wo ist das denn«, fragte Cass. »An der Westküste, sechzig bis siebzig Meilen von Los Angeles. In der Nähe von Lake Arrowhead ist die Gegend unglaublich wild.« Darauf verstummte er eine Weile. Dann: »Nun, ich kann nur sagen, daß ich eines Tages mit Francesca abrechnen werde. Ich ertrage alles, außer dieser heimlichen Klauerei. Die ist übrigens das Schlimmste an der italienischen Krankheit. Ich ziehe da beinahe noch das brutale Gangstertum vor, das sie in Amerika eingeführt haben. Gegen Gewalttaten kann man sich wehren, aber nicht gegen diese heimliche, leisetreterische Klauerei. Ich weiß wohl, daß du, was Francesca betrifft, alle möglichen freundschaftlichen Gefühle hegst, die ich nicht hege« – nun lag Sarkasmus in seiner Stimme, doch wurde sie gleich wieder so kühl wie zuvor –, »aber sie war ja nicht sehr lange bei euch beschäftigt. Ich glaube, du hast die kleine Ratte niemals so recht in Aktion gesehen. Allein für den Zucker, den sie mir geklaut hat, könnte ich mir eine Fahrkarte nach New York kaufen.« Cass fühlte, wie Mason ihn anblickte. »Du brauchst mir nicht zu glauben, Dollbaby, frag nur Rosemarie. Du weißt gar nicht...« Die Stimme ging in ein quengelndes, nörgelndes Quäken über, das sich kaum von dem Surren der Reifen unterschied, der obligaten Begleitung zu den triefenden Saxophonen, die dumpf und ständig gestört aus dem Radiogerät drangen. »Du weißt gar nicht...« Ein Ton, halb Kichern, halb Stöhnen stieg in Cass' Kehle auf. ›Du weißt gar nicht.

Was weiß ich nicht?‹ dachte er. ›Alter Freund, ich weiß mehr, als du jemals erfahren wirst.‹ Denn wenn Francesca nun endlich mutig genug gewesen war, um etwas Wertvolles zu stehlen – und er zweifelte keinen Augenblick daran, daß sie die Ohrringe gemaust hatte –, so wußte Mason doch nicht, daß, was das übrige anging – den Zucker, die Butter, das Mehl, die Büchsen mit Suppe, deren Fehlen Mason mehrere Male keifend festgestellt hatte –, der Diebstahl von Cass geplant worden war; daß er Francesca zu ihren Raubzügen unter Anwendung all seines Scharfsinns ermutigt hatte, daß er sie über Masons Kommen und Gehen ins Bild gesetzt hatte, ihr gesagt hatte, wieviel sie jedes Mal ohne allzu großes Risiko stehlen dürfe, und wie er es schließlich mit Hilfe Francescas fertigbrachte, Masons Vorräte beinahe in eben dem Maße zu verringern, wie er sie durch die dauernden, sinnlosen Fahrten zur PX wieder auffrischte. Er hatte bereits ein großes Loch in Masons Speicher gebohrt.
»Es ist keineswegs Chauvinismus«, sagte Mason und meinte damit Francesca, ihre Unehrlichkeit und die der Italiener im allgemeinen. Man hatte die Straße hier aufgerissen, und sie mußten langsam fahren. Umbrafarbene Staubwolken umgaben den Wagen. »Es ist keineswegs Chauvinismus, wenn ich so etwas sage, Cass. Es kann einem aber übel werden, wenn man sich überlegt, wieviel Geld wir Amerikaner hier in Italien ausgestreut haben, mit dem einzigen Ergebnis, daß man uns als verblödeten, fetten, reichen Onkel betrachtet, der nicht nur nicht mit dem üblichen Anstand zu behandeln ist, sondern den man geradezu bei jeder sich bietenden Gelegenheit ausrauben und übers Ohr hauen muß. Du weißt ja, daß ich im Grunde ein Liberaler bin, aber manchmal glaube ich, daß das Symbol des guten Willens, nämlich General Marshall, das größte Unglück über Amerika gebracht hat. Ein alter Freund von mir hat gerade seine Stellung bei der ECA, oder wie das Ding heißt, in Rom aufgegeben. Du wirst ihn kennenlernen, er ist ein ganz besonders netter Kerl. Eigentlich müßte er heute schon da sein. Wenn du wissen willst, auf welch phantastische Weise die amerikanische Finanzhilfe vertan...« Cass rülpste und steckte einen Finger in den Flaschenhals, um den Schnaps vor dem Staub zu schützen. »Hör mal, Mason, diese Filmschauspielerin, diese Alice – wie heißt sie noch –, legt die sich für jeden auf den Rücken?« Er kicherte sinnlos und abstoßend vor sich hin. Bei der leicht schwankenden Bewegung des Wagens schien sich für ihn, im Vorstadium des Wahnsinns, der Himmel mit Wolken zu beziehen – obwohl die Sonne immer noch brannte. ›Gütiger Gott, laß mich aushalten, laß mich noch diesen Tag ertragen.‹ Er kicherte hilflos. »Bei uns in Carolina nennen wir so was ein Tischkätzchen. Glaubst du, Mason, daß Alice...«
»Das sind lauter Narzißten«, antwortete Mason kurz. »Die machen es sich

alle selber. Wirklich, Cass, unsere gesamte Außenpolitik muß gründlich geändert werden. Alles Politische kann aufs Individuell-Menschliche zurückgeführt werden, und wenn man nicht endlich einsieht, daß diese Klauerei alles andere, was auf einer höheren Ebene vor sich geht, buchstäblich ad absurdum führt, dann sind wir blinder, als ich es für möglich gehalten hätte. Wir...«
›Wir werden uns jetzt mal das Bild zurückholen, Herr Großkopf‹, dachte Cass, ›und dann werden wir uns verdrücken.‹ Er nippte an der Flasche. »Una conferenza sugli scienziati moderni!« piepste es aus dem Radio. »Stamattina: il miracolo della fisica nucleare!« Er fühlte, wie das hilflose Kichern in ihm nachließ und verstummte.
Mit einem weichen Bums gelangte der Wagen nun wieder aufs Pflaster, und die Luft wurde klar; fettige Hitzewellen zuckten hoch über dem Meer. Sein Mund war trocken und schmeckte säuerlich, und er fing an zu schwitzen. Die Sonne, nun fast schon im Zenit, fuhr wie eine von der Hitze zum Wahnsinn getriebene Van Goghsche Blume teuflisch, wild und wie kurz vor der Explosion durch den Himmel. ›Was für ein Irrsinn‹, dachte er, ›Irrsinn!‹ Seine Gedanken, seine Bewegungen, Träume, Wünsche und Handlungen waren während dieses Sommers stets nur um Haaresbreite vom Wahnsinn entfernt gewesen, aber dies hier, dieses Letzte war Wahnsinn, das Wahnsinnigste von allem. Die Droge (war es die Hitze, war es der Whisky? Für einen beängstigenden Augenblick hatte er den Namen jener göttlichen Arznei vergessen, und vor Angst stöhnte er so laut, daß Mason sich nach ihm umdrehte. Dann fiel ihm der Name wieder ein, und er murmelte ihn vor sich hin), die Paraaminosalycilsäure erwartete ihn in der Apotheke der PX, dessen war er sicher. Es war aber Irrsinn zu glauben, daß er, der sich schon fast im Delirium tremens befand und sich einzig mit Hilfe eines Lehrbuches der Inneren Medizin, seiner Verzweiflung und der wunderbaren, aber nicht mit Sicherheit heilenden Droge als Amateurdoktor betätigte, dem zum Untergang verdammten Häufchen Fleisch und Knochen in Tramonti neues Leben einhauchen könnte. Das alles war Wahnsinn... ›Langsam, Mason!‹ Sein Kopf schoß nach vorn, und er starrte in den Abgrund zum Meer gleich neben der Straße. Während seiner ersten Fahrten mit Mason hatte er sich oft über dessen Geschwindigkeitssucht gewundert, sie sogar für eine Abart von bedenkenlosem Mut gehalten, bis zu jenem nun schon fast vergessenen Augenblick, als er auf der Autostrada Mason angesehen hatte, sein gerötetes, schmallippiges Gesicht, das bei hundertfünfzig Stundenkilometer starr der Straße zugewandt war, und erkannt hatte, daß es nicht Mut war, sondern etwas ganz anderes – eine leere, ritualistische Verbindung mit einer Maschine, süchtig, selbstbesessen, autoerotisch und ohne jedes

Vergnügen, von Freude gar nicht zu reden – und da sagte er: »Warum fährst du denn nicht etwas langsamer, Mason?«

Der Wagen verlor an Geschwindigkeit, nicht jedoch, weil Cass darum gebeten hatte, sondern weil sie hinter einer Kurve in eine schmutzige, unter Aufsicht eines einzelnen Knaben stumpfsinnig dahintrottende Schafherde gerieten. Mason zischte zwischen den Zähnen, hielt an und bahnte sich dann langsam einen Weg. Trauriges Blöken erfüllte die Luft; der Wagen durchschnitt die Herde wie ein Schneepflug. Der Junge rief mit piepsender Stimme etwas Unverständliches. »In bocca al lupo!« rief Cass zurück und schwenkte die Flasche. Eine neue Kurve, Schafe und Knabe waren verschwunden. »Unsere Alice Adair«, sagte nun Mason, »ist eine geborene Ruby Oppersdorf aus Tulsa in Oklahoma. Zur Schauspielerin hatte sie ebensoviel Begabung wie ein Igel. Sie arbeitete in New York als Modell, als sie Sol Kirschorn in die Hände fiel. Ich weiß nicht, ob sie irgendeinen besonderen Trick im Bett kannte, jedenfalls aber hat Sol sie geheiratet. Nun spielt sie in jedem seiner Stücke eine Rolle. Etwas Stumpfsinnigeres als sie kann man sich kaum vorstellen. Und doch hat sie die Jeanne d'Arc, die Madame Curie, Florence Nightingale und Maria Magdalena gespielt. Sie ist so blöde, daß es schon wieder rührend ist... Ich habe zu Alonzo gesagt, daß die Rolle der Beatrice Cenci einzig so aufgefaßt werden kann...« Die Stimme verschwamm, entfernte sich. In einem dämmrigen Hain roch es nach blühendem Schierling. Dann verließen sie den Schatten, fuhren in das grelle Sonnenlicht hinaus und auf einen langgestreckten Höhenrücken zu. Rechter Hand war das Meer zu sehen, linker Hand eine Wiese voll wilder Blumen, die in der Hitze flimmerten, überwältigt von Licht und Sommer. Zwischen Hahnenfuß, Löwenmaul und gelben Senfblumen lag die Ruine einer Schäferhütte. Ein frischer Wind blies vom Meer herein und kühlte Cass' Stirn. Er schloß die Augen; der Duft, das sommerliche Licht und die Ruine vermengten sich zu einer heißen Welle von Erinnerung und Begehren. – ›Siete stato molto gentile con me‹, dachte er. ›Wie kann sie nur so etwas sagen. Sie sind sehr gut zu mir. Als gäbe es nichts anderes zu sagen, nachdem ich sie geküßt hatte und wir dort auf dem Feld eng aneinandergeschmiegt mit feuchten, geöffneten Lippen standen. Das hieß natürlich: ich bin noch Jungfrau, und vielleicht dürfen wir das nicht tun, aber Sie waren sehr nett zu mir. Ich hätte sie vielleicht gestern abend nehmen sollen, behutsam liebend, als sie sich so wild an mich drückte und ich ihren heißen Atem im Gesicht spürte... siete stato molto gentile con me... Cass... Cassio...‹ –

»Quatsch!« sagte Mason. Die sonnige Wiese, die Cass so süß an eine andere Wiese, einen anderen Augenblick erinnert hatte, war verschwunden und in die letzte bewaldete Steigung vor der Höhe übergegangen. Hier hatten Quellen, deren Wasser über die Straße rann, den Weg gefährlich ausgewaschen. Die Reifen des Wagens planschten durch Rinnsale. Erschauernd hob Cass die Flasche und trank. »Der Regisseur ist ganz erstklassig. Erinnerst du dich noch an ›Masken der Liebe‹ aus den dreißiger Jahren? Und ›Hafenstraße‹ mit Joan Garfield? Das war einer der ersten Filme, in denen es keine einzige Atelieraufnahme gab. Den hat Alonzo gemacht. Nur hat Alonzo leider einen Verfolgungswahn, er ist geradezu neurotisch. Und als man in Hollywood anfing, nach Kommunisten zu schnüffeln, ekelte ihn das so an, daß er nach Italien ging und seither billige Filme in Rom macht. Er ist später nie wieder in Amerika gewesen, obwohl er selbst überhaupt nichts mit den Kommunisten zu tun hatte, dazu ist er viel zu schlau. Kirschorn hat ihn wohl nur genommen, weil er selbst eine Art Schuldkomplex hat. Alonzo...« Cass tippte Mason auf die Schulter. »Rechts hier, Buster Brown, die rechte Abzweigung.« Der Wagen schwenkte nach Steuerbord, fing sich mit quietschenden Reifen und richtete sich wieder auf. »Paß doch auf, Cass!« Cass vernahm diese Worte kaum, so irritierend der Tonfall auch war. – ›Man kann nicht sagen, daß es nicht Begierde ist, aber wäre es nur Begierde, dann hätte ich sie schon längst genommen, nein, da ist noch etwas anderes, vielleicht kann man es Liebe nennen...‹ –

Nun waren sie auf der Höhe angelangt, und nach Osten zu entrollte sich Italien wie unter einem blauen Schleier, in wunderbar fließendem Wechsel. In der Mittagshitze dampfend lag unter ihnen die Ebene des Vesuvs, die sich bis zum Apennin erstreckte; eine geisterhafte Herde von Wolken trieb überall riesige Schatten vor sich her. Vor dem Horizont stand eine Regenbö wie ein schwarzer Rußflecken, und die unendliche Ebene selbst sah aus wie ein Schachbrett von Licht und Dunkel. Im Westen ragte drohend der Vesuv, schläfrig, ungeheuerlich, von einem Hitzeschleier bedeckt. Dahinter und nicht sichtbar: der Golf. Blinzelnd und in plötzlicher unverständlicher Angst wandte Cass die Augen ab. »Frattanto in America«, sagte die präzise Stimme des Ansagers, »a Chicago, il celebre fisico italiano Enrico Fermi ha scoperto qualcosa...« Cass schloß die Augen und nahm einen Schluck aus der Flasche. ›Der Golf‹, dachte er, ›der Golf, der Golf, die alles verschlingende Tiefe. Der Vulkan, lieber Gott, warum muß ich nur immer...‹

»Laß die Leute also ruhig über Alonzo reden. Er mag ein Narr gewesen sein, hat vielleicht ein bißchen zuviel von dem, was man so allgemein Integrität nennt, aber gib ihm eine Kamera und einen erstklassigen Schauspieler wie Burnsey, und dann wird er einen hervorragenden Film zustande bringen. Er ist vielleicht nicht so gut wie Eisenstein oder Ford oder Capra oder auch nur Huston, aber er hat eine individuelle Note...« –

›Humtata humtata.‹ Cass, der immer noch nicht wagte, den drohenden Vesuv anzublicken, dachte: ›Was für eine Stimme, was für eine ekelhafte, enervierende Stimme! Cripps. Humtata, humtata, Cripps.‹ Warum klang dieser Name nur plötzlich so bedeutungsvoll! Noch während er sich diese Frage vorlegte, fiel ihm die Antwort ein, und brennende Scham erfüllte ihn: undeutlich erinnerte er sich einer jüngst vergangenen trunkenen Nacht, einer Ansammlung von Gesichtern – die Filmfritzen –, die ihn boshaft und grölend umdrängten. Mason stand rot und grinsend und mit dem Ausdruck eines Dompteurs auf dem Gesicht über ihm, und dann er selbst; vom Trunk benebelt, die Glieder gummiweich, vollbrachte er hypnotisiert ein nicht zu bezeichnendes Kunststück, von dem er auch jetzt nichts weiter wußte, als daß es täppisch, widerwärtig und obszön gewesen war. Die Limmericks, die abscheulichen Demonstrationen, die schmutzigen Verse – was denn noch? Ah, ja, Cripps. War es nicht Cripps gewesen, der sich als einziger von dem ganzen Pöbel als mitfühlend erwiesen hatte? Der wütend und gleichzeitig mitleidig zu ihm getreten war, ihn hinuntergeführt, ihn kalt geduscht und dann eine Tirade gegen Mason losgelassen hatte, deren Quintessenz war: nur Mut, mein Junge, ich weiß nicht, was er mit dir vor hat und warum er das tut, aber ich bin auf deiner Seite. Das soll er nur noch mal versuchen... Guter alter Cripps! Es war wirklich nett von dem Burschen, ich muß mich irgendwann bei ihm bedanken. Er öffnete die Augen. Ja, um Himmels willen, es ist ja gar nicht Mason, der das getan hat, sondern ich bin es selbst!

Er sah an sich herunter und bemerkte, daß seine Beine zitterten. »Ich haue ab, Mason«, sagte er und starrte das hübsche Profil seines Nachbarn an, das kühle, schweißlose, gepflegte Profil über dem getupften Seidenschal. »Ich habe genug von Sambuco. Sobald ich mit der Sache in Tramonti fertig bin, haue ich ab.« Der Alkohol hatte ihn kühn gemacht, und ehe er es bedenken konnte, war es ihm schon herausgerutscht: »Wenn du mir, sagen wir mal, hundertfünfzigtausend Lire vorschießen würdest, dann könnte ich mit der Familie nach Paris zurückgehen. In Frankreich würde ich schon Arbeit bekommen und dir das Geld zurückzahlen können. Außerdem...« – »Wieviel schuldest du mir schon?« (Das klang kühl, aber trotzdem nicht unfreundlich.) »Oh, ich weiß nicht, Mason. Irgendwo habe ich es aufgeschrieben. So gegen zweihunderttausend. Ich...« Mason unterbrach ihn wieder, immer noch nicht unfreundlich, aber warnend, schon ein wenig streng: »Sei nicht blöde, Cassius. Mit hundertfünfzigtausend kämst du nicht mal bis Amalfi. Mach dir keine Sorgen wegen des Geldes. Bleib da, und wir werden uns schon einen hübschen Zirkus machen.« Er sah Cass mit einem etwas entschuldigenden Blinzeln an und fuhr fort: »Ich meine, wir werden uns schon die Zeit nicht lang werden lassen, nicht was du denkst. Picknick in Positano oder auf Capri. Wir wollen uns bloß ein bißchen vergnügen, sonst nichts.« (Trotz seiner Übelkeit, seiner Schlaffheit und der zitternden Beine begann Cass lautlos zu kichern: ›Heilige Mutter, einen Zirkus.‹ Er dachte an die köstliche ›Krise‹, irgendwann im Juni, als Mason ihm in einem benebelten Augenblick die Idee des Zirkus vorgetragen hatte, wobei er neckisch erläuterte, was er damit meinte: sie sollten sich zu vieren – Mason, die riesenhafte breithüftige Rosemarie, Cass und irrsinnigerweise ausgerechnet Poppy – in einen gemeinsamen Schlafzimmerulk stürzen; die Vorstellung, daß seine fromme, kleine, irische Gefährtin sich nackt wie ein Hering mit Rosemarie in Freiübungen ergehen sollte, kitzelte und amüsierte ihn mehr, als daß sie ihn abstieß, und er hatte so schallend gelacht, daß Mason, wenn auch verstimmt, seinen Vorschlag auf der Stelle zurückzog.) Sein Kichern hörte ebenso plötzlich auf, wie es begonnen hatte. Der Bursche will mich also wirklich hängen lassen, nur ein Grund mehr, ihn hinter seinem Rükken auszunehmen. Er blickte aus den Augenwinkeln auf Mason und redete stumm auf ihn ein: ›Wenn du doch den Mut hättest, rund heraus zuzugeben, daß du im Grunde schwul bist und es auf mich abgesehen hast, dann wärest du mir viel sympathischer, Buster Brown.‹

»Also laß den Quatsch, Cassius, rede nicht mehr davon, daß du abhauen willst. Es ist zwar eine Binsenwahrheit, aber die Dinge sehen sich immer anders an, wenn man...« Sie fuhren nun mit erschreckender Geschwindigkeit in nordwestlicher Richtung mit summenden Reifen den Höhenrücken oberhalb der riesigen Ebene entlang. Cass betrachtete Masons Knie, öffnete den Mund, um etwas zu sagen, überlegte es sich dann aber anders und rülpste. Alle die verrückten Zufälle und Mißgeschicke fielen ihm ein, derenthalben er diesen Tag, diese Fahrt, diesen Schrecken und diese Hoffnung auf sich genommen hatte: der Anblick Micheles an jenem drückend heißen verhängnisvollen Nachmittag, da er ihn zuerst erblickte. (Der Tag selbst hatte unter Vorzeichen des Unheils gestanden, denn weit unten an der Küste war eine Kolonne von Straßenarbeitern mit Sprengungen beschäftigt, und die böigen, donnernden Explosionen, die nur zu sehr an Krieg und Tod erinnerten, begleiteten Cass und Francesca, als sie sich auf dem Weg ins Tal befanden, und sie ihm von der Schwindsucht ihres Vaters berichtete – »tisi, la morte bianca« –. Das sei, Gott wisse es, schon schlimm genug, doch müsse Er besonders rachsüchtig sein. Zu dieser Krankheit noch ein so bösartiger Unfall! Die Zeit, die zwischen dem Augenblick verstrichen war, da sie seinen hilflos wilden Schrei vernahm, und dem Moment, da er auf dem Boden aufprallte, konnte kaum zehn Sekunden betragen haben und war ihr doch länger als eine Ewigkeit erschienen. Das feuchte und schräge Dach des Kuhstalles bot seinen suchenden

Händen keinen Halt. Als er stolperte und stürzte, hing er einen Augenblick lang mit ausgebreiteten Armen und Beinen am First, und sie glaubte, er sei sicher, bis er mit den Beinen voran und auf dem Bauch liegend die schlüpfrige Schräge herunterzurutschen begann, wobei er keinen Laut von sich gab, nur mit den Händen vergeblich einen Halt zu finden suchte. Er rutschte schneller und schneller bis zum Ende der Dachschräge, die ihn ins Leere hinausschleuderte, und als er niederfiel, zerbrach eins seiner Beine wie ein Stück Reisig unter ihm.) War es nicht an jenem schwülen Nachmittag gewesen, daß er zur Besinnung kam, damals, als er, neben Francesca stehend, zum ersten Mal auf Michele herniedergeblickt hatte, auf die große scharf gebogene Nase und die blassen, so grausam zerfurchten, eingefallenen Wangen, den Mund, der sich wie ein Schnitt zur Andeutung eines Lächelns öffnete und das schartige Gebiß und das fleckige kranke hellrote Zahnfleisch sehen ließ? Oder war es erst später, erst nachdem die kranken, fiebernden Augen Cass sanft und fragend und nicht ohne Verwunderung aus der Düsternis betrachtet hatten und die ächzende Stimme gesagt hatte: »Ein Amerikaner... Sie sind wohl sehr reich?« In dieser schwachen, kraftlosen Bemerkung hatte kein Vorwurf gelegen, keine Entrüstung und kein Neid; es war einfach die Äußerung eines Menschen gewesen, für den die Worte Amerikaner und Reichtum selbstverständlich zusammengehörten, so wie grün und Gras oder Licht und Sonne, und Cass, der diese Worte schon früher gehört hatte, wenn auch niemals von jemandem, der so unvorstellbar tief an Leid und Trostlosigkeit verloren war, hatte gefühlt, wie ihn die Kälte der Angst und die Krankheit wie mit feuchten Händen berührten. Er sah, daß der Mann nicht viel älter war als er selbst. Vielleicht war er damals zur Besinnung gekommen. Denn Francesca, die seine Verlegenheit gespürt hatte, sagte: »Babbo! Wie kannst du nur so etwas sagen!« Bäche von Schweiß troffen von Micheles Wangen, und Francesca kniete an seiner Seite, wischte ihm mit einem Lappen übers Gesicht und tadelte ihn mit sanften, summenden Worten. »Schäm dich, wie kannst du so etwas sagen, Babbo!« Dann hatte sie sich hingebungsvoll um ihren Vater gekümmert, ihm über die Stirn gestrichen, sein zerschlissenes Hemd glattgezogen und die Locken seines schwarzen verschwitzten Haares zurückgekämmt. Voller Mitleid und Kummer und mit einer hungrigen innerlichen Zärtlichkeit, die er noch nie so schmerzlich gespürt hatte, sah er zu, während sie für den geplagten Mann sorgte, und ihre entschlossene gütige Hingabe unterstrich und erhellte noch ihre Schönheit. ›Ein Engel‹, hatte er gedacht, ›wirklich ein Engel‹ – und dann hatte er sich verlegen abgewandt und war in die Hütte eingetreten. Hier im gedämpften Licht hatte er kaum den Lehmfußboden erkennen können, den einzigen armseligen Tisch und weiter hinten den

Kuhstall mit der mageren Strohschütte, und plötzlich war ihm der warme, säuerliche, faulige Gestank in die Nase gedrungen, der ihn sogleich in einen geheimnisvollen, namenlosen und im Augenblick unauffindbaren Teil seiner eigenen Vergangenheit zurückversetzte. O Gott, diesen Geruch kenne ich nur zu gut. Und in dem Bemühen, jenen Moment aus längst vergangenen Jahren wieder in die Erinnerung zu rufen, da er diesen üblen Gestank gerochen hatte, atmete er tief ein, genoß er beinahe den sauren, widerlichen Geruch und erstickte dann fast, während sich seine Lungen mit der dicken, fauligen Luft füllten. Plötzlich wußte er: es stinkt nach Niggern, weiß Gott, es ist der gleiche Gestank. So hatte es in der Hütte des Negers in Virginia gerochen. Das ist der verfluchte Gestank des Elends. Dann atmete er aus und trat verwundert und bekümmert wieder ins Sonnenlicht, wo Francesca sich zerlumpt und lieblich über Michele beugte und dann aufstand. Ein gebrochenes Grinsen hatte sich über Micheles Gesicht gebreitet, und mit einer ziellosen Bewegung seiner schwachen knochigen Hand verscheuchte er einen Schwarm grüner Fliegen. Sie waren nun alle stumm. Eine donnernde Explosion ertönte vom Meer her, wurde auf einem heißen Luftstrom heraufgetragen, der durch die Fichten strich; die Detonation breitete sich im Tal aus und erstarb schließlich rumpelnd mit dem Geräusch gegeneinanderrollender Fässer, das sich widerhallend zwischen den Hügeln verlor. »Ist es eine festa?« fragte Michele. Wieder zerfurchte das eingesunkene Grinsen sein Gesicht, und ein schreckliches, gepreßtes Kichern gurgelte aus seinem Mund, endete aber nicht in einem Lachen, sondern in einem langen schmerzhaften Hustenanfall, unter dem seine Arme, Schultern und sein spindeldürrer Nacken zuckten, als sei er eine Marionette. Dieser Anfall war so laut und hielt so lange an, daß es nicht den Anschein hatte, als versuche hier ein zerbrechlicher Körper, sich von einer erstickenden Verstopfung zu befreien, sondern er war wie eine explosive lärmende Lobeshymne auf die Krankheit selbst – eine unter der Folter entstandene Verherrlichung des Siechtums –, und in diesem Augenblick verstand Cass, zu spät und entsetzt, daß der Mann dort im Sterben lag. Und mit abgewandtem Gesicht und fest zusammengekniffenen Augen hatte er gedacht: ›Ich muß etwas tun, ich muß etwas tun, und zwar schnell.‹ Und es fiel ihm die Frau mit den Reisigbündeln ein, und er dachte wieder: ›Auch ich bin arm gewesen, aber niemals so arm.‹

»Warum ist er nicht im Krankenhaus?« hatte er wütend gefragt. »Warum liegt er hier so?« Da war Ghita dazugekommen, Micheles Frau, mit wildem Haar, selbst schwindsüchtig, fiebernd und nahezu hysterisch, und hinter ihr ein böses, altes Weib aus den Bergen, das Amulette und Zaubermittel trug. »Fragen Sie Caltroni!« kreischte Ghita. »Fragen Sie den

Arzt! Er sagt, es hat keinen Zweck! Wozu Hospital! Wozu jemanden ins Hospital schicken, wenn es keinen Zweck hat! Und wenn man es nicht bezahlen kann!« (Alles dies vor den schreienden Kindern und vor Michele, der in seiner Hängematte verträumt lächelte, während die gakkernde Magdalena, die ländliche Zauberin, über ihn gebeugt stand, zahnlos, mit schwellenden blauen Krampfadern, und ein Amulett über ihn schwenkte wie ein Weihrauchfaß.) »Er muß sowieso sterben!« hatte sie gekreischt. »Fragen Sie den Arzt! Sie werden schon sehen!« Und einige Tage später hatte er wirklich den Arzt aufgesucht, war düstere, nach Fisch riechende Treppen zu einer Praxis hinaufgestiegen, wo Caltroni inmitten eines Elsternnestes von rostigen Zangen, Lanzetten und sonstigem Gerät, welches schon zur Zeit Lord Listers veraltet war, hofhielt, wobei Unkenntnis und Unfähigkeit ihn umschwebten wie eine bräunliche Aureole. Er kaute an einem Stück Ziegenkäse und sah unbeschreiblich eitel, verschlagen und wichtigtuerisch drein. »Perchè?« hatte er gefragt und seine fetten, nikotingebräunten Finger gespreizt. »Non c'è speranza. E assolutamente inutile.« Dann war er verstummt und genoß sichtlich seine Verlautbarung. »Man nennt das allgemein Schwindsucht. Da gibt es überhaupt keine Hoffnung.« Und Cass, der das Blut wütend in seinen Schläfen klopfen fühlte (zu diesem Zeitpunkt war sein Bedürfnis, etwas zu tun, schon ein verzweifeltes, wildes Streben nach oben und von sich weg, das sich wie eine Flamme in sein trunkenes Traumland, in seine stumpfe Trübsal, seine Trägheit und seine Ichbezogenheit eingefressen hatte), Cass also sagte laut und ungeduldig: »Was soll denn das heißen: es besteht keine Hoffnung? Ich bin zwar kein Arzt, aber das weiß ich doch besser! Ich lese schließlich die Zeitung! Gegen so was gibt es jetzt Drogen!« Daraufhin hatte Caltroni, dem die Dummheit wie Schleim von den rosa Lippen troff, die Augen hinter seinem Kneifer geschlossen, die Finger mit einer ausdrucksvollen, weisen, unsinnig eitlen Geste zusammengepreßt und in pfäffischem Ton verkündet: »Vero. Ich glaube wirklich, daß es eine Droge gibt. Sie ähnelt dem Penicillin. Der Name ist mir entfallen.« Nun öffnete er die Augen. »Soviel ich weiß, ist es ein amerikanisches Produkt. Es gibt davon nur sehr wenig in Italien. Ich selbst habe nie Gelegenheit gehabt, es anzuwenden, obwohl in Rom...« Er hielt inne. »Auf keinen Fall würde es dem Bauern etwas nützen« – er sprach das herablassende Wort »campagnuolo« sorgfältig aus, als sei es ein Bazillus –, »er ist in einem zu weit fortgeschrittenen Stadium, und außerdem könnte er niemals dafür bezahlen.« Aber Cass war schon aufgestanden, stelzte zur Tür und rief über die Schulter zurück: »Che schifo! Merda! Von ihnen würde ich nicht mal an meiner Katze eine Abtreibung vornehmen lassen!« Und dann fühlte er sich sofort beschämt, denn schon als er die baufällige Tür

hinter sich zuknallte, wußte er, daß die Sünde des Doktors eine läßliche war, nämlich die, im Süden Italiens geboren zu sein, wo er sich wabbelnd und besiegt hinter der täuschenden Fassade seiner Eitelkeit verzweifelt damit abfinden mußte, bis zum Ende seiner Tage Furunkel aufzustechen, die Euter räudiger Kühe zu salben und Patienten alberne Pillen und Salben zu verschreiben, die ihn mit Ziegenkäse bezahlten, weil sie nichts anderes besaßen.
Micheles Befinden verschlechterte sich unterdessen: er hatte nicht mehr die Kraft, sich aus seiner Hängematte zu erheben, litt ständig unter Kopfweh, begann wieder über Schmerzen in seinem Bein zu klagen, und seine Hustenanfälle waren entsetzlich anzusehen und anzuhören. Francesca, die von Cass in der Beraubung der Masonschen Vorratskammer unterwiesen wurde (einmal ging Mason für eine Woche mit Rosemarie nach Capri, und da richteten sie ein wahres Schlachtfest unter den Beständen an), Francesca also sorgte dafür, daß Michele, Ghita und die Kinder zu essen hatten, aber der Kranke verspürte nur geringen Appetit. Cass besuchte ihn täglich; sie sprachen endlos von Amerika, dem Land der verlorenen Zufriedenheit und des Goldes. Um Micheles willen erzählte er lange, prächtig ausgeschmückte Lügengeschichten. Als er einmal im einzelnen die Stadt Providence beschrieb, die Michele aus Gründen, die nur er selber kannte, zu sehen wünschte, fühlte Cass eine plötzliche schmerzhafte Sehnsucht und ärgerte sich über dieses erniedrigende Heimweh, und als er mitten im Satz schwieg und über seine Empfindung staunte, erkannte er, daß er zwar manches gegen sein Heimatland vorbringen konnte, daß aber dort das sterbliche Fleisch nicht so grob beleidigt und mißhandelt wurde. Und er sah Michele an und wurde verzehrt von einer Güte, die er nicht begreifen konnte; als er sah, daß der Mann die Augen im Schlaf geschlossen hatte, fürchtete er einen schrecklichen Augenblick lang, daß Michele tot sei. Kurze Zeit später, etwa in der Mitte des Monats Juni, geschah etwas Merkwürdiges, das Cass für ein gutes Vorzeichen hielt: im Bella Vista zog ein junger Arzt aus Omaha mit seiner Frau ein. Sie waren offenbar auf der Hochzeitsreise. Der Arzt war klein und alert, hatte kurz geschnittenes roten Haar und einen vollen roten Schnurrbart. Seine Frau war schlaksig und nicht hübsch, sah aus, als betreibe sie eifrig Leichtathletik, und hatte auch die kräftigen Beine einer Langstreckenläuferin. Das Pärchen war ganz offenbar etwas verwirrt; sie blieben lange genug, um auf dem staubigen Tennisplatz des Bella Vista ein paar lustlose Spiele hinter sich zu bringen, und dann waren sie hastig geflohen – vielleicht sogar ohne Aufenthalt bis ins flache Omaha zurück. (Zweifellos habe die Höhe ihnen Angst gemacht, bemerkte Windgasser betrübt, auch extrovertierter wirkende Touristen als der Arzt und seine Frau seien

schon vor den steilen Klippen Sambucos geflohen.) Sie hatten in aller Eile ein Auto gemietet, um sich nach Neapel fahren zu lassen, und in ihrer Hast hatten sie unter anderem ihre Tennisschläger, ein Paar Hanteln, einen Spülapparat und mehrere Bücher vergessen. Eins dieser Bücher erblickte Cass, der gekommen war, um von Windgasser einen Zahlungsaufschub für die Miete zu erreichen, noch am gleichen Abend auf dem Empfangstisch, und mit geheimer Entdeckerfreude ließ er es in seine Tasche verschwinden: ›Lehrbuch der Diagnose und Therapie‹ mit dem Untertitel ›Ein Handbuch für den Arzt‹. Und da er im Besitz dieses Handbuches war, betätigte er sich schließlich auch als Arzt.

»*Generalisierte hämatogene Tuberkulose,* subakute Form: Die Anfänge dieser Krankheitsform sind... heimtückisch. Müdigkeit, Gewichtsverlust, Krankheitsgefühl und Fieber entwickeln sich über mehrere Wochen. Die Infektion ist weniger gravierend als bei der akuten Form, und der Umfang der Schäden in den verschiedenen Organen ist geringer. Es kommt jedoch zu einer größeren Zahl von Manifestationen lokaler Schäden, da die Patienten länger leben. Eine Lymphdrüsenerkrankung tritt mehr in den Vordergrund, eine Splenomegalie wird häufiger gesehen, und eine progressive kavernöse Lungentuberkulose entwickelt sich oft allmählich als Folge einer miliaren Aussaat. Symptome und Zeichen einer Urogenitaltuberkulose, Knochen- und Gelenktuberkulose oder Hauttuberkulose treten häufig während der Krankheit auf. Die Mehrzahl der Patienten stirbt innerhalb von 3 bis 6 Monaten, aber einige leben viele Jahre lang mit zum Teil geheilten Herden in den befallenen Organsystemen.«

Solche Absätze lernte er auswendig, und in ihnen fand er ebensoviel Hoffnung wie Verzweiflung. Denn wenn es stimmte, daß manche der Kranken viele Jahre lebten, dann konnte es vielleicht eine, wenn auch geringe Chance für Micheles Rettung geben. In der Bibliothek des Bella Vista fand er ein unförmiges, von Mäusen benagtes Konversationslexikon, in dem er unter ›Milz‹ nachlas. Dann eilte er noch am gleichen Abend nach Tramonti, betastete vorsichtig Micheles Milz, stellte fest, daß sie übermäßig geschwollen war, und nahm an, daß wenigstens die Diagnose Caltronis zutreffe.

»Streptomycin oder Dihydrostreptomycin ist von beträchtlichem Wert in der Behandlung der akuten und subakuten Formen der Krankheit. Zusätzlich zur spezifischen antibiotischen Therapie ist eine aktive unterstützende Behandlung für den Patienten mit schwerer akuter Miliartuberkulose angezeigt. Er kann so krank sein, daß eine intravenöse Flüssigkeits-,

Nahrungs- und Vitaminzufuhr notwendig wird. Bluttransfusionen können von Nutzen sein.«

Und er dachte: ›Wie zum Teufel soll ich ihm denn Blut übertragen?‹ Mit diesem Problem würde er sich aber schon zu gegebener Zeit befassen. Die Medikamente waren zunächst das Wichtigste, und am Morgen des nächsten Tages – ungeheuerliche Worte wie Histoplasmosis und Sacuidosis schwirrten durch sein Hirn – wußte er wenigstens, wo er Streptomycin bekommen würde. An jenem Morgen hatte er sich schon früh bei Mason eingefunden, und ausnahmsweise war er auch tadellos gekleidet, wie es einem zukünftigen Doktor der Medizin wohl ansteht.
Und Mason hatte ihn hängenlassen. Nein, letzten Endes doch nicht, er hatte schließlich nachgegeben, war gemächlich in seine fleckenlosen Flanellhosen gestiegen und mit Cass in die PX gefahren. Hier hatte er seine weitverzweigten Beziehungen spielen lassen und sich Streptomycin verschafft, dazu zwei Spritzen und zehn Ampullen Morphium, um die Schmerzen in Micheles Bein zu lindern. Das gehörte zu dem Handel. Denn es war ein Handel, von Großmütigkeit konnte nicht die Rede sein, und allein deshalb schon würde Cass ihm niemals verzeihen können. Er hatte Mason ohne alle Umschweife gebeten: »Es handelt sich um Francescas Vater, er ist sehr elend und braucht diese neue Wunderdroge. Ich habe gedacht, du könntest sie vielleicht beschaffen...« Darauf war ihm nur ein olympisches Achselzucken und folgende Antwort zuteil geworden: »Das ist Quatsch, Cass. Du brauchst mich wirklich nicht für den hartherzigsten Mann aller Zeiten zu halten, aber du weißt so gut wie ich, daß ein Amerikaner, der jedem kranken und ins Elend geratenen Italiener helfen wollte, dem er zufällig begegnet, innerhalb einer Woche pleite wäre, und wenn er zwanzig Millionen Dollar besäße.« Er räkelte sich da in der Frühsonne, tadellos gekleidet, eine Modepuppe im Flanellanzug, und goß Kaffee aus der blitzenden elektrischen Kaffeemaschine in zwei Tassen. »Ich weiß schon, daß ich ein Schuft bin«, sagte er belustigt, »aber damit mußt du dich abfinden. Wenn man schon den Wohlfahrtsstaat billigt und das ERP, oder wie das schon heißt, dann muß man auch einsehen, daß man weiter keine Pflichten hat. Wirklich, Cassius, das ist mein Ernst. Wenn ich dir sagen würde, wieviel Einkommensteuer ich im vergangenen Jahr gezahlt habe, dann würdest du mich einen Lügner nennen. Ich will damit sagen, Dollbaby, daß ich schon ein ganzes Faß Antibiotika gestiftet habe.« Doch nach einer mehrstündigen Unterhaltung, in deren Verlauf Mason zum ersten Mal seine Ansicht über den Wert von Erotica zum besten gab und Cass auch einen Stapel seiner saftigsten Lithographien zeigte, wurde man schließlich handelseinig. »Vielleicht ist das die richtige

Methode, Dollbaby«, hatte Mason gesagt, »um dich von deiner psychischen Verstopfung zu befreien.« Cass erschien diese Aussicht höchst verlockend. Später bedauerte er es. Aber der Handel war abgeschlossen. Für ein schweinisches Bild in erstklassiger Ausführung: Miete, Schnaps und Streptomycin. Und spät am gleichen Abend, kurz bevor er damit begann, seinen Teil des Vertrages zu erfüllen, hatte er wenigstens die Befriedigung, ein ganzes Gramm des mühsam erworbenen Medikamentes aus der Spritze in Micheles Adern fließen zu sehen. Es fehlte ihm nun nichts mehr als eine Approbation.

Es wurde ein Monat von zusammenhanglosen Tagen, die sich immer mehr jener schattenhaften Grenze zu nähern schienen, welche Vernunft von Wahnsinn trennt. Er trank, er schlief nicht; wenigstens sechsmal am Tag war er an Micheles Seite, und er wußte nicht mehr, wie oft er den Weg ins Tal und zurück in der brütenden Hitze ging. Das ließ sich nun nicht vermeiden, denn von der hysterischen Ghita war nicht zu erwarten, daß sie die Injektionen gewissenhaft vornehme. Außerdem gab es in einem Tal, in dem man noch nie einen Eisblock gesehen hatte, von einem Kühlschrank ganz zu schweigen, keinen Ort, an dem man das Medikament hätte lagern können. Einmal wankte er unter einem riesigen Eisblock ins Tal, doch schmolz das Eis schnell, und er erkannte, daß dieser Plan mit noch mehr Schwierigkeiten verbunden war als die immer wiederholten Gänge. Auf diese Weise ergab sich für ihn ein halluzinierender rhythmischer Tagesablauf, in dem eine bestimmte bekannte Zypresse, an der er vorbeikam, eine seichte Stelle, an der er den Bach überquerte, ein Felsblock, den er erstieg, um eine Wegbiegung abzukürzen, Stationen auf seinem Wege wurden, die er auf die Minute pünktlich passierte, um am Ende erschöpft und beduselt vom Wein oder Masons Schnaps in der fliegendurchsummten Hitze auszuruhen und mit Michele zu sprechen. (Amerika! Amerika! Was für Lügen erzählte er doch! Was für Lobreden, was für Hymnen widmete er doch der Nation!) Dann stach er die ausgekochte Nadel behutsam durch die Gummikappe der Ampulle, zog vorsichtig ein Gramm der rosafarbenen Flüssigkeit empor und drückte sie langsam in die Vene von Micheles dürrem, bewegungslosem Arm. Doch ging es Michele sichtlich schlechter, wenn er auch vielleicht nicht so schnell verfiel wie zuvor; er welkte dahin wie der dünne, schrumpfende Stengel einer Pflanze, die weder Wasser noch Sonnenlicht hat. Er sah, wie Michele dahinschwand, und blinde Wut packte ihn, während er den Rückweg antrat. Er wütete gegen seine eigene Unzulänglichkeit, gegen Italien, gegen Mason (beim Himmel, Mason könnte allein von seinem Wechselgeld Michele ins Krankenhaus schaffen lassen), gegen die schwarze, gehässige und verkommene Gottheit, die kühl entschlossen schien, ihre Kreaturen zu vernichten, nicht obwohl, sondern geradezu weil sie gelernt hatten, ihre Körper zu heilen, wenn auch nicht ihre Seelen...

»Questi sono i soli es emplari che si conoscano«, sagte die nörgelnde wissenschaftliche Rundfunkstimme, »a rigor di termini...« Mason war verstummt, und während der Cadillac nun über die Hochfläche dahinbrummte, verdeckte eine einzelne Federwolke die Sonne und brachte eine plötzliche Abkühlung. Cass fühlte, wie der Schweiß auf seiner Stirn verdunstete und ihm ein kühler Schauer über den Rücken fuhr. Da hob er die Flasche an den Mund und trank. Unten in der Ebene strich der Schatten der Wolke mit großer Geschwindigkeit nach Westen, wie die zerfaserte, graue Silhouette eines vorgeschichtlichen Vogels, und bedeckte Felder, Bauernhäuser und Bäume. Hinter ihrem Saum kam gierig und den Spuk verfolgend das Sonnenlicht. Die Wolke verzog sich langsam von der Sonne, und nun war der Wagen von neuem in heißes blendendes Licht getaucht. »Hör mal, Mason«, hörte Cass sich schwerfällig fragen, »glaubst du, daß sie das Zeug haben?« – »Welches Zeug, Cassius?« fragte Mason freundlich. »Du weißt schon, die Para-aminosalicylsäure. Haben sie dir gesagt, daß du sie heute bestimmt kriegen kannst?« (Da war wieder das Handbuch, dessen bösartige Terminologie er seinem Gedächtnis wie einen Abzählvers eingeprägt hatte.

»Para-aminosalicylsäure ist hauptsächlich als Adjuvans zur Streptomycin- oder Dihydrostreptomycintherapie angezeigt, da sie das Resistentwerden der Bakterien auf diese Drogen hinauszögert. Sie kann jedoch auch allein angewandt werden, wenn Streptomycin und Dihydrostreptomycin kontraindiziert sind oder sich als unwirksam erwiesen haben, da sie selbst eine antituberkulöse Aktivität besitzt.«

Das war die letzte Hoffnung. Warum er so lange dazu gebraucht hatte, diese kostbare Weisheit in seinem Lehrbuch zu finden, da er doch nun zwei Wochen lang zugesehen hatte, wie Michele dahinwelkte, das konnte er sich nicht erklären. Einerlei, da er nun ganz zufällig vor drei Tagen darauf gestoßen war, während er im Halbschlaf neben Michele im Buch geblättert hatte, mußte er dieses Zeug unbedingt in die Hand bekommen, ob es sich nun als die wunderbare Rettung im letzten Augenblick erweisen würde oder nur als verzweifelte, nutzlose Geste.) »Weißt du bestimmt, daß sie es dir für heute versprochen haben?« wiederholte er. »Ganz bestimmt. Mach dir deshalb keine Sorgen, Dollbaby.« – »Ich kann es dir nicht gleich bezahlen, Mason. Wenn du es vielleicht zu all dem übrigen auf meine Rechnung setzen...« Aber erstaunlicher-, geradezu unglaublicherweise – konnte es wirklich wahr sein? – sagte Mason: »Sei doch nicht blöd, Cass, Ich mache das schon. Wenn du willst, kannst du es als ein Geschenk betrachten. Ich habe mir das Zeug am Dienstag angesehen, und es ist billig. Es wird aus Steinkohlenteer hergestellt wie Aspirin, hat mir der Apotheker gesagt, und sie haben es massenweise herumliegen. Aber selbst...« Cass ah ihn nun aufmerksam an. War das wirklich ein freundliches Lächeln auf dem Gesicht, geradezu ein gütiges Lächeln, oder war es etwas anderes, komplizierteres, eine täuschende Lippenbewegung? – »aber selbst wenn es wirklich teuer wäre, Cassius, würde ich es dir schenken.« Er unterbrach sich, wischte mit einem Papiertaschentuch über seine Sonnenbrille und lächelte dabei großmütig. »Das ist wirklich das mindeste, was ich tun kann. Sie ist eine ganz wilde kleine Diebin – davon könnte ich sogar dich überzeugen – aber wenn es dem Alten wirklich so schlecht geht, wie du sagst, dann will ich auch etwas tun, damit er wieder auf die Beine kommt. Schließlich ist es nicht seine Schuld, daß sie... nun, du weißt schon. Also denk nicht mehr daran, Cass, ich mache das schon.« Cass antwortete nicht. Im Halbschlaf durch halb geschlossene Augenlider ins Tal hinunterblinzelnd, fühlte er, wie ihm der Unterkiefer herabfiel, wie die Muskeln in seinen Gliedern erschlafften, während er dachte: ›Nein, ich will deine verdammte Wohltätigkeit nicht. Auch um Micheles willen nicht. Ich zahle es dir zurück, Buster Brown, ich zahle dir alles zurück.‹

Während der Cadillac jaulend um eine Kurve fegte und die Abfahrt nach Neapel und in die Ebene antrat, schien der Vesuv, der nun unter der blauen Wölbung des Himmels näherrückte, zu schwanken. In diesem Augenblick geschah das, wovor er sich den ganzen Tag schon gefürchtet hatte. ›Barmherziger Jesus‹, dachte er erschreckt. ›Es geht wieder los, es geht wieder los!‹ Und tatsächlich sah er einen Augenblick lang – während er mit der Hand den Türgriff umklammerte, nicht um sich festzuhalten, sondern in dem schnellen, unabsichtlich gebremsten Impuls, sich auf die Straße zu stürzen – sah er vor der blauen Flanke des Vulkans die Umrisse einer haarigen Spinne in beunruhigendem Rot und mit tolpatschig greifenden Armen. Die ganze zuckende Scheußlichkeit war so groß wie das Kolosseum. Sekunden später verschwand sie. Er schloß fest die Augen und dachte klopfenden Herzens: Ich darf an nichts denken, nur an Licht. Langsam löste sich sein Griff von der Tür, und die Hand fiel ihm in den Schoß. »Ich bin also wirklich im Delirium«, flüsterte er vor sich hin. Und in der Dunkelheit war nun das Radio verstummt, aber Mason schnatterte weiter, unermüdlich, keifend, endlos: »Da gibt es gar nichts, Cass, in einem Zeitalter des Zusammenbruchs der Kultur, des Niederganges der

Kunst müssen die Menschen immer noch ein brauchbares Ventil für jene emotionelle und psychische Dynamik finden, die nun mal im menschlichen Körper ist. Als wir damals nach Paestum fuhren, hab' ich dich schon davon zu überzeugen versucht, und schließlich und endlich wirst du mir auch einmal zustimmen. Erinnere dich daran, was ich von Nietzsches Begriff des Apollinischen und des Dionysischen sagte – das ist eine wunderbar romantische, aber doch vollständig akzeptable logische Konzeption. Da nun die Kunst einer dekadenten Lähmung unterliegt, muß die Gesellschaft sich dem dionysischen Aufschwung auf eine geistige Ebene anschließen, auf der es möglich sein wird, alle Sinne gänzlich unbehindert zu betätigen... Du scheinst nicht zu begreifen, Cassius, wie im Grunde moralisch, ja sogar religiös das orgiastische Prinzip ist... Nicht nur weil es in zweiter Linie eine Ablehnung der bürgerlichen Konvention, das heißt also eine Form des ›Gefährlich-Lebens‹ bedeutet – wiederum Nietzsche –, sondern weil es die Bejahung des Fleisches ist... der priapische Ritus... ehrwürdig... deine Freunde, die alten Griechen... zeitloses Ritual... wie Jazz... pro vita, nicht contra... das ist es, was die Neger und die Halbstarken instinktiv wissen... der vorletzte Orgasmus...«

›Scheiße‹, dachte Cass schläfrig, ›dreimal beschissene Scheiße.‹ Die Stimme, jetzt weich und leise und impotent, schläferte ihn ein, und dann hörte er sie nicht mehr, denn eine wilde und schmerzliche Phantasie hatte von seinem Hirn Besitz ergriffen: Poppy, wie immer von ihren Kindern umgeben, sprach zu ihm. »Cass«, sagte sie traurig, »ich weiß alles«, und dann ging sie fort, und er war wieder bei Francesca. Sie wanderten zusammen im Sonnenschein über ein Feld, das mit kelchförmigen Anemonen weiß, scharlach und rosenfarben bedeckt war; der klare helle Tag war angefüllt mit ihrem sanften Geschwätz. »Mia madre andava in chiesa ogni mattina, ma adesso mio padre...« Und sie verstummte traurig, und zusammen überschritten sie nun einen Bach, und sie hob den Saum ihres Rockes und zeigte ihre weichen, liebreizenden Schenkel. War dies wirklich mehr als ein Traum? Denn als sie nun zusammen am Ufer lagen, im Gras unter den Weiden, die einen beständigen kühlen Schatten verbreiteten, waren sie beide endlich nackt, und er hielt ihren warmen Körper fest in seinem Arm. »Carissima«, flüsterte er und preßte lange Küsse auf ihren Mund. Er fühlte ihre Hände sanft und liebend auf seiner Brust und küßte ihr Haar. Sanft berührte er die Spitzen ihrer schweren jungen Brüste, noch sanfter die weiche, feuchte, warme innere Stelle, was ihr das Wort »Amore« auf die Lippen trieb wie den Schrei aus einem Madrigal... Aber nun vernahm er ein Getöse wie vom Verkehr auf hundert belebten Straßen, und die Wiese, die Anemonen, die Weiden und seine gesegnete Francesca waren verschwunden. Ein Gestank wie von Aas traf ihn, ein

süß-saurer, ekelhafter Gestank von Tod und Zersetzung. An einer dunklen Küste, die faulig war von der Schwärze tödlichen Wassers, suchte er die Antwort und den Schlüssel. Er schrie Worte durch die Dunkelheit, die er nicht verstand, und das Echo traf ihn wie Worte, die in einer fremden Zunge gesprochen waren. Er wußte, irgendwo gab es Licht, aber es verbarg sich vor ihm wie ein hin und her huschendes Phantom; stumm mühte er sich, den Schrei auszustoßen; zu spät, wie er erwachend wußte. »Steh auf, Michele, erhebe dich und wandle!« brüllte er. Für den Bruchteil eines Augenblickes, zwischen Licht und Dunkel, glaubte er, den Mann zu erblicken, wie er geheilt, kräftig und aufrecht auf ihn zukam. – »Oh, erhebe dich, Michele, mein Bruder, erhebe dich!« –
»Sharon will immer nur Johnny Ray sehen, Frankie Laine kann sie nicht ausstehen«, schepperte eine amerikanische Stimme über ihm. Er erwachte langsam mit Schmerzen im Kopf, von oben bis unten schweißbedeckt. Kummer und Verlangen zerrissen ihn. Er richtete sich aus seiner zusammengesunkenen Stellung im Sitz des Wagens auf und fand sich allein. Bewegungslos ließ er die Hitze, die über dem bekannten Parkplatz brütete, auf sich einwirken. Zwei schwatzende junge Mädchen in Bluejeans mit rosig bepickelten Gesichtern, die jedes an einem Dauerlutscher leckten, wandelten vorüber und sprachen über Kultur: »Sharon macht sich aus niemandem was, nur aus Johnny.« Er war benommen vom Alkohol und den Resten eines allzu kurzen Schlummers; er sah sich nach Mason um, erblickte aber nur einen blonden Soldaten mit einem unglaublich quadratischen Kopf, der pfeifend auf die PX zuschritt. Furcht packte ihn. ›Vielleicht kriegt er das Zeug nun doch nicht‹, dachte er. ›Vielleicht kauft er aus irgendeinem Grund nur seine Vorräte und denkt nicht daran, es mir zu beschaffen. Vielleicht läßt der Lump mich wieder hängen!‹ Er fiel beinah aus dem Wagen, da sich sein Fuß unter dem Sitz verklemmt hatte, und taumelte auf das Gebäude der PX los; er murmelte vor sich hin, schwitzte wie ein Ackergaul und bemerkte viel zu spät (das plötzlich errötende Gesicht einer Offiziersfrau, die ihre Lippen zusammenpreßte und den Blick abwandte, machte ihn darauf aufmerksam), daß sich eine kräftige Erektion unter seiner Hose abzeichnete. Er blieb stehen und machte sich präsentabel, dann drängte er sich zusammen mit mehreren seiner Landsleute in Sporthemden durch den Eingang, wo er von dem eisigen Luftstrom der Klimaanlage und einem gummikauenden Hauptfeldwebel mit bösartigen Äuglein und schwerem Kinn empfangen wurde. »Wo haben Sie Ihren Ausweis?« fragte er. »Ich suche jemanden«, erwiderte Cass. »Sie brauchen einen Ausweis.« – »Ich habe keinen. Mein Freund hat einen und im allgemeinen...« – »Hören Sie mal, Soldat«, versetzte der Hauptfeldwebel, legte seine Bildzeitung zur Seite und sah Cass unfreund-

lich an. »Die Vorschriften stammen nicht von mir, sondern von Papa Staat. Wenn man hier rein will, braucht man einen Ausweis, einen Ausweis mit der Unterschrift des Kommandeurs und vom Adjutanten gegengezeichnet. Wie lange sind Sie schon hier? Zu welcher Einheit gehören Sie? Zur Wachkompanie?« Cass fühlte ein Schluchzen in seiner Kehle aufsteigen, und ein roter Schleier der Wut begann sich vor seinen Blick zu senken. »Und noch etwas«, fuhr der Feldwebel fort, »an Ihrer Stelle würde ich mich in Zivil etwas mehr vorsehen, besonders wenn Sie sich vollaufen lassen wollen. Sie sehen ja aus wie der letzte Dreck. An Ihrer Stelle würde ich mich erst mal ausschlafen.« Cass starrte den Feldwebel verwirrt und ungläubig, wütend und beleidigt, mit offenem Mund an. Durch die eisgekühlte Luft säuselte gedämpfte süßliche, sirupartige Tanzmusik von Schallplatten. Saxophone und Klarinetten jaulten, Streichinstrumente winselten, und aus einer anderen Ecke heulte ein Sänger. Es roch nach Eiskrem, Milch und verschüttetem Coca-Cola. ›Wenn er noch ein Wort sagt‹, dachte Cass, ›dann schlage ich ihm die Nase platt.‹ Er hatte wohl auch die Faust geballt und war auf den Feldwebel losgetorkelt, als er eine Hand auf der Schulter fühlte und dann sah, daß Mason eingriff: »Lassen Sie nur, Sergeant«, sagte er, »er kann meinen Ausweis mitbenutzen. Er ist... er gehört mir und ich brauche ihn, damit er meine Sachen rausträgt.« Er wandte sich zu Cass und sagte verärgert: »Du bist mir eine schöne Hilfe, Buster Brown. Ich habe eine Viertelstunde lang versucht, dich zu wecken. Also lassen Sie ihn schon durch, Sergeant.« – »Jawohl, Sir.« Und so trottete er denn hinter Mason in das Gebäude – nun gehörte er ihm. Das war wohl so ziemlich das Allerletzte... Er fühlte, wie es langsam bergab mit ihm ging. Den Schnaps hätte er vielleicht noch vertragen, und auch mit seiner Erschöpfung wäre er fertig geworden, aber beides zusammen, Whisky und Erschöpfung, war zuviel und brachte ihn um den Verstand. Wieviel Stunden Schlaf hatte er wohl in den vergangenen Wochen täglich gehabt? Drei? Vier? Er wußte es nicht; er wußte nur, er war so tief erschöpft, daß diese Erschöpfung seine Vernunft, ja selbst seinen Schlaf bedrohte, der so zerfahren und zerquält war von dem täglichen sechsmaligen Ritual der Wanderung über Felsen und Klippen, daß er selbst im Traum noch die Füße bewegte, die Markierungen registrierte und Leben in Micheles stets ausgestreckten Arm pumpte. Der Schlagersänger krähte schmalzig einen stupiden Text, und während Cass hinter Mason her in die Lebensmittelabteilung trottete, fühlte er, wie ihn trotz allem eine verzweifelte Lustigkeit überkam. Vor ihm stand bedrohlich eine rotgesichtige knochige Matrone in langen Hosen: »Harry!« krähte sie, »hier gibt es nicht mal Ready Whipp!« Und Cass, der sich an ihr vorbeidrängte, murmelte: »Gütiger Gott, man denke nur!« Von seiner Bemerkung wurde nicht Notiz genommen, und Cass folgte Mason, er schwankte an Pyramiden von Büchsen vorbei, an Hundefutter und Klosettpapier, und aus Versehen geriet er in eine Menschenschlange, drängte sich zwischen zwei drohende Gestalten, deren eine er undeutlich als einen Major erkannte, der mit gerunzelten Brauen sagte: »Moment mal, Sie da. Stellen Sie sich hinten an.« Er kicherte und hörte sich selbst träge und verträumt sagen: »Hören Sie nicht darauf, was die Leute sagen, Major, auch in Friedenszeiten besteht die Armee nicht ausschließlich aus Tagedieben und Landstreichern. Sehen Sie sich doch mal selbst an, Sie sehen doch wirklich wie ein anständiger, aufrechter...«, aber da fühlte er wieder, wie Mason ihn am Arm packte, während er sich gewandt entschuldigte – »Achten Sie gar nicht auf ihn, Major, er denkt, er ist witzig – und...« Und dann in scharfem Befehlston Masons Stimme: »Reiß dich zusammen, du Idiot, zu Haus kannst du dich jederzeit wie ein Clown benehmen, aber nicht hier. Willst du, daß ich dir die Medikamente besorge oder nicht?« – »Na klar doch, Mason, klar doch, Freund, ich tu ja alles, was du willst.« Kurz darauf wurde er im Gedränge von Mason getrennt und ertappte sich, halb über einem Tresen liegend zwischen orangefarbenen Filmschachteln, Linsen, Lichtmessern und ledernen Kamerataschen, bei dem Versuch, umständlich durch eine Kamera zu sehen. »Ich möchte aber eines wissen«, bedrängte er den Verkäufer, der im Rang eines Korporals stand, »wird das Ding auch in alle Ewigkeit halten?« Er hatte begonnen, gefährlich zu schwanken. »Ich meine, ich kann mit diesem Ding hier Myrtle und die Kinder photographieren und vielleicht auch Mama und Papa und meinen Bruder Buddy und meinen besten Freund Smitty...«, aber da kam er nicht weiter, denn im selben Augenblick, in dem der Korporal rief: »Bates, komm mal rüber und hilf mir diesen Besoffenen loswerden!«, fühlte er von neuem Masons Gegenwart und hörte dessen Entschuldigungen, und danach folgte ein Augenblick so vollständiger Leere, daß es war, als sei jemand hinter ihn getreten und habe ihn plötzlich und ganz schmerzlos mit einem Vorschlaghammer geschlagen. Kurz darauf (zwei Minuten, fünf Minuten?, das war ihm entfallen) belebte er sich wunderbar, als er bemerkte, daß er irgendwie in den Besitz eines Spielzeugraketengeschützes gekommen war. Nun taumelte er mit diesem Lärminstrument in Präsentierhaltung bedrohlich zwischen den Ladentischen umher und sang dabei aus vollem Halse. »Gott schütze Amerika!« brüllte er, »Land meiner Liebe!« Er entwischte einem khakifarbenen Arm, der nach ihm gegriffen hatte, und führte dann korrekt eine Linksschwenkung aus, wobei er in eine Pyramide von Haferflockenschachteln torkelte, die auseinanderflogen und die Gegend mit grauen Flöckchen zuschneiten. »Ich trete für dich ein!« hörte er sich im Weitermarschieren brüllen. »Und schütze dich... Platz da!« Er wußte, daß er geradenwegs in seinen Untergang rannte, und verzweifelte, flehende Worte formten sich zu einer leidenschaftlichen Litanei auf seinen Lippen (»Slotkin, alter Vater, alter Rabbi, was soll ich jetzt tun? Verlaß mich jetzt nicht in der Stunde der Gefahr«), aber er hatte jede Beherrschung verloren und marschierte vorwärts durch das Gebäude, brüllte Kommandos und scheuchte Hunde, Hauptleute, Obersten, Kinder und Kauflustige nach allen Seiten. »Platz da! Aus dem Weg, Abschaum der Armee! Platz für einen wirklich lebendigen, hundertprozentigen Amerikaner!« Zock! machte der Raketenwerfer, dessen Mündung auf eine zusammengekauerte Offiziersfrau gerichtet war. Zock! »Der ist für die Pilgerväter!« Zock! Ein beleibter Oberst, der vor Zorn blitzte und wabbelte, geriet in den Feuerbereich. Zock! »Der ist für die hochwohlgeborene Botschafterin in Rom!« Zock! »Der ist für die Auslandshilfe! Himmel, Arsch und Zwirn!« Zock! Das war, wie er wußte, das Ende vom Lied. Ein Schauer fuhr ihm über den Rücken, begleitet von dem bekannten säuerlichen Geschmack, und kündete das Dunkel an, das in ihm aufbrach, noch während er auf einen bebrillten Major und dessen Frau anlegte, in der Hoffnung, zwei Fliegen mit einer Klappe zu erschlagen. »Der soll den Geist von Thomas Jefferson trösten!« heulte er. Und während der Raketenwerfer ein letztes schwaches, ungewisses Zock von sich gab, fühlte er sich von starken Armen gepackt, und der Tag versank taumelnd in der Dunkelheit.

»Du hast Schwein gehabt, daß sie dich nicht eingesperrt haben, Dollbaby«, sagte Mason einige Stunden später, als sie über Sorrent zurückfuhren. Das war eine Fahrt voller Licht und Dunkelheit, voll von befremdlich sich verändernden Schatten und einem Halbschlaf, der angefüllt war mit unbegreiflichen und sinnlosen Träumen. Er war zu erschöpft, um auch nur ein einziges Wort an Mason zu richten, ja, er beantwortete nicht einmal so außerordentliche Sätze (obwohl er sie sorgfältig in seiner Erinnerung für späteren Gebrauch verwahrte) wie diesen: »Du kannst dem Himmel dafür danken, daß ich dich dort herausgeholt habe, und du siehst nun wohl ein, daß du ohne mich gar nichts mehr anfangen kannst!« Selbst noch, als er oberhalb von Positano Kraft und Nüchternheit genug gesammelt hatte, um seine Augen zu öffnen und nach Mason zu sehen, blieb er stumm und wartete ab, als er Mason sagen hörte: »Wenn du auch ein völliges Wrack bist, Dollbaby, kannst du doch wohl begreifen, warum ich so scharf auf sie bin. Was kann sie schon mit einem Säufer anfangen? Schließlich braucht sie jemand, der es ihr richtig beibringt...« Sein Tag würde schon noch kommen. Er schloß wieder die Augen und schlief den ganzen Weg bis nach Amalfi, wo er sich mit Poppy für die Festa verabredet hatte.

Merkwürdigerweise, aus ganz unerklärlichen, um nicht zu sagen unentschuldbaren Gründen, ließ Mason ihn am Ende doch hängen. Er händigte ihm das Medikament nicht aus. Als Cass in Amalfi ausstieg und die Flasche aus dem Karton im Rücksitz nehmen wollte, knallte Mason die Tür zu, sah ihn kalt von seinem Platz hinter dem Steuerrad an und ließ den Motor wild und scharf aufheulen. »Hände weg, Buster Brown«, sagte er kurz und giftig. »Ich behalte das Zeug, bis du zur Vernunft kommst. Du kannst heute abend mal hereinsehen.« Und er starrte Cass mit einem so wirren Gesichtsausdruck an, daß Cass glaubte, Mason sei nun schließlich auch im Begriff, den Verstand zu verlieren. »Komm heute abend vorbei«, sagte er mit merkwürdig dumpfer Stimme, »vielleicht können wir uns dann irgendwie einigen.« – »Aber hör doch mal, Mason, du hast doch gesagt...« Aber der Cadillac glitt plötzlich in den dämmerigen Nachmittag hinaus und verschwand die Straße hinauf nach Sambuco. An was für eine Einigung dachte er wohl? Das erfuhr Cass niemals. Als er aber an jenem Nachmittag leicht schwankend auf der Piazza von Amalfi stand, wie vor den Kopf geschlagen von Masons Verhalten und der überraschenden Schnelligkeit seines Aufbruches, erkannte er doch eines: der letzte Blick, den Mason ihm zugeworfen hatte, bestand zwar zu einem Teil aus wütendem Haß, doch lag darin ebensoviel von etwas, das man zwar nicht als Liebe, aber doch als ihr abscheuliches Ebenbild bezeichnen konnte.

Jetzt werde ich das Schwein wohl wirklich ausplündern müssen, dachte er. Und wenn das alles vorbei ist, werde ich wieder nüchtern und schlage ihm die Fresse ein.

Er war wirklich sehr krank. Als er Poppy und die Kinder beim Strandfest traf, sah sie ihn aufmerksam an, bemerkte, daß er »grauenhaft« aussehe und bestand darauf, sofort nach Sambuco zurückzukehren. Durch den aufgewirbelten Staub sah er sie an: Schweißtropfen standen auf ihrer Stirn, und sie war sehr erregt. Sie erschien ihm ungewöhnlich hübsch, als sie so redete; er achtete kaum auf ihre Worte, aber er wußte, daß alles, was sie sagte, nur ihre Sorge um ihn ausdrückte. Und bekümmert erkannte er, daß er sie in jeder Hinsicht viel zu lange vernachlässigt hatte.

Er war jetzt etwas nüchterner – jedenfalls nüchtern genug, um den gesamten Bargeldbestand der Familie zu überschlagen, wobei sich herausstellte, daß nicht genug Geld für den Autobus vorhanden war. »Aber du hast doch eben noch Wein gekauft!« heulte Poppy. »Ja, zum Kuckuck, dann müssen wir auch noch fünf Meilen den Berg hinauflaufen!« Entrüstet und den Tränen nah, ging sie mit den drei Jüngsten voran, während er mit Peggy hinterher kam. Hand in Hand gingen sie am Strand entlang, dann die Straße hinauf zwischen Zitronenhainen, im schwindenden lavendelfarbenen Licht. Zunächst war Peggy ernst und zurückhaltend und lutschte an ihren gebrannten Mandeln herum. Dann fragte sie: »Papa, warum willst du dich eigentlich umbringen? Mama sagt, sie glaubt, du willst dich umbringen, weil du soviel trinkst und alles und nicht schläfst. Sie hat tagelang geweint und geweint. Willst du dich wirklich umbringen, Papa?« Man hörte Ruderschläge, Musik drang undeutlich herüber. »Sie hat Thimmy auch gesagt, daß du einen Schatz hast. Hast du einen Schatz, Papa?« Er blieb stehen, um sich eine Zigarre anzubrennen und dachte: ›Mein Liebling, mein liebes, kleines Mädchen, wenn ich dir doch nur...‹ – »Weißt du was?« fuhr Peggy fort. »Sie hat zu Thimmy gesagt, du bist ein alter Ziegenbock, der nichts dazulernt. Und dann hat sie wieder geweint und geweint und geweint.« Er nahm sie bei der Hand, und sie gingen den Berg hinauf. ›Dann weiß sie es also‹, dachte er. Und dann fiel ihm ein, wie dumm es von ihm gewesen war, anzunehmen, daß sie es nicht schon die ganze Zeit gewußt hatte, und da hörte er auf, sich Sorgen zu machen. Peggy schwatzte über Filme und berühmte Filmstars. Von neuem dachte er an Michele.

Es würde durchaus nicht leicht sein, Mason das Medikament zu entreißen; aber plötzlich verspürte er eine so mächtige und geheimnisvolle Anwandlung von Freude, daß es schon fast wie Schrecken war. Als Peggy ihn dann aufforderte, ein »Lied vom Filmstar« zu erfinden, nahm er einen Schluck Wein und sang aus vollem Hals:

Wer will herrliche Menschen sehn?
Ei, der muß ins Kino gehn!
Der Säufer Burns erscheint hier nüchtern,
Alice, die kesse, wirkt gar schüchtern.

Und nicht lange darauf – während er unzusammenhängend auf einen verstört aussehenden, übellaunigen Amerikaner einredete, der seinen Wagen kaputtgefahren hatte – überfielen ihn von neuem Dunkelheit und Vergessen.

10

Darum also hatte Cass sich so lange an nichts erinnern können. Er wußte noch, daß er mich auf der Straße getroffen hatte; das nächste, woran er sich erinnerte, war, daß er viele Stunden später in verhältnismäßig nüchternem Zustand mit mir zusammen den Weg ins Tal angetreten hatte, aber von allem, was dazwischen lag, bewahrte sein Gedächtnis so wenig wie das eines Menschen, der stundenlang betäubt gewesen ist. Doch kamen gelegentlich Momente – und wenn er versuchte, den Damm niederzureißen, der ihn hinderte, zur Wahrheit vorzudringen –, in denen er glaubte, kurz vor einer Entdeckung zu stehen; was er suchte, war ebenso da wie der Name, den man auf der Zungenspitze hat und doch im entscheidenden Augenblick nicht aussprechen kann. Und gerade das, was sich ihm entzog, war für Cass von größter Wichtigkeit. Falls er nämlich beweisen konnte (es war nicht so sehr ein Beweis als vielmehr die endlich beruhigende Gewißheit), daß Mason Francesca vergewaltigt hatte, dann durfte er sich mit dem Gedanken zufriedengeben, daß er letzten Endes aus einem ehrlichen und aufrichtigen Rachegefühl heraus gehandelt hatte. Und was ebenso wichtig war: Wenn er diesen einen Umstand klären könnte, dann würde er auch alles andere, was sich in jener Nacht, an jenem Morgen und in den Tagen darauf ereignet hatte, wenigstens bis zu einem gewissen Grade verstehen. Denn wie er mir nun da unten am Fluß erklärte, bewirkten Francescas Tod und der von ihm begangene Mord an Mason, daß alles außer den schwachen Umrissen der Ereignisse selbst in seinem Gedächtnis ausgelöscht war. Die Wirkung war etwa die eines Nervenzusammenbruchs oder einer anderen Katastrophe, die gnädig einen Gedächtnisschwund herbeiführt.

Cass jedoch wünschte nicht länger mehr diese Gnade. Er verlangte zu *wissen,* ganz gleich, wie schmerzhaft das für ihn werden würde. Und daher konnte ich mit meiner Kenntnis wenigstens eines Teils der Vorgänge jener Nacht Cass an einen Punkt führen, von dem aus er jene Ereignisse mit neuer Klarheit betrachten konnte, und zusammen rissen wir die Wände nieder, die sein Erinnerungsvermögen so lange eingeschlossen gehalten hatten. Gleichzeitig gewann auch ich dadurch, daß Cass mir von sich und von Mason erzählte, Einblicke in Schichten meines eigenen Selbst, von deren Vorhandensein ich nichts gewußt hatte.

Irgend jemand muß sie den Berg hinauf mitgenommen haben – ihn, Poppy und die Kinder –, denn in seinem Zustand hätte er es zu Fuß nicht geschafft, aber in diesen Teil der Geschichte kam niemals Licht, denn Poppy hatte es einfach vergessen, und die Kinder waren zu jung, um sich zu erinnern. Im Palast war er dann sofort in einen Schlaf versunken, der von Rechts wegen vierundzwanzig Stunden hätte dauern müssen, so erschöpft war er; statt dessen aber wurde er dermaßen von Träumen gequält (Michele rief nach ihm, Francesca weinte, er spürte einen Vorgeschmack des Todes, als er mit ansehen mußte, wie die kostbare Flasche seiner Hand entglitt und auf den schwarzen Wassern des sturmzerwühlten Golfs dahin trieb), daß er laut stöhnend und in Schweiß gebadet erwachte, während der Raum sich um ihn drehte. Er hörte das Filmvölkchen auf dem Weg zum Schwimmbad hinunter laut lachen und schwatzen. Draußen

war es stockdunkel. Die Luft war so feucht, daß sie die Haut wie eine riesige nasse Zunge zu berühren schien. ›Don Giovanni‹ schrillte in seinen Ohren, Akkorde und Melodien merkwürdig verzerrt. Wann hatte er den Plattenspieler angestellt? Er wußte es nicht, aber er sah, daß der Plattenspieler schon lange lief und automatisch die Platten wechselte und daß der Eindruck des Verzerrten nicht von der Wiedergabe der Musik herrührte, sondern von dem Fieber, das in seinem Hirn wütete. Er stellte die Musik lauter – die schiere Klangfülle schien ihm Selbstvertrauen zu verleihen und ihn bei dem Diebstahl zu unterstützen, den er, wie er wußte, nun ohne Zögern auszuführen hatte. Dann stolperte er im dunklen Zimmer umher, stieß sich an jedem verfluchten Gegenstand im Raum, und es gelang ihm schließlich, den Kopf in eine Waschschüssel voll Wasser zu stekken, was ihn zwar nicht ernüchterte, aber doch seine quälenden Kopfschmerzen linderte und sein fieberndes Gesicht vorübergehend kühlte. Er hörte Poppy nebenan leise mit Peggy sprechen, die anderen Kinder schliefen. In diesem Augenblick hatte er Francesca vergessen und auch Masons verschleierte Drohung, die er gegen sie im Wagen ausgesprochen hatte; er dachte auch nicht daran, daß Mason jene Drohung noch in dieser Nacht verwirklichen könnte; alle diese Dinge hatte er aus seinem Bewußtsein verdrängt zugunsten eines einzigen, alles beherrschenden Gedankens, der nun bereits zu einer paranoiden Zwangsvorstellung geworden war: ich muß Michele die Tabletten bringen. Denn in der Behandlung war bereits eine Pause von anderthalb Tagen eingetreten, und ein Gefühl – er entdeckte später, daß es richtig war – sagte ihm, daß eine zu lange Pause zwischen dem Ende einer Kur und dem Beginn der nächsten der Krankheit erlauben würde, einen bereits weitgehend zerstörten Organismus von neuem auf entsetzliche und vielleicht tödliche Weise heimzusuchen, und er dachte: ›Dieses Zeug brauche ich wenigstens nicht kühl zu halten. Vielleicht bekomme ich nun endlich meinen Schlaf.‹
So tappte er denn durch die oberen dunklen Zimmer seiner Wohnung und die Treppe hinauf zu Masons Balkon. Zu diesem Zeitpunkt machte er sich keine Gedanken darüber, auf welche Weise er die Medikamente an sich bringen würde. Weder stellte er sich vor, daß Mason ihm die Flasche vorenthalten könnte, noch dachte er darüber nach, was zu tun wäre, um Masons Widerstand zu überwinden. Er wußte nur, daß er aufgrund seines Abkommens mit Mason ein Anrecht auf die Flasche hatte und daß er auf dem Wege war, sie sich zu holen. Er glaubte zu wissen, wo die Flasche sich befand – im oberen Badezimmer, wo Mason auch das Streptomycin zusammen mit seinen eigenen Arzneimitteln aufbewahrte – und es kam ihm gar nicht in den Sinn, daß irgend etwas ihn daran hindern könnte, sie sich zu holen; die Starrsinnigkeit des Trinkers regierte in diesem Au-

genblick alle seine Impulse und Handlungen. So fühlte er sich denn um so ohnmächtiger und verzweifelter, als er einige Minuten später mit leeren Händen abermals in seinem Schlafzimmer stand. Er war hinaufgegangen und wieder heruntergekommen, und die Wunderdroge befand sich immer noch in Masons Badezimmer. Was war geschehen? Er wußte es nicht. Er erinnerte sich nur dunkel, daß er mit dem Anschein großer Autorität und mit vorgetäuschtem Selbstbewußtsein Masons Wohnung betreten, aber niemanden im Salon gesehen hatte außer dem freundlichen Regisseur Cripps und dem blassen jungen Amerikaner, dem er vor Stunden auf der Straße begegnet war. Dann hatten sich, wie gewöhnlich, scheußliche, erniedrigende, lästige Dinge ereignet. Irgendwie war er gefallen – vielleicht gegen den Flügel? Ein C-Dur-Akkord dröhnte durch sein Gehirn, und seine Rippen schmerzten erbärmlich. Er konnte sich immer noch das Blaue vom Himmel herunterreden hören – obwohl er nicht mehr wußte, was er gesagt hatte –, und sein Mißerfolg, seine Unfähigkeit, mit der Situation fertig zu werden, hatte ihn in einen so rasenden Zorn versetzt, daß er sich zum Fenster hinausgebeugt und wie irrsinnig in die Nacht geheult hatte. »Was ist denn los?« hatte Poppy, die atemlos schluchzend, mit rot geränderten Augen im Nachthemd hereingestürzt war, gerufen. »Die Filmleute werden ja denken, daß du verrückt bist! Oh, Cass!« hatte sie gejammert, »was ist mit dir nur los? Du benimmst dich ja wie ein Wilder? Sei doch still! Du schnappst ja über! Du wirst uns alle noch zum Wahnsinn treiben!« Aber vor seinem ausbrechenden Zorn war sie den Flur hinunter geflohen. »Fahr zur Hölle, Poppy! Du denkst wohl, ich weiß nicht... alle verrückt... außerdem ihr verfluchten Iren... wer hat denn... als einziges Land außer Japan zu Hitlers Tod kondoliert... wer war denn das... jawohl, die Republik Irland oder Eire oder wie zum Teufel das schon ausgesprochen wird!« Und dann hatte er sich wieder vor Kälte zitternd im dunklen Gefängnis seines Zimmers befunden und, den Kopf in den Händen, einer seelenlosen, verlorenen, heulenden Hillbillymusik gelauscht. »Das war bloß, weil sie die Engländer hassen!« hatte Poppy aus der Ferne schwach protestiert – und dann war er darangegangen, in seinem umnebelten Hirn einen neuen Plan auszubrüten.
Er muß dann wieder eingeschlafen sein, sich in unruhigem Schlummer im säuerlich riechenden Bett gewälzt haben. Zwanzig Minuten später erwachte er im grellen Licht mit wild klopfendem Herzen. Er taumelte auf die Füße und ging nach oben. Von hier aus sah er die Gestalten am Schwimmbecken aufstehen und im Gänsemarsch durch den Garten dem Palast zustreben. Die Flutlichter am Schwimmbecken erloschen eines nach dem anderen. Nun stand er im Dunkeln, lauschte den Stimmen der näherkommenden Filmleute, versuchte, seine Gedanken zu sammeln und

einen Weg zu finden, wie er in Masons Wohnung gelangen und das Medikament unentdeckt nehmen könnte. Plötzlich und mit irritierender Verspätung fiel ihm eine Möglichkeit ein, *die* Möglichkeit – warum nur stellte sich eine Lösung immer erst im allerletzten Augenblick neckisch ein? Natürlich, die Hintertreppe war das Richtige. Über die dunkle Hintertreppe (eben die Dienstbotentreppe, über die er so oft die schweren Kartons mit Masons Lebensmitteln geschleppt hatte) konnte er mühelos den hinteren Teil der Masonschen Wohnung betreten, an der Küche vorbei den Flur entlang schleichen, die Flasche aus dem Badezimmer holen und unentdeckt bleiben, falls nicht irgend etwas dazwischenkam. Da Mason und die Filmleute sich im Salon befanden, würde er höchstens Giorgio oder einem der Küchenmädchen begegnen, und das würde keine Schwierigkeiten bereiten. Nun hatte er die Flasche schon so gut wie in der Tasche. Er zog seinen Hosenriemen stramm. In seinen Ohren dröhnte es, Schwindel befiel ihn, der ihn gefährlich schwanken ließ und ihn scharf nach links gebeugt durch das dunkle Zimmer trieb, wobei er wie ein Beinverletzter hinkte. Er stieß mit dem Kopf an die Staffelei und murmelte immer noch Flüche vor sich hin, als er schließlich mit großer Mühe die Tür entdeckte und sie aufriß. Auf der Schwelle blieb er einen Augenblick stehen, erlangte sein Gleichgewicht zurück und gewöhnte seine Augen an das Licht. Zunächst hörte er nichts außer dem Flattern eines Vogels, der durch das Oberlichtfenster aus dem Hof zu entkommen suchte. Er blickte gerade empor, um den Vogel zu sehen, als die Hoftür sich öffnete und Francesca hereinstürzte – barfuß, mit wildem Haar lief sie über die Fliesen auf ihn zu, hielt ihr zerrissenes Kleid über der Brust zusammen und weinte herzbrechend. Und irgendwie wußte er, was geschehen war, noch ehe sie es ihm sagte. Jawohl, jetzt hat er es getan, dachte er, der Hund hat es getan, wie er es angedroht hat.

Er zog sie in das dunkle Wohnzimmer, hielt sie fest umarmt, strich ihr übers Haar, während ihr immer noch die Tränen über die Wangen liefen, und hörte stumm zu, als sie ihm erzählte, was Mason getan hatte. »Porco«, schluchzte sie. »Er ist ein Teufel! Oh, Gott, Ich muß mich töten!« Er tätschelte sanft ihren Arm. »Ich wollte gerade nach Hause gehen, um dich zu treffen, wie wir heute morgen verabredet hatten. Die Gäste waren zum Schwimmbassin hinausgegangen. Ich war in der Speisekammer. Ich hatte ein paar Sachen für Papa eingesteckt, Eier, Tomaten, eine Tüte Milch, nichts weiter. Er kam in die Speisekammer und drehte das Licht an. Ich hatte mein Kleid aufgeknöpft, weil ich mich umziehen wollte, und er sah mir zu. Er stand einfach da und sah mir zu. Ich wollte mich umdrehen, mein Kleid wieder zuknöpfen, aber da packte er mich schon am Arm. Ich wehrte mich, ich schrie, aber er verdrehte mir den

Arm und tat mir weh. Dann fragte er mich: ›Was hast du da in der Tüte?‹ Er sprach englisch, aber ich verstand ihn. Und ich sagte: ›Nichts.‹ Dann sagte er sehr wütend etwas auf englisch, das ich nicht verstand. Er war sehr ärgerlich, ganz rot im Gesicht und sagte immer wieder diese drohenden Worte auf englisch, die ich nicht verstehen konnte. Er verdrehte mir immer noch den Arm und fragte schließlich: ›Wo sind die Ohrringe?‹ Das verstand ich und sagte, ich wisse nicht, wo die Ohrringe seien, ich wisse überhaupt nicht, wovon er rede. Dann sprach er wieder englisch, und zwar sehr, sehr böse, und immer wieder fiel das Wort Dieb, das ich verstehen konnte. Dann fing ich an zu weinen und sagte, ich sei keine Diebin und ich hätte ihm nichts gestohlen als die Milch, die Tomaten und die Eier. Und die seien für meinen Papa. Ich versuchte, ihm die Tüte wieder zu geben, aber da fing er an zu brüllen, und plötzlich wurde er dann ganz ruhig und sah mich merkwürdig an – hier. Und mit seiner anderen Hand streichelte er mich – hier. Und da wollte ich von ihm weg, aber er verdrehte meinen Arm und dann...« Sie verstummte und weinte leise und hemmungslos an Cass' Schulter. »Er verdrehte mir immer den Arm, und das tat so weh, Cass! – aber es war zu laut, mit der Musik im Salon und den Maschinen in der Küche, und dann tat er etwas ganz Schnelles, Gemeines. Er verdrehte immer noch meinen Arm, stieß mich auf den Flur zurück, zerrte mich dann in sein Schlafzimmer und warf mich auf das große Bett und verschloß die Tür. Ich wollte aufstehen, aber er drückte mich nieder und zerriß mein Kleid. Dann sagte er auf englisch: ›So werden bei uns Diebe behandelt‹, und das verstand ich wieder. Dann kam er zu mir aufs Bett. Ich kratzte ihn! Ich zerkratzte sein Gesicht! Und doch... oh, Cass, ich muß mich töten!«

Und hinterher, während sie benommen und in Schmerzen dalag, hatte er, der reinliche Mason, sich gebadet und gekämmt (wobei er umsichtigerweise den Türschlüssel in der Tasche seines Morgenrockes verwahrte). Dann war er in Seide gehüllt zurückgekehrt und hatte Heftpflaster über die Kratzwunden auf seinen Wangen geklebt. Er schien nun reumütig, wie sie sagte, und bemüht, alles wieder in Ordnung zu bringen, während sie weinend auf dem Bett lag. Zunächst schien es ihm sehr leid zu tun, und er murmelte etwas von Schadenersatz. Sie verstand fast nichts von dem, was er sagte, nur, daß er etwas von Geld murmelte: Die Worte, die er gebrauchte, waren »Dollar«, »molto Lire« und »dinero«, ein spanisches Wort, das sie verstand. Aber seine so ehrliche, aufrichtige Reue schwand immer mehr und wich der Lust, als er von neuem, verstohlen den Morgenrock ausziehend, versuchte, sie zu nehmen. Dieses Mal jedoch war sie zu flink für ihn, und ein auf der ganzen Welt bekannter Trick, den ihr vor langer Zeit die Klatschtanten im Dorf zugeflüstert hatten, leistete ihr

gute Dienste: Sie stützte sich auf die Ellenbogen, während er sich nackt über sie beugte, zog schnell ein Bein an und stieß ihn aus Leibeskräften mit dem Knie an jene Stelle, die ihm so viel Vergnügen und ihr so große Pein verursacht hatte. Als sie Cass dies erzählte, war in ihrer Stimme trotz des Schmerzes ein Ton des Triumphes zu vernehmen. »Ich glaube, ich habe sie ihm alle beide zerquetscht«, flüsterte sie wild, und selbst in seinem betrunkenen Kummer war Cass nahe daran, in ein grausames Gelächter auszubrechen. Als Mason nun schmerzgekrümmt auf dem Bett lag, nahm Francesca ihm den Schlüssel weg. »Ich schloß die Tür auf und rannte hinaus«, stöhnte sie. »Und er stand auf und rannte mir schreiend nach. Oh, Cass, er war wirklich wahnsinnig! Ich verstand, was er sagte. Er sagte, er wolle mich töten. Er packte einen Aschenbecher, und ich dachte, er würde ihn nach mir werfen. ›Ich bring' dich um!‹ schrie er. Aber ich lief hinaus und die Treppe hinunter und dann auf die Straße. Ich muß ihm sehr weh getan haben, Cass, denn er holte mich nicht ein. Aber, oh, Madonna, was soll ich jetzt nur machen? Was soll ich nur tun, Cass?«
Das war ihr Bericht, und er entsprach, wie Cass wohl wußte (als er das Licht anmachte, um ihr tränenüberströmtes Gesicht und ihre verstörten Augen zu betrachten), so weit der bitteren Wahrheit, wie ihre Sittsamkeit ihr gestattete, darüber zu sprechen. Lange Zeit hielt er sie im Arm und empfand eine Liebe für sie, die durch ihr Elend seltsamerweise noch vertieft wurde, so süß und brennend, daß er es beinahe nicht ertragen konnte. Minutenlang schluchzte sie ohne Unterbrechung, als seien der Schmerz, die Grausamkeit und die Ungerechtigkeit der ganzen Welt über sie gekommen. Unter ihnen donnerte unablässig Mozart.
Schließlich brachte Cass sie zur Couch, auf die sie sich, immer noch krampfhaft schluchzend, fallen ließ. Er beruhigte sie zärtlich, und nach einer Weile lag sie so still, als schlafe sie. Mit einer halbvollen Kognakflasche trat er ans Fenster und sah in die graue Nacht hinaus. ›Jetzt ist es soweit, jetzt muß ich mich mit diesem Abschaum der Menschheit befassen. Jetzt. Ich kann nicht länger warten.‹ Aber bei diesem Gedanken drehte er sich zu Francesca und wußte in all seinem Zorn, daß Micheles Lebensaussichten mit jeder Sekunde geringer wurden und daß die Rache wiederum, wenn auch nur für kurze Zeit, aufgeschoben werden mußte. ›Erst muß ich die Tabletten haben‹, dachte er, ›Michele muß wieder auf die Beine kommen. Mason kann warten, und die Rache wird dadurch nur süßer sein.‹ Doch fiel ihm ein, daß er Mason immerhin erschrecken könnte; es schien ihm notwendig, Mason wenigstens zu zeigen, daß er wußte, was geschehen war, und aus irgendeinem Grunde sah er darin die einzige ehrenhafte Möglichkeit – ein Rest von Konvention aus den Tagen des Duells –, seinen Gegner auf die kommenden Dinge vorzubereiten.

Übelkeit erfaßte ihn, und er glaubte, erbrechen zu müssen. Doch ging der Anfall vorüber. Er setzte sich an den unordentlichen Tisch und schrieb ein Billett: »Sieh dich vor, ich mache Hackfleisch aus dir. C.« Und während er schrieb, kaum fähig, die Feder mit seinen widerstrebenden, zitternden Fingern zu führen, wußte er, daß der stechende Schmerz in seinem Kopf weder vom Schnaps noch von der Müdigkeit herrührte, sondern von einem Zorn, der so groß war, daß er nie geglaubt hätte, ein Mann allein könne ihn empfinden.

Er leerte die Kognakflasche. Nach einigen Minuten rührte sich Francesca mit einem leisen Aufschrei; er trat zu ihr und half ihr aufstehen. Er gab ihr das Billett, das sie auf dem Weg hinaus Giorgio für Mason übergeben sollte. Und er dachte auch klar genug, um Masons Schlafzimmerschlüssel von ihr zu verlangen. Dann wies er sie an, heim ins Tal zu gehen, wo er sie später treffen wollte. »Geh und versuche, nicht mehr zu weinen.« Sie gingen gemeinsam zur Tür. Er drückte sie an sich und preßte einen wilden, verzweifelten Kuß auf ihre Lippen, und dann war sie gegangen. Viel später erst kam ihm in den Sinn, wie merkwürdig es gewesen war, daß sie beim Abschied »Addio« geflüstert hatte, was nicht ›Auf Wiedersehen‹ heißt, sondern ›Lebe wohl‹. Wahrscheinlich, so dachte er sich, war das nur der unbewußte Ausdruck der Trauer über den unwiderruflichen Verlust dessen, was Mason sich anstelle von Cass genommen hatte. Denn sie konnte nun einmal nicht, ebensowenig wie er, gewußt haben, daß sie sich niemals wiedersehen würden, nachdem sie durch den Hof getappt und in der Nacht verschwunden war...

»Nein«, sagte Cass zu mir, »Francesca war niemals meine Geliebte. Ich wollte es gerne, und auch sie wollte es, wie ich wohl weiß. Früher oder später wäre es auch dazu gekommen. Aber meine Geliebte war sie nicht. Ich weiß nicht, was mich zurückhielt. Nicht mein eheliches Treuegelöbnis oder irgend so etwas – darüber war ich längst hinaus. Nein, es war etwas anderes, etwas, das ich nur sehr schwer benennen kann. Vielleicht, weil sie so jung war... nein, das war es auch nicht. Vielleicht war es auch ihre Schönheit, der Liebreiz, den sie ausstrahlte und der in mir den Wunsch wachrief, sie immer nur zu betrachten, in ihrem Licht zu sitzen, so daß der Gedanke daran, sie zu erkennen, zu besitzen, sie gänzlich zu lieben, zu einer Art von Tagtraum wurde, dessen Erfüllung, weil sie noch in der Zukunft lag, um so herrlicher sein würde. Es war, als wisse ich, daß es einfach geschehen werde, wenn ich nur lange genug wartete und daß es dann für uns beide tausendmal kostbarer sein werde wegen der Tage und Stunden, die wir davon geträumt hatten. Du denkst vielleicht, daß es was mit einer Vorstellung von Reinheit und Keuschheit zu tun hatte, das war aber durchaus nicht der Fall. Nein, an ihr fand ich Freude – nicht nur Vergnügen –, gerade die Freude, die ich, wie mir schien, mein Leben lang gesucht hatte, und allein das reichte beinahe aus, mir meine Vernunft zu bewahren. Eine Freude, eine Heiterkeit und ein Friede, von denen ich nie gewußt hatte, daß es sie gab. Einige Male hörte ich sogar beinahe auf zu trinken. Sie lag mir einfach am Herzen, das ist alles. Ich liebte sie. Ich liebte sie wie ein Wahnsinniger, das war nun einmal der Anfang und auch gleichzeitig das verfluchte Ende vom Liede.

Und... ja, schließlich saß sie mir auch. Als Aktmodell, meine ich. Weißt du noch, daß ich zuerst gehofft hatte, sie auf diesem Wege zu bekommen? Wenn ich mich recht erinnere, dann habe ich in Sambuco eigentlich nur zwei Arbeiten beendet. Einmal dieses schweinische Bild für Mason und zum anderen eine Anzahl Skizzen von Francesca, die ich noch besitze. Man könnte sagen, daß sich in dieser Kombination die beiden Extreme, das Heilige und das Profane, ausdrücken. Um es kurz zu machen: Wir gingen gewöhnlich ins Tal hinunter in einen wunderhübschen kleinen verborgenen Hain, wo Weiden standen und ein Bach zwischen grasbewachsenen Ufern dahinfloß. Da ließ ich sie sitzen, und sie war ganz und gar nicht verlegen. Nachmittags saßen wir dort, und ich zeichnete. Sie schwätzte von diesem und jenem und grapschte nach Blumen – es kostete mich viel Mühe zu erreichen, daß sie still saß –, und schließlich beruhigte sie sich dann auch, lächelte und blickte ernst aufs Meer hinaus, und so saßen wir stumm dort, ich zeichnend und sie als Modell, und lauschten dem Wasser, das über die Felsblöcke plätscherte, dem Zirpen der Heuschrecken im Grase und den Kuhglocken an den Hängen. Sie hatte sich dann ganz ausgezogen und das Haar aufgemacht, wundervolles Haar, das ihr bis zu den Hüften reichte. So saßen wir und waren wie verzaubert, ganz als sei ich für den Augenblick von meinem Wahnsinn befreit und als sei sie allen Elends und aller Mühe ledig. Ihr Kummer wegen Michele war verflogen, und wir saßen im reinen Sonnenlicht und fühlten nichts außer dem augenblicklichen, märchenhaften, überquellenden Frieden. Dann wurde sie wieder unruhig, begann wieder zu schwatzen, neckte mich, und ich mußte aufhören, und wir gingen dann eng aneinandergeschmiegt und von Verlangen geschüttelt fort. Gott weiß, daß wir es hätten tun sollen, aber...« Er verstummte für kurze Zeit. »Jedenfalls werde ich jenen Hain mit den Felsblöcken und den Weiden niemals vergessen, den Hain, in dem sie lächelnd saß und versuchte, stillzusitzen, ihr Haar wie eine flockige Wolke um sich...

Als sie mich in jener Nacht im Palast allein ließ, war es, als sei eine Explosion in mir erfolgt und habe mich in kleine Stücke zerrissen. Der Gedanke daran, daß Mason sie wirklich, allen Ernstes genommen, daß er seine Drohung verwirklicht hatte, die ich nur für eine Ausgeburt seiner verschrobenen Ansichten über das Sexuelle hielt – dieser Gedanke zerstörte mich ganz und gar. Es war nicht nur der Abscheu vor seinem Verhalten gegenüber Francesca, wenn dies auch die Hauptsache war. Es war der Umstand, daß ich ihn schlechterdings für unfähig gehalten hatte, so etwas zu tun. Ich will damit sagen, ich war leichtsinnig geworden. Nachdem ich nämlich so lange mit ihm zusammen gewesen war und Tag für Tag mit angesehen hatte, wie er an der Sexualität krankte wie an einem Tumor, war ich endlich zu dem Schluß gekommen, daß er impotent sei. Tatsächlich, das dachte ich. Schließlich weiß man ja, daß man mißtrauisch werden muß, wenn jemand eine Sache allzusehr herausstreicht. Stell dir einen Menschen vor, der von der Sexualität wirklich besessen ist, einen Typ, der von nichts anderem redet als von säulenhaften Schenkeln und geheimnisvollen Vereinigungen, von wilden Orgasmen und so weiter, und wenn dann noch wie in Masons Fall ein übermäßiges Interesse an obszönen Bildern dazu kommt, dann hat man einen Mann vor sich, dem es gewiß schwerfällt, eine Frau wirklich zu befriedigen. Er wäre wahrscheinlich viel glücklicher, wenn er rund heraus eingestehen könnte, daß er Matrosen vorzieht. Und wenn solch ein Mann wie Mason keine Kinder zeugt, dann muß man besonders mißtrauisch sein; Männer, die behaupten, so hervorragende Liebhaber zu sein, müssen gelegentlich mal abrutschen, das kannst du mit Hilfe der Statistik beweisen. Zwischen diesem Typ und dem Prüden gibt es kaum einen Unterschied. Im Grunde halten beide einen saftigen Geschlechtsverkehr für eine ebensolche Katastrophe wie das Jüngste Gericht.

Nun, ich hatte in Mason jedenfalls einen solchen Typ zu erkennen geglaubt. Darin bestärkte mich zum Beispiel auch, was mir eines Abends mit Rosemarie passierte. Ich habe sie ja nie besonders gut kennengelernt. Entweder nahm sie auf dem Dach ein Sonnenbad, oder sie schlurfte in ihren Sandalen im Palast umher, die Nase in einer Ausgabe vom ›New Yorker‹ oder vom ›Time Magazine‹. Ich höre sie jetzt noch: »Oh, Muffin, ich habe eben eine wirklich faszinierende Biographie über den alten XYZ gelesen!« oder: »Muffin, im ›Time Magazine‹ ist ein geradezu hinreißender Bericht über die italienischen Kommunisten! Da kann man wirklich mal sehen, wie gemein die Leute sind!« Sie war ein gutmütiges Mädchen, aber ihr Denkapparat schien mir einigermaßen unzulänglich. Ich kannte sie, wie gesagt, nicht sehr gut, aber als Mason mich mal spät abends bat, ein Loch in der Badewanne zu flicken, da traf ich sie, als sie herunterkam. Sie hatte ziemlich viel getrunken, das konnte ich mühelos riechen, und ich blieb wohl stehen, um sie zu begrüßen, und ehe ich noch wußte, wie mir geschah, war sie auf der dunklen Treppe über mich hergefallen und klebte geradezu an mir. Sie war eine bibbernde Odaliske, acht Fuß groß und

nichts als Bauch. Sie hätte mich wie eine Brezel verbiegen können. Dann ließ sie mich ebenso schnell wieder los – sie weinte, hatte wohl ihren täglichen Krach mit Mason gehabt –, entschuldigte sich und ging in den Garten hinunter. Ich hatte die Pfoten vorgestreckt, faßte aber nichts als Luft. Nun, ich war damals nicht gerade unwiderstehlich, und ein Mädchen wie Rosemarie wäre bestimmt nicht auf den degenerierten kellerbewohnenden Brillenträger losgegangen, wenn sie nicht schlechtweg geil gewesen wäre.
Mason, das arme Schwein, kann nun aber nichts zu seiner Verteidigung vorbringen. Wenn man ihn aus dem Grab zerren könnte, würde er vielleicht erklären, warum er das in jener Nacht getan hat. Der Himmel weiß, daß ich immer wieder darüber nachgedacht habe und nach wie vor keinen Sinn darin erblicke. Oft habe ich geglaubt, daß es mit dem zu tun hat, was ich gerade zu erklären versuchte – mit der Schwierigkeit, unter der er wohl litt, dem Versagen, das wohl eins der schrecklichsten Dinge ist, die einen Mann heimsuchen können, dieses ständige, nie nachlassende, wühlende Verlangen, ein Hunger, der niemals gestillt wird, der einen Menschen schütteln und quälen muß, bis er nur noch in der Gewalttat einen Ausweg sieht. Vielleicht konnte sich Mason an einer Frau nicht anders befriedigen als durch Gewalt. Wer weiß das schon.
Das Sexuelle bedeutete viel für Mason – mehr als für jeden anderen Menschen, den ich kenne. Denk nur an seine pornographische Sammlung. Er redete doch ständig von einer neuen Mode der Moral – so nannte er das – und schwätzte dauernd davon, daß das Sexuelle die letzte Grenze bedeute. Wir redeten ziemlich oft darüber; das war etwa zu der Zeit, als er mich schließlich dazu brachte, das Bild zu malen. Er wollte, daß alle Künstler ausschließlich dem Sexuellen Ausdruck verleihen sollten – das waren seine Worte. Er bezeichnete die Pornographie als eine befreiende Kraft, ›épater le bourgeois‹ und dieser ganze Quatsch, und dabei war er doch gleichzeitig im Grunde seines Herzens der reinste Bourgeois, den man sich vorstellen kann. Ich versuchte, ihm klarzumachen – sehr behutsam natürlich, um nicht meine [illegible] zu verlieren –, wie unausgegoren dies alles sei. Ich sagte, daß Pornographie selbstverständlich die Drüsentätigkeit anrege – das sei der Zweck der Übung. Sie sei eine Manifestation der Phantasie. Ich selbst hätte Phantasien gehabt, die mir den Schweiß auf die Stirn getrieben hätten. Selbst ein baptistischer Missionar habe solche oder ähnliche Tagträume, und wer behaupte, daß er sie nicht habe, lüge. Daher die Verbreitung der Pornographie, die ein vorhandenes Bedürfnis befriedige, andernfalls gäbe es sie nicht. Und es sei gar nichts besonders Böses dabei, sein Verlangen auf diese Weise gelegentlich anregen zu lassen. Aber, fragte ich Mason, warum haben denn von Anbeginn

alle Kulturen die Pornographie geächtet? Es sei letzten Endes gar keine Frage der Moral. Weder ein schmutziges Buch noch ein schmutziges Bild könnten verderblich wirken. Wer verderbt werden wolle, werde es auch, und wenn er sich seine Bücher oder Bilder selbst herstellen müsse. Warum habe es also immer Gesetze dagegen gegeben? Sehr einfach. Zunächst einmal wünsche man, der Sexualität ihr verführerisches und wunderbares Mysterium zu erhalten. Und man wünsche auch, das Vergnügen zu bewahren – denn die meisten Pornographen seien entsetzlich ernst. Hauptsächlich aber sollten diese Vorschriften das Sexuelle davor schützen, billig und gewöhnlich und damit katastrophal langweilig zu werden.
Nun, Mason tat, als denke er über diese Ansichten nach, aber es war deutlich, daß er mich für hoffnungslos naiv hielt, wenn nicht sogar für einen Bauerntölpel mit der Seele eines approbierten Leichdornoperateurs. Doch lassen wir das. Das Sexuelle verfolgte ihn, und es hat wohl mehr als alles andere zu seinem Untergang beigetragen. Er ging einen Schritt zu weit. Er versuchte eine Vergewaltigung, und sie gelang ihm.
Aber warum tat Mason es gerade in diesem Fall, gerade damals, in jener Nacht, und gerade dort? Das war durchaus nicht seine einzige Möglichkeit. In Neapel gibt es Bordelle, die diese Art von Gelüst speziell befriedigen. Wenn es das war, so hätte er sich für einige tausend Lire eine nette authentische Vergewaltigung verschaffen können, komplett mit widerstrebend verschlossenen Schenkeln, abwehrenden Bewegungen und neapolitanischem Geschrei, und wenn er es gewünscht hätte, wäre er auch gekratzt worden. Aber nein, ihm schwebte etwas anderes vor, das weiß ich. Wenn man nun mal von den Ohrringen absieht und von seinem Zorn wegen Francescas angeblicher Klauerei – was ja nichts als ein Vorwand war für einen viel tiefer sitzenden Zorn –, und wenn man für den Augenblick auch mal die Annahme aus dem Spiel läßt, daß er impotent war, die ja auch nur ein Teil der Geschichte ist, dann gibt es nur eine Antwort: er vergewaltigte mich. Nein, bei Gott, ich möchte nicht, daß es so aussieht, als übertrüge ich das letzte und erniedrigendste Leid, das Francesca zu ertragen hatte, auf mich. Ich meine nur folgendes: Er muß verstanden haben, was vorging. Er muß gesehen haben, welche Form die Dinge annahmen. Denn für länger, als ich gerne wahrhaben möchte, hatte ich ihm ein Besitzrecht auf mich eingeräumt – zuerst aus Schlappheit, aus Gier nach Whisky und aus geistiger Trägheit, zuletzt aber aus Notwendigkeit. Und das Paradoxe daran ist, daß diese sklavenhafte Verbindung, die ich zu Mason unterhalten mußte, um Michele zu retten, es mir ermöglichte, mich von mir selbst zu befreien, jene Freiheit kennenzulernen, nach der ich gedürstet hatte wie ein Sterbender, und die es mir erlaubte, einen Zustand zu erreichen, wo Abhängigkeit von Mason und seinesgleichen etwas

Unbekanntes, ja etwas Unvorstellbares ist. Das muß auch Mason begriffen haben, und zwar recht deutlich. Er hat es wohl sogar viel besser verstanden als ich. Er wußte, daß er eine Zeitlang das perfekte Opfer in der Hand hatte, einen Mann, der ihm gänzlich gehörte, der Essen und Trinken von ihm nahm und der bereits der vollständigen Verderbtheit so nahe war, daß er sich im Zustand des Besessenwerdens auch noch wohl fühlte. Mason spürte aber, daß sein Opfer verändert war, etwas entdeckt hatte – einen Mittelpunkt, eine Kraft, eine Wirklichkeit –, und dies war eine gefährliche Situation für einen Mann, der seinen Besitz fest in der Hand zu halten wünschte: Ich war zwar immer noch ein Strauchdieb, aber mit jeder Stunde, in der ich mich darum bemühte, Michele zu heilen, mit jedem Tag, an dem ich darum kämpfte, meine Vernunft zurückzugewinnen, an dem ich diese Last auf mich nahm, aus welchem Grund weiß Gott allein – wenn auch mich dieser Pflicht zu entziehen, den Tod bedeutet hätte –, näherte ich mich der Freiheit, und Mason wußte es, und das konnte er nicht ertragen.
In jener Nacht also ließ er mich hängen. Ich glaube nicht, daß er Michele bewußt schaden wollte, indem er die Tabletten zurückhielt, wenn er auch sonst ein Lump war. Aber er hielt sie zurück, zweifellos auf den Augenblick wartend, da ich, wie er gesagt hatte, zur Vernunft gekommen sein würde – auf jenen Augenblick also, da ich durch irgendeine Treuekundgebung, einen billigen Handel, eine Erniedrigung, meine Unabhängigkeit aufgeben, jeden Gedanken daran, Sambuco zu verlassen und ihn seines Schoßhundes zu berauben, von mir weisen würde – womit er wieder das Steuer in der Hand gehabt hätte. Dann, und nur dann wollte der Lump mir vermutlich die Tabletten geben.
Aber es handelte sich nicht nur um das Medikament. Es handelte sich auch um Francesca, und indem er sie schändete, schändete er uns beide: In jener Nacht empfand ich, daß er in schmutziger, unaussprechlicher Weise das Leben selbst geschändet hatte. Er hatte den Zeitpunkt richtig gewählt. In eben dem Augenblick, da ich durch Francesca erkannt hatte, daß das Leben einen Sinn besaß, riß er diesen Sinn in Fetzen. Wer weiß, warum er das tat? Weil ihre Schönheit und ihre Unschuld ihn zum Wahnsinn trieben? Weil er wußte, daß sie mir gehörte? Weil er sah, daß das versoffene Wrack, dessen Besitzer er war, sich anschickte, sich dem Sumpf und seiner Umklammerung zu entwinden? Weil sie in ihrer schrecklichen Angst und Not ›Cass! Cass‹ gerufen hatte, während er sie doch hätte gehen lassen, wenn sie still geblieben wäre und ihm nicht jenen Namen ins Ohr gerufen hätte, der für ihn das rote Tuch war.
Niemand weiß, warum er es getan hat, aber er hat es getan, und dafür habe ich ihm den Schädel eingeschlagen.«

Den Kopf gesenkt, verstummte Cass und schwieg längere Zeit. Als er schließlich seine Erzählung wieder aufnahm, sagte er leise: »Nun ist es wohl an der Zeit, daß ich dir erzähle, wie ich ihn getötet habe, und alles andere.

Was den Rest jener Nacht angeht, so weißt du darüber ebensoviel wie ich. Der Zirkusakt, den er mich da oben vollbringen ließ... ich weiß immer noch nichts davon, und das ist gewiß ein Segen. Ich glaube, daß ich die gleiche Vorstellung schon ein paar Tage zuvor gegeben hatte. Ich spielte den Clown, ich spielte betrunken und hilflos jede Rolle, die Mason für mich erdachte. Er war der Dompteur, er ließ mich meine Kunststücke machen, und dazu heulte der Filmpöbel – Burns, die leergesichtigen Schauspielerinnen und Cripps, der Regisseur, der sich einmal meiner angenommen hatte und ein anständiger Mensch zu sein schien. Beide Male jedoch war ich beinahe besinnungslos. In jener Nacht aber... ich weiß noch, daß ich die Hintertreppe hinaufstieg und die Tabletten aus Masons Badezimmer holte. Richtig... ich habe ja ganz vergessen, dir zu sagen, daß ich mir auf dem Rückweg das Bild abholte, das ich für ihn gemalt hatte. Ich ging in den Raum, in dem er, wie ich wußte, seine pornographische Sammlung aufbewahrte, fand das Bild, zerstörte es samt Rahmen mit bloßen Händen und warf es in eine Mülltonne auf der Straße. Rückblickend kann man das wohl als den ersten Streich gegen das Haus Flagg bezeichnen. Und darauf folgte jene Wanderung mit dir zusammen ins Tal, der Besuch bei Michele. Als ich nun nüchtern durchs Tal zurückging, war ich so erschöpft, daß ich meine Nerven kribbeln fühlte, so, als stehe mir ein Anfall bevor. Nachdem ich dich ins Bett gebracht hatte, ging ich oben auf und ab und kämpfte mit dem Schlaf, noch in dieser fast tödlichen Müdigkeit von einem Zorn verzehrt, der mich um den Schlaf gebracht hätte und von dem ich ganz genau wußte, daß er sich erst legen würde, wenn ich Mason gegenübergetreten sein und Rache an ihm genommen haben würde.

Sonst wollte ich nichts – das mußt du verstehen – und das war nicht viel, oder es schien mir doch nicht viel; Francescas Verlust, das Unrecht, das ihr zugefügt worden war, war nicht wiedergutzumachen. Aber bei aller Toleranz und Nachsicht, um meiner Persönlichkeit oder dem, was noch davon übrig war, um des letzten Restes von Ehre willen mußte ich ein Zeugnis, ein Zeichen, irgend etwas haben, und wenn es nur ein Fleck von seinem Blut oder eine Schramme an der Faust war, die ich in seine glatte, unvergleichlich polierte, eitle Fresse schlagen würde.

Und das war alles, sonst hatte ich nichts weiter im Sinn. Hätte mir jemand gesagt, daß ich in meiner schäumenden Wut, in meiner Rachsucht imstande sein würde, ihn zu töten – daß ich ihn tatsächlich innerhalb der nächsten Stunde töten würde –, dann hätte ich erwidert, daß mein Haß und meine Wut nicht so groß seien. Ich haßte ihn, und meine Wut war wie ein knurrender Hund in mir, aber an Mord dachte ich nicht. Erst später, als ich jene Nachricht erhielt, die mir das Blut erstarren ließ – da erst verstand ich ein für allemal, daß es kinderleicht ist, jemanden tot zu wünschen und ihn dann auch ohne die geringsten Bedenken, ohne Zögern zu töten.

Aber einen Menschen, selbst im Haß, im Rachedurst umzubringen, ist wie eine Amputation. Dieser Mensch mag einem die übelste Ungerechtigkeit zugefügt haben, wenn man ihn tötet, dann hat man sich für immer eines Teils des eigenen Selbst beraubt. Denn: dieser Mensch existierte. Er war ein Schwein, ein Teufel, ein Schuft. Aber warum war er so? Warum tat er, was er tat? Wie sah seine Lebensgeschichte aus? Was ging in ihm vor? Was wäre aus ihm geworden, wenn man ihn am Leben gelassen hätte? Wäre er bis an sein Ende ein unverbesserliches Schwein geblieben? Vielleicht hätte er dir einige Geheimnisse mitteilen können. Du weißt es nicht. Du hast dir die Rolle Gottes angemaßt, hast gerichtet und verdammt. Und dadurch, daß du ihn verdammt, daß du ihn getötet hast, gehen alle Antworten auf diese Fragen mit ihm in die ewige Dunkelheit ein. Nur du bleibst zurück – all jenes Wissens beraubt und mit einem Gefühl des Schmerzes, als habest du einen Teil deines Körpers verloren. Dieser Schmerz wird dir zeitlebens bleiben…

All die Zeit, die ich mit Mason verbrachte, war mir, als kennte ich ihn nicht, als vermöchte ich die Hand nicht auf ihn zu legen. Er war wie ein glänzender, silberner Fisch in einem stillen Gewässer: wenn man versuchte, ihn zu packen, ist er entwischt, und man steht da mit einer Handvoll Wasser. Aber vielleicht war das wirklich sein Charakter? Er war wie Quecksilber, wie Rauch, wie Wind. Es war, als sei er kaum ein Mensch, sondern gehöre einer anderen Spezies an und habe sich als Mensch verkleidet. Seine Verkleidung war nicht vollkommen, und während er zu gehen und zu sprechen und zu riechen schien wie ein Mensch, wußte man doch, daß er ein befremdliches neuartiges Geschöpf war – so fern von der eigenen Erlebniswelt, der eigenen Vergangenheit, daß man ihn zuzeiten mit offenem Mund staunend betrachtete und sich darüber wunderte, daß man sich überhaupt mit ihm verständigen konnte. Für ihn gab es keine Geschichte, oder wenn es eine gab, dann begann sie am Tage seiner Geburt. Davor war nichts, und aus jenem Nichts ist er hervorgegangen, ein Geschöpf, dem Nichts verschworen, denn das Nichts erfüllte die Zeit vor und nach der Stunde seiner Geburt. Und es war unmöglich, ein solches Geschöpf zu verstehen… und daher…

Zu Anfang jenes Sommers trank ich einmal mit Mason, und ich hatte ein

Traumgesicht von Amerika, einen jener schmerzlichen Anfälle von Heimweh, die mich, wie sehr ich mich auch dagegen auflehnte, gelegentlich überkamen. Es war Abend, und wir saßen auf seiner Terrasse und sahen auf das Meer hinaus. Ich hörte zu, wie Mason von seinem neuen Stück sprach und von der neumodischen Moralität. Mir schien dann, als würde ich plötzlich um viele Jahre zurückversetzt in jene Zeit, da ich aus den Südstaaten nach New York kam und mein Leben mit Poppy in einer trostlosen kleinen Wohnung an der Westside begann. Ich versuchte zu malen, und Poppy ging täglich irgendwelchen Arbeiten in einem katholischen Klub nach. Merkwürdigerweise träumte ich aber nicht von Poppy und mir, sondern von etwas ganz anderem – von anderen jung verheirateten Paaren, Paaren jeden Alters und allen Jahrhunderten zugehörig, von anderen jungen Menschen, die ich nie gekannt hatte und nie kennen würde. Von der Zeit, ehe die Kinder kommen, von hübschen jungen Frauen namens Cathy oder Mary oder Barbara und Burschen namens Tim und Al und Dave, und sie alle wohnten überall in Amerika, in diesen freudlosen kleinen Wohnungen, und die Kaffeemaschine summte, es war ein regnerischer Sonntagmorgen, und beide fütterten die Goldfische, er in Unterhosen und sie in Lockenwicklern. Oder sie bissen einander zärtlich in die Ohrläppchen und gingen dann wieder, verrückt vor Liebe, ins Bett zurück; andere wieder stritten sich oder lasen die Zeitungen, während schmalzige, würdelose Musik aus dem Radio rann. Warum ich diese Vision hatte, weiß ich nicht – in vieler Hinsicht war es eine sehr trübe Vision –, aber sie kam mir, und ich entsann mich des feuchten, grauen Lichtes an einem Wintermorgen in New York und sah, wie die Butter auf dem Tisch in ihrem Behälter schmolz, hauptsächlich aber dachte ich an die tapferen und hübschen Mädchen und die furchtlosen Jungen und sah, wie sie alle einer gespenstischen, unmöglichen Bestimmung entgegeneilten. Junge Liebende, die sich wie Sternstaub unvorstellbare Jahrhunderte hindurch angesammelt hatten. Und obwohl ich sie nicht kannte und nie kennen würde, liebte ich sie plötzlich, ich liebte sie alle und erflehte den Segen des Himmels für sie.

Dann erwachte ich aus diesem Traum und hörte, wie Mason sagte: ›Kannst du dir vorstellen, Dollbaby, wie die Welt in hundert Jahren aussehen wird?‹ Ich hatte den Gesprächsfaden verloren, aber seine Augen leuchteten beinahe prophetisch, ganz so, als wisse er es wirklich. Es war einer jener Augenblicke, da er sich von seiner besten Seite zeigte, da ich ihn fast hätte gernhaben können. Er sog an seiner Zigarre, lehnte sich zurück und sah so heiter und weise aus, daß man hätte glauben können, er habe gerade seine Flagge auf dem Mars aufgepflanzt.

Ich war aber immer noch in meinen Traum versunken und antwortete nicht. Jetzt wünsche ich mir, daß ich ihn gefragt hätte, wie seiner Ansicht nach die Welt in hundert Jahren aussehen wird, denn nun werde ich es nicht mehr erfahren. Das war ein Geheimnis, das er mit sich nahm.«

An jenem Morgen hörte Cass die Turmuhr fünf schlagen. Er lag auf der ramponierten Couch, von der noch die feuchte Kühle der gerade vergangenen Nacht aufstieg, lag mit angewinkelten Armen, die Handflächen nach oben gekehrt und atmete flach. Sein Blick wanderte über die Decke, die tief eingelassenen Kellerfenster, die schmutzigen Wände voller Ruß und Spinnenweben und die nassen, grauen Spuren, die der Schimmel und die Zeit auf ihnen hinterlassen hatten. Das Durcheinander des Zimmers begann, sich in spukhaften Umrissen aus der Dämmerung zu lösen: die aufragende Nußbaumkommode und der Tisch, auf dem immer noch alle möglichen Gegenstände zu sehen waren (eine Pfeife, fünf leere Weinflaschen, ein Aschenbecher aus Lava vom Hang des Vesuvs in Form eines Totenkopfes) und die schwere Staffelei, an der die Puppe baumelte und auf der das weiße Rechteck der keuschen, unberührten Leinwand zu sehen war. Er war ein Gefäß. Er ahnte seinen eigenen Atem und einen dumpfen, kochenden Schmerz im Brustkorb, und er empfand auch das Pochen seines Gewissens, aber seine Gedanken verbanden sich nur schwach miteinander, und er lag dort unbeweglich, entleert, erschöpft und nachgiebig wie eine Alge unter strömendem Wasser und empfing alles. Fliegen, die von der Hitze geweckt wurden, zogen ihre Kreise hoch über ihm unter der Decke wie beschwingte Kleckse und summten sinnlos. Und nun nahmen seine Ohren weitere Geräusche des Erwachens wahr: einen Vogelruf, eine hold verschlafene, singende Mädchenstimme und von weit her, träge tukkernd, Fischerboote auf dem Golf, die durch die Dämmerung gemächlich den Hafen ansteuerten. Dann verstummten diese Geräusche nach und nach, und außer dem schwachen Summen der Fliegen in dem spukhaften Luftraum über ihm war nichts mehr zu hören.
Alles andere überragend stand ein Gedanke vor ihm: Er durfte nicht schlafen. Er durfte nicht, er konnte nicht schlafen, obgleich unsichtbare Kräfte ihn in den Schlaf hineinzutreiben schienen. In einem Augenblick gänzlicher Erschöpfung schloß er die Augen; es bedurfte seiner ganzen Willenskraft, sie wieder zu öffnen, und die Lider teilten sich schmerzend und kämpften darum, das graue Licht wieder auszuschließen. ›Ich darf nicht schlafen‹, dachte er gepeinigt, ›ich darf nicht schlafen‹; und dann, so als betrachte er sich mit den Augen eines müden Fremden, sah er sich den Schlaf wegdrängen, sah sich mit bleiernen Füßen und stolpernden Schrittes die Tür des Schlafes zudrücken, jene riesige, eichene Tür, die so schwer und fest war wie die Pforte eines mittelalterlichen Burgverlie-

ses, die sich trotz seiner angestrengten Bemühungen, sie zu schließen, öffnete und hinter der, wie es schien, die Dämonen des Schlafes nach seiner Seele schrien mit dem Lärm von tausend wild gewordenen Pfeifen. Nun aber – Wunder über Wunder – schloß sich die Tür. Benommen sah er zu, wie der Streifen Dunkelheit kleiner wurde, als sich der Abstand zwischen der Tür und dem aus Stein gehauenen Türstock verringerte, sah er, wie die schweren Scharniere unter der Last ächzten; aber innerhalb eines Augenblickes verwandelte sich die Phantasie in einen Traum; dem Anscheine nach stundenlang in tiefem Schlaf, hatte er tatsächlich die Tür zugedrückt, den Schlaf verdrängt (jedenfalls murmelte ihm das eine verräterische Stimme ins Ohr), aber befand sich hinter der Tür nicht ein liebliches Schloß, aus dem vierzehnten Jahrhundert? Hier erging er sich zwischen Edelleuten und ihren Damen, Hellebardieren und maskierten Falken, blassen Liebenden und Gruppen murmelnder Nonnen. Mandelbäume blühten in den Höfen, unsichtbare Psalter und Lauten spielten auf, und über allem schwebte der Duft von Mandeln, Zitronen und Balsam... Er erwachte mit einem Ruck, von seinem eigenen Schnarchen fast erstickt. Alles war still. Das Licht war noch grau und schwach, nur Sekunden waren vergangen.

Auf der Straße hörte er einen Schrei – einen hohen, gequälten Klagelaut, der zitternd anstieg und dann plötzlich abbrach, wie erstickt – und in diesem Augenblick richtete er sich auf mit klopfendem Herzen und brennenden Nerven in plötzlicher panischer, zitternder Angst, doch wurde ihm gleichzeitig bewußt, daß es nur eines der Kinder war, das im Schlaf schrie. Lange lag er so auf den Ellbogen gestützt mit gespitzten Ohren da, doch hörte er nichts mehr von unten. Er legte sich zurück. ›Wenigstens bin ich nüchtern‹, dachte er, ›wenigstens werde ich den Burschen mit der ruhigen Umsicht und Nüchternheit behandeln, die er zwar nicht verdient, die ihm aber trotz allem zuteil werden wird...‹ Er blickte zur Decke auf. In trägen, taumelnden Bögen kreisten die Fliegen ihre schwarzen, zähen Muster in die Luft; eine, durch die wachsende Helligkeit kühn gemacht, löste sich aus dem Schwarm, sonderte sich ab und landete klebrig schaukelnd auf der Wand. Noch eine entfernte sich aus der Masse und dann wieder eine; eine landete auf seinem Arm. ›In einer halben Stunde‹, dachte er, ›werden diese widerlichen kleinen Viecher überall im Zimmer sitzen und in alles ihre Nase stecken.‹ Er wischte die Fliege fort. Sie kehrte fast im gleichen Augenblick zurück, setzte sich auf sein Ohr und brummte. Er ächzte, schlug nach ihr und betäubte sich fast selbst mit dem Schlag. ›Ich muß was unternehmen‹, dachte er, ›ich muß etwas gegen die Fliegen in Micheles Hütte unternehmen. Sie werden noch die ganze Belegschaft vergiften, die Kinder, Ghita, Francesca...‹ Mit einem Ruck fuhr er auf. ›Francesca!

Gütiger Gott, wo war sie denn!‹ Die gleiche, schweißtreibende, grauenhafte Furcht, die er vor zwei Stunden im Tal bei der Nachricht empfunden hatte, daß Francesca nicht eingetroffen war, packte ihn von neuem: Nicht nur hatte Mason sie irgendwann am vergangenen Abend genommen, nicht nur hatte er sie – das Wort lag ihm wie etwas Schmutziges und Krankes auf der Zunge – vergewaltigt, sondern in diesem Augenblick war sie sicher noch immer oben bei ihm, in eine unaussprechliche Umarmung mit ihm verschlungen. Schweiß trat ihm auf die Stirn. Er zitterte heftig und fühlte eine Gänsehaut auf den Armen. Dann verschwand der Schrekken ebenso schnell, wie er gekommen war – er durfte sich nicht gehenlassen. ›Nein‹, dachte er erleichtert, als er zurücksann. ›Michele wird schon recht gehabt haben. Denn wenn der schmierige Lump auch die Frechheit und Unverschämtheit gehabt hat, einmal zu tun, was er getan hat, so wird er doch weder Mut noch Gelegenheit finden, es von neuem zu probieren, und so wird Michele sicherlich recht gehabt haben, und sie befindet sich nicht hier oben, sondern bei der Tochter des Gärtners ...‹ Er lag blinzelnd im Dämmerlicht, berührte mit der Zunge eine wunde Stelle an seiner Oberlippe, eine rohe Wunde, die er sich im Laufe des chaotischen Abends zugezogen hatte, der in seinem Bewußtsein weniger ein Zeitraum war, in dem es wenigstens eine Andeutung von Ordnung und Reihenfolge gab, als eine wirre Sammlung schiefer, unordentlicher Eindrücke, und der einem Album glich, das ein kleines Kind oder ein Idiot angelegt hat. Der Flügel. Ja ... nein, über den Flügel konnte er nicht gefallen sein; warum erinnerte er sich dann aber noch, wenn auch undeutlich, daß ihm die Tastatur entgegengeflogen war und er in Elfenbein gebissen hatte? Benommen fuhr er von neuem mit der Zunge über die Wunde. ›Ich schwöre auf der Stelle bei Gott, daß ich nie wieder einen Schluck Schnaps trinken werde!‹ Zärtlich, unschuldig, peinigend, süß, irgendwie verletzt, beschädigt, Liebe und Frieden versprechend schwebte ein Fetzen Musik durch sein Bewußtsein. »Batti, batti ... pace o vita mia.« Die schöne barfüßige Zerlina fleht ihren Liebhaber an, »patience, patience«, fleht ihn an, ihr zu vergeben. Wieder kam die Musik zurück, eine zerbrechliche, durchsichtige Schwinge. »Bat ... ti ... bat ... ti ...« Warum verfolgte ihn das gerade jetzt? Er schloß die Augen, öffnete sie wieder und lauschte. Tief unten am Hang trompetete die Hupe eines Autobusses, wurde leiser, und in dem leiser werdenden, blechernen Ton verschmolzen Hunger, Erinnerung und Verlangen. ›Gnädiger Gott‹, dachte er, ›unser aller Vater, soweit ist es mit mir gekommen. Ich bin so weit, daß ich weiß, ich müßte dieser elenden Schlange alles vergeben, aber nun entdecke ich, daß man bestimmte Dinge nicht verzeihen kann. So muß ich ihm denn wohl das Maul zerschlagen oder irgendwas, aber nein ... ich weiß es nicht.‹ Und er wußte

es nicht. Er wußte nicht, was er Mason antun sollte, wenn er ihm gegenüberstehen würde (lange konnte das nicht mehr dauern, denn Giorgio würde nun bald aufschließen). Er wußte nur, daß er irgendwas tun werde, daß Mason schließlich auf ruhige, einfache und unerbittliche Weise erledigt werden würde. Ein saurer, rostiger Geschmack bildete sich in seinem Mund, so als habe er an Messing geleckt.
So muß ich also, dachte er, hinaufgehen, ihn auf die Seite nehmen und mit ihm ein Wörtchen reden. Dann werde ich ihm kurzerhand die Zähne einschlagen. Das Horn des Autobusses ertönte von neuem fern und leise aus dem Tal, und die Lider fielen ihm zu. Der Zorn, das Zittern und die Ungewißheit nahmen ab und verschwanden schließlich ganz. Und von neuem ertönte das Horn in bebendem, traurigem Alt wie das säuselnde Decrescendo ersterbender Posaunen, und von neuem schienen sich zwischen Schlaf und Wachen die riesigen Tore verstohlen zu öffnen und ihm einen kurzen, schnellen Blick auf vergangene, unwiederbringliche Zeit zu gestatten: Die Stimme seines Onkels rief ihn in der tabakgrünen, heißen Stille des Sommernachmittages, es roch nach Ziegen, ein Eimer schepperte, grün und geisterhaft tauchten Zypressen, Fichten und Zwergpalmen aus dem Morgennebel auf, ein Ruderboot lief im Schlick des Flußbettes auf Grund, es roch nach Hahnenfuß, ein Bussard kreiste hoch über rauchigem Moor, und eine Negerstimme ertönte rund und voll. Dann blies das Horn abermals, er erwachte halb und sank wieder in den Traum zurück, der von der Kürze eines Augenblicks war: Schwalben zogen über ihm durch einen blauen, vergessenen Abend, er sah eine Schaukel und ein Mädchen – sie schaukelte so hoch, so hoch! Und jemand sagte: »Es ist spät, es wird Zeit, mein Sohn«, und davon wachte er beinahe auf, warf sich herum, zog die Knie an und träumte eine Sekunde lang von Frankreich, von Pappeln und einem sonnigen Hügel, davor Krähen so groß wie Habichte, und von Francesca, seiner Francesca, dort... Er fühlte, wie seine Lider flatterten. Ich muß aufwachen, dachte er, aber nun wurde er auf einen Exerzierplatz geholt, wie er ihn vor langer Zeit in einem Lager gesehen hatte, wo weiße Baracken sich in schattenlosen Reihen bis zum fernen Horizont erstreckten und Männer mit geschulterten Gewehren durch das Zwielicht marschierten, während wild und triumphierend ein Musikzug im Fichtengehölz Trara machte. – Wie lange war das her!
Er erwachte vom Pochen seines Herzens; noch war das Licht im Zimmer grau, staubig und ungewiß. Er wälzte sich vorsichtig herum, fühlte, wie das Hemd verschwitzt an seinem Rücken klebte. ›Nein, ich darf nicht schlafen‹, dachte er wieder, erhob sich auf die Ellbogen, richtete sich blinzelnd auf und setzte die Füße langsam auf den Boden. Nun stand er aufgereckt da und massierte seine Rippen. Er gähnte – ein tiefer Atemzug, der

ihm Schmerz bereitete. Und er gähnte von neuem laut und hilflos. Und er gähnte noch einmal, heulte wie ein Kalb, und die nachfolgende Stille drang wie jäher Lärm an seine Ohren. ›Gütiger Gott‹, dachte er, ›ich bin ein Schlafwandler. Ich muß mich zusammenreißen.‹ Nun bahnte er sich mühsam einen Weg durchs Zimmer.

Es gelang ihm zunächst nicht, die Klinke der Tür zu finden, die auf den Balkon hinausführte. Schließlich fand er sie, öffnete die Tür, und die Morgendämmerung drang ihm perlgrau in die Augen. Auf dem Balkon war es kühl und still. Licht füllte das Tal, ließ die Umrisse der terrassierten Abhänge hervortreten, der Weingärten und Zitronenhaine und auch des großen, buckligen, öden Gipfels, der alles überragte und tausend Fuß steil ins Meer abfiel, das im Morgenlicht pfirsichgolden und starr wie Glas dalag. Eine Flotte winziger Boote eilte heimwärts auf Salerno zu, weißes Kielwasser hinter sich, lautlos wie Wasserkäfer, die Locklichter gelöscht. Die Vögel begannen zu schwatzen, zunächst behutsam mit verschlafenem kleinem Schilpen und Piepsen, dann wurden die Federn geschüttelt, und es raschelte in den Zitronenbäumen. Und nun hörte er von neuem die schläfrige, undeutliche, weiche Stimme des singenden Mädchens weit unten am Hang. Er verstand die Worte nicht und glaubte, es sei Francesca, er lehnte sich über das Geländer, wie um nach ihr Ausschau zu halten, wußte aber im gleichen Augenblick, daß es nicht Francesca war, daß sie es nicht sein konnte. Von einer düsteren, bösen, unerträglichen Vorahnung gequält, erzitterte er. Dann verschwand diese Vorahnung so schnell, wie sie gekommen war, denn er sah etwas Weißes und erblickte das Mädchen, wie es, eine Last Wäsche auf dem Kopf, füllig und mit wiegenden Hüften zwischen den Weinstöcken dahinschritt, während die muntere Stimme in den Morgen drang, leiser wurde und an den Bergen verhallte. Dann wandte er den Blick zum Ende des Tals. Er wußte, daß er Tramonti von hier aus nicht sehen konnte, doch hoffte er, daß irgend etwas – vielleicht ein Rauchfetzen aus einem unsichtbaren Kamin – sein Vorhandensein dort hinter den schützenden Fichten andeute. Nichts rührte sich. Er wußte (oder hoffte doch), daß Michele dort irgendwo hinter dem Wald schlief. ›Nun, so mag er denn schlafen‹, dachte er. ›Es wird ihm zwar nichts helfen, aber wenigstens wird er einen Vorgeschmack der Erleichterung und des Vergessens haben, die ihn erwarten.‹ Aus der Tasche seines Hemdes zog er eine zerdrückte Zigarre, setzte sie in Brand und sah durch die aufsteigende Wolke blauen Rauches nach dem Tal. ›Nein‹, dachte er, ›alle Wunderdrogen der Welt können ihn wohl nicht mehr retten … soll er denn schlafen.‹ Fern, aber doch schon näher, höher am Berg tutete der Autobus wie eine gestopfte Trompete, der weiche, verendende Ton wurde als gelbes Echo von den Hügeln zurückgeworfen. Er biß die Zähne über der Zigarre zusammen und schloß die Augen, während er dem Echo lauschte. ›Wer wird sich schon an Michele erinnern?‹ dachte er. Langsam öffnete er die Augen, blickte auf die heller werdende See hinaus und dachte: ›Nein, niemand wird sich an seinen Tod erinnern.‹ Er sah vom Meer weg, roch den Geruch des Todes – roch Michele und seine ekelhafte Krankheit und haßte beide. Für einen Augenblick war er sich darüber im klaren, daß seine plötzliche Wut kindisch war. ›Dieser verfluchte Michele mit seiner verfluchten Tb‹, dachte er. ›Bin ich daran schuld? Bin ich daran schuld, daß er angefangen hat, Blut zu pissen? Das Ganze ist ein stinkendes Pestloch…‹

Er ging durch die große Glastür in das Wohnzimmer zurück. In der Ecke stand eine Kiste, in der sich ein Dutzend Schallplatten befand, deren Umschläge zerfetzt und beschmutzt waren. Er holte eine hervor. Er brauchte das Etikett nicht zu betrachten, er erkannte jede an ihrem ausgebleichten Umschlag, dem besonderen Umriß fettiger Fingerabdrücke. Er legte die Platte auf den zerbeulten Plattenspieler, prüfte die Nadel mit dem Daumen und gab der Platte einen Schubs, so daß sie sich schwankend bewegte. Als die Nadel dann in den ersten ausgeleierten Rillen kratzte, setzte er sich in seinen Sessel. Und als er so dasaß, stürzte die Musik über ihn, überirdisch und unwirklich, als würden tausend zauberhafte, strahlende Fenster geweihtem Licht geöffnet.

›Mozart‹, dachte er, ›schenkt mit einer einzigen Arie mehr als alle Politiker seit Cäsar. Ein Kind schenkt eine Muschel oder ein Unkraut, das aussieht wie eine Blume. Michele wird sterben, weil ich nichts geschenkt habe. Das erklärt viel, Slotkin, alter Vater, alter Rabbi. Die Hölle schenkt nicht…‹

Er setzte sich mit einem Ruck auf, denn über dem plötzlichen Aufrauschen der Musik, über dem Kratzen der Nadel hörte er eine Stimme oder glaubte sie doch zu hören, eine bekannte Stimme – so bekannt, daß er meinte, seine Ohren trögen ihn, und er wartete mit seitlich geneigtem Kopf, daß die Stimme ihn wieder riefe. Eine Zeitlang vernahm er nichts. Dann hörte er sie wieder schwach, aber deutlich aus dem Hof: »He, Cass, alter Freund, komm rauf, einen trinken.« Er saß kerzengerade aufgerichtet im Sessel. ›Mason!‹ dachte er. ›Herr im Himmel!‹ Aber zu dieser frühen Stunde konnte Mason ihn nicht zum Trinken einladen, unmöglich! Es konnte nicht Mason sein, der ja nicht nur wissen mußte, daß Cass bekannt war, was er Francesca angetan hatte, sondern der auch wissen mußte, daß Cass nun endlich hinter ihm her war – es konnte Mason nicht sein, der ihm derart in die Hände spielte! Er lauschte wieder – außer der Musik war nichts zu hören. Er lehnte sich im Sessel zurück, und abermals hörte er undeutlich durch die Musik hindurch: »Cass, trink was!«

Mit klopfendem Herzen erhob er sich aus dem Sessel und starrte den undeutlichen Umriß der geöffneten Tür zum Hof an. Er trat zum Plattenspieler, stellte ihn leiser und wartete. Wieder war nichts zu hören. Er stellte den Apparat lauter: Die süß klagende Viola erreichte ihr Crescendo, die Geige fiel ein, und in jenem Augenblick wilder Vereinigung hörte er wiederum die Stimme aus dem Hof, nun laut und klar, befehlend und schon ein wenig ungehalten: »Cass!« Sein Blick fiel auf den totenkopfförmigen Aschenbecher vom Vesuv, er nahm ihn in die Hand, wartete wieder und ließ den Stein von einer Hand in die andere gleiten. Dann stellte er den Aschenbecher zurück auf den Tisch und dachte: ›Nein, das geht nicht, das geht wirklich nicht, damit kann ich den Burschen übler verletzen, als ich möchte. Wenn ich ihn packe, dann packe ich ihn mit den bloßen Händen.‹ Dann stürzte er zur Tür, riß sie krachend auf, blinzelte in den staubigen Hof: niemand war zu sehen. Zwischen der Filmausrüstung, den Kameras, den Kränen und den Bogenlampen rührte sich nichts. Und oben auf Masons Balkon war die Tür – die gleiche Tür, die er vor Minuten aufzubrechen versucht hatte – immer noch fest verschlossen. ›Mein Gott‹, dachte er, ›nun bin ich wirklich übergeschnappt. Ich hätte auf die Bibel geschworen …‹ Vorsichtig und aufmerksam blickte er sich um, aber es war nichts zu sehen und nichts zu hören. Er ging ins Wohnzimmer zurück und setzte sich. Er schlug sich vor den Kopf, als wolle er das Echo aus seinen Ohren vertreiben: dabei hörte er von neuem die Stimme, hartnäckig, quengelnd, nörgelnd über den Flöten und Streichinstrumenten, und sie schien nicht von außen zu kommen, sondern von irgendwo nahebei, ganz nah an seinem Ohr. »Ich will dir mal was sagen, Cassius, mein Junge …« Er drehte sich vorsichtig um, versuchte, das Dämmerlicht zu durchdringen, aber da rührte sich nichts außer den Fliegen, die torkelnd ihre Bahn unter der Decke zogen. Er drehte sich wieder um, und wieder hörte er die merkwürdig nahe und zugleich ferne Stimme voller Andeutungen, obszön und schlüpfrig beschwingt: »Ich will dir mal was sagen, Cass, Jungfernfleisch ist am besten, wenn …« Die Stimme wurde leiser und erstarb, als habe man ein Autoradio auf eine schwindende Wellenlänge eingestellt. Lauschend wartete er, und als er sich zurücksinken ließ, kam die Stimme wieder, abrupt und mit roher, beleidigender Lautstärke, als sei das Geisterauto aus einem den Schall erstickenden Tunnel hervorgestoßen: »Ich habe Französinnen gehabt und Spanierinnen, ja, man kann wohl sagen, daß ich das ganze Spektrum von Pol zu Pol durchprobiert habe, aber es heißt ja, daß man erst zwischen die Schenkel einer Jungfrau geraten muß …« Wieder verschwand die Stimme. Er senkte den Kopf und schloß das Licht aus, indem er die geballten Fäuste gegen die Augen drückte. »Du weißt doch, daß ich

im Grunde ein Liberaler bin...« Sterne funkelten in der Dunkelheit, kleine Feuerbälle, blaue Wirbel, weiß leuchtende, glänzende Kugeln, und alle schienen vom Wahnsinn besessen. ›Herr im Himmel‹, dachte er, ›das Schwein erscheint mir als Gespenst.‹
Aber dann drang ein anderes Geräusch an sein Ohr, und er hob lauschend den Kopf. Es kam von der Stadtmauer her, war zuerst schwach, wurde dann aber schnell lauter. Anfänglich glich es einer Sirene oder einer schrillen Trompete, dann aber erkannte er es als den heiseren, ungehemmten, wilden Schreckensschrei einer Frau. Ein zweiter Schrei erhob sich, dann noch einer und wieder einer, und plötzlich brachen die Schreie gleichzeitig ab, wie erstickt. Darauf herrschte tödliche Stille in der Stadt. Dann erhob sich das Geschrei von neuem, näher jetzt, und er hörte ein merkwürdiges, stetiges Tappen, und auch dieses Geräusch gab sich, während es lauter wurde und näher kam, als Schritte draußen auf dem Pflaster zu erkennen, laute, stolpernde Schritte in größter Hast. Ein grelles Klingklang ertönte, als die Füße über die Eisenstäbe eines Gullideckels tappten; dieses Geräusch wiederholte sich schnell, und darauf folgten wieder Schreie. Von neuem ein Klingklang, als schlüge man Eisenstangen gegeneinander, und dann vernahm er die Stimme eines Mannes, der heiser brüllte wie ein Stier und dessen Gebrüll jedes Mal in einem leisen, gehauchten Ächzen endete, das merkwürdig weibisch klang. Für einen Augenblick lösten sich die Schreie, die zusammengebündelt gewesen waren wie das Krächzen eines Krähenschwarmes im Fluge, voneinander und wurden schwächer, und er hörte nichts weiter als das eilige Tappen der Füße bergabwärts am Palast vorbei; dann folgte in zockelndem Hundetrab ein Nachzügler, der schwer nach Luft rang.
Von Furcht ergriffen und irgendwie schon gewarnt, sprang Cass aus dem Sessel und rannte nach draußen. Er hatte die auf die Straße führende Tür des Hofes bereits aufgerissen, ehe der Nachzügler am Palast vorüber war, und rief gerade »Aspett'!«, als er auch schon Windgasser erkannte, dessen Gesicht vor Anstrengung brannte und in dessen schlafgeschwollenen Augen der Ausdruck eines Menschen stand, der sein eigenes Todesurteil vernommen hat. Betäubt, vergrämt und bestürzt stand er schwabbelnd in seinem Morgenrock da, seine unbehaarten Unterschenkel zitterten im kühlen, pfirsichfarbenen Morgenlicht, und als Cass auf ihn zutrat, zerrte er ein riesengroßes, leinenes Taschentuch hervor und fuhr sich damit jämmerlich zitternd über die Backen. »Gütiger Himmel«, sagte er, »oh, Mister Kinsolving!«
»Was ist denn passiert?« rief Cass und packte den kleinen Mann am Ärmel. »Was ist geschehen? So sprechen Sie doch, Fausto!«
»Das Mädchen! Das Bauernmädchen aus Tramonti, das bei Ihnen gear-

beitet hat! Mister Flaggs Stubenmädchen! Man hat sie gefunden...« Er begann zu schluchzen.
»Reden Sie doch, verflucht noch mal!«
»Man hat sie auf dem Weg nach Tramonti gefunden! Erschlagen! Geschändet, mein lieber Herr! Sterbend!«
»Lebt sie noch?« Er bemerkte undeutlich, daß er Faustos Ärmel gepackt hatte und mit der Hand gummiähnliches Fleisch zusammendrückte, so daß der Hotelbesitzer sich in Schmerzen wand, und schließlich hörte er sich selbst aus Leibeskräften brüllen.
»Lebt sie noch?« wiederholte er und lockerte seinen Griff. »Ob sie noch lebt? Zum Kuckuck, so reden Sie doch endlich! Sie haben gesagt, daß man sie sterbend gefunden hat! Sterbend?«
»Oh, Mister Kinsolving«, schluchzte Windgasser mit erstickter Stimme. »Sie lebt noch – aber wie entsetzlich! Man hat sie erst vor einer Stunde auf dem oberen Pfad entdeckt, und man weiß noch nicht, ob sie durchkommen wird. Sie ist bewußtlos. Aber der Arzt sagte mir gerade eben, daß sie den Tag nicht überleben wird! Es ist entsetzlich!«
»Wer hat es denn getan?«
»Das weiß niemand. Irgendein viehischer Mensch! Irgend jemand, der auch nicht die Spur von menschlichem Anstand besitzt...« Er verstummte, wie um seine zerfahrenen Gedanken zu sammeln. »Also... oh, ich kann es Ihnen gar nicht sagen. Ihr Schädel ist an zwei Stellen eingeschlagen, alle Glieder gebrochen. Ich frage Sie, was für ein mordlustiges Vieh kann denn etwas so Gemeines und Scheußliches tun in einer ruhigen Stadt wie der unseren, die sich seit Jahren eines so unvergleichlichen Friedens erfreut hat! Und wo noch dazu die Filmleute hier sind! Die werden ja nun sicherlich abfahren, gerade jetzt, da...«
»Schwein«, murmelte Cass in einem Ton, in dem schon die Trauer schwang, die über ihn hereingebrochen war. »Widerlicher, kleiner Stinkmops.« Er hob den Arm und sah noch, als er sich von dem Mann abwandte und in den Palast zurückeilte, wie Windgasser sich bückte und auswich. Er fühlte Eiswasser in seinen Adern. Mehrere Stadtbewohner rannten sprachlos und offenen Mundes an ihm vorbei. Eine barfüßige Frau mit einem Säugling in den Armen stolperte die Straße hinunter dem Platz zu und stieß zwischen erbleichten Lippen schwache Schreie aus. Und als er nun auf die Tür des Palastes zuschritt, erblickte er Doktor Caltroni, dessen Kneifergläser ovale Lichtreflexe warfen, auf einem gebrechlichen Motorroller den Hügel hinauf und gegen die Mauer hin rasen; hinter ihm hockte ein glatzköpfiger junger Priester, der ängstlich zum Himmel schaute, während er eine Flasche, die zweifellos menschliches Blut enthielt, wie einen Abendmahlskelch an die Brust gepreßt hielt. Cass wandte

sich ab, eilte eine dunkle, nach Abfall stinkende Gasse hinunter und riß mit beiden Händen an einem Türgriff, wobei er fast rücklings auf die Pflastersteine gefallen wäre, da die zu seiner großen Überraschung unverschlossene Tür krachend aufsprang. Er erlangte sein Gleichgewicht wieder und stürzte hinein. Die Steintreppe war feucht und glitschig, und ein grauer, muffiger Geruch wie von Mäusen und ihren Exkrementen hing in der Luft; er nahm zwei Stufen auf einmal und rutschte in der halben Dunkelheit aus, ohne sich weh zu tun. Oben auf der Treppe angekommen, sah er sich vor einer weiteren Tür; auch diese war jetzt unverschlossen, und er riß sie auf und betrat Masons Küche; der Raum lag verlassen. Es war nichts zu hören außer dem steten Tropfen eines undichten Wasserhahnes. Einen Augenblick lang stand er mit gespitzten Ohren still und blickte in das Halbdunkel. Die Geräusche von der Straße drangen undeutlich und gedämpft durch die Mauern. Irgendwo tickte eine Uhr, und vom Flur her, wo die Filmleute schliefen, hörte er jetzt ein starkes, ersticktes Schnarchen, wie das erste tastende Anspringen eines Außenbordmotors. Er lauschte weiter, hörte, wie unter einem unruhigen Schläfer die Bettfedern quietschten, und dann war alles wieder still. Er schlich vorwärts, bewegte sich mit behutsamen, lautlosen Schritten an den Schläfern vorbei, vorbei an geschlossenen und halb geöffneten Türen: durch eine erblickte er einen kleinen nackten, unbeweglich ausgestreckten Mann, den Zeitungsschnüffler, dessen Namen er vergessen hatte, sah seinen behaarten Bauch, den eine enorme Blinddarmnarbe zierte, und gewahrte, wie er sich an den Rippen kratzte, während er in tiefem Schlaf unter einem surrenden elektrischen Ventilator lag. Cass ging weiter. Im fensterlosen Korridor war es feucht, feucht und stickig; er fühlte, wie er schwitzte, eine Gänsehaut lief ihm über den Rücken und den Nacken hinauf, und seine Kopfhaut fühlte sich gestrafft an wie ein Trommelfell. Obwohl er schwitzte, fühlte er sich ausgedörrt, saftlos; seine Augen waren staubig und trocken wie seine Kehle – ein Schlund voller Sand –, und er versuchte, sie mit einem lauten, zu lauten Räuspern zu befeuchten. Er blieb stocksteif stehen, horchte und wartete, daß sich jemand rühre. Gegenüber sah er durch eine halb geöffnete Tür drei voll bekleidete männliche Schläfer quer über einem Doppelbett liegen, sie lagen da wie übereinandergeworfene Puppen. Er wartete immer noch. In einiger Entfernung stöhnte jemand. Er schlich weiter und betrat schließlich den Korridor, der zu Masons Schlafzimmer führte. Mit schnellen, leisen Schritten erreichte er die Tür, verhielt aber plötzlich, da er an Rosemarie dachte und ihm einfiel, daß er zwar leicht genug mit Mason fertig werden würde, daß es aber verrückt wäre, zu versuchen, ihn in Gegenwart seiner turmhohen kreischenden Bettgenossin anzugehen. Im gleichen Augenblick entsann er sich aber, daß er in diesem

Sommer ungezählte Male gesehen hatte, wie Rosemarie abgewiesen, von Mason verstoßen, morgens mit rotgeränderten Augen aus irgendeinem anderen Schlafzimmer aufgetaucht war. Er wußte, daß er es nun riskieren mußte, verließ sich darauf, daß sie nicht bei ihm war, und ging abermals auf die Tür los. Als er die quietschende Klinke herunterdrückte und gleichzeitig in seiner Tasche wühlte, bemerkte er ärgerlich (folgendes wußte er später noch: er war kühl und gefaßt, hatte die Trauer aus seinem Bewußtsein verdrängt, und sein leidenschaftlicher Wunsch nach Vergeltung beherrschte ihn so, daß selbst ein möglicherweise so entscheidender Mißgriff wie dieser ihm nicht Angst oder Schrecken einflößte, sondern nur vorübergehenden Ärger), daß er den Schlüssel vergessen hatte. Der lag unten auf dem Tisch. Es war nun zu spät zuürckzugehen. Er hörte, wie sich jemand im Zimmer bewegte und dann, schon angstvoll, wachsam, wissend die Stimme: »Wer ist da?« Er legte die Wange an die Tür und horchte. Von neuem ließ sich, lauter nun, die Stimme vernehmen: »Wer ist da?« Er antwortete immer noch nicht, da ihm zwei Umstände deutlich, wenn auch widersprechend und verblüffend, vor Augen standen. Der erste war, daß er nun die Situation beherrschte, daß er nach Monaten und Tagen schlaffer, ohnmächtiger Knechtschaft, in denen er unfähig gewesen war, Masons Feigheit zu erkennen, schließlich obenauf war – er empfand Masons Furcht vor seiner Rache, noch ehe er ihn gepackt hielt –, und er wußte, daß er Mason allein schon durch diese Furcht im Zimmer eingesperrt halten konnte. Die Tür war fünf Zentimeter stark, die Wände um ein Vielfaches dicker, und der Korridor lag für sich allein; Mason mochte aus vollem Halse um Hilfe rufen, doch niemand von den Schläfern würde ihn hören. Es blieb aber nicht mehr viel Zeit; der ganze verfluchte Palast würde bald erwachen, und er hatte den Schlüssel nicht. Der andere Umstand, den er kühl und ruhig zur Kenntnis nahm, war, daß er Mason zwar eingefangen hatte, daß er aber nicht an ihn heran konnte – er konnte nicht wagen, hinunterzugehen und den Schlüssel zu holen – und daß es daher in diesem Augenblick seine Aufgabe war, das Problem befriedigend zu lösen. Nach einigen Sekunden sagte er tonlos und ernst durch die Tür: »Mason, du mußt jetzt sterben.« Und nach einer Pause: »Du kannst ruhig aufmachen, Mason, denn ich werde dich jetzt umbringen.« Und in diesem Augenblick wurde ihm bewußt, ganz als verliehen die Worte dem, was er nicht zu wissen brauchte, Wirklichkeit, daß er Mason töten werde. Noch während er sprach, zog er sich leise die Schuhe aus. (Unter der Tür war ein Spalt; würde ein Opfer, das von seinem Verfolger durch diese Tür getrennt war und nichts mehr hörte, nachdem es »Wer ist da?« gefragt hatte, nicht wissen wollen, ob der Mörder sich fortgestohlen habe und ob es nicht möglich sei, durch jene Tür zu entkommen? Würde ein solches Opfer nicht durch den Spalt schauen, um zu sehen, ob die Füße noch dastünden? So kühl und folgerichtig überlegte Cass.) Die Schuhe stellte er mit den Spitzen gegen den dünnen hellen Spalt zwischen Tür und Türschwelle. Er horchte. Im Zimmer war es still. Lautlos raste er auf Strümpfen den Korridor entlang, durch den verlassenen, unordentlichen Salon, auf den Balkon hinaus und die Hoftreppe hinunter, wobei er sich eines leichten Schleuderns und Schwankens bewußt wurde, aber ebenso auch seiner mühelosen Geschwindigkeit. Er landete im Hof, erreichte in drei langen Sprüngen sein Wohnzimmer, riß den Schlüssel vom Tisch, verlor seinen Schwung, wandte sich um, raste von neuem geräuschlos durch den Hof, die Treppen in schnellen, stampfenden Sätzen hinauf, erreichte den Korridor und die Tür. Hier verharrte er nur so lange, bis er die Schuhe wieder angezogen hatte, und während er sie noch mit einer Hand überstreifte, drehte die andere schon mit leichtem, schnalzendem Geräusch den Schlüssel im Schloß. Der ganze Vorgang konnte nicht mehr als eine Minute in Anspruch genommen haben. Er riß die Tür auf und war vom starken, von Osten hereindringenden, rosigen Licht geblendet. Niemand war im Zimmer, kein Mason, keine Rosemarie, niemand. Das riesige Hollywoodbett war leer, das Bettzeug noch obszön verknautscht von Masons Raubzug in der vergangenen Nacht.

Er ging auf den Schrank zu, um ihn zu durchsuchen, als ihm etwas sagte, wo Mason sich befand. Er wirbelte herum und blieb abwartend stehen. Auf der Straße ertönte ein Schrei, ein Motorroller knatterte durch die Gasse. Für einen langen Augenblick war dann alles wieder still. Glaubte Mason wirklich, daß er sein lächerliches Versteck übersehen werde? Verborgen an dem klassischen Zufluchtsort des Übeltäters hatte Mason sich verraten: Der winzige Fleck einer grünen Bermudahose hatte sich bewegt – nicht mehr als einen Zentimeter –, aber das genügte, und Cass beugte sich langsam nieder, bis er Auge in Auge mit seinem Opfer war, das bäuchlings unter dem Bett kauerte. Sekundenlang betrachtete er Mason wie ein Jagdhund, der prüfend den in die Enge getriebenen Waschbären beobachtet, die eigene Nase wenige Zentimeter über dem Boden. Kein Wort wurde zwischen ihnen gewechselt; beide atmeten schwer, und wenn Cass blinzelte, blinzelte auch Mason, und sein Gesicht war blutleer und von Entsetzen entstellt. Dann sagte Cass wieder in einem leisen kühlen Ton, etwas lehrerhaft und streng: »Mason, du mußt jetzt sterben.« Cass hörte ein Erschauern, ein langes Ausatmen wie Wind in einer Fichte, und sehr gemächlich streckte er nun die Hand aus, um Masons Arm zu packen, trat aber ein wenig zurück, als Mason sich zum ersten Male rührte und sich leise wimmernd seitlich auf dem Bauch wegschob. »Hör mal, Mason«, hörte er sich selbst in jenem befremdlich gleichmütigen, pedantischen Tonfall sagen, »du kannst da wirklich rauskommen. Ich kann schließlich nicht das Bett abrücken. Ich werde dich jetzt umbringen, ist das klar? Komm also heraus.« Ein neues Wimmern, diesmal aber gemischt mit einem anderen Laut – einem Schluchzen oder einem wilden Luftschnappen –, und zu spät erkannte Cass, daß er sich verrechnet hatte. Denn in seiner Jagdhundhaltung – den Hintern hoch gestreckt, die Nase auf dem Boden, eine Pfote in dem vergeblichen Bemühen ausgestreckt, die Beute unter der Matratze vorzuzerren – war er in einer ungünstigen Position; er beherrschte die Situation nicht aus einer vorteilhaften Stellung, er führte einen schwachen Flankenangriff, anstatt frontal anzugreifen (vom Ende des Bettes her, wo er ihn schnell genug bei den Füßen hätte herausziehen können), er war sehr im Nachteil, und als er sich einen neuen Plan ausdachte, ergriff Mason die Initiative und schoß auf der anderen Seite in dem engen Raum zwischen Bett und Wand wie eine Rakete hervor. »Ooohh!« blökte er, als Cass sich mühsam auf die Füße stellte. »Oooh!« Dieser Laut war ein Echo aus der Kindheit, ein Heulen der Furcht – der Schrei eines Vierjährigen, der sich vor Drachen, dem Donner oder der Dunkelheit fürchtet. Und ehe noch Cass, der sich über den riesigen Spielplatz des Bettes warf, an ihn herankam, war er durch die offene Tür und den Korridor entlang entsprungen, von einer Angst gehetzt, die ihm alle Farbe aus dem Gesicht getrieben hatte und die seine Schreie zu schwachen Vogelrufen erstickte, als er an den nichts ahnenden Schläfern vorüberrannte. Er raste die Treppe hinunter, zur Hintertür hinaus, weg von jeder Hilfe.

Cass, der durch den Garten hinter Mason herhetzte, blieb stehen und holte Luft. Niemand war zu sehen. Abgesehen von den ersten vereinzelten Herolden des Unglücks, die er auf der Straße angetroffen hatte, schlief die Stadt noch. Der Garten war leer; jenseits erstreckte sich das Tal schlafend und dunstig in der Morgendämmerung, ohne Leben oder Bewegung. Als er aber die breite Trampelspur zwischen Iris und Mohn erblickte, sah er so deutlich, wohin Mason geflohen war, als sei der Weg auf einer Karte eingezeichnet, und er stürzte durch die feuchten Blumenbeete, ohne auf die Bienen zu achten, die ärgerlich vor seinem Schritt aufstoben. Er erreichte das Ende des Gartens. Ein hoher, weißer Lattenzaun versperrte ihm den Weg, und als er mit einem einzigen Sprung darüber setzte, geschahen fast gleichzeitig zwei Dinge: er bemerkte einen flaschengrünen Zeugfetzen, wo seine Beute Augenblicke zuvor hängengeblieben war, und während er verträumt versuchte, sich höher hinaufzuschwingen, um selber dieses Mißgeschick zu vermeiden, blieb auch er hängen, und dieselbe Latte war durch seine Hosen gefahren. Er kämpfte sich frei und sah Mason weit voraus auf dem Pfad ins Tal, während er selbst noch seinen Hosenboden losriß und schwer auf den harten Boden fiel, so daß ein Schmerz ihn von den Zehen bis zu den Knien durchfuhr. Er schnaufte und rang nach Luft; es wurde ihm klar, daß schon allein der Umstand, daß er nicht annähernd in so guter körperlicher Verfassung war wie Mason, ihn daran hindern konnte, sein Vorhaben auszuführen, doch noch während ihm das einfiel, fühlte er, wie seine Beine ihn in mächtigem Galopp vorschnellten, als würden sie von einer Feder angetrieben, die seiner Kontrolle nicht unterstand. Im Laufen spürte er, wie die Dämmerung sich lichtete, wie es heller wurde, wie die Schatten sich aus den Vertiefungen am Abhang zurückzogen. Eidechsen huschten die Mauern entlang und raschelten trokken zwischen betauten Ranken und Moos.

Das letzte Haus der Stadt lag nun hinter ihm. An diesem verlassenen Abhang, im Staub des Weges, waren Masons Fußabdrücke frisch und klar, und nun sah er etliche hundert Meter vor sich einen flaschengrünen Blitz, als Mason, der hinter einer Mauer hervorkam, an einer Weggablung stehenblieb und in verzweifeltem Zögern unentschlossen die Ellbogen hin und her bewegte. Er war ein Palastbewohner und kannte sich in diesen Vorbezirken nicht aus; seine Unwissenheit kostete ihn Sekunden, und es war der Pfad rechter Hand, den er nehmen mußte, das wußte Cass, den Pfad rechter Hand, den, der zunächst mäßig bergab ging, dann aber aufwärts, die Klippen hinan zur Villa Cardassi – nicht den linken, der erst steil anstieg, sich dann aber stadtwärts und Sicherheit verheißend senkte. Er würde den Pfad zur Rechten nehmen, denn der sah weniger schwierig aus. Schwitzend und seufzend und mit pochenden Pulsen stolperte Cass und lehnte sich gegen die Mauer. Er vergab Sekunden. Als er wieder zu Atem kam und sich von neuem in Bewegung setzte, sah er das Grün von Masons Hosen den rechten Pfad hinunter verschwinden, den täuschenden, den richtigen Weg entlang.

Es wurde nun heller, der pfirsich- und rosafarbene Schein am Himmel verschwand, und als Cass jetzt selber die Weggabel erreichte und den wenig betretenen Pfad nach rechts einschlug, auf dem Unkraut wuchs, Disteln und Margeriten, und unter seinen Füßen loses Gestein, Ziegendreck und Staub fühlte, wußte er, daß Mason eingekreist war, daß er in eine Sackgasse floh, in der es keine Menschen gab, einen Berg hinauf, auf dessen Gipfel man nur zwischen selbstmörderischem Absturz und Kampf wählen konnte. Und als Cass den steiler werdenden Hang hinan stob, hörte er sich stöhnen wie einen Mann in liebender Umarmung, und es überraschte ihn, wie weich und strahlend und sanft der Morgen war, wie heiter die Höhen und die blaue, glänzende See unter ihm und wie befremdlich sein eigener Zorn – so frei von Leidenschaft und Rausch – und wie er ihn doch dem Schlachtplatz zutrieb und dem, was von Anbeginn vorbestimmt, verordnet und in der Zeit niedergelegt war. Gleichzeitig aber dachte er an Francesca, und eine schnelle, höllische Vision ihrer zerstörten Schönheit erstand vor seinen Augen; Blut und Schrecken spritzten himmelan und verschwanden in einem saugenden Mahlstrom, und für den Bruchteil eines Augenblicks wurde ihm schwarz vor den Augen, er verlangsamte seinen Schritt und ließ ein einziges, viehisches, unmenschliches Gebrüll erschallen; seine Seele war verwandelt, war eins mit der seiner frühesten Vorfahren. Das Licht kam ihm im nächsten Augenblick zurück; er sah Mason nun schon näher, wie er sich unterhalb des Gipfels den Hang hinaufarbeitete. Einen Augenblick lang blieb Mason stehen, atemlos, die Hände auf den Knien, und vorgebeugt rang er nach Luft, richtete sich dann auf, und mit wilder Geschwindigkeit und fliegenden Haaren rannte er ein Dutzend Schritte weiter, sprang vom Weg fort und begann, die steile Klippe zu erklettern. Cass erreichte diese Stelle eine halbe Minute später; die Hände in die Hüften gestützt und Atem schöpfend stand er da und sah hinauf nach dem rosafarbenen Hinterteil, das aus den Shorts hervorsah, nach den gebräunten Beinen, die über den Felshang wirbelten. Es war entschieden von Vorteil, hier zu stehen und ihm zuzusehen; er selbst konnte seinen Lungen eine kleine Erholungspause gönnen, während Mason sich eine nicht vorhandene Abkürzung hinaufquälte: Ganz gleich, wie er auf den Gipfel gelangte, einmal angekommen, war er dort gefangen, denn auf der anderen Seite fiel der Hang an die dreihundert Meter senkrecht ab. Er hätte ebensogut den Weg benutzen können.

Als Cass dann weiter den Weg hinauflief, nahm er seine Brille ab, überlegte es sich dann aber anders und setzte sie wieder auf, blickte über die Schulter und sah, daß Mason, unter dessen Füßen Staub und Geröll wie eine Lawine abrutschten, beinahe das Plateau erreicht hatte. Als er seine eigene Geschwindigkeit abermals steigerte, fuhr ihm die Luft in schmerzhaften Stößen aus der Lunge. Er stolperte, richtete sich auf, rannte an der verlassenen Villa vorüber, an ihrer eingesunkenen Fassade und den geborstenen Säulen. Die Inschrift auf dem marmornen Portikus sauste im morgendlichen Schatten durch sein Blickfeld wie ein im Traum geschautes, unverständliches Alphabet – SPERO, SPIRO DUM –, verschwand, und nun umgab ihn der Geruch der Feuchte, des Farns und der zerfallenen Steine, als er nahe dem Gipfel nun ebenfalls abkürzend eine niedrige Mauer übersprang, ohne den Schritt zu verlangsamen, über schwärzlichen, schwammigen Boden dahinlief, wo unter seinen Füßen winzige weiße Pilze wie Menschen auseinanderstoben und explodierten. Er erreichte die Spitze. Der Sonnenschein war wie ein Schrei, und das Meer unter ihm von einem fast blendenden Blau. Er sprang auf die Umfassungsmauern, um von dort aus nach seinem Opfer Ausschau zu halten. Gefangen, in die Enge getrieben, befand sich Mason fünfzig Schritte gegenüber auf einem von Brombeerranken überwachsenen Platz und lehnte mit gebeugtem Kopf, nach Luft schnappend an einem verwitterten, gekrümmten Olivenbaum. Cass konnte sein Gesicht nicht sehen, dafür aber seinen Nacken, der die scharlachrote Farbe des Blutes hatte. Er sprang von der Mauer hinunter, im Begriff sich seinem Opfer entgegenzustürzen, doch in diesem Augenblick gaben seine Lungen ein scharfes, ungewolltes Ächzen von sich, Schmerz umklammerte sein Herz wie eine Hand, und er sank wie ein getroffenes Wild zu Boden, stöhnend, hilflos, sich erbrechend und beinahe blind.

Lange hockte er so im Kraut auf seinen Knien. Das Würgen ließ nach, allmählich erlangte er auch wieder die Fähigkeit zu sehen. Weit weg auf dem unbewegten Meer durchschnitt ein dunkler Dampfer die Morgendämmerung, fuhr an einem kleineren, helleren Schiff vorüber, das südwärts nach Sizilien dampfte. Von dem dunklen Schiff stieg eine Rauchwolke wie ein Gruß in den blauen Himmel; Cass sah blinzelnd zu, hörte das Dröhnen der Sirene, kehlig, verschlafen, sonor, das schwach, aber deutlich wie eine Perle durch das Licht heraufschwebte. Dann sah er, wie Mason sich niederlegte, ein Bein anzog, einen Arm über das Gesicht deckte; auch Cass legte sich nieder, auf die Seite, und sog die Luft ein. Das dunkle Schiff zog westwärts mit hohem Bug, majestätisch schweigend, seine schlummernden Passagiere bemerkten nichts. Die Positionslampen leuchteten noch, aber während Cass hinsah, ging eine nach der anderen aus. Endlich sah er, daß Mason sich halb aufrichtete. Auch Cass erhob sich, und nun schien es, als versuche Mason ihm etwas mitzuteilen, als rufe er über das Feld – aber was sagte er, welche Worte formten sich auf seinen Lippen? – Ich habe es nicht getan? Ich nicht! Muß ich sterben? – Er schien zu weinen. Wieder versuchte Mason zu sprechen. – Nein? Ja? – Warum sagte er es nur nicht? Warum formten seine Lippen diese Worte, als flehe er um Verständnis? Der närrische Mason ließ sich von neuem zurück ins Gras fallen, auch Cass ließ sich für eine kurze, letzte Pause zurücksinken, und obwohl er sich nicht erinnern kann, wie lange sie da so lagen – fünf Minuten vielleicht oder mehr, oder weniger –, weiß er noch, daß ein Durst, wie er ihn noch nie gespürt hatte, in seiner Kehle aufstieg und daß er, als er benommen und halb bewußtlos dalag, das Rauschen von kühlem, köstlichem Wasser vernahm. Zum Augenblick seines eigenen Anfangs zurückgeführt, hörte er in einer schläfrigen südlichen Mittagshitze seinen ersten Kinderschrei in der Wiege und erkannte ihn als den Laut der Geschichte selbst, verfehlt, ein Traum, ein Wahnsinn. Aber er erhob sich, mit einem Stein in der Hand, und auch Mason erhob sich und trat ihm mit einem dicken Knüppel entgegen, und in diesem Augenblick schoß eine einzelne Taube aus dem Nichts auf sie los und bog zuletzt mit einem geringfügigen Schwingenschlag furchtsam ab. Aber noch während Cass der seewärts entschwindenden Taube nachblickte, war er brüllend auf Mason losgetorkelt, der sich wütend und wild in den wenigen Sekunden wehrte, die ihm noch verblieben. Cass würde sich immer der Kühnheit jenes Augenblicks erinnern – des Knüppels und der brutalen, festen Schläge, mit denen er seine Rippen traf: das verlieh jenem kurzen Zusammentreffen den Glanz des unerwarteten Triumphes und der Ehre. Aber als Mason kühn den Arm vorstreckte, unterlief Cass ihn mit dem Stein, und Mason fiel von dem Schlag wie ein Sandsack und murmelte im Fallen: »Dollbaby. Dollbaby«, flüsterte er mit der Stimme eines Kindes, aber das war sein letztes Wort, denn Cass hockte auf seinem hingestreckten Körper und schwang wieder und wieder den Stein und zerschlug ihm den Schädel, der auf einer Seite wie eine Kokosnuß aufplatzte. Eine grünlichweiße, mit schleimigem Blut vermischte Masse sickerte heraus.

Es war wohl in diesem Augenblick, daß er sich aufrichtete und begriff, wo er war und was er getan hatte. Genau weiß er es nicht mehr. Vielleicht war es nur das »Dollbaby«, das verspätet in sein Bewußtsein drang und ihn nun veranlaßte, innezuhalten und in das blasse, tote Gesicht zu blikken, das so weich und knabenhaft und im Tode wie im Leben so zerquält aussah, dieses Gesicht, dem man alles mögliche zutrauen konnte, das aber nicht das Gesicht eines Mörders war.

›Kinder!‹ dachte er und stand hoch aufgerichtet über dem zuckenden Körper. ›Mein Gott! Alle sind wir Kinder!‹

Dann in einem letzten Anfall von Trauer und Wut zerrte er Masons Leiche an die Umfassungsmauer, hob sie mühsam hoch und hielt sie einen Moment eng an die Brust gepreßt. Dann schleuderte er den Leichnam ins Leere.

Nach dem Arzt und dem Priester war Luigi der erste, der zu Francesca eilte (Luigi hat es Cass später berichtet). Sergeant Parrinello, der sich gewichtig ›zum Tatort‹ begeben hatte, schickte ihn dort hin... Sie lag auf einem Bett im Hause des Apothekers Ivella, gerade außerhalb der Stadtmauer; die Bauern, die sie auf dem Talweg gefunden hatten, hatten nicht gewagt, sie weiter zu tragen. Sie hatte sehr viel Blut verloren – so viel Blut, daß der Arzt nicht glaubte, eine Transfusion werde ihr Leben um mehr als einen halben Tag verlängern. Sie war bewußtlos und atmete zögernd und flach. Jawohl, erklärte Caltroni, sie könne durchaus befragt werden, falls sie erwache; keine Störung und keine Anstrengung würden die mit Sicherheit tödlichen Folgen ihrer Verletzungen beeinflussen. Der Arzt und der Priester gingen fort (der Ritus der Estrema Unzione war bereits vollzogen); sie wollten weitere Blutkonserven herbeischaffen und erklärten, daß sie wiederkommen würden. In der Stunde der Gefahr verhielt sich Caltroni sehr anständig. Der Korporal saß an Francescas Bett; eine Stunde verging. Draußen erhob sich schrecklicher Lärm, und Luigi bat den Apotheker, hinauszugehen und die Leute aufzufordern, Ruhe zu halten. Dann folgte eine lange Stille, und Luigi saß im Licht, das den sauberen, weißen Raum nun ganz erfüllte, und beobachtete das sterbende Mädchen. Einmal stöhnte sie, ihre Augenlider flatterten, und Röte stieg in ihre bleichen Wangen. Dann erblaßte sie wieder, sank in ihre Bewußtlosigkeit zurück und atmete kaum noch. Später, gegen neun Uhr, öffnete sie die Augen, seufzte tief und sah um sich. Als sie versuchte, einen ihrer gebrochenen Arme zu bewegen, stieß sie einen Schmerzensschrei aus, und Tränen rollten aus ihren Augen. Luigi beugte sich über sie und legte einen kühlen, feuchten Lappen auf ihre Stirn, wie der Arzt es ihm vorgeschrieben hatte. Dann murmelte er ganz nahe an ihrem Ohr: »Chi è stato?« Lange konnte sie nicht antworten. Sie zerbiß sich vor Schmerz die Lippen, und er glaubte, sie werde wieder in Bewußtlosigkeit versinken. »Wer, Francesca?« wiederholte er leise, und das Mädchen flüsterte: »Cass.« Er lehnte sich langsam in seinem Sessel zurück. Er war schockiert, aber nicht überrascht, wenn es eine solche Gefühlsmischung überhaupt gibt. Denn er wußte bereits ziemlich bestimmt, wer es getan hatte. An Cass hatte er nicht gedacht, doch als sie seinen Namen flüsterte, fand er, daß sie die Wahrheit sprechen mochte.

Er beugte sich von neuem über das sterbende Mädchen, und es fielen ihm die Spaziergänge ein, die selbst Cass nicht hatte geheimhalten können. Spaziergänge Hand in Hand durch das Tal, ein Amerikaner und ein armes Bauernmädchen – solche Spaziergänge konnte man ebensowenig ungesehen unternehmen wie Fahrten im Cadillac nach Neapel. Luigi fragte leise von neuem: »Chi? Sag es mir noch einmal. Wer hat das getan?« Das Mädchen bemühte sich zu sprechen. Es war nicht Cass, es durfte nicht Cass sein und doch, es konnte Cass sein. Wenn man davon ausging, daß es sich bei ihm um einen Fall an der Grenze des Wahnsinns handelte (noch dazu um einen Amerikaner), wenn man ferner irgendeine unerträgliche Belastung unterstellte und schließlich noch Liebe, dann konnte alles geschehen. »Wer, Francesca?« Nun schien sie nicht mehr fähig zu antworten.

Es klopfte an der Tür, und die bekümmerte Frau des Apothekers erschien auf der Schwelle, um ihm mitzuteilen, daß Parrinello ihn draußen zu sprechen wünsche. Er stand auf und ging in den nach Rosen duftenden

Garten, wo der Sergeant ihn erwartete. Es war bereits neun Uhr vorbei. Parrinello war außer sich, bearbeitete seinen fetten Schenkel mit einem Handschuh, und sein Gesicht glänzte von Schweiß.
»Hat sie gesprochen?« fragte er. »Hat sie etwas gesagt?« Sein Gesichtsausdruck war feierlich, aber er schien die Aufregung sichtlich zu genießen.
»Sie hat nichts gesagt, Sergeant.«
»Sie muß aber sprechen, sie muß sprechen.«
Luigi ahnte etwas. »Was ist denn nun passiert, Sergeant?«
»Flagg. Der Amerikaner aus dem Palazzo d'Affitto, der Mann, bei dem sie in Dienst war. Man hat ihn tot am Fuß der Klippen unterhalb der Villa Cardassi aufgefunden, sein Kopf ist ein blutiger Klumpen.«
Luigi fühlte, wie seine Fingerspitzen taub wurden. »Dann war es also...« Einen Augenblick lang erschien es ihm unmöglich, die Lippen zu bewegen. »Das heißt...«
»Ich habe in Salerno angerufen. Klarer Fall eines doppio delitto. Inspektor Di Bartolo ist mit seiner Abteilung schon unterwegs. Sie müssen nun...«
»Ein Doppelmord? Das Mädchen ist aber nicht tot.«
»Jawohl, ich sagte Doppelmord!« Er verstummte, und seine Äuglein blinzelten schlau. Die erste Seite im ›Il Mattino‹. Und Luigi sah wie im Traum den fetten Sergeanten bei der Bezirkspolizeiparade mit vorgestrecktem Brustkasten daherwatscheln, um sich eine Auszeichnung daran heften zu lassen. »Das kleine Aas hat einen Liebhaber gehabt, einer von den Kaffeehausstrolchen hat sie in die Büsche genommen. Ein netter Käfer war sie ja, und er wollte sie nicht gehen lassen. Dann hat sie auch der Amerikaner gevögelt, bei dem sie in Dienst war, und das machte sie verwirrt. Da hat sie es also ihrem ersten Liebhaber gestanden, oder er hat es herausbekommen, und der ist wild geworden. Flagg konnte natürlich seiner blonden Freundin wegen nicht mit Francesca im Palast zusammenkommen. Er hat sie deshalb irgendwann in der vergangenen Nacht mit hinausgenommen auf den Talweg und hat angefangen, sie zu pimpern. Aber er hatte nicht mit dem verrückten Liebhaber gerechnet. Der hat sie dort auf frischer Tat ertappt, das Mädchen erledigt, ist dann hinter Flagg her, hat ihn bis zur Villa hinauf gejagt und ihn da oben über die Mauer geschmissen. Sie sollten mal seinen Kopf sehen, der ist bloß noch Brei.«
›Deshalb also bin ich Polizist geworden, um einem Kerl zuzuhören, der zwei Meter vom Tod entfernt so dreckig daherredet‹, dachte Luigi. In dem schweren Duft der Rosen summten Bienen. Der Drang zu strafen, das abstoßende Gesicht vor ihm zu vernichten, war für einen Augenblick fast unwiderstehlich.

»Sie hat also nichts gesagt?« wiederholte Parrinello.
»Nichts, Sergeant.«
»Nun, versuchen Sie es weiter. Wenn sie irgendwas sagt, benachrichtigen Sie mich sofort. Ich bin unten auf der Wache. Es muß einer von diesen Strolchen sein, ein großer, kräftiger Mann. Wenn ich nur den Namen des Täters erfahren könnte, ehe Di Bartolo kommt, dann...« Er verstummte, schnitt eine mißmutige Fratze, als begreife er, daß er sich bloßgestellt hatte. »Machen Sie doch...« Aber ehe er noch den Befehl geben konnte, hatte Luigi bereits kehrtgemacht, stelzte stumm ins Haus zurück, schlich lautlos ins Schlafzimmer und nahm von neuem seine Wache an Francescas Bett auf. Das Mädchen war wieder in tiefen Schlaf gesunken und lag nun so still und bleich da, daß er zunächst glaubte, es sei tot. Aber wenn Francesca auch nicht bei Bewußtsein war, so klammerte sie sich doch noch an ihr Leben, und er beobachtete sie, beinahe ohne zu atmen. Gegen zehn kehrte der Arzt in Begleitung des leidgeprüften grauäugigen Priesters zurück, den Luigi noch nie gesehen hatte. Gemeinsam befestigten sie einen Behälter mit Blutplasma über dem Bett. Der Arzt – vielleicht war es auch der Priester – sagte, daß er eine Schwester schicken werde. Der Priester erteilte noch einmal die Absolution, und dann brachen sie von neuem auf – dieses Mal nach Amalfi, wie der Arzt sagte, um noch mehr Plasma zu beschaffen. Es war nun heiß, und Luigi zog die Jacke aus, legte Koppel und Schulterriemen ab. Francesca schien friedlicher zu schlafen, ein wenig Farbe war in ihre Wangen zurückgekehrt, aber immer noch atmete sie flach, ihre Augen waren geschlossen wie die einer Toten, die Lider kalkweiß, und sie gab keinen Laut von sich. Er fuhr fort, das Mädchen zu betrachten. In seinem ganzen Leben hatte er den Bauern kaum Beachtung geschenkt, er verabscheute sie nicht, empfand aber weder Mitleid noch Zuneigung für sie, sondern nahm sie hin, wie man schlechtes Wetter, lästige Kopfschmerzen oder einen Schoßhund hinnimmt, der so alt und häßlich ist, daß man ihn nicht länger mehr zu ernähren wünscht, obwohl man gleichzeitig auch nicht den Gedanken erträgt, ihn zu töten oder wegzuschicken. Seine Eltern waren zwar alles andere als wohlhabend, aber auch nicht bettelarm gewesen, und das Leben in Salerno hatte ebensowenig Verständnis oder Anteilnahme für die bösartige, verzweifelte Armut in ihm geweckt, wie es ihm den Wunsch eingegeben hatte, unerhörte Reichtümer um sich zu sammeln. Sein Vater, ein Lehrer, hatte gewünscht, daß er Rechtsanwalt werde, aber der Krieg hatte alle Aussichten zunichte gemacht; so war er Polizist geworden, und das Leben war zusammengeschrumpft zu einer schwer erträglichen, grauen Enttäuschung, durch die er ziellos, halbgebildet und stumpf dahintrieb, bereit, sich bestechen zu lassen und einem politischen Programm Lippendienst zu lei-

sten, dessen er sich von Herzen schämte. Er versuchte, seine Arbeit anständig zu verrichten, aber worin bestand sie eigentlich? Worin? Er wußte, daß es in Italien nur wenig Gelegenheit gab, ›etwas zu werden‹; man war eben, was man war, und etwas anderes gab es nicht. Als er nun aber Francesca ansah, erblickte er nicht ein zerstörtes, vom Leben ausgehöhltes Gesicht, sondern ein Antlitz, das selbst im Tode noch außerordentlich schön war, und er fühlte, wie es ihm das Herz zerriß. Er hatte dieses Mädchen oft gesehen, aber er hatte es nie angesehen. Er begriff mit einer Art von Schrecken, daß er zum ersten Mal unmittelbar in ein Bauerngesicht schaute. Felice. Glücklich. Diese Bezeichnung hatte er immer in Verbindung mit den Bauern gehört. Sie sind so arm, aber in Wirklichkeit sind sie glücklich. Sie haben Musik. Und Liebe. Nun, da er auf Francesca herunterblickte, wußte er, daß es anders war. Musik überhaupt nicht und Liebe sehr wenig. Sie schien zu erwachen und sprechen zu wollen, und er beugte sich lauschend vor. Sie war schön. Aber nur der Schatten eines Wortes huschte über ihre Lippen. Sie schlief wieder ein. Er betrachtete sie tief bekümmert. Das Wissen um menschliches Leid, das ihm seit Jahren zum ersten Mal zuteil wurde, fiel in ihn hinein wie Licht. Er dachte an Cass, und ganz elend fragte er sich, welcher Dämon ihn dazu getrieben haben könnte, dieses Mädchen anzufallen.

Denn in diesem Augenblick war er davon überzeugt, daß Cass es getan hatte. Keiner der Herumtreiber aus den Cafés war der Täter; Cass war der betrogene Liebhaber, der Doppelmörder, nach dem Parrinello fahndete. Eine böse, schreckliche Angelegenheit, aber sie schien durchaus wahr. Warum noch länger das Mädchen befragen? Es galt hinauszugehen und den bebrillten Amerikaner in seinem schmutzigen Khaki zu suchen, in dessen Augen unveränderlich der Ausdruck des Unheils stand. Das dürfte nicht schwer halten, es sei denn, er hätte sich bereits selber auch auf die grausige Liste der Opfer gesetzt.

In diesem Augenblick jedoch kam die pflegende Schwester, eine pferdegesichtige, weiß gekleidete Nonne aus dem Kloster, lautlos und streng ins Zimmer. Ohne auch nur zu nicken, pflanzte sie sich zwischen ihm und Francesca auf, und ihr gestärkter, gefältelter Rumpf neigte sich schräg vor sein Gesicht. Und während er seinen Stuhl zur Seite rückte, öffnete sich plötzlich etwas in seinem Hirn wie eine Jalousie, die ein Windstoß zur Seite bläst und das Sonnenlicht hereinläßt. Es konnte gar nicht Cass sein. Und wenn es nicht Cass war, dann nur derjenige, an den er von Anfang an gedacht hatte ... Er grübelte lange, während die Nonne sich stumm und geschäftig über das Mädchen beugte, und kurz drauf sah er, daß Francesca die Augen geöffnet hatte und zur Decke starrte. Er bat die Nonne hinauszugehen. Mit böse gerunzelter Stirn verweigerte sie ihm das. Gereizt for-

derte er sie von neuem auf, rückte seinen Stuhl ans Bett und fühlte sich ganz schwach vor Erregung. Sie weigerte sich wiederum. Er forderte sie nochmals auf, und nochmals weigerte sie sich. »Vada via! Via!« knurrte er. »Scheren Sie sich jetzt raus!«
Er beugte sich über das Mädchen. »Sag mir jetzt genau, Francesca, wer dich überfallen hat. Cass war es doch nicht, nicht wahr?«
»Nein«, sagte sie schwach. »Cass nicht.«
»Wer denn?«
»Signor Flagg.«
Verwirrung und Rätsel. Dies, das wußte er, konnte einfach nicht wahr sein. Der Amerikaner mit dem leeren, hübschen, knabenhaften Gesicht?
»Was hat Signor Flagg dir getan?«
»Er nahm mich ...« Sie fing an zu weinen, was bewirkte, daß sie heftig atmen mußte; es tat ihr weh, und sie schrie vor Schmerz. Dann hörte sie auf zu weinen, ihre Augen schlossen sich, und er glaubte, sie werde von neuem in die Dunkelheit zurückgleiten. Aber sie rührte sich, sie war wach und sah Luigi aus weit geöffneten, erschreckten Augen an. »Er nahm mich auf sein Zimmer.«
»Er nahm dich auf sein Zimmer?«
»Ja.« Sie machte eine Pause. »Oh, muß ich sterben?«
»Was hat er dir getan?«
»Ich ...« Mühsam wendete sie den Kopf. »Ich kann es nicht sagen.« Und sagte es dadurch, daß sie nichts sagte.
»Er hat dich nicht mit auf den Weg ins Tal genommen?« fragte er wieder behutsam.
»Ich weiß nicht«, flüsterte sie nach längerem Zögern. »Nichts. Alles. Ich vergesse nichts.« Sie war verwirrt, widersprach sich.
»Erinnerst du dich an das, was auf dem Weg geschah?«
»Ich vergesse nichts.«
»Erinnerst du dich, Francesca? Sag doch, erinnerst du dich daran, daß dich jemand auf dem Weg überfallen hat?«
»Ich vergesse nichts.«
»Sag mir, Francesca, war es Saverio?«
Die kurze Zeit, bevor ihre Antwort kam, war wie ein Dröhnen in seinen Ohren. Dann: »Ja! mein Gott, es war Saverio!« stieß sie heiser und gequält hervor. »Mein Gott, ja! Mein Gott! Mein Gott. Mein Gott!«
Er rief nach der Schwester, aber das war unnötig, denn diese war kaum ans Bett getreten, als das Mädchen plötzlich krampfhaft den Hals verdrehte, seufzte und wieder in Bewußtlosigkeit versank, ihr herzzerreißendes Schluchzen und ihre Angst mit sich nahm wie in die Dunkelheit einer Höhle. Luigi stand vom Stuhl auf.

»Sie werden sie töten!« zischte die Nonne.
»Non importa. Sie muß ohnehin sterben.«
»Ihr Ungeheuer von der Polizei! Habt ihr denn gar kein Gefühl…«
»Halten Sie die Klappe, Schwester.« Und nach einer Pause: »Verzeihen Sie mir.«
Er trat in den Garten hinaus und stand im hohen, klaren Licht des späten Vormittags. Er verfluchte Parrinello erbitterter denn je. Denn wäre alles dies geschehen, wenn Parrinello gehandelt hätte? Nein. Nur Luigi hatte es für richtig gehalten, Saverio in eine Anstalt zu tun. Das war Italien. Eine Landschaft, in der es von Verrückten wimmelt. Ein Irrenhaus, das von den Patienten regiert wird. Er hatte vor langer Zeit seine Vermutungen Parrinello mitgeteilt und ihn gefragt, ob er es nicht auch für klug halte, Saverio dem Gemeinderat zu melden, der dann seinerseits die nächste Verwandte des Schwachsinnigen – eine ältliche Halbschwester – dazu hätte veranlassen können, Saverio in eine Anstalt zu bringen. Parrinello hatte diesen Gedanken verächtlich und ebenso schnell zurückgewiesen, wie er jedes Anzeichen von Initiative bei seinem Untergebenen erstickte. Er war ein elender, eifersüchtiger Mensch ohne Phantasie. Überdies war er fett und faul und wünschte sich an keiner Maßnahme zu beteiligen, die nicht unmittelbar in sein Ressort gehörte. Es war seine Aufgabe, für den glatten Ablauf der Dinge zu sorgen, nicht sie zu komplizieren. Außerdem, so fragte er Luigi, welchen Beweis gebe es denn dafür, daß Saverio etwas anderes sei als der harmlose Einfaltspinsel, der er zu sein scheine? Das war in gewisser Weise eine berechtigte Frage, und Luigi hatte sich auch eingestanden, daß die Situation nicht so einfach war. Die Verdachtsmomente waren höchst vage und ungewiß; mehrere mittelalterliche, nordische Damen hatten sich darüber beschwert, daß sie beim Aussteigen aus dem Omnibus »gerieben« oder »gestrichen« worden seien; drei- oder viermal war nachts ein verwaschenes und formloses Gesicht – das Saverios Gesicht gewesen sein könnte, oder auch nicht – gesehen worden, das in die Fenster des Bella Vista spähte, dann aber beim Lautwerden des unvermeidlichen Schreis flüchtete. Einmal, vor zwei oder drei Sommern, hatte eine Dame aus Straßburg behauptet, daß der schwachsinnige Tölpel sich vor ihr in einer Gasse hinter der Kirche exhibitionistisch gebärdet habe, während er ihr Gepäck zum Hotel trug. Diese, die bedenklichste Anschuldigung von allen, hätte zu einem Verfahren gegen Saverio führen können, wenn nicht Parrinello, der im letzten Krieg gegen die Franzosen gekämpft hatte und sie haßte, die Untersuchung geleitet hätte. Da er bemerkte, daß es sich bei der Frau sowieso um eine vertrocknete, hysterische Person handelte, neigte er dazu, Saverios blubbernde Beteuerungen, er habe nur ein natürliches Bedürfnis befriedigt,

für wahr zu halten. Das war also alles, jedenfalls oberflächlich betrachtet. Fünfzehn Jahre zuvor – während des Krieges und längst, ehe Luigi nach Sambuco gekommen war – war ein Schäfermädchen tot und schrecklich verstümmelt in einer entlegenen Gegend zwischen den Felsen aufgefunden worden. Das war in einer unruhigen Zeit gewesen, in der solche Dinge nicht so genau genommen wurden. Der Krieg war im Gang, und es schien sich niemand um ein solches Verbrechen zu kümmern. In der Stadt erfuhr man erst von dieser Tat, als das Mädchen schon seit Tagen beerdigt war. Es wurde angeordnet, das Mädchen zu exhumieren und eine Autopsie vorzunehmen, aus irgendeinem Grunde unterblieb aber beides. Die Bergbevölkerung, umnachtet und abergläubischer als die Eingeborenen Afrikas, murmelte düster von bösen Geistern. Andere wieder sprachen von Wölfen. Noch andere erwähnten einen Deserteur der deutschen Armee, den man in den Wäldern hatte umherstreifen sehen. Und das ganze Vorkommnis wurde ziemlich bald von allen vergessen. Luigi, der selbstverständlich erst viel später davon erfuhr, war es immer merkwürdig vorgekommen, daß – wie er ganz zufällig entdeckte – Saverio, damals ein aufgeschossener, verrückter Junge von siebzehn Jahren, nicht nur am selben Ort, sondern unter dem gleichen Dach mit der Erschlagenen gelebt hatte. Es lag auf der Hand, daß man nach so vielen Jahren keine Beweise mehr gegen ihn zusammentragen konnte. Oft bleiben ja gerade die erstaunlichsten, die innerhalb einer Familie begangenen Verbrechen lange Zeit (vielleicht für immer) unentdeckt, selbst unter gewitzten Stadtbewohnern. Vielleicht konnte man von diesen einfachen Bauern nicht erwarten, daß sie des Mädchens eigenen Bruder verdächtigten.
›Aber wie kommt es, Luigino‹, fragte er sich selbst, ›wenn es stimmt, daß Saverio das Mädchen überfallen hat, wie kommt es dann, daß Flagg unterhalb der Klippen von Cardassi mit eingeschlagenem Kopf liegt? Der stinkende Saverio war doch gewiß kein betrogener Liebhaber, und ganz sicher war er es auch nicht, der sich an dem Mädchen rächte und dann den Amerikaner über die Klippen hinabstürzte. Der Schwachkopf mag dem Mädchen aufgelauert haben, als es allein war, doch mit einem Pärchen würde er niemals fertig werden können. Sollte Flagg Selbstmord verübt haben? War es das? Möglich. Aber wenn, warum? Reue? Schuld? Er hatte das Mädchen in jener Nacht vergewaltigt, Francesca selbst hatte das gesagt. Zweifellos hatte er sie brutal angegriffen; hatte nicht Francesca sogleich seinen Namen gemurmelt und nicht den Saverios? Das war bereits ein Anzeichen dafür, daß er sehr roh vorgegangen sein mußte. War es nicht denkbar, daß ein Mensch durch eine solche Tat so in Verwirrung geriet, daß er sich einfach das Leben nehmen mußte? Ja, es war denkbar. In Anbetracht des üblen Charakters gerade dieses Amerikaners

war es aber nicht wahrscheinlich. Er war ganz sicher nicht der Typ, der zum Selbstmord neigte, ganz gewiß nicht der Mann, den eine solche Vergewaltigung quälte. Falls er nun aber Saverios Untat auf dem Gewissen hätte, dann wäre es eben doch nicht so unwahrscheinlich. Ein Mann, der in einem Anfall leidenschaftlicher Raserei ein Mädchen schwer verletzt, so schwer, daß er Grund hat anzunehmen, daß sie sterben muß, ein solcher Mann wäre auch durchaus imstande, sich aus Angst vor den Folgen oder aus Schuldgefühl selbst in den Abgrund zu werfen. Immerhin aber war es ja Saverio, der das Mädchen so zugerichtet hatte, nicht der Amerikaner. – Der Amerikaner. Aber natürlich: da war doch noch der andere Amerikaner.‹

Und plötzlich wurde ihm klar, daß zwar möglicherweise ein Zusammenhang zwischen den beiden Verbrechen bestand, den er im Augenblick nicht zu erkennen vermochte, daß sie im Grunde aber voneinander unabhängig waren und daß einzig Cass Flagg getötet haben konnte. Also war Cass doch der Liebhaber, von dem Parrinello gesprochen hatte. Denn Cass war Francescas Geliebter gewesen, da gab es keinen Zweifel. Flagg hatte sie geschändet, und Cass hatte sie gerächt. Von allen Beteiligten war Cass der einzige, dem nun noch mehr Leid bevorstand – Flagg war tot, Francesca lag im Sterben, Saverio war ein leerer, hirnloser Körper, den weder Schmerz noch Strafe erreichen konnte.

In diesem Augenblick, als die knarrende Gartentür ihn aufstörte und er Parrinello erblickte, der in der erhabenen Gesellschaft von Inspektor Di Bartolo heranwatschelte, fiel ihm wieder ein, wie zärtlich Francescas Stimme geklungen hatte, als sie zum erstenmal »Cass« murmelte, und da entschied er, daß an diesem Tag in Sambuco schon genug Leid geschehen sei. Er holte tief Luft und versuchte, ein Gefühl loszuwerden, das ihm sagte, er sei im Begriff, eine Tat des Wahnsinns zu begehen.

Dann salutierte er. Der Inspektor blickte sachlich und finster drein. »Lebt das Mädchen noch, Korporal?«

»Sie lebt noch, Herr Inspektor. Im Augenblick schläft sie. Die Schwester…«

»Hat sie gesprochen?« unterbrach ihn Di Bartolo. Von seiner hageren, priesterähnlichen Gestalt mit dem in die Stirn gezogenen Hut und dem eng gegürteten Regenmantel ging etwas Erregendes aus. Vieles an seiner Erscheinung erklärte sich zweifellos aus dem Umstand, daß er zahllose Kriminalfilme gesehen hatte, aber seine Erfolge waren so außerordentlich, daß man ihm seine bühnenhafte, umständliche Pose des unerschütterlichen Gleichmutes gerne nachsah. Er bot seinen Untergebenen Kaugummi an. Beide bedienten sich, und einen Augenblick lang standen die drei im Garten und kauten zufrieden, wenn auch etwas bedrückt.

»Sie begann, etwas zu sagen, Herr Inspektor«, hob Luigi an. »Und da...« Verzweifelt bemüht, seine Gedanken zu sammeln, war Luigi darauf bedacht, Zeit zu gewinnen.
Glücklicherweise unterbrach ihn der Inspektor, sah zum Himmel auf und sagte mit dünnem Lächeln: »E proprio strano. Aber das ist nur zu erwarten. Lombroso vertrat die Auffassung, daß die schwersten Gewaltverbrechen am frühen Morgen bei gutem Wetter im Frühling oder im Frühsommer begangen werden. Was für ein Tag!« Er wandte sich an Parrinello. »Welche Feststellungen haben Sie an dem Ort gemacht, an dem das Mädchen überfallen wurde?«
Der Sergeant bewegte verlegen seinen elefantenhaften Körper, hob die Schulter und sah den Inspektor an. »Ich bitte um Verzeihung, Herr Inspektor. Aber ich verstehe nicht ganz, was Sie meinen...«
Das Gesicht des Inspektors verriet Ungeduld und Strenge. »Sie wollen doch nicht sagen, Parrinello«, sagte er in einem Ton, der schon einen eisigen Tadel enthielt, »daß Sie den Boden an der Stelle, wo das Mädchen überfallen wurde, nicht sorgfältig abgesucht haben?«
»Nein, Herr Inspektor«, versuchte der Sergeant vergeblich zu erklären, »ich war so mit diesem Amerikaner beschäftigt, als dessen Leiche entdeckt wurde, daß ich...«
»Und Sie haben keinen Posten am Tatort aufgestellt?«
»Nein, Herr Inspektor...«
»Das heißt also mit anderen Worten, daß in diesem Augenblick jeder Tölpel, jeder Souvenirjäger aus der Stadt dort herumstreicht und gewissenhaft jeden Fußabdruck verwischt und jeden Gegenstand aufhebt, den der Angreifer vielleicht verloren hat. Auf diese Weise werden alle brauchbaren Spuren ausgelöscht. Daran haben Sie wohl nicht gedacht? Haben Sie den Kurs in Spurensicherung auf der Polizeischule absolviert, Parrinello?«
»Jawohl, Herr Inspektor, das heißt...« Das Gesicht des Sergeanten war rot wie eine Rose; sein Unterkiefer zitterte, und er schien wie ein gargantuanischer Säugling den Tränen nahe. »Ich hatte daran gedacht...«
»Sie haben überhaupt nichts gedacht«, bellte Di Bartolo. »Wer eine so fundamentale Maßnahme übersieht, zeigt nur seine Unfähigkeit.«
»Oh, Herr Inspektor!« protestierte der Sergeant.
»Ruhe!« befahl Di Bartolo. »Die Zeit läuft uns davon. Wo haben Sie Ihre Liste?«
»Was für eine Liste, Herr Inspektor?« ächzte der Sergeant.
»Die Liste der Verdächtigen, ihre Namen und Adressen. Die Liste, die aufzustellen ich Ihnen befohlen habe.«
Parrinello wühlte in seinen Brusttaschen, brachte aber nur seine Finger

zum Vorschein. Er schien im Begriff, sich aufzulösen. »Ich habe sie auf dem Revier vergessen«, murmelte er niedergeschlagen.
»Nun gut«, sagte der Inspektor und zog Bleistift und Notizbuch aus dem Mantel. Seine Stimme klang kühl und unbeteiligt, gleichzeitig schien sie aber Unheil für Parrinello zu verkünden. »Nun gut, nennen Sie mir die Namen.«
»Die Adressen habe ich nicht, Herr Inspektor«, jammerte Parrinello.
»Geben Sie mir die Namen an!«
Fieberhaft versuchte der Sergeant den verlorenen Boden zurückzugewinnen. »Zunächst ist da Emilio Giovanelli. Er stammt aus Atrani, ist ein übler Bursche und vorbestraft. Ein großfressiger Kerl, der viele Weibergeschichten hat. Ich möchte sagen, daß er der Hauptverdächtige ist. Haben Sie seinen Namen, Herr Inspektor? Dann drei weitere: Salvatore Marzano. Nicola Cosenza. Vincenzo Torregrossa. Alle drei sind Herumtreiber. Cosenza hat in Avellino gesessen, weil er eine Frau überfallen hat. Die beiden anderen sind ganz allgemeine Taugenichtse. Torregrossa schlägt seine Frau, und Marzano war früher Zuhälter in Nocera. Ich würde also sagen, diese vier, Herr Inspektor. Dann möchte ich noch folgende Tatsache erwähnen. Das Mädchen Francesca steht auf gutem Fuß mit dem anderen Amerikaner, der den unteren Teil des Palastes bewohnt. Ehe sie Arbeit bei Flagg annahm, war sie bei ihm in Stellung. Ich habe gehört, daß er sich sehr um ihren Vater kümmert, der da unten im Tal an der Schwindsucht stirbt; ich habe auch gehört, daß er und das Mädchen verschiedentlich in... man könnte sagen, freundschaftlichem Verkehr gesehen worden sind. Ich glaube nicht, daß dieser Hinweis besonders fruchtbar ist, Herr Inspektor, aber vielleicht kann man ihm doch nachgehen. Der Mann heißt Kinsolving.«
Während dieses Gespräches zwischen Di Bartolo und dem Sergeanten hatte Luigis Herz mächtig gepocht, sein Mund war so trocken, daß der ekelhafte Klotz Kaugummi zwischen seinen Zähnen wie eine Murmel klickerte. Er wünschte, auf jede nur mögliche Weise den Verdacht von Cass wegzulenken, aber ehe der Sergeant Cass' Namen erwähnte, wollte er seinetwegen nicht lügen. Solange der Name nicht erwähnt wurde, wäre eine Lüge sinnlos gewesen; außerdem konnte er nicht mit völliger Sicherheit wissen, daß Cass mit diesem Verbrechen in Zusammenhang stand, wenn er innerlich auch davon überzeugt war. Parrinellos überraschende Eröffnung veränderte die Lage jedoch. Als der Sergeant Cass abermals erwähnte, räusperte sich Luigi und mischte sich, so behutsam er konnte, in die Unterhaltung. Er fühlte, wie sich seine Kopfhaut vor Angst spannte. Saverio beschuldigen hieße, das Problem Flagg und damit Cass immer noch offenzulassen; nur ein ganz außerordentlicher Schritt

konnte hier nützen. Er wußte, daß das, was er nun sagen wollte, wahrscheinlich, ja ganz gewiß das Wichtigste sein würde, was er jemals irgend jemandem mitgeteilt hatte. Mißlang es, weil es den Ohren des großen Detektivs nicht einleuchtend klang, oder verriet er in irgendeiner Weise, daß der Kern des Berichtes, den er so leichtsinnig erdacht hatte, auf einer Lüge beruhte, dann, das wußte er, würde er nicht nur Cass nicht retten, sondern ihn nur um so schneller ins Gefängnis bringen, ganz abgesehen davon, daß er die eigene Existenz vernichtete, sich mit Schande bedeckte und selbst auf Jahre ins Gefängnis wandern würde. Er dachte an die Gefängnisse, die er kannte – den Schmutz und die Kübel, das Ungeziefer in den Betten, die Käfer in der Pasta, den sauren Wein oder gar auch keinen Wein, die grauen, erdrückenden Jahre – und da wurde ihm der Mund so trocken, daß er kaum sprechen konnte. Aber er zwang die Lippen auseinander, erstickte ein Ächzen und sagte ernst und sachlich: »Wenn Sie gestatten, Herr Inspektor, dann möchte ich bemerken, daß es kaum notwendig sein wird, diese Liste fortzusetzen.«
»Was soll das heißen, Korporal?« fragte Di Bartolo.
»Das soll heißen, Herr Inspektor, daß das Mädchen mir selbst mitgeteilt hat, was geschehen ist.«
»Und warum haben Sie das nicht schon vorher gesagt?« fragte der Kriminalist ungeduldig.
Luigis Blick streifte erklärend Parrinello. »Ich habe es versucht, Herr Inspektor, aber ...«
»Nun, dann heraus mit der Sprache! Was hat sie gesagt?«
»Sie sagte folgendes, Herr Inspektor.« Er betete um Vergebung für sich der Schande wegen, die er Francesca nun zufügen mußte. »Sie ließ durchblicken, daß sie seit mehreren Wochen ein Verhältnis mit ihrem Arbeitgeber Flagg unterhielt. Sie wünschte, es abzubrechen, da es ihre Seele bedrückte. Flagg war irrsinnig eifersüchtig und wollte nicht. Sie hatten sich zahlreiche Male auf dem Talweg getroffen, um der anderen Geliebten Flaggs aus dem Wege zu gehen. In der vergangenen Nacht nahm er sie wieder mit dorthin, und sie weigerte sich, ihm willfährig zu sein. Sie erwähnte noch einmal, daß sie entschlossen sei, das Verhältnis abzubrechen. Er versuchte, sie mit Gewalt zu nehmen, aber sie widersetzte sich. Da erfaßte ihn irrsinniger Zorn, und er schlug mit einem harten Gegenstand auf sie ein. Er schlug sie mehrere Male auf die Arme, den Kopf und die Beine. Sie verlor das Bewußtsein, kam aber einmal für kurze Zeit zu sich und sah, daß er über sie gebeugt stand und vor Schuld und Reue weinte. Er muß begriffen haben, daß sie tödlich verletzt war. Sie sagte, sie habe ihn rufen hören – auf englisch, das sie ein wenig versteht –: ›Oh, ich werde mich töten! Ich werde mich töten!‹, und noch ehe sie das Be-

wußtsein verlor, sah sie ihn den Weg zur Villa Cardassi hinauflaufen... Das hat sie mir erzählt, Herr Inspektor. Danach scheint es sich eindeutig um Mord und Selbstmord zu handeln. Ich halte es für möglich, daß allein der Sturz aus solcher Höhe die Kopfverletzungen bewirken...«
Parrinello setzte sein großes Maul in Bewegung. »Phantasie!« sagte er. »Reine Phantasie! Das ist unmöglich, das Mädchen hat einen Schock!«
»Ruhe, Parrinello!« befahl der Inspektor. Er wandte sich wieder Luigi zu. »Sagen Sie, Korporal, schien das Mädchen bei klarem Bewußtsein zu sein, als sie Ihnen das mitteilte?«
»Sie war selbstverständlich sehr schwach, aber sie war bei klarem Bewußtsein. Ich bin überzeugt davon, daß sie die Wahrheit sprach.«
»Was für eine lächerliche Geschichte!« sagte Parrinello. »Sie deckt nur ihren anderen Liebhaber. Frauen machen das immer. Und der Kummer, der ihr das Herz beschwert!« spottete er. »Ein amerikanischer Millionär steckt ihr sein Ding rein, und in ihrem ganzen Leben hat sie es noch nie so gut gehabt. Der Gedanke...«
Falls Di Bartolo in jenem Augenblick an Luigis Darstellung gezweifelt haben sollte, dann kann man wohl das widerwärtige Wesen Parrinellos, das von ihm ausstrahlte wie ein ekelhafter, feuchter Dunst, dafür verantwortlich machen, daß Di Bartolo diesen Zweifeln nicht nachging. Ein Zuhälter hätte sich von Parrinello angewidert gefühlt. Di Bartolo wandte sich scharf nach ihm um, und Luigi gewann den Eindruck eines mageren wilden Tiers – eines Wolfes, eines Wiesels –, das, unvorstellbar wild, nur aus Zähnen und Krallen besteht. »Ruhe!« befahl er fast flüsternd dem Sergeanten. »Ruhe! Kein Wort mehr, verstanden? Kein Wort! Wenn ich Ihre Meinung zu hören wünsche, dann sage ich es. Inzwischen können Sie sich folgendes überlegen, Parrinello: Während Sie auf jede nur denkbare Weise Ihre Pflicht vernachlässigt haben, hat der Korporal hier getan, was erforderlich war. Und jetzt halten Sie gefälligst Ihren Mund.«
Dann waren sie gegangen, und Luigi ließ sich neben einem Kamelienbusch nieder, schlug die Hände vors Gesicht, zitterte am ganzen Leib und fühlte sich unvorstellbar schwach...
Francesca starb um zehn Uhr an jenem Abend. Luigi hatte während des Tages noch andere Pflichten zu erfüllen, doch schaute er immer wieder, so oft er konnte, bei ihr herein. Er wünschte absolute Gewißheit zu haben. Mehrere Male erwachte sie aus ihrem tiefen Schlaf, und jedes Mal war sie verwirrter und abwesender als zuvor, aber schließlich konnte er sich ein genaues Bild von dem machen, was vorgegangen war.
Saverio war ihr in den frühen Morgenstunden tatsächlich auf jenem Weg begegnet, und zwar an einer vom Mond, vor dem die Wolken sich verzogen hatten, beschienenen Stelle. Francesca kannte Saverio gut und fürch-

tete sich nicht im geringsten vor ihm, aber was Mason ihr gerade zuvor angetan hatte, saß ihr noch im Fleisch wie eine abscheuliche Krankheit, die sie nun bis ans Ende ihrer Tage würde ertragen müssen. So geschah es also, daß, als Saverio ihr begegnete und er harmlos seine Hand ausstreckte – gewiß zu einer freundlichen Begrüßung, einem harmlosen Streicheln –, die intensiv männliche Hand auf ihrem Arm sie von neuem die schreckliche Berührung erleben ließ und sie anfing zu schreien. Sie kreischte und fuhr wie wahnsinnig auf das platte Gesicht los, auf dem sich nun panische Angst abzeichnete. Er begann wie ein hilfloser Greis zu jammern. Dann holte er aus und schlug nach ihr, und sie fiel, schrie aber immer weiter, ohne zu erkennen, daß dies Saverio war; sie fühlte nur, daß die unersättliche Männlichkeit der ganzen Welt im Zeitraum einer einzigen Sommernacht über sie hergefallen war. Sie fuhr fort zu schreien, und der halbwahnsinnige Schwachkopf schlug sie von neuem, diesmal mit einem Stein oder mit dem Gewicht des ganzen Firmamentes, und sie muß weiter geschrien haben, als sie schon zerbrochen im Gras lag, längst nachdem Saverio gegangen war, denn sie schrie noch im Delirium, und als die beiden Bauern in der Morgendämmerung auf sie trafen, stieß sie einen letzten Schrei aus, der in Wahrheit nichts weiter war als ein ganz schwaches Seufzen.
Grillen umtanzten sie dort im Gras. Sie lag neben einer Hecke von wilden Rosen, und so empfing sie das Licht eines neuen Tages.

Auf den Morgen, an dem er Mason tötete, folgten ein Tag und dann eine Nacht, an die Cass sich kaum noch erinnert. Er weiß genau, daß er (zum letzten Mal in seinem Leben) betrunken war, und erinnert sich dunkel daran, daß er am Stadtrand in einer verkommenen kleinen Cantina zwei Flaschen Wein kaufte. Er glaubt nun auch ganz sicher, daß er sich damals trotz aller Einwände, die sich in ihm erhoben, einredete, daß Mason Francesca getötet habe. (»Wenn du mal wieder in der Zeitung so eine Schlagzeile liest«, sagte er zu mir, »wo es heißt: ›Täter zeigt keine Reue‹, oder vielleicht: ›bedauert sein Verbrechen nicht‹, dann kannst du annehmen, daß es der Wahrheit entspricht. Denn in dem Täter ist etwas vorgegangen, das gleiche, was damals in mir vorgegangen sein muß. Es ist gar nicht gesagt, daß es sich um einen gefühlskalten, unempfindlichen Menschen handelt, es ist sogar viel wahrscheinlicher, daß er bis in die tiefsten Tiefen erschüttert worden ist. Er fängt jetzt selbst an, die Lüge zu glauben, die er erzählen muß, um seine Vernunft, vielleicht sogar sein Leben zu retten. Er redet sich ein, daß er recht hat und daß sein Opfer verdient hat, was er ihm zufügte.«) Denn an dem Abend des Tages, den er allein in wütender Trunkenheit und Trauer in den Hügeln verbrachte, hatte er einen

Zeugen. Würde ich je den Augenblick vergessen, da er um zehn Jahre gealtert in den Palast torkelte, mich am Arm packte und mit heiliger Rache im Blick davon sprach, daß Mason irgendwo grinsend in der Ewigkeit stehe, bedauerlicherweise unerreichbar für jede weitere, verdiente Strafe? Der Irrsinn verfolgte ihn in jenem Augenblick, dessen ist er sicher, und er weiß jetzt auch noch etwas anderes. Er weiß, daß er den Palast an der ohnmächtig niederstürzenden Poppy vorbei (er entsinnt sich nicht einmal, sie gesehen zu haben, wenn er auch noch weiß, daß er mir einen langen Vortrag hielt) in der Absicht verließ, das Haus des Apothekers aufzusuchen, denn es war ihm der Gedanke gekommen, Francesca könne noch leben und er sie vor ihrem Ende noch einmal sehen. Er kam aber eine halbe Stunde zu spät. Dies erfuhr er von Luigi, der allein im Schatten des Hauses stand. Man hatte sie schon fortgebracht. War es in jenem Augenblick, daß er, von Luigis dunklem Gesicht den Blick wendend, hinter dem Haus weit unten auf dem Meer geheimnisvolle und befremdliche Feuer brennen sah? Das weiß er nicht mehr genau. Er entsinnt sich, daß Luigi ihn tröstete und ihn in den Garten mit sich zog, wo er ihm mit seiner leisen, melancholischen, nach Worten suchenden Stimme die Wahrheit mitteilte, die Cass sich nur im Augenblick von Masons Tod zu erkennen gestattet hatte: sein Opfer hatte nicht gemordet. Wer also war es, Luigi?, muß er gefragt haben. Und als Luigi den Idioten erwähnte, das Bild des harmlosen, plattgesichtigen Tolpatschs heraufbeschwor, den er beinahe täglich gesehen hatte – das muß der Moment gewesen sein, da er wiederum durch die schwüle Nacht hinunterblickend gewahrte, daß die Feuer aufflammten und aus der Tiefe des Meeres herausschossen, da er Rauch zu den Sternen steigen sah, als brenne ein riesiger Scheiterhaufen. Und da wußte er, daß er endgültig und vollständig verrückt geworden war.
Er hörte Luigi rufen, doch war es zu spät; schon hatte er den Lauf abwärts durch die Straßen der Stadt begonnen, nicht auf der Flucht vor Strafe, sondern auf der Flucht vor dem letzten kleinen Überrest jenes Selbst, als das er geboren war, und im Laufen fühlte er sich gar nicht wie ein Läufer, sondern so, als falle er mit den Füßen voran, Tausende von Metern hinab durch heiße, schwarze Luft.
Als er am nächsten Morgen nüchtern erwachte, kochte die See immer noch. Das sah er vom Eingang der Höhle aus, in die er gestolpert war – eine große Höhle nicht weit von der Küste, in der es nach Ziegen roch. Draußen rann ein Bach vorüber und bildete vor dem Eingang zur Höhle einen kleinen Teich. Im Morgenlicht erhob er sich halb von dem feuchten Boden, auf dem er unruhig geschlafen hatte, blinzelte, und das Meer lag vor ihm wie unter einem hauchdünnen Schleier. Ein Schwarm kreischender Seevögel, die mit rasend wirbelnden Schwingen vom Golf her land-

einwärts flohen, kündigten die ersten Explosionen an. Sie flogen blindlings das Tal hinauf, warfen ihre eiligen Schatten über das Land; hinter ihnen erhob sich, als verfolgte es sie, ein gedämpftes Dröhnen. Ein heißer Windstoß fuhr durch die ausgedörrten Pflanzen am Hang. Und nun gewahrte er auf der Oberfläche des Golfes – noch weit draußen, aber doch schon bedrohlich nahe – ein trübes Brodeln; Schaum fleckte das Wasser, und eine stürmische Unruhe schien die See in ihren tiefsten Tiefen aufzustören, wie das Beben eines unermeßlich tiefen Vulkans. Noch mehr Vögel zogen quarrend vorüber, und durch den wolkenlosen Morgen spannte sich zwischen Erde und Sonne ein Schatten auf. Lange Zeit war jedes Geräusch erstorben. Dann erhob sich das Meer gepeinigt und im Krampf; ein riesiger Geysir schoß aus der untersten Tiefe des Golfs herauf, dann noch einer und wieder einer, bis eine gebirgige, dunkle Wolkenlandschaft den ganzen Himmel zwischen Salerno und Capri füllte. Diese schmolz bald zusammen und versank. Aber wieder und höher jetzt brachen Geysire lautlos aus der Tiefe, warfen schaumige, graugrüne Massen von Seewasser und Lava auf, die sich höher und höher türmten und bald den blauen Himmel erreichten. Stumm versank dann alles in ruckartigen, langsamen Bewegungen.
Vor der Stelle, wo der Aufruhr getobt hatte, gewahrte Cass nun ein Segelboot, das über dem Blau dahinschwebte und dessen blauweiß gestreifter Spinnaker sich in der frischen Brise bauschte...
Die Leute in der Villa unter ihm schienen sich dieser Unruhe auf dem Meer nicht bewußt zu sein oder sie jedenfalls nicht zu beachten, falls sie sie bemerkten. Sie traten auf den Rasen hinaus, um Badminton zu spielen. Der sorgfältig gehaltene Rasen begann bei der Veranda der Villa, einem Betonbunker, dessen riesige amerikanische Flagge sich in der Brise entfaltete, die vor jedem Fenster die Jalousien klappern ließ, und erstreckte sich bis zu einem etwa fünfzig Meter von Cass entfernten Punkt, wo Gräser, Dornen und Disteln durcheinander wuchsen und die Wildnis des Tals begann, in der er, ein stummer Zuschauer, sich befand. In der asphaltierten Einfahrt stand eine schwarzblitzende Limousine, die zu einem Teil vom Haus verdeckt wurde. Unterhalb der Auffahrt stand in greller Farbe auf der Mauer der Küstenstraße zu lesen:

SIEH ÜBER DIR DEN PALAST
DES EMILIO NARDUZZO
AUS WEST ENGLEWOOD, N.Y., U.S.A.

Er hörte, wie die Leute, die dort Badminton spielten, sich über den Mord unterhielten. Manchmal konnte er sie nicht verstehen. Wenn aber der

Wind abflaute oder, was er öfter tat, sich drehte und von der See her auf ihn zuwehte, dann vernahm er ihre Worte so deutlich wie das Anschlagen einer Glockenboje über unbewegtem Wasser. »Er war verrückt nach dem Mädchen«, hörte er einen Jungen namens Kenny deutlich sagen. »Er war verrückt nach dem Mädchen, und als sie von ihm weg wollte, hat er sie anständig vermöbelt. Bloß hat er sie aus Versehen erschlagen, und deshalb hat er sich von der Klippe gestürzt.« – »Aber nein«, hörte er einen von den Älteren widersprechen. Es war ein glatzköpfiger, hakennasiger Mann in kurzen Tennishosen, der aussah wie ein Gangster. Seine Beine waren stark behaart. Ein Mädchen namens Linda nannte ihn Papi; den anderen war er als Bruno bekannt. »Nein, Kenny, wenn du es realistisch betrachtest, war es anders. Sie hat ihn betrogen, und dafür hat er ihr ein paar verpaßt. Allerdings ist er wohl etwas zu weit gegangen.« Gelächter ertönte, und ein Windstoß blies ihre Worte fort, und Cass hörte nichts weiter als einen vergnügten, quietschenden Schrei der Entrüstung, als der Federball hoch über das Netz flog und Linda ihren Schläger in die leere Morgenluft schwang.

›Das ist ja merkwürdig‹, dachte Cass, ›wirklich merkwürdig. Wie kann man denn, wenn ich jemanden umgebracht habe, von diesem Mord so reden wie von einem Selbstmord? Sehr merkwürdig ...‹ Hinter der Villa lag die beruhigte See nun starr wie Glas. Er nickte ein. Er erwachte wieder um die Mittagsstunde, und niemand war mehr auf dem Rasen. Auch die Limousine war verschwunden. Ein großer Collie strich über die schattige Veranda und hielt dabei Selbstgespräche. Cass sah, wie eines der Dienstmädchen aus der Küche kam, so tat, als wolle sie dem Hund etwas zu fressen anbieten, und ihm dabei hart auf die Schnauze schlug. In der Stille des Mittags hörte er, wie sich das Dienerehepaar leise miteinander besprach. Man hatte einem Familienmitglied die Uhr gestohlen und war deshalb in Sorge. Er hieß Guido, sie Assunta. Kurz darauf gingen sie in die Küche zurück, und der Collie, der sich immer noch über die ihm angetane Schmach grämte, trottete von der Veranda und entschwand Cass' Blicken. Cass griff sich an die Stirn, zog die Hand von der feuchten Haut zurück und bemerkte, daß er starkes Fieber hatte. Er rollte sich zum Teich hin und trank aus der hohlen Hand. Er zitterte im Fieber. Ein Käfer krabbelte den sandigen Abhang hinunter, blieb stehen und betrachtete ihn mit bösartigen Knopfaugen.

Er schlief. Als er erwachte, sah er, daß die Sonne ihren höchsten Stand überschritten hatte. Das volle Nachmittagslicht strömte auf ihn herunter, doch umgab ihn der Schatten des Felsens, gegen den er lehnte, und hier im Schatten schwärmten die Mücken und mästeten sich an seinem Gesicht und seinen Armen. Er bewegte sich langsam zum Bach hin, wo keine Mücken waren. Er legte sich nieder, stützte den Kopf in die Hand und blickte aufs Meer hinaus. Träge begann der Golf von neuem seinen Aufruhr. Ohne zu blinzeln sah er scharf hin, beobachtete die Geysire, die sich in lautlosen Krämpfen erhoben, nun aber weiter draußen gegen den Horizont hin und nicht mehr so unmittelbar bedrohlich wie das erste Mal. Glocken hatten oben am Berg in der Stadt zu scheppern begonnen und verkündeten Alarm und Gefahr. Irgendwo schienen Menschen angstvoll zu rufen. Weshalb? Weil dieser gespenstische, stumme, vulkanische Aufruhr das Ende der Welt vorauszusagen schien? Oder war das, was er vernahm, nur das Echo von etwas anderem, das seine Ohren schon früher getroffen hatte? Während er den stummen Krämpfen des Meeres zusah, nickte er wieder ein, doch richtete er sich schnell auf, noch ehe sein Kopf aus der stützenden Hand abrutschte. *Cassio.* Er ließ seine Blicke aufwärts über die Klippen schweifen, auf der Suche nach dem Eigentümer der wunderbar bekannten Stimme. Aber da, nur ein paar Meter neben dem Teich auf einem Felsen kniete Francesca mit einem Ausdruck schüchterner Neugier, sah nicht ihn an, sondern blickte verträumt ins Wasser. Warum aber blickte sie mit einem so schüchternen, zögernden, ja traurigen Ausdruck, als suche sie im Wasser den ertrunkenen Schatten ihres früheren Selbst? Gequält richtete er sich halb auf und versuchte, von schmerzlicher Sehnsucht getrieben, ihr zuzurufen, doch Lippen und Zunge versagten ihm den Dienst, sosehr er sich auch mühte; während er noch zu ihr zu sprechen versuchte, wuchsen ihr spinnwebdünne Flügel; sie verschwand, wurde völlig unsichtbar und war ebensowenig körperlich wie jenes einfältige Lied ›Septembermorgen‹, das ihm aus irgendeinem Grund aus dem Bestand seiner Kindheitserinnerungen ins Bewußtsein gestiegen war und mit dem er sie verwechselt hatte.

Vom Fieber verzehrt fiel er abermals in Schlaf. Trauer schlich durch seine Träume wie eine aufgestörte Bestie und gestattete ihm weder Rast noch Ruhe. Als er wieder erwachte, war es um die Mitte des Nachmittages. Das Meer, nun wieder friedlich, war mit Booten, Vögeln und Segeln betupft. Wie konnte sich nur jemand auf so trügerische Gewässer wagen!

Die Limousine glitt langsam die Zufahrt hinauf und blieb neben dem Haus stehen. »Onkel Frank«, hörte er das Mädchen sagen, »hast du den ganzen Panettone aufgegessen?« Der Golf lag immer noch unbewegt und heiter. Leute stiegen mit leeren Picknickkörbchen aus dem Auto und begaben sich ins Haus. Gleich darauf erschien der Junge namens Kenny auf der Veranda und räkelte sich. Er betastete seine Armmuskeln und gähnte. Auf seinem Sporthemd stand in blauen Buchstaben quer über die Brust IONA COLLEGE. Gleich darauf erschien der Mann namens Bruno mit einem

Beutel voller Golfschläger unter dem Arm und begann, weiße Bälle über den Rasen in Richtung auf Cass zu treiben. Einige der Bälle flogen zu weit und verschwanden im Gebüsch unter dem Felsband, auf dem Cass lag. Als der Mann kam, um die Bälle zu suchen, war er außer Atem, und Cass konnte sehen, daß die Haare an seinen Beinen Stacheln glichen und daß der Schweiß blaue Halbmonde unter den Achselhöhlen in sein Hemd gezeichnet hatte.

Die Sonne hatte längst den Zenit überschritten, aber der Tag war immer heißer geworden. Cass sah blinzelnd in die Sonne. Ganz gewiß war sie unnatürlich viel heißer und größer als sonst, sie schien doppelt so groß, wie sie sein sollte, eine strotzende, knospende Supernova. Er wandte den Blick ab, und zum erstenmal an jenem Tage traf ihn das Vorgefühl einer unerhörten Angst. Die Leute in der Villa schienen das auch zu spüren. Sie sahen nicht zur Sonne auf, aber Kenny kam nun auf die Veranda zurück, gefolgt von einer Frau, die von Bruno mit Shirley angeredet wurde und seine Frau zu sein schien; sie lockerte ihren Büstenhalter, und Cass hörte sie sagen: »Es ist ja wie in einem Backofen.« Sie setzte sich auf einen Gartenstuhl und fächelte sich Luft zu; sie war klein, trug einen kurzen Strandanzug, und ihre Schenkel waren fett. Kenny zog sein Turnhemd aus und begann, an einer Stange, die zwischen zwei Säulen der Veranda befestigt war, Klimmzüge zu machen. Er war schlank und muskulös und hatte wohl dreißigmal mit dem Kinn die Stange berührt, ehe er sich graziös zu Boden fallen ließ. Dann spazierte er über die Veranda, die Fingerspitzen in die Hüften gestützt, den Blick auf den Boden gerichtet. Er kratzte den Collie hinter dem Ohr, ging weiter, blieb stehen und fuhr sich mit einem Kamm durchs Haar. Dann blickte er aufs Meer hinaus und gähnte. Der glatzköpfige, fette Mann, den Linda Onkel Frank nannte, erschien auf der Veranda, und in seiner gepolsterten Faust trug er ein Kofferradio. »Will jemand eine Pizza?« fragte er. Es erfolgte jedoch keine Antwort. Die Frau namens Shirley war eingeschlafen. Cass hörte nun ein Saxophon, dessen Melodie ein Windstoß sofort verwehte; von derselben Bö gepackt flog ein Golfball zur Seite und ging im Gestrüpp verloren.

Das Meer sah gelassen und für den Augenblick unentschlossen aus. Aber die Sonne war noch heißer geworden, hing feurig und riesenhaft wie ein totes Gewicht am Himmel, bedrückend schwer und nahe. Das Ding wird gleich explodieren, dachte Cass, während er sich in den Schatten zurückzog, es wird anschwellen, und wir werden verbrennen wie Motten in der Kerzenflamme. Er wischte sich über die Stirn. Deshalb also kochte das Meer so. Warum aber fiel den Leuten die Sonne nicht auf? Er betrachtete den Mann namens Bruno, der sich mit angewidertem Gesicht in einen Gartenstuhl aus Aluminium niedergelassen hatte. Der Mann überblickte

den mit Golfbällen bestreuten Rasen, lehnte sich nach vorn und bewegte die Lippen, als mache er sich Vorwürfe. Dann ließ auch er sich zurückfallen und schlief ein. Aus dem Haus hörte man gedämpft Lindas Stimme: »Kenny!«, und Kenny sagte: »Was ist denn?« – »Glaubst du, daß der Brief ankommt, wenn ich ihn nur einfach Gerda Rumbaugh, Lodi, New Jersey, adressiere? Ich schreibe ihr von dem Mord!« Darauf Kenny: »Ich verstehe dich nicht!« – »Wenn du jetzt nicht...«, aber die Worte wurden weggeblasen, und er sah, wie der Junge mißmutig ins Haus trabte, während Bruno und seine Frau auf dem Rücken ausgestreckt, bewegungslos unter der brütenden Sonne in ihren Aluminiumstühlen lagen und Onkel Frank an den Knöpfen des Radios drehte. Das Meer bewegte sich nicht...
Ein Geruch von bratendem Fleisch, den die Abendbrise herauftrug, weckte ihn, als er Stunden später dem letzten Ansturm des Deliriums ausgesetzt war. Der Tag war weit fortgeschritten. Die Sonne, die im Westen über Capri versank, war ein flammender Diskus, riesenhaft, drohend, scharlachrot. Und wieder war die See aufgestanden und zitterte, warf stumm aus den Tiefen des Golfs berggroße, schaurige Fontänen auf. Weit draußen vor dem Horizont zackten dunkle Wirbelstürme unter einer niedrigen, schwarzen Wolkenbank; weiße, ozeanische Brecher stürmten unablässig gegen die Küste und machten in ihrer Lautlosigkeit einen merkwürdig zarten Eindruck. Das einzige Geräusch drang vom Rasen herauf, wo die Hausbewohner sich nun im frühen Abendlicht versammelt hatten. Steaks brieten auf einem halbmondförmigen Rost im Freien. Der Junge und das Mädchen spielten wieder Badminton; er vernahm das schwache Summen der Saiten, wenn der Federball den Schläger traf, sah, wie sich die Brüste des Mädchens hoben und senkten, sah das rundliche Wiegen von Hinterteil und Schenkeln. Von der Veranda, die nun im Schatten lag, hörte man den gedämpften tropischen Rhythmus von Marimbas und Kastagnetten, und in der Ecke saß der alte Mann, der Patriarch Emilio – es konnte niemand anders sein –, schwärzlich braun und grauhaarig in einem roten Bademantel da und lächelte wohlwollend, während er zusah, wie die Familie spielte. Bruno näherte sich dem alten Mann ehrfürchtig und sagte etwas, das Cass nicht verstehen konnte. Cass hob den Blick zum Himmel: die Sonne glühte unerträglich nah. Ein Windstoß trieb ein Stück Zeitungspapier hoch über die Villa hin; es flatterte Rand über Rand das Dach entlang, zwischen den nun leeren Fahnenmasten hin und her und stob dann von der explodierenden, gequälten See weg. Eine Wolke von Papierservietten wurde über den Rasen hingewischt, und jemand schrie: »Oh, mein Gott! Oh!« Vor den Fenstern der Räume im Oberstock rasselten die Jalousien, irgendwo knallte eine Tür zu; der dunkelhäutige alte Mann wandte den Kopf im schwindenden

Licht, er lächelte immer noch wohlwollend, und das verbrannte Fleisch roch plötzlich so süß wie ein Pesthauch. Dann erstarb die Brise. Linda holte den Federball von dort, wohin der Wind ihn geblasen hatte, und alles war wieder still bis auf das sanfte, tropische Trommeln und Kratzen der Marakas und bis auf den Sturm, der nun schon näher gerückt war und das schwarze Wasser des Golfes aufwühlte.
Nun erhob sich Cass, krank vor Angst, im Eingang der Höhle und floh den Pfad entlang zur Stadt zurück. Er weiß nicht, ob Narduzzo und sein Klan ihn bemerkten; es ist aber möglich, denn als er aufstand, lösten seine Füße eine kleine Steinlawine von der Felsenkante. Auf jeden Fall muß er einen barbarischen Anblick geboten haben mit seinem wirren, zu Berge stehenden Haar und der sonnverbrannten Haut; in West Englewood wundert man sich vielleicht immer noch über das kränkliche, erschreckte Gesicht dieses Landsmannes, der da im schwindenden Licht über dem Rasen erschien.
Cass weiß auch nicht mehr, ob er nicht Poppy und die Kinder und sich selbst umgebracht hätte, wie er das ja in Paris vor langer Zeit beabsichtigt hatte, wenn er nicht auf dem Weg zurück durchs Tal in der Nähe der Stadt auf den Priester gestoßen wäre. Denn umbringen wollte er sie, um sie vor diesem Ansturm, dieser explodierenden Sonne seiner eigenen Schuld zu bewahren, um jedes Zeichen und jede Spur seiner selbst (wie er das einmal ausgedrückt hatte) von dieser Erde zu entfernen, um seine Liebe und seine eitlen Hoffnungen, seine kümmerlichen Werke und seine Schuld auszutilgen...
Nicht weit von der Stadt entfernt aber traf sich der Pfad, den er hinaufeilte, mit einem anderen, und an dieser Weggabel geriet er hinter den Priester, einen zwergähnlichen, ergrauten, großnasigen Menschen in Talar und vergilbtem Chorrock. Auf seinem Gesicht lag ein Ausdruck tiefer Sorge. Hinter ihm schlenderte vornüber gebeugt mit dem ungeschickten Gang des Halbwüchsigen ein lang aufgeschossener, unbeholfener Meßdiener mit pickligem Gesicht und fliehendem Kinn, der die liturgischen Geräte so ernst und besorgt an die Brust drückte, als habe er sie früher schon einmal aus der Hand rutschen lassen und sei wegen seiner Ungeschicklichkeit bestraft worden. Da es keine andere Möglichkeit gab, ging Cass neben dem Priester nach Sambuco hinauf.
»La pace sia con voi«, sagte der Priester, »es ist heiß, nicht wahr? Es sollte mich nicht wundern, wenn wir ein Gewitter bekämen.« Der Priester roch ungewaschen, und sein Atem ging in schnellen Stößen, als er sich den Berg hinaufquälte. Cass antwortete nicht, denn die Sonne schien drohend noch näher gerückt, unermeßlich groß und glühend.
»Es haben sich tragische Dinge in Sambuco ereignet«, fuhr der Priester

in dem Bestreben fort, Konversation zu machen. »Sie sind Amerikaner, nicht wahr? Ich habe Sie doch schon gesehen. Waren Sie nicht mit dem amerikanischen suicida bekannt, mit dem Mann, der sich selbst getötet hat?«

Cass antwortete immer noch nicht, und der Priester rief, wie um die Pause zu füllen, über die Schulter seinem Meßdiener zu, der zurückgeblieben war: »Trödle doch nicht so, Pasquale! Ein großer Junge wie du...« Er verstummte, fuhr aber gleich darauf fort: »In den vergangenen Stunden habe ich mehrfach gewünscht, eine maledizione gegen jenen Amerikaner auszustoßen. Ich habe mich aber gezwungen, still zu sein. Er war ein unmoralischer Mensch, und doch muß seine Erschütterung tief gewesen sein, wenn er sich deswegen das Leben genommen hat. Gott wird ihn richten.« Einen Augenblick schwieg er und wiederholte dann mit majestätischer Geste: »Jawohl, Gott wird ihn richten.«

Plötzlich mußte sich Cass neben dem Pfad niedersetzen. Er fühlte seine Glieder zittern, ein eiskalter Schauer überlief ihn, und er bedeckte sein Gesicht mit den Händen, um dem Anblick der entsetzlich drohenden Sonne zu entgehen.

»Sie sehen krank aus«, hörte er den Priester sagen. »Sie zittern. Leiden Sie an Malaria? Hier ist sie oft sehr schlimm...«

»Non è niente«, antwortete Cass und stand auf. »Es ist die Hitze. Ich bin lange unterwegs gewesen.«

»Sie müssen sich vor der Malaria in acht nehmen. Man stirbt heutzutage zwar nur noch selten daran, muß sie aber sorgfältig behandeln. Manche Leute benutzen die Rinde eines gewissen wilden Wacholderstrauches, der oben an den Hängen wächst...«

»Atabrino«, erwiderte Cass und wußte selbst nicht, warum er sprach. »Atebrin hilft schon dagegen.«

»Von einer solchen Rinde habe ich nie gehört. Benutzen Sie sie? Ähnelt sie dem Chinin?«

»Es ist die Hitze, Padre, bei mir ist es nur die Hitze. Ich bin lange unterwegs gewesen.«

Während sie nun ihren Weg zur Stadt fortsetzten, steckte der kleine, vertrocknete Priester eine Zigarette in Brand und sagte: »Dico davvero. Sie können sich darauf verlassen, daß Gott ihn richten wird. Aber welche Sünden wird er vor dem Herrn bekennen müssen! Welchen Kummer hat er über so viele Menschen gebracht! Welchen Schmerz und welche Angst! Che devastatore era!«

»Was für ein Verderber war er«, echote Cass leise. »Ja, aber...«

Ja, aber was?

»Und Sie müssen begreifen«, setzte der Priester eilig hinzu, »daß ich das nicht sage, weil er Amerikaner war. Ich schätze die Amerikaner sehr. Als ich noch im Seminar war, hatten wir einen Klub, der mit anderen Seminaristen in aller Welt korrespondierte. Es machte mir großes Vergnügen, Briefe mit einem jungen Seminaristen in Milwaukee zu tauschen, und als er Priester wurde – er hieß Pater Switzer; sind Sie vielleicht aus Milwaukee? Möglicherweise kennen Sie ihn – besuchte er mich, gleich nach dem Krieg, in Sorrento. Ein guter, fröhlicher Mann, unerhört dick und sehr großzügig. Er schenkte mir einen Büchsenschinken. Auch jetzt noch tauschen wir Ostergrüße aus.« Hinter ihnen stolperte der Meßdiener, torkelte gegen die Böschung des Pfades, richtete sich wieder auf und murmelte Entschuldigungen. »Guarda quel ragazzo! Pasquale, was bist du doch für ein Kalb! Nein, mein lieber Herr, ich schätze die Amerikaner sehr. Es spielt gar keine Rolle, aus welchem Land dieser Mann kam. Aber wofür wird er sich vor dem Thron des Herrn zu verantworten haben! Sein eigenes Leben – es sich zu nehmen war eine Todsünde, ich könnte sagen, eine feige Sünde. Aber jenem unschuldigen Mädchen, jener Jungfrau, das Leben geraubt zu haben! Und das ist noch nicht alles, denn Schlechtigkeit gebiert unendlich viel Kummer. Zum Beispiel der Vater des Mädchens, wer kann es wissen? Gewiß, er muß entsetzlich krank gewesen sein, aber wer kann es wissen? Wäre ihm der grausige Schock des Todes seiner Tochter erspart geblieben, dann lebte er jetzt vielleicht noch, ich weiß es nicht. Niemand von uns hier auf Erden weiß genug von solchen Dingen, um es wirklich sagen zu können. Aber ich frage Sie, mein lieber Herr, wäre es unchristlich anzunehmen, daß jener Selbstmörder auch für jenen Tod verantwortlich ist?«

Er verstummte, und als Cass nichts erwiderte, sagte er: »Ja, es ist wohl unchristlich.«

Der Pfad hatte eine Höhe erklommen, und von hier aus sahen sie die Stadt über sich, zeitlos und golden im Abendlicht; sie glitt dahin wie ein altes, sturmgeprüftes, aber heiteres Schiff in dem gütigen, zwielichtigen Schimmer ihres eigenen Alters, und gerade als sie die Höhe erreichten, erklang ein Glockenschlag vom Kirchturm, ein einziges silbernes Läuten fiel auf die Zitronenhaine, die Weinterrassen und die ummauerten Pfade, die wie braun eingebrannte Blitzspuren zum Meer hinunter zackten. Der Rauch von der Zigarette des Priesters hing über ihnen; der Meßdiener, der sich an Cass heranschob, machte ein unbeschreibliches Geräusch in seiner Kehle, spuckte gegen die Mauer und drückte die geweihten Geräte gegen die Brust. »Was sagten Sie?« fragte Cass zögernd.

»Unchristlich«, antwortete der Priester und sah Cass neugierig an. »Ich sagte, es sei gewiß unchristlich, einen Mann zu verurteilen, der nur mittelbar der Anlaß...«

»Nein, über den Mann, den anderen, ihren Vater. Sie sagten, er ist tot?«
»Ja, so ist es, er starb vor einigen Stunden. Ich komme gerade von ihm.«
»Michele...«
»Ja, das war sein Vorname. Sein Nachname war Ricci, eine merkwürdige Ironie, wenn man die Umstände bedenkt. Ich weiß nicht, wer ihm die Nachricht vom Tod seiner Tochter überbracht hat. Ich glaube fast, es war seine Frau, die sehr dumm zu sein scheint wie die meisten Bäuerinnen. Es ist eine Schande. Er könnte noch am Leben sein. Aber als ich heute nachmittag dort anlangte, war sein Lebenswille ganz offenbar geschwunden. Oh, welcher Kummer herrscht in unserer Stadt!«
Cass setzte sich auf den Rand der Mauer. »So ist er also tot«, sagte er zu dem Priester.
»Jawohl, lieber Herr, und der ewigen Verdammnis nur im allerletzten Augenblick entgangen. Denn als ich zu ihm kam, befand er sich in wilder Aufregung, stieß Flüche gegen mich aus wie ein Wahnsinniger. Ein Dämon! Aber wie gesagt, sein Lebenswille war erloschen, und so beruhigte er sich endlich, und ich konnte ihm die letzte Ölung geben. Er schlief ein Weilchen, und ich glaubte schon, er sei tot. Er erwachte jedoch wieder schluchzend und zähneknirschend. Ein irregeleiteter Elender. Er verfluchte unseren Heiland und schrie immer wieder nach seiner Tochter. Sie scheinen sich für diesen Menschen zu interessieren. Wissen Sie, woran er litt? War es eine Form von Krebs? Mir ist nie ähnliches vor Augen gekommen, und ich habe doch so viele Menschen sterben sehen. Er lag nämlich da und hörte auf zu weinen, schloß die Augen wieder und wurde dann schwächer und schwächer, und dieses Mal glaubte ich, er sei ganz gewiß gestorben. Sie können mir glauben, daß ich viele Menschen habe sterben sehen. Aber hören Sie sich das an, lieber Herr: Er erwachte plötzlich wieder, und ich beobachtete, wie er mit beiden Händen seine Wurzel gepackt hielt. Ich glaubte zunächst, daß dies eine kindische, bäuerliche Geste sei, daß er wieder außer sich geraten werde. Aber dann öffnete er die Augen, und ich hörte ihn schreien: ›Animo! Animo! Mut!‹ Und dann, so wahr Gott mein Zeuge ist, barst aus dieser Wurzel ein phantastischer Blutstrom hervor! Und inmitten dieses schrecklichen Blutstroms hörte ich ihn wieder schreien: ›Animo, Animo, Mut!‹ So viel Blut! Es war überall! Dann erschlafften seine Hände und seine Augen schlossen sich. Und er legte sich zurück und starb. Glauben Sie, daß es sich um eine Form...«
Cass erhob sich fiebergeschüttelt von der Sonne, von Stürmen gehetzt inmitten der Flut uralter, ächzender Meere.
»Tutto!« flüsterte er. »Also alles? Alles?« Er trat auf den Priester zu. »Helfen Sie mir.«

Aber der Priester, der hilflos war, ging einen Schritt zurück, als Cass auf ihn zutrat und dann bewußtlos im Staub zusammenbrach.

»Aber ich kam zurück«, sagte Cass zu mir. »Ich kehrte nach Hause zurück, nicht an jenem Abend, auch nicht am nächsten Tag oder Abend, sondern früh am Morgen des darauf folgenden Tages, noch ehe es anfing zu dämmern. Ich kam auch nicht allein. Luigi begleitete mich vom Polizeirevier aus; dort hatte ich all die Zeit verbracht. Er verabschiedete sich von mir mit einem Händedruck am Tor des Palastes. Ich weiß noch, wie still und dunkel die Straßen waren. Ich stand dort fröstelnd in der Morgenkühle und sah Luigi nach, als er in der langsamen, gespreizten, plattfüßigen Gangart des Polizisten die leere Straße hinaufschlenderte und dann in der Dunkelheit verschwand. Der Wahnsinn war noch nicht ganz vorüber...

Ich betrat den Hof. Eine Lampe brannte, und ich sah, daß die Fliesen von den Filmleuten zerstört worden waren, sah die langen, tiefen Rillen im Fußboden. Es sah wüst aus, und ich blieb stehen und schaute zu Masons Balkon hinauf, so als erwartete ich ein Geräusch, eine Bewegung, erwartete vielleicht, die liebe, alte Rosemarie geziert hervortreten, sich affektiert durchs Haar streichen und die Lippen gelangweilt schürzen zu sehen, während sie auf Mason wartete, und wirklich glaubte ich einen Augenblick lang, Masons Stimme gedämpft und von fern in jenem launischen Vibrato herüberdringen zu hören; doch was ich vernahm, war eine andere Stimme, die irgendwo in der Nähe im Schlaf aufschrie. Ich durchquerte also den Hof und erreichte die Tür; wie gewöhnlich war sie nur angelehnt, und ich ging ins Haus. Es war so dunkel, daß ich kaum etwas erkennen konnte, doch bemerkte ich sofort, daß jemand hier aufgeräumt hatte, und in der Luft hing ein Geruch von Chemikalien, so als habe man versucht, die Mücken auszuräuchern. Ohne Licht zu machen ging ich hinunter. Ich hörte das bekannte, tropfende Nachtgeräusch, das undichte Ventil des Klosetts, und ich ging an den Schlafzimmern vorüber, in denen ich die Kinder atmen hörte und wußte, daß sie in tiefem Schlaf lagen. Schließlich gelangte ich ans letzte Zimmer und öffnete leise die Tür. Wieder hörte ich jemanden atmen, dieses Mal mit dem leisen Zischen, das so viele Jahre lang Bestandteil meiner Nächte gewesen war, und da wußte ich, daß auch Poppy schlief. Ich trat an ihr Bett und sah auf sie hinunter; sie bewegte sich im Schlaf, vergrub dann ihren Kopf im Kissen, eine Hand unter die Wange gelegt wie ein Kind. Ich zog ihr die Decke über die Schulter, trat ans Fenster, setzte mich und blickte auf den Golf hinaus. Es war kein Geräusch zu vernehmen. Ich sog den warmen Rosenduft ein, der aus dem Garten heraufdrang; weiter draußen sah ich das Meer, schwärzer als die

Nacht. Fischerboote lagen weit draußen bei Paestum, und auf jedem Boot glitzerte eine Kugel klaren Lichts, und ich hatte das schwindelerregende Gefühl, direkt in den Leib einer neuen, wunderbaren Konstellation zu blicken.

Ich fühlte mich bar jeder Kraft und jeden Willens, jenseits der Trauer, jenseits von allem außer dem alten, großen, reißenden Hunger, der wie eine Blume in mir zu wachsen und zu blühen begann. Und als ich da saß und der Hunger in mir wuchs, wußte ich, daß ich ans Ende des Weges gekommen war und dort nichts gefunden hatte. Es war nichts da. Im Universum gab es ein Nichts, das so groß war, daß es das Universum selbst umfassen und verschlingen konnte. Der Wert des menschlichen Lebens war gleich Null, seine Bestimmung das Nichts. Ich war halb um die Erde gereist auf der Suche nach einer Erlösung und hatte sie entdeckt, nur damit sie mir im gleichen Augenblick aus der Hand geschlagen wurde. Bedurfte es noch eines weiteren Beweises, nachdem ich überdies im Irrtum einen Menschen getötet hatte, eines Verbrechens wegen, das er gar nicht begangen hatte? Der Hunger nagte unablässig. Ich sah aufs Meer hinaus, erwartete von neuem den schrecklichen Sturm zu sehen, das Sieden und Kochen, das Feuer und die Wirbelstürme, aber mein Hirn war klar, und ich hatte keine Halluzinationen mehr. Ich bedachte das Sein und bedachte das Nichts. Ich stützte den Kopf in die Hände, und einen Augenblick lang schien das große Grauen des Seins unvergleichlich größer als der Schrekken des Nichts; ein Zittern befiel mich, und minutenlang überlegte ich, ob jetzt nicht der Moment gekommen sei, Poppy und die Kinder in einer einzigen höllischen Metzelei zu vernichten und ein für allemal ein Ende zu machen. Dieser Gedanke fraß sich in mich ein und muß mich so erregt haben, daß ich zu knurren begann, denn Poppy wälzte sich und stöhnte, und ich drehte mich im Stuhl herum und sah sie an. Sie schlief noch, es würde leicht genug sein. Aber da vernahm ich Luigis Stimme so scharf und empört, wie ich sie vor kaum einer Stunde erst gehört hatte: ›Tu pecchi nell'avere tanto senso di colpa! Du versündigst dich durch dieses übergroße Schuldgefühl!‹ Und plötzlich hörte ich auf zu zittern und wurde ruhig, ganz als sei ich ein kleiner Junge, den die elterliche Stimme davor zurückgehalten hat, in einen läppischen Tobsuchtsanfall auszubrechen. Ich lehnte mich im Stuhl zurück und blickte auf das dunkle Meer hinaus, und der Anfall von Angst verging so schnell, wie er gekommen war.

Denn eben das hatte Luigi zu mir gesagt, als ich auf dem Polizeirevier ins Bewußtsein zurückkehrte. Der freundliche, sanfte, verlorene Luigi – er brüllte wie ein Stier, fesselte mich mit einer Kette ans Bett und schimpfte das Blaue vom Himmel herunter. Und als ich so bei Poppy im Zimmer saß, da wußte ich, daß Luigi recht gehabt hatte.

Als ich nämlich auf der Polizeiwache wieder zu Bewußtsein kam, hatte ich nur einen einzigen Gedanken: ich wollte so schnell wie möglich für meine Tat bestraft werden. Ich wollte weggeführt und in Eisen gelegt werden, ich wollte jahrelang für diese ungeheuerliche Tat büßen, die ich vollbracht hatte. Als ich erwachte, konnte ich deshalb Luigis Gelassenheit, seine freundliche Duldsamkeit nicht begreifen, nicht verstehen, daß er mich wie einen geschätzten Gast behandelte und nicht wie einen ertappten Mörder. Ich lag auf einem Feldbett. Ich fühlte mich unglaublich schwach, doch hatte ich kein Fieber mehr, und ich war so hungrig, daß ich die leere Luft kaute. Es muß gegen Mitternacht gewesen sein – eine Wanduhr war vorhanden –, ich hatte aber keine Ahnung, welchen Tag wir schrieben. Wir waren allein in dieser winzigen Kammer. Nur eine schwache Lampe brannte, und es roch muffig nach Rattenscheiße hinter den Wänden, einfach nach Dreck, nach zerbröckelndem Putz, eben wie in einer richtigen italienischen Polizeiwache. Und das erste, was ich sah, war das Gesicht, das nicht eigentlich lächelte – das tat Luigi fast nie –, sondern vielmehr eine unglaubliche Besorgtheit ausstrahlte, die aus irgendeinem Grunde immer wie ein gütiges, nachdenkliches Lächeln wirkte, auch wenn das Gesicht so ernst und feierlich wie das eines Richters war, der gewohnheitsmäßig Todesurteile verkündete. Ich fragte ihn, wie lange ich geschlafen hätte, und er sagte: ›Eine Nacht und einen Tag und noch einen Teil der nächsten Nacht.‹ Dann fragte ich ihn, ob Poppy und die Kinder wohlauf seien, und er bejahte und erwähnte dich und daß du dich um die Familie kümmertest, und dann wies er mich an, mich wieder hinzulegen und mir keine Sorgen zu machen. Das tat ich. Er gab mir Brot und Käse und Mortadella und eine Flasche von dem fettigen Apfelsinensaft, der in Neapel hergestellt wird und wie ranzige Butter schmeckt. Aber kaum hatte ich das alles heruntergeschlungen, da fragte ich ihn schon: ›Wann werde ich abgeholt? Wann werde ich nach Salerno gebracht?‹ Aber er antwortete nicht. Er erhob sich von seinem Stuhl, sein Lederzeug knirschte, und er trat ans Fenster. Draußen war es still und dunkel, ich hörte einen Hund bellen, und die Nacht gemahnte mich nicht an den Mittsommer, die Jahreszeit, in der wir uns befanden, sondern an längst vergangene, kalte Augustnächte zu Hause. Ich fragte ihn abermals, und er antwortete wieder nicht. Dann sah ich etwas Befremdliches. Ich sah, daß an einem seiner Ärmel das Rangabzeichen des Korporals losgerissen und durch das eines Sergeanten ersetzt worden war, und ich fragte: ›Bist du Sergeant geworden, Luigi?‹ Und er darauf: ›Ja, ich bin Sergeant.‹ Und ich fragte: ›Und Parrinello?‹ Und er: ›Erledigt. Ich bin der Chef der Carabinieri in Sambuco. Mit anderen Worten, ich kann mir selbst Befehle erteilen.‹ Darauf ich: ›Willst du sagen, daß Parrinello wirklich weg ist?‹ Und er: ›Versetzt. Ich glaube nach Eboli... Da werden sie ihm schon sein Fett abtreiben.‹ Und dazu sagte ich: ›Auguri.‹ Aber er meinte: ›Ich brauche keine Glückwünsche. Was nützen mir zweitausend Lire mehr im Monat? Poco o nulla. Aber bald werde ich einen Untergebenen bekommen und werde ihn schlecht behandeln, mich über ihn erheben können. Aus mir wird ein Parrinello werden, fett und mürrisch, und damit wird sich der Kreis geschlossen haben.‹

Wieder fragte ich ihn, wann er mich nach Salerno schicken und den Behörden ausliefern werde. Ich kann dir gar nicht sagen, wie sehr ich wünschte, diese Sache hinter mich zu bringen, nachdem ich nun einmal wußte, was ich getan hatte. Es war nichts mehr übrig. Ich fühlte mich so leer und zerdrückt wie eine alte Blechbüchse und wollte nur noch beerdigt, zugedeckt, für immer begraben werden. Ich sagte also: ›Vieni, Luigi. Laß uns gehen.‹ Und da wandte er sich um, kam zurück und setzte sich sehr ernst und pedantisch hin und teilte mir mit, was er unternommen hatte: seine Lüge, die Vertuschung und alles übrige. Er hatte auch noch mehr getan, denn im Laufe des Tages nach Francescas Tod fing Di Bartolo an, Francescas Aussage zu bezweifeln. Nicht etwa, daß er Luigis Bericht angezweifelt hätte – zu jenem Zeitpunkt erfreute sich Luigi bereits seines Wohlwollens –, doch war ihm, wie nicht weiter verwunderlich, eingefallen, daß der ganze von Luigi gelieferte Bericht eine Fieberphantasie des sterbenden Mädchens gewesen sein könnte. Luigi jedoch hatte dies vorausgesehen und in der vorhergegangenen Nacht, um seine eigene Lüge zu unterbauen, die Schuhe gesucht und weggezaubert, welche der Beerdigungsunternehmer Mason ausgezogen hatte. Mit einer Taschenlampe war er hinauf zur Villa Cardassi gegangen und hatte dort sorgfältig alle Fußspuren in der Nähe der Umfassungsmauer verwischt. Er hatte dann behutsam eine Spur von Masons Fußabdrücken rückwärts und von der Villa zum Weg gezogen, seine eigenen Spuren verwischt und auch den blutigen Stein, den er bei dieser Tätigkeit fand, beseitigt. Als Luigi dann am nächsten Tag mit Di Bartolo zur Villa hinaufgegangen war, hatten sie dort die deutliche Spur eines einzelnen Mannes gesehen, die unmittelbar zu der Stelle führte, von der Mason abgestürzt war. Es war die Spur eines zum Selbstmord entschlossenen Menschen, und die Schuhe von Masons Leichnam hatten auf den Zentimeter genau hineingepaßt mitsamt den in die Kreppsohle eingepreßten Mustern.

Und während Luigi dieses alles berichtete und dann schilderte, wie Di Bartolo den Fall schließlich als Mord und Selbstmord zu den Akten gelegt hatte, kam mir der traurige Gedanke, daß er durch diese Lügen, diesen wahnsinnigen Betrug bewirkt hatte, daß ich in die Freiheit entkommen konnte, während er sich gleichzeitig so unwiderruflich festnagelte wie eine Fliege, die auf die Leimrute kriecht. Denn selbstverständlich konnte er jetzt nichts mehr widerrufen, nichts mehr an dieser Geschichte ändern. Er saß bis über die Ohren drin. Und auch ich konnte mich nicht den Behörden in Salerno stellen, nicht beweisen, daß ich der Täter war, ohne Luigi zu belasten und ihn an einen Angelhaken zu liefern, von dem er sich nicht mehr würde befreien können. Doch als er mir diese Dinge erklärte und mir aufging, in welcher Lage wir uns beide befanden, ergriff mich eine rasende Angst: der Gedanke an die Freiheit. Denn ich wünschte ja nur, mich zu stellen, mich einkerkern, für meine Untat begraben zu lassen, und die Vorstellung dieser entsetzlichen, unmittelbar bevorstehenden Freiheit erschreckte mich ebenso, wie manche Leute sich vor offenen, großen Plätzen fürchten. Es war das gleiche Gefühl. Nach Einschließung, nach Enge verlangend, sah ich mich der Freiheit gegenüber wie einer weiten, leeren Ebene. Ich schoß in die Höhe und sagte: ›Warum hast du meinetwegen gelogen, Luigi? Warum um Gottes willen hast du gelogen?‹

Er blieb stumm, wandte sich ab und trat wieder ans Fenster. Ich fiel über ihn her, beschimpfte ihn, nannte ihn ein Schwein und einen Hund und einen elenden, sentimentalen Frosch. Ich fragte ihn, was ihm denn beigekommen sei, etwas so Idiotisches zu unternehmen. Aber er blieb stumm, und nun erkundigte ich mich nach Saverio. Ich fragte ihn, wie er denn in Gottes Namen annehmen könne, diese unglaubliche, phantastische Täuschung lasse sich aufrechterhalten, da doch Saverio frei umherlaufe. Der Schwachkopf werde doch gewiß auf die eine oder andere Weise den wirklichen Hergang verraten. ›Eccolo là! Der Polizist muß ins Gefängnis. Wenn der Schwachsinnige nur einen Pieps von sich gibt, Luigi, dann werden sie dich beerdigen!‹ Aber Luigi war nachsichtig, wenn man bedenkt, wie schlecht ich ihn behandelte. ›Unsinn‹, meinte er. ›Selbst wenn er reden würde – meinst du vielleicht, daß man ihm eher glaubt als mir?‹ Außerdem werde man nun gegen Saverio in der Weise vorgehen, wie man es schon vor fünfzehn Jahren hätte tun sollen. Es werde kinderleicht für den neuen Sergeanten sein, zum gegebenen Zeitpunkt und mit der nötigen Subtilität alles Notwendige zu unternehmen, damit der arme Idiot in die Irrenanstalt nach Salerno gebracht werden könne, in der er eigentlich schon während der letzten Jahre hätte leben müssen. Was nun Saverio selbst angehe, so habe Luigi ihn vor noch nicht vierundzwanzig Stunden im Hause eines Verwandten nahe der Villa Costanza erblickt. Er habe fröhlich vor sich hin gebrabbelt und scheine nicht die geringste Erinnerung an seine Untat zu haben. Dann verstummte Luigi, betrachtete mich ernst und eindringlich und wandte sich dann ab.

Ich benahm mich unglaublich. Ich weiß gar nicht, wie er das ertrug. Ich reizte ihn. ›Da hast du also gelogen, um deine eigene Haut zu retten, und nun hast du Angst, daß du dir mit dieser Lüge doch noch selbst den Strick drehst. Das stimmt doch, Luigi, nicht wahr?‹ So ging ich immer wieder auf ihn los, und schließlich sagte er: ›Du kannst es nehmen, wie du willst.‹ Es gelang mir nicht, ihn in Wut zu versetzen, und ich war halb wahnsinnig vor Zorn darüber, daß er mich in diese Lage gebracht hatte, wo ich mich den Behörden nicht stellen konnte. Er schien mir plötzlich ebenso schuldig wie ich selbst. Und ich fragte wieder: ›Warum hast du meinetwegen gelogen, Luigi? Ich habe dich nicht darum gebeten. Warum in Gottes Namen hast du es getan?‹ Und eine Weile blieb er stumm, aber dann sagte er: ›Ich habe darüber nachgedacht, Cass, und genau weiß ich es immer noch nicht. Zunächst dachte ich, es sei, weil ich dich gern habe und weil ich Mitleid mit dir fühlte. Ich glaubte, ich vollbrächte eine Tat des Mitleids, indem ich dich vor dem Gefängnis bewahrte. Nun aber ist mir das nicht mehr gewiß. Ich mag dich nach wie vor gern, aber ich glaube nicht mehr, daß ich aus Mitleid gehandelt habe.‹ Und nach einer längeren Pause: ›Ich glaube, es war ein Akt des Ausgleichs. Ich tat es, weil ich dir den Luxus noch größeren Schuldgefühls nicht gönnte. Capito?‹ Und ich sagte darauf: ›Non capisco‹, und stand auf, wütend und fluchend, warf mich gegen die Tür und schrie, daß er meinetwegen gehenkt werden könne, daß er bis ans Ende der Zeiten im Kerker faulen solle, daß ich aber jedenfalls den ersten Autobus nach Salerno erreichen wolle. ›Verbrechen ist schließlich Verbrechen‹, brüllte ich, und nun wolle ich auch dafür bestraft werden! Ich wolle dafür büßen, auch wenn das bedeute, ihn mit in den Untergang zu reißen.

Und da packte ihn schließlich auch der Zorn – es war das erste Mal, daß ich ihn hochgehen sah. Er sprang auf mich los und knallte mir die Faust gegen die Brust. Ich konnte mich nicht wehren, dazu war ich viel zu schwach und erschöpft, und ehe ich noch recht begriff, lag ich wieder auf dem Rücken und war mit dem Handgelenk am Gestell des Feldbettes gefesselt. Er stand mit rotem Gesicht über mich gebeugt, war ganz außer sich vor Wut und brüllte mir diese Worte zu: ›Tu pecchi nell'avere tanto senso di colpa! Du versündigst dich durch dieses übergroße Schuldgefühl!‹ Und er machte mir die Hölle heiß.

Dann beruhigten wir uns beide etwas und blieben eine Weile stumm. Luigi saß schweigend neben dem Feldbett. Nach einer Weile sah er mich an und sagte: ›Ich möchte dir eine Geschichte erzählen.‹ Und ich sagte nun ganz ruhig: ›Warum denn das?‹ – ›Weil du dann verstehen wirst, wie es kommt, daß ich ein erwachsener Mann geworden bin und seit meinen Kindertagen doch nur dreimal geweint habe. Ein Italiener, der seit seiner Kindheit nur dreimal geweint hat, ist weder ein besonders guter Italiener noch ein besonders guter Mann. Und doch muß ich dir diese Geschichte erzählen.

Das erste Mal weinte ich während des Krieges, in Salerno. Damals war ich ein Junge, und ich hatte noch zwei kleine Brüder und drei Schwestern. Wir lebten im nordöstlichen Teil der Stadt nahe den Bergen, und als die Engländer und Amerikaner an der Küste landeten, glaubte mein Vater, daß wir dort sicher seien. Wir flüchteten also nicht. Die Schlacht dauerte mehrere Tage, und dann wichen die Deutschen zurück. Sie zogen sich durch jenes Gebiet der Stadt zurück, in dem wir wohnten, und die Alliierten stießen nach. Ein Gebäude in der Nähe unseres Hauses wurde von den Deutschen als Gefechtsstand benutzt. Da erst, als uns die Schlacht schon sehr nahe gerückt war, entschied mein Vater, daß wir flüchten müßten. Er ging mit meiner Mutter, mit zwei Brüdern und zweien meiner Schwestern vor. Wir besaßen einen Hund, an dem meine Mutter sehr hing, und dieser Hund war verlorengegangen, und so blieb ich mit einem meiner kleinen Brüder zurück, um den Hund zu suchen. Wir konnten ihn nicht finden, und da die Schlacht näher kam, hielt ich es für richtig, schnell wegzulaufen. Als wir durch die Straßen liefen, glaubte mein Bruder, der sechs Jahre alt war, den Hund auf einem unbebauten Grundstück zu sehen, und er rief ihn an und kehrte um, ihn zu holen. Wir waren bereits mehrere Häuserblöcke vom deutschen Gefechtsstand entfernt. Gerade als mein Bruder das unbebaute Grundstück betrat, tauchte ein englisches Flugzeug auf und warf eine Bombe, die wohl den Gefechtsstand treffen sollte. Ich warf mich hin und erkannte das englische Kennzeichen am Flugzeug. Die Bombe fiel zu kurz und traf ein Haus, das an das unbebaute Grundstück grenzte. In jenem Haus muß Brennstoff aufbewahrt worden sein, Öl oder Benzin, denn als die Bombe einschlug, stieg eine riesige Stichflamme auf. Die Erschütterung warf mich aufs Pflaster, aber ich war unverletzt. Als ich mich erhob, hörte ich ein Geschrei. Ich sah auf das Grundstück und erblickte meinen kleinen Bruder, der, in Flammen gehüllt, auf mich zulief. Er brannte. Er rannte auf mich los, ganz in Feuer gehüllt und schrie derart, wie ich noch niemals ein Kind hatte schreien hören. Es schien, als sei die ganze Stadt von seinen Schreien erfüllt. Es war, als schrien alle Engel. Dann fiel er vor mir auf die Straße, lichterloh brennend. Er starb auf der Stelle. Er war nur noch ein schwarzes Häufchen Asche. Ich weinte.

Dann weinte ich lange nicht mehr. Ich wurde älter und wurde das, was ich jetzt bin, ein kalter, unpersönlicher Polizist mit wenig Gefühlen. Ich heiratete nicht, da ich meinen eigenen Gefühlen mißtraute und sie haßte. Ich konnte die Erinnerung an meinen brennenden kleinen Bruder niemals loswerden und auch nicht an einen Gott glauben, der eine Welt geschaffen hat, in der ein einzelnes, unschuldiges Kind so leiden konnte. Ich vergaß auch nicht die Engländer, die jene Bombe geworfen hatten. Du hast mich oft gefragt, warum ich Faschist geworden bin, und ich bin der Antwort wohl immer ausgewichen, denn ganz sicher habe ich diese Wahl nicht nur aus Gründen der Zweckmäßigkeit getroffen. Ich glaube vielmehr, daß ich es teilweise aus einem Haß gegen die Engländer geworden bin, wenn mir das auch vielleicht nicht bewußt war. Im tiefsten Herzen wußte ich wohl, daß es unvernünftig von mir war, die Engländer so zu hassen. Es war ein Mißgeschick gewesen, nicht schlimmer als tausend andere während des Krieges, aber manchmal mußte ich an jenen Piloten denken, stellte mir vor, wie er aussah; nach dem Krieg kamen die Touristen wieder, und jedes Mal, wenn ich einem jungen Engländer mit grauen Augen und dem so typischen unbeteiligten, arroganten Auftreten begegnete, sagte ich mir, daß er es gewesen sei, der über Salerno geflogen war und meinen Bruder verbrannt hatte. Ich haßte sie, haßte ihre Arroganz, ihre Selbstgefälligkeit, ihr affektiertes gutes Benehmen, und ich schwor mir, daß ich mich an irgendeinem Engländer für das rächen wollte, was er und sein Land meinem Bruder angetan hatten.

Als ich noch nicht lange in Sambuco Dienst tat, mietete sich eine Engländerin im Bella Vista ein. Sie wohnte dort einen ganzen Frühling und Sommer hindurch. Sie schien alles das zu verkörpern, was an den Angelsachsen widerwärtig und gemein ist. Sie war eine hysterische kleine Jungfer in den Wechseljahren – dumm, häßlich, unartig, geizig – und stellte unverschämte Ansprüche. Sie war der Schrecken des Hotelpersonals. Niemals gab sie ein Trinkgeld. Es haftete ihr etwas Kleinliches und Erbitterndes an, so daß ihr die Leute auf der Straße buchstäblich aus dem Wege gingen. Ihre Stimme war hart und schneidend. Außerdem war sie sehr religiös – eine Abstinenzlerin –, und sie probierte nicht ein einziges Mal den Wein von Sambuco. Sie verlangte viel und gab nichts. Ich glaube, sie war ein wenig verrückt. Die Leute in der Stadt verabscheuten sie. Was sie überhaupt hier in der Sonne tat, werde ich nie herausbekommen. Ich sehe sie immer noch vor mir auf der Piazza, wie sie laut kreischend in englischer Sprache einen armen Teufel von Taxifahrer beschuldigte, er habe sie betrogen. Eines Morgens, als Parrinello dienstfrei hatte, ließ Windgasser mich ins Hotel rufen. Er war furchtbar ängstlich, da er glaubte, die Engländerin sei tot. Nachdem die Tür tagelang verschlossen gewesen war, war eines der Mädchen hineingegangen und hatte versucht, die Engländerin wachzurütteln, jedoch vergeblich. Windgasser fürchtete sich nachzuschauen. Ich ging hinauf und fand sie im Bett liegend, tot und kalt wie Stein. Zuerst nahm ich an, sie habe einen Herzanfall erlitten. Ich schickte eines der Mädchen nach dem Arzt und sah mich währenddessen im Zim-

mer um. Hier entdeckte ich eine kleine, leere Flasche, deren Verschluß fehlte. Es war eine Flasche mit Schlafmitteln, und ich vermutete ganz richtig, daß sie Selbstmord verübt habe. Ich fand, daß ihr recht geschehen sei. Ich sah sie an, wie sie da so lag, ihr gemeines, kleines Gesicht war selbst im Tode nicht entspannt, und Haß und Abscheu erfüllten mich bei ihrem Anblick. Im Leben war sie eine Bedrohung und ein Ärgernis gewesen, und im Tod war sie mindestens immer noch ein Ärgernis. Sie widerte mich an. Drei Tage lang hatte sie im heißen Zimmer gelegen, und sie fing an zu stinken. Sie war Engländerin. Ich haßte sie. Dann bemerkte ich, daß sie einen zusammengeknüllten Zettel in der Hand hielt. Ich löste die Finger, zog den Zettel heraus und sah, daß darauf in englischer Sprache Worte geschrieben waren, die ich nicht lesen konnte. Ich rief nach Windgasser und verlangte, daß er mir die Worte vorlese. Das tat er. Kannst du ahnen, was sie geschrieben hatte? Kannst du ahnen, was auf diesem Zettel stand, Cass?‹
Ich sah Luigi an und sagte: ›Nein, das kann ich nicht, Luigi.‹ Und er sagte in einer Art wörtlicher Übersetzung ins Italienische, deren Sinn ich zuerst nicht erkannte: ›Certamente la bontà e la misericordia mi seguiranno per il resto della mia vita ...‹, und plötzlich verstand ich und unterbrach Luigi: ›Gewiß werden Güte und Barmherzigkeit mir alle Tage meines Lebens folgen, und ich werde für immer im Haus des Herrn wohnen.‹
Und Luigi sagte: ›Jawohl, diese Worte standen auf dem Zettel. Ich forderte Windgasser auf hinauszugehen, und als er gegangen war, betrachtete ich die Engländerin von neuem. Sie sah unverändert häßlich und unfreundlich aus, aber aus irgendeinem Grunde, für den ich niemals die Erklärung finden werde, weinte ich. Ich weinte ganz hilflos zum ersten Mal seit dem längst vergangenen Tage, da ich meinen Bruder brennen sah. Ich weiß nicht, warum ich weinte, vielleicht wegen der entsetzlichen Einsamkeit, die über jenes kleine Zimmer ausgebreitet schien. Vielleicht, weil ich wußte, daß Güte und Barmherzigkeit dieser Frau niemals gefolgt waren, und weil mich trotz ihrer Schäbigkeit irgend etwas an ihrer schrecklichen Gläubigkeit rührte. Jedenfalls fiel mir mein kleiner Bruder ein und alle die Engländer, die ich so viele Jahre gehaßt hatte, und sie immer noch hassend, setzte ich mich neben die Leiche dieser elenden kleinen Frau und weinte, bis ich nicht mehr weinen konnte.‹
Luigi schwieg und sagte dann nach einer Weile: ›Du mußt ja inzwischen gemerkt haben, daß ich kein sentimentaler Mensch bin. Ich mache mir immer Vorwürfe wegen meiner Steifheit und Kälte und weil ich nicht so ein Leben führe wie andere Leute. Es ist wirklich nicht natürlich, und manchmal glaube ich, das Blut eines Holländers oder eines Schotten in mir zu haben. Ich weiß es nicht. Aber wenn du mich fragst, warum ich

deinetwegen gelogen habe, dann kann ich dir nichts anderes sagen: Ich kann nur sagen, daß ich das dritte Mal seit meiner Kindheit an dem Tag weinte, als Francesca starb und als ich begriff, was du getan hattest und welche Folgen es für dich haben würde, wenn man dich faßte und vor Gericht stellte. Und glaube mir, Cass, ich weinte nicht deinetwegen und auch nicht um Francesca, sondern ohne jedes Selbstmitleid um meinetwillen – denn nun verstand ich etwas. Als ich so weinte, in dieser für mich so ungewöhnlichen und seltenen Weise, mußte ich wieder an meinen Bruder denken und an die Engländerin und an alles, was hier in Sambuco geschehen war, und ich weinte, weil ich eine Einsicht gewonnen hatte. Ich begriff, daß unser Dasein eine Gefangenschaft ist. Ebenso wie die Engländerin sitzen wir unsere Strafe in Einzelhaft ab, ohne sprechen zu können. Wir alle. Früher einmal waren wir wenigstens imstande, mit unserem Gefängniswärter zu reden, aber nun ist er weggegangen und hat uns im Bewußtsein eines unerträglichen Verlustes zurückgelassen. Ebenso wie jene Frau können wir ihm nur Zettel hinterlassen, ungelesene Zettel, die nichts bedeuten. Ich weiß nicht, wie es dazu gekommen ist, aber es ist so, in diesem Zustand befinden wir uns. Unterdessen tun wir unser möglichstes, und eines Tages werden sich die Gefängnisse vielleicht leeren. Bis dahin aber bedeutet die Einschließung eines Menschen, wenn es sich nicht um einen tollen Hund handelt, das Wissen um diesen unerträglichen Verlust mit einer Schwärze zu verbinden, die wie die Schwärze der ewigen Nacht ist. Ich habe selbst Gefängnisse gesehen, und sie kommen der Hölle auf Erden am nächsten. Du bist aber kein toller Hund, und ich habe wohl gelogen, um dich vor dieser Art der Verbannung zu retten. Das ist aber wahrscheinlich noch nicht alles. Nur zu gut kenne ich dich und dein gräßliches Schuldgefühl. Du bist ein verdammenswerter Romantiker aus dem Norden, und das ist die übelste Sorte. Im Gefängnis würdest du geradezu schlemmen in deinem Schuldgefühl, und wie ich schon sagte, gönne ich dir diesen Luxus nicht. Verstehst du nun, warum ich für dich log, mein Freund?‹

Da lag ich, und die Fesseln schnitten in mein Handgelenk. Er traf mich an meiner empfindlichsten Stelle, und ich glaubte, ich müsse ersticken. Schließlich sah ich ihn an und sagte: ›Luigi, du bist wirklich ein einmaliger faschistischer Polizist.‹ Er stand auf und trat wieder ans Fenster und sah in die Nacht hinaus. ›Angenommen, ich spiele nicht mit? Angenommen, ich fahre nach Salerno und bringe uns beide ins Zuchthaus. Was würde wohl mit dir passieren? Und wieviel Jahre würde ich bekommen?‹ Nach einer ganzen Weile erst sagte er: ›Ich würde die höchste Strafe erhalten – viele Jahre. Jedenfalls mehr als du. Wieviel du bekämst, weiß ich nicht, vielleicht drei Jahre, oder fünf, vielleicht noch mehr oder auch gar nichts. Schließlich könnte man sagen, daß du zu deiner Tat provoziert worden bist. Immerhin sind die Gefängnisse überfüllt, und so wie unsere Bürokratie arbeitet, kann es Monate, selbst Jahre dauern, ehe gegen dich verhandelt wird. Und wer kann sagen, wozu du dann verurteilt wirst? Vielleicht läßt man dich unter Anrechnung der Untersuchungshaft auf der Stelle frei – ein Verbrechen aus Leidenschaft. Oder du bekommst zwanzig Jahre. Die Justiz ist in diesem Land ebenso unberechenbar wie anderswo auch. Ich habe mal irgendwo gelesen, daß man einen Bahnpostboten in Verona zu fünfzehn Jahren verurteilt hat, weil er die Behörde um zehntausend Lire schädigte. Andererseits hat in Süditalien jemand seinen Schwiegervater mit der Axt erschlagen und dafür nur einundzwanzig Monate bekommen. Vielleicht verdiente der Schwiegervater nichts anderes, und vielleicht war der Mann von der Bahnpost ein Bösewicht, aber du kannst daran erkennen, wie weit wir noch von jeder Vorstellung von Gerechtigkeit entfernt sind.‹

Er drehte sich um, blickte mich an und fuhr fort: ›Um meiner selbst willen werde ich wohl nie so närrisch sein, noch einmal zu tun, was ich getan habe. Da ich es nun aber getan habe, will ich glauben, daß es richtig war. Ist meine Vorstellung von Gerechtigkeit etwa nicht ebenso gut wie die eines Richters, dem vielleicht dein Gesicht mißfällt und der dich zu fünf oder zehn Jahren verurteilt? Wahre Gerechtigkeit muß wohl immer im Innern des Menschen leben, sorgfältig getrennt von der Politik, von Behörden und selbst vom Gesetz. Vielleicht ist es gut, daß es mir nicht gelungen ist, Jurist zu werden. Ich wäre ein sehr schlechter geworden. Nun aber habe ich getan, was ich für recht hielt, und nun werde ich deine Fessel lösen. Dann bist du frei und kannst gehen. Du magst nach Salerno fahren und dich stellen – uns beide beschuldigen. Oder du kannst unbelästigt gehen; du kannst Sambuco verlassen und nach Amerika zurückfahren, wohin du wirklich gehörst. Ich löse jetzt die Fessel. Geh nach Salerno, wenn du willst. Ich kann dich daran nicht hindern, es sei denn, ich töte dich. Ehe du gehst, bedenke aber dies: Bedenke die vielen Jahre im Gefängnis. Sie sind mehr als nur eine Möglichkeit. Überlege, ob du in diesen Jahren im Gefängnis, getrennt von deiner Familie, deine Schuld und deine Reue ebenso stark empfinden würdest, wie du es andernfalls für den Rest deines Lebens gewiß tun wirst. Bedenke auch dies, mein Freund, bedenke deine Schuld – die andere Schuld, die entsetzliche Schuld, die du so lange mit dir herumgetragen hast, diese sündhafte Schuld, die dich zum Trinker gemacht, die dich ins Selbstmitleid getrieben und dich daran gehindert hat, deine Kunst auszuüben. Bedenke diese Schuld, die dich bis in die Wurzeln vergiftet hat. Frage dich, was sie eigentlich ist. Frage dich, ob es nicht besser ist, frei zu sein, und wäre es nur, damit du jene Schuld niederkämpfen und lernen kannst, dich über das zu freuen, woran man sich im Leben erfreuen kann. Denn wenn du durch das Leid, das du bis jetzt erfahren hast, gar nichts gelernt hast, dann werden dich auch fünf, zehn, ja fünfzig Jahre im Gefängnis nichts lehren.‹ Er trat nahe an mich heran, sein Gesicht glänzte von Schweiß. ›Um der Liebe Gottes willen, Cass, bedenke das Gute in dir! Bedenke die Hoffnung! Bedenke die Freude!‹ Dann brach er ab. ›Mehr habe ich nicht zu sagen. Jetzt werde ich deine Fessel lösen.‹ Und er löste sie...«

»Wie ich schon sagte, brachte Luigi mich im Dunkeln nach Hause, und ich verließ ihn an der Tür des Palastes, ging hinunter, saß im Schlafzimmer und sah aufs Meer hinaus. Poppy schlief noch. Die Morgendämmerung stand kurz bevor. Die Fischerboote kamen herein, ihre Lichter bewegten sich auf dem Wasser wie eine Herde treibender Sterne, und über Salerno und der Küste erschien ein blasser, rauchfarbener Streifen. Weit entfernt hörte ich einen Hund bellen, und irgendwo in den Bergen läutete eine Kuhglocke. Ich dachte an Francesca und Michele und an alles, was ich verloren hatte, und die Trauer überschwemmte mich wie eine Welle und verlief sich dann.

Ich dachte auch an Mason, aber es geschah nichts. Zorn und Trauer lagen hinter mir. Hätte man mich mit Feuer gebrannt, ich hätte mich nicht gerührt, nicht bewegt.

Aber als ich da saß, erinnerte mich etwas an der Dämmerung an Amerika und daran, wie das Licht langsam über der unendlich langen Ostküste heraufkommt, über dem Atlantik, den Buchten und Flußmündungen, den langsam fließenden Strömen, an deren Ufern schlafende Häuser mit vorgelegten Fensterläden stehen; ich dachte daran, wie das Licht sich verstohlen darüber ausbreitet, an die Fischreusen bei Ebbe, an die Enten, die sich durch die Dämmerung schwingen, an den apfelgrünen Schimmer über dem Marschland, an den weißen Strand und die Buchten. Ich glaube gar nicht, daß es deshalb war, aber plötzlich bemerkte ich, daß die Angst und das Verlangen und die Beklemmung – jedenfalls zum größten Teil – von mir genommen waren. Und ich dachte an den neuen Sonnenaufgang über der Küste von Virginia und Carolina und wie er wohl vor Jahrhunderten von den alten Galeonen her ausgesehen haben mochte, wenn nach der schwarzen Nacht die Dämmerung aufstieg wie ein Hornstoß und dann ungeheuerlich und grün und schimmernd über der wogenden See stand. Und plötzlich wollte ich nichts weiter als zurück, und ich wußte auch, daß wir zurückkehren würden...

Später hörte ich, wie die beiden Älteren nebenan miteinander flüsterten. Sie stahlen sich die Treppe hinunter und in den Garten hinaus, und Poppy

rührte sich im Bett hinter mir, und in dem aufsteigenden Morgenlicht riefen sich die Kinder gegenseitig, und ich sah sie ein Spiel spielen, das einem Tanz ähnelte. Ich weiß nicht, was es war, aber sie marschierten aufeinander los, klatschten in die Hände, und sie sahen aus wie Papageno und Papagena oder etwas noch Holderes, Paradiesischeres, so als seien sie Kinder nicht dieser Erde, sondern eines anderen, köstlicheren Morgens vor der Zeit und vor der Geschichte. Ich sah ihnen zu, als sähe ich sie zum ersten Mal im Leben oder als sähe ich sie im Traum.
Dann rührte sich Poppy wieder, richtete sich im Bett auf, und ich hörte, wie sie sagte: ›Oh, Cass, du bist wieder da!‹ Und ich setzte mich neben sie und nahm sie in die Arme. Ich wollte etwas wie eine Entschuldigung sagen, doch ich brachte es nicht fertig, jedenfalls damals nicht. ›Ich dachte, du würdest nie wieder zurückkommen! Ich war ganz irr vor Angst! Wo warst du denn nur?‹ Nun, ich erzählte ihr irgendeine Lüge, denn ich dachte, es würde später noch Zeit genug sein, ihr zu erklären, wo ich wirklich gewesen war. Ich beruhigte sie, und wir schwatzten ein bißchen, und sie stellte mir einen Haufen Fragen, und nach einer Weile fing sie an zu gähnen, wollte wissen, wie spät es sei und lehnte sich in ihre Kissen zurück. ›Nun, wie gewöhnlich verstehe ich dich überhaupt nicht‹, murmelte sie im Einschlafen, ›aber es ist schön, daß du wieder da bist.‹ Da ging ich denn wieder ans Fenster und setzte mich nieder.
Ich sollte dir nun wohl erzählen, daß ich durch Leid in den Zustand der Gnade gelangt bin und daß ich das in jenem Augenblick erkannte. Das wäre aber nicht wahr, denn in diesem Augenblick wußte ich nicht, was ich erreicht oder gefunden hatte. Ich wollte, ich könnte sagen, daß ich einen Glauben, einen Fels gefunden hätte und daß auf diesem Fels alles zu seinem Recht kommen kann – daß sich Wahnsinn in Vernunft wandelt, Trauer in Freude und Nein in Ja und daß es hier keinen Tod mehr gibt, sondern eine Auferstehung. Die Wahrheit lautet aber so: Zwischen dem Sein und dem Nichts gibt es keine Wahl, und ich griff nach dem Sein nicht um des Seins willen, auch nicht um der Liebe zum Sein willen und schon gar nicht aus dem Wunsch, für immer zu sein – sondern in der Hoffnung, für eine Weile das zu sein, was ich zu sein vermochte. Das alles erschien mir schon als eine himmlische Verheißung. Im übrigen war ich zurückgekehrt, und das reichte aus, das war schon genug.«

Epilog

Charleston, S. C., 3. November 195–

Lieber Peter, vielen Dank für Deinen Brief. Entschuldige die Karte, bin aber in Eile und überarbeitet. Charleston wird zwar nicht das Florenz der Neuen Welt werden, aber die Sonntagsmaler halten mich im Trab & ich stecke bis über beide Ohren in der Arbeit. Außerdem nähern wir uns der Überbevölkerung, dem Selbstmord der Rasse. Poppy erwartet im Juni ein Kind & und ich gehe in Charleston umher wie ein verwundeter Elefant, schwanke unter der üblichen Last von Stolz & Verzweiflung. Kinsey hat entschieden unrecht. Beim Mann fängt es erst im Mittelalter richtig an. Ich schreibe später mehr, wollte Dir nur sagen, ich freue mich, daß New York für Dich prima ist. Du hast zwar nicht gesagt, wie sie heißt, aber ich hoffe, daß Du sie mal herbringst. Ich weiß nicht mehr, wer in König Lear sagt, Reife ist alles, jedenfalls hat er recht.

Buona fortuna, Cass

INTERNATIONALES KRANKENHAUS ZUM HEILIGEN ERLÖSER
Genossenschaft der Töchter der Weisheit
Via Allessandro Manzoni, 38,
Neapel

Herrn P. C. Leverett
30 West 11th Street
New York 11, N.Y., U.S.A. 16. Dezember 195–

Lieber Herr Leverett:
Nach meiner Rückkehr von einem Besuch in Frankreich fand ich Ihren freundlichen Brief mit dem üblichen Scheck vor. Den Scheck sende ich Ihnen hiermit zurück. Wir sind jedesmal dankbar für Ihre Freundlichkeit, doch diesmal kann ich Ihnen mitteilen, daß wir Ihnen Ihr Geschenk zurückgeben, und zwar aus dem außergewöhnlichsten und wunderbarsten Grund! Gott ist Luciano di Lieto gegenüber besonders gütig gewesen. Ich erfuhr, daß Luciano sich während meiner Abwesenheit überraschend von seiner Bewußtlosigkeit erholt hat, in der er nun so viele, viele Monate verbracht hatte. Schwester Veronika, die ihn pflegte, berichtete mir, daß sich Luciano eben noch im tiefsten Schlummer befunden hatte, im Augenblick darauf bereits wie Phönix aus der Asche steigend seine Leiden

abschüttelte und aufsprang und laut über heftigen Hunger klagte. Eine Untersuchung ergab, daß der Druck auf sein Hirn nachgelassen hatte. Doktor Cipolla, der behandelnde Arzt, erklärte Luciano für gesund. Nach zweiwöchiger Rekonvaleszenz (er aß wie ein Wolf und tadelte fröhlich die Schwestern, weil sie nicht aufmerksam genug waren) wurde er als völlig geheilt nach Pompeji entlassen. Ich weiß, daß diese Nachricht Sie erfreuen wird und beeile mich, Sie davon in Kenntnis zu setzen, damit auch Sie sich an diesem Wunder erbauen! Gottes Güte ist groß!
Ich danke Ihnen noch einmal für Ihre Hilfe und grüße Sie in der Liebe des Unbefleckten Herzens Mariae

als Ihre Ihnen sehr ergebene
Schwester Marie-Joseph
Leiterin der Pflegestation

P.S. Als ich diese Zeilen beendet hatte, unterrichtete mich Schwester Veronika davon, daß Luciano am heutigen Tage mit einem gebrochenen Schlüsselbein von neuem eingeliefert wurde. Er zog sich diese Verletzung zu, als er zu Haus in Pompeji eine Treppe hinunterstürzte. Die Haltbarkeit dieses jungen Menschen ist wirklich bemerkenswert! Gerade eben habe ich ihn besucht, und er saß fröhlich lächelnd im Bett und aß wie ein Wolf. Er sendet Ihnen seine Grüße und hat mir mitgeteilt, daß er sich verlobt hat. Das Mädchen tut mir ein wenig leid, ich zweifle aber nicht daran, daß, wenn sie Luciano nur im geringsten ähnelt, die Ehe von langer Dauer sein wird. Er wird uns alle überleben.

Knaur®

Romane

Der meistgelesene Autor Deutschlands:

Simmel, Johannes Mario:
Alle Menschen werden Brüder.
Roman. Band 0262.
608 Seiten.

Simmel, Johannes Mario:
Bis zur bitteren Neige
Roman. Band 0118.
576 Seiten.

Simmel, Johannes Mario:
Der Stoff, aus dem die Träume sind
Roman. Band 0437.
608 Seiten.

Simmel, Johannes Mario:
Die Antwort kennt nur der Wind
Roman. Band 0481.
512 Seiten.

Simmel, Johannes Mario:
Es muß nicht immer Kaviar sein
Die tolldreisten Abenteuer und auserlesenen Kochrezepte des Geheimagenten wider Willen Thomas Lieven. Roman. Band 0029.
560 Seiten.

Simmel, Johannes Mario:
Gott schützt die Liebenden
Roman. Band 0234.
240 Seiten.

Simmel, Johannes Mario:
Hurra – wir leben noch!
Roman. Band 0728.
672 Seiten.

Simmel, Johannes Mario:
Ich gestehe alles
Roman. Band 0193.
304 Seiten.

Simmel, Johannes Mario:
Lieb Vaterland magst ruhig sein
Roman. Band 0209.
608 Seiten.

Simmel, Johannes Mario:
Liebe ist nur ein Wort
Roman. Band 0145.
544 Seiten.

Simmel, Johannes Mario:
Niemand ist eine Insel
Roman. Band 0553.
624 Seiten.

Simmel, Johannes Mario:
Zweiundzwanzig Zentimeter Zärtlichkeit
und andere Geschichten aus dreiunddreißig Jahren. Erzählungen. Band 0819.
256 Seiten.

Simmel, Johannes Mario:
Und Jimmy ging zum Regenbogen
Roman. Band 0397.
640 Seiten.